चाणक्य मंत्र

AF515823

Celebrating
30 Years of Publishing
in India

लेखक के बारे में

अश्विन सांघी का शुमार भारत के सबसे ज़्यादा बिकने वाले अंग्रेज़ी उपन्यासकारों में होता है। आपने भारत सीरीज़ में अनेक बैस्टसैलर (*रोज़ाबाल लाइन, चाणक्याज़ चैंट, कृष्ण की, सियालकोट सागा, कीपर्स ऑफ़ द कालचक्र, द वॉल्ट ऑफ़ विष्णु*) और जेम्स पैटरसन के साथ *न्यूयॉर्क टाइम्स* के दो बैस्टसैलिंग क्राइम थ्रिलर, *प्राइवेट इंडिया* (जो अमेरिका में *सिटी ऑफ़ फ़ायर* के नाम से बिका) और *प्राइवेट डेल्ही* (जो अमेरिका में *काउंट टु टैन* के नाम से बिका) लिखे हैं। आपने अन्य लेखकों के साथ सह-लेखन में 13 स्टैप्स सीरीज़ के तहत भाग्य, धन, अंकों, स्वास्थ्य और पालन-पोषण पर कई कथेतर किताबें भी लिखी हैं।

अश्विन को *फ़ोर्ब्स इंडिया* द्वारा अपने सेलेब्रिटी 100 में और *द न्यू इंडियन एक्सप्रेस* द्वारा अपनी कल्चर पॉवर लिस्ट में शामिल किया है। आप क्रॉसवर्ड पॉपुलर चॉइस अवार्ड 2012, आटा गलाटा पॉपुलर चॉइस अवार्ड 2018, डब्ल्यूबीआर आइकॉनिक अचीवर्स अवार्ड 2018, लिट-ओ-फ़ेस्ट लिट्रेचर लीजेंड अवार्ड 2018 और कलिंग पॉपुलर चॉयस अवार्ड 2012 के विजेता भी रहे हैं।

आपने कैथीड्रल एंड जॉन कॉनन स्कूल, मुंबई, और सेंट ज़ेवियर्स कॉलेज, मुंबई से शिक्षा प्राप्त की। आपने येल यूनिवर्सिटी से एमबीए में डिग्री हासिल की है। अश्विन मुंबई में अपनी पत्नी अनुष्का और पुत्र रघुवीर के साथ रहते हैं।

आप निम्न माध्यमों से अश्विन के साथ जुड़ सकते हैं:

- Website www.sanghi.in
- Twitter@ashwinsanghi
- Instagram@ashwin.sanghi
- Koo@ashwin.sanghi
- Clubhouse@ashwin.sanghi
- Facebook fb.com/ashwinsanghi
- YouTube youtube.com/ashwinsanghi
- LinkedIn linkedin.com/in/ashwinsanghi

नवेद अकबर अनुवाद से काफी लंबे अरसे से जुड़े हुए हैं। आपने *पैराडाइज़* (खुशवंत सिंह), *माई डेज़ इन प्रिजन* (इफ़्तिखार गीलानी), *सी ऑफ़ पॉपीज, रीवर ऑफ़ स्मोक, फ़्लड ऑफ़ फ़ायर* (अमिताभ घोष), *बियॉन्ड 2020* (ए.पी.जे. अब्दुल कलाम व वाई. एस. राजन), *ब्लैक बुक* (ओरहान पामुक), *एसेंट ऑफ़ मनी* (निएल फ़र्ग्यसन) *मास्क ऑफ़ अफ़्रीका, ए हाउस फ़ॉर मि. बिस्वास, बियॉन्ड बिलीफ़* (वी. एस. नायपॉल), अश्विन सांघी की *चाणक्या'ज़ चैंट, द कृष्ण की* और *द रोज़ाबाल लाइन* का अनुवाद भी आपने ही किया है। आप स्वतंत्र रूप से अनुवाद कार्य से जुड़े हुए हैं।

आभार

मेरे लिए अनेक लोगों से प्राप्त सहायता, जानकारी, मार्गदर्शन, प्यार और समर्थन के बिना अपनी किताबों को लिख पाना असंभव रहा होता। यहां उन कुछ लोगों के नाम हैं जिनके बिना यह पुस्तक संभव नहीं हो पाती।

मेरे प्रकाशक हार्परकॉलिन्स पब्लिशर्स—विशेष रूप से, अनंत पद्मनाभन और उदयन मित्रा, जिन्होंने यह सुनिश्चित किया कि यह पुस्तक मेरे पाठकों तक जल्दी और कुशलतापूर्वक पहुंचे।

प्रीता मैत्रा, मेरी प्राथमिक संपादक, जो भारत सीरीज़ के संपादन में अपरिहार्य बनी हुई हैं; साथ ही कार्तिका वीके, दीप्ति तलवार, अशोक रजनी, अपर्णा गुप्ता, कार्तिक वेंकटेश और स्वाति दफ़्तुआर, जिनकी बारीक नज़र ने इस कहानी को अंतिम रूप दिया है।

रूपेश तलस्कर, मेरे प्रतिभाशाली इलस्ट्रेटर, जिन्होंने कहानी को पूरा करने के लिए नक़्शे और चित्रों को बहुत सावधानीपूर्वक बनाया, और सेमी हेटेनलो, जिन्होंने हमें एक अद्‌भुत तस्वीर देकर किताब को मुकुट पहना दिया।

बहुमुखी संगीतकार अमेया नाइक, जिन्होंने किताब के ट्रेलर में इस्तेमाल किया गया मार्मिक संगीत तैयार किया, और उत्कृष्ट वीडियो ट्रेलर और सोशल मीडिया सपोर्ट के लिए ट्विस्टस्टूडियो

और ऑक्टोबज़ की टीम।

मेरे भाषण दौरों और इवेंट्स पर सलाह और जानकारियों के लिए स्पीकइन की दीपशिखा कुमार और निजंश वर्मा। साथ ही, सिनेमा, टेलीविज़न और ओटीटी के माध्यम से मेरी कहानियों को अधिक से अधिक दर्शकों तक पहुंचाने की दिशा में प्रयासों के लिए कलेक्टिव के आशू नायक और चिराग़ निहलानी।

मेरे माता-पिता, महेंद्र और मंजू सांघी, और मेरे भाई-बहन, विधि और वैभव, जिन्होंने हमेशा मुझे प्रेरित किया है कि मैं अपने सपनों को पूरा करूं। मेरी पत्नी अनुष्का और बेटा रघुवीर, जो मेरे लेखन के उद्यमों में मेरा सतत संबल रहे हैं। उनका बिना शर्त प्यार मेरे साथ नहीं होता, तो मेरी कोई भी पुस्तक वजूद में न आ पाती। मेरी छोटी राखी-बहन फ़राह, जिन्होंने मुझे सिखाया है कि जीवन में हर चीज़ की व्याख्या नहीं की जा सकती और कुछ चीज़ों को समझे बिना ही छोड़ देना चाहिए।

गौतम पद्मनाभन, मेरे मित्र, फ़िलॉसफ़र और गाइड, जिन्होंने प्रकाशन के क्षेत्र में मुझे मेरा पहला ब्रेक दिया और इस कहानी सहित मुझे कई कहानियों के लिए प्रोत्साहित किया है।

स्वर्गीय रामप्रसाद और स्वर्गीय रामगोपाल गुप्ता, मेरे नाना और उनके भाई, जिन्होंने मुझे अपनी कहानियों और किताबों से प्रेरित किया था। उनके आशीर्वाद कभी मेरे क़लम की स्याही को सूखने नहीं देते।

और अंत में लेकिन सबसे महत्वपूर्ण, माँ शक्ति, जिन्होंने मेरी कलम को धार दी। आपकी असीम अनुकंपा के लिए हार्दिक आभार।

भारत सीरीज़ की प्रशंसा में

रोज़ाबाल लाइन (2008)

"*रोज़ाबाल लाइन* में अश्विन सांघी ने डैन ब्राउन की शैली अपनाते हुए थ्रिलर के सारे मसाले मिलाए हैं—धर्मयुद्ध, एक्शन, एडवेंचर, रहस्य—और बड़ी दक्षता और सहजता से वे ऐसी कहानी बुनते हैं जो संस्कृतियों और महाद्वीपों, धर्मों और संप्रदायों से होकर निकलती है।"

—द *एशियन एज*

"अश्विन सांघी की *रोज़ाबाल लाइन* एक ज़बर्दस्त थ्रिलर है जो मजबूर कर देता है कि हम अपने इतिहासों, अपनी आस्थाओं को फिर से जांचें।"

—प्रीतिश नंदी

"अश्विन जब पाठक को विभिन्न दशकों में दुनिया की सैर पर ले जाते हैं तो धर्म, इतिहास और राजनीति के प्रति सांघी का रुझान स्पष्ट झलकता है। तुलनात्मक धर्म, ख़तरनाक रहस्यों और रोमांचकारी कथानक का मेल एक रहस्यपूर्ण उपन्यास रचता है।"

—द *स्टेट्समैन*

"सांघी ने कामयाबी के फ़ॉर्मूले का सही इस्तेमाल किया है।"

—द *टाइम्स ऑफ़ इंडिया*

"सांघी धर्मशास्त्र की एक उत्तेजक, ज्ञानपूर्ण और दीप्तिमान दिशा की ओर संकेत करते हैं कि मेरी मैग्डेलीन के संप्रदाय की वास्तविक प्रेरणा भारतवर्ष की पावन त्रिदेवी-शक्ति है इस प्रकार कल्पनाशक्ति और षड्यंत्र रचने में वे डैन ब्राउन को भी पीछे छोड़ देते हैं।"

—द *हिंदू*

चाणक्या'ज़ चैंट (2010)

"अश्विन सांघी का बेहद दिलचस्प उपन्यास *चाणक्या'ज़ चैंट* आत्मालापों और अंगूठे में थामे जनेऊ जैसे कसे हुए वर्णनों से भरा है। दो कहानियां गंगा और यमुना की तरह बहती जाती हैं... यह एक द्रुत टैक्नीकलर रोमांच है।"

—*हिंदुस्तान टाइम्स*

"मैं पूर्णतया रोमांचित हूं। एक आनंदपूर्ण रूप से दिलचस्प और बांधकर रखने वाली किताब। ऐतिहासिक रिसर्च अत्यंत प्रभावशाली..."

—शशि थरूर

"बांधकर रखने और तेज़ गति वाला यह उपन्यास वास्तव में डैन ब्राउन द्वारा स्थापित परंपरा का रोमांच है।" —*पीपुल मैगज़ीन*

"राजनीतिक रूप से तैयार करना और षड्यंत्र अश्विन सांघी के ऐतिहासिक थ्रिलर के मूल में है। ख़ूनख़राबा, मुक़द्दमेबाज़ियां, विश्वासघात, हत्याएं, हत्या की कोशिशें और वो सब कुछ जो इसे रोमांचक बनाता है।"

—*सकाल टाइम्स*

"भारत में व्यापक प्रशंसा पाने वाली *चाणक्या'ज़ चैंट* एक राजनीतिक रोमांच है।" —*बिज़नेस इंडिया*

कृष्ण की (2012)

"रसपूर्ण ऐतिहासिक रोमांचक या विचारपूर्ण विलक्षण गाथाएं केवल पश्चिमी जगत के लेखकों के दिमाग़ों से ही क्यों उपजें? अश्विन सांघी भी धागे अच्छी तरह बुनना जानते हैं, और हर मोड़ पर आपको भौचक्का छोड़ जाते हैं। आश्चर्य नहीं कि उनकी किताबें बैस्टसैलर होती हैं!"

—*हिंदुस्तान टाइम्स*

"कथानक आधुनिक संसार का है, लेकिन आप, ढेर सारे इतिहास और सस्पेंस भरी कहानी के साथ, बार-बार समय-यात्रा की उम्मीद कर सकते हैं।"

—*द टेलीग्राफ़*

"वैदिक युग की एक वैकल्पिक व्याख्या जिसका षड्यंत्र और रोमांच दोनों के शौक़ीन ख़ूब आनंद लेंगे।" —*द हिंदू*

"मैंने अभी अश्विन सांघी की *कृष्ण की* पूरी की। ज़बर्दस्त कहानी और अविश्वसनीय रिसर्च। बेहद पसंद आई!" —अमीश त्रिपाठी

"सांघी ने वास्तविकता और कल्पना के बीच की रेखा को धुंधला दिया है और इतिहास और वैदिक युग को एक नया दृष्टिकोण प्रदान किया है।"
—*डीएनए*

सियालकोट सागा (2016)

"*सियालकोट सागा* समय और स्पेस के बीच बेतहाशा गति से दौड़ती हुई प्राचीन रहस्यों को खोलती और आधुनिक रहस्यों को दबा देती है।"
—द *हिंदू*

"किताब दशकों और शताब्दियों पर पसरी हुई है, और फिर आधुनिक भारत तक पहुंच जाती है। यह ऐतिहासिक और थ्रिलर दोनों प्रकार के पाठकों के लिए आनंदमय साबित होगी।" —*टाइम्स ऑफ़ इंडिया*

"कुछ किताबें दिलचस्पी पैदा करने में समय लेती हैं जबकि कुछ किताबें पहले ही पन्ने से आपको बांधकर रखती हैं। *सियालकोट सागा* ऐसी ही किताब है और आरंभ से ही आपको ख़ुद से जोड़ लेती है।"
—*हिंदुस्तान टाइम्स*

"इस किताब में कोई भी नीरस क्षण नहीं आता है। वास्तविकता तो यह है कि कहानी इतनी गति से आगे बढ़ती जाती है कि कई बार तो भौचक्का पाठक किताब को अलग रखकर सांस लेने को मजबूर हो जाता है।"
—*फ़ाइनेंशियल एक्सप्रेस*

"सांघी ने एक शाहकार की रचना की है और हर पन्ना पलटने के साथ वे पाठकों की रुचि को बढ़ाते गए हैं।" —द *पॉयनियर*

कीपर्स ऑफ़ द कालचक्र (2018)

"आप किताब तब तक नहीं छोड़ सकते, जब तक ये पहेली पूरी तरह हल न हो जाए।" —द *फाइनेंसियल एक्सप्रेस*

"लेखक ने जबरदस्त मसाला दिया है... चटाकेदार, जो अतीत और वर्तमान को हिलाकर रख देता है... इसमें एक भी पल बोरियत का नहीं है।"
—*द संडे स्टैंडर्ड*

"अश्विन सांघी की नई थ्रिलर में विज्ञान और अध्यात्म का मिश्रण है।"
—*इंडिया टुडे*

"विस्तृत कैनवास में फैला यह उपन्यास मिथक, इतिहास और दंतकथा को बुनता है।"
—*द हिंदू*

"अश्विन सांघी का *कीपर्स ऑफ़ द कालचक्र* आपके हाथ में टिकटिक करता टाइम बम है। हर अध्याय में कोई नया ही सरप्राइज सर उठा लेता है।"
—*डेक्कन क्रॉनिकल*

"*कीपर्स ऑफ़ द कालचक्र* में सबकुछ है: राजनीतिक किरदार जो आपको वास्तविक नेताओं की याद दिलाते हैं, एक जटिल और उलझा हुआ प्लाट, जो आपको अंत तक बांधे रखता है।"
—*हिंदुस्तान टाइम्स ब्रंच*

द वॉल्ट ऑफ़ विष्णु (2020)

"पुराण और विज्ञान के इस रहस्य के साथ, अश्विन सांघी ने भारत सीरिज की छठी किताब दी है। अश्विन की बाकी किताबों की तरह *द वॉल्ट ऑफ़ विष्णु* भी आपको इतिहास, पुराण, भौतिक, युद्धकल्याण की तकनीक, एआई और जैव-रसायन की रोमांचक दुनिया में ले जाती है।"
—*द टाइम्स ऑफ़ इंडिया*

"*द वॉल्ट ऑफ़ विष्णु* भी अश्विन की चिरपरिचित शैली में इतिहास, पुराण और विज्ञान की रोमांचक राइड है।"
—*द हिंदू*

"एक रोचक और जिज्ञासापूर्ण थ्रिलर... लेखक की कहानी कहने की क्षमता और गहन रिसर्च की दाद देनी पड़ेगी।"—*द न्यू इंडियन एक्सप्रेस*

"सांघी की नई किताब में उनके पसंदीदा विषय, पुराण को इतिहास के साथ गूथकर एक जबरदस्त रोमांच प्रस्तुत किया गया है।"
—*हिंदुस्तान टाइम्स*

चाणक्य मंत्र

अश्विन सांघी

अनुवाद

नवेद अकबर

हार्पर
हिन्दी

प्रथम प्रकाशन 2010
हार्पर हिन्दी
(हार्परकॉलिंस पब्लिशर्स इंडिया) द्वारा प्रकाशित 2023
बिल्डिंग नं. 10, टावर A, 4th फ्लोर,
डीएलएफ साइबर सिटी, फेज II, गुरुग्राम 122002, भारत
www.harpercollins.co.in

कॉपीराइट लेखक © अश्विन सांघी 2010, 2023

P-ISBN: 9789356296176
E-ISBN: 9789356296183

लेखक इस पुस्तक का मूल रचनाकार होने का नैतिक दावा करता है।
इस पुस्तक में व्यक्त किए गए सभी विचार, तथ्य और दृष्टिकोण लेखक के अपने हैं और प्रकाशक किसी भी तौर पर इनके लिए जिम्मेदार नहीं है।

कवर डिजाइन © : पारी ऐरिका
टाइपसेटिंग : निओ साफ्टवेयर कन्सलटैंट्स, प्रयागराज (इलाहाबाद)
मुद्रक: रेप्लिका प्रेस प्रा. लि, भारत

यह पुस्तक इस शर्त पर विक्रय की जा रही है कि प्रकाशक की लिखित पूर्वानुमति के बिना इसे व्यावसायिक अथवा अन्य किसी भी रूप में उपयोग नहीं किया जा सकता। इसे पुन: प्रकाशित कर बेचा या किराए पर नहीं दिया जा सकता तथा जिल्दबंध या खुले किसी अन्य रूप में पाठकों के मध्य इसका परिचालन नहीं किया जा सकता। ये सभी शर्तें पुस्तक के खरीदार पर भी लागू होती हैं। इस सन्दर्भ में सभी प्रकाशनाधिकार सुरक्षित हैं। इस पुस्तक का आँशिक रूप में पुन: प्रकाशन या पुन: प्रकाशनार्थ अपने रिकॉर्ड में सुरक्षित रखने, इसे पुन: प्रस्तुत करने के प्रति अपनाने, इसका अनुदित रूप तैयार करने अथवा इलैक्ट्रॉनिक, मैकेनिकल, फोटोकॉपी तथा रिकॉर्डिंग आदि किसी भी पद्धति से इसका उपयोग करने हेतु समस्त प्रकाशनाधिकार रखने वाले अधिकारी तथा पुस्तक के प्रकाशक की पूर्वानुमति लेना अनिवार्य है।

HarperCollinsIn

FSC
www.fsc.org
MIX
Paper from responsible sources
FSC® C016779

इतिहास की पृष्ठभूमि में लिखी गई यह काल्पनिक कहानी है। सार्वजनिक रूप से विख्यात व्यक्ति, जीवित या मृत, कहानी में अपने वास्तविक नामों से आ सकते हैं। उनसे जुड़े दृश्य और संवाद कल्पनाजनित हैं। वास्तविक व्यक्तियों के नामों का अन्य कोई प्रयोग संयोगमात्र है। वास्तविक व्यक्तियों, जीवित या मृत, के साथ काल्पनिक पात्रों की कोई भी समानता पूर्णतया संयोगमात्र है। ऐतिहासिक यथार्थता से जुड़ा कोई भी दावा न तो किया गया है, न ही निहित है। ऐतिहासिक, धार्मिक या पौराणिक पात्रों, घटनाओं या स्थानों को हमेशा काल्पनिक रूप से इस्तेमाल किया गया है।

आमुख

वृद्ध व्यक्ति अस्पताल के अपने बिस्तर पर सारे साज़ो–सामान के साथ लेटे हुए थे। उनके अहम लक्षण मापते हुए मॉनीटर्स कुछ संख्याएं और ग्राफ़ दर्शा रहे थे। उनकी कमज़ोर बांहों में बेशुमार सूइयां लगी हुई थीं और एक ट्यूब उनके मुंह से होकर फेफड़ों में जा रही थी। वो जानते थे कि जीवन उनके शरीर से किनारा कर रहा है लेकिन उन्होंने शक्ति से

प्रार्थना की थी कि वो उन्हें उस पल का रसास्वादन करने तक जीने की अनुमति दे जिसकी वो प्रतीक्षा कर रहे थे।

टेलीविज़न पर चलती–फिरती छवियों द्वारा उत्पन्न तिलस्मी रोशनी के अलावा कमरे में अंधेरा था, धूप को अंदर न आने देने के लिए मोटे–मोटे पर्दे खिंचे हुए थे। उनके स्टील के पलंग के पास एक कुर्सी पर, बीच–बीच में ऊंघती ड्यूटी नर्स बैठी थी। भारत के अठारहवें प्रधानमंत्री को पद की शपथ लेते देख रहे अस्सी वर्ष से अधिक आयु के बुज़ुर्ग की आंखों में टेलीविज़न की रोशनी चमक उठी।

उनके तीनों मोबाइल फ़ोनों का अनवरत बजना उनके निजी

सचिव मेनन को अंदर ले आया था। बाज़ू के कमरे वाला मरीज़ शिकायत कर रहा था कि निरंतर बजती घंटी से उसे परेशानी हो रही है। लगभग पचास–वर्षीय सचिव ने कमरे में झांका तो देखा कि उसके मालिक अपने बिस्तर पर लेटे हुए हैं और उनकी दृष्टि नई दिल्ली से दिखाई जाती तस्वीरों पर लगी है। वो फ़ोनों की कर्कश आवाज़ से बेख़बर थे। इस पल के लिए उन्होंने तीस साल लंबा इंतज़ार किया था और फ़ोन कॉलों को वो इसमें व्यवधान नहीं डालने दे सकते थे। वैसे भी, कमबख़्त मुंह में लगी ट्यूब के साथ वो बात कर भी नहीं सकते थे। मेनन ने सुझाव दिया था कि फ़ोन बंद कर दें लेकिन उन्होंने इंकार कर दिया। उन्होंने मन ही मन सोचा था, इस पल का रसास्वादन करने से पहले मैं किसी भी चीज़ को—अपनी ज़िंदगी समेत—बंद करने की इजाज़त देने को तैयार नहीं हूं।

कानपुर का अस्पताल उनकी हालत से निबटने में सक्षम नहीं था। पंडित गंगासागर मिश्र को कोई फ़िक्र भी नहीं थी। उन्होंने नई दिल्ली या मुंबई के किसी अस्पताल के बिस्तर में मर जाने से मना कर दिया था। कानपुर घर था और वो अपने रचयिता से अपने ख़ुद के घर से और अपनी शर्तों पर मिलेंगे।

वो राष्ट्रपति भवन में आकार लेते दृश्य को देखते रहे। राष्ट्रपति उस करिश्माई महिला को पद की शपथ दिला रहे थे। वो हमेशा की तरह सुनहरे बॉर्डर वाली सूती साड़ी पहने हुई थी, और सादा एकल हीरे के बुंदों के अलावा कोई भी ज़ेवर उसके शरीर पर नहीं था। स्पष्टतया उसके सामने एक पन्ने पर शपथ का आलेख रखा था लेकिन मानो उसे उसकी ज़रूरत ही नहीं थी। लगभग ऐसा लग रहा था जैसे अपनी सारी ज़िंदगी उसने इस अवसर की तैयारी में लगा दी थी। वो चुस्त ऑक्सफ़ोर्ड उच्चारण में बोल रही थी, "मैं, चांदनी गुप्ता, ईश्वर को साक्षी मानकर शपथ लेती हूं कि मैं विधि द्वारा स्थापित भारत के संविधान के प्रति सच्ची आस्था और निष्ठा वहन करूंगी, कि मैं भारत की संप्रभुता एवं अखंडता को बनाए रखूंगी, कि ईमानदारी और धर्मपूर्वक मैं प्रधानमंत्री के रूप में अपने कर्तव्यों

का निर्वहन करूंगी और कि किसी डर या पक्षपात के, स्नेह या द्वेष के बिना संविधान और विधि के अनुरूप सभी लोगों के साथ न्याय करूंगी।" बुज़ुर्ग मुस्कुराए। डर, पक्षपात, स्नेह या द्वेष के बिना! बकवास! इनमें से किसी के भी बिना प्रधानमंत्री बनना मुमकिन ही नहीं था, और ये भी साला जानती है। यद्यपि, ये सिर्फ़ उनकी अपनी राय थी। लेकिन फिर, धूर्त मैकियाविली का हमेशा से विश्वास था कि तथ्य तो किसी भी मूर्ख के पास हो सकते हैं—राय रखना एक कला है।

वो हंसे और नतीजा हुआ खरखराती खांसी, जो उनकी नश्वरता और उनके फेफड़ों में जकड़े कैंसर की याद दिला गया। कमरे के बाहर खड़े ख़ुफ़िया विभाग के कर्मचारियों ने उन्हें खांसते सुना। वो समझ नहीं पा रहे थे कि वो किससे किसकी रक्षा कर रहे हैं। बेशक ऐसे बहुत से लोग थे जो इस कमबख़्त की मौत चाहते थे लेकिन ऐसा लगता था कि ईश्वर की कुछ और ही योजना है। ऐसा लगता था मानो गंगासागर नाक पर अंगूठा रखकर अपने दुश्मनों को चिढ़ा रहे हों और कह रहे हों "आओ पकड़ लो मुझे, लेकिन मैं यहां होऊंगा ही नहीं!"

उनके सिर पर पसीने की महीन परत फैल गई थी, जबकि उनका गंजापन दोनों तरफ़ मौजूद एकदम सफ़ेद बालों के गुच्छों से और भी ज़्यादा स्पष्ट होता था। नर्स ने एक तौलिए से पसीना पोंछा। वो अपनी गहरी, तीक्ष्ण, सर्वदृष्टा आंखों से—नन्हे वीडियो कैमरे जिन्होंने बदतरीन मानव व्यवहार को देखा था और उसे गीगाबाइट्स में उनके मस्तिष्क की हार्ड डिस्क में स्टोर कर दिया था—उसकी गतिविधियों को देखते रहे। ट्यूब के बावजूद अपनी अंकुशाकार नाक से जीवनदायी ऑक्सीजन को खींचने के लिए संघर्ष करते हुए, उन्होंने सांस लेने की कोशिश की तो उनके पतले-पतले होंठ कांप गए। उनकी त्वचा किसी संग्रहालय के

दुर्लभ चर्मपत्र की निर्मल चंपई रंगत जैसी थी, और उनका पतला-दुबला शरीर बिस्तर पर नाममात्र ही जगह घेरे हुए था। इतना

कमज़ोर छोटा सा आदमी इतना शक्तिशाली कैसे हो सकता था?

उनके कमरे के बाहर लॉबी में राजनीतिक सहयोगियों का जमावड़ा लगा था। पंडित गंगासागर मिश्र के कोई दोस्त नहीं थे। उनकी सियासी दुनिया में सिर्फ़ दुश्मन होते थे। मिश्र की मौत से पहले ही उनकी मौत के बारे में कोई भीतरी ख़बर निकालने की उम्मीद में अख़बारी पत्रकारों का एक शिकारी दल बाहर खड़े नेताओं से दोस्ती गांठने में लगा था।

बुज़ुर्ग कुछ बुदबुदाते से प्रतीत हुए, शब्दों को बोलने में काफ़ी मेहनत करनी पड़ी थी। यह संस्कृत में उनकी नित्य की प्रार्थना थी: *आदि शक्ति, नमोनमः; सर्वशक्ति, नमोनमः, प्रथम भगवती, नमोनमः, कुंडलिनी माताशक्ति; माताशक्ति, नमोनमः।* उन्होंने—अब प्रधानमंत्री की शपथ ले चुकी—अपनी पालिता को देखा। वो टेलीविज़न कैमरों के सामने आभार में हाथ जोड़े हुए थी... और फिर वो पीछे की तरफ़ लड़खड़ा गई। वो लाल धब्बा जो उसके बाएं कंधे पर फैलता चला गया था—मानो स्लो मोशन में—एक स्टिंगर .22 मैग्नम से फ़ायर किया गया था।

राष्ट्रपति भवन के भव्य अशोक हॉल में भगदड़ मच गई थी। टेलीविज़न पर साकार होते दृश्य को देखते हुए मिश्र संस्कृत में अपना मंत्रोच्चार करते रहे, "*आदि शक्ति, नमोनमः; सर्वशक्ति, नमोनमः, प्रथम भगवती, नमोनमः, कुंडलिनी माताशक्ति; माताशक्ति, नमोनमः।*"

प्राचीन भारतीय साम्राज्य का मानचित्र

मानचित्र पैमाने के आधार पर नहीं है। स्थानों और साम्राज्यों के नाम पुस्तक में दिए नामों के आधार पर बदले गए हैं।

अध्याय एक

लगभग 2300 वर्ष पहले

चुंबन लंबा था। वो अपने होंठों से धीरे-धीरे उसके होंठ सहला रही थी जिससे उसकी रीढ़ में विद्युतीय चिंगारियां सी दौड़ रही थीं और वो इच्छा कर रहा था कि ये आवेगपूर्ण क्रिया अपने तृप्तिपूर्ण समापन की ओर अग्रसर हो। उसका नाम विशाखा था—जिसका अर्थ था दिव्य नक्षत्र—और वो निस्संदेह एक दिव्य प्राणी थी। सलिल सी मद्धम आभा वाला उसका हाथीदांत जैसा निर्मल वर्ण, उसका मादक मुख, और पन्ने जैसी चंचल आंखें आंशिक रूप से उसके लहराते, रेशमी, सुनहरी बालों से ढक गई थीं जबकि वो उसके चेहरे पर झुकी उसकी आंखों, नाक और होंठों पर परम आनंदपूर्ण छोटे-छोटे चुंबन जड़ रही थी।

पोरस आनंद महल के कक्ष में रेशमी पलंगपोश पर लेटा हुआ था। अंत:कक्ष से वीणा का धीमा-धीमा स्वर बिखर रहा था जहां एक दरबारी राग हिंडोल—प्रेम का राग—के सुरों से छेड़छाड़ कर रहा था। कमरे की उत्तर-पूर्वी दीवार के साथ लगा एक तसला था जिसे

शुद्ध गुलाबजल से भरा गया था, और ठीक उसके सामने एक बड़ा सा सुनहरी दीप था जिसे चंदन के तेल से जलाया गया था। पोरस परम सुख की अवस्था में था।

ख़ुद को विशाखा की गतिविधियों के अधीन करते हुए, वो तृप्ति भरी आहें भर रहा था। वो याद करने की कोशिश करने लगा कि किस महान गुरु ने कहा था कि निर्वाण का पथ दिव्य के आगे पूर्ण अधीनता है। क्या ये रमणीय प्राणी दिव्य से कम है? उसने बांहें फैलाकर उसके चेहरे को अपने चेहरे की ओर खींचा और उसके होंठ विशाखा की लौंग और इलायची से महकती सांसों में अपनी प्यास बुझाने की कोशिश करने लगे। पोरस के अंदर आग लगी हुई थी।

उसके गले में आग लगी हुई थी! पोरस को महसूस हुआ कि विष और पारद का मिश्रण उसके होंठों, जीभ और गले को जला रहा है तो उसने घबराकर विशाखा के बालों को छोड़ा और अपने गले को पकड़ लिया। उसने चीख़ने की कोशिश की लेकिन उसके कंठ से कोई आवाज़ नहीं निकल सकी—उसका गला विशाखा के होंठों की संखिया से बेकार हो चुका था। दिव्य विशाखा उसके सिर को अपने सुडौल वक्ष की गर्मी के आश्रय में रखे हुए उसके शरीर से सांस को ख़ामोशी से निकलते महसूस करती रही। अंदर राजा की पीड़ा से बेख़बर मोर बाहर शाही बाग़ में अभी भी नाच रहे थे। पोरस, कैकय और मगध का शक्तिशाली राजा, मर चुका था। महाराज अमर रहें!

Ω

पूर्वी भारत में गंगा की सुंदर घाटियों में बसे महान ब्राह्मण साम्राज्य मगध की राजधानी पाटलिपुत्र इस घड़ी शांत थी। शहर के क़िले के चारों ओर ख़ंदक़ में मगरमच्छ गहरी ऊंघ में थे और पहरेदारों ने शहर के द्वारों को रात के लिए बंद कर दिया था। इस समय शहर के भीतर गतिविधि वाली अकेली जगह दक्षिण की ओर यम द्वार था जहां मदिरालय और गणिकाओं के घर थे। राजधानी के उत्तरी छोर पर, ब्रह्म द्वार की ओर, जहां महल था और ब्राह्मण जति के लोग

रहते थे, सड़कों पर मौत जैसी ख़ामोशी पसरी हुई थी।

एक साधारण से घर में, चाणक्य विशाखा की बातों को ध्यानपूर्वक सुन रहा था जबकि उसकी अध्ययन की चौकी के दोनों ओर रखे दीयों की चमक उसके तैलीय वर्ण पर छाया और प्रकाश की भयावह सी धारियां डाल रहा था। वो एक भद्दा सा दिखने वाला व्यक्ति था। उसकी त्वचा पर चेचक के दाग़ थे और उसके नैन-नक़्श कुछ टेढ़े से थे। उसका गंजा सिर कठोर, काला और कड़ा था और उसके माथे पर चंदन के लेप से एक त्रिशूल बना हुआ था। उसके सिर के पिछले भाग से एक लंबी सी शिखा निकल रही थी। उसके शरीर पर एकमात्र कपड़ा एक साधारण सूती वस्त्र था और उसकी एकमात्र सज्जा एक यज्ञोपवीत था। वो विरले ही मुस्कुराता था क्योंकि मुस्कुराने से उसके टेढ़े दांत दिखते थे। उसका जन्म पूरे दांतों के साथ हुआ था—जो कि शासक का चिह्न था, लेकिन एक ज्योतिषी योगी ने भविष्यवाणी की थी कि लड़का मात्र राजा से ज़्यादा शक्तिशाली होगा; वो अपने समय का सबसे शक्तिशाली राजनिर्माता होगा। कई लोगों के लिए वो कौटिल्य—टेढ़ा—था; बचपन के मित्रों के लिए वो विष्णुगुप्त था; लेकिन अधिकतर लोगों के लिए वो चाणक्य था—महान और विद्वान चाणक्य, सारे मगध के सबसे नामी शिक्षक चणक का प्रसिद्ध पुत्र।

हत्या की विस्तृत जानकारी लेते हुए उसने ज़रा भी भाव या उत्साह प्रकट नहीं किया। चालाक बूढ़ा ब्राह्मण जानता था कि अपनी वास्तविक भावनाएं दूसरों के सामने व्यक्त करना कभी लाभप्रद नहीं होता। "तीन व्यक्ति तभी एक रहस्य को रहस्य रख सकते हैं बशर्ते उनमें से दो मर जाएं," वो अक्सर कहता था।

लेकिन वो मन ही मन हंसे बिना नहीं रह सका। मूर्ख पोरस ने विश्वास कर लिया था कि उसके बिस्तर में मौजूद दिव्य प्राणी विशाखा थी—चमकता नन्हा नक्षत्र। हाह! जड़बुद्धि को पता ही नहीं चला कि विशाखा तो चाणक्य की प्रशिक्षित विषकन्या थी। वास्तव में, चाणक्य ने ऐसी कन्याओं की एक पूरी सेना के निर्माण की निजी

रूप से देखरेख की थी। उसका ख़ुफ़िया तंत्र ऐसी युवा और आकर्षक लड़कियों की पहचान करता था जिनकी जन्मकुंडलियां उनके विधवा होने की भविष्यवाणी करती थीं। इन सुंदरियों को कम आयु में ही पृथक कर दिया जाता और उन्हें विभिन्न प्रकार के विष धीरे-धीरे मात्रा बढ़ाते हुए खिलाए जाते जिससे वो उनके हानिकारक प्रभावों से प्रतिरक्षित हो जातीं। तरुणावस्था तक पहुंचते-पहुंचते चाणक्य की ये विषकन्याएं अत्यंत विषैली हो जातीं। लार के मामूली से आदान-प्रदान के साथ किया उनका एक साधारण सा चुंबन बैल जैसे किसी पुरुष को भी मारने के लिए पर्याप्त होता।

"जाकर चंद्रगुप्त से कहो कि अब वो मगध के सम्राट हैं," चालाक ब्राह्मण ने सामान्य भाव के साथ अपनी विषैली शिष्या को निर्देश दिया और उसका मस्तिष्क इस पूरी कहानी के आरंभ में चला गया।

♎

मगध का राजा धनानंद क्रोध में था। उसका ब्राह्मण महामंत्री, बुद्धिमान शकतार, उसे समझा रहा था—पृथ्वी पर ईश्वर के प्रतिनिधि को! शकतार चाहता था कि राजा शराब में डूबे कामुक लक्ष्यों में कम समय बिताए और ज़्यादा समय मगध के नागरिकों के जीवन को सुधारने में लगाए। धनानंद को शकतार जैसे विद्वान नीरस और असहनीय लगते थे। पर फिर भी वो उन्हें सहन करता था। उसकी समिति में ब्राह्मणों का संरक्षण उसे बुद्धिमान व्यक्ति के रूप में दिखाता था।

मगध के विराट सभागार की छत अस्सी विशाल स्तंभों पर टिकी थी। बहुमूल्य साज-सज्जा और दीवारदरियां विश्व के सबसे धनी राजा के दरबार की शोभा में चार चांद लगा रही थीं। महल से कुछ दूर सोने का पानी चढ़ा दुराखी देवी मंदिर था, जो एक बौद्ध मठ होने के साथ-साथ एक आयुर्वेदीय अस्पताल भी था और मगध की धार्मिक, सांसारिक और आध्यात्मिक उन्नति का प्रतीक था।

धनानंद ने अपने दाईं ओर पहली कुर्सी को देखा। ये राज्य के

सबसे महत्वपूर्ण ब्राह्मण—महामंत्री शकतार—के लिए आरक्षित थी। कुर्सी ख़ाली थी क्योंकि शकतार राजा को उपदेश देने के लिए खड़ा हो गया था। पाखंडी हरामज़ादा, धनानंद ने सोचा। वो सब स्वार्थी धूर्तों का झुंड थे जो अपने बीच से सबसे दंभी लोगों की मंत्रियों के रूप में सिफ़ारिश करते थे, और फिर धनानंद के पैसे से स्वयं को सम्मान, अनुदान और पदवियां दिलाते थे, और उसे—शक्तिशाली धनानंद को—राजा के कर्तव्यों पर भाषण देते थे! उनके पाखंड से उसे घिन्न आती थी।

धनानंद की नज़रें अपनी परिचारिकाओं की ओर चली गईं। मगध के शासक हमेशा महिलाओं से घिरे रहते थे। वो विभिन्न काम करती थीं जिनमें राजा की सुरक्षा करना, उसके कक्ष तक पहुंच को नियंत्रित करना, भोजन में विष नहीं होना सुनिश्चित करने के लिए उसका भोजन चखना, संदेश पहुंचाना, उसका कवच चमकाना, संगीत से उसका मनोरंजन करना, उसे स्नान करवाना और कपड़े पहनाना, उसकी यौन आवश्यकताएं तृप्त करना, और रात को उसे सुलाना सम्मिलित था।

धनानंद की सेवा में एक हज़ार से अधिक महिला सेविकाएं और दरबारी थीं। अपने स्वामी की सुरक्षा में वो बिल्ली की तरह घातक थीं। धनानंद ने ऐसी ही मनोहर बिल्ली को देखकर चुपके से आंख मारी—जिसके घुमावदार शरीर को देखकर उसकी शक्ति और जान से मार डालने की उसकी क्षमता की कल्पना करना कठिन था—और उसने भी शर्माते हुए उसी तरह जवाब दिया।

ये आंख मारना अंतिम तिनका सिद्ध हुआ। सामान्यत: शांत रहने वाले शकतार को क्रोध आ गया और उसका बरसों का दबा हुआ क्रोध पक चुके घाव के सड़ते मवाद की तरह फट पड़ा। "हे राजा! दरबार के भ्रष्ट आचरण के कारण अब आपके राज्य में कोई महिला सुरक्षित नहीं है। लड़कियां अक्सर गंगा के किनारों पर मिल रही हैं—बलात्कार या हत्या या दोनों की शिकार। उनका सुराग़ प्राय: राजमहल की ओर लेकर आता है!" वो गरजा।

विश्व में सबसे बड़ी तैयार सेना का स्वामी धनानंद बुरी तरह क्रुद्ध हो उठा। "अपनी ज़बान को संभालो, शकतार, वर्ना मैं इसे अलग करवा दूंगा! तुम मेरे ही पैसे पर जीते हो और तुम्हें लगता है कि तुम्हें अधिकार है कि तुम यहां आओ और मुझे—ज्ञात संसार के सबसे शक्तिशाली सम्राट को—बताओ कि मैं अपना काम किस तरह करूं?" वो चिल्लाया, और हर शब्द के साथ उसके होंठों पर थूक बिखरता गया। "राक्षस! इस दुष्ट को नंद के नर्क में फिंकवा दो। तब इसे पता चलेगा कि पुट्ठे में पीड़ा कैसी लगती है," उसने अपने आंतरिक सुरक्षा मंत्री राक्षस को आदेश दिया।

नंद का नर्क धनानंद के कारागार परिसर का कुख्यात यातना कक्ष था। इसका निरीक्षक गिरिका एक दानव था। बचपन में भी गिरिका को चींटियों, मक्खियों, चूहों और मछलियो को पकड़ने और उन्हें यातनाएं देने में आनंद आता था। बाद में वो कांटे, जाल, गर्म मोम, खौलते पानी और तांबे की छड़ों द्वारा बिल्लियों और कुत्तों को यातनाएं देने लगा। जिन क़ैदख़ानों में गिरिका काम करता था, और असहाय बंदियों के दांतों को धातुई चिमटों से उखड़वाता था, उनके गुप्तांगों पर पिघला हुआ तांबा उलटवाता था और उनकी गुदा में जलते हुए सुर्ख़ अंगारे घुसवाता था, वहां से हर समय रक्त को जमा देने वाली चीख़ें सुनी जा सकती थीं।

राक्षस ने अपनी कुर्सी पर बेचैनी से पहलू बदला। गर्म सुर्ख़ अंगारों के विचार से उसकी बवासीर उभरने लगी थी। वो जानता था कि वो बहुत बड़ी दुविधा में फंस गया है। शासक की आज्ञा मानी तो सारी आबादी उसे राजा का दलाल कहेगी—जो कि वो था—और आदेश का पालन नहीं किया तो ख़ुद उसे ही क़ैदख़ाने भेज दिया जाएगा।

नृत्य, नाटक, संगीत, साहित्य और कला का शौक़ीन राक्षस एक सुसंस्कृत और परिष्कृत कलाकार था। अपनी कलापूर्ण दुनिया में सर्वश्रेष्ठ महिला सौंदर्य से घिरा रहने के कारण वो धनानंद को राज्य की सबसे मनमोहक महिलाएं पहुंचा पाता था। राजा के साथ

उसकी सफलता का यही रहस्य था। राक्षस के अंदर का माहिर राजनीतिज्ञ खुले टकराव से बचता था। मूर्ख शकतार को बखेड़ा खड़ा करने की क्या ज़रूरत थी? राक्षस हिचकिचाते हुए अपनी कुर्सी से खड़ा हुआ और उसने अपने रक्षकों को महामंत्री को गिरफ़्तार करने का आदेश दे दिया।

राजकीय महल के द्वार के बाहर एक व्यक्ति पत्थर के छज्जे पर खड़ा धनानंद के बारे में ज़हर उगल रहा था। "मगध के नागरिको, ये अत्याचार लंबे समय से चल रहा है। राजकीय दुष्ट धनानंद ने उस एकमात्र मंत्री को कारागार में डाल दिया है जो उससे टक्कर लेने में सक्षम था। क्या हम यहां इसी तरह असहाय खड़े राज्य के संरक्षक—बुद्धिमान और महान महामंत्री शकतार—के साथ ऐसा शर्मनाक व्यवहार होते देखते रहेंगे? अभी कितने और किसान आत्महत्या करेंगे क्योंकि धनानंद के कर निरीक्षक उनके अनाज को लूट लेते हैं? कितने और सैनिक लड़ाइयों में मारे जाएंगे क्योंकि राजा के आनंद के लिए शराब के प्याले बनाने को उनके कवच के साथ समझौता किया गया? और कितनी मांएं अपनी बलात्कार की गई बेटियों की लाशों पर आंसू बहाएंगी? अभी और कब तक हम इस दुष्ट शासक को सहन करेंगे?" वो चिल्लाया।

वहां भीड़ इकट्ठी हो गई थी। क्योंकि वक्ता कोई साधारण व्यक्ति नहीं था। वो चणक थे—राज्य के सबसे सम्मानित शिक्षक—बुद्धिमान चाणक्य के पिता और महामंत्री शकतार के क़रीबी मित्र और विश्वासपात्र। अपने बेटों और भविष्य के राजकुमारों को चणक के पास भेजने के लिए राजाओं में होड़ लगी रहती थी ताकि उन्हें राजकीय कर्तव्यों का प्रशिक्षण और शिक्षा दिलवाई जा सके।

महल के अंदर रक्षकों ने महामंत्री शकतार को पकड़ लिया था और गुप्त गलियारों की एक श्रृंखला से होते हुए उसे क़ैदख़ाने तक ले गए थे। राक्षस ने ख़ामोशी से सेनाध्यक्ष को निर्देश दिया था कि शकतार के साथ अच्छा व्यवहार होना चाहिए और कि गिरिका उस पर हाथ न डाले। "गिरिका से कह देना कि अगर उसने महामंत्री के

बाल भी छूने की कोशिश की तो मैं स्वयं उसकी गोलियों को काटूंगा, अख़रोट की तरह भूनूंगा, और नाश्ते में उसी को खिलाऊंगा!" वो सेनाध्यक्ष के सामने फुफकारा था।

राक्षस अभी अपनी अगली चाल के बारे में सोच ही रहा था कि शाही रक्षकों के प्रमुख ने तेज़ी से अंदर आकर राजा के साथ कुछ बात करने की इच्छा जताई। स्पष्ट रूप से घबराए हुए प्रमुख ने समाचार दिया कि महल के बाहर एक बड़ी भीड़ जमा हो गई है और चणक द्वारा उसे विद्रोह के लिए उकसाया जा रहा है।

धनानंद आगबबूला हो गया। उसका चेहरा बिगड़ गया और गर्दन की नसें बाहर चल रहे रक्षकों की ढोल की थाप के साथ धड़कने लगीं। "मार डालो उस रंडी की औलाद को! मैं चाहता हूं कि चणक का सिर काटकर गंगा के किनारे लटका दिया जाए। अभी!" वो चिल्लाया। बेचारा प्रमुख इस डर से कि कहीं स्वयं उसका अपना सिर भोजन की चौकी पर धनानंद की किसी दरबारी चखनिया द्वारा न चखा जाए, अपने सनकी शासक के शाही फ़रमान का पालन करने के लिए तेज़ी से चला गया।

♎

"वो मर चुके हैं, विष्णुगुप्त। मुझे तुम्हारी क्षति के लिए दुख है, मेरे बेटे। राजा के जासूस हर जगह फैले हुए हैं। तुम्हें भाग जाना चाहिए। वो तुम्हारी तलाश में होंगे," धनानंद के मंत्रिमंडल में मंत्री और चणक के निष्ठावान मित्र कात्यायन ने समझाया। दरबार में उसने चणक के मारे जाने की ख़बर सुनी थी और वो चणक के बेटे विष्णुगुप्त को चेतावनी देने तेज़ी से चल दिया था।

"लेकिन अगर मैं भाग गया, तो मेरी मां की देखभाल कौन करेगा? वो तो बहुत बूढ़ी हैं, इसीलिए कहीं जा भी नहीं पाएंगी" लड़के ने कहा।

"उनकी देखभाल मैं करूंगा, घबराओ मत," सज्जन और आश्वस्तिपूर्ण कात्यायन ने कहा।

"और सुवासिनी?" विष्णुगुप्त ने पूछा। सुवासिनी बंदी महामंत्री

शकतार की बेटी और विष्णुगुप्त की बचपन की पसंद थी।

"यदि तुम केवल अपनी देखभाल कर लो तो बाक़ी सबकी देखभाल मैं कर लूंगा, विष्णुगुप्त," कात्यायन ने अधीर होते हुए कहा।

विष्णुगुप्त के चेहरे की भावशून्यता ने कात्यायन को चौंका दिया। वहां न तो निराशा का कोई चिह्न था और न पीड़ा का। "मुझे विष्णुगुप्त मत कहिए," अभिमानी और क्रुद्ध लड़के ने कात्यायन से कहा। "आज के बाद से मेरी एकमात्र पहचान है चाणक्य—भद्र चणक का पुत्र!"

Ω

अमावस की रात थी और चाणक्य ने कात्यायन की सुझाई योजना पर अमल करने के लिए पूरे दो दिन प्रतीक्षा की थी। वो तब तक अपने शरीर पर कोयले और तेल का मिश्रण मलता रहा जब तक कि पूर्णतया काला नहीं हो गया। चांदनी की पूर्ण अनुपस्थिति और उसके छाया जैसे हुलिए का अर्थ था कि वो गंगा के अप्रकाशित किनारे पर बिना नज़रों में आए घूम सकता था।

उसने कात्यायन के निर्देशों का ठीक-ठीक पालन किया ताकि वो नदी किनारे बरगद के पेड़ को ढूंढ़ सके। ये एक पवित्र पेड़ था जिसकी त्योहारों पर पूजा होती थी और इसीलिए धनानंद के रक्षकों ने चणक के सिर को इसी पेड़ की शाखाओं में टांग दिया था ताकि आम लोग इसे छुएं नहीं। बरगद तक पहुंचने के बाद, चाणक्य उसकी जड़ में रखे दीये को नज़रअंदाज़ करता हुआ उसके विशाल तने पर चढ़ने लगा। जल्दी ही तेज़ दुर्गंध उसे उस स्थान तक ले गई जहां उसके प्रिय पिता का सिर एक प्रेत की तरह उनकी एकमात्र लट से एक शाखा में बंधा लटका हुआ था।

अपने पिता के कटे हुए सिर को भयानक सरसराती हवाओं में झूलते देखकर चाणक्य की आंखें डबडबाने लगीं। उसके पिता की आंखें पूरी तरह खुली हुई थीं और दोनों गालों में बड़े-बड़े सूराख़ हो गए थे जहां कीड़ों ने दावत उड़ानी शुरू कर दी थी। उनका मुंह

कसकर बंद था, और ये उनकी मनपसंद—और अब विडंबनापूर्ण—कहावत की ख़ामोश याद दिलाता था: "जो व्यक्ति अपना मुंह बहुत ज़्यादा खोलता है, उसका अंत बहुत दुखद हो सकता है, अपच द्वारा या प्राणदंड द्वारा!"

चाणक्य ने ख़ुद को संभाला, शाखा पर चढ़ा और उसने तेज़ी से शिखा को खोल दिया। पूरी सावधानी के साथ उसने सिर को ऊपर उठाया, अपनी बांहों में संभाला और शीर्ष को एक सम्मानपूर्ण चुंबन दिया। अब उसके आंसू तेज़ी से निकल रहे थे और उसके पिता की खोपड़ी पर बह रहे थे। वो इस क्षण तक रोया नहीं था लेकिन अब उसने ख़ामोशी से ख़ुद को वचन दिया कि ये एकमात्र अवसर होगा जब कि वो ख़ुद को रोने देगा; चाणक्य दूसरों को रुलाएगा। उन्हें अपने कर्मों का फल भोगना होगा। उसके आंसुओं का बदला उन्हें ख़ून से चुकाना होगा।

वो तेज़ी से पेड़ से उतरा और उसने अपने पिता के सिर को अपने साथ लाई नई मलमल में लपेट दिया। फिर उसने मलमल को अपने धड़ से बांध लिया और अंधियारी और भयंकर नदी में कूद गया। जमा देने वाले ठंडे पानी के झटके को दबने में कुछ मिनट लगे और वो जल्दी ही मज़बूती से हाथ-पैर चलाता हुआ दूसरे किनारे पर दुर्गा मंदिर की ओर बढ़ने लगा।

कात्यायन ने शाही रक्षकों को रिश्वत देकर उनसे चणक का शव ले लिया था और उसे गुप्त रूप से मंदिर के मैदान तक पहुंचाने की व्यवस्था कर दी थी। हिंदू परंपरा के अनुसार, मृत शरीर की अंत्येष्टि सूर्यास्त से पूर्व होनी चाहिए थी, लेकिन चणक की मृत्यु की परिस्थितियों का अर्थ था कि इस परंपरा को फ़िलहाल नज़रअंदाज़ करना होगा। अगर धनानंद को भनक भी लग जाती कि चाणक्य चणक के शव की अंत्येष्टि कर रहा है, तो वो अपने गुर्गों को लड़के की तलाश में भेजने में ज़रा भी नहीं हिचकिचाता।

तेज़ बहाव में से भीगा हुआ निकलने पर, उसने नदी किनारे पुजारी को अपनी प्रतीक्षा करते पाया, जो कि भयानक सा कुबड़ा था

और ख़ून जैसे लाल रंग की चादर लपेटे हुए था। वो एक मशाल लिए खड़ा था और उसने ख़ामोशी से इशारा करके चाणक्य को अपने साथ चिता की ओर चलने के लिए कहा जो कि पहले से तैयार की जा चुकी थी। बिना एक शब्द बोले, उसने चणक के सिर वाली मलमल को लिया और उसे चिता में रखे शेष शरीर के साथ रख दिया। उसने चाणक्य को जलती हुई घास की एक गठरी दी और उससे कहा कि वो पहले एक बार शव की परिक्रमा करे और फिर चिता को जला दे। जब चणक का शरीर लपटों से घिर गया, तो पुजारी ने उसे एक बांस देकर लाश का सिर फोड़ने के लिए कहा—कथित रूप से वो कृत्य जिसके द्वारा अंदर फंसी चणक की आत्मा मुक्त हो जाएगी।

लपटों का ज़ोर कम हुआ, तो पुजारी ने चाणक्य को गंगा में एक और डुबकी लगाने का निर्देश दिया और पहनने के लिए सूखे गेरू कपड़े दिए। नहाने और कपड़े बदलने के बाद चाणक्य ने पुजारी की दी हुई छोटी सी पोटली ली। ये कात्यायन की ओर से उसके लिए विदाई की भेंट थी। इसमें उसकी सुरक्षा के लिए एक छोटी सी कटार थी, उसके जीवन-यापन के लिए पचास सोने के पण थे, और तक्षशिला विद्यालय के अध्यक्ष के लिए एक चिट्ठी थी।

नौ सौ मील की दूरी पर सुदूर उत्तरपश्चिम में बसा तक्षशिला विश्व का पहला विश्वविद्यालय था। इसकी स्थापना लगभग तीन सौ वर्ष पूर्व हुई थी और इसमें हर वर्ष साठ से अधिक विषयों में दस हज़ार से अधिक छात्र एकत्र होते थे।

चाणक्य ने लंबी और दुर्गम यात्रा आरंभ कर दी जिसमें एक वर्ष से अधिक समय लगना था।

अध्याय दो

वर्तमान समय

कानपुर की धूल भरी बिरहाना रोड दिन के ज़्यादातर समय चटोरों का स्वर्ग होती थी। सड़क किनारे की छोटी-छोटी दुकानों में मुंह में पानी लाने वाले स्नैक्स मिलते थे—गोलगप्पे, आलू टिक्की, दही कचौड़ी—खट्टी-मीठी स्वादिष्ट चीज़ें जो सबसे अधिक अस्वास्थ्यकर अवयवों से मिलकर बनती थीं: तले हुए आलू, मैदा, चीनी, और नमक। कोलेस्ट्रॉल का धमाकेदार हमला आमतौर पर चटोरों को उन मिठाई की दुकानों में जाने से नहीं रोक पाता था जहां लड्डू, बर्फ़ी, क़ुल्फ़ी, जलेबी, मलाई-मक्खन, गुलाब जामुन और सैकड़ों क़िस्म की दूसरी शीरे भरी, चिपचिपी और पापमय मिठाइयां बिकती थीं। सड़क दिन भर ट्रैफ़िक से अटी रहती थी—काला-काला धुआं उगलते ऑटोरिक्शा, कारें, स्कूटर, हथठेले, भैंसे, गायें, और इंसान। हवा गंदी लेकिन फिर भी उत्साहपूर्ण थी। पसीने और पेशाब की गंध में कार्बन मोनोऑक्साइड, तले भोजन, और आसपास के मंदिरों से आने वाली धूप की गंध मिली हुई थी।

बिरहाना रोड की एक गली में एक बिल्डिंग थी जिसने कभी बेहतर दिन देखे थे और अब खड़े रहने के लिए संघर्ष कर रही थी। इसके अंदर, एक जीर्ण सा ज़ीना दूसरे फ़्लोर के एक फ़्लैट को ले जाता था जहां कानपुर में इतिहास के सबसे प्रमुख प्रोफ़ेसर, पंडित गंगासागर मिश्र, रहते थे। अभी-अभी नहाए और एक सामान्य सा सफ़ेद सूती कुर्ता-पाजामा पहने पंडितजी अपनी सवेरे की पूजा में व्यस्त थे। वो अपनी पूजा की चटाई पर पूर्व की ओर—चढ़ते सूरज की दिशा में—मुंह किए बैठे थे और अपने लघु मंदिर में रखे छोटे-छोटे चांदी के देवताओं को फूल, धूप और चंदन का लेप चढ़ा रहे थे। अपने देवताओं को गुड मॉर्निंग कह लेने के बाद, वो कांपते ज़ीने से उतरकर बाहर सड़क पर चले गए।

स्पष्ट था कि पंडितजी अपनी जवानी में एक सुंदर आदमी रहे थे। उनके नाक-नक़्शे राजसी, माथा चौड़ा और नाक तोते जैसी थी। वो इन्तहाई गोरे लेकिन नाटे थे। लेकिन उनका छोटा क़द भ्रामक था—नेपोलियन की तरह। उनके सिर के लगभग सारे ही बाल गिर चुके थे, और पंडितजी बची-खुची लटों को बचाकर रखने के लिए बड़े प्यार से उन्हें पूरे सिर पर बाएं से दाएं काढ़ते थे।

अगले तीस मिनट मोतीझील चौराहे तक तेज़ टहल में बीतेंगे जहां एक नीरस से नाम—बनारसी टी हाउस—का चायवाला पंडितजी के लिए चाय एकदम तैयार रखेगा। पंडितजी का नौकर अक्सर शिकायत करता था कि वो घर पर बेहतर चाय बना सकता है लेकिन पंडितजी को अपनी सवेरे की टहल भी पसंद थी और चाय की दुकान की गपशप भी जहां वो सवेरे की नियमित भीड़ का भाग थे। फिर वो दो दुकान आगे अपने अख़बारवाले के पास जाते और उससे अपनी रोज़ाना की जानकारी का भंडार ख़रीदते। इसके तीस मिनट बाद वो वापस घर पर होते और अगले दो घंटे देश भर के अख़बारों को पढ़ते हुए अपने लिविंग रूम में बिताते। उनके अख़बारवाले ने ऐसा नेटवर्क तैयार कर रखा था जिसके द्वारा वो कानपुर और लखनऊ के स्थानीय अख़बारों के अलावा मुंबई, नई दिल्ली, कोलकाता और चेन्नई के

अख़बार भी पंडितजी को सप्लाई कर पाता था।

"लेकिन पंडितजी, आप इतने अख़बार क्यों पढ़ते हैं?" लड़के ने एक दिन उत्सुकतावश पूछ ही लिया। पंडितजी ने जवाब दिया, "क्योंकि मैं देश में होने वाली हर चीज़ के बारे में जानना चाहता हूं। वर्ना मैं इस पर शासन कैसे करूंगा?" लड़के ने कोई जवाब नहीं दिया, बस अविश्वास से अपना सिर हिला दिया।

सवेरे दस बजे तक पंडितजी दिन के अपने पहले आगंतुक का स्वागत करने के लिए तैयार थे। उनका सेक्रेटरी, एक तेज़ केरलवासी—मेनन—आ चुका था और उनकी डाक छांट रहा था। इतिहास के प्रोफ़ेसर की ज़िंदगी का एक और, ज़्यादा अहम, पक्ष भी था। वो अखिल भारत नवनिर्माण समिति—जिसे पत्रकार संक्षेप में एबीएनएस कहते थे क्योंकि वो पूरा नाम याद नहीं रख पाते थे—के अध्यक्ष थे। पंडितजी ने ये राजनीतिक संगठन कई साल पहले गठित किया था और ये एक अनुभवहीन संघर्षरत अनजान संगठन से तरक़्क़ी करते हुए एक ऐसा मुख्यधारा का राजनीतिक दल बन गया था जिसे नज़रअंदाज़ नहीं किया जा सकता था।

"गुड मॉर्निंग, सर," मेनन ने दिन भर के महत्वपूर्ण काग़ज़ात की एक इंच भर मोटी फ़ाइल बड़े सक्षम ढंग से पंडित गंगासागर मिश्र को देते हुए कहा। "मॉर्निंग, मेनन," पंडितजी ने कहा, "आपने चांदनी को किस समय मुझसे मिलने के लिए कहा है?"

"वो ग्यारह बजे तक यहां होंगी, सर। वो विपक्ष के उन एमएलए को लेकर आएंगी जो दल बदलना चाहते हैं," मेनन ने मुस्कुराते हुए कहा। वो जानता था कि ये एक महत्वपूर्ण दिन है। ये वो दिन था जब एबीएनएस भारत के सबसे अधिक आबादी वाले प्रदेश—और दिल्ली में सत्ता पाने की चाबी—उत्तर प्रदेश की वर्तमान राज्य सरकार को गिराएगी और अपना मुख्यमंत्री बिठाएगी। इस सबके पीछे जो व्यक्ति था वो एक सरल सा पंडित था जो हर सवेरे बनारसी टी हाउस में चाय पीता था और ख़ुद को इतिहास का शिक्षक कहलवाना पसंद करता था।

उनके क़रीबी परिचित जानते थे कि पंडित गंगासागर मिश्र को इतिहास पढ़ाने में रुचि नहीं है। उन्हें इतिहास बनाने में रुचि है।

गंगासागर का जन्म 1929 में गंगा नदी के किनारे बसे एक शांत से शहर कॉनपोर—कानपुर का अंग्रेज़ीकृत नाम—में हुआ था। कानपुर मूल रूप से महाभारत के नायक कृष्ण के एक और नाम कन्हैया पर आधारित कान्हापुर हुआ करता था। अंग्रेज़ आए तो इसे सात हज़ार सिपाहियों की बैरकों वाला छावनी शहर बनाने के बाद उन्होंने सोचा कि कॉनपोर बेहतर है। सिपाहियों ने 1857 में बग़ावत कर दी। हो सकता है उन्हें नया नाम पसंद नहीं आया हो।

गंगासागर के पिता—मिश्राजी—एक ग़रीब ब्राह्मण थे जो नदी किनारे सरकारी सहायता वाले स्कूल में पढ़ाकर रोज़ी-रोटी कमाते थे। जब दो बेटियों के बाद उनकी तीसरी संतान एक बेटा हुआ, तो उन्होंने उसका नाम गंगासागर—गंगा की तरह विशाल—रखने का निश्चय किया। गंगासागर की मां एक सीधी-सादी महिला थीं जो बस हर समय परिवार की छोटी-छोटी ज़रूरतों को पूरा करने में लगी रहती थीं। लेकिन गंगा उनका लाड़ला था। उस समाज में जहां बेटों को संपत्ति और बेटियों को बोझ समझा जाता था, उनके बहीखाते में गंगासागर इकलौता आइटम था जो उस दहेज की भरपाई करेगा जो अपनी बेटियों की शादियों में उन्हें देना होगा। गंगासागर अच्छी तरह भोजन कर ले, इसके लिए वो ख़ुशी-ख़ुशी अपना भोजन छोड़ सकती थीं।

हिंदू परंपरा के अनुसार, श्राद्ध के पखवाड़े में ब्राह्मणों की बहुत मांग होती थी जब समृद्ध परिवार अपने पूर्वजों की याद में उन्हें भोजन कराते और कपड़े देते थे। मिश्राजी के धनी संरक्षकों में से थे एक व्यापारी अग्रवालजी। नन्हे गंगा को हमेशा श्राद्ध के दिनों में उनके घर खाने का इंतज़ार रहता था। वहां खाने के साथ हमेशा असीमित खीर मिलती थी। एक दिन अग्रवालजी के घर खाना खाते हुए गंगासागर ने अपने पिता से पूछा, "पिताजी, श्राद्ध बस अपने पूर्वजों को याद

करने के लिए होता है ना?"

"हां, बेटा। ब्राह्मणों को भोजन कराके लोग प्रतीकात्मक रूप से मृतकों की आत्माओं को भोजन कराते हैं।"

"तो एक दिन आप भी मर जाएंगे?" गंगासागर ने उदासी से पूछा।

मिश्राजी मुस्कुरा दिए। सारे मां-बाप चाहते हैं कि उनके बच्चे उनसे दिल से प्यार करें और मिश्राजी भी कोई अपवाद नहीं थे। अपने लिए अपने बेटे की चिंता को देखकर उनकी छाती गर्व से फूल गई।

"हां, गंगा। एक दिन हर किसी को मरना है। मुझे भी।"

गंगा दुखी हो गया। बादाम और किशमिश भरी स्वादिष्ट खीर का एक और कौर लेते हुए उसकी आंखें डबडबाने लगीं। मिश्राजी का दिल पिघलने लगा। उन्होंने उस दुख को कम करने की कोशिश की जिसमें उन्होंने अपने बेटे को डाल दिया था। "तुम इन चीज़ों के बारे में क्यों जानना चाहते हो, गंगा?"

"मैं सोच रहा था कि जब आप मर जाएंगे तो क्या हम फिर भी खीर खाने के लिए अग्रवालजी के घर आ सकेंगे?"

Ω

मिश्राजी ने किसी तरह इतना पैसा जुटा लिया कि वो गंगासागर को उस सरकारी सहायता प्राप्त स्कूल से बेहतर स्कूल भेज सकें, जहां वो पढ़ाते थे। उन्होंने गंगासागर से कहा कि वो हमेशा श्रेष्ठ व्यवहार करे। वो उसे कानपुर के किसी और स्कूल में नहीं भेज सकते थे।

स्कूल में पहले ही दिन गंगासागर के अध्यापक ने उसे खड़ा होने और कुछ सवालों के जवाब देने को कहा। आत्मविश्वास से भरा गंगासागर तुरंत तैयार हो गया। तगड़ी पूछताछ की उम्मीद में पुराने छात्रों ने एक-दूसरे को आंख मारी।

"अमेरिका के पहले राष्ट्रपति कौन थे?" हेडमास्टर ने पूछा।

"जॉर्ज वाशिंगटन," गंगासागर ने जवाब दिया।

"शाबाश। इतिहास बताता है कि उन्होंने बचपन में एक शरारत

की थी। वो क्या शरारत थी?"

"उन्होंने अपने पिता का चैरी का पेड़ काट डाला था।"

"बहुत ख़ूब, गंगासागर। इतिहास ये भी बताता है कि उनके पिता ने उन्हें सज़ा नहीं दी। बता सकते हो क्यों?"

"क्योंकि जॉर्ज वाशिंगटन के हाथ में कुल्हाड़ी थी?" गंगासागर ने बैठते हुए पूछा।

Ω

कुछ ही महीनों के अंदर वो कॉपियां जांचने में हेडमास्टर की मदद करने लगा और उनका प्रिय शिष्य बन गया। स्कूल में दीवाली की छुट्टियां होने वाली थीं। परीक्षाएं ख़त्म हुई ही थीं और गंगासागर अपने मनपसंद विषय इतिहास की कॉपियां जांचने में हेडमास्टर की सहायता कर रहा था। उसे अपने कुछ सहपाठियों के हास्यास्पद उत्तरों पर हंसी आ जाती थी।

"प्राचीन भारत *मिथ्स* से भरा हुआ था जो बाप से बेटे तक बढ़ते चले गए हैं। *मिथ्स* के संग्रह को *माइथॉलोजी* कहते हैं।"

"सबसे महान शासक मोगली थे। सबसे महान मोगली अकबर था।"

"फिर अंग्रेज़ आ गए। वो अपने साथ कई आविष्कार लाए, जैसे *क्रिकेट, ट्रैम टार्ट और स्टीम्ड रेलवेज़*।"

"आख़िरकार भारत पर अंग्रेज़ *ओवररूल* करने लगे क्योंकि यहां एकता में बहुत ज़्यादा अनेकता थी। वो श्रेष्ठ *एक्सपोटेंट* और *इंपोटेंट* थे। उन्होंने भारत से नमक के *एक्स्पोट* और फिर कपड़े के *इंपोट* से शुरुआत की।"

कठिन सवालों में से एक चंद्रगुप्त मौर्य के बुद्धिमान गुरु चाणक्य के बारे में था। सवाल था "स्पष्ट करें कि क्या चाणक्य की पुस्तक 'अर्थशास्त्र' उसकी अपनी कृति थी या पुराने विचारों का संग्रह।" एक अच्छे लेकिन सुस्त छात्र ने लिखा था, "इस सवाल का जवाब सिर्फ़ ईश्वर ही जान सकता है क्योंकि चाणक्य मर चुका

है। शुभ दीवाली।"

गंगासागर ने हाशिये में लिखा, "ईश्वर को ए-प्लस मिलता है, तुम्हें एफ़। तुम्हें भी शुभ दीवाली!"

♎

ये मिश्राजी की आख़री दीवाली थी। ज़िंदगी ने उन्हें असाधारण रूप से कठोर चोटें दी थीं और आख़िरकार तनाव ने अपना प्रभाव दिखा दिया था। पंद्रह साल की उम्र में ही गंगासागर अनाथ हो गया और अब उसे एक बूढ़ी मां और दो शादी योग्य बहनों की देखभाल करनी थी। वो जानता था कि उसे स्कूल छोड़ना होगा, कॉलेज को भूलना होगा, और काम ढूंढ़ना होगा। उसकी पहली शरणस्थली अग्रवालजी थे जो उसके पिता के दोस्त थे और जिन्होंने गंगासागर के साथ हमेशा दयालुतापूर्ण व्यवहार किया था।

अग्रवालजी का घर कानपुर के एक वनीय और अलग-थलग कोने में गंगा के किनारे था। ये दस बेडरूम वाला घर एक निजी नदी तट के साथ दस एकड़ के प्लॉट पर बना हुआ था जहां दस ब्राह्मण रोज़ाना एक धार्मिक अनुष्ठान करते थे ताकि अग्रवाल परिवार अगली दस पीढ़ियों तक सुखी बना रह सके।

1864 के कपास उछाल के दौरान अग्रवालजी के पिता ने परिवार को ख़ुशहाल बना दिया था और वो कपास व्यापार के प्रमुख केंद्र कानपुर कॉटन एक्सचेंज के एक प्रमुख व्यक्तित्व बन गए थे। अमेरिकी गृहयुद्ध के दौरान, ब्रिटेन अपनी सामान्य कपास आपूर्ति से कट गया था और अपनी कपास की ज़रूरतों को पूरा करने के लिए उसने भारत का रुख़ किया था। कपास का सट्टा व्यस्त और प्रचंड हो गया था, और सौदेबाज़ी देर रात तक चलती रहती थी क्योंकि व्यापारियों को अपने भाव की स्थिति बंद करने के लिए अंतरराष्ट्रीय कपास मूल्यों की जानकारी का इंतज़ार करना पड़ता था। वरिष्ठ अग्रवाल को सट्टेबाज़ी बहुत पसंद थी। लेकिन उस समय के ज़्यादातर लोगों के लिए अनजान होने के कारण वो सट्टेबाज़ नहीं थे। उनकी दौलत का कारण एक साधारण सी टैक्नॉलोजी, मोर्स

कोड, थी। चालाक बाज़ार प्रचालक ने अपने दो आदमी लगाए हुए थे, एक न्यूयॉर्क में और एक टोकियो में। न्यूयॉर्क का कर्मचारी मोर्स कोड के द्वारा कपास का मूल्य टोकियो वाले कर्मचारी को भेजता था, जो उसे कोड के माध्यम से ही कानपुर में वरिष्ठ अग्रवाल को भेज देता था। नतीजतन वरिष्ठ अग्रवाल को दूसरों से लगभग एक घंटा पहले ही क़ीमतें पता चल जाती थीं। अग्रवाल के अपार धन का रहस्य रोज़ाना एक घंटे का क्रय-विक्रय था, न कि अंधाधुंध सट्टेबाज़ी।

वरिष्ठ अग्रवाल के वारिस उनके बेटे को भी अपने पिता की चालाकी और असंस्कृत कुशाग्रता विरासत में मिली। जहां पिता ने अपने व्यापारिक हितों को आगे बढ़ाने के लिए अमेरिकी गृहयुद्ध का सहारा लिया था, वहीं कनिष्ठ अग्रवाल ने इसके लिए द्वितीय विश्वयुद्ध का इस्तेमाल किया। युद्ध में ब्रिटेन की ओर से ब्रिटेन के भारतीय उपनिवेश को पच्चीस लाख आदमी देने थे और अपनी राष्ट्रीय आय का एक कल्पनातीत अस्सी प्रतिशत भाग ख़र्च करना था, और तगड़े मुनाफ़े पर इसमें से अधिकतर आपूर्ति करने वाले व्यक्ति कनिष्ठ अग्रवाल थे। लेकिन अग्रवालजी किसी भी तरह से ब्रिटेन के पक्ष में नहीं थे। वो एक तेज़-तर्रार आदमी थे जिन्होंने भविष्य को भांप लिया था। वो जानते थे कि बस कुछ ही समय में अंग्रेज़ों को भारत छोड़ना होगा, और इसी आशा में उन्होंने स्वतंत्रता संघर्ष के लिए बड़े अनुदान भी दिए थे।

गंगासागर के बचपन में महात्मा गांधी कानपुर आए थे और अग्रवालजी के साथ ठहरे थे। गांधीजी इंडियन नेशनल कांग्रेस के चालीसवें सम्मेलन में भाग लेने के लिए इलाहाबाद से कानपुर आए थे। उनके स्वागत के लिए कानपुर रेलवे स्टेशन पर पच्चीस हज़ार लोगों की भीड़ जमा हुई थी। अग्रवालजी गांधीजी को घर ले गए थे। मिश्राजी ने ये योगदान दिया था कि इस दौरे के दौरान नन्हा गंगासागर गांधीजी की देखभाल के लिए उनके साथ रहे। अग्रवालजी इसके लिए तुरंत तैयार हो गए थे।

गांधीजी ने प्रसिद्ध परेड ग्राउंड में भाषण दिया और लोगों की भीड़ से अपील की कि वो असहयोग आंदोलन का समर्थन करें और इसे एक बड़ी सफलता बनाएं। बाद में एक निजी क्षण के दौरान अग्रवालजी ने महान नेता से पूछा, "बापू, आपको क्या चीज़ ये विश्वास देती है कि आप अंग्रेज़ों से लड़ सकेंगे?"

महात्मा गांधी मुस्कुराए और फिर उन्होंने कहा, "हम जीतेंगे क्योंकि हम अपने चार चरण के संघर्ष के तीसरे चरण में हैं।"

"चार चरण का संघर्ष?" अग्रवालजी आश्चर्य से बोले।

"पहला, वो आपको नज़रअंदाज़ करते हैं, दूसरा, वो आप पर हंसते हैं, तीसरा, वो आपसे लड़ते हैं, और चौथा—आप जीतते हैं। यही चौथा चरण है, मेरे मित्र अग्रवाल," महात्मा ने सरल भाव से कहा। गांधीजी के पैर दबा रहा छोटा सा लड़का बुद्धिमान नेता की बात को ध्यानपूर्वक सुन रहा था। उसने हिचकिचाते हुए पूछा, "बापू, अंग्रेज़ों के पास बंदूक़ें और पुलिसवाले हैं। मैं तो एक बच्चा हूं। मैं उनसे कैसे लड़ सकता हूं? वो कहीं अधिक शक्तिशाली हैं!"

महात्मा गांधी ने प्यार से लड़के के सिर पर हाथ रखा और कहा, "शक्ति शारीरिक क्षमता से नहीं आती है। शक्ति अदम्य इच्छा से आती है। मैं देख सकता हूं कि तुममें अदम्य इच्छा है, बेटा।"

उस दिन से गंगासागर जान गया कि एक दिन उसके पास भी साम्राज्यों को बनाने या तोड़ने की शक्ति होगी।

Ω

गंगासागर बेचैनी से अग्रवालजी के सामने बैठा हुआ था। वो पश्चिमी कपड़े पहने था लेकिन वो उस पर अजीब से लग रहे थे। उसकी क़लमें एल्विस के स्टाइल में लंबी और नीचे से चौड़ी थीं। उसकी उन्नत नाक पर मोटे फ्रेम के चश्मे को पार्क करने के लिए पर्याप्त जगह थी। उसके तेल में चुपड़े पीछे को कढ़े बालों में बाईं ओर बड़ी स्पष्ट मांग निकली हुई थी। उसकी साधारण सी पूरी आस्तीनों वाली शर्ट उसके पुराने बैल-बॉटम के ऊपर लटकी हुई थी। वो क्लीन-शेव था और वो गोरा लेकिन काफ़ी नाटा था, पांच फ़ुट से बस कुछ ही

ऊंचा, और उसके जूते उसके लिए कम से कम दो साइज़ बड़े थे। "मैं समझ नहीं पा रहा था कि किससे मदद मांगूं," युवा गंगासागर ने हिचकिचाते हुए कहा। "सर, मैं उम्मीद कर रहा था कि आप मुझे कोई नौकरी दे सकेंगे। आप जो भी कहेंगे मैं करूंगा, और मैं वादा करता हूं कि मैं मेहनत से काम करूंगा। प्लीज़ मेरी मदद कीजिए," उसने निवेदन किया।

अग्रवालजी ने केसर और इलायची युक्त तंबाकू से महकते अपने हुक़्क़े से एक कश लिया और लड़के को देखकर मुस्कुराए। "मेरे अपने बेटे नहीं हैं, गंगासागर। मैं तुम्हें काम पर रखूंगा लेकिन तुमसे एक ग़ुलाम की तरह काम लूंगा। तुम्हारी तन्ख़ाह पच्चीस रुपए प्रतिमाह होगी। तैयार हो?"

"आपको इस पर खेद नहीं होगा, सर। मैं वाक़ई भाग्यशाली हूं।"

"हां, मैं भी भाग्य में विश्वास करता हूं, बेटे। और मैंने देखा है कि मैं जितनी मेहनत करता हूं, उतना ही भाग्य मेरा साथ देता है," अग्रवालजी ने मज़ाक़ किया।

Ω

सबसे पहले सबक़ बहीखाते और लेखाशास्त्र के थे। अग्रवालजी के खाते उनके भरोसेमंद मारवाड़ी मुनीम—उनके ख़ज़ांची—द्वारा संभाले जाते थे जिसे नौजवान को दोहरी-प्रविष्टि बहीखाते भरने की बारीकियां सिखाने का काम सौंपा गया।

"गंगासागर, दो और दो कितने होते हैं?" मुनीम ने पहले दिन पूछा।

"चार," गंगासागर ने जवाब दिया।

"ग़लत जवाब। मैं बाद में तुम्हें एक मौक़ा और दूंगा।"

कई दिन बाद वो प्राथमिक खातों की देखरेख, खाता प्रविष्टि, और खाता संतुलन की तैयारी तक पहुंच गए थे। मुनीम ने फिर से पूछा, "गंगासागर, दो और दो कितने होते हैं?"

"चार," गंगासागर ने जवाब दिया।

"ग़लत। मैं इसका सही जवाब देने के लिए तुम्हें एक मौक़ा और दूंगा।"

कुछ हफ़्तों बाद वो आय पहचान, व्यय अनुमान, और लाभ-हानि खाते को अंतिम स्वरूप देने तक पहुंच चुके थे।

"तुम्हारा आख़री मौक़ा। दो और दो कितने होते हैं?" मुनीम ने पूछा।

लड़के ने झुंझलाकर कहा, "जो चाहो समझ लो!"

"सही जवाब," मुनीम ने हंसकर कहा। "आख़िर तुमने हिसाब-किताब की ख़ूबसूरती समझ ही ली!"

♎

मुनाफ़ा अग्रवाल ख़ून में था। हर वो चीज़ जिसे ख़रीदा और मुनाफ़े पर बेचा जा सके, अग्रवालजी के लिए दिलचस्पी की चीज़ थी। गंगासागर को जल्द ही अहसास हो गया कि वो एक विशेषज्ञ उस्ताद के हाथों में है। एक दिन वो अग्रवालजी और उनके मुनीम के बीच बातचीत के समय उनके साथ बैठा।

"मुनीमजी, हम जूट का कारोबार क्यों नहीं कर रहे हैं?"

"मुनाफ़ा बहुत कम है, सर। इतनी मेहनत लायक़ नहीं है।"

"तो उसे निर्यात क्यों न करें?"

"निर्यात का मूल्य हमारी घरेलू ख़रीद से भी कम है। हम माल ख़रीदकर उसे कम दाम पर बेचेंगे। ये घाटे का सौदा होगा, सर।"

"लेकिन अगर हम जूट का क्षय निर्यात करें और उसे जूट का नाम दें? आख़िर वो भी जूट ही तो है।"

"लेकिन, सर, हमसे कूड़ा कौन ख़रीदेगा?"

"मैं ख़रीदूंगा।"

"वास्तव में आपका सुझाव क्या है, सर?"

"अगर हम अग्रवाल हांगकांग से आपका कूड़ा ख़रीदने को कह दें? आप यहां भारत में जूट का क्षय ख़रीदेंगे—जिसकी क़ीमत

लगभग नहीं के बराबर होगी—और उसे अपने विदेशी उपक्रम को जूट के रूप में बेच देंगे।"

"लेकिन मुनाफ़ा तो झूठा होगा। हमारा भारतीय खंड मुनाफ़ा दिखाएगा जबकि विदेशी खंड घाटा दिखाएगा। खेल शून्य राशि का ही रहेगा।"

"नहीं, मुनीमजी। अगर हम इसका निर्यात करेंगे तो सरकार समान मूल्य के आयात लाइसेंस दे रही है। भले ही इस सौदे में हम पैसा नहीं कमा सकें लेकिन आयात लाइसेंस के प्रीमियम द्वारा हम लाभ कमा सकते हैं!"

गंगासागर ने ठान लिया कि वो अपने गुरु की तीक्ष्ण चतुरता को सीखने के लिए पूरी मेहनत करेगा।

Ω

एक सवेरे अग्रवालजी टहल रहे थे। उनका सामान्य रास्ता उनके दफ़्तर होकर जाता था। वो जाड़ों की एक ठंडी सुबह थी, और ज़्यादातर कानपुर अभी सो ही रहा था। अपने बॉस को आते देखकर सुरक्षा गार्ड ने सलाम बजाया।

"राम राम, साहब," उसने कहा।

"राम राम, गौरीप्रसाद," अग्रवालजी ने कहा। "दफ़्तर में लाइटें क्यों जल रही हैं? इस समय अंदर कौन हो सकता है?"

"गंगासागरजी ने जलाई हैं," गार्ड ने कहा।

"गंगासागर इतने सवेरे दफ़्तर आता है?" अग्रवालजी ने अविश्वास से पूछा।

"नहीं, साहब। ज़्यादातर दिनों में वो जल्दी नहीं आते हैं," गौरीप्रसाद ने जवाब दिया।

"ठीक है! घर पर उसकी मां और दो बहनें हैं। उसे उनके साथ भी कुछ समय बिताना चाहिए," अग्रवालजी ने कहा।

"नहीं, नहीं, साहब। वो ज़्यादातर दिनों में जल्दी इसलिए नहीं आते हैं कि ज़्यादातर रातों को वो दफ़्तर से जाते ही नहीं हैं।"

♎

गंगासागर अपने बॉस के ऑफ़िस में उनसे किसी बात पर चर्चा कर रहा था। अग्रवालजी के विचार हमेशा लाभ के बारे में होते थे, और इस समय वो सोने की बात कर रहे थे। दूसरा विश्वयुद्ध ख़त्म हो चुका था और अग्रवालजी के पास आशा का कारण था।

"अमेरिकी डॉलर को हमेशा सोने के मूल्य से जोड़ा गया है। कुछ समय पहले तक एक ट्रॉय औंस सोना बारह डॉलर का होता था, लेकिन हालिया विश्वयुद्ध ने इसे बदल डाला है। डॉलर का मूल्य गिर गया है और एक ट्रॉय औंस अब पैंतीस डॉलर का है," अग्रवालजी ने कहा।

"तो?" गंगासागर ने पूछा।

"इसका मतलब ये है, गंगासागर, कि अब डॉलर का मूल्य एक औंस सोने का पैंतीसवां भाग है।"

"इसमें अवसर कहां है?"

"भले ही अमेरिकी सरकार ने डॉलर के मूल्य को सोने से जोड़ दिया हो, लेकिन डॉलर का वास्तविक मूल्य गिरता ही जाएगा क्योंकि उन्हें युद्ध से होने वाले नुक़सान की भरपाई के लिए और पैसा छापना पड़ेगा।"

"तो?"

"और जब डॉलर का वास्तविक मूल्य गिरेगा, तो सोने का वास्तविक मूल्य चढ़ेगा।"

"तो इसमें कोई अवसर है?"

"सिर्फ़ अवसर नहीं है—क्रय-विक्रय का अवसर है।"

"मैं समझा नहीं।"

"साफ़ बात है। अगर मेरे पास एक डॉलर हो, तो मैं उसके बदले एक औंस सोने का पैतीसवां भाग ले सकता हूं। सही?"

"सही।"

"लेकिन सोने के औंस के उस अंश का वास्तविक मूल्य डॉलर

से कहीं ज़्यादा है, सही?"

"सही।"

"तो, अगर हम डॉलर ख़रीदते रहें और उन्हें सोने के अधिकृत मूल्य के बदले बेचते रहें, तो क्या होगा?"

"हम नफ़े में रहेंगे?"

"सही। तो इंतज़ार किस बात का कर रहे हो?"

अग्रवालजी ने डॉलर और सोने के इस क्रय-विक्रय के द्वारा अपनी कंपनी के लिए लाखों कमाए। गंगासागर देखता, सुनता और समझता रहा।

Ω

एक और मौक़े पर कपास के व्यापार की बात थी। भारत ने कुछ साल पहले अंग्रेज़ों से आज़ादी हासिल कर ली थी और एक नई सरकार देश को चला रही थी।

"नए उद्योग मंत्री का इरादा कपड़ा मिलों को राष्ट्रीयकृत करने का है," एक दिन अग्रवालजी ने यूं ही कहा।

"हम प्रभावित नहीं होंगे। हम व्यापारी हैं, न कि कपड़ा निर्माता," गंगासागर ने सावधानीपूर्वक जवाब दिया।

"तुम ग़लत कह रहे हो, हम प्रभावित होंगे। उद्योग मंदी में आ जाएगा।"

"तो?"

"कपास की क़ीमत गिर जाएगी।"

"तो हमें इससे क्या नुक़सान होगा?"

"कपास को शॉर्ट सेल करो।"

"हैं?"

"कपास को आज बेचो और बाद में कम क़ीमत पर ख़रीद लो।"

"लेकिन अगर राष्ट्रीयकरण तुरंत हो गया, तो लेनदेन के दोनों

छोर सक्षम ढंग से संभालने के लिए समय नहीं होगा, सर।"

"हमें सुनिश्चित करना होगा कि मंत्री राष्ट्रीयकरण का अपना नाटक कुछ समय बाद करे।"

"कैसे?"

"हम उसे दिखाएं कि वो इस मुनाफ़ाबख़्श योजना में हमारा साझेदार बन सकता है।"

गंगासागर को व्यापार और राजनीति के बीच के नाजायज़ संबंध समझ आने लगे।

♎

देर शाम का समय था। गंगासागर दफ़्तर से निकल ही रहा था कि अग्रवालजी ने उसे अपने केबिन में बुला लिया। "योजना आयोग ने घोषणा की है कि देश अगले पांच साल में बांधों, सड़कों और पुलों में भारी निवेश करने वाला है," उन्होंने घोषणा की।

"लेकिन हम निर्माण कारोबार में नहीं हैं," गंगासागर ने विनम्रतापूर्वक अपने गुरु को याद दिलाया।

"तो हमें इसमें आ जाना चाहिए।"

"लेकिन ये एक बहुत विशेषज्ञ उद्योग है। हम कारोबारी हैं, सर। हम तो निर्माण के बारे में कुछ भी नहीं जानते।"

"कंपनी को समाविष्ट करो। दस प्रतिशत शेयर लक्ष्मी एंड को० को आवंटित कर दो। कंपनी का नाम स्टील और सीमेंट के सप्लायरों के पास पंजीकृत कर दो।"

"क्यों?"

"तुम निर्माण सामग्री के लिए ऑर्डर दे सकोगे।"

"लेकिन हमारे पास कोई प्रोजेक्ट नहीं हैं। हाथ में प्रोजेक्ट हुए बिना हम सामग्री किसलिए ख़रीदें?"

"क्योंकि हम एक साल बाद निर्माण कंपनी बेचना चाहते हैं।"

"लेकिन बिना प्रोजेक्ट वाली निर्माण कंपनी कोई क्यों ख़रीदेगा?"

"कोई भी दूसरी निर्माण कंपनी, क्योंकि हमारी कंपनी उन कुछेक कंपनियों में से एक होगी जिनके पास सीमेंट और स्टील के बड़े भंडार होंगे, और उस समय इन दोनों की ही कमी होगी!"

"और अगर वित्त मंत्री ने हम पर जमाख़ोर होने का आरोप लगा दिया?"

"वो ऐसा कैसे कर सकता है? लक्ष्मी एंड को० का मालिक उसका दामाद है।"

Ω

"मैं चाहता हूं कि तुम पटना चले जाओ," अग्रवालजी ने गंगासागर से कहा।

"जैसा आपका आदेश, सर," गंगासागर ने कहा।

"जानना नहीं चाहोगे क्यों?" उसके गुरु ने पूछा।

"अगर ये ज़रूरी होगा, तो आप ख़ुद ही बता देंगे," नौजवान ने जवाब दिया।

"जैसा कि तुम जानते हो, पटना बिहार की राजधानी है। बिहार खनिज भंडार में समृद्ध है, ख़ासकर लोहे के अयस्क में।"

"तो?"

"सरकार खनन में रिआयतें दे रही है। हम भी इसका भाग बनना चाहेंगे।"

"और आप मुझसे क्या काम कराना चाहते हैं?"

"सरकार शायद ये नहीं जानती है कि भंडार कहां हैं। मैं बोली लगाने के *बाद* के बजाय *पहले* जानना चाहता हूं कि नीचे क्या दबा है।"

"आप चाहते हैं कि मैं फावड़ा लेकर कच्चे लोहे के लिए खुदाई करूं?"

"नहीं। मैं चाहता हूं कि तुम मेरे एक मित्र से मिलो जो आरएएफ़ में फ़ाइटर पाइलट हुआ करते थे। वो पटना में रहते हैं।"

"हमें ज़मीन को खोलने के लिए बम गिराने होंगे?"

"व्यंग्य बहुत हो गया, गंगा। तुम ख़ुद ही देख लोगे कि हमें उनकी ज़रूरत क्यों है। ये एक अदभुत रूप से सरल और शानदार हल है।"

♎

स्क्वैड्रन लीडर मोहनलाल ख़ास स्कॉच-सोडा वाले व्यक्ति थे। व्हिस्की उनके लिए जीवनसुधा थी, और उनकी घनी सफ़ेद मूंछें उनके हर पेय के लिए फ़िल्टर का काम करती थीं। उन्होंने दिल्ली फ़्लाइंग स्कूल में विमान उड़ाना सीखा था और जब जर्मनी में हरिकेन उड़ाने के लिए ब्रिटिश रॉयल एयर फ़ोर्स ने उन्हें चौबीस सदस्यीय भारतीय दल के भाग के रूप में बुलाया तो उन्हें इंडियन पोस्ट के पाइलट के रूप में नियुक्त किया गया था।

अपनी अंतिम उड़ान में उन्होंने अचानक देखा कि उनका पूरा डैशबोर्ड ग़ायब है। पहले वो इंजन के शोर के कारण ध्यान नहीं दे पाए थे। इंग्लिश चैनल से अठारह हज़ार फ़ुट की बुलंदी पर उनके हरिकेन के इंजन से काला धुआं और तेल निकलना शुरू हो गया था। सात हज़ार फ़ुट पर ग्राउंड कंट्रोल ने उन्हें चैनल के ऊपर कूद जाने को कहा। एक नाव उन्हें वहां से ले लेगी।

"नाव मत भेजना," उन्होंने खरखराते रेडियो पर कहा। "क्यों?" ऑपरेटर ने पूछा। "क्योंकि मुझे साला तैरना नहीं आता!" वो चिल्लाए। फिर मोहनलाल डोवर की सफ़ेद चोटियों की ओर बढ़ गए लेकिन जैसे ही उन्होंने विमान का लैंडिंग गियर खोला, हरिकेन लपटों से घिर गया। उन्होंने किसी तरह विमान को गिराया और उन्हें मलबे में से घसीटकर निकालना पड़ा। उन्हें अस्पताल का खाना पसंद नहीं आया लेकिन अपनी नर्स और स्कॉच पसंद आई। जल्दी ही उन्हें अहसास हो गया कि नर्स की तरह स्कॉच अपना मन नहीं बदलती है।

जंग ख़त्म होने के बाद, मोहनलाल आरएएफ़ से मिली एक बढ़िया पेंशन के साथ भारत लौटे जिसके द्वारा एक पुराने हॉकर हार्ट के साथ वो एक सीमित रूट वाली एयर चार्टर सेवा शुरू कर सके।

इसी से वो अदभुत रूप से सरल और शानदार हल निकलने वाला था जिसकी अग्रवालजी ने बात की थी।

Ω

"देखा? ये तुम्हारे नीचे पटना शहर है," खड़खड़ाते हॉकर हार्ट के एक बार फिर से लड़खड़ाने के दौरान मोहनलाल चिल्लाए। गंगासागर अपने नाश्ते को उलटने के लिए तैयार था और एक बेतहाशा ठंडी सुबह के पांच बजे वहां होने के लिए वो अग्रवालजी और मैड मोहनलाल दोनों को कोस रहा था। जहाज़ में उन दोनों की सीटें आगे-पीछे थीं।

"रेलवे लाइन के दक्षिण में वो खंडहर देख रहे हो? वो कुम्हरार है—प्राचीन पाटलिपुत्र शहर के अवशेष जिससे पटना को अपना नाम मिला है," पहली बार विमान में बैठने वाले अपने सहयात्री की बेचैनी से बेख़बर मोहनलाल चिल्लाए। दोनों ही बी-8 गॉगल्स, आरएएफ़ हेल्मेट, ए-2 बॉम्बर जैकेटें और 1941 आरएएफ़ मैक वैस्ट पैराशूट बैकपैक पहने हुए थे। गंगासागर ने विमान की साइड से घबराते हुए उस ओर झांका जिधर मोहनलाल इशारा कर रहे थे।

"पाटलिपुत्र दो हज़ार तीन सौ साल पहले चंद्रगुप्त मौर्य के विशाल साम्राज्य की राजधानी था। पटना की बदहाली देखकर कल्पना करना मुश्किल लगता है ना?" शोर मचाती मशीन को नदी के साथ चलने के लिए मोड़ते हुए वो ज़ोर से चीख़े।

"ये शहर गंगा के दक्षिणी किनारे पर बसा हुआ है लेकिन ये पूरा क्षेत्र कच्चे लोहे से समृद्ध है। बस हमें वो काम करना है जो सरकार ने अभी तक नहीं किया है—सही स्थानों की पहचान!"

गंगासागर ने कुछ गालियां बुदबुदाईं, और वो ख़ुश था कि इंजन का शोर पाइलट को वो गालियां नहीं सुनने देगा।

"सारी दुनिया में खनिज की तलाश के लिए भूभौतिकीय टैक्नीक के प्रयोग में ज़बरदस्त वृद्धि हुई है। मेरे सामने यहां टैक्नॉलोजी का वो उपकरण है जिसे मैग्नेटोमीटर कहते हैं। दुनिया में बस कुछ ही मैग्नेटोमीटर हैं। तुम्हारे बॉस ने ये अमेरिकी परिचितों के ज़रिए

हासिल किया है। ये साला अविश्वसनीय है!" मोहनलाल ने कहा।

"ये चीज़ कैसे काम करती है?" पेट में अपने नाश्ते के छपछपाने की सनसनी को नज़रअंदाज़ करते हुए गंगासागर चिल्लाया।

"ये *चीज़* पृथ्वी की सतह के विभिन्न भागों के सापेक्ष चुंबकीय आकर्षण को मापती है। आइरन ऑक्साइड में सारे खनिजों में सबसे ज़्यादा शक्तिशाली चुंबकीय खिंचाव होता है। इसलिए जब हम खनिज के भंडारों के ऊपर उड़ेंगे, तो हमें चुंबकीय खिंचाव में एक निश्चित बदलाव देखने को मिलेगा," प्रॉपेलर्स के शोर और इंजन की ख़तरनाक लड़खड़ाहट में आंशिक रूप से डूबती आवाज़ में मोहनलाल ने समझाया।

♎

"हम गिर रहे हैं!" हॉकर हार्ट तेज़ी से नीचे होने लगा तो मोहनलाल चीख़े। गंगासागर ने पहले मोहनलाल, फिर अग्रवालजी और फिर अपनी क़िस्मत को कोसा। एक क्षण को उसे लगा कि पागल पाइलट उसके साथ एक क्रूर मज़ाक़ कर रहा है लेकिन कुछ ही सैकंड में उसे अहसास हो गया कि ये मज़ाक़ नहीं है। हवा में उड़ता कबाड़ तेज़ी से गिर रहा था।

"हमें कूदना होगा!" मोहनलाल चिल्लाए। उनके नीचे पाटलिपुत्र के खंडहर थे जो इतने सवेरे आंखें फाड़ते सैलानियों से ख़ाली थे। 'मेरा नसीब,' गंगासागर ने सोचा, 'मैं दो हज़ार तीन सौ साल पुरानी हड्डियों से घिरा हुआ मरूंगा। अगर बाद में मेरी लाश मिली भी तो मुझे प्राचीन सभ्यता का ही एक अवशेष समझा जाएगा! ज़मीन के अंदर सैकड़ों फ़ुट नीचे कच्चे लोहे को ढूंढ़ने साला मेरे लालची बॉस ने मुझे ऊपर हवा में क्यों भेजा? लोहे के लिए खुदाई करने के बजाय इस ज़ंग लगी लोहे की चिड़िया में अब वो मेरी लाश के लिए खुदाई करेंगे। देखिए, अग्रवालजी, ये रहा वो लोहा जो आपको चाहिए था!'

विमान ने कपकपाते हुए चक्कर खाया तो गंगासागर को भी चक्कर सा आ गया। "कूदो! फ़ौरन!" मोहनलाल विमान से निकलते

और अपने पैराशूट की रिपकॉर्ड को खोलते हुए चिल्लाए। गंगासागर ने भी बिना सोचे-समझे ऐसा ही किया। अब वो अपने सहारे था। वो जानता था कि वो मरने वाला है और उसे चिंता नहीं थी कि साला पैराशूट खुलेगा या नहीं। मोहनलाल के जहाज़ की हालत देखते हुए बहुत संभव था कि बैकपैक में पैराशूट हो ही नहीं!

Ω

वो स्वर्ग में था। उसे पूरा विश्वास था कि वो मर चुका है और बादलों के ऊपर इंद्रलोक में तैर रहा है। लेकिन जब उसने सामने देखा और मोहनलाल को भी अपने सामने हवा में तैरते देखा तब उसे अहसास हुआ कि अगर मोहनलाल भी वहीं है तो वो लोग स्वर्ग में नहीं हो सकते। दोनों के पैराशूट ठीक से खुल गए थे और धरती मां की ओर आहिस्ता-आहिस्ता तैरते हुए गंगासागर को अपने चेहरे से हवा टकराती महसूस हो रही थी।

धम्म! टक्कर को किसी भी तरह सौम्य तो नहीं कहा जा सकता था। क्या पैराशूट टक्कर को हल्का नहीं कर देते हैं? ज़मीन से अपने टकराव के बारे में सोचने का बिल्कुल समय नहीं था। सौ गज़ से भी कम की दूरी पर, मोहनलाल के हॉकर का कराहता ढेर एक कर्कश और भयानक धमाके के साथ ज़मीन से टकराया और आग के गोले में तब्दील हो गया। मोहनलाल और गंगासागर दोनों ने ख़ुद को संभाला और कबाड़ से उठने वाले गर्मी के धमाके से बचने के लिए ज़मीन से लग गए।

कई मिनट बाद ही दोनों ने अपने सिर उठाए। उनके चेहरों पर कालिख पुती हुई थी और कपड़े फट चुके थे। गंगासागर के बाल इस तरह सीधे खड़े हुए थे जैसे करेंट लग गया हो। उसकी बांहों, टांगों और चेहरे पर ख़राशें और खरोंचें पड़ गई थीं। लेकिन अपनी बदहाली के बावजूद उसकी बड़ी तीव्र इच्छा हो रही थी कि वो मोहनलाल का गला घोंट दे और वो दिल से प्रार्थना कर रहा था कि वो पाइलट पर हमला न कर बैठे।

उसने अपने आसपास देखा। सवेरे 5.30 बजे पाटलिपुत्र के

खंडहर किसी भुतहा शहर जैसे लग रहे थे। ऐसा लगता था जैसे चंद्रगुप्त का हलचल भरा साम्राज्य अचानक थम गया हो। कुम्हरार स्थल के केंद्र में अस्सी विशाल खंभे खड़े थे, जो शायद कभी मगध के विराट सभागार का भाग रहे होंगे। लेकिन अब वहां न तो छत थी, न ही चमचमाता फ़र्श, न दीवारदरियां, न सुंदर साज-सज्जा, जो कभी दुनिया के सबसे धनी राजा के दरबार की सजावट में चार चांद लगाती होंगी। खंडहरों से कुछ दूरी पर दुराखी देवी का मंदिर था जो कि बौद्ध मठ के अलावा आयुर्वेदीय अस्पताल भी था। 'ये बड़ा ज़बरदस्त साम्राज्य रहा होगा,' गंगासागर ने इतिहास के प्रति अपने जुनून के कारण बरबस ही सोचा।

"हैलो? किस दुनिया में हो?" मैड मोहनलाल ने गंगासागर के सामने हाथ लहराते हुए पूछा। "हमें दुर्घटना स्थल पर पहुंचकर सुनिश्चित करना है कि उसके आसपास कोई था तो नहीं। लोग मर गए हो सकते हैं," मोहनलाल ने कहा और वो धुएं और लपटों की तरफ़ चल दिए।

♎

दुर्घटना स्थल पर ज़मीन धंस गई थी। नाक के बल गिरे जहाज़ से काला बदबूदार धुआं उठ रहा था। पाटलिपुत्र के विशाल सभागार के अवशेष पश्चिम में सौ गज़ दूर थे। "क्या हम पटना की ओर चल दें?" गंगासागर ने पूछा।

"कोई फ़ायदा नहीं। हम सैलानियों के क्षेत्र के ठीक बीचोबीच हैं। एक-दो घंटे यहां बैठो और फिर ढेर सारी बसें आना शुरू हो जाएंगी। हम शहर वापस जाने के लिए लिफ़्ट ले लेंगे," मोहनलाल ने सुझाव दिया।

वो मलबे के दायरे से दूर बैठकर लपटों को ठंडा पड़ते देखने लगे। गंगासागर ने अपने कपड़ों से कालिख झाड़ी, और अपने हाथ पर थूककर उससे अपनी आंखें साफ़ कीं। मोहनलाल ने अपने जेबी फ़्लास्क से उसे एक घूंट की पेशकश की। गंगासागर पाइलट को नज़रअंदाज़ करते हुए अपने सामने मिट्टी में मिली एक टहनी से

ज़मीन को कुरेदता रहा। ये सुर्ख़ कछारी मिट्टी थी—कच्चे लोहे से समृद्ध। *अग्रवालजी, देखिए, सर, मैंने आपके साले लोहे के मैदान खोज निकाले,* गंगासागर ने सोचा।

टहनी के आगे कोई ऐसा अवरोध आ गया जो उसे नर्म मिट्टी में और गहरे खोदने से रोक रहा था। गंगासागर चिढ़कर और ज़ोर से खोदने लगा। गंगासागर को सहनीय बनाने के प्रयास में मोहनलाल ने कुछ और शराब पी। गंगासागर घुटनों के बल बैठकर टहनी से खुदाई करने लगा। वो जानना चाहता था कि अवरोध क्या है। गंगासागर की कुछ मिनट की खुदाई और मोहनलाल के व्हिस्की के कुछ घूंटों के बाद अवरोध का स्रोत मिल ही गया।

"चलिए! उठिए और मेरी मदद कीजिए!" गंगासागर पाइलट पे चिल्लाया। मोहनलाल चिढ़ते हुए उठे, उन्होंने अपने जेबी फ़्लास्क का ढक्कन कसा और उसे अपनी बैगी फ़्लाइंग पैंट की जेब में खोंस लिया। "हमें मलबे में से कुछ धातुई टुकड़े चाहिए होंगे जिन्हें हम फावड़ों की तरह इस्तेमाल कर सकें," गंगासागर ने उनसे कहा। डरे हुए पाइलट एल्विस जैसी क़लमों वाले के ग़ुस्से का सामना नहीं करना चाहते थे। उन्हें एक धातुई छड़ मिल गई, जो शायद विमान के किसी पंख की कड़ी थी। उन्होंने उसे सावधानीपूर्वक छुआ—वो तेज़ गर्म नहीं थी। वो उसे गंगासागर के पास लेकर आए जिसने उसे उनसे छीना और तेज़ी से खुदाई शुरू कर दी।

"ऐसा भी क्या है?" मोहनलाल ने पूछा। "साले एक ग्रेनाइट के टुकड़े को लेकर हम इतने उत्तेजित क्यों हो रहे हैं? इसकी तो चूचियां तक नहीं हैं!"

गंगासागर ने उन्हें नज़रअंदाज़ करते हुए खुदाई जारी रखी। पंद्रह मिनट के अंदर उसने ज़्यादातर मिट्टी साफ़ कर दी थी और लगभग उलटी पड़ी समाधि के पत्थर का एक खंड दिखाई देने लगा। ये बेहतरीन ढंग से पॉलिश किया हुआ ग्रेनाइट था और उस पर किसी ऐसी लिपि में कुछ लिखा था जिसे गंगासागर नहीं समझता था। वो जानता था कि ये शायद ब्राह्मी होगी—मौर्य युग में प्रयुक्त सुलेख—

लेकिन वो विश्वास से नहीं कह सकता था।

♎

"*आदि शक्ति, नमोनमः; सर्वशक्ति, नमोनमः, प्रथम भगवती, नमोनमः, कुंडलिनी माताशक्ति; माताशक्ति, नमोनमः,*" बूढ़े शिक्षक ने पानी और घिया-तोरी के झांबे से पत्थर को धोते हुए कहा। "ये नारी शक्ति के गुणों की प्रशंसा में एक प्राचीन संस्कृत मंत्र है," गंगासागर के बूढ़े हेडमास्टर ने कहा।

गंगासागर और मोहनलाल ने शिलाखंड को ज़मीन से निकालने के लिए दो टूरिस्ट गाइडों की मदद ली थी, और फिर उसे एक बस में चढ़ाया था जो उस जहाज़ से भी ख़तरनाक लगती थी जो अभी दुर्घटनाग्रस्त हुआ था, और फिर वो उसे पटना शहर ले गए थे। वहां से गंगासागर उसे ट्रेन से—अब उसे विमान से नहीं उड़ना था—कानपुर ले गया था।

अग्रवालजी उसके सुरक्षित लौटने से ख़ुश हुए थे लेकिन इससे भी ज़्यादा ख़ुश वो मैग्नेटोमीटर के संकेतों को लेकर हुए थे जिसके कारण वो अब खनन की रिआयतों के लिए ज़्यादा आत्मविश्वास के साथ बोली लगा सकते थे। गंगासागर की मां चिंता और डर से बुरी तरह व्याकुल हो रही थीं। उन्होंने उसे सौ बार गले से लगाया, चूमा, उसके सिर और गालों पर हाथ फेरे ताकि उन्हें विश्वास हो जाए कि वो वाक़ई ज़िंदा है। उसकी सुरक्षित वापसी पर उसकी बहनों ने खीर बनाई थी। गंगा की मां अपनी बेटियों की सगाई की भी ख़ुशी मना रही थीं, जिनके लिए दहेज जुटाने में अग्रवालजी ने मदद की थी।

गंगासागर कुछ दिन आराम करने के बाद शिलाखंड को एक बैलगाड़ी पर लादकर अपने पुराने अध्यापक के पास ले गया था, जो एकमात्र व्यक्ति थे जो शिलालेख की व्याख्या कर सकते थे। "सुनो, गंगा, हमेशा से माना जाता रहा है कि पाटलिपुत्र के सारे शिलालेख चंद्रगुप्त मौर्य के पोते अशोक—महानतम मौर्य राजा—ने बनवाए थे। पर ये अशोक का शिलालेख नहीं हो सकता!" बूढ़े हेडमास्टर ने कहा।

"क्यों?" हमेशा की तरह जिज्ञासु गंगासागर ने कहा।

"क्योंकि अशोक के युग तक संस्कृत का प्रयोग लगभग पूरी तरह लुप्त हो चुका था। कलिंग के साथ मगध की लड़ाई में एक लाख लोगों का नरसंहार करने के बाद अशोक कट्टर बौद्ध हो गया था। बौद्धों ने संस्कृत को त्याग दिया था। वो इसे उच्चवर्गीय ब्राह्मणों की भाषा मानते थे और चाहते थे कि उनकी प्रार्थनाएं आम आदमी की भाषा में हों। इसीलिए अशोक के लेख संस्कृत में न होकर आम आदमी की भाषा प्राकृत में थे। लेकिन ये संस्कृत है!" उत्तेजित अध्यापक ने कहा।

"मुझे लगा था ये ब्राह्मी है?" उलझन में पड़े गंगासागर ने पूछा।

"ब्राह्मी लिपि है, भाषा नहीं। चाहे संस्कृत लिखी जाए या प्राकृत, लिपि एक ही रहेगी—ब्राह्मी।"

"तो इस मंत्र का अर्थ क्या है?" गंगासागर ने पूछा।

"*मौलिक शक्ति, मैं तुझे नमन करता हूं; सर्वविद्यमान शक्ति, मैं तुझे नमन करता हूं; जिसके माध्यम से ईश्वर सृष्टि रचता है, मैं तुझे नमन करता हूं; कुंडलिनी की सर्जनात्मक शक्ति, मैं तुझे नमन करता हूं,*" उन्होंने मुस्कुराते हुए कहा। "ये नारी शक्ति की परम स्वीकृति है।"

"लेकिन शिलाखंड के दूसरे मुख पर भी एक लेख है जिसमें यही मंत्र दोहराया गया है?" गंगासागर ने पूछा।

"आह! नहीं, मैंने उसे देखा था। उसमें इस मंत्र को पढ़े जाने का तरीक़ा और इसके प्रभाव हैं।"

गंगासागर की आंखें आश्चर्य से फैल गईं। "मुझे बताइए उसमें क्या लिखा है," उसने उत्सुकता से पूछा।

उसके पुराने स्कूल अध्यापक मुस्कुराए। "मैं इससे बेहतर काम कर चुका हूं। मैंने उसका अनुवाद करके उसे तुम्हारे लिए एक काग़ज़ पर लिख दिया है।"

चार हज़ार दिन तक तुम उच्चारण करोगे
चार हज़ार मंत्रों का प्रतिदिन।
चाणक्य की शक्ति तुम्हारी हो जाएगी
चंद्रगुप्त, चाहो उसे बनाओ या बिगाड़ो।
यदि बाधा पड़े, तो फिर से आरंभ करो,
राजा को रानी होना होगा, निश्चित रूप से।
सुवासिनी का श्राप सदा के लिए दूर होगा
यदि तुम उपचार कर लो चाणक्य के दोष का।

अध्याय तीन

लगभग 2300 वर्ष पहले

तक्षशिला दो बड़े व्यापार पथों के चौराहे पर था; मगध और गंधार के बीच राजकीय उत्तरपथ राजमार्ग, और कश्मीर और प्रसिद्ध रेशम मार्ग के बीच सिंधु पथ। तक्षशिला गंधार—सुगंध के लिए संस्कृत शब्द—राज्य की घाटी की गोद में बसा हुआ था। पहाड़ियों, बग़ीचों और जंगली फूलों से घिरा गंधार प्रकृति की विपुलता का केंद्र था।

चाणक्य हिमालय और हिंदूकुश से चलने वाली जाड़े की सर्द हवाओं में कांप रहा था; उसके पास ठंड से बचने के लिए उसके पुराने कपड़ों के अलावा कुछ नहीं था। और ऐसे में उसने ख़ुद को तक्षशिला विश्वविद्यालय के द्वार पंडित के पास खड़े पाया। पौ अभी फटी ही थी और हवा मंदिर की सुंगध और सवेरे के वेदोच्चारण से भरी हुई थी। सुनियोजित सड़कें बुहारी जा रही थीं और भोजनालय अपने पहले ग्राहकों के लिए तैयारियां कर रहे थे।

"तुम किससे मिलना चाहते हो, लड़के?" द्वार पंडित ने पूछा। चाणक्य ने जवाब दिया कि उसे विश्वविद्यालय के अध्यक्ष आचार्य

पुंडरीकाक्ष से मिलना है। द्वार पंडित के निर्देशों का पालन करते हुए चाणक्य फलदार पेड़ों से घिरी एक छोटी सी कुटिया तक पहुंचा। कड़ाके की ठंड में अध्यक्ष अपने सवेरे के ध्यान और प्रार्थना के लिए नग्न वक्ष उपवन में बैठे हुए थे। चाणक्य जानता था कि विघ्न डालना उचित नहीं होगा, इसलिए वो ठंड से कांपता हुआ उद्यान के एक कोने में बैठ गया। कुछ क्षण बाद पुंडरीकाक्ष ने आंखें खोलीं, तो एक काले, लंबोतरे, बदसूरत और भद्दे से लड़के को ठंड से कांपते हुए उपवन में बैठे देखा।

"तुम कौन हो, वत्स?" उन्होंने पूछा। "श्रीमान, मेरा नाम चाणक्य है। मैं मगध के आचार्य चणक का पुत्र हूं। मेरे पास मगध मंत्रिमंडल के मंत्री कात्यायनजी की चिट्ठी है। उन्होंने कहा था कि वो आपको जानते हैं," चाणक्य ने बताया।

कात्यायन के नाम से अध्यक्ष के चेहरे पर मुस्कुराहट पसर गई। स्पष्ट था कि दोनों बचपन के मित्र थे। उन्होंने अपने दाएं कंधे पर लापरवाही से पड़ा उत्तरीय उतारकर चाणक्य को ओढ़ा दिया। उन्होंने सांत्वनापूर्ण ढंग से नवयुवक के गले में हाथ डाला और उसे अंदर ले गए जहां रसोई के चूल्हे की गर्मी बड़ी अच्छी लग रही थी। उन्होंने तुरंत अपने सेवक से कहा कि लड़के के लिए गर्म दूध का पात्र और कुछ लड्डू लेकर आए। चाणक्य को महसूस हुआ कि वो बहुत भूखा था और दूध के घूंटों के बीच वो सारे लड्डू खा गया।

पुंडरीकाक्ष कात्यायन की चिट्ठी पढ़ने में व्यस्त थे। उसमें लिखा था कि चाणक्य मगध के सबसे तीक्ष्ण छात्रों में से एक था और राजनीति शास्त्र और अर्थशास्त्र के प्रकांड पंडित आचार्य चणक का पुत्र था। "कात्यायन चाहते हैं कि मैं तुम्हें विश्वविद्यालय में प्रवेश दिला दूं," पुंडरीकाक्ष ने कहा। *क्या मेरे मित्र नहीं जानते कि दुनिया भर के राजकुमार इन दिव्य द्वारों में प्रवेश के लिए बरसों प्रतीक्षा करते हैं?* चिट्ठी आगे पढ़ते हुए पुंडरीकाक्ष ने सोचा। उन्हें उन दिनों की याद आ गई जब कात्यायन और वो तक्षशिला में छात्र थे। पुंडरीकाक्ष एक ग़रीब अनाथ थे और उनका ख़र्च कात्यायन के पिता ने उठाया

था। अध्यक्ष जानते थे कि उनके पुराने मित्र कात्यायन ने अपनी कृपा का बदला मांगा है। लड़के के लिए प्रवेश को नकारना कोई विकल्प था ही नहीं।

"तुम थक गए होगे, चाणक्य। तुम्हें आराम करना चाहिए। मैं अपने परिचर से कहता हूं कि वो तुम्हारे लिए एक गर्म बिस्तर तैयार कर दे। मैं तुम्हारे बारे में बात करने के लिए प्रवेश निदेशक से मिलूंगा। यदि वो तुम्हारे ज्ञान की परीक्षा लेना चाहेंगे तो शायद मैं बाद में तुम्हें बुलवा लूं," तीक्ष्णबुद्धि अध्यक्ष ने उठते हुए कहा।

Ω

"सुप्रशासन का उद्देश्य क्या है, चाणक्य?" प्रवेश निदेशक ने पूछा। वो उनके कार्यालय में धरती पर बैठे थे, जो कि बासी चटाइयों, चर्मपत्रों और पांडुलिपियों से भरा बहुत कम सजावट वाला कक्ष था। कमरे में गंधसफ़ेदा के तेल के दीयों की गंध बिखरी हुई थी जो शाम को वहां रोशनी कर रहे थे।

चाणक्य का जवाब तुरंत और आत्मविश्वास भरा था। "रंक की ख़ुशी में राजा की ख़ुशी है और उनके कल्याण में उसका कल्याण," उसने बलपूर्वक कहा।

"वत्स, राजा के कर्तव्य क्या हैं?"

"राजा के तीन कर्तव्य हैं। *रक्षा*—राज्य को बाहरी आक्रमण से बचाना; *पालन*—राज्य में न्याय व्यवस्था बनाना; और अंत में, *योगक्षेम*—लोगों का कल्याण।"

"हे चणकपुत्र, वो कौन से संभव साधन हैं जिनके द्वारा राजा राजनीतिक विवादों का निपटारा कर सकता है?"

"चार संभव साधन हैं, श्रीमान। *साम*—विनम्र अनुनय और प्रशंसा; *दाम*—आर्थिक प्रोत्साहन; *दंड*—सज़ा या युद्ध; और *भेद*—बुद्धिमानी, प्रचार और दुष्प्रचार।"

"एक राज्य, देश, और इसके लोगों में क्या अंतर है?"

"लोगों के बिना देश नहीं हो सकता, और देश के बिना राज्य

नहीं हो सकता। लोगों से ही राज्य बनता है; एक बांझ गाय की तरह लोगों के बिना राज्य से कुछ पैदा नहीं होता।"

"राज्य का निर्माण किन चीज़ों से होता है, बुद्धिमान शिष्य?"

"इसके निर्माण के सात तत्व होते हैं, विद्वान शिक्षक। राजा, मंत्रिमंडल, क्षेत्र और आबादी, दुर्गीकृत नगर, राजकोष, सशस्त्र बल और सहयोगी।"

"राजा को मंत्रियों की आवश्यकता क्यों है?"

"रथ एक पहिए से नहीं चल सकता। राजा को बुद्धिमान व्यक्तियों को मंत्रियों के रूप में नियुक्त करना और उनकी सलाह को सुनना चाहिए।"

"वैभव का मूल क्या है?"

"वैभव का मूल आर्थिक गतिविधि है, और इसकी कमी भौतिक संकट लाती है। सफल आर्थिक गतिविधि की अनुपस्थिति में वर्तमान समृद्धि और भविष्य का विकास दोनों ही विनाश के ख़तरे में रहते हैं। जिस प्रकार हाथियों को पकड़ने के लिए हाथियों की आवश्यकता होती है, उसी प्रकार वैभव प्राप्त करने के लिए वैभव की आवश्यकता होती है।"

"एक राज्य के लोगों पर कर का उचित स्तर क्या है?"

"जिस प्रकार फल पकने के बाद उन्हें उद्यान से तोड़ा जाता है, उसी प्रकार राजा को देय होने पर राजस्व वसूलना चाहिए। जिस प्रकार बिना पके फलों को नहीं तोड़ा जाता है, उसी प्रकार राजा को वो राजस्व नहीं वसूलना चाहिए जो देय नहीं है क्योंकि इससे लोग क्रुद्ध होंगे और राजस्व के स्रोत ही नष्ट हो जाएंगे।"

"राजस्व अधिकारियों पर राजा को किस सीमा तक विश्वास करना चाहिए?"

"ये जानना असंभव है कि पानी में तैरने वाली मछली कब पानी पीती है। इसी तरह ये पता लगाना भी असंभव है कि राजस्व वसूलने वाले प्रशासनिक अधिकारी कब ग़बन कर लेंगे।"

"एक राज्य के प्रशासन में दंड कितना महत्वपूर्ण है?"

"केवल दंड की शक्ति ही इस लोक और परलोक की रक्षा करती है, बशर्ते कि दंड बिना भेदभाव के अपराध के अनुपात में दिया जाए, और बिना ये सोचे कि दंड पाने वाला व्यक्ति राजकुमार है या दुश्मन दास।"

"राजा किस तरह सुनिश्चित करे कि कौन राजा उसके मित्र हैं और कौन शत्रु?"

"निकटवर्ती क्षेत्र का शासक विरोधी है और उसका पड़ोसी मित्र। मेरे शत्रु का शत्रु मेरा मित्र है।"

प्रवेश निदेशक ने आश्चर्य से लड़के को देखा। फिर वो पुंडरीकाक्ष की ओर मुड़कर मुस्कुराए। "मुझे इसके ज्ञान, विश्लेषणात्मक कौशल और बुद्धिमत्ता में कोई संदेह नहीं है, लेकिन इसकी पढ़ाई का शुल्क कौन देगा?" उन्होंने पूछा। अध्यक्ष ने झेंपते हुए दांत निकाले। "मेरे बचपन के मित्र ने अपने ऋण का भुगतान मांगा है। इसका शुल्क मैं ही दूंगा," उन्होंने बताया।

चाणक्य पुंडरीकाक्ष के सामने दंडवत हो गया और उसने उनसे निवेदन किया कि वो उससे वो दस पण ले लें जो यात्रा के लिए कात्यायन द्वारा दिए गए पचास पण में से उसके पास बचे हुए थे। "इसे रखो, चाणक्य। मैं जब भी उचित समझूंगा, इस ऋण का भुगतान मांग लूंगा," पुंडरीकाक्ष ने कहा। "तुम पूरे भारत को एकीकृत करोगे; तुम्हारी दीप्ति उस लौ की तरह होगी जो राजाओं को जुगनुओं की तरह आकर्षित करेगी, यहां तक कि वो तुम्हारे आगे झुक जाएंगे; उठो, चाणक्य, हमारी मातृभूमि को तुम्हारी ज़रूरत है," अध्यक्ष ने घोषणा की। कृतज्ञ लड़के ने बिना कुछ कहे पुंडरीकाक्ष के चरण छुए और चला गया।

"पता नहीं इसे तक्षशिला की शिक्षा की आवश्यकता है भी या नहीं," चाणक्य के जाने के बाद प्रवेश निदेशक धीरे से अध्यक्ष से बोले।

Ω

सामने के टेढ़े दांत, लंबोतरे अंग, धब्बेदार और दाग़दार चेहरे, कोयले जैसे रंग और चक्कत्तेदार त्वचा के कारण चाणक्य तक्षशिला में सबसे ज़्यादा कुरूप दिखाई देता था। विश्वविद्यालय राजकुमारों और कुलीन परिवारों के बेटों से भरा हुआ था जिनमें से ज़्यादातर उच्चवर्गीय और सुंदर होने को बहुत महत्व देते थे। चाणक्य की बुद्धिमत्ता और लगभग हर विषय पर साहसिक विचार भी मित्र जीतने में उसकी मदद नहीं कर सके थे।

एक दिन, जब वो शयनागार से अपनी कक्षाओं की ओर जा रहा था, तो नदी किनारे उगी सूखी कुश घास के उसके दाएं पैर में चुभने से वो अचानक दर्द से बिलबिला उठा। उसने अचानक अपना पैर ऊपर उठाया और उस कांटेदार तिनके को बाहर निकाला जिसने उसे चुनौती देने की हिम्मत की थी। कांटा निकालने और रक्त को नदी में धोने के बाद, चाणक्य उस तीखी घास को देखने के लिए झुक गया। वो कुश के गुच्छे उखाड़कर नदी में फेंकने लगा।

"चाणक्य को देखो, मित्रो! हमारे आगे बड़ी-बड़ी बातें करता है कि वो किस तरह देश के दुश्मनों को नष्ट कर देगा, और देखो वो उस घास तक को नहीं कुचल सका जिसने उसके पैर पर आक्रमण किया!" उसका एक सहपाठी चिल्लाया। चाणक्य तानों को नज़रअंदाज़ करके अपने सामने की समस्या में व्यस्त रहा। अपने आसपास की हंसी-ठिठोली से बेख़बर वो कुश की तीखी घास को उखाड़ता रहा। कई मिनट तक कई मुट्ठी घास उखाड़ने के बाद, उसने महसूस किया कि वो ऐसे अपरिष्कृत तरीक़े से इस शत्रु घास को समाप्त करने में सफल नहीं हो सकता। उसने अपने मस्तिष्क में बिठा लिया कि क्या करना है और कक्षा के लिए चल दिया। "बस हार गए!" उसके साथी चिल्लाने लगे। "अगर ये वास्तविक युद्ध होता तो रक्तपात के बिना ही समाप्त हो जाता। चाणक्य शत्रु के आगे अपने शस्त्र डाल देता," एक युवा राजकुमार ने कहा। चाणक्य के पास जवाब देने को कुछ नहीं था।

अगले दिन, चाणक्य के सहपाठी उसे गाढ़े घोल का एक

मटका लाते देखकर चौंक गए। उसके साथी तेज़ी से आगे बढ़े, और चाणक्य उस सफ़ेद द्रव को घास के एक बड़े भाग में छिड़कने लगा। कुछ और ताने कसे गए। "ये चाणक्य की नई युद्ध नीति है। अगर तुम शत्रु को हरा नहीं सकते, तो उसे दूध पिलाओ ताकि वो और भी शक्तिशाली हो जाए और तुम्हें आसानी से नष्ट कर डाले," एक ने कहा। एक और ने तीखी टिप्पणी की, "नहीं। नहीं। तुम समझे नहीं... ये कुश घास है, हमारे वेदों की श्रद्धेय। चाणक्य घास को चढ़ावा दे रहा है ताकि वो देवताओं को प्रसन्न कर सके और इसके स्थान पर देवता शत्रु को नष्ट कर सकें।" हमेशा की तरह, चाणक्य ने कोई सफ़ाई नहीं दी।

अगले दिन लड़के ये देखकर चकित रह गए कि घास के बड़े-बड़े टुकड़े ग़ायब हो चुके हैं। "हे चाणक्य! तुमने कल जो दूध बिखेरा था उसमें क्या था?" एक लड़के ने उत्सुकतावश पूछा।

"कुश इतनी प्रचुर और व्यापक थी कि मैं उसे नष्ट नहीं कर सकता था, इसलिए मैंने सोचा—मेरे शत्रु का शत्रु मेरा मित्र है—कुश का सबसे बड़ा शत्रु कौन है? जवाब था फफूंद और चींटियां, दोनों ही घास पर आक्रमण करके उसे खा जाती हैं। मैंने कल जो डाला था वो दूध नहीं था। वो मीठा छाछ था, मेरे मित्रो। छाछ में प्रोटीन के कारण फफूंद पैदा हुई और चीनी ने चींटियों को आकर्षित किया," चतुर युवक ने अपने दंग सहपाठियों को समझाया जो ये देखकर और भी चकित हुए कि चाणक्य छाछ का एक मटका और लाया था और पिछले दिन वाली प्रक्रिया को दोहरा रहा था।

"तुम घास को तो पहले ही मार चुके हो, चाणक्य। ये दूसरा मटका किसलिए?" पिछले दिन मज़ाक़ उड़ाने वाले एक कुलीन लड़के ने पूछा।

"ऋण को अंतिम पण तक चुकाना चाहिए, और शत्रु को अंतिम चिह्न तक नष्ट करना चाहिए," कठोर चाणक्य ने अपने नए प्रशंसकों को समझाया।

Ω

"दुख की बात है कि भारत—हम सिंधु-आर्यों का सामान्य निवास और सांस्कृतिक परंपरा—की अवधारणा को छोटे-छोटे शासकों और राज्यों ने अपने अधीन कर लिया है। हमारे धर्मग्रंथ, परंपराएं, संस्कृति, प्रार्थनाएं और देवता समान हैं। फिर क्यों हम अपने घरों को मगध, गंधार, काशी, कुरु, कोसल, मलयराज्य या पंचाल के नाम से पुकारते हैं? हम ये क्यों नहीं कहते कि हम भारत के नागरिक हैं? यही मौलिक विभाजन भविष्य में हमारे पतन का कारण बनेगा," अपने सिर को आंशिक रूप से अपने मेज़बान के सिर की सीध में लाने के लिए थोड़ा झुकाते हुए चाणक्य ने तर्क किया। वो तक्षशिला के सीमाक्षेत्र में ऋषि दंडायण की झोपड़ी में था। ऋषि एक योगी थे और पिछले कुछ दिनों से सिर के बल खड़े थे, और इसीलिए चाणक्य ने अपना चेहरा उल्टे खड़े योगी के सामने लाने की कोशिश की थी।

पिछले छह वर्षों में, चाणक्य ने न केवल तक्षशिला में अपने पाठ्यक्रम के हर विषय में अच्छा प्रदर्शन किया था, बल्कि वो हर वर्ष श्रेष्ठता सूची में भी रहा था। उसके शानदार शैक्षणिक प्रदर्शन के कारण उसे अपने प्रिय विषयों राजनीतिशास्त्र और अर्थशास्त्र में उपाचार्य का पद मिल गया था। नौकरी से प्राप्त कम लेकिन पर्याप्त आय के द्वारा वो अपने विचार 'ऋण को अंतिम पण तक चुकाना चाहिए' के अनुसार अपने गुरु पुंडरीकाक्ष का ऋण चुकाने में सक्षम रहा था, यद्यपि पुंडरीकाक्ष ने विनोदपूर्वक कहा था कि ब्याज अभी भी देय है, लेकिन रोकड़ में नहीं बल्कि एकीकृत मातृभूमि का सपना पूरा करने के रूप में।

पुंडरीकाक्ष ने ही चाणक्य का परिचय बुद्धिमान योगी से करवाया था, और चाणक्य को अक्सर उनकी कुटिया में जाना अच्छा लगता था। दंडायण को भी वह मेधावी नवयुवक पसंद था जिसके पास लगभग हर प्रमुख विषय पर विचार थे। "अकेली मोमबत्तियां अपनी ही लौ पर केंद्रित रहती हैं जब तक कि उस पात्र को गर्मी न दी जाए जिसमें वो जल रही हों। एक समान शत्रु—गर्मी—के सामने मिलकर वो एक मोमबत्ती बन जाती हैं," उल्टे खड़े साधु ने बताया, जिनके

लंबे सफ़ेद बालों और दाढ़ी ने फ़र्श पर उनके सिर के आसपास एक ताल सा बना दिया था।

भभूत मले योगी ने विरक्त भाव से अपनी बात जारी रखी, "सूर्य के विपरीत जो कि पूर्व में जागता है और पश्चिम में सो जाता है, यूनानी तारा पश्चिम में उगा है और तेज़ी से पूर्व की ओर बढ़ रहा है। गोरी त्वचा वाला देवता हर उस चीज़ और व्यक्ति को नष्ट करता जाता है जो उसके सामने आती है। हे चणक की विद्वान संतान, तुम्हारा वास्तविक शत्रु धनानंद नहीं, बल्कि वो मैसीडोनियाई दिव्यता है जिसे सिकंदर महान कहा जाता है!"

"मैं क्या करूं, गुरुजी? धनानंद के प्रति मेरा क्रोध शांत नहीं हुआ है। मैं अपने उद्देश्यों से कैसे मुंह फेर सकता हूं?" व्याकुल चाणक्य ने पूछा।

"चाणक्य। ऐसे पेड़ से फल तोड़ने की आवश्यकता नहीं जो काटा जाने वाला है। फल तो स्वयं ही गिर जाएंगे। बड़े उद्देश्य पर दृष्टि जमाओ तो तुम्हारे बाक़ी उद्देश्य स्वयं ही सफल हो जाएंगे।"

Ω

अध्यापक के रूप में चाणक्य का यश और प्रतिष्ठा बढ़ती गई। उसकी कक्षा में होने के लिए छात्रों में होड़ लगी रहती थी। अक्सर वो रटने की विद्या को छोड़कर अपने छात्रों से कहता कि वो उससे त्वरित प्रश्न पूछें जिनके उत्तर वो राजनीतिक आदर्शवादिता की चिंता किए बिना अपने सरस और तीखे ढंग से देता।

"आचार्य, आप सबसे विद्वान शिक्षक हैं। आप राजा क्यों न बन जाएं?"

"सच कहूं, तो मुझे इससे फ़र्क़ नहीं पड़ता कि मैं राजा नहीं हूं। मेरी समस्या बस ये है कि राजा कोई और है।"

"आचार्य, शासन में गोपनीयता का क्या कारण है?"

"अगर नागरिक ये नहीं जानेंगे कि आप क्या कर रहे हैं, तो वो ये किस तरह जान सकेंगे कि आप क्या ग़लत कर रहे हैं? इसीलिए

गोपनीयता आवश्यक है, वत्स।"

"आचार्य, लोग देश के विधान का सम्मान न करके भी क्यों बच निकलते लगते हैं?"

"अगर हम चाहते हैं कि लोग विधान का सम्मान करें, तो पहले हमें सम्मानजनक विधान बनाने होंगे, पुत्र।"

"आचार्य, क्या राजा वास्तव में लोगों का सेवक नहीं होता है?"

"संशोधन। स्वामी बनने के लिए एक शासक को *स्वयं को लोगों का सेवक मानना* होगा।"

"आचार्य, संकट या घबराहट के समय एक महामंत्री राजा का बोझ किस प्रकार कम कर सकता है?"

"इसकी क्या आवश्यकता है? एक शासक को घबराने देना चाहिए। उसे ढेर सारे संकटों में व्यस्त रखना चाहिए। ये उनकी उपलब्धि का प्रमाण है!"

"आचार्य, क्या हमेशा सच बोलना राजा का पवित्र कर्तव्य है?"

"हा! राजा को सच की ज़रूरत नहीं। उसे ज़रूरत होती है किसी ऐसी बात की जो वो लोगों को बता सके, प्रिय वत्स। एक अच्छा भाषण वो नहीं जिसमें आप सिद्ध कर सकें कि राजा सच बोल रहा है, अच्छा भाषण वो है जिस पर कोई ये न कह सके कि वो झूठ बोल रहा है।"

"आचार्य, वो कौन सी स्वतंत्रताएं हैं जो राज्य के नागरिकों के लिए सुनिश्चित करनी चाहिए?"

"हम्म... सोचते हैं। ये बात सब जानते हैं कि एक भूखे आदमी को चार स्वतंत्रताओं से अधिक आवश्यकता रोटी के चार टुकड़ों की होती है।"

"आचार्य, आप जैसे ब्राह्मणों को राजनीति में पड़ने की क्या आवश्यकता है?"

"राजनीति इतना गंभीर विषय है कि उसे राजनीतिज्ञों पर नहीं छोड़ा जा सकता, पुत्र।"

"आचार्य, क्या युद्ध राजनीतिक मतभेदों का एकमात्र हल है?"

"बुद्धिमान शिष्य, राजनीति बिना रक्तपात का युद्ध है और युद्ध रक्तपात युक्त राजनीति है।"

"आचार्य, क्या नागरिकों को ये जानने का अधिकार नहीं है कि उनसे वसूले गए राजस्व का कहां प्रयोग किया जा रहा है?"

"अह। नहीं, नहीं, नहीं। लोग ये नहीं जानना चाहेंगे कि उनका राजस्व किस प्रकार व्यय किया गया। क्या कोई भक्त कभी मंदिर के ब्राह्मण से पूछता है कि उसके चढ़ावे का क्या किया गया?"

"आचार्य, क्या अच्छे शासन का अर्थ सिद्धांतों पर चलना नहीं है?"

"निश्चित रूप से। शासन का अर्थ ही सिद्धांतों पर चलना है। और सिद्धांत ये है कि सिद्धांतों पर कभी मत चलो।"

"क्या सिद्धांत धन से बड़े होते हैं?"

"एक प्रमुख सूत्र याद रखना, वत्स। जब कोई कहे, 'बात धन की नहीं, सिद्धांत की है,' तो समझ लो कि बात धन की है।"

"आचार्य, किसी विषय पर चर्चा में राजा की परिषद को आदर्श रूप से कितना समय लगाना चाहिए?"

"यदि आप नहीं चाहते कि परिषद किसी विषय पर अधिक समय लगाए, तो उसे कार्यसूची में भोजन से पहले अंतिम विषय बना देना चाहिए।"

"आचार्य, क्या एक राजा को विधान और न्याय की रक्षा के लिए युद्ध में जाना चाहिए?"

"राजा को हमेशा विधान और न्याय के पक्ष में होना चाहिए, बशर्ते कि वो इसे अपनी विदेश नीति के रास्ते में न आने दे।"

"आचार्य, ऐसे महामंत्री की क्या सज़ा होनी चाहिए जो राजा को राज्य की घटनाओं से अनजान रखे?"

"पुत्र, राजा इसलिए अनजान नहीं होते कि महामंत्री उन्हें सही उत्तर नहीं देते हैं बल्कि इसलिए अनजान होते हैं कि वो अपने प्रधान मंत्रियों से सही प्रश्न नहीं पूछते हैं। और अब पाठ का अंत होता है!"

♎

हास्ययुक्त उत्तर और विनोद के नीचे आंतरिक उदासी और निराशा का भाव छिपा हुआ था। चाणक्य ने सिर्फ़ कात्यायन के वचन पर अपनी मां को मगध में छोड़ा था। क्या वो स्वस्थ हैं? क्या उन्हें अपने बेटे की कमी खलती होगी? वो पति और बेटे दोनों के चले जाने का किस तरह सामना कर रही होंगी? इतने सालों में, उसने विभिन्न व्यापारिक दलों और भटकते कवियों के हाथ कई संदेश भेजे थे। कभी कोई जवाब नहीं आया। इसका अर्थ हो सकता था कि या तो संदेशवाहक उन्हें ढूंढ़ने में सक्षम नहीं रहे... या इससे भी बदतर।

अमावस्या की उस काली रात को दस साल से ऊपर हो चुके थे जिसके अंधेरे का फ़ायदा उठाकर उसने मगध छोड़ा था। पिछले वर्ष उसके गुरु पुंडरीकाक्ष का देहांत हो गया था। अपनी मृत्युशय्या पर करुणामय अध्यक्ष ने चाणक्य से कहा था कि वो मगध जाकर अपनी मां को तक्षशिला ले आए, ताकि उनकी बेहतर देखभाल हो सके। "तुम्हारी मां को और मातृभूमि को देखभाल की आवश्यकता है, चाणक्य, लेकिन मां मातृभूमि से पहले आती है।"

पुंडरीकाक्ष अपने प्रिय शिष्य के लिए तीन चीज़ें छोड़कर मरे थे—अपना घर, अपनी पांडुलिपियां और अपना निष्ठावान सेवक। चाणक्य ने जल्दी ही अपने तीन प्रिय छात्रों, सिंहारण, मेहिर और शारंगराव, को अपनी अनुपस्थिति में अपने मामले संभालने के लिए घर में रख लिया। सिंहारण क्षेत्र के मुट्ठी भर गणतंत्रों में से एक मलयराज्य के प्रांतपाल का बेटा था। उसे उसके चाचा ने सिंहासन से वंचित कर रखा था और मलयराज्य का सिंहासन उसके पिता से हड़प लिया था। मेहिर एक फ़ारसवासी छात्र था जो मैसीडोनियाई आक्रमण के कारण अपनी मातृभूमि से भाग आया था। शारंगराव विश्वविद्यालय का सबसे मेधावी ब्राह्मण छात्र था। ये तीनों चाणक्य

के प्रिय छात्र थे, यद्यपि उनका गंधार के युवराज आंभी से झगड़ा रहता था जो विश्वविद्यालय का एक अक्खड़ और दंभी नया छात्र था। "उसे नियंत्रण में रखना, सिंहारण," चाणक्य ने सलाह दी, और फिर विश्विद्यालय के कुलपति से छुट्टी लेकर उसने अपने जन्मस्थान की लंबी यात्रा की तैयारियां आरंभ कर दीं।

मगध के कठिन सफ़र ने न केवल माता-पिता की बल्कि प्रिय सुवासिनी की भी यादें ताज़ा कर दीं। सुवासिनी बंदी महामंत्री शकतार की बेटी और चाणक्य की बचपन की मित्र थी। वो एक छोटी सी, कोमल लड़की थी और किसी सुंदर ढंग से तराशी गई मूर्ति जैसी थी। उसके गुलाबी गाल और तीखी भूरी आंखें चाणक्य को पागल कर देती थीं। उसे हमेशा उससे प्रेम रहा था लेकिन वो कभी इतना साहस नहीं बटोर पाया था कि उसे बता सके। वो जानता था कि वो जानती है, लेकिन सुवासिनी हमेशा ये दिखाकर कि वो नहीं जानती शरारतपूर्ण आनंद लेती थी। धीरे-धीरे मगध की ओर बढ़ते हुए उसे लग रहा था कि वो अपनी किशोरावस्था की पसंद को अधिक से अधिक याद कर रहा है।

Ω

पाटलिपुत्र न केवल आकार में बल्कि भोग-विलास, उच्छृंखलता, भ्रष्टाचार और दुराचार में भी बढ़ गया था। हर नुक्कड़ पर सट्टे और जुए के अड्डे थे और पासे, पत्तों और पशुओं की लड़ाई को लेकर होने वाले झगड़े होना कोई असामान्य बात नहीं थी। मदिरापान बहुत अधिक था और पुरुषों को किण्व, आसव, मैरेय, मेदक, मधु और प्रसन्ना—मगध के मदिरालयों में उपलब्ध मदिराओं का संग्रह—के नशे में धुत्त मदिरालयों से लड़खड़ाते निकलते देखना एक आम दृश्य था। एक अन्य संग्रह गणिकाओं, रूपजीवाओं और पुंश्चलियों—वेश्याएं, स्वतंत्र संगिनियां, रखैलें—का था। मगध की दरबारी लड़कियां श्रेष्ठ प्रतिभाएं प्रस्तुत करती थीं—गायन, वादन, वार्तालाप, नृत्य, मर्दन, सुगंध बनाना, मालाएं गूथना, केश प्रक्षालन, स्नान कराना, और सबसे बढ़कर, संभोग की कला। मगध के एक

प्रसिद्ध गुरु वात्स्यायन ने हाल ही में एक प्रसिद्ध पुस्तक *कामसूत्र* लिखी थी, जिसमें बारह सौ श्लोकों में संभोग के सत्तर आसनों का विवरण दिया था।

जब चाणक्य राजधानी पाटलिपुत्र के द्वार पर पहुंचा, तो नशे में धुत्त आप्रवास अधिकारी ने उससे कोई प्रासंगिक सवाल पूछना तो दूर, उसके यात्रा के काग़ज़ात भी बड़ी मुश्किल ही से देखे, यद्यपि अभी दोपहर का ही समय था। शहर के द्वार पर पहरेदार पिछली रात जमकर पीने के कारण अस्तव्यस्त थे और उनकी आंखें लाल हो रही थीं। मगध एक नकारता सा राज्य प्रतीत होता था—लगता था जैसे ये उस मैसीडोनियाई आक्रमण को नकार रहा हो जिसका ख़तरा भारत के सीमावर्ती राज्यों पर मंडरा रहा था। राजा और प्रजा दोनों ही नहीं चाहते थे कि उत्सव ख़त्म हो हालांकि रात बीत चुकी थी।

लेकिन अधिकांश नगर बिना बदला लगता था, और चाणक्य के लिए कात्यायन के घर तक पहुंचना बहुत मुश्किल नहीं था। सड़कें, घर और यहां तक कि नुक्कड़ों के तेल के दीये तक वैसे ही लगते थे। जो चीज़ बदली थी वो था कात्यायन का हुलिया। दस वर्षों ने उन्हें पच्चीस वर्ष बूढ़ा कर दिया था। चाणक्य को अपने घर की ओर आते देख उन्होंने तुरंत पहचान लिया और उससे मिलने बाहर की ओर भागे, यद्यपि उन्होंने उसे उसके लड़कपन में देखा था। चाणक्य को गले लगाते हुए उनकी आंखों से आंसू बह निकले और वो उसे अपने से अलग नहीं होने दे रहे थे। अंदर जाने पर उन्होंने अपने सेवक से कहा कि वो चाणक्य के हाथ-पैर धोए और रसोइए से दोपहर के खाने की तैयारी करने को कहे।

दोनों रसोई के फ़र्श पर बैठे और सेवक ने उनके सामने केले के पत्ते और मिट्टी के गिलास रख दिए। ब्राह्मण परंपरा के अनुसार, उन्होंने पत्तों के आसपास थोड़ा सा पानी छिड़का, जो कि पृथ्वी को शुद्ध करने की क्रिया थी। फिर सेवक चावल, सब्ज़ी और दाल लाया जो वो उनके पत्तों पर डालने लगा। फिर परंपरानुसार, दोनों ने—हाथ से भोजन करना आरंभ करने से पहले—देवताओं को प्रसन्न

करने के लिए पशुओं—गायों, कुत्तों, कौओं और चींटियों—के लिए प्रतीकात्मक भोग के रूप में अपने पत्तों से खाने के छोटे-छोटे भाग निकाल दिए। हालांकि वो एक दशक से भी अधिक समय के बाद मिल रहे थे, लेकिन वैदिक परंपरा के अनुसार उन्होंने बिल्कुल ख़ामोशी से भोजन किया।

उठने और आंगन में चले जाने के बाद ही चाणक्य बोला। "मैं पाटलिपुत्र अपनी मां को ले जाने के लिए आया हूं, कात्यायनजी। वो कैसी हैं?" उसने पूछा। कात्यायन की ख़ामोशी बहुत लंबी और कानफोड़ू थी। अंततः, कात्यायन बोले। "विष्णु... चाणक्य... मैं तुम्हें किस तरह बताऊं? तुम्हारे पिता की निर्मम हत्या और तुम्हारे तक्षशिला प्रस्थान के बाद, मैंने उन्हें अच्छी तरह रखने का पूरा प्रयास किया। मेरे आग्रह पर उन्हें पाटलिपुत्र के निकट तुम्हारे पैतृक घर कुसुमपुर भेज दिया गया। मेरा मानना था कि वो पाटलिपुत्र—वो स्थान जिसे वो अपने पति की हत्या और अपने बेटे के लापता होने से जोड़ती थीं—से दूर ही बेहतर रहेंगी। मैं उन्हें नियमित रूप से धन और खानपान की सामग्री भेजता था और जब भी संभव होता था उनसे मिलने जाता था लेकिन, मेरे प्रिय चाणक्य, वो तुम्हारे लिए विलाप और अपने प्रिय पति की मृत्यु पर शोक करती रहीं। उन्होंने खाना छोड़ दिया और मुरझाने लगीं। लगभग छह-सात वर्ष पहले उनकी मृत्यु हो गई। मुझे क्षमा कर दो, चाणक्य। मैं तुम्हारे जीवन में तुम्हें दो दुखद समाचार सुना चुका हूं।"

अपने पिता के वध का समाचार सुनने पर चाणक्य की आंखों में कात्यायन ने जिस शून्य का भाव देखा था, लगता था कि वो भाव लौट आया था। वृद्ध ने चाणक्य का हाथ पकड़ा और कोई प्रतिक्रिया उत्पन्न करने का भरपूर प्रयास किया लेकिन वो असफल रहे। चाणक्य ने एक बार फिर से भावहीन संकल्प का कवच पहन लिया और उसने जल्दी से विषय बदल दिया, जैसे मां का निधन वार्तालाप के कई समान रूप से महत्वपूर्ण विषयों में से एक हो।

"क्या महामंत्री शकतार जीवित हैं? वो कैसे हैं?" उसने पूछा।

"वो अभी भी जेल में हैं। धनानंद ने उनके परिवार को नष्ट कर दिया है। उन्हें जीवित रखने के लिए राक्षस और मैं अक्सर गिरिका को उत्कोच देते हैं। तुम जानते हो कि नंद के नर्क—दानव गिरिका द्वारा संचालित कारागार परिसर और यातना कक्ष—से जीवित और अच्छी हालत में निकलना असंभव है। मेरे सूचकों ने बताया है कि शकतारजी का जीवन एक साक्षात नर्क है और वो प्रतिदिन हज़ारों मौतें मरते हैं!"

"तो शकतारजी की बेटी—सुवासिनी—भी मर चुकी है?" चाणक्य ने हिचकिचाते हुए पूछा।

"मैं जानता हूं कि तुम्हारे हृदय में हमेशा से उसके लिए स्थान रहा है, चाणक्य। लेकिन मैं क्या कह सकता हूं? उसका जीवन मृत्यु से बदतर है। वो उस व्यभिचारी राक्षस की दया के कारण बच तो गई, लेकिन उसकी रखैल बन गई।"

"मेरी प्रिय सुवासिनी वेश्या बन गई? मेरी मां मर गईं! महामंत्री एक नारकीय क़ैदख़ाने में हैं! मगध में न्याय कहां है?"

"एकमात्र संतोष की बात ये है कि ब्राह्मणों पर अत्याचार बंद हो गया है। जबसे राक्षस ने महामंत्री का पद संभाला है, वो धनानंद को मदिरा और वेश्याओं में डुबोए रखने में सफल रहा है। नतीजतन ब्राह्मण विरोधी नीति में सुस्ती आ गई है। स्वयं ब्राह्मण होने के कारण राक्षस धनानंद से विद्वान ब्राह्मणों को अनुदान देने के लिए एक न्यास स्थापित कराने में भी सफल रहा है। कौन सोच सकता था कि एक शूद्र कभी ब्राह्मणों के लाभ के लिए कुछ कर सकता है?"

"तो धनानंद और राक्षस अनुदान के द्वारा ब्राह्मणों की मौन स्वीकृति को ख़रीदने में सफल रहे हैं? धरती मां इस विश्वासघात पर रो रही है—ब्राह्मणों को इसका संरक्षक, और नीतिपरायणता, धार्मिकता, धर्मनिष्ठता, ईमानदारी, न्याय, सचाई, सदाचार, मर्यादा और सत्यनिष्ठा का रक्षक होना था। इसके बजाय हम सबसे बड़ी बोली लगाने वाले के लिए उपलब्ध सामान्य वेश्याएं बन गए हैं!"

"श्श्श... चाणक्य... इतने ऊंचे स्वर में नहीं, पुत्र... दीवारों

के भी कान होते हैं। हां, तुमने ठीक कहा, हम रंडियों से बेहतर नहीं हैं। मैं भी तुम्हारे सामने अपराधी के रूप में खड़ा हूं। मैंने देखा था कि जब तुम्हारे पिता—महान चणक—ने सत्य बोलने का प्रयास किया था, तो उनके साथ क्या हुआ था। मैं अभी भी देख रहा हूं कि राजा को सही मार्ग पर लाने का प्रयास करने के लिए हमारे भूतपूर्व महामंत्री शकतार को कैसे घोर अत्याचार सहन करने पड़ रहे हैं। तरकश में तीर न हों तो कमान को लहराने का कोई लाभ नहीं, चाणक्य। तुम्हारे लिए यही कटु वास्तविकता है।"

"मैं आपको दोष नहीं देता, कात्यायनजी। यदि आप नहीं होते, तो मैं बच नहीं पाता। मैं आजीवन आपके प्रति आभारी रहूंगा। मेरा क्रोध निराशाजनक परिस्थितियों पर है। आप पर नहीं।"

"मैं समझता हूं, चाणक्य। इस क्रोध को किसी लाभकारी कार्य की ओर निर्दिष्ट करना चाहिए। यदि तुम धनानंद को सिंहासनच्युत करना चाहते हो, तो तुम्हें आदमी, सामग्री, सहयोगी, और योजना चाहिए... और तुम अच्छी तरह जानते हो कि इस सबके मूल में धन है। यदि तुम मगध का शुद्धीकरण चाहते हो, तो तुम्हें धन की आवश्यकता होगी।"

Ω

बुद्धिमानों का भोज वो वार्षिक भोज था जो राजा द्वारा सारे राज्य के विद्वान ब्राह्मणों के लिए आयोजित किया जाता था। उनके पांव धुलाए जाते, उन्हें भोजन कराया जाता, स्वर्ण भेंट दी जातीं, और बदले में वो राजा और उसके राज्य को आशीर्वाद देते। इस भव्य उत्सव के लिए पाटलिपुत्र महल में गेंदे के फूलों और केले के पत्तों की वंदनवारें लगाई जातीं। राजकीय रसोई में सैकड़ों रसोइए ब्राह्मणों के लिए श्रेष्ठतम पकवान बनाने में लगे रहते। महल के द्वारों के बाहर ये घोषणा करने के लिए कि विद्वानों का भोज आरंभ हो चुका है, ढोलकिए उच्च स्वर में अपने ढोल बजाते। लेकिन भोज आरंभ होने से पहले उन विजेताओं की सूची का फ़ैसला करना होता था जिन्हें राजा द्वारा भोजन कराया और सम्मानित किया जाएगा। इसका निर्णय

दरबार में बहुत से खुले वाद-विवादों द्वारा किया जाता था, जहां शासक उपस्थित रहता था। इन खुले वाद-विवादों में जिनका प्रदर्शन अच्छा होता, उन्हें राजा द्वारा सम्मानित होने का सौभाग्य प्राप्त होता।

धनानंद दरबार में था, लेकिन अनिच्छा से। वो बड़ी बुरी मनोस्थिति में था। मोटा अंधबुद्धि राजपुरोहित राजा की कुंडली देख रहा था, और उसने भ्रामक केतु के साथ छठे घर में रहने वाले दूसरे ग्रह शुक्र को शनि के सामीप्य में देखा था। उसने धनानंद को चेतावनी दी थी कि ये दिन उसके लिए शुभ नहीं है और कुछ गड़बड़ी की संभावना है। "आप पिछले वर्ष में राहु महादशा में रहे हैं, महाराज। मंगल आठवां ग्रह है, जो प्रबल चंद्रमा और सूर्य से मृत्यु, रूपांतर और परिवर्तन का प्रतिनिधित्व करता है। शनि, दरबारी लड़ाइयों का छठा नियंत्रक, भी आपके सूर्य और चंद्रमा के दसवें पक्ष के पीछे है, और पारगमन द्वारा प्रबल का तृतीय पक्ष है। आप आज जो भी कहें और करें, उसमें सावधान रहें, हे राजा!" ज्योतिषी ने कहा।

♎

"तुम आज जो भी कहो और करो, उसमें सावधान रहना, चाणक्य," कात्यायन ने सलाह दी, हालांकि चाणक्य का मंतव्य किसी भी प्रतिस्पर्धा में भाग लेने का नहीं था। वो ऐसे समारोहों के लिए कहीं ज़्यादा विशिष्ट विद्वान था। वो बस राजा के दरबार की कार्यवाही को देखना और राजा और उसके नए महामंत्री राक्षस के बीच के समीकरण को समझना चाहता था। उसने सुनिश्चित किया कि वो महल के अतिथियों की भीड़ में और राजा की नज़रों से दूर रहे। लेकिन उसने ये ग़लती कर दी थी कि वो कात्यायन के पास खड़ा था और राक्षस की दृष्टि के सामने था। राक्षस ने कुरूप चाणक्य को तुरंत पहचान लिया। थोड़ी सी चिंगारियां पैदा करने के उद्देश्य से उसने गंभीरतापूर्वक घोषणा की, "मगध का सौभाग्य है कि आज हमारे बीच मगध के मेधावी पुत्र चाणक्य मौजूद हैं जो प्रसिद्ध तक्षशिला विश्वविद्यालय में अध्यापक हैं। दरबार को प्रसन्नता होगी कि आज की चर्चा का आरंभ आचार्य द्वारा किया जाए।" विनम्र वाहवाही के

बाद चाणक्य ने हिचकिचाते हुए मंच संभाल लिया। "शब्द नाप-तौलकर बोलना और अपने क्रोध को नियंत्रण में रखना," चाणक्य चलने लगा तो कात्यायन जल्दी से फुसफुसाए।

"ॐ! देवों एवं देवविरोधियों के गुरु, विज्ञान एवं राजनीति के प्रवर्तक बृहस्पति और शुक्र को प्रणाम," चाणक्य ने प्रारंभिक आह्वान किया। वो राजसी सिंहासन पर बैठे धनानंद के सामने था जिसके दाईं ओर राक्षस खड़ा हुआ था। "ॐ!" सभा ने सहगान किया।

"हे ज्ञानी शिक्षक, समाज किस प्रकार राज्य की उन्नति में सामंजस्य के साथ कार्य कर सकता है?" राक्षस ने पूछा।

"अपने कर्तव्य का निर्वाह करके। एक ब्राह्मण का कर्तव्य है अध्ययन, अध्यापन और मानव की ओर से देवताओं के साथ मध्यस्थता करना। क्षत्रिय का कर्तव्य है शस्त्र रखना और जीवन की रक्षा करना। वैश्य का कर्तव्य है व्यापार करना, निर्माण करना और धनोपार्जन करना। शूद्र का कर्तव्य है तीनों उच्च वर्णों की सेवा करना," चाणक्य ने ये जानते हुए घोषणा की कि सिंहासन पर बैठा राजा शूद्र है।

राक्षस द्वेषपूर्ण ढंग से प्रसन्न हुआ। उसने चिंगारी पैदा कर दी थी। अब विस्फोट होने में अधिक समय लगने वाला नहीं था। आश्चर्यजनक रूप से धनानंद ने आत्मसंयम बनाए रखा और इस टिप्पणी को नज़रअंदाज़ कर दिया।

"आचार्य, एक राजा में क्या गुण होने चाहिएं?"

"एक आदर्श राजा को वाक्पटु, निर्भीक, और कुशाग्र बुद्धि, अच्छी स्मृति और तीक्ष्ण मस्तिष्क वाला होना चाहिए। उसे मार्गदर्शन के प्रति संवेदनशील होना चाहिए। उसे शक्तिशाली और सेना का नेतृत्व करने में सक्षम होना चाहिए। उसे पुरस्कार और दंड देने में न्यायसंगत होना चाहिए। उसके पास दूरदृष्टि होनी चाहिए और उसे अवसरों का लाभ उठाना चाहिए। उसे युद्ध और शांति के समय में शासन करने में सक्षम होना चाहिए। उसे पता होना चाहिए कि कब

युद्ध करना है और कब शांति स्थापित करनी है, कब प्रतीक्षा करनी चाहिए और कब आक्रमण करना चाहिए। उसे हर समय अपनी गरिमा बनाकर रखनी चाहिए, मृदुभाषी, स्पष्टवादी और सौम्य होना चाहिए। उसे उग्रता, क्रोध, लोभ, हठ, अधीरता और निंदा से बचना चाहिए। उसे बड़ों की सलाह के अनुसार चलना चाहिए—"

"बस करो! मुझे ये उपदेश नहीं चाहिए!" धनानंद ने आवेश में आकर हस्तक्षेप किया। दरबार में सन्नाटा छा गया। राक्षस की समझ में नहीं आ रहा था कि क्या बोले। उसे इतने शीघ्र प्रभाव की आशा नहीं थी।

"मैं आपसे सहमत हूं, हे राजा। आपको मेरी सलाह की आवश्यकता नहीं है। मेरी सलाह उनके लिए है जिनमें मेरी सलाह को समझने और कार्यान्वित करने की योग्यता हो। दुर्भाग्य से आपमें इसमें से कोई योग्यता नहीं है!" चाणक्य दहाड़ा। कात्यायन मन ही मन घबरा गए। वो चाणक्य को क्यों यहां लाए? उन्होंने अनजाने में ही अपना हाथ शेर के जबड़े में डाल दिया था।

"राक्षस! ये कुरूप मूर्ख कौन है जिसे तुम एक शिक्षक के रूप में सम्मान दे रहे हो? हमें भाषण देना तो दूर, ये तो यहां होने योग्य भी नहीं है!" धनानंद ने कहा।

"हे महान राजा। ये चाणक्य है, प्रिय दिवंगतात्मा चणक का पुत्र," राक्षस ने चालाकी से बताया।

"आह! अब मैं समझा। जब मैंने उस मंदबुद्धि का सिर काटने का आदेश दिया था, तभी मुझे उसके बेटे के साथ भी ऐसा ही करना चाहिए था। चूहों में आबादी बढ़ाने की गंदी आदत होती है," धनानंद ने कहा।

"एक बार फिर मैं आपसे सहमत हूं, हे राजा," चाणक्य ने कहा, "मुझे जीवित छोड़कर आपने मूर्खता की। शत्रु को अंतिम चिह्न तक नष्ट कर देना चाहिए, जिस तरह एक दिन मैं आपको और आपके विकृत वंश को नष्ट करूंगा," चाणक्य ने शांत भाव से भविष्यवाणी की।

"इस नीच को गिरफ़्तार करो और नंद के नर्क भेज दो। ये प्रतिभाशाली गिरिका के चिमटों और कांटों के बीच मेरे पतन के तरीक़े सोच सकता है! जिस तरह चूहे को उसकी दुम से पकड़ा जाता है, उसी तरह इसे इसकी क्षुद्र चोटी से पकड़ लो!" धनानंद चिल्लाया और उसके सिपाही चाणक्य की ओर बढ़ने लगे।

चाणक्य का हाथ अपनी शिखा पर गया और उसने उसकी गांठ खोल ली। क्रोध के बावजूद धनानंद की जिज्ञासा जाग गई और उसने कहा, "पूंछ खोलने से तुझे कोई लाभ नहीं होगा! बंदर हमेशा बंदर ही रहेगा!"

"हे मूर्ख और अज्ञानी राजा, मैंने पूरे भारत को एकीकृत करने को अपना पवित्र कर्तव्य बना लिया है ताकि ये हमारे द्वार पर आने वाले विदेशी आक्रमणकारियों का मुक़ाबला कर सके। मेरा पहला क़दम तुझे इतिहास से मिटाना होगा। आज मैं एक पवित्र सौगंध लेता हूं! मैं सौगंध लेता हूं कि मैं अपनी शिखा को तब तक नहीं बांधूंगा जब तक कि मैं तुझे और मैसीडोनियाई आक्रमणकारियों को अपने देश से निष्कासित करके इसे एक उदार राजा के शासन में एकीकृत न कर दूं!" चाणक्य ने सौगंध ली और सैनिक उसे अब तक खुल चुके उसके बालों से पकड़कर नंद के नर्क की ओर घसीटकर ले जाने लगे।

अध्याय चार

वर्तमान समय

"अग्रवालजी, मैं आपके आशीर्वाद के साथ आपकी नौकरी छोड़ना चाहूंगा," गंगासागर ने कहा। इतने वर्षों में वो अग्रवालजी की सारी तरकीबें सीख चुका था। वो कृतज्ञ था लेकिन आगे बढ़ना चाहता था।

"क्यों, गंगा? मेरे संरक्षण में तुमने इतना कुछ सीखा है। उस सबको क्यों नष्ट करना चाहते हो?"

"सर, मुझे लगता है कि मैं अंदर रहने के बजाय बाहर रहकर आपकी ज़्यादा मदद कर सकूंगा।"

"क्या मतलब?"

"भारत के अस्थिर लोकतंत्र में राजनीति और व्यापार को हमेशा एक-दूसरे की ज़रूरत रहेगी। राजनीति में सत्ता होती है लेकिन उसके लिए पैसे की ज़रूरत पड़ती है; व्यापार में पैसा होता है लेकिन उसे पैदा करने और बनाए रखने के लिए शक्ति की ज़रूरत होती है। मैं आपकी राजनीतिक शक्ति बनूंगा।"

"और तुम मुझसे क्या चाहोगे?"

"आर्थिक सहायता। जब आपको ज़रूरत होगी तो मैं उसके बदले आपको राजनीतिक सहायता दूंगा।"

"मेरा आशीर्वाद तुम्हारे साथ है, गंगासागर।"

♎

गंगासागर के लिए एक चमकदार हरे पान के पत्ते पर चूना, इलायची, छालियां और गुलक़ंद लगाते हुए पानवाला गुप्ता बड़े मज़े से चुरूट पी रहा था। उसके खोखे के आसपास गंदगी और नाली से उठने वाली बदबू इतनी असहनीय थी कि सांस लेना भी असंभव था। "इसीलिए मैं ये चुरूट पीता हूं," गुप्ता ने कहा। "इससे इस बदबू में सांस लेना आसान हो जाता है। मुझे कैंसर के जीवाणुओं की परवाह नहीं।"

कानपुर में भारत के कुछ सबसे बड़े चमड़े के कारख़ाने थे, और इस क्षेत्र में भी ऐसा ही एक कारख़ाना था। कारख़ाने में खालें ऐसी हालत में आती थीं कि उनमें जानवर का मांस और बाल अभी भी लटकते होते थे और इन अवशेषों को साफ़ करने के लिए कारख़ाने में मूत्र और चूने का प्रयोग किया जाता था। उसके बाद कर्मचारी कबूतर का मल खाल पर मलते थे। पूरे इलाक़े में सड़े मांस, बासी मूत्र और कबूतर के मल की एक तेज़ गंध हमेशा बसी रहती थी। सबसे ग़रीब क़िस्म के लोग इन कारख़ानों में काम करते थे और उनके पास यहीं आसपास झोपड़ियों में रहने के अलावा कोई चारा नहीं था। नतीजतन यहां एक तेज़ी से फैलती झोपड़पट्टी बन गई थी।

कानपुर के धनी लोगों के लिए ऐसी झोपड़पट्टियां शर्मनाक नासूरों जैसी थीं जिन्हें फोड़ा जाना ज़रूरी था; उनमें रहने वालों के लिए ये—कितनी ही बदहाल सही—उनके भरण-पोषण का एकमात्र साधन थीं। प्रत्येक पंद्रह सौ निवासियों के लिए सिर्फ़ एक शौचालय होने के कारण ज़्यादातर निवासियों के पास खुली नालियों में मलत्याग करने के अलावा कोई चारा नहीं था। वो बदबूदार बूचड़ख़ाने जो

चमड़े के कारख़ानों को खालें सप्लाई करते थे, रक्तरंजित अवशेष उन्हीं खुले नालों में फेंकते थे जो अनुपचारित मानव व औद्योगिक अपशिष्ट से अवरुद्ध रहते थे। इस नारकीय जगह पर टायफ़ाइड, हैज़ा और मलेरिया जैसी बीमारियां आम थीं।

इसकी परिधि पर गुप्ता की जैसी छोटी-छोटी दुकानें थीं। झोपड़पट्टी एक आत्मनिर्भर छोटा सा समुदाय था और वहां पान व सिगरेट की दुकानें, और परचून व दवाइयों के स्टोर अच्छा कारोबार करते थे क्योंकि उनके पास स्थायी उपभोक्ता थे जो वहीं रहते थे। "यहां कोई स्कूल है?" गंगासागर ने पान चबाते हुए पूछा।

"एक म्युनिसिपल स्कूल हुआ करता था लेकिन अध्यापक भाग गए। लोकल माफ़िया के गुंडों को वो जगह अपनी अवैध शराब बेचने के लिए चाहिए थी," गुप्ता ने कड़वे धुएं का एक कश छोड़ते हुए कहा। "लोकल नेता हमारे बच्चों की शिक्षा के लिए स्कूल की ज़रूरत की बातें बहुत करते हैं, लेकिन वास्तविकता ये है कि वो हमें अनपढ़ और अशिक्षित रखने में ख़ुश हैं। वोट बैंक बनाए रखने का ये बढ़िया तरीक़ा है," गुप्ता ने साज़िशी ढंग से कहा।

"अगर मैं यहां स्कूल खोलूं, तो लोग अपने बच्चों को भेजेंगे?" गंगासागर ने पूछा।

"दूसरों का तो नहीं कह सकता, लेकिन मैं बड़ी ख़ुशी से अपनी बेटी को भेजूंगा," गुप्ता बोला।

"उसका नाम क्या है?"

"चांदनी। सिर्फ़ दस साल की है।"

♎

वो एक भोंडा और गंवार चरित्र था लेकिन उसके कपड़े बेदाग़ थे। पान से रंगे उसके दांत उसकी आंखों के सुर्ख़ रंग से मेल खाते थे। हालांकि इकरामभाई शराब नहीं पीता था। ये उसके धर्म के ख़िलाफ़ था। वो ज़मीनें हड़पने, नाजायज़ सट्टे, जबरन वसूली और नाजायज़ शराब की बिक्री के बेहद मुनाफ़ाबख़्श काम करता था। लेकिन वो पीता नहीं था। उसकी आंखें इसलिए सुर्ख़ थीं कि वो बहुत कम

सोता था। मेहनत करना अनिवार्य था, भले ही आप झोपड़पट्टी के दादा हों। उसका काला वर्ण उसके कढ़ाईदार एकदम सफ़ेद कुर्ते के बिल्कुल उलट था। बटन चमचमाते हीरे के थे और उसकी उंगलियों में कई अंगूठियां थीं और सभी में भिन्न रत्न जड़े हुए थे।

वो अच्छे स्वास्थ्य और लंबी उम्र के लिए माणिक पहनता था, हालांकि उसकी लंबी उम्र का मतलब कई बार दूसरों की कम उम्र होता था। वो धैर्य के लिए लहसुनिया पहनता था, और अक्सर तब वो बहुत धैर्यवान रहता था जब उसके गुंडे किसी बेचारे को इसलिए पीटते थे कि वो उसकी बात मानने से इंकार करता था। इसीलिए वो सफ़ेद मोती भी पहनता था, ताकि वो शांत और स्थिर रह सके। पुखराज उसके धन को बढ़ाने के लिए था, जो चमत्कारिक ढंग से बढ़ता ही जा रहा था, और हीरा उसे सैक्सुअल रूप से शक्तिशाली बनाने के लिए था, हालांकि उसे पुरुषत्व विभाग में किसी सहायता की ज़रूरत नहीं थी। हरा पन्ना इसलिए था कि वो बेहतर ढंग से बातचीत कर सके और मूंगा उसे बुरी नज़र से बचाने के लिए था—और उसके पेशे की वजह से उस पर बहुत सी बुरी नज़रें थीं।

"तुम नीला नीलम क्यों नहीं पहने हो?" गंगासागर ने इकरामभाई की उंगलियों को सजा रहे विभिन्न रत्नों को देखकर कहा।

"क्यों? वो मेरे लिए क्या करेगा?"

"वो तुम्हें शक्ति और प्रभाव देगा—वास्तविक शक्ति और प्रभाव।"

"वाह! वो पहले ही मेरे पास है। इस झोपड़पट्टी में मेरी इजाज़त के बग़ैर किसी में कुछ करने की हिम्मत नहीं है," गंगासागर के शरीर में आंखें भेदते हुए उसने अक्खड़ भाव से कहा।

"लेकिन बाक़ी की दुनिया? तुम्हारी दुनिया चमड़े का कारख़ाना और झोपड़पट्टी है। तुम जैसी योग्यताओं वाला आदमी पूरे शहर—शायद पूरे राज्य—का बहुत कुछ भला कर सकता है।"

"तुम्हारा मतलब पूरे शहर में जुए के अड्डे और शराब के गोदामों की स्थापना?" इकरामभाई ने गंभीरतापूर्वक पूछा।

"तुम्हारे जैसा साम्राज्य और एक शहर का प्रशासन चलाने में बहुत अंतर नहीं है। मुझे अक्सर लगता है कि तुम जैसे बकवास न सुनने के आदी लोग शहर को बेहतर ढंग से चला सकते हैं। इसीलिए मैं ये सुझाव देने आया हूं कि तुम राजनीति में आ जाओ। मैं तुम्हारा गुरु होऊंगा!"

♎

अग्रवालजी ने स्कूल के लिए आवश्यक राशि ख़ुशी-ख़ुशी दे दी थी। हालांकि ये बहुत बड़ी राशि नहीं थी—ये बस लाइटों, पंखों, एक ब्लैकबोर्ड, आवश्यक फ़र्नीचर, पुताई और ढेर सारी किताबों के लिए थी। इसका उद्घाटन इकरामभाई ने किया। गंगासागर जानता था कि उसे इकरामभाई का साथ चाहिए होगा।

"तुम उसे श्रेय क्यों दे रहे हो?" अग्रवालजी ने पूछा। "सारी मेहनत तुम कर रहे हो—बच्चों को इतिहास पढ़ाने समेत—और पैसा मैं दे रहा हूं।"

"सिर्फ़ प्यार के बजाय प्यार और बंदूक़ से ज़्यादा काम लिया जा सकता है," गंगासागर ने जवाब दिया। "स्कूल के लिए उसे थोड़ा श्रेय मिलने से ये सुनिश्चित हो गया है कि हमें उसके ग़ुंडे परेशान नहीं करेंगे। आप जानते हैं कि उसने सारे लोगों को धमकाया है कि अगर उन्होंने अपने बच्चों को स्कूल नहीं भेजा तो वो उनकी पिटाई करेगा?" गंगासागर हंसा।

"और इकरामभाई के इस उदार बर्ताव के पीछे क्या कहानी है?" अग्रवालजी ने पूछा।

"वो अगला म्युनिसिपल चुनाव लड़ना चाहता है। उसे आर्थिक और बौद्धिक सहायता चाहिए," गंगासागर ने समझाया।

"तो तुमने उसे मेरा पैसा देने का वादा कर लिया है?" अग्रवालजी ने रूखेपन से पूछा।

"और अपनी बुद्धि," गंगासागर ने जवाब दिया, "लेकिन तभी जबकि वो एबीएनएस के टिकट पर लड़े।"

"ये कौन सा राजनीतिक दल है? मैंने तो इसके बारे में कभी नहीं सुना।"

"अभी इसका अस्तित्व नहीं है। लेकिन अगले म्युनिसिपल चुनाव तक हो जाएगा।"

"तुम अपनी नई पार्टी के टिकट माफ़िया डॉन जैसे लोगों को दोगे, गंगा?"

"एक चोर ही सबसे अच्छा सुझाव दे सकता है कि बैंक की सुरक्षा कैसे की जाए। ये डॉन मेरा वोट बैंक बनाने और बनाए रखने में मेरी मदद करेगा।"

"कैसे?"

"मैं ब्राह्मण हूं। मैं उच्चजातीय हिंदुओं के वोट खींच सकता हूं लेकिन नीची जाति के हिंदू और मुसलमान मुझे शक की नज़र से देखते हैं। इकरामभाई मुस्लिम वोट को आकर्षित करने में मदद करेगा।"

"उसके साथ जुड़ने से तुम्हारी साख ख़राब नहीं होगी, गंगा?"

"चरित्र वो है जो आप हैं। साख वो है जो लोग आपके बारे में सोचते हैं। जब तक कि वो मेरा चरित्र न बदल दे, मुझे फ़र्क़ नहीं पड़ता।"

"उम्मीद करता हूं तुम जानते हो कि तुम क्या कर रहे हो। तुम शैतान के साथ सौदा कर रहे हो।"

"ईश्वर मुझे माफ़ कर देगा। आख़िर उसका काम ही यही है!" गंगासागर ने अग्रवालजी को आंख मारते हुए कहा।

Ω

कानपुर म्युनिसिपैलिटी की स्थापना ब्रिटिश राज में हुई थी, लेकिन आज़ादी के कुछ वर्ष बाद ये कॉरपोरेशन—कानपुर नगर महापालिका—में बदल दी गई थी, जिसका एक मेयर होता था जिसका चुनाव हर पांच साल बाद होता था। चुनाव अप्रत्यक्ष रूप से होता था जिसमें शहर के विभिन्न भौगोलिक वार्डों से चुने हुए

कॉरपोरेटर मेयर को चुनते थे। इकरामभाई म्युनिसिपल काउंसिल की सौ में से सिर्फ़ एक सीट पर लड़ रहा था, लेकिन गंगासागर ने कई अन्यों को भी एबीएनएस के टिकट पर चुनाव लड़ने के लिए मना लिया था। उसने आत्मविश्वास के साथ घोषणा कर दी थी कि वो इकरामभाई को मेयर बनाएगा।

"काउंसिल जाति और धर्म के आधार पर बुरी तरह बंटी हुई है। पच्चीस प्रतिशत सदस्य ब्राह्मण हैं, एक चौथाई यादवों जैसी मध्य जातियों के हैं, एक चौथाई दलित हैं और बाक़ी एक चौथाई मुसलमान हैं," गंगासागर ने समझाया।

"तुम्हारा कोई चांस नहीं है," अग्रवालजी ने असहाय रूप से कहा।

लेकिन ये राजनीति थी, न कि अर्थशास्त्र। इस खेल का माहिर गंगासागर था, न कि अग्रवालजी।

"ये सच नहीं। मुझे बस चारों गुटों से पांच-पांच प्रतिशत लेने हैं। ऐसा करके मेरे पास कुल बीस प्रतिशत हो जाएंगे। पांचवां गुट।"

"पर फिर भी तुम्हारे पास बीस प्रतिशत ही होंगे, बाक़ी चारों गुटों के बराबर," अग्रवालजी ने तर्क दिया, पर वो ये नहीं जानते थे कि शतरंज के इस खेल की बहुत सी चालों का विश्लेषण करके ही इस नतीजे पर पहुंचा गया था।

"बाक़ी चारों गुट एक-दूसरे से नफ़रत करते हैं। जिसे भी सत्ता चाहिए होगी, उसे हमारे—एकमात्र जाति और धर्म तटस्थ दल के—साथ गठजोड़ करना ही पड़ेगा," गंगासागर ने विजयी भाव से कहा।

"लेकिन वो तुम्हारा समर्थन तभी करेंगे जबकि तुम सहमत हो जाओ कि तुम उनके उम्मीदवार को मेयर बनाओगे। तुम इकराम को मेयर बनाने की उम्मीद कैसे कर सकते हो?"

"मेयर एक हस्तांतरणीय वोट के माध्यम से चुना जाता है। ये खेल सामान्य वोट से भिन्न होता है," गंगासागर ने समझाया। "पहली चिड़िया को कीड़ा ज़रूर मिल जाता है लेकिन दूसरे चूहे को चीज़

मिलता है! इकरामभाई का पहली पसंद होना मेरे लिए ज़रूरी नहीं है—वो बस दूसरी पसंद हो।"

"इससे उसे कैसे फ़ायदा होगा?" अग्रवालजी ने पूछा।

"प्रत्येक कॉरपोरेटर को अपना मत डालते समय पांचों उम्मीदवारों को—अपनी वरीयता के अनुसार—श्रेणीबद्ध करना होगा।"

"तो?"

"हमारे गुट सहित पांचों गुटों की पहली पसंद उनके अपने उम्मीदवार होंगे।"

"हां। पर इस तरह इकराम बस बाक़ी चार उम्मीदवारों के बराबर होगा।"

"हां, पर हर कॉरपोरेटर को पांच उम्मीदवारों में से अपनी पहली पसंद ही नहीं, बल्कि दूसरी, तीसरी, चौथी, और पांचवीं पसंद भी दर्शानी होगी,' गंगासागर ने बताया। "बाक़ी चारों पार्टियों के बीच जारी घमासान के कारण वो दूसरी पसंद के रूप में एक-दूसरे के उम्मीदवारों को नहीं चुनेंगे। मुझे बस उनसे ये कहना होगा कि वो इकराम को अपनी दूसरी पसंद बना लें।"

"ये प्रक्रिया किस तरह काम करती है?"

"पहले राउंड में पहली पसंद वाले उम्मीदवार के वोट गिने जाते हैं। ज़ाहिर है, इकराम समेत पांचों बराबर होंगे। कोई स्पष्ट विजेता न होने के कारण, दूसरी पसंद वाले वोट गिने जाएंगे और हर उम्मीदवार की गिनती में जोड़े जाएंगे। इस चरण में, इकराम सबसे मज़बूत होगा। दूसरे चूहे को चीज़ मिल जाएगा!"

"मैं बस यही उम्मीद करता हूं कि तुम्हारा चूहा कहीं बिल्ली न बन जाए, गंगा," अग्रवालजी ने कहा।

Ω

"तुममें से कोई बता सकता है कि महात्मा गांधी का मूल मंत्र क्या था?"

"अहिंसा," पीछे से जवाब आया। ये एक कमज़ोर और सुंदर सी तेरह वर्षीय लड़की थी। उसका चेहरा गोल था और उसके गहरे काले बालों की चोटी एक लाल रिबन से बंधी हुई थी। छोटी-छोटी ज़ुल्फ़ें जो तेल लगने और चोटियों में बंधने से बच गई थीं, उसके माथे पर लटक रही थीं। वो एक हल्की ग्रे स्कर्ट और फीके नीले रंग का टॉप पहने हुए थी—झोपड़पट्टियों के स्कूलों की सामान्य नीरस वर्दी। लेकिन उसका रंग इस पृष्ठभूमि के लिए असाधारण रूप से गोरा था, और उसके छोटे-छोटे दांत, गुलाबी होंठ और पन्ने जैसी चमचमाती हरी आंखें उसे मासूमियत के साथ ज़हानत का भाव देती थीं।

गंगासागर ने उसे देखा तो वो थोड़ी घबराई सी अपनी पेंसिल से छेड़छाड़ कर रही थी। "बहुत ख़ूब, चांदनी। तुम बता सकती हो इसका क्या अर्थ है?"

"अहिंसा का अर्थ है हिंसा न करना।"

"क्या इसका मतलब लड़ने से इंकार कर देना है?"

"नहीं। अहिंसा कायरता नहीं है। एक बहुत बहादुर व्यक्ति ही सीना तानकर वार सह सकता है।"

"तो इसका मतलब है बिना लड़े अपनी बात मनवाना?"

"जी। लेकिन आप में ऐसी नैतिक शक्ति होनी चाहिए कि आप लोगों को समझा सकें कि क्या आप क्या हासिल करना चाहते हैं। गांधीजी के पास ज़बरदस्त नैतिक शक्ति थी।"

"बता सकती हो उन्हें किस चीज़ ने नैतिक शक्ति दी?"

"वो व्यक्तिगत उदाहरण जो उन्होंने दूसरों के सामने रखा?" गुप्ता की बेटी ने हिचकिचाते हुए पूछा।

"हां। हम भारतीय त्याग की सराहना करते हैं। ये परंपरा प्राचीन योगियों से चली आ रही है। इस प्रकार गांधीजी एक आधुनिक योगी हुए।"

"क्योंकि वो ग़रीबी में रहते थे?" उसने अपनी पन्ने जैसी हरी

आंखें फैलाते हुए पूछा।

"हां, पर उनकी ग़रीबी एक प्रतीक थी। एक ऐसा प्रतीक जिसने उन्हें लोगों को साथ लेकर चलने की राजनीतिक शक्ति प्रदान की।"

"और इससे देश का बहुत पैसा बचा?"

"हा! सरोजिनी नायडू—हमारे उत्तर प्रदेश की पहली गवर्नर—ने बड़ी सुंदर बात कही थी कि महात्मा को ग़रीब बनाए रखने के लिए भारत को बहुत पैसा ख़र्च करना पड़ा था!"

"तो फिर उन्होंने क्यों ऐसा किया?"

"यही तो त्याग की शक्ति है, बेटा!"

"जिस तरह आपने मेयर बनने का त्याग किया ताकि इकराम अंकल मेयर बन सकें?"

"हां," गंगासागर हंसा, "कुछ ऐसा ही समझ लो।"

♎

"हमें इस शहर की सफ़ाई करनी होगी, इकराम।"

"आपका मतलब 'माल समेटने' वाली 'सफ़ाई,' है ना गंगासागरजी?"

"नहीं।"

"आपका मतलब सड़कें झाड़ने और कूड़ा साफ़ करने वाली सफ़ाई से तो नहीं है?"

"हां। मेरा यही मतलब है। ये शहर बहुत गंदा है।"

"म्युनिसिपल कॉरपोरेशन पर क़ब्ज़ा करने का मक़सद पैसा कमाना होता है, सफ़ाई करना नहीं।"

"अगर मैं ये कहूं कि भ्रष्टाचार फैला हुआ नहीं है, तो ये मेरी मूर्खता होगी। एबीएनएस को मज़बूत करने के लिए हमें पैसे की ज़रूरत होगी, लेकिन साथ ही हमें कुछ अच्छा काम भी करना चाहिए।"

"क्यों? स्थानीय सरकार में कभी किसी ने कब अच्छा काम किया है?"

"हमें ये इसलिए नहीं करना चाहिए कि हम अच्छा काम करने वाले लोग हैं। हमें ये इसलिए करना चाहिए कि हम अगला चुनाव दूसरी पार्टियों की मदद के बिना जीतना चाहते हैं।"

"अगर हम इस कार्यकाल में तगड़ा पैसा कमा लेते हैं, तो हमें कॉरपोरेशन में एक और कार्यकाल की ज़रूरत नहीं पड़ेगी। हम अमीर हो जाएंगे।"

"कॉरपोरेशन की बात कौन कर रहा है?"

"हैं?"

"मेरे प्रिय इकराम। वास्तविक शक्ति राज्य स्तर पर है, स्थानीय सरकार में नहीं। पांच साल बाद हमें वहां पहुंचना है—उत्तर प्रदेश की राज्य सरकार में।"

♎

"गंगासागरजी। कूड़ा बटोरने वाले हड़ताल पे चले गए हैं। वो कहते हैं कि उन पर लादे गए नए अनुशासन की वजह से उन्हें देर तक काम करना पड़ता है—वो ज़्यादा तन्ख़ाह और भत्तों की मांग कर रहे हैं।"

"उन्हें पहले ही ज़्यादा पैसा दिया जा रहा है, इकराम। कॉरपोरेशन तन्ख़ाह नहीं बढ़ा सकती।"

"तो मुझे क्या करना चाहिए? म्युनिसिपल कमिश्नर मुझे हर दस मिनट पर बातचीत द्वारा हल निकालने के लिए फ़ोन कर रहा है।"

"बातचीत हमेशा शक्तिशाली स्थिति से करनी चाहिए, न कि कमज़ोर स्थिति से। अगर अनिवार्य सेवाएं ठप्प हो गईं, तो वो शक्तिशाली हो जाएंगे।"

"तो आपकी क्या सलाह है?"

"कूड़े की सफ़ाई ठप्प नहीं होनी चाहिए। तब उनकी स्थिति कमज़ोर होगी।"

"तो आप चाहते हैं कि मैं—मेयर—शहर में कूड़ा बटोरता

घूमूं?"

"नहीं। लेकिन तुम्हारी झोपड़पट्टी में सैकड़ों गुदड़िये हैं। उन्हें इस काम के लिए रोज़ाना कुछ पैसे का प्रस्ताव दो। वो न केवल ये काम करेंगे बल्कि कूड़े को रीसाइकिल भी करेंगे। ये अर्थव्यवस्था-अनुकूल और पारिस्थिकी-अनुकूल हल होगा।"

"कूड़ा बटोरने वाले क्रोधित हो जाएंगे।"

"हमारे बजाय वो हों तो बेहतर है। वो दुरुस्त हो जाएं तो बातचीत करो।"

Ω

"म्युनिसिपल अस्पताल बड़े बुरे हाल में हैं, गंगासागरजी।"

"तो हमें उन्हें बेहतर बना चाहिए, इकराम।"

"हमारे पास बजट नहीं है। हम घाटे में चल रहे हैं।"

"तो अस्पतालों के नाम बदल देते हैं।"

"नाम बदलने से उनमें क्या सुधार होगा?"

"साफ़ बात है। इस शहर के कौन से व्यापारी ऐसे हैं जिन पर टैक्स के घपलों के मुक़द्दमे चल रहे हैं?"

"कई हैं। क्यों?"

"उनसे कहो कि उनके परिवारों के नाम किसी धर्मार्थ चीज़ के साथ जोड़े जाएंगे। सुविधाओं में सुधार के लिए उनसे तगड़ा चंदा मांगो और हम ख़ुशी से साले अस्पतालों के नाम बदल देंगे! उन्हें दानकर्ता का ठप्पा मिल जाएगा और हम अस्पतालों को सुधार लेंगे।"

"अगर वो सहमत नहीं हुए?"

"तो उनसे कहना कि उनके टैक्स के मामलों को दोगुनी शक्ति से देखा जाएगा।"

Ω

"गंगासागरजी, सड़कों में फिर से गड्ढे हो गए हैं।"

"इकराम, क्यों न हम उन निर्माण कंपनियों पर जुर्माना लगाएं

जिन्होंने सड़कों का काम किया था?"

"वो कहते हैं कि सामग्री म्युनिसिपल विनिर्देशों के अनुसार इस्तेमाल की गई थी। इसमें उनकी कोई ग़लती नहीं है कि विनिर्देश ही निम्नस्तरीय थे।"

"ठीक है। घोषणा कर दो कि हम अगले साल के अंदर बड़े स्तर पर सड़क-निर्माण के प्रोजेक्ट लाने वाले हैं। प्रेस विज्ञप्ति दे दो।"

"पर हम प्रोजेक्ट ला तो नहीं रहे हैं।"

"हां। लेकिन वो ये नहीं जानते। जो कंपनियां भविष्य में हमसे काम पाना चाहेंगी वो तुम्हारे गड्ढे मुफ़्त में भर देंगी।"

♎

"इस साल राजस्व की वसूली में गिरावट आई है, गंगासागरजी।"

"हमारे राजस्व के स्रोत क्या हैं, इकराम?"

"संपत्ति कर, लाइसेंस शुल्क और म्युनिसिपल ज़मीनों पर किराया।"

"संपत्ति कर या लाइसेंस शुल्क बढ़ाना कारगर विकल्प नहीं होगा। इससे आर्थिक गतिविधि हतोत्साहित होती है, और कर की वसूली कम ही हो जाती है। म्युनिसिपल ज़मीनों पर किराया बढ़ा दो।"

"लेकिन अवरुद्धता अवधि के पट्टों की वजह से हम किराए नहीं बढ़ा सकते—भले ही किराए मार्केट रेट से कम हैं।"

"पट्टे रद्द कर दो।"

"किराएदार अदालत चले जाएंगे।"

"जाने दो। हर किराएदार को कई वकीलों की ज़रूरत पड़ेगी जबकि म्युनिसिपल कॉरपोरेशन का प्रतिनिधित्व एक सरकारी वकील कर लेगा। हमारा ख़र्च उनके मुक़ाबले नगण्य होगा।"

"लेकिन मुक़द्दमेबाज़ी में मामला बरसों तक उलझा रहेगा। आख़िरकार हमारी हार होगी। हमारा क़ानूनी पक्ष बहुत कमज़ोर है।"

"ठीक है। किराए की ज़मीन को जस का तस बेचने की धमकी दो।"

"किराए की ज़मीन कोई नहीं ख़रीदेगा।"

"प्यारे इकराम, अगर मुझे सही याद है, मेयर के उच्च पद पर पहुंचने से पहले तुम झोपड़पट्टी के डॉन थे ना?"

"ये पद तो आपके आशीर्वाद और मार्गदर्शन का नतीजा है, सर," इकराम ने चापलूसी की।

"तो, ख़ुद से ये सवाल करो। अगर ख़रीदार भी कोई अंडरवर्ल्ड डॉन हो, तो क्या किराएदार इस बात को लेकर सहज होंगे कि उनकी ज़मीन का मालिक एक डॉन है?"

"क़तई नहीं। माफ़िया डॉन ज़मीन को ख़ाली कराने के लिए हर तरह की क़ानूनी या ग़ैरक़ानूनी हरकत करेंगे। किराएदार आतंकित हो जाएंगे।"

"तो किराएदारों से कह दो कि उनके सामने दो विकल्प हैं। या तो अधिक किराए के लिए हमसे बात करें या कम ज़िंदगी के लिए किसी माफ़िया डॉन से बात करें। मुझे यक़ीन है ज़्यादातर लोग हमसे बात करने को चुनेंगे।"

♎

"मैंने मलजल निपटान प्रणाली के लिए अनुबंध साइन कर दिया है, गंगासागरजी।"

"तुमने पार्टी के लिए पांच प्रतिशत रखा, इकराम?"

"हां। जैसा आपने निर्देश दिया था।"

"लेकिन क्या तुमने ये भी सुनिश्चित किया कि शहर की बीस प्रतिशत बचत हो जाए?"

"हां। नीलामी की प्रक्रिया ने ये सुनिश्चित कर दिया।"

"बढ़िया। मैं जानता हूं कि राज्य विधानसभा चुनाव से पहले हमारी पार्टी को मज़बूती की ज़रूरत है लेकिन मैं लोगों के लिए पैसा बचाए बिना ऐसा नहीं करने वाला। म्युनिसिपल कॉरपोरेशन में बहुत

ज़्यादा भ्रष्ट अधिकारी रहे हैं जो आम नागरिकों के लिए कुछ किए बिना अपनी जेबें भरते रहे हैं।"

"अफ़सोस, पैसा बुराई की जड़ है।"

"हां। और कभी-कभी इंसान को जड़ों की ज़रूरत होती है।"

Ω

"नौकरशाही को जहां तक हो सके, काट दिया जाए, कमिश्नर," गंगासागर ने सुझाव दिया। वो मेयर के शानदार ऑफ़िस में नए नियुक्त हुए म्युनिसिपल कमिश्नर से बात कर रहा था। कमिश्नर जानता था कि वास्तविक राजनीतिक शक्ति गंगासागर है। मेयर टीवी सैट था लेकिन गंगासागर रिमोट कंट्रोल था।

गंगासागर को ख़ुश करने के लिए उसने अपने सहायकों से दिशानिर्देश तैयार करने को कहा कि किस तरह लालफ़ीताशाही को कम किया जा सकता है। ये सरकारी क़ानूनी भाषा में लिखा एक लंबा दस्तावेज़ था। अगले दिन गंगासागर ने उसे कमिश्नर को एक छोटी सी टिप्पणी के साथ वापस कर दिया था। उसमें बस इतना लिखा था:

गायत्री मंत्र: 14 शब्द
पाइथागोरस का सिद्धांत: 24 शब्द
आर्किमिडीज़ का सिद्धांत: 67 शब्द
टैन कमांडमेंट्स: 179 शब्द
जवाहरलाल नेहरू का उदघाटन भाषण: 1,094 शब्द
लालफ़ीताशाही बंद करने के लिए आपकी सिफ़ारिश: 22,913 शब्द

Ω

इकराम, गंगासागर और अग्रवालजी अंडरवियर पहने पालथी मारे गंगा किनारे अग्रवालजी के प्राइवेट बीच पर बैठे थे। तीनों के पीछे एक-एक मालिशवाला खड़ा था। तीनों सरसों के तेल से महक रहे

थे, जो कानपुर के मालिशियों का पसंदीदा तेल था। तीनों आदमियों के सिर को गर्म तेल से तर करने के बाद वो ज़ोरों से उनकी मालिश कर रहे थे। अग्रवालजी गंजे थे लेकिन फिर भी उनका मालिशवाला उनकी खोपड़ी को पूरे ज़ोर-शोर से चमकाने में लगा हुआ था। बीच-बीच में मालिशिए अपने प्रमुख लक्ष्य—सिर—से भटक जाते और अपने ग्राहकों की गर्दन, कंधों और पीठ को फेंटने, दबाने और रगड़ने लगते। ये रौग़न और कराहों का उत्सव था।

अग्रवालजी ने पूछा, "गंगा, तुम्हें लगता है हम अगला विधानसभा चुनाव लड़ने लायक़ शक्तिशाली हैं?"

"बात ये नहीं है कि हम इतने शक्तिशाली हैं या नहीं हैं, बात ये है कि क्या हम विरोधियों को कमज़ोर बना पाएंगे या नहीं," गंगासागर ने जवाब दिया, इस बात से बड़े मज़े से बेख़बर कि उसका मालिशिया उसके कानों में उंगलियां डालकर उसे कंपन थेरेपी का भारतीय संस्करण दे रहा है।

"जितना मैं तुम्हें जानता हूं, तुमने कोई योजना बना रखी होगी," अग्रवालजी ने कहते हुए हाथ बढ़ाया ताकि उनका मालिशिया उनकी हथेलियों को अपने अंगूठे से घुमा-घुमाकर अच्छी तरह रगड़ सके—जो रक्तसंचार के लिए अच्छा है।

"मैंने सुना है कि हमारे सम्मानीय मुख्यमंत्री में कुछ कम सम्मानीय आदतें हैं," गंगासागर ने धूर्तता के साथ कहा।

"वो क्या हैं?" इकराम ने पूछा।

"ज़्यादा सही सवाल होगा वो *कौन* हैं," गंगासागर ने जवाब दिया।

"ठीक है। वो कौन हैं?"

"मैं औरतों के नाम वर्णमाला के अनुसार गाऊं?" गंगासागर ने मज़ाक़ किया।

"जो भी हो, इससे हमें फ़ायदा क्या होगा?" अग्रवालजी ने पूछा। "हमारे मुख्यमंत्री के प्रशासन का रिकॉर्ड अच्छा रहा है। उनके

होते वर्तमान शासन को हटा पाना मुश्किल होगा। लेकिन वो नहीं हों, तो बात दूसरी होगी।"

"काम में ज़्यादा उत्साही लोगों के साथ समस्या ये होती है कि वो दूसरे मामलों में भी उतने ही उत्साही होते हैं," गंगासागर ने कहा।

"चुनाव नज़दीक आने के कारण वो सावधान हो जाएंगे। उन्हें फंसाना आसान नहीं होगा," इकराम ने कहा।

"अक्सर प्रलोभन से छुटकारा पाने का एकमात्र तरीक़ा प्रलोभन के आगे झुक जाना होता है," गंगासागर ने शांत भाव से कहा।

♎

लखनऊ में अकबरी दरवाज़े के पास गुलबदन का कोठा काफ़ी मशहूर था। ये उन बहुत कम दरबारवालियों के घरों में से एक था जो पुराने समय में जमे से रह गए थे। कोठे की मालिक धनी मैडम कैशमियर ऊन और ब्रोकेड की शॉलें पहनती थी, क्रिस्टल का हुक़्क़ा गुड़गुड़ाती थी, संगयशब के कटोरों में पीती थी, रत्नजड़ित चप्पल पहनती थी, चांदी के उगलदानों में थूकती थी और शुद्ध सिल्क की चादरों में सोती थी। लेकिन वो एक ही आदमी के साथ सोती थी।

वो बेहद तुनकमिज़ाज थी। उसे पैसे की चाह नहीं थी—उसके पास पैसा बहुत था। उसे तो ताक़त चाहिए थी। एकमात्र चीज़ जो बिस्तर में उसे उत्तेजित कर सकती थी, वो ये विचार था कि उसके साथ एक शक्तिशाली आदमी है। और लखनऊ में राज्य के मुख्यमंत्री से ज़्यादा शक्तिशाली कोई नहीं था।

बेडरूम के दरवाज़े के बाहर खड़ा रिपोर्टर मैला-कुचैला और अस्तव्यस्त था। उसकी शर्ट पसीने के धब्बों से सनी हुई थी, सस्ती सी पैंट सिलवटदार थी और उसके दाएं जूते का फ़ीता ख़तरनाक ढंग से खुला हुआ था। उसका बडी हॉली स्टाइल का चश्मा तैलीय हो रहा था और उसके घने काले बालों से रूसी झड़कर उसके कंधों पर गिर रही थी। लेकिन उसके गले में पृथक रेंजफ़ाइंडर वाला एक बहुत शानदार एजिलक्स कैमरा—इंग्लैंड में बना—लटक रहा था। उसे तगड़ा पैसा मिला था—लगभग एक महीने की तन्ख़ाह। ख़बर भी

पक्की थी—एक बेदाग़ और बिना हस्ताक्षर वाले काग़ज़ पर साफ़-साफ़ टाइप की हुई जगह, तारीख़ और समय। ये उसकी ज़िंदगी की सबसे सनसनीख़ेज़ ख़बर होने वाली थी।

बेडरूम के बाहर नियुक्त नौकरानी ने उसे दरवाज़े का हैंडल आज़माने के लिए इशारा किया। वो बहुत सावधानी से चलता हुआ दरवाज़े तक गया, उसने दरवाज़े की मूठ पर हाथ रखा और उसे खोलने की कोशिश की। दरवाज़ा खुला हुआ था। होना ही था। नौकरानी ने उसे अपनी चाबी से खोल दिया था। नौकरानी के सहयोग का कारण रिपोर्टर के हाथ में था—ब्राउन पेपर में लिपटा और सुतली से बंधा एक बड़ा सा पार्सल। इसमें टीबी से लड़ने के लिए एक नई चमत्कारिक दवाई थी—एक ऐसी दवाई जो उस समय सिर्फ़ अमेरिका में ही बनती और उपलब्ध थी।

गुलबदन के घर पर नज़र रख रहे प्राइवेट डिटेक्टिव ने सुझाया था कि लड़की को इस्तेमाल किया जा सकता है। छानबीन से पता चला था कि लड़की की मां टीबी से मर रही थी और लड़की उसके इलाज की वजह से वित्तीय तंगी में थी। हाल ही में टीबी के रोगियों के लिए एक महत्वपूर्ण दवाई की खोज हुई थी और गंगासागर ने अग्रवालजी से कहा था कि वो न्यूयॉर्क में अपने एक संपर्क से वो दवाई मंगवा लें। उसके बाद लड़की को अपने साथ मिलाना बहुत आसान हो गया था।

रिपोर्टर ने दरवाज़े की मूठ को छोड़ा और ख़ामोशी से लड़की को इशारा किया कि वो हैंडल पकड़े रखे ताकि वो अपना कैमरा आंख से लगा ले। वो फुसफुसाया, "तीन पर दरवाज़ा खोल देना—एक—दो—तीन!" जैसे ही लड़की ने दरवाज़ा खोला, उसने कैमरे को एक बार अंदाज़े से क्लिक किया। फिर उसने गुलछर्रे उड़ाते जोड़े को ढूंढ़ा, व्यूफ़ाइंडर को उसकी ओर मोड़ा और फिर से क्लिक किया। वो तीसरी बार एक और तस्वीर लेना चाहता था लेकिन वो जानता था कि उसके पास समय नहीं होगा। मुख्यमंत्री ने अपनी सुरक्षा को आवाज़ दी। "गार्ड्स!" वो चिल्लाए, "पकड़ो इस बेशर्म

कुत्ते को!" लेकिन तब तक बहुत देर हो चुकी थी।

रिपोर्टर की वापसी नौकरानी के सहयोग से नौकरों वाले द्वार से पहले से ही तय थी जबकि गार्ड मुख्यमंत्री की एंबैसडर कार में घर के ड्राइववे में बैठे हुए थे।

घर से उत्तर की ओर जाने वाली अंधियारी गलियों में से एक में पहुंचकर रिपोर्टर ने सुकून की सांस ली। अपने संपादक और अगली सुबह के अख़बार के लिए अपनी स्टोरी की योजना बनाते हुए उसने अपनी गति बढ़ा दी। उसने अपने कैमरे में क़ैद तस्वीरों के बारे में सोचा और उसे हंसी आ गई। *इरोटिका और पोर्न में बस लाइटिंग का फ़र्क़ है,* उसने मन ही मन सोचा।

♎

"उन्होंने इस्तीफ़ा दे दिया है," गंगासागर विजयी भाव से चिल्लाया, "मैं जानता था हमें आदमी से खेलना है, गेंद से नहीं।"

"आपका मतलब गेंदों से," इकराम ने मज़ाक़ किया।

"वो भी," मज़ाक़ को नज़रअंदाज़ करते हुए उत्साहित गंगासागर ने कहा। "उनके इस्तीफ़े के बाद उनकी पार्टी बिखर जाएगी। हमने जो अभी बायां जैब मारा है, इसके तुरंत बाद हमें दायां अपरकट मारना चाहिए। इससे ये सुनिश्चित हो जाएगा कि पार्टी संभल नहीं सके," उसने मुंह में एक और पान डालते हुए कहा।

"प्रदेश के मुख्यमंत्री के बाद सबसे शक्तिशाली व्यक्ति कौन है?"

"राज्य का गृहमंत्री," इकराम ने कहा।

"और गृहमंत्री का क्या काम होता है?"

"क़ानून और व्यवस्था बनाए रखना।"

"क़ानून और व्यवस्था बिगड़े तो क्या होगा?"

"उसके साथी उसे वैकल्पिक उम्मीदवार के रूप में सामने लाने से हिचकिचाएंगे।"

"इकराम, मेयर की हैसियत से पुलिस कमिश्नर तक तुम्हारी

सीधी पहुंच है, है ना?"

"मुझ जैसे दुष्टों और पुलिस के बीच हमेशा सीधा संपर्क रहता है," इकराम हंसा। "आप दरअसल कराना क्या चाहते हैं?"

♎

रज्जो भैया अपनी पुरानी सी महिंद्रा जीप की ड्राइवर सीट पर बैठा अपनी घनी काली मूंछों को पोंछ रहा था। उसके हाथ में ठंडाई से आधा भरा स्टील का एक गिलास था। बादाम, चीनी, सौंफ़, गुलाब की पत्तियों, काली मिर्च, इलायची, व केसर की महक और अच्छी ख़ासी मात्रा में पोस्त के बीजों वाले ठंडे दूध का आधा भाग पहले ही उसके पेट के अंदर घूम रहा था। हत्या, मार-पीट और नाजायज़ हथियार रखने के छब्बीस मामलों में अभियोगाधीन रज्जो विधान सभा का सदस्य था। सैक्स कांड में पकड़े गए मुख्यमंत्री का विश्वासपात्र रज्जो राज्य की राजनीतिक गंदगी का दूसरा भद्दा राज़ था।

उसकी बग़ल में उसका पुराना दोस्त पुलिस कमिश्नर बैठा था जिसने ख़ास तौर से इस वीरान जगह पर मुलाक़ात के लिए कहा था। वो रज्जो—बज़ाहिर एक दुश्मन—से बातचीत करते नहीं देखा जाना चाहता था। क्रोधित प्रेस और भोली-भाली जनता इस तथ्य को कभी स्वीकार नहीं कर पाती कि रज्जो और पुलिस प्रमुख अपने पद एक-दूसरे के सहारे ही बनाए हुए हैं। रज्जो जैसे लोग आम इंसानों के लिबास में अपराधी थे, और, अक्सर, पुलिसवाले वर्दी पहने अपराधी होते थे। पुलिस कमिश्नर दृढ़ निश्चय के साथ अपनी नाक कुरेद रहा था। अपनी इस खोज के बीच में उसे महसूस हुआ कि उसके गले में खुजली हो रही है और उसने खखारते हुए बड़ी गहराई से कफ़ निकाला और खुजली के अपराधी बलग़म के ढेर को अपने मुंह में लाकर उसने उसे ज़मीन पर थूक दिया। लगता था कि नाक कुरेदना और गला साफ़ करना उसके मनपसंद शौक़ थे।

"साले कमीने ने मुझसे कहा है कि सारे लंबित मामलों की जांच करूं और तुम्हें एक मिसाल बना दूं," आख़िरकार पुलिस कमिश्नर बोला।

"साले का दिमाग़ चल गया है क्या? मादरचोद को पता नहीं कि इससे पार्टी की अपनी ही पोज़ीशन ख़राब होगी? मैं सत्ता दल का ख़ास सदस्य हूं, नहीं क्या? इससे वो चुनाव कैसे जीत पाएगा?" क्रुद्ध रज्जो ने पूछा।

"फ़िलहाल तो राज्य के गृहमंत्री का उद्देश्य अपने सहयोगियों को ये दिखाना है कि उसमें दम है। एक बार उसकी अपनी स्थिति मज़बूत हो जाए, तब वो पार्टी की चिंता करना शुरू करेगा!" कमिश्नर ने नाक का एक बाल तोड़ते हुए कहा जो उसे परेशान कर रहा था।

"तो फिर मैं हरामज़ादे को दिखाऊंगा कि मैं क्या कर सकता हूं," बची हुई ठंडाई जीप के बाहर नर्म ज़मीन पर फेंकता हुआ रज्जो चिल्लाया।

"खुलेआम दुश्मनी मोल लेने के बजाय उसे संकेत देने का तुम्हारे पास एक तरीक़ा है जिससे क़ानून और व्यवस्था पूरी तरह बिखर जाएगी," पुलिस कमिश्नर ने सहायता करने की कोशिश में सुझाव दिया।

"और वो क्या तरीक़ा है?"

"तुम राजनीतिक रूप से उसे चुनौती दे सकते हो। उसके चुनाव क्षेत्र में एक रैली करो। इससे वो थोड़ा हिल जाएगा।"

रज्जो मुस्कुराया। उसके सामने के दो दांत सोने के थे। उसने अपने विचार से अपनी विजयी मुस्कान दी और कहा, "तुम्हें एक आम पुलिस कमिश्नर किसने बना दिया? तुम्हें तो मंत्री होना चाहिए था—और कोई प्रार्थनाएं करने वाला मंत्री नहीं!"

♎

"मैंने उनसे कहा था कि वो रैली न करें, सर। मैंने समझाया था कि इससे क़ानून और व्यवस्था की समस्या खड़ी हो सकती है। उन्होंने मुझे विश्वास दिलाया था कि वो अपने फ़ैसले पर पुनर्विचार करेंगे। लेकिन शायद उन्होंने ऐसा किया नहीं," पुलिस कमिश्नर ने उत्तर प्रदेश के चिंतित गृहमंत्री को समझाया।

"तो उस हरामख़ोर को लगता है कि मैं उसके खुले विद्रोह को यूं ही स्वीकार कर लूंगा," मंत्री चिल्लाए। "मुझे चिंता ये है कि वो पूरी पार्टी को बिखेर देगा। उसे आज ही गिरफ़्तार कर लो!"

मंत्री ज़ोर से अपनी कुर्सी पर झूल रहे थे। 'चिंता रॉकिंग चेयर जैसी होती है,' पुलिस कमिश्नर ने सोचा। 'ये आपको व्यस्त तो रखती है लेकिन कहीं ले नहीं जाती।' उसने अपना चिंतन बंद किया और बोला।

"ये समझदारी नहीं होगी, सर। उसकी अपनी जाति में काफ़ी पैठ है। वो उसे एक तरह के रॉबिन हुड के रूप में देखते हैं। उसे गिरफ़्तार करके हम उसके जाल में फंस जाएंगे," पुलिस कमिश्नर ने साज़िशी ढंग से कहा।

"अगर मैंने उसे गिरफ़्तार नहीं कराया तो मुझे कमज़ोर और ढुलमुल समझा जाएगा। इसका क्या प्रभाव होगा? तुम नौकरशाहों को कभी चुनाव लड़ने के बारे में चिंतित नहीं होना पड़ता है। तुम्हारे लिए तो सफलता बस रिटायरमेंट तक नौकरी से चिपके रहने में है; मुझ जैसे नेताओं के लिए सफलता का मतलब है इतवार की सुबह तक बने रहना!"

"मैं आपकी भावनाओं को समझता हूं, सर। मैं एक सुझाव दे सकता हूं?"

"बोलो," चिढ़े हुए मंत्री ने कहा।

"इसके बजाय क्यों न उसके क़रीबी साथियों को पकड़ लिया जाए? बाद में हम उन्हें ज़मानत पर छोड़ देंगे। इस तरह ये संकेत जाएगा कि आप अनुशासनहीनता को सहन नहीं करेंगे, और साथ ही आप उससे सीधे टकराने से भी बच जाएंगे। आप उसकी हवा निकाल देंगे, सर। उसके पास खड़े रहने के लिए टांग भी नहीं बचेगी।"

उत्तर प्रदेश के गृहमंत्री मुस्कुराए। वो पिचहत्तर साल के बूढ़े आदमी थे। उनके दांतों की जगह डेंचर लगे हुए थे जो उनकी इच्छित दिशा के अलावा हर दिशा में चलते थे। पुलिस प्रमुख को एक डेंचर-प्रेरित मुस्कान देते हुए वो बोले, "तुम साला राजनीति में क्यों नहीं

हो? भगवान जानता है तुम पक्के कपटी हो।"

उन्होंने कुर्सी में झूलना बंद कर दिया था।

♎

"इन आपस में लड़ते अपराधियों को देखिए, दोस्तो। ये कहते हैं कि ये आपकी सुरक्षा और सलामती को लेकर गंभीर हैं। सच ये है कि ये बस एक-दूसरे को सुरक्षित रखने में व्यस्त हैं—आपकी सुरक्षा जाए भाड़ में!" तालियों की गड़गड़ाहट के बीच इकरामभाई दहाड़ा।

"छब्बीस लंबित आपराधिक मामलों के बावजूद वो दुष्ट रज्जो क्यों आज़ाद घूम रहा है?" वो चिल्लाया। फिर से तालियां बजीं।

"गृहमंत्री के अपने चुनाव क्षेत्र में दनदनाते हुए वो क्यों उन्हें चिढ़ा रहा है? क्या इससे ऐसा नहीं लगता कि उनमें आपस में मिलीभगत है?" तालियों का शोर और ज़्यादा बढ़ गया।

"ये गृहमंत्री बदनाम अपराधियों की क्यों रक्षा कर रहे हैं? हमारे सक्षम पुलिस कमिश्नर ने रज्जो के सैकड़ों साथियों को धर दबोचा है। हर मामले में, उनके राजनीतिक आक़ाओं ने इन लोगों को ज़मानत पर रिहा करने के लिए दबाव बनाया है। हम क्यों न इस कमज़ोर प्राणी के इस्तीफ़े की मांग करें जो ख़ुद को गृहमंत्री कहता है?" इस बार तालियों की गड़गड़ाहट के साथ अनुमोदन का शोर भी शामिल था।

♎

"तुमने तो इकराम को रातोरात हीरो ही बना दिया है," अग्रवालजी ने टिप्पणी की। "अगर एबीएनस का प्रदर्शन चुनाव में अच्छा रहे तो वो आसानी से मुख्यमंत्री के पद का दावेदार हो सकता है।"

"यही तो मेरी समस्या है," गंगासागर ने कहा। "वो इस काम के लिए सही आदमी नहीं है।"

"तुम पागल हो क्या, गंगा? तुमने उसे कुछ नहीं से यहां तक पहुंचाया है। और अब जब वो उत्तर प्रदेश में सत्ता पाने के एकदम नज़दीक है, तो तुम उसे पीछे हटाना चाहते हो? अविश्वसनीय!"

अग्रवालजी बड़बड़ाए।

"आपने एट्रोपीन के बारे में सुना है?" गंगासागर ने पूछा।

"नहीं। ये क्या होता है?"

"ये एक ज़हर होता है। इसे डैडली नाइटशेड नाम के पौधे से निकाला जाता है।"

"क्या तुम इकराम को ज़हर देने का सोच रहे हो, गंगा? ये कुछ ज़्यादा नहीं हो जाएगा?"

"मैं बस ये कह रहा हूं कि ये ख़तरनाक ज़हर—एट्रोपीन—ज़हर के तोड़ के रूप में भी प्रयोग किया जाता है। हालांकि ये ज़हर है, लेकिन अगर इसका इस्तेमाल छोटी-छोटी ख़ुराकों में किया जाए, तो ये अपने से बड़े ख़तरों से लड़ सकता है।"

"तो इकराम छोटी-छोटी ख़ुराकों में प्रयोग किया जाने वाला ज़हर है?"

"दुर्भाग्य से, वो अपनी अंतिम तिथि के पार निकल चुका है।"

Ω

वो अपने कंधे पर बस्ता लटकाए अपनी झोपड़ी की ओर जा रही थी। उसका दिन भर का जेबख़र्च तीखे नीबू और लाल मिर्च के फ़्लेवर वाली उसकी मनपसंद मसालेदार मूंगफली के पैकेट पर ख़त्म हो चुका था। पिछले हफ़्ते उसके बाप ने बॉलीवुड की जिस नई फ़िल्म पर फ़िज़ूलख़र्ची की थी, उसी का एक गाना गुनगुनाते हुए वो एक नई दुनिया की ओर उड़ जाने के बारे में सोच रही थी जहां ग़रीबी, बीमारी, बर्बादी और गंदगी नहीं होगी। चांदनी का ध्यान नशे में धुत्त उस ग़ुंडे की ओर नहीं गया था जो उसका पीछा कर रहा था।

अभी वो घर से कुछ मिनट दूर थी और वो दाईं ओर दो झोपड़ियों के बीच एक बिना खिड़की की गली में मुड़ी थी। वो वीरान इलाक़े वाले मोड़ के क़रीब ही पहुंची थी कि नशेड़ी ने पीछे से उसे कंधों से पकड़ लिया। वो पलटकर ठीक उसके सामने आ गई और मूंगफलियां ज़मीन पर गिरकर बिखर गईं।

वो उसकी छातियां पकड़ने के लिए आगे बढ़ा। उसकी बदबूदार सांस से चांदनी को उबकाई आने लगी और वो चिल्लाई, लेकिन किसी चीज़ ने उसकी आवाज़ को निकलने से रोक दिया। ये नशेड़ी का हाथ था। उसने चांदनी को घुमाकर उसके मुंह पर हाथ रख दिया था और दूसरे हाथ से उसे छू रहा था। वो अपनी कठोरता को पीछे से चांदनी के शरीर से छू रहा था जो ख़ुद को उसकी वासनामय गिरफ़्त से छुड़ाने की भरपूर कोशिश कर रही थी।

चांदनी ने अपना मुंह खोला और उसकी उंगलियों के कुछ मांस को जकड़कर ज़ोर से काटा। उसने दर्द से चिल्लाते हुए जल्दी से उसे छोड़ दिया। वो पलटी, युवक की आंखों में देखकर मुस्कुराई, और उसने निशाना साधकर उसकी टांगों के बीच लात मारी। वो अपनी गोलियों को पकड़े दर्द से दोहरा हो गया और उसे गालियां बकने लगा।

चांदनी मुस्कुराई। उस एक क्षण के लिए कमज़ोर लड़की ग़ायब हो गई थी। वो बोली, "अगली बार मुझे छूने की कोशिश करेगा, तब तक मैं इतनी ताक़तवर हो चुकूंगी कि मैं बस तुझे बधिया करने के आदेश दूंगी।"

फिर वो सुबकती हुई घर की ओर दौड़ गई।

♎

"मुझे वो चाहिए," गंगासागर ने कहा। "मुझे बुरी तरह उसकी ज़रूरत है।"

"पर गंगासागरजी, चांदनी सोलह साल की हो चुकी है। मुझे अब उसकी शादी करनी है। मैं उसे आपके साथ कैसे छोड़ सकता हूं?" गुप्ता ने पूछा।

"क्या मैंने अपने सारे वादे पूरे नहीं किए हैं?" गंगासागर ने थोड़ी दूरी पर नए स्कूल और अस्पताल की ओर इशारा करते हुए कहा। "और फिर, एक दिन वो बेहद ताक़तवर हो जाएगी। तुम्हें उसपर नाज़ होगा। मैं वादा करता हूं!"

"वो पार्टी के अंदर क्या काम करेगी?"

"फ़िलहाल तो मैं चाहता हूं कि वो अपनी शिक्षा विदेश में पूरी करे। वापसी पर वो पार्टी की एक साधारण कार्यकर्ता होगी। वो ऐसे क्षेत्रों के दौरे करेगी जहां बाढ़, अकाल, सूखे और भूकंप जैसी प्राकृतिक आपदाओं से लोग बेघर हो गए हों। वो कार्यकर्ताओं के बीच लोकप्रिय होने के लिए उनके साथ मिलकर काम करेगी। वो एक राजनीतिक और सामाजिक मंच तैयार करेगी जिस पर वो खड़ी हो सके।"

"आप मुझसे और क्या चाहते हैं, गंगासागरजी?"

"मैं चाहता हूं तुम उसे गोद लिए जाने की इजाज़त दे दो।"

Ω

"आप पागल हैं क्या, गंगासागरजी? उसके अपने जीवित मां-बाप हैं और आप चाहते हैं कि वो नए मां-बाप बना ले? उसके वर्तमान मां-बाप में क्या ख़राबी है?" पानवाला गुप्ता चिल्लाया और पान की पीक उसके मुंह से निकलने लगी।

"मैं चाहता हूं इकरामभाई उसे गोद ले ले।"

"आप पागल हैं! मैं अपनी प्यारी बेटी को एक मुसलमान को गोद दे दूं? नहीं! हज़ार बार नहीं!"

"वो सिर्फ़ नाम की दत्तक होगी। रहेगी वो तुम्हारी ही बेटी।"

"पर ऐसी अजीब योजना की ज़रूरत क्या है?"

"अगर इकरामभाई ने उसे गोद ले लिया, तो मेरे तीन बड़े उद्देश्य पूरे होंगे। एक, विदेश में उसकी पढ़ाई का ख़र्च इकरामभाई उठाएगा। दो, इकराम उसे एक बेटी और स्वाभाविक उत्तराधिकारी के रूप में देखेगा। और तीन, इससे उसे भारत में व्यापक स्वीकृति मिलेगी—मुस्लिम मां-बाप की हिंदू बेटी। अदभुत राजनीतिक सम्मिश्रण," उसने विचार प्रकट किया।

"लेकिन अगर उसे उसने गोद ले लिया, तो वो मेरी बेटी नहीं रहेगी," गुप्ता बिसूरने लगा।

"शरीयत—मुस्लिम पर्सनल लॉ—गोद लेने को मान्यता नहीं

देती है।"

"तो वो किस तरह गोद लेगा अगर उसका अपना क़ानून इसे मान्यता नहीं देता है?"

"उसे दीवानी अदालत में साबित करना होगा कि गोद लेना उसके ख़ास क्षेत्रीय समुदाय का रिवाज है।"

"और इसकी अनुमति है?"

"नहीं। गोद लेना पंजाब, सिंध, कश्मीर, राजस्थान और मध्य प्रदेश के बहुत से मुस्लिम वर्गों में प्रचलित है। लेकिन ये उत्तर प्रदेश के मुसलमानों में आम नहीं है। इकराम अदालत में कुछ साबित नहीं कर सकेगा।"

"मैं समझा नहीं। आप चाहते हैं कि वो उसे गोद ले ताकि उसके अपने धार्मिक क़ानून के साथ-साथ दीवानी अदालत भी गोद लेने को रद्द कर दे?"

"बिल्कुल। गोद लेने को वैध नहीं ठहराया जा सकेगा, इसलिए वो तुम्हारी ही बेटी रहेगी। लेकिन भावना रहेगी और राजनीति भावनाओं और प्रतीकों का ही खेल है। वो दो महान धर्मों—हिंदुत्व और इस्लाम—की एकता का प्रतीक होगी।"

"इकरामभाई उसे गोद लेगा ही क्यों?"

"क्योंकि वो उसे हिंदू वोट दिलवाएगी, जिस तरह वो उसे मुस्लिम वोट दिलवाएगा! ये एक प्रतीकात्मक रिश्ता होगा।"

Ω

"नहीं, नहीं, नहीं। हज़ार बार—नहीं! मैं इकरामभाई की बेटी नहीं बनूंगी।"

"चांदनी। सुनो—"

"नहीं। गंगा अंकल, मैं जानती हूं वो आपके राजनीतिक सहयोगी हैं, लेकिन मेरे एक अच्छे पिता और प्यार करने वाली मां हैं। मैं इकरामभाई की बेटी नहीं बनूंगी।"

"मैं तुमसे अपने मां-बाप को छोड़ने को नहीं कह रहा। तुम्हारे

मां-बाप तुम्हारे मां-बाप ही रहेंगे। इसे कोई कभी नहीं बदल सकता। मैं बस तुम्हारा राजनीतिक ब्योरा तैयार कर रहा हूं, मेरी बच्ची—"

"लेकिन मैं अपने मां-बाप को कैसे छोड़ सकती हूं? ये बहुत बड़ी क़ीमत है!"

"तुम भाग्यशाली हो कि तुम्हारा बलात्कार नहीं हुआ, चांदनी," गंगासागर ने शांत भाव से कहा।

"भाग्य का इससे कोई संबंध नहीं था।"

"लेकिन तुम्हारी जगह अगर कोई और होता? जानती हो भारत में हर आधे घंटे में एक महिला का बलात्कार होता है?"

"नहीं। मैं कभी नहीं—"

"जानती हो हर दो घंटे में एक महिला की हत्या होती है—आमतौर पर ज़्यादा दहेज न लाने के लिए?"

"हां—मेरा मतलब—नहीं—मुझे नहीं पता—"

"क्या तुम इन आंकड़ों का भाग बनना चाहोगी, चांदनी?"

"नहीं, गंगा अंकल।"

"क्या तुम नहीं चाहतीं कि तुम देश पर शासन करो? शक्तिशाली बनना नहीं चाहतीं? नहीं चाहतीं कि हमेशा मर्दों के रहमो-करम पर न रहो?"

"हां।"

"क्या तुम नहीं चाहतीं कि तुम इस गंदगी और ग़रीबी से बाहर निकलो जो तुम्हें घेरे हुए है?"

"हां।"

"क्या तुम सर्वश्रेष्ठ अंतरराष्ट्रीय शिक्षा प्राप्त करके अपने कैरियर को आगे बढ़ाना नहीं चाहतीं? अपनी ज़िंदगी नहीं बनाना चाहतीं?"

"हां।"

"तो जैसा मैं कहता हूं कर लो! इकराम को ख़ुद को गोद लेने

दो!"

लड़की ने ख़ामोशी से सहमति में सिर हिला दिया और गंगासागर मुस्कुरा दिया। अब उसे सुनिश्चित करना था कि इकराम का वो ग़ुंडा जिसे चांदनी का पीछा करने और आतंकित करने का काम सौंपा गया था, अपना मुंह बंद रखे।

"*आदि शक्ति, नमोनमः; सर्वशक्ति, नमोनमः, प्रथम भगवती, नमोनमः, कुंडलिनी माताशक्ति; माताशक्ति, नमोनमः,*" वो धीरे से बड़बड़ाया।

अध्याय पांच

लगभग 2300 वर्ष पहले

मानव मलमूत्र की गंध बहुत तेज़ थी। पत्थर का कठोर फ़र्श ख़ून, पसीने, मूत्र और मल की गाढ़ी कीचड़ से फिसलना हो रहा था। धनानंद के कारागार परिसर की बदबूदार कोटरिकाएं यातना दिए जा रहे बंदियों की चीख़ों के साथ अपने नए आगंतुक की घोषणा कर रही थीं। जलती हुई कुछ मशालों का प्रकाश टेढ़े-मेढ़े ढंग से कटी उन पथरीली दीवारों का बहुत कम ही भाग दिखा पा रहा था जिन पर तरह-तरह की ज़ंजीरें और बेड़ियां लटकी हुई थीं।

मलिन कोठरी का दरवाज़ा धड़ाके से बंद हुआ, तो चाणक्य को अपने पैर पर कुछ रेंगता हुआ सा महसूस हुआ, शायद कोई सांप। उसने तेज़ी से अपना दूसरा पैर रपटीले प्राणी पर मारा और उसे तब तक दबाए रखा जब तक कि सांप अविचल नहीं हो गया। वो काफ़ी देर तक वहीं खड़ा अपनी आंखों को अंधेरे का आदी करने की कोशिश करता रहा। उसकी पुतलियां फैलीं तो उसने दो चूहों को मांस के एक टुकड़े के लिए लड़ते देखा। बहुत संभव था कि ये मांस

का टुकड़ा किसी मानव का हो।

'कोई अपनी गुदा को सौ बार भी धो ले तो भी वो घिनौनी ही रहेगी,' चाणक्य ने सोचा, 'और धनानंद भले ही ब्राह्मणों को हज़ार उपहार दे दे लेकिन वो फिर भी भ्रष्ट ही रहेगा!' चाणक्य ने सबसे कम गंदा कोना ढूंढ़ा और नम दीवार से टेक लगाकर बैठ गया। कोठरी में कोई खिड़की नहीं थी। वायुसंचार नाम की चीज़ ही नहीं थी। उसने आंखें बंद कीं और अस्वस्थ परिस्थितियों से लड़ने के लिए श्रद्धेय ऋषि दंडायण द्वारा सिखाया हुआ प्राणयाम करने लगा।

अप्रत्याशित रूप से उसने एक क्लिक की आवाज़ सुनी और गेट से आती प्रकाश की एक लहराती किरण देखी। ये हाथ में तेल का दीया लिए एक बौना था। उसने जल्दी से होंठों पर उंगली रखकर चाणक्य को ख़ामोश रहने का संकेत दिया। फिर हाथ के इशारे से उसने चाणक्य को अपने पीछे आने को कहा।

बौना उसे दीवार के साथ लगे एक अत्यंत संकरे गढ़े में ले गया। चाणक्य की कमर में कसकर रस्सी बांधते हुए बौने को जगह की तंगी का अहसास नहीं हो रहा था। चाणक्य नहीं जानता था कि रस्सी का दूसरा सिरा कहां है। अचानक उसे एक झटका सा लगा और उसने अपने पैर ज़मीन से उठते महसूस किए। वो किसी सुरंग में था जो बेहद तंग और संकरी थी। ऊपर चढ़ते हुए, चाणक्य का चेहरा, जांघें और हाथ सुरंग के किनारों से टकरा रहे थे और या तो घर्षण से जल रहे थे या खरोचों से उनमें ख़ून बह रहा था। कुछ समय बाद जो उसे अनंत सा लगा था, उसे ठंडी हवा महसूस हुई और उसने बहते पानी की आवाज़ सुनी। वो वापस गंगा किनारे पहुंच गया था।

वो अपने शरीर में बंधी रस्सी को खींचते बौनों के एक पूरे दल को देखकर चौंक गया। उनका अगुवा आगे बढ़ा और बोला, "घबराएं नहीं, आचार्य। हमसे कात्यायनजी ने मदद करने को कहा था। वो चाहते थे कि हम बौने कारागार से भाग निकलने की प्राचीन सुरंग का प्रयोग करें। जैसा कि आपने देखा, ये सुरंग बहुत संकरी है—जबकि हमने इसे आपके लिए चौड़ा किया है।"

"मैं तुम्हारे और कात्यायनजी के प्रति आभारी हूं, लेकिन तुम कौन हो? तुम लोग आजीविका के लिए क्या करते हो?" संकट में भी जिज्ञासु चाणक्य ने पूछा।

"मगध में बौनों का सदा से एक बहुत महत्वपूर्ण काम रहा है, आचार्य। हम सामान्यत: कोष के पहरेदार रहे हैं। जैसा कि आप जानते हैं, अधिकतर राजकीय कोष छिपे स्थानों पर होते हैं और उनके गलियारे इस तरह से गुप्त होते हैं कि वहां चोर और लुटेरे नहीं पहुंच सकें। ऐसे स्थानों के लिए हम नाटे लोग आदर्श रक्षक होते हैं।"

"लेकिन तुम तो राजा के सेवक हो। फिर तुमने मेरी सहायता क्यों की?"

"हमारी बड़ी इच्छा अपने प्रिय भूतपूर्व महामंत्री शकतारजी की सहायता करने की थी, जिन्होंने राजकीय कोष की स्थापना की और हम बौनों द्वारा उसकी सुरक्षा की प्रणाली प्रारंभ की। वो कई वर्षों से यहां बंदी हैं। हम कई महीनों से ख़ामोशी और दृढ़ता के साथ इस सुरंग को चौड़ा करने का काम कर रहे थे और आपसे कुछ ही क्षण पूर्व हम उन्हें मुक्त कराने में सफल रहे थे। आपको बाहर निकालना हमारा अगला काम था। कात्यायनजी और सेनापति मौर्य ने हमें इस कार्य के लिए इकट्ठा किया था।

"सेनापति मौर्य? वो धनानंद के विरुद्ध काम कर रहे हैं?"

"बेहतर होगा कि वो स्वयं ही आपको बताएं, श्रीमान।"

"महामंत्री शकतारजी कहां हैं?"

"उन्हें पिप्पलिवन ले जाया गया है जहां सेनापति मौर्य उनकी प्रतीक्षा कर रहे हैं। उन्हें राजा से सुरक्षित रखना ज़रूरी है और इसके लिए सेनापति मौर्य के शिविर से बेहतर कोई स्थान नहीं है। आचार्य, आपको भी तुरंत ही पिप्पलिवन जाना होगा। ख़तरे की घंटी बज चुकी होगी और राजकीय रक्षक आपकी खोज आरंभ कर चुके होंगे। एक घोड़ा आपकी प्रतीक्षा में है।"

"लेकिन कात्यायनजी का क्या होगा? मुझे उनसे मिलकर धनानंद के राजदरबार में अपना क्रोध प्रकट करने के लिए क्षमा मांगनी है," चाणक्य ने कहा।

"वो आपको अच्छी तरह जानते हैं। वो भी सचाई और न्याय के पक्षधर हैं। लेकिन उनका विश्वास है कि वो धनानंद और उसके घिनौने शासन को मिटाने के लिए बाहर के बजाय अंदर रहकर अधिक कार्य कर सकते हैं। वो कहते हैं कि आप वो चीते हैं जो धनानंद पर बाहर से आक्रमण करेंगे जबकि वो धनानंद के पेट में तूफ़ान खड़ा करने वाला कीड़ा मात्र हैं!"

अंधेरी रात—जो काफ़ी हद तक उसी रात जैसी थी जब चाणक्य अपने पिता का अंतिम संस्कार करके भागा था—की ख़ामोशी में वो घोड़े पर सवार होकर पिप्पलिवन के लिए चल पड़े।

♎

वो पिप्पलिवन, जो एक झरने के किनारे कुछ झोपड़ियों और मिट्टी की ईंटों से बने मकानों का समूह मात्र था, पहुंचे तो सवेरा होने में कुछ घंटे शेष थे। बौने घुड़सवार उसे एक थोड़े बड़े मकान में ले गए। सेनापति जाग रहे थे और किसी से बात कर रहे थे जो इस दल को आता देखते ही उठकर चला गया।

सेनापति मौर्य को चाणक्य को सुरक्षित देखकर राहत मिली। वो आचार्य के सामने झुके और बोले, "मगध को आपकी आवश्यकता है, हे बुद्धिमान शिक्षक। मुझे अपनी मातृभूमि को उन जोंकों से मुक्ति दिलाने में सहायता कीजिए जो इसका रक्त चूस रही हैं!"

"अभी इसके लिए उपयुक्त समय नहीं है, सेनापति। इसे इतिहास के पन्नों में दर्ज कराने वाली उपलब्धियां केवल वो होंगी जिन्हें गहन सोच-विचार और तैयारी के साथ किया जाएगा।"

"मैं आपके मार्गदर्शन की प्रतीक्षा करूंगा, सम्मानीय शिक्षक। लेकिन आइए, आप थके हुए होंगे। और आपके घावों और खरोंचों को सफ़ाई की आवश्यकता होगी। मैं अपनी पत्नी से कहूंगा कि वो आपको साफ़ कपड़े और नाश्ता दें। कृपया मेरे साथ आइए, मैं

आपको बता दूं कि आप कहां नहा सकते हैं।"

'एक वृषल द्वारा मेरी आशा से बेहतर व्यवहार,' चाणक्य ने मन ही मन सोचा। मौर्य को चाणक्य जैसे ब्राह्मणों द्वारा वृषल—एक जाति बहिष्कृत क्षत्रिय—माना जाता था। मौर्य के पिता ने हिंदुत्व के कड़े वर्णक्रम को त्यागकर महान शिक्षक गौतम बुद्ध का रास्ता अपना लिया था। सेनापति वापस हिंदुत्व में लौट आए थे लेकिन उन्हें वृषल कहकर हमेशा हिंदू घृणा का निशाना बनाया गया।

नहाने, वस्त्र बदलने और सवेरे की पूजा के बाद, चाणक्य मौर्य की झोपड़ी के बाहर छोटे से बरामदे में बैठ गया। सेनापति की पत्नी ने उसके सामने ज्वार के हलवे और गर्म दूध का साधारण सा नाश्ता रख दिया था। सूरज अभी निकला ही था और बाहर उपवन में मोर नाच रहे थे, जिनके इंद्रधनुषी नीले-हरे पंख फैलकर उनकी रहस्यमयी ढंग से सुंदर पंखदार आंखें दिखा रहे थे। ये मोरों का प्रदेश था, और मौर्य का पारिवारिक नाम भी मोर पर ही था।

Ω

घर के बाहर छोटे-छोटे लड़कों का एक दल भूमिकाएं निभाने के खेल में व्यस्त था। उनमें से एक ने अपने सिर पर एक रूमाल बांधा और उसमें मोर का पंख लगा लिया था। वो एक बड़े से पत्थर पर बैठा झूठमूठ का सम्राट था। उसके आसपास खड़े शेष लड़के आम नागरिक या दरबार के अधिकारी थे।

"ध्यान दो! संसार के सम्राट, बुद्धिमान और कृपालु महाराज चंद्रगुप्त का दरबार आरंभ हो चुका है। आओ और अपनी बात कहो!" महामंत्री की भूमिका निभा रहा और राजा के निकट खड़ा एक लड़का घुरघुराया।

"हे महान राजा। मैं संकट में हूं। मेरे पड़ोसी ने अपना कुआं मुझे बेचा था लेकिन वो अभी तक उससे पानी निकालता है। कृपया उसे रोकें," पीड़ित की भूमिका कर रहे एक लड़के ने विनती की।

"कुआं बेचने वाला कौन है?" छोटे से राजा ने पूछा।

"मैं हूं, महाराज। लेकिन मैंने इसे अपना कुआं बेचा था, उसके

अंदर का पानी नहीं। कृपया न्याय करें," थोड़ी बड़ी आयु का एक लड़का बोला।

बड़े लड़के को संबोधित करते हुए राजा ने शानदार ढंग से कहा, "तुमने ठीक कहा। तुमने कुआं बेचा था, पानी नहीं। इसका अर्थ है कि तुमने किसी और के कुएं में अवैध रूप से पानी रखा हुआ है। कृपया उसे ख़ाली कर दो! अगला मामला!"

चाणक्य हंस रहा था। वो ये नाटक बड़ी दिलचस्पी से देख रहा था। उसने भी इस खेल में भाग लेने का निर्णय किया। वो उस बरामदे से उठा जहां वो बैठा हुआ था, और हाथ जोड़कर राजा के सामने जा खड़ा हुआ।

"हां, ब्राह्मण, तुम क्या चाहते हो?" लड़के ने गंभीरतापूर्वक पूछा।

"हे महान राजा, मैं एक निर्धन ब्राह्मण हूं। मुझे यज्ञ करने के लिए दूध और घी चाहिए होता है, लेकिन मेरे पास गाय नहीं है। कृपया मेरी सहायता करें, हे देश के रक्षक," चाणक्य ने गंभीरता से कहा।

"कोषाध्यक्ष! ब्राह्मण को एक गाय दे दो," राजा ने आदेश दिया और एक कल्पित अधिकारी ने आगे आकर चाणक्य को एक कंकरी—गाय की स्थानापन्न—दे दी।

"लेकिन मेरे पास इसका भुगतान करने के लिए पैसा नहीं है, मेरे राजा," चाणक्य ने कहा।

"हे ब्राह्मण। अगर देवताओं के प्रति आपके चढ़ावे अपर्याप्त होंगे, तो मेरे राज्य की दानशीलता कैसे पर्याप्त होगी? और यदि मेरा राज्य समृद्ध नहीं होगा, तो मैं कर कहां से प्राप्त करूंगा? और अगर कर नहीं होगा, तो कोष और सेना का क्या होगा? सेना नहीं होगी, तो राज्य की रक्षा कौन करेगा? इसलिए, मैं कोई अनुग्रह नहीं कर रहा हूं। मैं तो बस अपनी समृद्धि को सुनिश्चित कर रहा हूं!" बुद्धिजीवी लड़के ने समझाया।

चाणक्य मुस्कुराया और उसने लड़के को आशीर्वाद दिया। "तुम कौन हो, वत्स?" उसने पूछा।

"मैं चंद्रगुप्त हूं। सेनापति मौर्य का पुत्र।"

Ω

"क्या मैं आपको शकतारजी से मिलवाने ले चलूं?" सेनापति ने घर से निकलते हुए पूछा। चाणक्य ने सिर हिलाया। अपने पिता के सबसे प्रिय मित्र—ऐसे साथी जिनके लिए चणक ने अपनी जान तक दे दी थी—से मिलने का समय आ गया था।

चाणक्य ने जिस वृद्ध को देखा वो जीर्ण-क्षीर्ण था। बरसों के क्षय, जीने की मलिन परिस्थितियों, मानव प्रयोग के लिए अनुपयुक्त भोजन, बीमारी, और क्रूर दमन ने भूतपूर्व महामंत्री पर अपना प्रभाव दिखाया था। चाणक्य को शकतार एक भव्य और परिष्कृत सामंत के रूप में याद थे, जो हमेशा श्रेष्ठतम रेशम के कपड़े पहनते थे और सोने व हीरे के बहुमूल्य शुभंकरों, अंगूठियों और मालाओं से सुसज्जित रहते थे। वो कभी राज्य के दूसरे सबसे शक्तिशाली रहे व्यक्ति को बड़ी मुश्किल से पहचान पाया।

चाणक्य ने शकतार के सामने दंडवत किया और वृद्ध ने उसे उठने को कहा। चाणक्य ने उठकर शकतार के चेहरे को देखा, तो अस्सी वर्षीय वृद्ध की आंखों में आंसू थे। उन्होंने हाथ आगे बढ़ाकर चाणक्य के सिर पर रखा और उसे स्नेहपूर्वक आशीर्वाद दिया।

"तुम मेरे एकमात्र पुत्र बचे हो, चाणक्य। मेरे सारे वास्तविक पुत्र मर चुके हैं। और मेरी बेटी—सुवासिनी—जिसे तुम बहुत प्यार करते थे, मृत से भी बदतर है। तुम्हारे पिता ने ये विषय कभी छेड़ा नहीं पर मैं जानता था कि दोनों परिवारों को एक करने के लिए वो चाहते थे कि तुम्हारा और सुवासिनी का विवाह हो जाए।"

चाणक्य ख़ामोश रहा।

"पता नहीं मेरी कुंडली में नक्षत्रों के कौन से संयोजन ने इस अंतहीन संकट को खड़ा किया है? मेरी पत्नी, मर गई; मेरा सर्वश्रेष्ठ मित्र चणक, मर गया; मेरे बेटे, मर गए; मेरी बेटी, राक्षस की रखैल;

मेरा शरीर, टूटा-फूटा और कमज़ोर; राज्य—एक मनोविकृत के हाथों में!" वृद्ध बोलते गए और उनका दुख बहता चला गया।

चाणक्य ने शकतार का हाथ पकड़ा और कहा, "संकट जल्द ही समाप्त होगा। मैं वादा करता हूं। लेकिन आपको अपनी इस व्यथापूर्ण नींद से जागना होगा। इंसान को चाहिए कि वो जागे, सूर्य की किरणों को देखे और महसूस करे कि ये सब बस एक भयानक सपना था। मेरी सहायता कीजिए, शकतारजी और सेनापतिजी।"

"मेरे पास ऐसा क्या है जिससे मैं तुम्हारी सहायता कर सकूं, चाणक्य?" सेनापति मौर्य ने पूछा।

"चंद्रगुप्त।"

"और मेरे पास क्या है जो तुम्हारी सहायता कर सकता हो?" शकतार ने पूछा।

"बौने।"

Ω

मगध का राजा जानता था कि सेना पेट के बल चलती है। राजकोष सेना से भी महत्वपूर्ण था क्योंकि लड़ने के यंत्र को चलाने वाला ईंधन कोष ही था। खुदाई पर राज्य का पूर्ण नियंत्रण था, इसलिए खुदाई में निकलने वाला सारा सोना, चांदी और बहुमूल्य रत्न स्वत: ही राजकोष में चले जाते थे।

राजकोष की सुरक्षा कई तरीक़ों से की जाती थी। राजकोष हमेशा राजधानी में स्थित होता था लेकिन उसका निर्माण इस ढंग से किया जाता था कि बहुमूल्य धातुओं और पत्थरों तक पहुंच भूद्वारों और हटाई जा सकने वाली सीढ़ियों वाले तीन भूमिगत तलों के माध्यम से ही हो सकती थी। इस भूमिगत ढांचे की दीवारों और फ़र्श पर पत्थर की बहुत मोटी परत का ख़ोल रहता था ताकि यदि कोई महत्वाकांक्षी सेंधमार चाहे भी तो वहां तक पहुंच को स्थायी रूप से बाधित पाए। कोष सामान्यत: राजधानी के उत्तरी भाग में स्थित होता था, राजनिवास और नगर के प्रमुख मंदिर के बीच। पहरेदारों के एक के पीछे एक वृत्त दिन-रात राजकोष की सुरक्षा करते थे, जबकि धनुष

और विषैले तीर लिए निशानेबाज़ राजकोष के चारों ओर असंख्य बुर्जों पर तैनात रहते। भौतिक संतुष्टि के खोजी किसी भी चोर को तुरंत मौत ही मिल सकती थी।

सुरक्षा का दूसरा तरीक़ा था राजकोष का विकेंद्रीकरण और सुदूर स्थानों पर गुप्त कोषों को निर्माण। सामान्यत:, ऐसे सुदूर गुप्त कोषों का निर्माण दंडित अपराधियों द्वारा कराया जाता और फिर उन्हें तुरंत ही प्राणदंड दे दिया जाता। ऐसे गुप्त भंडारों का पता राजा और महामंत्री के अतिरिक्त किसी को नहीं होता था। अक्सर, वास्तविक भंडारगृह संकरे गुप्त गलियारों वाले भूमिगत गड्ढ़ों में बनाए जाते थे। इनमें से बहुत से जानबूझकर इस तरह बनाए जाते कि एक वयस्क आदमी उन तक न पहुंच सके और प्राय: इन भंडारों तक पहुंचने का एकमात्र तरीक़ा प्रशिक्षित बौनों को भेजना होता था। सामान्यत: कोष पर घनी वनस्पति का छलावरण होता, और चोरों को हतोत्साहित करने के लिए वहां सांप, बिच्छू और जंगली जानवर छोड़ दिए जाते थे।

चाणक्य जानता था कि भूतपूर्व महामंत्री शकतार धनानंद के किसी भी गुप्त भंडार के बारे में जानते होंगे, और उन तक पहुंचने की कुंजी कात्यायन के बौने होंगे।

Ω

पिप्पलिवन के उत्तर में जंगल विशाल और भयानक थे। प्याज़ की परतों की तरह वृत्ताकार जंगल एक के बाद एक दिखाई देते और हर जंगल पहले से अधिक अंधकारपूर्ण और निर्जन लगता। सबसे बाहरी परत, लकड़ी, जड़ी-बूटियों और औषधेय पौधों के उत्पादन के प्रयोग में लाई जाने वाली उपजाऊ झाड़ियों की थी; थोड़ा अंदर धर्मात्माओं के आश्रमों और तप के लिए आरक्षित जंगल थे; और अंदर जाने पर राजाओं और सामंतों द्वारा शिकार के लिए प्रयोग में लाए जाने वाले मैदान मिलते थे; इससे अगली परत हाथियों के लिए आरक्षित थी जिसका प्रबंधन सेना के प्रयोग हेतु हाथियों के प्रजनन के लिए राज्य द्वारा किया जाता था; और अंत में, सबसे अंदर के वृत्त में वन्यजीव

अभयारण्य होते थे जहां शेर, बाघ, तेंदुए और चीते आज़ाद घूमते थे। शकतार द्वारा बताया गया गुप्त राजकोष इसी अंतर्भाग में स्थित था।

घोड़ों को कम से कम एक योजन—चार मील—पीछे तरोताज़ा पहरेदारों के एक दस्ते के साथ छोड़ दिया गया। घनी वनस्पति और लगभग किसी भी मार्ग की अनुपस्थिति ने घोड़ों के लिए और आगे जाना असंभव बना दिया था। चाणक्य, सेनापति मौर्य और जीवसिद्धि—कात्यायन का एक भरोसेमंद सहयोगी—और उनके साथ बौनों का दल धीरे-धीरे लेकिन दृढ़ता के साथ आगे बढ़ रहे थे। शकतार द्वारा दिया गया नक़्शा काफ़ी उपयोगी सिद्ध हो रहा था और जंगल के निरंतर बदलते परिवेश के बावजूद अधिकतर पहचानें अभी भी मौजूद थीं।

इस अभियान के लिए दल का चुनाव बहुत सावधानीपूर्वक किया गया था। अगर कोष की तलाश में बहुत से लोग ले जाए जाते, तो बात धनानंद के कानों तक पहुंचने का जोखिम रहता। अगर दल को छोटा रखा जाता, तो जंगली जानवरों द्वारा मारे जाने और लूट का माल लाने के लिए कम हाथ रह जाने का ख़तरा होता।

वो पत्थरों के एक ढेर के नज़दीक पहुंच रहे थे जिन पर बेलें इस तरह उग आई थीं जैसे उन्होंने उस पूरे क्षेत्र को आक्रामक ढंग से अपने प्रणयातुर आलिंगन में ले लिया हो। चाणक्य के हिसाब से वो अब अपने लक्ष्य के बहुत निकट थे, लेकिन इससे पहले कि वो अपने नक़्शे को देखता, उसे एक तीर के सरसराने की आवाज़ आई और उसकी गर्मी अपने बाएं गाल को छूती महसूस हुई। तुरंत सतर्क होते हुए, उसने आक्रमणकारी के साथ लड़ने के लिए अपनी तलवार उठा ली, और देखा कि वो और कोई नहीं बल्कि जीवसिद्धि था, जो अभी भी—अपनी कसी और तनी हुई कमान में—उसकी दिशा में एक और तीर ताने हुए था।

कोई भी साधारण व्यक्ति जीवसिद्धि को संदेह की दृष्टि से देखता, लेकिन चाणक्य ने ऐसा नहीं किया। उसने जीवसिद्धि की आंखों से पहचान लिया कि उसका शस्त्र भले ही उसकी दिशा में

हो, लेकिन उसकी नज़रें उसके पार किसी को देख रही थीं। चाणक्य शांत भाव से पलटा और उसने एक विशाल चीते की लाश देखी जिसे चाणक्य के रक्षक ने छलांग के बीच ही मार गिराया था। वो सुंदर पशु ज़मीन पर पड़ा था और तीर उसकी गर्दन में आधा धंसा हुआ था।

चाणक्य पलटा, उसने अपनी तलवार म्यान में वापस डाली, और हाथ उठाकर जीवसिद्धि को आशीर्वाद दिया। कोई शब्द नहीं बोला गया, मूकभंगिमा द्वारा भी हज़ार शब्दों के अर्थ का आदान-प्रदान हो गया। उस दिन से जीवसिद्धि आचार्य के सबसे भरोसेमंद साथियों में से हो गया।

वो चोरी-चोरी पत्थरों की ओर रेंगते गए, जो काई की मोटी परत और बेलों से ढके हुए थे। चाणक्य ने सेनापति मौर्य को अपने कपड़ों से वो बुरादा निकालने का निर्देश दिया जो उसने अपनी देखरेख में बनवाया था। मौर्य ने वो बुरादा बौनों को दे दिया जो मलबे में हर ओर उसे थोड़ा-थोड़ा छिड़कने लगे। ये वास्तव में पुदीने के तेल, सड़े हुए अंडों, लहसुन, अजवाइन के तेल और गंधक का मिश्रण था जो अत्यंत बदबूदार था। इनमें से अंडों और लहसुन जैसे अवयवों से ब्राह्मण परंपरागत रूप से दूर रहते थे, लेकिन फिर भी बौनों के द्वारा इन्हें पीसे और सुखाए जाने तक चाणक्य उपस्थित रहा था।

जैसे ही हवा में इस भयानक मिश्रण की बदबू फैली, अचानक सरसराहट की आवाज़ आने लगी और बीसियों सांप पत्थरों से रेंगते हुए निकले और चाणक्य के सर्प-विकर्षक से दूर भाग गए। चाणक्य ने सिर हिलाया, और सेनापति मौर्य और जीवसिद्धि उस भूद्वार के रास्ते को साफ़ करने के लिए आगे बढ़ गए जो भूमिगत सुरंगों की भूलभुलैया में ले जाने वाला था।

पत्थरों और वनस्पति के आवरण में छिपा भूद्वार बहुत ही छोटा था—निश्चित रूप से पंद्रह उंगल से छोटा, लगभग एक फ़ुट। सेनापति मौर्य की गदा ने प्राचीन ताला-तंत्र को तोड़ दिया और कुछ ही मिनट के अंदर वो गहराइयों तक ले जाने वाली एक अंधकारपूर्ण और खड़ी सुरंग देख सकते थे। एक पत्थर में एक रस्सी बांधी गई

और एक बौना अपने सिर पर मशाल बांधकर उसके अंदर गया। कुछ मिनट बाद वो चिल्लाया, "ये ख़ाली है! मुझे कोई और दरवाज़ा ढूंढ़ना होगा। अगले आदमी को भेजो।" अब बढ़ई के सामान के साथ एक दूसरे बौने को भेजा गया। कुछ ही देर बाद हथौड़े की आवाज़ से पता चला कि उन्होंने पहले स्तर के अंदर भूद्वार तलाश लिया है। जल्दी से एक तीसरा बौना एक रस्सी का पाश लेकर नीचे उतरा जिसे दूसरे भूद्वार से नीचे जाने के लिए प्रयोग किया जाने वाला था।

"लक्ष्मी की जय!" अंदर से एक बौना चिल्लाया। "हम प्रमुख परत पर पहुंच गए!" चाणक्य, सेनापति मौर्य और जीवसिद्धि ने एक-दूसरे को देखा और मुस्कुराए। कुछ और बौनों को नीचे भेजा गया ताकि निर्देश और सामग्री भेजने के लिए एक प्रसारण टोली बनाई जा सके। "अंदर जो कुछ है उसे छोटी-छोटी मात्रा में ऊपर भेजो," चाणक्य ने निर्देश दिया। "हमारे पास सारा माल ले जाने के लिए पर्याप्त आदमी नहीं हैं। हमें अपने प्रयास सबसे मूल्यवान और हल्के माल पर केंद्रित करने चाहिए।" विभिन्न प्रकार के संग्रह उनके सामने आने लगे—हीरे, मोती, माणिक, नीलम, शुद्ध स्फटिक, लहसुनिया, चांदी के पण और तांबे की काकिणी।

"गाय के गोबर और तिल के तेल की तलाश करो!" चाणक्य ने निर्देश दिया।

सेनापति और जीवसिद्धि ने आचार्य को इस तरह देखा जैसे वो पागल हो गया हो। लेकिन ऐसा था नहीं, क्योंकि जल्दी ही प्रसारण टोली द्वारा तिल के तेल में मिश्रित गाय के गोबर की ईंटें भेजी जाना आरंभ हो गईं। "गाय के गोबर से धोखा मत खाओ," चाणक्य ने अपने साथियों को समझाया। "सोने को जस्ते के द्वारा शुद्ध किया जाता है और अतिरिक्त जस्ते को गाय के गोबर द्वारा हटाया जाता है। अगर सोना भुरभुरा हो, तो उसे तिल के तेल से मुलायम बनाया जाता है। इसलिए, सोने को भंडार करने का आदर्श तरीक़ा ये है कि उसे गाय के गोबर और तिल के तेल के मिश्रण में लपेटकर रखा जाए। तुम्हारे सामने जो है वो शुद्ध सोना है!

"पहली वरीयता सोने को देनी होगी, जो कि मूल्य में अधिक होता है और जिसे पैसे के रूप में प्रयोग करना आसान होता है। अगली वरीयता चांदी के पणों को देनी है, और अंत में हीरे और माणिक को। हम तांबे, मोतियों, नीलम और स्फटिक को नहीं ले जाना चाहेंगे। कृपया चंदन, अगर, धूप और कपूर जैसी कोष की अन्य वस्तुओं को भी नज़रअंदाज़ कर देना," चाणक्य ने अपनी बात जारी रखी। मौर्य और जीवसिद्धि कोष के मामलों में चाणक्य के ज्ञान की गहराई पर दंग रह गए और उन्होंने पूछा, "आचार्य, आप एक धर्मात्मा हैं—एक सम्मानित शिक्षक हैं। आप धन की सामग्री से क्यों सरोकार रखते हैं?"

चाणक्य ने अपने सामने बनते बहुमूल्य वस्तुओं के छोटे से पहाड़ पर नज़र टिकाए हुए उन्हें उत्तर दिया, "मनुष्य को किस चीज़ के लिए प्रयास करना चाहिए? काम, धर्म, अर्थ और मोक्ष। लेकिन वास्तविकता ये है कि अगर आप ग़रीब हों, तो न तो आपकी पत्नी आपको प्यार करेगी और न संतानें, अगर नागरिक वित्तीय प्रोत्साहन या दंड से प्रेरित न हों तो वो अपने कर्तव्य पूरा नहीं करेंगे, और कौन मनुष्य मोक्ष की खोज में अपना सांसारिक जीवन त्यागेगा अगर उसके परिवार के पास सहारे के लिए धन न हो? मैं एक शिक्षक हूं—लेकिन अर्थशास्त्र का शिक्षक। मनुष्य की आजीविका का स्रोत है धन, और इसे प्राप्त करने और बनाए रखने का विज्ञान है राजनीति!"

Ω

चाणक्य और उसके साथी घोड़ों पर प्रचुर मात्रा में धन लादे और साथ में सशस्त्र पहरेदारों के साथ वापस पिप्पलिवन की ओर चल पड़े। उस शाम, गर्मी के लिए जलते अलाव के सामने बाहर बैठे हुए, चाणक्य ने ये विषय छेड़ा। "सेनापति, आपने अपना कर्तव्य पूरा किया है और अपना जीवन जी लिया है। लेकिन एक भव्य और समृद्ध मगध का आपका सपना चंद्रगुप्त के माध्यम से ही पूरा हो सकता है, जिसमें एक राजा बनने के सारे गुण मौजूद हैं। मुझे उसे तक्षशिला ले जाने दीजिए जहां मैं उसे शासन-प्रबंध के लिए तैयार

कर सकूंगा। इस बीच, आप उस ख़ज़ाने की सहायता से जो हमने प्राप्त किया है एक सेना तैयार करने में मेरी मदद कर सकते हैं।"

सेनापति ने चाणक्य के शब्दों पर विचार किया और बोले, "आचार्य। वो मेरा इकलौता पुत्र है। मैं उससे जुदाई सहन नहीं कर सकता। क्या आप यहीं हमारे साथ नहीं रह सकते?" चाणक्य मुस्कुराया। "काश एक राज्य को एकीकृत करना इतना ही सरल होता, सेनापति। इस समय भी गंधार की सीमाएं सिकंदर की सेना के द्वारा आक्रमण के ख़तरे में हैं। अगर गंधार ढह गया, तो शेष भारत की भी बारी आ जाएगी। अगर दरवाज़ा खोल डाला गया हो तो शत्रु को कैसे बाहर रखा जा सकता है? मैं अभी प्राप्त किए धन से ऐसी सेना खड़ी करना चाहता हूं जो मैसीडोनियाई घुसपैठों से लड़ सके, और एक ऐसा गोंद बनाना चाहता हूं जो उन छोटे-छोटे राज्यों को जोड़ सके जो किसी भी मुद्दे पर एकमत नहीं होते हैं—महत्वपूर्ण मुद्दों पर भी नहीं," उसने बताया।

"यदि ऐसी बात है, तो क्या मैं और मेरी पत्नी आपके और चंद्रगुप्त के साथ तक्षशिला चलें?" मौर्य ने पूछा। "मुझे नहीं लगता ये अच्छा रहेगा," चाणक्य ने तर्क दिया। "यदि आप निकट नहीं होंगे, तो चंद्रगुप्त के पास सफलता की कहीं अधिक आशा रहेगी। आप धनानंद के खुले शत्रु हैं और उसके जासूस हमेशा आपकी तलाश में रहेंगे। तक्षशिला में सैकड़ों छात्रों के बीच पढ़ते हुए चंद्रगुप्त गुमनाम और ख़तरे से दूर रहेगा। और सबसे अधिक, शकतारजी और कात्यायनजी, मुझे आपके मगध या इसके समीप रहने की आवश्यकता है ताकि चंद्रगुप्त की वापसी तक धनानंद को वो कष्ट पहुंचाने के लिए जिसका कि वो पात्र है, सड़कों पर हमारे पर्याप्त आदमी रहें।"

सेनापति ने अपनी पत्नी को आवाज़ दी जो घर के अंदर से बातचीत को सुन रही थीं। वो बाहर आकर हाथ तापने लगीं तो मौर्य ने उनसे पूछा कि आचार्य के सुझाव के बारे में उनका क्या विचार है। उनके शब्दों में एक सच्ची क्षत्रयिन जैसा भाव था। "हम बुद्ध की कुछ

राख प्राप्त करने वाले सौभाग्यशाली लोगों में से थे। हमें याद रखना चाहिए कि हमारे पूज्य और स्वामी ने मोक्ष की तलाश में अपने सारे राज्य को त्याग दिया था। क्षत्रिय होने के नाते जीवन की रक्षा करना हमारा कर्तव्य बनता है। अगर हमें एक महान उद्देश्य के लिए अपने बेटे को त्यागना है, तो ऐसा ही सही," उन्होंने सरल भाव से कहा। "ज्ञान के बिना ब्राह्मण या साहस के बिना क्षत्रिय समाज के किसी काम का नहीं होता।"

Ω

सेनापति मौर्य मगध के शक्तिशाली शिशुंग शासक महानंदिन और उनकी पत्नी, पिप्पलिवन की योद्धा जनजातियों—मोरियाओं—के प्रमुख की इकलौती बेटी मुरा के मिलाप से पैदा हुए थे। हालांकि सेनापति मौर्य महानंदिन के एक उत्कृष्ट उत्तराधिकारी बन सकते थे, लेकिन बूढ़े राजा के कई अन्य पुत्र थे जो इस भूमिका के लिए ज़्यादा उपयुक्त समझे जाते थे। लेकिन मौर्य का कोई भी अधिक योग्य भाई सिंहासन तक नहीं पहुंच सका। वृद्ध महानंदिन अपने नाई को बहुत चाहते थे, जो कि महापद्म नाम का एक चालाक और चिकनी-चुपड़ी बातें करने वाला व्यक्ति था। महापद्म एक क्षत्रिय पिता और शूद्र मां का अवैध पुत्र था।

चालाक नाई महापद्म न केवल राजा का बल्कि उनकी रानी सुनंदा का भी कृपापात्र बना हुआ था। जल्दी ही वो राजा की हजामत बनाने के साथ-साथ रानी के साथ संभोग करने लगा था। रानी के दोहन के बाद उसने रानी की सहायता से राजा का दोहन करने का भी निश्चय किया, राजा और सिंहासन के बाक़ी सभी दावेदारों की हत्या करके। एकमात्र जीवित व्यक्ति एक छोटा सा लड़का—मौर्य—था जो ख़तरा बनने के लिए बहुत छोटा था।

यद्यपि महापद्म एक नाई मात्र था, लेकिन वो विलक्षण बुद्धिमत्ता का स्वामी था। उसने मौर्य की प्रतिभा को पहचाना और अंततः उन्हें अपनी सेना का अध्यक्ष बना दिया। महापद्म निरंकुश था, लेकिन उदार था। उसके शासन में अपराध लगभग समाप्त हो

गया और वो छोटे-छोटे सामंत जो निरंकुश बन गए थे सख़्ती के साथ कुचल दिए गए। महापद्म ने अधिकतर उत्तरी भारत और दक्षिण को जीता और हिमालय से कुंतल तक, और यमुना से ब्रह्मपुत्र तक, बड़े-बड़े क्षेत्रों को अपने अधीन कर लिया था और मगध को उत्तरी भारत का सबसे शक्तिशाली राज्य बना दिया था। यद्यपि वो एक क्षत्रिय-शूद्र था, लेकिन उसने ब्राह्मणों और वररुचि, व्यादि और वर्ष जैसे विद्वान गुरुओं को संरक्षण दिया। उच्चस्तरीय क्षमता, शक्तिशाली सैन्याधिकार, उचित कर, विशाल सिंचाई परियोजनाएं, और कुल मिलाकर उदारता और सहनशीलता का रवैया उसके शासन की प्रमुख विशेषताएं थीं।

ये स्वर्णिम युग उसके पुत्र धनानंद के काल में नाटकीय ढंग से बदलने वाला था। बिगड़ैल बेटे द्वारा सेनापति मौर्य को एक विशेषता के बजाय बोझ समझा गया। वो व्यक्ति जिसने अधिकांश भारत को जीतने में महापद्म की सहायता की थी, अब स्वयं ही एक भगोड़ा था—और भगोड़ा बना दिया जाने के क्रोध से उबल रहा था।

चाणक्य को क्रोध पसंद था। ये एक अदभुत रूप से शक्तिशाली भावना थी और इसे सही दिशा देकर इसका रचनात्मक उपयोग किया जा सकता था।

अध्याय छह

वर्तमान समय

मिस फ़ीवरशैम ने उसे धीरे-धीरे ऊपर से नीचे तक देखा। "मैं पूरी ईमानदारी बरतूंगी। तुम्हारे कंधे घुमावदार हैं, तुम्हारे घुटने कसे हुए हैं और तुम्हारा पेट निकला हुआ है।" ये सघन शिक्षण का एक और कष्टदायी घंटा था। चांदनी ने झटके से अपने पेट को अंदर खींचा। नतीजे में वो और भी अजीब सी दिखने लगी। मिस फ़ीवरशैम ने ठंडी आह़ भरी। बड़ी मुश्किल थी। चांदनी लंदन में मिस फ़ीवरशैम के फ़िनिशिंग स्कूल में थी—और बुरी तरह चुक गई थी। "तुम्हारा एक कंधा दूसरे से ऊंचा है और तुम्हारे पैर बाहर को निकलते हैं। तुम्हारी चाल लड़कियों जैसी नहीं है।"

चांदनी को कई बार खड़ा किया और बिठाया गया और उसकी हरकतों का बड़ी बारीकी से अध्ययन किया गया। "तुम बहुत स्थान घेर रही हो। और खड़े होने पर अपने कोणों को देखो। तुम अपने हाथों से खुजलाती भी बहुत हो। तुम कुछ-कुछ चूहे जैसी दिखती हो। चूहा विनम्र प्राणी होता है। जब चलो तो अपने सोलर प्लेक्सस को

आगे रखो जो तुम्हारी ब्रा के निचले भाग के आसपास कहीं होता है। अपने सिर को ऊंचा और गर्दन को लंबा बनाए रखो!" चांदनी के कंधों को नीचा और सीधा रखने के लिए उसकी बांहों के बीच और पीठ पर एक छड़ी फिराते हुए मिस फ़ीवरशैम ने कहा।

पिछले एक महीने से मिस फ़ीवरशैम लड़की की अंग्रेज़ी पर ध्यान दे रही थीं। उसकी अंग्रेज़ी की योग्यता, जो कानपुर के एक झोपड़पट्टी के स्कूल में प्राप्त की गई थी, उसके अपने मां-बाप को प्रभावित करने के लिए अच्छी थी लेकिन इंग्लैंड में लोगों से बातचीत करने के लिए किसी काम की नहीं थी। मिस फ़ीवरशैम उसे रोज़मर्रा की मुहावरेदार अंग्रेज़ी में प्रभावशाली ढंग से और आत्मविश्वास के साथ बात करना सिखा रही थीं। व्यापक पाठ्यक्रम उसकी सुनने, पढ़ने, लिखने और बोलने की योग्यताओं में सुधार लाने पर आधारित था।

लेकिन केवल भाषा जानना अपर्याप्त था। चांदनी को ये सिखाया जाना भी ज़रूरी था कि छुरी-कांटे का प्रयोग कैसे किया जाए—*अगर कई तरह की कटलरी हो, तो कांटे, चाक़ू या चम्मच का इस्तेमाल पहले बाहर से करो;* किसी पब में खाने का ऑर्डर कैसे दिया जाए—*आप बता सकते हैं कि आज का सूप क्या है, प्लीज़?;* किसी पार्टी का भाग कैसे बना जाए—*मेज़बान को तोहफ़े में देने के लिए वाइन की बोतल या फूल या चॉकलेट लेकर जाओ;* रेस्तरां के बिल का भुगतान किस तरह किया जाए—*अगर बिल में लिखा हो कि सर्विस शामिल नहीं है, तो टिप के रूप में दस प्रतिशत अतिरिक्त देना सामान्य बात है;* चाय कैसे पी जाए—*अगर केतली में खुली चाय हो, तो चाय पलटने से पहले कप पर छलनी रखो;* और स्कोन कैसे खाए जाएं—*चाक़ू से स्कोन के दो टुकड़े करो, दोनों ओर जैम लगाओ, पहले मक्खन लगाने की ज़रूरत नहीं है, फिर सावधानीपूर्वक ऊपर गाढ़ी क्रीम फैलाओ। ऊपर और नीचे के भाग को अलग-अलग खाओ और प्लीज़ उन्हें सैंडविच बनाने की कोशिश मत करो।*

"बात करते समय, अपने हाथों के हिलने को धीमा और

सुरुचिपूर्ण बनाकर रखो। और जब बैठने लगो, तो कुर्सी के सामने सही कोण पर खड़ी हो, अपने ऊपरी भाग को मोड़ो, ख़ुद को नीचे करो और एक टांग को दूसरी के पीछे फंसा लो। ये सब धीरे-धीरे और बिना किसी आवाज़ के करना चाहिए," मिस फ़ीवरशैम ने लड़की को समझाया।

"जहां तक शारीरिक संपर्क की बात है, तो इसे लेकर अंग्रेज़ अभी भी बहुत शर्मीले हैं। अंग्रेज़ इस तरह हाथ मिलाना पसंद करते हैं जिसमें देर तक चलने का भाव न हो। "आप कैसे हैं?" अभिवादन के अंत का सूचक होता है और इसमें कोई भी बदलाव नहीं होना चाहिए। एक-दूसरे से अच्छी तरह परिचित महिलाएं एक-दूसरे को एक या दोनों गालों पर किस कर सकती हैं। ऐसा करते समय, महिलाओं को 'मिस किस' करना चाहिए, किस करने वाली महिला किस करने की मुद्रा करते हुए किस की जाने वाली महिला के कान की दिशा में उपयुक्त आवाज़ करे। पुरुष अभिवादन में महिलाओं को किस कर सकते हैं, लेकिन दोनों नहीं सिर्फ़ एक गाल पर," मिस फ़ीवरशैम ने हक्का-बक्का सी हो चुकी लड़की को बताया।

अंग्रेज़ पागल हैं।

♎

ऑक्सफ़ोर्डशायर इंग्लैंड के सबसे ख़ूबसूरत शहरों में से एक था। चांदनी आठ सौ वर्ष पूर्व स्थापित विश्वविद्यालय की वास्तुकला की भव्यता और ऐतिहासिक महत्व से विस्मित थी। बॉडलीयन लाइब्रेरी, रैडक्लिफ़ कैमरा, शेल्डोनियन थिएटर और एश्मोलियन म्युज़ियम की इमारतें एक-दूसरे में निर्बाध ढंग से समेकित होकर इतिहास, संस्कृति, स्वतंत्र सोच और बौद्धिक स्वतंत्रता का एक मादक सा मिश्रण प्रस्तुत करती थीं। सारे नवागंतुकों की तरह, चांदनी पैदल कारफ़ैक्स टॉवर तक गई और फिर हांफती हुई हाई स्ट्रीट पर स्थित यूनिवर्सिटी चर्च तक पहुंची, और इन दोनों ही स्थानों से लुभावने शहर के अविरल सुंदर नज़ारे मिलते थे।

ऑक्सफ़ोर्ड यूनिवर्सिटी के परिसर में बिखरे अनेक कॉलेजों

में क्राइस्ट चर्च कॉलेज सबसे बड़ा और सबसे भव्य था। कॉलेज का ख़ूबसूरत चर्च ऑक्सफ़ोर्ड कैथीड्रल का भी काम देता था। ऑक्सफ़ोर्ड के पूर्व में यूरोप की सबसे सुंदर सड़क थी—आकर्षक हाई स्ट्रीट, जो ऑक्सफ़ोर्ड के सबसे मनोहर पार्कों—हेडिंग्टन हिल और साउथ पार्क—के निकट स्थित थी। ऑक्सफ़ोर्ड की केवल इमारतें ही प्रभावशाली नहीं थीं। ऐसा लगता था जैसे ईश्वर ने प्रकृति की सारी प्रचुरता और सौंदर्य एक ही शहर को प्रदान कर दिया था। एकड़ों में फैले बल खाते चरागाह, घास चरते जानवर और थेम्स के चमचमाते झरने एक यथार्थ स्वर्ग का सा दृश्य प्रस्तुत करते थे।

मिस फ़ीवरशैम के फ़िनिशिंग स्कूल ने चांदनी का आत्मविश्वास तो बढ़ाया था, लेकिन ऑक्सफ़ोर्ड के दुर्लभ वातावरण में अचानक आरोपित कानपुर की एक झोपड़पट्टी की एक शर्मीली और अंतर्मुखी लड़की की झेंप अभी कुछ समय तक बाक़ी रहनी थी। पैडिंग्टन से सेंट हिल्डाज़—ऑक्सफ़ोर्ड में केवल महिलाओं का कॉलेज—का उसका सफ़र बड़ा भयावह था क्योंकि उसके मन में ये डर लगातार समाया हुआ था कि ऑक्सफ़ोर्ड में वो जिस किसी से भी मिलेगी, वो बौद्धिक, आर्थिक और सामाजिक रूप से उससे श्रेष्ठ होगा। लेकिन सेंड हिल्डाज़ जूनियर कॉमन रूम के मित्रतापूर्ण पारिवारिक माहौल ने उसे आरंभ से ही सहज बना दिया। उसे गार्डन बिल्डिंग, वोल्फ़्सन में कमरा आवंटित किया गया, जो कि सेंट हिल्डाज़ के परिसर का भाग था। जब वो अपना सूटकेस ऊपर अपने कमरे में लेकर जा रही थी, तो एक लंबी छरहरी ब्लांड लड़की आगे बढ़कर सामान उठाने में उसकी मदद करने लगी। "हैलो। मेरा नाम जोज़ेफ़ीन रिचर्डसन है—मैं आर्ट की मेजर हूं। मेरे ख़्याल से तुम वो भारतीय लड़की हो जिसे मेरे बग़ल वाला कमरा दिया गया है।"

"तुमसे मिलकर अच्छा लगा," मिस फ़ीवरशैम के सघन प्रशिक्षण से प्राप्त साहस जुटाते हुए चांदनी ने कहा, "और सामान उठाने में मेरी मदद करने के लिए शुक्रिया।"

"कोई बात नहीं। तुम सामान वग़ैरा लगा लो तो हम लोग बटरी

चलें?" जोज़ेफ़ीन ने पूछा।

"बट—क्या?" चांदनी ने पूछा।

"बटरी सेंट हिल्डाज़ की टक शॉप है जहां टोस्टी, चिप्स, हॉट चॉकलेट और चाय मिलती है। हम ज़्यादातर लड़कियां तुम्हें वहीं मिलेंगी। मैं तुम्हारा इंतज़ार करूंगी। आह! हम पहुंच गए। कमरे के साथ तुम्हें एक बेड और रज़ाई, एक डेस्क, दो कुर्सियां, एक सिंक, एक कपड़ों की अल्मारी और एक दराज़ों का चेस्ट मिलता है—लेकिन चादरें तुम्हें अपनी लानी होंगी। अगर तुम चाहो तो मैं तुम्हें एक अच्छी सी जगह दिखा सकती हूं जहां से तुम चादरें ख़रीद सकती हो।" ज़िंदादिल जोज़ेफ़ीन की मौजूदगी में चांदनी का डर और अवसाद तेज़ी से घुलने लगा था।

दुनिया की सबसे प्रसिद्ध वाद-विवाद संस्था 1823 में स्थापित हुई थी। इसे ऑक्सफ़ोर्ड यूनियन कहते थे और ये अद्वितीय सामग्री और प्रभावशाली विवादास्पद बहसों का प्रमुख केंद्र रही थी। 1933 का प्रसिद्ध प्रस्ताव, 'ये सदन किसी भी परिस्थिति में राजा और देश के लिए नहीं लड़ेगा' 153 के मुक़ाबले 275 मतों से पारित हुआ था और इसने मीडिया में राष्ट्रव्यापी रोष पैदा कर दिया था। विंस्टन चर्चिल ने इस 'शर्मनाक प्रस्ताव' की निंदा घिनौने, अधम, शर्मनाक घोषणापत्र के रूप में की थी। कई लोगों का मानना था कि इसी प्रस्ताव ने यूरोप पर हमला करने के हिटलर के फ़ैसले को बल प्रदान किया था। ऑक्सफ़ोर्ड यूनियन के सदस्यों ने इसकी क़तई परवाह नहीं की कि चर्चिल और मीडिया क्या सोचते हैं। विचारों का वैभिन्नय और स्पष्टवादिता हमेशा यूनियन की मूल सोच के प्रमुख तत्व रहे।

जोज़ेफ़ीन और चांदनी यूनियन द्वारा अपने सदस्यों के नए दल के स्वागत के लिए आयोजित समारोह में भाग ले रही थीं। उनका परिचय अध्यक्ष से करवाया गया, तो चांदनी ने एक खुली बहस द्वारा मुक्त समाज के निर्माण में यूनियन द्वारा किए गए कार्य की प्रशंसा की। अध्यक्ष ने उसे मुस्कुराकर देखा और उससे हाथ मिलाते

हुए कहा, "मुक्त समाज वो है जहां अलोकप्रिय होना सुरक्षित हो, लेकिन, बोलने की स्वतंत्रता के साथ सुनने की स्वतंत्रता भी होनी चाहिए!"

और चांदनी ने उसी क्षण फ़ैसला कर लिया कि यही उसका भी मूलमंत्र रहेगा, और वो बाक़ी के नौसिखियों के साथ राजनीतिक शास्त्रार्थ की सम्मोहक दुनिया की यात्रा पर चल दी।

♎

वाद-विवाद के अध्यक्ष ने बृहस्पतिवार रात के समारोह का आरंभ बहस और मतदान प्रणाली के बारे में कुछ शब्दों से किया। "देवियो और सज्जनो। इस वाद-विवाद की अध्यक्षता करना मेरे लिए प्रसन्नता का विषय है, क्योंकि दुनिया में दूसरा कोई मुद्दा ऐसा नहीं जो इतने लंबे समय तक चलने वाला और इतना विभाजक रहा हो। आज का प्रस्ताव है, *इस सदन का विश्वास है कि महिलाओं को क़ानूनी रूप से समान वेतन का अधिकार होना चाहिए।*" फिर उन्होंने बहस की शुरुआत करने के लिए पहले वक्ता ज्योफ्री हेमिंगफ़ोर्ड को बुलाया।

अन्य वक्ताओं का परिचय देना प्रस्ताव के पक्षधर पहले वक्ता का काम था। "श्रीमान अध्यक्षजी, पहले वक्ता के रूप में आपके अन्य अतिथियों का परिचय देना मेरे लिए सम्मान का विषय है। विपक्ष की पहली वक्ता, चांदनी गुप्ता—संभवत:—भारत के लिए ऑक्सफ़ोर्ड की अगली प्रधानमंत्री पद की उम्मीदवार हैं। पिछले कुछ वर्षों में उन्होंने बहसें जीतने का एक बेदाग़ रिकॉर्ड क़ायम किया है, चाहे वो उनमें विश्वास करती हों या नहीं—जो कि किसी भी राजनीतिज्ञ के लिए एक महत्वपूर्ण योग्यता है—और मैं ऐसा कहने का साहस कर सकता हूं कि आज वो जो तर्क देने वाली हैं, शायद उनके निजी विचार उससे भिन्न ही होंगे। प्रस्ताव के पक्ष में मेरा साथ देने के लिए दूसरी वक्ता होंगी, एलिज़ाबेथ लिटन। लिटन, ट्रायन एंड यारबरो में एलिज़ाबेथ का अपना काम पहले ही सुनिश्चित है, और मैं कहूंगा कि वो इसकी हक़दार हैं। ऑक्सफ़ोर्ड के सबसे प्रखर युवा दिमाग़ों में से एक एलिज़ाबेथ प्रस्ताव के पक्ष में अपने विचार रखेंगी।

उनके बाद विपक्ष के दूसरे वक्ता विक्टर वॉलसिंगम आएंगे। विक्टर ने आत्मारोपित विराम के पिछले बारह महीने अमेरिका में यात्रा करते हुए बिताए हैं और वो संसार के अन्य भाग के लोगों के बारे में अपने अनुभवों से प्रेरित कुछ ताज़ा विचार प्रस्तुत करेंगे। श्रीमान अध्यक्षजी, ये हैं आपके अतिथि और उनका स्वागत है।" लगभग पांच सौ लोगों के द्वारा विनम्र ढंग से सराहना की गई।

"श्रीमान अध्यक्षजी," ज्योफ़्री ने अपनी बात शुरू की, "रीप्रेज़ेंटेशन ऑफ़ पीपुल एक्ट, 1918 ने ग्रेट ब्रिटेन में महिलाओं को मत देने का अधिकार प्रदान किया। लेकिन मज़े की बात ये है कि केवल उन महिलाओं को ही बैलेट की पर्ची पर चिह्न अंकित करने योग्य बुद्धिमान समझा गया जिनकी आयु तीस वर्ष से अधिक हो और जो एक घर की स्वामिनी हों। दस वर्ष बाद क़ानून में संशोधन किया गया और इक्कीस वर्ष से ऊपर की सभी महिलाओं को मतदान का अधिकार दे दिया गया। क्या हमें ख़ामोश खड़े रहकर प्राकृतिक शक्तियों की प्रतीक्षा करनी चाहिए थी कि वो ग़लत को सही कर दें?"

ज्योफ़्री ने श्रोताओं में से कई महिलाओं को सहमति में सिर हिलाते देखा और आगे बोला। "अधिकतर महिलाओं के लिए युद्ध के बाद के वर्षों के लाभ मिश्रित थे। वो महिलाएं जो विमान और युद्ध-सामग्री के कारख़ानों में काम करती थीं, उन्हें अचानक पता चला कि *उनकी मर्दाना नौकरी और मर्दाना तन्ख़ाह* चली गई है। मेहनतकश रोज़ी मजबूरन फिर से नेट्रेस रोज़ी बन गई। युद्ध-पूर्व वेतन से कम पर! वास्तव में समान वेतन का अर्थ था पुरुषों के मुक़ाबले पिचहत्तर प्रतिशत वेतन। ये बुनियादी भेदभाव इस पीढ़ी तक में चला आ रहा है। क्या हम इस घोर अन्याय को जारी रहने दें?" उसने पूछा।

"श्रीमान अध्यक्षजी, तर्क दिया जाता है कि यदि संसद के हस्तक्षेप की मांग की गई होती, तो हमारे संसद सदस्य अभी तक ऐसे किसी भी प्रस्ताव के पक्ष में बहुमत से मतदान करते। लेकिन बहुमत

ने ऐसा किया नहीं है। मैं श्रोतागण को याद दिलाना चाहूंगा कि कभी-कभी बहुमत का अर्थ होता है कि सारे मूर्ख एक ओर हैं। इस मामले में भी ऐसा ही है," ज्योफ़्री ने कहा। उसने उपस्थित महिलाओं की ज़ोरदार तालियों का मुस्कुराकर अभिनंदन किया और बैठ गया।

चांदनी उठी और उसने श्रोताओं पर एक नज़र डाली। आधे से ज़्यादा श्रोता पुरुष थे, इसलिए वो जानती थी कि उसे उन्हें अपने पक्ष में करना होगा। उसने शुरुआत पहले वक्ता ज्योफ़्री हेमिंगफ़ोर्ड का परिचय देकर की। पिछले वर्ष कैंब्रिज के ख़िलाफ़ नौका दौड़ में ऑक्सफ़ोर्ड को विजय दिलाने में अहम भूमिका निभाने के कारण ज्योफ़्री बेहद लोकप्रिय था। दौड़ वाले दिन, पटनी से लेकर मॉर्टलेक तक टैम्स के किनारों पर ढाई लाख दर्शक ज्योफ़्री की टीम को दौड़ जीतते देखने के लिए जमा हुए थे। चांदनी जानती थी कि उसे मत प्राप्त करने की ज़रूरत है—बहस जीतने और मामला हार जाने का कोई फ़ायदा नहीं था।

"श्रीमान अध्यक्षजी, विपक्ष की पहली वक्ता होने के नाते, ये मेरा सुखद कर्तव्य है कि मैं प्रस्ताव के पक्ष में बोलने वाले पहले वक्ता मि ज्योफ़्री हेमिंगफ़ोर्ड का परिचय कराऊं, यद्यपि उन्हें किसी परिचय की आवश्यकता नहीं है। आप सभी नॉर्थ फ़ेन्स पॉलीटेक्निक के हमारे मित्रों और उनके द्वारा एक नौकायन दल हमारे सामने लाने की पुरानी कहानी के बारे में जानते हैं," उसने कैंब्रिज के लिए ऑक्सफ़ोर्ड वालों द्वारा प्रयुक्त अपमानसूचक शब्दों का प्रयोग करते हुए कहा। "हालांकि वो रोज़ाना घंटों अभ्यास करते थे, लेकिन वो ऑक्सफ़ोर्ड को हराने में सफल नहीं हो सके। आख़िरकार, उनके दल ने एक जासूस को भेजने का फ़ैसला किया। उनके जासूस ने झाड़ियों में छिपकर ऑक्सफ़ोर्ड की टीम को—ज्योफ़्री के नेतृत्व में—अपना रोज़ाना का अभ्यास करते देखा। दो सप्ताह बाद जासूस ने वापस जाकर ऐलान किया कि उसने अपने विरोधियों का रहस्य खोज निकाला है। 'क्या? बताओ ना!' उसके दल के साथियों ने कहा। 'हमारे केवल एक आदमी को चिल्लाना चाहिए। बाक़ी आठ को

नौकायन करना चाहिए!' जासूस ने कहा।" ऑक्सफ़ोर्ड के नौकायन हीरो के बारे में चांदनी की प्रशंसा पर ज़ोरदार तालियां बजीं। श्रोताओं में अधिकांश पुरुषों का स्नेह जीतने के बाद वो आगे बोली।

"श्रीमान अध्यक्षजी, कहते हैं कि विवाहित पुरुष अविवाहितों की तुलना में ज़्यादा जीते हैं। ये स्वयं ही काम करने वाली महिलाओं के पक्ष में एक तर्क है। महज़ उनकी मौजूदगी से ही उनके पुरुष सहयोगियों की आयु बढ़ेगी। लेकिन मैंने ऐसा भी सुना है कि भले ही विवाहित पुरुष अविवाहितों के मुक़ाबले कहीं ज़्यादा जीते हैं, लेकिन वो मरने के भी ज़्यादा इच्छुक होते हैं।"

श्रोता हंसने लगे। "और ये भी एक कारण है कि अगर कोई व्यक्ति आपकी पत्नी को चुरा ले, तो उस व्यक्ति से बदला लेने का इससे अच्छा कोई तरीक़ा नहीं है कि पत्नी को उसी के पास रहने दिया जाए," वो बोली। इस बार और भी ज़्यादा ठहाके गूंजे। वो जानती थी कि उसने पुरुष श्रोताओं—जिनकी संख्या अधिक थी—पर मज़बूत पकड़ बना ली है।

"एक भारतीय महिला होने के नाते, मैं आपको बता सकती हूं कि एक महिला का मूलभूत मूल्य पूर्णतया उस पर निर्भर करता है जिससे उसकी तुलना की जाती है—पुरुष। बृहत्तर समानता महिलाओं के वेतन बढ़ाने के लिए कृत्रिम क़ानून बनाने में निहित नहीं है। ये निहित है तुलना के आधार को बदल डालने में। कुछ काम ऐसे हैं जिनके लिए पुरुष महिलाओं से अधिक उपयुक्त हैं—वहां उन्हें ज़्यादा वेतन मिलना चाहिए। इसके विपरीत, कुछ काम ऐसे हैं जिनके लिए महिलाएं पुरुषों से ज़्यादा उपयुक्त हैं—वहां महिलाओं को ज़्यादा वेतन मिलना चाहिए। लेकिन ये निर्णय कौन लेगा कि किसको कितना मिलना चाहिए? वेस्टमिनिस्टर के कोई नौकरशाह नहीं! ये तो मेरे सम्मानीय विरोधी से आठ के बजाय दस नाविकों की टीम ले जाने के लिए कहने जैसा होगा!" उसने तालियों की ज़ोरदार गड़गड़ाहट के बीच कहा और ज्योफ़्री को ये सोचता छोड़कर बैठ गई कि उसका प्रयोग किया गया या दुष्प्रयोग।

वो उसे देखकर शर्मीले ढंग से मुस्कुराई। वो चोट खाया सा लगा।

Ω

"उन्होंने चुनाव की घोषणा कर दी है," गंगासागर ने विजयी भाव से कहा, "उनके पास साला कोई विकल्प ही नहीं बचा था। सत्ता दल में दो फाड़ बन गए हैं। उत्तर प्रदेश के गृहमंत्री और रज्जो भैया के विवाद ने वो कर दिखाया है जो हम ख़ुद से कभी नहीं कर सकते थे!"

"हमारी जीत निश्चित है," अग्रवालजी ने उत्सुकता से प्रतीक्षा करते अपने मुंह में स्वादिष्ट मलाई-मक्खन का एक और चम्मचत डालते हुए कहा। हल्की और भुरभुरी मिठाई उनकी इच्छा को और जगाती हुई तुरंत ही घुल गई।

"ज़िंदगी में एकमात्र निश्चित चीज़ मौत है," अपने दार्शनिक मूड में आते हुए गंगासागर ने कहा, "और मेरी योजना वर्तमान शासन के लिए मौत बनने की है।"

"लेकिन तुम इकराम को रास्ते से हटाना चाहते थे," अग्रवालजी ने टेक लगाते हुए और मिठाई को पेट में बिठाते हुए कहा।

"दुनिया में ऐसा कोई नहीं जिसे हराया या धोखा नहीं दिया जा सकता," गंगासागर ने एक और कौर लेते हुए कहा। वो मिठाइयों के लिए प्रसिद्ध ठग्गू के लड्डू—कानपुर का एक भोजनालय—की सीढ़ियों पर बैठे हुए थे। भोजनालय के मालिक के दादा ने चीनी—वो वस्तु जो महात्मा गांधी के निर्देशानुसार बहिष्कृत कर दी जानी चाहिए थी—के प्रयोग से विश्व-प्रसिद्ध मिठाइयां बनाकर नाम कमाया था। उसे ठग कहा जाने लगा था, इसीलिए दुकान का नाम ठग्गू पड़ा था। भोजनालय का सिद्धांत था, ऐसा कोई सगा नहीं, जिसको ठगा नहीं, ऐसी पंक्ति जो कानपुर की अकड़ और इसकी राजनीति का सार प्रस्तुत करती थी।

गंगासागर तो महज़ इसका प्रतिबिंब था।

Ω

"उन्होंने चुनाव की घोषणा कर दी है," चांदनी ने विजयी भाव से कहा, "उनके पास साला कोई विकल्प ही नहीं बचा था।" अध्यक्ष की दौड़ में एलिज़ाबेथ और विक्टर के बीच मतभेद ने समझौते की गुंजाइश ही नहीं छोड़ी थी।

"तुम्हें चित्र बनवाने के लिए शांत बैठना होगा," जोज़ेफ़ीन ने शिकायत की, जिसके कला अध्यापक ने उसे अगले असाइनमेंट के रूप में एक ऑयल-ऑन-कैनवस बनाने के लिए कहा था। जोज़ेफ़ीन ने अपना पेंटब्रश रख दिया, जो कि एक ऐसे व्यक्ति का चित्र बनाने के दौरान बड़ी राहत की बात थी जो एक क्षण को भी शांत बैठता ही न हो। "दोनों उम्मीदवारों ने धोखाधड़ी का दावा किया है, है ना? चुनावी दुराचरण के बारे में अफ़वाहों का बाज़ार गर्म है।"

चांदनी ने सिर हिलाया। "मर्टन कॉलेज के तेईस साल के समाजशास्त्र के छात्र विक्टर वॉलसिंगम ने नवंबर में ऑक्सफ़ोर्ड यूनियन के ग्रीष्म सत्र का चुनाव औपचारिक रूप से जीत लिया था। उसने बेलियोल कॉलेज की इक्कीस साल की राजनीति व क़ानून मेजर एलिज़ाबेथ लिटन को 656 के मुक़ाबले 961 वोटों से हराया था," चांदनी ने उत्साहित भाव से बताया। "एलिज़ाबेथ द्वारा ये शिकायत किए जाने के बाद कि विक्टर ने मतदान-संध्या पर, यूनियन के नियमों का उल्लंघन करते हुए जिनके अनुसार चुनाव प्रचार प्रतिबंधित है, एक विशेष रूप से आरक्षित कमरे में पैंतीस लोगों को पार्टी दी थी, विक्टर को, जो कि यूनियन का कोषाध्यक्ष रह चुका था, विश्वविद्यालय के एक ट्रीब्यूनल ने अयोग्य ठहराया और भविष्य में उसके चुनाव लड़ने पर प्रतिबंध लगा दिया।"

"तो आख़िरकार जीता कौन?" अपने ब्रश पोंछते हुए जोज़ेफ़ीन ने पूछा।

"कोई नहीं। विक्टर के गुट ने यूनियन की लाइब्रेरियन एलिज़ाबेथ पर लंदन के एक बैरिस्टर—अपने ही पिता की कंपनी लिटन, ट्रायन एंड यारबरो के—से अपना प्रतिनिधित्व करवाने के लिए निवेदन करके परंपरा तोड़ने का आरोप लगाया। वो उम्मीद

कर रही थी कि उसे बाइ डिफ़ॉल्ट अध्यक्ष घोषित कर दिया जाएगा, लेकिन यूनियन ने नए चुनाव की घोषणा कर दी," चांदनी ने कहा।

"तुम क्यों चुनाव नहीं लड़तीं?" जोज़ेफ़ीन ने पूछा।

"मैं ऐसा नहीं कर सकती। एलिज़ाबेथ और विक्टर दोनों मेरे दोस्त हैं।"

"राजनीति में दोस्तों की यही समस्या है," जोज़ेफ़ीन बोली।

"मतलब?"

"दोस्त आते-जाते रहते हैं। दुश्मन बढ़ते रहते हैं।"

♎

"मैंने ये सब समझ लिया है," गंगासागर ने घोषणा की।

"क्या?" अग्रवालजी ने पूछा।

"लोकप्रतिनिधित्व अधिनियम की धारा आठ, उपधारा तीन।"

"क्या?" अग्रवालजी ने इस बार और भी असमंजस से पूछा।

"उसमें लिखा है कि किसी दंडनीय अपराध का दोषी व्यक्ति सज़ा पाने की तिथि से अयोग्य ठहराया जाएगा और अगले छह वर्ष तक अयोग्य ही रहेगा।"

"लेकिन इकराम को तो कोई सज़ा नहीं हुई है। हर कोई—तुम सहित—जानता है कि वो डॉन ज़रूर है लेकिन सज़ा पाने से बचा रहा है। उसका पुलिस कमिश्नर दोस्त ये सुनिश्चित करता है।"

"आह! लेकिन अगर उत्तर प्रदेश के गृहमंत्री के ज्ञान में ये बात ला दी जाए कि उनके और रज्जो भैया के बीच झगड़ा किस पुलिस कमिश्नर द्वारा किस कुटिल तरीक़े से भड़काया गया था?" गंगासागर ने शरारती भाव से पूछा।

"तब तो वो गया काम से," अग्रवालजी बोले, "लेकिन ऐसी परिस्थिति से एबीएनएस को भी फ़ायदा नहीं होगा, गंगा। पार्टी अपने प्रमुख उम्मीदवार इकराम को खो बैठेगी।"

"आपने ठीक कहा। इसीलिए इकराम को ये बात समझनी होगी कि वो एक ऐसे उम्मीदवार के माध्यम से सत्ता में बना रह

सकता है जिसके चुनाव लड़ने पर क़ानूनी प्रतिबंध नहीं हो।"

"और वो उम्मीदवार कौन होगा?"

"एक बेटी से बेहतर कौन हो सकता है?" गंगासागर ने फिर से शरारती ढंग से पूछा।

अग्रवालजी हंसने लगे।

"*आदि शक्ति, नमोनमः; सर्वशक्ति, नमोनमः, प्रथम भगवती, नमोनमः, कुंडलिनी माताशक्ति; माताशक्ति, नमोनमः,*" गंगासागर ने कहा।

♎

"उसने चुनाव नहीं लड़ने का फ़ैसला किया है," ख़ुशी से चूर चांदनी ने जोज़ेफ़ीन से कहा। "विक्टर ने मेरा समर्थन करने का फ़ैसला किया है।"

"क्यों?" जोज़ेफ़ीन ने अपनी दोस्त के लिए ख़ुश होते हुए पूछा।

"उसे लगता है कि मैं तीसरी दुनिया की एक कमज़ोर और नाज़ुक लड़की हूं, और वो मुझे नियंत्रित करके मेरे माध्यम से यूनियन चला सकेगा।"

"बेचारा," जोज़ेफ़ीन खिलखिलाई। "उसे ज्योफ़्री से पूछना चाहिए।"

♎

वो ऑक्सफ़ोर्ड की पसंदीदा मिलनस्थली ईगल एंड चाइल्ड में बैठे थे, जहां किसी समय में सी०एस० लुइस और जे०आर०आर० टोल्कीन जैसे लोग साहित्य, प्रेम और जीवन पर बातचीत करने के लिए बैठा करते थे। एक प्रमुख दीवार पर लगी स्मारक पट्टिका पर उनके हस्ताक्षरित फ़ोटोग्राफ़, ऑटोग्राफ़ और नशे में लिखे कथन दर्ज थे कि उन्होंने वहां के स्वामी के स्वास्थ्य के नाम जाम पिया था।

वाद-विवाद के अंत में उसकी शर्मीली मुस्कान के साथ ही प्रेम-प्रसंग शुरू हो गया था। ज्योफ़्री ने हिचकिचाते हुए उसे बाहर

चलने को कहा था, हालांकि वो ये नहीं जानता था कि एक भारतीय लड़की के लिए डेट करना स्वीकार्य होगा या नहीं। वो पहले से ही उम्मीद कर रही थी कि वो उससे ऐसा कहेगा और वो तुरंत ही मान गई थी।

अबाध बातचीत और वाइन की कुछ बोतलों के बाद वो दोनों ख़ामोश हो गए। वो मन ही मन सोच रही थी, *डेट पर आया लड़का सोचता है कि क्या भाग्य उसका साथ देगा पर लड़की को पहले से ही पता होता है।*

♎

ज्योफ़्री के निवास जाते हुए जहां वो अकेला रहता था, उन्होंने एक-दूसरे को इस तरह बांहों में भर लिया था जैसे वो दोनों विशेषकर इसी एक क्षण के लिए बने हों। ज्योफ़्री ने चांदनी को किस किया और चांदनी ने उसे और भी भरपूर ढंग से किस किया। ऐसा लगता था जैसे वो उसे अपने में समा लेना चाहती हो, और ख़ुद उसमें समा जाना चाहती हो।

अगली सुबह वो जागी, तो वो किचन में चाय बना रहा था और अंडे फ्राई कर रहा था। उन्होंने बिस्तर में ही नाश्ता किया और फ़ैसला किया कि कुछ ग़लतियां इतनी मज़ेदार होती हैं कि उन्हें सिर्फ़ एक ही बार नहीं करना चाहिए।

♎

वो एक रविवार की सुबह थी और चांदनी और ज्योफ़्री यूरोप के सबसे पुराने उद्देश्य-निर्मित कंसर्ट हॉल होलीवैल म्युज़िक रूम में बैठे हुए थे। 1748 में आरंभ हुआ ये हॉल हेडेन और हैंडल जैसे दुनिया के महानतम संगीतकारों और रचयिताओं के कार्यक्रम आयोजित कर चुका था। रविवार की सुबह को होलीवैल में ऑक्सफ़ोर्ड कॉफ़ी कंसर्ट होते थे। शोभायमान माहौल में सर्वश्रेष्ठ संगीतकार और ग्रुप अपने कार्यक्रम प्रस्तुत करते थे।

संगीत के क्षेत्र में चांदनी की पसंद बॉलीवुड के गानों से प्रेरित थी और शुरू में उसे बाख, बीथोवेन और मोज़ार्ट की ज्योफ़्री

की पसंद बड़ी बेजान सी लगती थी। लेकिन जल्दी ही उसे ऑर्गन और वॉयलिन की सादा और दिलकश आवाज़ों से प्यार हो गया। तारों वाले वाद्यों की चौकड़ी और एक ऑर्गेनिस्ट की संगत पर वॉयलिनिस्ट विवाल्डी का *कंसर्टो इन ए माइनर* पेश कर रहा था। ज्योफ़्री ने धीरे से चांदनी के हाथ को छुआ। उसके बाद कलाकार बड़े सुंदर ढंग से ब्रुख की *स्कॉटिश फ़ैंटैसी* पेश करने लगा। ज्योफ़्री ने उसके हाथ को कसकर अपने हाथ में पकड़ लिया। जब तक कलाकार बीथोवेन के *वॉयलिन कंसर्टो इन डी मेजर* तक पहुंचा, तब तक ज्योफ़्री का हाथ चांदनी की जांघ तक पहुंच चुका था। वो बाख के *पार्टीटा इन डी माइनर* से *शैकोन* के लिए नहीं रुके।

Ω

पंखे ने चरमराते हुए एक चक्कर और पूरा किया लेकिन हवा नहीं फेंकी। जबकि उसके नीचे बैठा आदमी ढेर सारी हवा निकाल रहा था। वो प्लास्टिक की एक गंदी सफ़ेद कुर्सी पर बैठा था जिसने कभी अच्छे दिन देखे होंगे। उसके सामने एक चरमराती सी मेज़ पड़ी थी जिस पर धब्बेदार पीली प्लास्टिक बिछी हुई थी। दूसरी ओर दो और भी गंदी प्लास्टिक की कुर्सियां—बज़ाहिर आगंतुकों के लिए—पड़ी हुई थीं।

सब-इंस्पेक्टर बृजलाल थाने को अपनी निजी जागीर की तरह चलाता था। उसके दरबार के बाईं ओर पुरुष हवालात था जिसमें से बहुत गंदी बदबू आ रही थी। दाईं ओर अंधकारमय और अलग-थलग सा महिला हवालात था। उसके ऑफ़िस के मध्य की ओर एक स्टील की अलमारी थी जो चूहों द्वारा खाई—और हज़म की जा चुकी—केस फ़ाइलों से ठुंसी पड़ी थी। उसकी प्लास्टिक से ढकी डेस्क पर एक पुराना रोटरी फ़ोन था जो काम नहीं करता था और एक व्हिस्की की बोतल थी जो काम करती थी। बृजलाल ने अपने गिलास से एक घूंट और लिया और सोचने लगा कि वो समस्या से कैसे निबटे।

निर्देश उत्तर प्रदेश के गृहमंत्री के यहां से पुलिस डाइरेक्टर-

जनरल के लिए चले थे। डाइरेक्टर-जनरल ने निर्देश इंस्पेक्टर-जनरल को भेज दिए जिसने सीनियर सुपरिंटेंडेंट को सूचित किया। आदेश की शृंखला एडीशनल सुपरिंटेंडेंट तक पहुंची जिसने डिप्टी सुपरिंटेंडेंट को निर्देश दिए और उसने सर्कल ऑफ़िसर को आदेश दिया जिसने सीनियर इंस्पेक्टर को बोला जिसने—शृंखला के बिल्कुल अंतिम छोर पर—सब-इंस्पेक्टर बृजलाल से कहा कि क़ैदी का मुंह खुलवाने के लिए जो भी ज़रूरी हो किया जाए। क़ैदी—कानपुर के मेयर—इकरामभाई का एक जाना-पहचाना साथी था और इकराम के लिए उसका वसूली का धंधा चलाता था।

इकराम के दोस्त पुलिस कमिश्नर के दौर में किसी में इतनी हिम्मत नहीं थी कि इकराम के किसी आदमी को उठा ले, लेकिन अब हालात दूसरे थे। उत्तर प्रदेश के गृहमंत्री के पास पक्की ख़बर थी कि पुलिस कमिश्नर ने जानबूझकर उनके और रज्जो भैया के बीच राजनीतिक विवाद को भड़काया था। पुलिस कमिश्नर को निकाल बाहर किया गया। अब गृहमंत्री का इरादा इकराम की ऐसी-तैसी करने का था चाहे इसके लिए कितने ही लोगों को कुचलना पड़े।

सब-इंस्पेक्टर बृजलाल ने एक और घूंट भरा और अपनी कुर्सी पर पीछे को ज़रा टेढ़ाकर होकर पादा। पुलिस कैंटीन का खाना उसकी सेहत के लिए अच्छा नहीं था—उसमें कीटाणु बहुत होते थे। इसीलिए अपनी आंतों में कीटाणुओं को मारने के लिए उसे भारी मात्रा में व्हिस्की की ज़रूरत होती थी। आख़िरकार वो उठा, उसने चिल्लाकर अपने एक कांस्टेबल से कहा कि वो उसके साथ चले और उस एकांत कोठरी की ओर चल दिया जहां इकराम के बदनसीब साथी को मेहमान बनाया गया था। दस गुणा दस की कोठरी, जिसमें एक बल्ब तक नहीं था, के एक कोने में कीड़ों द्वारा खाया हुआ एक कंबल पड़ा था जिस पर क़ैदी हैरान-परेशान और नंगा बैठा हुआ था। कोठरी को शौचालय से अलग करने के लिए एक कोने में तीन फ़ुट ऊंची दीवार थी। बिना रोशनदान वाले हवालात में इसकी सुनियोजित जगह से पेशाब की बदबू उठ रही थी।

बृजलाल के हाथ में उसका समाजसुधारक था। उसका समाजसुधारक लकड़ी के हैंडल से जुड़ी दो फ़ुट लंबी रबर की एक बेल्ट था। उसने अपने क़ैदी के बाल पकड़े और उसके कानों में फुफकारा, "जब हम इसके साथ अपना समाजसुधार कार्यक्रम चलाएंगे, तो न तो हड्डी टूटेगी, न ख़ून निकलेगा, न बहुत खाल उतरेगी। तेरे पोस्टमार्टम में कुछ नहीं निकलेगा। लेकिन दर्द बहुत तेज़ होगा। तू बार-बार भगवान को याद करेगा लेकिन वो भी नहीं सुनेगा। तो, मेरे दोस्त, तू सुधरने को तैयार है?"

एक घंटे के अंदर इक़बालनामा लिखा और दस्तख़त किया जा चुका था। गंगासागर की सूचना काम आई थी—समाजसुधारक के अलावा।

♎

"सार," तेल भरे काले बाल सावधानीपूर्वक पीछे की ओर काढ़े युवा केरलवासी बोला, "आई एम आ-नर्ड टुमिट यू।"

"यू आर आ-नर्ड टुमिट मी?" गंगासागर ने दोहराया। वो ठीक से समझ नहीं पाया था कि काला, विनम्र नौजवान क्या बोल रहा है। फिर उसे अहसास हुआ कि दक्षिण भारतीय कह रहा था कि उसे उससे मिलकर ख़ुशी हुई थी।

"मैं केरल के एक कॉलेज में पढ़ा हूं और अब आपके साथ काम करके पैसा कमाना चाहता हूं," उसने अपने उसी ख़ास लहजे में कहा।

गंगासागर ने अपने दिमाग़ में इसका अनुवाद किया।

"तुमने केरल क्यों छोड़ दिया?" गंगासागर ने पूछा।

"बस मैं भारतीय राजनीति में आने की उम्मीद कर रहा था," गंगासागर ने फिर से अपने मन में अनुवाद किया और उस गंभीर नौजवान को देखकर मुस्कुराया।

"तुम्हारी अर्हता क्या है?"

"यम बी ये।"

"आह! एमबीए हो—बहुत ख़ूब। मुझे एक ऐसा आदमी चाहिए भी जिसके पास प्रबंधन की योग्यताएं हों।"

"मैं जानता हूं, सार। आप बहुत व्यस्त आदमी हैं।"

"हां। मैं व्यस्त हूं लेकिन फिर भी अपना काम अच्छी तरह कर लेता हूं। मैं तुम्हें एक मौक़ा दूंगा—मुझे लग रहा है कि मुझे अफ़सोस नहीं होगा। एक हज़ार रुपए तन्ख़ाह ठीक है?"

"इतने पर इंगम टैक्स लगेगा?"

"इंकम टैक्स? मुझे नहीं लगता। ये न्यूनतम सीमा से कम होगा," गंगासागर ने मुस्कुराते हुए अपने नए सेक्रेटरी से कहा।

Ω

"सर। मेरा एक दोस्त है। वो एक वेटर है। वो आपसे मिलने के लिए इंतज़ार कर रहा है।"

"मैं उससे क्यों मिलना चाहूंगा, मेनन?" लहजे को नज़रअंदाज़ करते हुए गंगासागर ने पूछा। कई महीनों बाद, गंगासागर को लगने लगा था कि अब वो ख़ुद भी लगभग मेनन की ही तरह बोलने लगा था।

"सर, मुझे लगता है कि आपको उससे मिल लेना चाहिए। वो बहुत कारगर हो सकता है।"

"एक वेटर मेरे लिए किस तरह कारगर हो सकता है?" गंगासागर ने पूछा।

"सर। वो आपके साथ जुड़ना चाहता है।"

"मुझे किसी नौकर की ज़रूरत नहीं है। उससे कहो कहीं और नौकरी ढूंढ़े।"

"नहीं, नहीं, सर। उसे नौकरी नहीं चाहिए। वो आपको कुछ बेचना चाहता है।"

"क्या?"

"जानकारी।"

गंगासागर के कान खड़े हो गए।

"मैं उसे अंदर ले आऊं? वो एक घंटे से इंतज़ार कर रहा है," मेनन बोला।

"ज़रूर। उससे मिलते हैं," गंगासागर ने कहा।

एक नौजवान—केरल का एक मुसलमान—उत्साहित मेनन द्वारा अंदर लाया गया। "सर। ये हमीद है। ये यहीं कानपुर में गोल्डन गेट बार में वेटर है। बोलो हमीद—सर को अपनी कहानी सुनाओ," मेनन ने कहा।

♎

सब-जुडीशियल मजिस्ट्रेट ने जम्हाई ली। वो सारा दिन क़ैदियों की ज़मानत की अर्ज़ियां सुनता रहा था। उसने एक और मामले में जिसके बारे में वो कुछ नहीं जानता था, बचाव पक्ष के वकील को सुना और वाक्य के बीच में ही चिल्लाया "ज़मानत नामंज़ूर!" चकित वकील ने ये सोचते हुए उसे सवालिया नज़रों से देखा कि उसे पूरी सुनवाई का मौक़ा क्यों नहीं दिया गया। वो नहीं जानता था कि सुनवाई शुरू होने से बहुत पहले ही मजिस्ट्रेट ने मन बना लिया था।

मजिस्ट्रेट का एक छोटा सा घटिया रहस्य था। उसकी एक प्यार करने वाली पत्नी थी और उसके दो बेटे थे, लेकिन अब उसकी पत्नी उसे उत्तेजित नहीं कर पाती थी। अपनी डूबती कामशक्ति को बढ़ाने के लिए उसने आयुर्वेदीय दवाइयां आज़माई थीं लेकिन कुछ फ़ायदा नहीं हुआ। वो ये सोचकर कोठों पर जाने लगा कि शायद घर से बाहर थोड़ी अतिरिक्त गतिविधि से बात बन जाए। पर वहां लड़कियां आख़िर में उस पर हंसती थीं। अपने दयनीय वजूद से तंग आकर उसने एक बार में जाकर बर्फ़ के साथ व्हिस्की-सोडा का ऑर्डर दिया। वेटर उसके लिए न सिर्फ़ व्हिस्की लाया बल्कि साथ में मूंगफली और नमकीन भी लाया। उस रात वो वेटर के साथ बार से बाहर निकला तो उसे महसूस हुआ कि उसके दिमाग़ के तार कुछ बदल से गए हैं। उसकी मशीन अभी भी काम कर रही थी लेकिन उसमें सीधी नहीं, बल्कि एक वैकल्पिक विद्युत दौड़ रही थी। अब वो अचानक ख़ुश था—और समलिंगी था।

वेटर को लगा कि एक फ़ायदेमंद अवसर उसका इंतज़ार कर रहा है—गोल्डन गेट बार में वेटर का काम करने, बर्तन धोने और नाराज़ ग्राहकों को शांत करने के दिन लद गए लगते थे। अब वो सब-जुडीशियल मजिस्ट्रेट का गुप्त प्रेमी था।

मजिस्ट्रेट का छोटा सा घटिया रहस्य ये नहीं था कि वो समलिंगी था। उसका छोटा सा घटिया रहस्य ये था कि उसकी अदालत में कोई भी मामला एक क़ीमत पर तय हो सकता था। उसका एजेंट सक्षम वेटर था जो मूंगफलियां सर्व करने के बजाय अब फ़ैसले तय करता था—हमीद।

♎

ये निश्चित था। सारे लक्षण स्पष्ट थे। ये निश्चित था कि ये महीने का वो समय था जब वो अपने पेट के निचले भाग में दर्द, गर्भाशय में ऐंठन, सिर में चक्कर, और बाक़ी सब जगह फुलाव सा महसूस करती थी। लेकिन इनमें से कोई भी लक्षण नहीं दिखा था। वो निश्चित रूप से गर्भ से थी।

नतीजों से घबराकर चांदनी दौड़ी-दौड़ी ज्योफ़्री के कॉलेज पहुंची और उसका लेक्चर ख़त्म होने तक कॉलेज के बाहर इंतज़ार करने लगी। ज्योफ़्री ने उसकी नीली आंखों के भाव देखे और समझ गया। उसके पूरे चेहरे पर घबराहट पसरी हुई थी। उसने उसका हाथ पकड़ा और वो टहलते हुए हेडिंग्टन हिल की ओर बढ़ गए, ज़मीन पर पड़े पतझड़ के पत्ते उनके पैरों तले कुचलने लगे।

आख़िरकार उसने पूछा, "हमें क्या करना चाहिए, ज्योफ़्री?"

उसका बल *हम* पर था।

"मैं वाक़ई नहीं जानता कि तुम्हें क्या करना चाहिए," जवाब मिला।

बल *तुम* पर था।

♎

"ये रहे वो पांच पाउंड जो मुझ पर तुम्हारे उधार हैं," विक्टर ने

ज्योफ्री को नोट देते हुए कहा।

"हेमिंगफ़ोर्ड कभी शर्त नहीं हारते हैं," ज्योफ्री ने शेख़ी बघारी, "लेकिन तुम्हें मुझे दस पाउंड देने हैं।"

"क्यों?"

"पांच अगर मैं पाकी को बिस्तर में ले जाऊं, और पांच अगर उसकी ठुकाई हो जाए," ज्योफ्री ने धूर्तता से कहा।

"तो वो गर्भ से है?" विक्टर ने पूछा।

"बस ये समझ लो कि अब तुम बेफ़िक्र होकर ऑक्सफ़ोर्ड यूनियन की अध्यक्षता पा सकते हो," विक्टर से दूसरा नोट लेते हुए ज्योफ्री ने कहा।

Ω

गंगासागर के सामने रखे टेलीग्राम ने उसे उतना बता दिया था जितना वो जानना चाहता था। ये वो सामान्य माहाना रिपोर्ट थी जो उसे इंग्लैंड के एक सज्जन मि हार्वे रिचर्डसन से मिलती थी। वो उसके ग्रेड, उसकी प्रगति, उसके वाद-विवाद, उसकी दोस्ती और उसकी पाठ्येतर गतिविधियों—जिनमें वो कुछ ज़्यादा ही पड़ चुकी थी—के बारे में नियमित रूप से रिपोर्ट देते थे।

मि० रिचर्डसन बहुत समृद्ध नहीं थे लेकिन ऐसे व्यक्ति ज़रूर थे जो मौक़े पर काम आ सकते थे। वो मूल रूप से अग्रवालजी के एक बिज़नेस सहयोगी थे और अग्रवालजी के साथ गंगासागर के काम करने वाले दिनों में उन्होंने इंग्लैंड में बनी चीज़ों को आयात करने और इंग्लैंड को माल निर्यात करने में गंगासागर की मदद की थी। उनकी ख़ुशी का तब कोई ठिकाना नहीं रहा था जब गंगासागर ने उनकी बेटी जोज़ेफ़ीन रिचर्डसन की ऑक्सफ़ोर्ड में पढ़ाई का ख़र्च देने का प्रस्ताव दिया था। ये एक अविश्वसनीय रूप से उदार कृत्य था।

लेकिन उदार कृत्य आमतौर पर कुछ धागों में बंधे आते हैं। उनके—और जोज़ेफ़ीन के—मामले में ये धागा था ऑक्सफ़ोर्ड के

सेंट हिल्डाज़ में भारतीय लड़की पर नज़र रखना।

♎

प्रमुख तत्व थे सिरिंज और कारबॉलिक साबुन की पच्चरों वाला फ़ॉर्मूला। उसकी शक्तिशाली धुलाई से गर्भवती स्त्री के गर्भाशय की झिल्ली अड़तालीस घंटे के अंदर झड़ जाती थी जिसके बाद सबकुछ पहले की तरह सामान्य हो जाता था। जोज़ेफ़ीन जिस घर में चांदनी को लेकर गई थी वो एक अल्प आय वाला साधारण सा घर था जिसकी बेनाम निवासी एक अधेड़ उम्र की स्नेही महिला भयभीत लड़कियों की सफ़ाई करती थी। वो सौ से ज़्यादा ख़ुफ़िया गर्भपात कर चुकी थी और अपने घर से सबसे ज़्यादा स्वच्छ क्लिनिकों में से एक को चला रही थी।

जोज़ेफ़ीन ने इस महिला का नाम एक और लड़की से खोजकर निकाला था। चांदनी ने, जो आतंकित थी कि उसके पिता—गुप्ताजी—को किसी न किसी तरह उसकी हालत की भनक लग जाएगी और वो परिवार को बदनाम करने के लिए उसका गला घोंटने को सारी मुसीबतें उठाकर भी इंग्लैंड के तट पर आ पहुंचेंगे, राहत की सांस ली जब जोज़ेफ़ीन ने उसके हाथ से सारी योजना अपने हाथ में ले ली।

महिला ने चांदनी से कहा कि वो कपड़े उतारकर लकड़ी की मेज़ पर लेट जाए, और एक-एक करके अपने पैर कुंडों में डाल ले। वो ख़ुद चांदनी की टांगों के बीच आ गई और उसने चांदनी से टांगें खोलने को कहा, लेकिन पूरी कोशिश के बावजूद चांदनी के घुटनों ने हिलने से इंकार कर दिया। वो एक-दूसरे से इस तरह चिपके रहे जैसे उसके अंदर से कोई आवाज़ उसे पुकार रही हो कि वो गर्भपात न कराए।

♎

ग्रासमियर में मदर एंड बेबी होम इतना एकांत में था कि वहां अनचाहे ध्यान से बचा जा सकता था। साथ ही, ये नन्स द्वारा संचालित उन सामान्य होम्स से भिन्न था जहां 'भटकी हुई अविवाहित मांओं' को वो नाजायज़ बच्चे पैदा करने के लिए भेजा जाता था जिन्हें बाद में

गोद लेने के लिए रखा जाता था। इसके विपरीत ये एक प्राइवेट होम था जो उन समृद्ध परिवारों से मोटी रक़म वसूलता था जो अपनी गर्भवती बेटियों को इसकी देखरेख में भेजते थे। विलियम वर्डस्वर्थ के अनुसार, जिन्होंने ग्रासमियर में अपने जीवन के चौदह साल बिताए थे, ये मानव द्वारा ढूंढ़ा गया सबसे सुंदर स्थान था। सुंदर लेक डिस्ट्रिक्ट के मध्य में बसा धुंध से ढकी पहाड़ियों, अनंत झीलों और बल खाते खेतों से घिरा ग्रासमियर नैसर्गिक था। हार्वे रिचर्डसन ने जोज़ेफ़ीन को निर्देश दिया था कि चांदनी की हालत के बारे में किसी को—ख़ुद गंगासागर और हार्वे सहित—पता चले बग़ैर वो उसे वहां ले जाए।

जोज़ेफ़ीन ने एक ग्रामोफ़ोन ख़रीदा जिसे उसने चांदनी के कमरे में लगा दिया था। उसने चांदनी के लिए देर तक बजने वाले रिकॉर्डों—बाख, बीथोवेन, ब्राम्ज़, चाइकॉव्स्की, और पैगानीनी के वॉयलिन कंसर्टोज़—की व्यवस्था की। चांदनी खिड़की पर बैठी शांत पगडंडियों और ऊंची-नीची चोटियों से घिरे निर्मल ग्रासमियर को देखती रहती। जब चांदनी वॉयलिन की धुनों में डूबी होती तो जोज़ेफ़ीन अक्सर बाज़ार चली जाती थी। कभी-कभी वापसी पर वो चांदनी की नम आंखें और चेहरे पर सूख चुके आंसुओं के निशान देखती। वॉयलिन की आवाज़ उसे ज्योफ़्री की बहुत याद दिलाती थी। जोज़ेफ़ीन उसे ख़ुश करने की कोशिश में हर कुछ दिन बाद खिड़की में चांदनी के मनपसंद गुलाबी गुलदाऊदी के फूल रख देती।

वहां पहुंचने के आठ हफ़्ते बाद चांदनी जन्म देने को तैयार थी। उसे अंदाज़ा नहीं था कि ये नथुने से एक बोलिंग बॉल निकालने जैसा होगा। जोज़ेफ़ीन ने उसका हाथ पकड़ा जबकि मेट्रन ने उसके गर्भाशयमुख के फैलने की जांच की। ख़ून और भ्रूण द्रव रिस रहा था और नर्स ने उसे पुश करने के लिए कहा। चांदनी ने पुश किया और जैसे ही उसे महसूस हुआ कि चिपचिपे पदार्थ में एक शरीर उसके अंदर से निकला वैसे ही वो बेहोश हो गई।

चांदनी जागी, तो उसने महसूस किया कि उसकी सफ़ाई करके

उसे वापस उस कमरे में पहुंचा दिया गया है जहां झील के हसीन नज़ारे को ढके हुए फूलों के डिज़ाइन वाले पर्दे पड़े हुए थे। जोज़ेफ़ीन उसके नज़दीक बैठी उसके बालों में उंगलियां फिरा रही थी। चांदनी ने एक नज़र जोज़ेफ़ीन को देखा और समझ गई।

"मुझे अफ़सोस है, हनी," जोज़ेफ़ीन फुसफुसाई, "डॉक्टर ने कहा है कि तुम और बच्चे पैदा कर सकती हो, लेकिन ये मृत था।"

Ω

कुछ दिन बाद कानपुर में एक अन्य टेलीग्राम ने गंगासागर को सूचित किया कि ज़रूरी काम किया जा चुका था। गंगासागर ने किसी भी पिता—गुप्ताजी या इकराम—को नहीं बताया था। टेलीग्राम से ये भी पता चला कि दोनों लड़कियों ने लेक डिस्ट्रिक्ट में एक कॉटेज किराए पर ले लिया है जहां चांदनी के भारत वापस आने से पहले वो कुछ सप्ताह बिताएंगी।

"एक गया, एक और बचा है," नदी किनारे टहलने के लिए अग्रवालजी से मिलने आते हुए गंगासागर ने सोचा।

Ω

लंदन-क़ाहिरा-जेनेवा-मुंबई रूट पर एयर इंडिया बोइंग 707-420 में एक सौ साठ यात्री थे। तूफ़ान के बीच वो जेनेवा में अशांत ढंग से उतरा तो चांदनी को मतली होने लगी थी। मुंबई एयरपोर्ट पहुंचने पर उसे सुकून मिला कि अब वो वापस घर आ चुकी है।

ज्योफ़्री ने उसकी ज़िंदगी के साथ जो खेल खेले थे, वो उनके लिए उसे कभी माफ़ नहीं कर सकती थी। वो भूलने की कोशिश कर सकती थी, लेकिन माफ़ नहीं कर सकती थी। न ही गंगासागर माफ़ कर सकता था।

Ω

लंदन का बिंदास एज़्मेराल्डाज़ बार्न विल्टन प्लेस में स्थित था, जो कि नाइट्सब्रिज के नज़दीक एक फ़ैशनेबल सड़क थी। नए गेमिंग एक्ट के बाद खुलने वाले इस सबसे पहले क्लबों में से एक में शहर के सबसे अच्छे क्रूपियर, वेटर, होस्टेस और शैफ़ थे। एक संकरा

और अंधियारा सा गलियारा उस बड़े से ऑफ़िस में ले जाता था जिसमें हरे लॉयर्स लैंपों से प्रकाशित दो विशाल एंटीक डेस्कें थीं। डेस्कों के पीछे बैठे क्यूबन सिगार पीते दोनों आदमियों में सिर्फ़ दस मिनट का अंतर था। टेड फ्रेड से दस मिनट पहले पैदा हुआ था। जुड़वों ने आगे चलकर इंग्लैंड के सबसे बड़े अपराध सिंडिकेट—पेन ब्रदर्स—का निर्माण किया और उसे निर्ममतापूर्वक चलाया।

हॉक्स्टन, ईस्ट लंदन में सोने के कबाड़ी जैक पेन के यहां पैदा हुए जुड़वों ने स्कूल में अपनी भविष्य की निर्ममता के कोई संकेत नहीं दिखाए थे। उनके दादा उन्हें शौक़िया मुक्केबाज़ी के क्षेत्र में ले गए और दोनों भाई कभी एक भी मुक़ाबला नहीं हारे। समस्या ये थी कि वो रिंग के अंदर से ज़्यादा बाहर पंच चलाने में दिलचस्पी लेते थे। जल्दी ही उन्होंने बेथनाल ग्रीन में एक पुराना स्थानीय स्नूकर क्लब ख़रीद लिया जहां उन्होंने कई नाजायज़ काम शुरू कर दिए—संरक्षण, गाड़ियों की लूट, सशस्त्र डकैती, आगज़नी, सट्टेबाज़ी और वेश्यावृत्ति। उनकी सबसे बड़ी ख़रीद एज़मेराल्डाज़ बार्न थी।

हार्वे रिचर्डसन रूलेट बार्न की ओर बढ़े। क्रूपियर चिप्स के ढेर लगा रहा था जबकि ग्राहक अपने रंगीन चिप्स बाज़ी में लगा रहे थे। क्रूपियर ने रूलेट की छोटी सी सफ़ेद बॉल को बड़ी महारत से अपने अंगूठे और तर्जनी के बीच घुमाते हुए किनारे पर डाला और बॉल तेज़ी से घूमने लगी। हार्वे ने काले पर पांच पाउंड लगाए। गति कम होने और धीमी पड़ने पर बॉल लड़खड़ाई और धीरे से अभी भी घूमते व्हील में जा पड़ी। "डबल ज़ीरो," क्रूपियर ने कहा, "कोई विजेता नहीं।"

"धत!" हार्वे ने उठते हुए कहा। बाउंसर उन्हें देखकर सिर हिला रहा था। भाई उनसे मिलने को तैयार थे। वो घबराए से थे लेकिन अपनी घबराहट को ज़ाहिर नहीं होने देने की कोशिश कर रहे थे। कहा जाता था कि एक बार एक फ़ार्म पर भाइयों ने एक नशेड़ी को सूअरों को खिला दिया था। जब टेड या फ्रेड में से कोई हैरॉड्स जाता था, तो उन्हें रास्ता देने के लिए पंक्ति तुरंत ही ऐसे फट जाती

थी जैसे मोज़ेज़ के सामने रेड सी फट गया था। इसके बदले में, भाई समुदाय की 'देखभाल' करते थे। पिछले साल तो उन्होंने लंदन में गाइ फ़ॉक्स के एक आतिशबाज़ी तमाशे में हज़ारों पाउंड ख़र्च कर दिए थे।

हार्वे उन्हें जानते थे क्योंकि जब उनके घर में चोरी हुई थी तो भाइयों ने उनकी मदद की थी। चोरी के समय जोज़ेफ़ीन ऑक्सफ़ोर्ड में सेंट हिल्डाज़ में थी। उन्होंने पुलिस में रिपोर्ट की लेकिन कुछ नहीं हुआ। फिर भाइयों का एक अच्छे कपड़े पहना प्रतिनिधि रिचर्डसन परिवार से मिलने आया। उसने उनकी कहानी सुनी और कहा कि उसे चोरी के बारे में सुनकर दुख हुआ और चोरी के ज़िम्मेदार लोगों को ढूंढ़ निकालने के लिए पूरी कोशिश करेगा। एक हफ़्ते के अंदर हार्वे की पत्नी के सारे ज़ेवरात और बाक़ी भी लगभग सारा सामान वापस मिल गया।

गंगासागर जो काम कराना चाहता था, वो किसी और को नहीं सौंपा जा सकता था। ये काम पेन ब्रदर्स—सही मायनों में समाजसेवी—ही कर सकते थे। गंगासागर ने हार्वे से निवेदन किया था कि वो काम के लिए सारी शर्तों को अंतिम स्वरूप दे लें, अंतिम क़ीमत सहित।

♎

ओयूबीसी—ऑक्सफ़ोर्ड यूनिवर्सिटी बोट क्लब—हमेशा की तरह सवेरे-सवेरे जाग रहा था। टेम्स पर ओयूबीसी का अपना बोटहाउस था और सवेरे छह बजे तक पहली कुछ नावें जा भी चुकी थीं। एक घंटे बाद जब जूनियर टीम की नाव को एक नंगे आदमी की लाश तैरती मिली तो क्लब का शांत माहौल और लगा-बंधा कार्यक्रम भंग हो गया। क्लब की नाव को जैटी के नज़दीक ग्रीन स्पिट पोस्ट से ज़रा आगे सात बजे वो लाश मिली थी। तुरंत ही पुलिस को बुला लिया गया। लाश बीस से पच्चीस वर्ष के एक बेहद स्वस्थ गोरे आदमी की थी। उसके चेहरे को पीट-पीटकर उसका कचूमर निकाल दिया गया था, इसलिए उसे पहचान पाना संभव नहीं था।

तीस मिनट बाद अज्ञात आदमी के कपड़ों और सामान को ढूंढ़ने के लिए नदी के किनारे-किनारे पुलिस की नाव के साथ सात पुलिसवाले और कोरोनर चले। कुछ घंटों बाद उन्हें किसी ऑक्सफ़ोर्ड एट की बिना आस्तीनों की रक्तरंजित गहरी नीली वेस्ट मिली। उसके पास ही ओयूबीसी का गाढ़े ख़ून से सना नीले ब्लेड वाला ख़ास चप्पू मिला। इसी के द्वारा पीड़ित के चेहरे का कचूमर निकाला गया था। नदी किनारे मिली गहरी नीली वेस्ट के पीछे सिला नामपत्र था। उस पर लिखा था 'ज्योफ्री'।

अध्याय सात

लगभग 2300 वर्ष पहले

काले कंबल में लिपटे और नीली पगड़ी पहने उस आदमी को तक्षशिला की सड़कों पर चल रहे हज़ारों नागरिकों में से कोई एक समझा जा सकता था। उसके स्वर्ण आभूषण एक व्यापारी होने का आभास दे सकते थे, लेकिन उसकी उमेठी हुई मूंछें और लंबे बालों से उसका हुलिया किसी योद्धा जैसा लगता था। देर शाम का समय था। उसके अंदाज़े से रात के दस मुहूर्त हो चुके थे; दिन और रात दोनों में पंद्रह-पंद्रह मुहूर्त होते थे। वो सधे क़दमों से चल रहा था, लेकिन तेज़ी से नहीं। वो इतनी शाम गए अपनी ओर ध्यान नहीं आकर्षित करना चाहता था। उसकी नज़रों में उस महिला का घर था—जलक्रीड़ा। ये घर एक आनंद महल था जहां एक तरण ताल था जो समृद्ध और प्रभावशाली आदमियों के लिए आरक्षित था। इसकी स्वामिनी सारे तक्षशिला की सबसे प्रसिद्ध गणिकाओं में से एक थी। उसका नाम मेनका था।

कंबल ढका अजनबी जलक्रीड़ा पर पहुंचा और ये सुनिश्चित

करने के बाद कि उसे कोई देख नहीं रहा है, वो दरवाज़े के पास गया और उसने दस्तक दी—एक, एक-दो, एक-दो, एक—वो क्रम जिसे घर की मालकिन पहचानती थी। दरवाज़ा आधा खुला और वो उसे सीधे अपने शयनकक्ष में ले गई। अंदर पहुंचते ही उसने दरवाज़्.ाा बंद कर लिया। लेकिन ये मेनका के गुप्त उपवन के आनंदों को खोजने वाला रात्रि मिलन नहीं था। आदमी खड़ा रहा और फुसफुसाया, "मेरे पास ख़बर है।"

"मुझे अभी और कितना तनाव झेलना होगा?" उसने तीखेपन से पूछा।

"बस दो दिन और धैर्य रखो। गंधार की सेना ग्वालों के भेष में कैकय के सीमावर्ती खेतों पर हमला करती रहती है। वो पशु और अनाज लूट लेते हैं और हम कुछ नहीं करते हैं। हमने अंतत: कुछ करने का निर्णय ले लिया है!"

"लेकिन कब? और तुम मुझसे क्या करवाना चाहते हो?" मेनका ने पूछा।

"माघ के इस महीने में, बकुल की तीसरी रात को, कैकय की सेनाएं गंधार पर आक्रमण करेंगी। तुम्हें सुनिश्चित करना होगा कि उस दिन गंधार का सेनापति तुम्हारे साथ हो।"

"वो उन आनंदों पर पूर्णतया मोहित है जो मैं प्रस्तुत करती हूं। वो गुनगुने पानी में स्नान करने के लिए यहां हर रात आता है। लेकिन पूरे आक्रमण के दौरान मैं उसे यहां कैसे रोकूंगी? मेरी विशेषता यही है कि मैं आदमी को आनंद के चरम तक ले जा सकती हूं, लेकिन एक बार जब वो उस क्षण के पार चला जाए तो मैं उसे यहां नहीं रोक सकती!" उसने तर्क दिया।

"ये बिल्कुल अनिवार्य है कि हमारे आक्रमण के समय सेनापति गंधार की सेनाओं का निर्देशन करने की स्थिति में न हो—हम आघात और भय का प्रयोग करना चाहते हैं। जो भी आवश्यक हो करो। अगर तुम्हारे पास चरस हो, तो उसके धुएं का प्रयोग करो!" वो ग़ुर्राया।

"लेकिन—अह... हम ये क्यों कर रहे हैं? क्या राजनेता

एक-दूसरे से बात करके मामले को सौहार्दपूर्ण ढंग से नहीं निबटा सकते?" मेनका ने पूछा।

"गंधार के बूढ़े राजा गंधारराज हमारे स्वामी और कैकय के महाराज पोरस के साथ अच्छे पड़ोसी संबंध रखना चाहते हैं, लेकिन गंधारराज का बिगड़ैल और ज़िद्दी राजकुमार—आंभी—अपने पड़ोसी को नष्ट करने पर तुला हुआ है, भले ही इसके लिए उसे मैसीडोनियाइयों से हाथ मिलाना पड़े! ऐसी परिस्थितियों में, आक्रमण ही रक्षा का सर्वश्रेष्ठ माध्यम है," कैकय गुप्त सेवा के कर्मचारी ने तर्क दिया।

"लेकिन आंभी तो तक्षशिला विश्वविद्यालय में पढ़ रहा है। वो राज्य की नीति को किस प्रकार प्रभावित कर सकता है?" चकित गणिका ने पूछा।

"उसके दुर्व्यवहार के कारण उसे विश्वविद्यालय से निष्कासित कर दिया गया है। विश्वविद्यालय प्रशासन ने मामले को दबा दिया है और गंधारराज ने निवेदन किया है कि राजकुमार की पढ़ाई महल में ही जारी रहे। अड़ियल और मूर्ख युवक अब अपने ही पिता को सिकंदर के हरामज़ादों की सहायता से अपदस्थ करके गंधार पर नियंत्रण प्राप्त करना चाहता है—"

"श्श्श," वो फुफकारी, "ये भले ही एक गणिका का घर हो, लेकिन मेरे प्रेम के पवित्र घोंसले के परिसर में गंदी भाषा का प्रयोग नहीं किया जाता है।"

"मैं हज़ार बार माफ़ी चाहता हूं, प्रिय मेनका। मैं भूल गया था कि हमारे प्राचीन ग्रंथों में मेनका सबसे सुंदर दिव्य अप्सरा थी जिसे भगवान इंद्र ने ऋषि विश्वामित्र का तप भंग करने के लिए भेजा था," उसने मज़ाक़ किया।

"ये मत भूलो कि जब विश्वामित्र ने मेनका को आश्रम के निकट झील में नहाते हुए देखा था तो उनका तप वाक़ई भंग हो गया था और उनकी वासना जागृत हो गई थी, और तुम चाहते हो कि मैं सेनापति के साथ यही करूं!" उसने पलटकर जवाब दिया।

"एकमात्र अंतर ये है कि तुम्हारे पास तुम्हारी अपनी झील है!" तक्षशिला की सड़कों के जाड़ों भरे अंधेरे में गुम हो जाने से पहले उसने कहा।

Ω

चाणक्य ने अपने नए शिष्य का परिचय अपने छात्रों सिंहारण, मेहिर और शारंगराव से कराया। "ये चंद्रगुप्त है। ये सेनापति मौर्य का पुत्र है और मैं इसे इसलिए यहां लाया हूं ताकि इसे शासन से संबंधित विषयों—युद्ध, युद्धकला, राजनीति, अर्थशास्त्र, भाषाएं, गणित और विज्ञान—का अध्ययन कराया जा सके। सिंहारण, मैं चाहूंगा कि तुम इसके सर्वश्रेष्ठ मित्र बनो।"

"ऐसा ही होगा, आचार्य," कहते हुए सिंहारण ने युवा चंद्रगुप्त के गले में बांह डाल दी। "पिछले कुछ वर्षों में आचार्य मुझे इन्हीं विषयों का प्रशिक्षण देते रहे हैं, चंद्रगुप्त। मेरे पिता मलयराज्य के प्रांतपाल हैं और हमारे सामने भी मैसीडोनियाई ख़तरा है। आचार्य को जो तुम्हें सिखाना है, वो मेरी सहायता से तुम दोगुनी गति से सीख पाओगे," नए लड़के को, जो निश्चित रूप से अपने माता-पिता को याद कर रहा था, सहज बनाने के लिए उसने विनोद किया।

सिंहारण आगे बोला। "ये मेरा मित्र मेहिर है। ये फ़ारस का है। मैं इससे फ़ारसी सीख रहा हूं—अधिकतर गालियां! जब गंधार का युवराज आंभी यहां का छात्र था, तो उसे हमेशा उत्सुकता रहती थी कि हम उसके बारे में क्या बोल रहे हैं, पर वो नहीं जानता था कि हम उसे सबसे भद्दी फ़ारसी गालियां दे रहे हैं! और ये है शारंगराव—इसके सामने कुछ भी बोलते हुए सावधान रहना। इसकी स्मृति हाथी जैसी है!"

भारत के पूर्वी छोर पर मगध से उत्तरपश्चिमी सीमांत क्षेत्र तक्षशिला तक की यात्रा थकाऊ तो थी, लेकिन अच्छी तरह पूर्ण हो गई थी। उन्होंने कुल छह महीने में यात्रा पूरी कर ली थी। अपनी पिछली यात्रा के विपरीत इस बार चाणक्य के पास नए घोड़े बदलने और सेवकों के दल की सुविधा थी। लूटे कोष का कुछ भाग सेनापति

मौर्य के पास छोड़ दिया गया था ताकि वो एक सेना तैयार कर सकें जिसे अंततः धनानंद के सत्ताच्युत करना था और बाहरी चढ़ाई को दूर रखना था। 'सेनापति मेरे साथ छल नहीं करेंगे,' खेल के सिद्धांत से प्रेरित ब्राह्मण ने सोचा। 'आख़िर उनका बेटा मेरे साथ है, और वो बेटा मगध का होने वाला राजा और संभवतः, एकीकृत भारत का सम्राट है।'

चाणक्य और चंद्रगुप्त अपने साथ काफ़ी मात्रा में सोना लाए थे। इसका प्रयोग एक ऐसे छात्र बल को तैयार करने में होना था जो गंधार के द्वार पर ही मैसीडोनियाइयों को पीछे धकेलने में सहायता करेगा। लंबी और कठिन यात्रा के दौरान वो लगातार चोर-डाकुओं के ख़तरे में रहे थे। सेनापति मौर्य ने विशेष रूप से प्रशिक्षित सैनिकों का एक बड़ा दल साथ नहीं भेजा होता, तो वो स्वर्णकोष के साथ सुरक्षित तक्षशिला कभी वापस नहीं पहुंच पाते।

Ω

"हमें यहां के समीकरण को समझ लेना चाहिए। गंधार एक शक्तिशाली राज्य है लेकिन राजा बूढ़ा और कमज़ोर है। उसका बेटा आंभी अधीर और महत्वाकांक्षी है। समय मुझे सही सिद्ध करेगा लेकिन मुझे विश्वास है कि वो सिंहासन हड़पने के लिए शत्रु—सिकंदर—के साथ मिल जाएगा। इस समय गंधार पर आक्रमण करना मूर्खता होगी क्योंकि इस तरह आप इस सबमें तेज़ी ला देंगे और उसे मैसीडोनियाइयों की बांहों में धकेल देंगे," चाणक्य ने अपने मित्र कैकय के महामंत्री इंद्रदत्त को सावधान किया।

वो सिंधु के किनारे सन की एक मोटी सी चटाई पर बैठे थे। उनके इस छोटे से सैर-सपाटे के लिए इंद्रदत्त की पत्नी ने उन्हें फल, दही और कुछ अन्य स्वादिष्ट चीज़ें दी थीं। उनके घोड़े पास में ही एक पेड़ से बंधे हुए थे। इंद्रदत्त और चाणक्य की मुलाक़ातें गुप्त रहनी आवश्यक थीं ताकि आंभी चाणक्य पर शत्रु से मिल जाने का आरोप न लगा दे।

इंद्रदत्त जानते थे कि चाणक्य की बात सही है। जब दुश्मन द्वार

के बाहर खड़ा हो तो द्वार के क़ब्ज़ों को कमज़ोर करने का कोई लाभ नहीं। लेकिन वो ये भी जानते थे कि उनका अपना राजा पोरस पुराने ढंग का सम्मान-साहस-और प्रतिष्ठा वाला आदमी था। वो ख़ुद को एक ऐसा वीर सैनिक समझता था जो दुष्ट आंभी को ऐसा पाठ सिखाएगा जिसे वो कभी भुला नहीं सकेगा।

"मैं आपसे सहमत हूं, विष्णु"—वो उन कुछ लोगों में से था जिन्हें उसे उसके जन्म के नाम विष्णुगुप्त से बुलाने का अधिकार प्राप्त था—"किंतु आंभी ने सीमा पर निरंतर झगड़ों से परिस्थिति को बिगाड़ दिया है। सेना के आदमियों को चरवाहों के भेष में भेजने और मवेशियों को लूटने ने सारे कैकय को क्रोध से भर दिया है। महाराज पोरस फंस गए हैं। यदि वो गंधार के विरुद्ध कुछ नहीं करते हैं, तो उन्हें डर है कि उनके अपने ही लोग उन्हें कायर कहेंगे," इंद्रदत्त ने भ्रांतचित्त भाव से एक सेब में दांत गड़ाते हुए कहा।

"कई बार कुछ करने की नहीं, बल्कि ये दिखाने की आवश्यकता होती है कि आप कुछ कर रहे हैं। पोरस गंधार के विरुद्ध भाषण दें। तक्षशिला के साथ राजनयिक संबंध तोड़ दें। सावधान हो जाने का एक कठोर संदेश भेजें। संक्षेप में, वो बिना कुछ किए ऐसा दिखाएं कि वो कर रहे हैं!" चाणक्य ने शक्तिशाली नदी में एक कंकरी फेंकते हुए कहा।

इंद्रदत्त ने आह भरी। वो जानते थे कि ये चालाक लोमड़ हमेशा की तरह बिल्कुल ठीक कह रहा है। आंभी को मैसीडोनियाइयों की बांहों में भेजने से बेहतर ये होगा कि गंधार उन्हें बाहर रखे। अन्यथा गंधार अनावश्यक रूप से वो दुर्ग बन जाएगा जिसकी सुरक्षा से मैसीडोनियाई सैनिक कैकय से लड़ेंगे। "मैं निष्कर्षों के बारे में पोरस से बात करूंगा, विष्णु, लेकिन बहुत उम्मीद मत रखना। मेरे राजा स्वयं को जितनी अच्छी तरह जानते हैं, मैं उन्हें उससे ज़्यादा अच्छी तरह जानता हूं!"

Ω

ईश्वर प्रसन्न हो गया था। इस विशेष मामले में ईश्वर मैसीडोनियाई

था, और उसका नाम सिकंदर था। लेकिन वो दिव्य दिखता नहीं था। एक तो ये कि वो ईश्वर होने के लिए बहुत छोटा था। लेकिन उसके गर्दन तक लंबे, सुनहरे बाल, उसकी एकदम सीधी नाक, चौड़ा माथा और आगे को निकली सजीली ठोड़ी उसके छोटे क़द की भरपाई कर देती थी। इस सुंदर देवता ने एक भयानक तूफ़ान खड़ा कर दिया था और उसकी सेना ने सीरिया, मिस्र, मेसोपोटैमिया, फ़ारस और बैक्ट्रिया को रौंद डाला था। उसकी मां ओलंपियाज़ ने मैसीडोनिया के राजा फ़िलिप के साथ अपने विवाह के निर्वाह से पहली रात को सपना देखा था कि उसके गर्भ पर बिजली गिरी है। और ओलंपियाज़ और फ़िलिप के अलौकिक मिलन ने एक ऐसा बेटा पैदा किया जो बिजली से कम नहीं था।

फिर इस बिजली ने अपने सिंहासनारूढ़ होने को सुनिश्चित करने के लिए एक कज़िन को फांसी चढ़वाया, दो मैसीडोनियाई राजकुमारों की हत्या कराई, अपने जनरल को ज़हर दिलवाया और अपनी सौतेली मां और उसकी बेटी को ज़िंदा जलवा दिया। फिर ये बिजली बयालीस हज़ार आदमियों को लेकर फ़ारस दारियूश तृतीय को हराने निकल पड़ा जिसे युद्ध के हर्जाने के रूप में सिकंदर को अपनी ही बेटी देनी पड़ी और फिर सर्वशक्तिमान कनिष्ठ देवता ने पर्सेपोलिस में प्रवेश किया और—सेना की आयु के सारे पुरुषों को सूली चढ़ाने और उनकी पत्नियों और बच्चों को दासता में बेचने के बाद—ख़ुद को शहंशाह घोषित कर दिया।

शहंशाह अपनी सबसे नई पत्नी, एक आश्चर्यजनक रूप से सुंदर उज़बेक राजकुमारी, रॉक्सेना, से संभोग कर रहा था, जो कि उसकी लड़कों की सामान्य ख़ुराक में एक बदलाव थी कि उसके मन में भारत पर आक्रमण करने का विचार आया। उसने निर्णय किया कि आंभी ही इसकी चाबी होगा।

♎

धूल भरे मैदानों में दौड़ते हज़ारों घुड़सवारों को देखना एक विस्मयकारी दृश्य था। चतुरंगिणी—कैकय की चार अंगों वाली सेना—शक्तिशाली

थी, लेकिन ये एक अंग वाला दानव और भी अधिक भयानक था। सामान्य सैन्य युद्ध में सेना के चार अंग पैदल, घुड़सवार, हाथी और रथ होते थे। लेकिन गति और आश्चर्य के तत्वों का लाभ उठाने के लिए कैकय ने गंधार को कुचलने के लिए सिर्फ़ घुड़सवार सेना का प्रयोग करने का निर्णय लिया था।

सेनापति मेनका की जलक्रीड़ा में बेसुध पड़ा हुआ था। उसे मोहिनी मेनका द्वारा कोमलता से नहलाया, मादकता से मला, और मृदुभाव से खिलाया गया था। जब वो सौम्य और शांत ऊंघ में आने लगा, तो मेनका ने अपने शयनकक्ष में बिस्तर के निकट चरस की गंध जला दी और तेज़ी से कमरे से निकलकर उसने दरवाज़ा बंद कर दिया। वो कई घंटों तक तेल के प्यासे दीये की तरह बेसुध रहने वाला था।

ख़तरे की घंटी बजाई जा चुकी थी और तक्षशिला के दैत्याकार द्वारों को बंद करने के लिए उनकी गरारियों को तेज़ी से खींचा जाना आरंभ कर दिया गया, लेकिन तब तक बहुत देर हो चुकी थी। कैकय के घुड़सवार तक्षशिला में दनदनाते हुए घुसे, उन्होंने दुर्गसेना को घेरे में लिया, गंधारराज के महल तक पहुंचे और उन्होंने अंदर और बाहर जाने के रास्तों को अवरुद्ध कर दिया। गंधार का राजकीय परिवार अपने सुनहरे पिंजरे में कैकय की घुड़सवार सेना का बंदी बना बैठा था। गंधार का सेनापति गंधार की सबसे महंगी वेश्या के शयनकक्ष में बेहोश पड़ा था, जबकि तक्षशिला का नगरकोट भयंकर घुड़सवारों की अचानक आई तेज़ बाढ़ के आगे पस्त पड़ गया था।

महल के अंदर बूढ़े राजा गंधारराज को एक संदेश प्राप्त हुआ। जब भी गंधारराज कुछ समय निकालने को इच्छुक हों, तब राजा पोरस के महामंत्री इंद्रदत्त उनके प्रति अपना सम्मान प्रकट करना चाहते थे! समय निकालने को! हरामज़ादा कटाक्ष कर रहा है। उनके पास करने को कुछ था ही नहीं—उनका महल तो घेरेबंदी में था!

"महामंत्री को सभागार में लाओ। मैं कुछ ही देर में उनसे मिलूंगा," कमज़ोर और थके हुए सम्राट ने कहा और उनके सेवकों

ने मदद करके उन्हें खड़ा किया। *ओह मेरे अविवेकी पुत्र आंभी, मैंने कैकय में तेरी मूर्खतापूर्ण घुसपैठों के विरुद्ध हमेशा तुझे चेताया था। नतीजा सामने है,* शासक ने सोचा जबकि उनके परिचर उन्हें पोरस के संदेशवाहक से मुलाक़ात की तैयारी में उनका रेशमी दुशाला पहनाते और उनके तैंतीस कैरट के हीरों से जड़ित आभूषणों से सजाते रहे।

Ω

इंद्रदत्त गंधारराज के आगे नीचे तक झुके और बोले, "हे शक्तिशाली सम्राट, गंधार की घाटी के अधिपति और स्वामी, तक्षशिला के उपकारी, हे गंधार के नागरिकों के उदार पिता, हे बुद्धिमान, विद्वान, वीर— "

गंधारराज ने उन्हें वाक्य के बीच में ही टोक दिया। "मेरे प्रति ये शिष्टाचार दिखाना आपकी उदारता है, इंद्रदत्त, किंतु सत्य ये है कि आप मेरे विजेता हैं, और मैं पराजित हूं," सफ़ेद दाढ़ी वाले वृद्ध राजा ने अपने अधीनकर्ता को बैठने का संकेत करते हुए कहा। इंद्रदत्त स्वयं को प्रस्तुत की हुई कुर्सी पर नहीं बैठे। इसके बजाय, वृद्ध शासक के प्रति अपने सम्मानस्वरूप वो उनके पैरों के पास पालथी मारकर बैठ गए।

"आप मेरे प्रति इतना सम्मान क्यों दिखा रहे हैं?" गंधारराज ने पूछा, "मैं आपका बंदी हूं और आपने मुझे एक ही घातक वार में हरा दिया है।"

"गंधारराज, कैकय राज्य ने आपको हमेशा अत्यंत सम्मान की दृष्टि से देखा है। हमारे राजा पोरस ने आपके विषय में हमेशा स्नेह और सम्मान से बात की है। वो जानते हैं कि आप बुद्धिमान, न्यायप्रिय और ईमानदार हैं। आपके राज्य पर आक्रमण का निर्णय बहुत कठिन था, लेकिन हमारे पास कोई विकल्प नहीं बचा था। आपके पुत्र आंभी सीमावर्ती क्षेत्रों में अशांति फैलाने के लिए भेष बदले सैनिकों और योद्धाओं को भेजते रहे हैं। हमने छोटी-मोटी झड़पों को नज़रअंदाज़ करने का पूरा प्रयास किया, लेकिन अकारण

अतिक्रमण में कोई कमी नहीं आई," इंद्रदत्त ने थके हुए और श्रद्धेय शासक को समझाया।

"मैं आपकी परिस्थिति को समझ सकता हूं, इंद्रदत्त। मैं आंभी पर लगाम लगाने के लिए अपनी सांसारिक शक्तियों की सीमाओं में सबकुछ करने को इच्छुक हूं, लेकिन वो उजड्ड और धृष्ट है। पोरस से मेरी ओर से कहना कि उसे क्षमा कर दें," गंधारराज ने विनती की।

इंद्रदत्त बोलने से पहले थोड़ा हिचकिचाए। "हे विदग्ध राजा, कृपया मुझे शर्मिंदा न करें। मैं आपका तुच्छ सेवक हूं और मेरे अपने स्वामी, पोरस, इस विषय में स्पष्ट हैं कि उन्हें समस्या आपसे नहीं बल्कि आंभी से है। वो इस बात को लेकर भी चिंतित हैं कि आपके पुत्र सिकंदर के साथ गुप्त समझौता कर रहे हैं। अगर गंधार ने सिकंदर को भारत का रास्ता दे दिया, तो हम सबके राज्य ख़तरे में पड़ जाएंगे," उन्होंने कहा।

"ये असंभव है! आंभी भी जानता है कि मेरे अनुमोदन के बिना किसी के पास भी किसी के साथ समझौता करने का अधिकार नहीं है," आश्वस्त से ज़्यादा आशावान राजा ने कहा।

"मैं आंभी के कामों के बारे में आपको कैसे विश्वास दिलाऊं, महाराज?" इंद्रदत्त ने कहा। कथनात्मक प्रश्न के बाद उत्तर की प्रतीक्षा किए बिना इंद्रदत्त ने आवाज़ लगाई, "अभय! कृपया अंदर आओ।"

कुछ ही क्षणों के अंदर वो जासूस जिसने मेनका के साथ उसके आनंद ताल पर देर रात को बात की थी अंदर आया। उसने दोनों आदमियों के अभिवादन में हाथ जोड़े लेकिन ख़ामोश रहा और इंद्रदत्त की ओर से अगले निर्देश की प्रतीक्षा करने लगा।

"अभय, क्या तुम्हारे आदमी आंभी का पीछा करते रहे हैं?" इंद्रदत्त ने लगभग अदालती ढंग से पूछा।

"जी, स्वामी," अभय ने जवाब दिया।

"और क्या तुमने राजकुमार पर दिन के पंद्रहों मुहूर्त और रात

के पंद्रहों मुहूर्त नज़र बनाए रखी है?"

"जी, स्वामी। वो कभी भी हमारी नज़रों से दूर नहीं रहे।"

"क्या राजकुमार पिछले शुक्लपक्ष में प्रतिदिन तक्षशिला में ही रहे?"

"नहीं, स्वामी। वो शिकार के लिए गए थे और शुक्लपक्ष के दूसरे दिन कंबोज में प्रवेश कर गए थे।"

"कंबोज में प्रवेश करने के बाद उन्होंने वहां शिविर स्थापित किया था?"

"जी, स्वामी। वो अपने कंबोज के शिविर में तीन दिन और तीन रात रहे।"

"क्या राजकुमार से मिलने के लिए कोई विशेष अतिथि आए थे?"

"एक दिन, स्वामी। सेल्यूकस आया था और उसने उनके साथ कुछ घंटे बिताए थे।"

"सेल्यूकस, सिकंदर का भरोसेमंद जनरल?"

"जी, स्वामी। घोड़ों पर मैसीडोनियाई राजचिह्न से तो ऐसा ही लगता था।"

"क्या तुम्हारे जासूस ने बातचीत सुनी थी?"

"नहीं। पर सेल्यूकस का सचिव गर्म मोम और जनरल की मुहर वाली अंगूठी की व्यवस्था करने के लिए भेंट वाले तंबू से बाहर आया था।"

"तो इसका अर्थ है कि वो कोई मित्रतापूर्ण शिकार अभियान नहीं था, जब तक कि अब शिकार की वैजयंतियों को मोम की मुहरों से दाग़े जाने का चलन आरंभ न हो गया हो," इंद्रदत्त ने तीखे ढंग से टिप्पणी करते हुए गंधारराज के चिंतित भाव को देखा। "धन्यवाद, अभय, तुम जा सकते हो," इंद्रदत्त ने कहा।

"हाय! मेरे मूर्ख पुत्र ने क्या कर डाला? मैं इसकी क्षतिपूर्ति किस तरह करूंगा, इंद्रदत्त?" अभय के जाते-जाते गंधारराज ने पूछा।

इंद्रदत्त के पास कहने को कुछ नहीं था। वो जानते थे कि चाणक्य की बात सही थी। पोरस ने गंधार पर आक्रमण करके आंभी को सिकंदर की बांहों में धकेलने के अतिरिक्त कुछ हासिल नहीं किया था।

♎

वो आकृति ढीला सा काला पाजामा और काली सूती बंडी पहने हुए थी। उसके चेहरे के निचले भाग पर एक काला मुखौटा ढका हुआ था, जिससे उसका सिर और आंखें ही खुली रह गई थीं। सन की एक लंबी सी रस्सी उसकी कमर में कसकर लिपटी हुई थी। उसका चेहरा और हाथ कालिख में सने हुए थे ताकि शरीर का कोई भाग खुला रह गया हो तो वो रात के अंधेरे में छिप जाए। उसकी कमर के एक ओर एक छोटी सी कटार लटकी हुई थी और दूसरी ओर एक अच्छी तरह तेल पिराई हुई बांसुरी जैसी बांस की छड़। वो नंगे पैर था और महल के गलियारे के ठंडे और घिसे हुए पत्थर की सिलों पर चलते हुए उसके पैरों से कोई आवाज़ नहीं हो रही थी। कुछ मिनट बाद, वो एक खिड़की के पास रुका, उसने रस्सी खोली, उसे पास ही के एक खंभे में मज़बूती से बांधा और बाक़ी रस्सी को उसने बाहर फेंक दिया। उसने रस्सी को मज़बूती से पकड़ा और ख़ुद को नीचे खिड़की के छज्जे तक ले जाने लगा जो एक तल नीचे था। वहां पहुंचने के बाद, वो झूलकर अंदर गया, अनंत गलियारे के अंदर उतरा, उसने ख़ुद को संतुलित किया और दूर उस सजावटी दरवाज़े को देखा जो राजकीय शयनकक्ष तक ले जाता था।

बाहर दो पहरेदार एक-दूसरे के पार तिरछे भाले लिए खड़े थे। पूरे गलियारे में खंभों की क़तार थी जो शयनकक्ष के दरवाज़े और उसके बाहर खड़े पहरेदारों तक जाती थी। पहरेदारों की नज़रों से छिपने के लिए काली आकृति धीरे से उछल-उछलकर विशाल खंभों के पीछे छिपती हुई अपने उद्देश्य की ओर बढ़ रही थी। उसने ये सुनिश्चित करने के लिए कि वो आक्रमण करने लायक़ दूरी पर है अपने आख़री क़दम बहुत सावधानी से नापे और फिर एक खंभे के

पीछे घुटनों के बल झुक गया। उसने अपनी कमर से बांसुरी जैसी छड़ को खोला और एक लंबी गहरी सांस ली।

छड़ को अपने होंठों तक लाकर उसने दोनों में से अधिक चौकन्ने संतरी का निशाना लिया और पाइप में ज़ोर से फूंक मारी। एक बेहद छोटा सा बाण, जो विषैले कंदों के आसव और सांप के विष में बुझा हुआ था, तेज़ी से अंधियारे गलियारे में बढ़ा और उसने संतरी के गले में एक बेहद छोटा सा छेद कर दिया। ये मच्छर के काटे से अधिक नहीं था लेकिन इसका प्रभाव विध्वंसकारी था। इससे पहले कि वो फ़र्श पर ढहता और अपने साथी को सावधान करता एक और मटर के दाने जितना बाण प्रक्षेपक के मुख से निकला और दूसरे पहरेदार की आंखों के बीच जा धंसा। दोनों आदमी कुछ ही सैकंडों में ढह गए और उनके भालों के गिरने से शांत गलियारे में एक भयानक गूंज हुई।

वो उछला, दौड़ता हुआ दोनों पहरेदारों के पास पहुंचा और घुटनों के बल झुककर उसने उनकी गर्दनों की नाड़ी की जांच की। पक्का कर लेने के बाद कि वो वाक़ई मर चुके हैं, उसने अपनी कटार निकाली और सावधानीपूर्वक दरवाज़ा खोला। पूर्वी छोर की ओर एक विशाल पलंग पर लेटी हुई आकृति से निकल रहे ऊबड़-खाबड़ ख़र्राटों के अतिरिक्त कमरा शांत था। कमरे में अंधेरा था, उस एक दीये के अलावा जो प्रवेश द्वार के नज़दीक जल रहा था।

हत्यारा आगे बढ़ता हुआ बिस्तर पर सो रहे व्यक्ति तक पहुंच गया। उसने अपने पिता के चेहरे को देखा, अपना चाक़ू ऊंचा किया और उसे गंधारराज के सीने में घोंप दिया। बूढ़े राजा का बायां निलय सिकुड़ा, धमनीय रक्त के फ़व्वारे छूट पड़े और बिस्तर मदिरा जैसे रंग के गाढ़े रक्त से भीग गया। शासक के दृष्टिपटल पर हत्यारे पुत्र की छवि अंकित हुई तो उनकी आंखें पलांश को खुलीं। उनका भयपूर्ण भाव जल्दी ही शांति के भाव में बदल गया जब उन्हें अहसास हुआ कि अंतत: उनका अपमानजनक जीवन समाप्त हो चुका है।

Ω

"मैंने आपको चेताया था, इंद्रदत्त," तक्षशिला के परिसर में मिट्टी के अखाड़े में चंद्रगुप्त को सिंहारण से कुश्ती करते देखते हुए चाणक्य ने कहा। दोनों पहलवान मिट्टीयुक्त लंगोटियां पहने हुए थे और उनके शरीर तिल के तेल और पसीने के मिश्रण से चिपचिपे हो रहे थे। उनकी शैली भारत की चारों शैलियों—हनुमंती, जंबुवंती, जड़संधि और भीमसेनी—का मिश्रण था। लेकिन ये कोई सरल कुश्ती नहीं थी। जैसे ही एक स्पर्धी अपने विरोधी को पछाड़ने वाला होता, वैसे ही लाठी लिए भयानक से दिखने वाले आदमियों का एक दल उस पर आक्रमण कर देता। वो उनसे भिड़ता तो उसके विरोधी को वापसी का अवसर प्राप्त हो जाता।

इंद्रदत्त ने इस टिप्पणी पर बुरा सा मुंह बनाया। "जानता हूं, जानता हूं। आपके पास 'मैंने कहा था ना' बोलने का कारण है लेकिन पोरस ने हमारे लिए कोई विकल्प ही नहीं छोड़ा। मैंने गंधारराज के इस आश्वासन पर कैकय से अपनी सेनाएं हटा ली थीं कि वो अपने बेटे को रोकेंगे। कौन जान सकता था कि वो दुष्ट अपने ही पिता की हत्या करने का निर्णय ले लेगा! हमने सब गड़बड़ कर दी है। अब आंभी सिकंदर के साथ अपने समझौते को आगे बढ़ाने के लिए आज़ाद है। लोग कहते हैं सिकंदर किसी देवता जैसा दिखता है!" चंद्रगुप्त को सिंहारण को पछाड़ने की जकड़ में लेते देखते हुए उन्होंने शिकायत की।

इतने बरसों में, चंद्रगुप्त पुरुषत्व के एक शानदार नमूने के रूप में बड़ा हो गया था। चौड़े कंधे, मांसल बांहें और पहलवानों जैसी जांघें उसके सौम्य चेहरे, राजसी नाक और कंधों तक लहराते उसके घने, घुंघराले, काले बालों के एकदम उलट दिखती थीं। उसके स्वास्थ्य प्रशिक्षकों ने उसे कुश्ती, तीरंदाज़ी, घुड़सवारी और तलवारबाज़ी का प्रशिक्षण दिया था।

उसका दैनिक नियम सबसे कठोर और सादे भिक्षुओं के नियम से भी कठिन था। तीस मुहूर्त के दिन-रात में, सूर्योदय के बाद के दो मुहूर्त व्यायाम, और शारीरिक व युद्ध प्रशिक्षण में जाते थे। अगले

दो मुहूर्त राजाओं वाले विषयों—अर्थशास्त्र, राजनीति, इतिहास और भूगोल—की विशेषज्ञता प्राप्त करने में लगते थे। उसके बाद के दो मुहूर्त उसके निजी समय के थे—नहाना और दोपहर का जल्दी भोजन। दोपहर बाद के दो मुहूर्त अन्य विषयों—गणित, सामान्य विज्ञान और भाषाओं—के अध्ययन के लिए होते थे। फिर दो घंटे घुड़सवारी गतिविधियों के लिए होते थे जिसमें घुड़सवारी युद्ध भी शामिल था। सूर्यास्त से पहले के दो मुहूर्त आध्यात्मिक ज्ञान और प्राचीन ग्रंथ सीखने के लिए थे जिसके बाद नहाने और भोजन के लिए दो मुहूर्त का समय मिलता था। भोजन के बाद के दो मुहूर्त गृहकार्य और दिन भर सीखी चीज़ों को दोहराने के होते थे। अंतिम दो मुहूर्त ध्यान और चिंतन के होते थे जिसके बाद वो अपनी लंबी झपकी लेता था और फिर सवेरे यही कार्यक्रम दोबारा आरंभ हो जाता।

"मैं चिंतित नहीं हूं, इंद्रदत्त। और यदि मैं आपके स्थान पर होता, तो सर्वश्रेष्ठ नीति कुछ भी न करना ही होती," चाणक्य ने अन्य पहलवानों को गर्नल पहनते और बैठकों का अभ्यास करते देखा।

"आप मेरी समझ में नहीं आते, विष्णु। आप मैसीडोनियाई युद्ध तंत्र से हमारे देश को ख़तरे के बारे में उपदेश देते हैं और जब वो दरवाज़े में पैर डालने में सफल हो जाते हैं तो आप पक्की निष्क्रियता का उपदेश देते हैं!" हाथ में मुगदर लिए ढकूली करते तीनों पहलवानों को नज़रअंदाज़ करते हुए इंद्रदत्त फट पड़े।

"मेहिर! यहां आओ। कृपया इंद्रदत्त को समझाओ कि मुझे इतना विश्वास कैसे है," चाणक्य ने अपने फ़ारसवासी छात्र को बुलाते हुए कहा। मेहिर ने, जो ख़ुद भी पसीने से तर था, अपना भार गिराया और उनके पास आया। उसने दोनों जन के प्रति अभिवादनस्वरूप अपने हाथ जोड़े।

"कैकय के महामंत्री को बताओ कि मैंने कुछ न करने का सुझाव क्यों दिया है," चाणक्य ने कहा।

"आचार्य के निर्देश पर, मैंने फ़ारसी व्यापारियों का एक तंत्र बनाया है जो मुझे पर्सेपोलिस की गतिविधियों की जानकारी देते रहते

हैं। मैंने मैसीडोनियाइयों के हाथों पराजय के तुरंत बाद ही उस महान शहर को छोड़ दिया था और ऐसा लगता है कि उसके कुछ महीने बाद सिकंदर ने महल में एक विशाल मद्योत्सव आयोजित किया था, जिससे एक बड़ी आग लग गई थी। पर्सेपोलिस के अदभुत ख़ज़ानों सहित अधिकांश शहर नष्ट हो गया। सिकंदर की चढ़ाई को फ़ारस के धन से मिला बल प्रभावहीन हो गया है," मेहिर ने बताया।

"इसका अर्थ ये है, इंद्रदत्त, कि सिकंदर की प्रगति धीमी होगी। उसके अधिकतर सैनिक भाड़े के हैं। अगर उन्हें पैसा नहीं मिलेगा, तो वो लड़ेंगे नहीं। ऐसी संकुचित क्षमता के साथ सिकंदर के लिए कैकय की शक्तिशाली सेना को हराना कठिन होगा," चाणक्य ने खोए-खोए भाव से अपने पास रखे बर्तन से तिल का तेल लेकर अपनी कोहनियों पर मलते हुए कहा।

"तो मुझे अपने राजा से क्या कहना चाहिए?" इंद्रदत्त ने पूछा।

"उनसे कहना कि वो शांति से सोएं," चतुर ब्राह्मण ने कहा।

Ω

"पर्सेपोलिस की आग ने सिकंदर की तलवार की धार को कुंद नहीं किया है, फिर भी आपने मुझसे कैकय के महामंत्री से झूठ कहलवाया। क्यों, आचार्य?" इंद्रदत्त के जाने के बाद मेहिर ने पूछा।

"मेहिर, मैं चाहूंगा कि मैं तुमसे जो प्रश्न पूछने वाला हूं उनके उत्तर देने से पहले बहुत ध्यान से सोचना। भारत में सबसे शक्तिशाली राज्य कौन सा है?"

"निस्संदेह, मगध।"

"और मगध पर कौन शासन करता है?"

"धनानंद।"

"धनानंद से मगध छीनने के लिए हमें दूसरे सबसे शक्तिशाली राज्य की सहायता की ज़रूरत पड़ेगी। तुम्हारे विचार में वो राज्य कौन सा है?"

"कैकय।"

"और कैकय पर कौन शासन करता है?"

"पोरस।"

"लेकिन अगर पोरस आवश्यकता महसूस नहीं करेगा, तो वो मगध को प्राप्त करने में हमारी सहायता क्यों करेगा? किन परिस्थितियों में वो हमारे साथ मिलना चाहेगा?"

"यदि उस पर आक्रमण हुआ हो।"

"और उसका घोर शत्रु कौन है?"

"गंधार का राजा आंभी।"

"और क्या आंभी पोरस से अकेले लड़ने में सक्षम है?"

"बिल्कुल नहीं। उसकी अपनी राजधानी को कैकय ने आसानी से अधिकार में ले लिया था!"

"तो आंभी को कैकय पर आक्रमण करने योग्य शक्तिशाली कैसे बनाया जा सकता है?"

"सिकंदर!"

"बिल्कुल।"

"लेकिन आचार्य, आपने तो कहा था कि मैसीडोनियाई विष हैं और हमें सुनिश्चित करना चाहिए कि विष फैले नहीं।"

"बहुधा हम रोगों के उपचार के लिए थोड़ी-थोड़ी मात्रा में विष का प्रयोग करते हैं ना? यदि मात्रा को ठीक से नापा जाए, तो वही विषैला पदार्थ जो प्राण ले सकता है, प्राण बचा लेता है। हमें मैसीडोनियाइयों का प्रयोग ठीक इसी प्रकार से करना है।"

"अगर सिकंदर आंभी का मित्र बन गया और उन्होंने पोरस पर संयुक्त रूप से आक्रमण कर दिया, तो इस बात की संभावना है कि सिकंदर सारे भारत का सम्राट बन जाएगा!"

"मेहिर, मैं एक बार फिर कहूंगा कि जवाब देने से पहले अच्छी तरह विचार करना। भारत में अपने अभियान की योजना बनाने से पहले सिकंदर ने किन देशों को जीता है?"

"फ़ारस, सीरिया, मिस्र, एसीरिया, बेबीलोनिया—"

"हां, हां, मैं जानता हूं। लेकिन कुल कितने सिकंदर हैं? एक? दो? दस?"

"केवल एक," मेहिर ने मुस्कुराते हुए कहा।

"केवल एक सिकंदर और दसियों विजित राज्य। वो लड़ेगा और आगे बढ़ जाएगा। वो एक साथ दस स्थानों पर तो नहीं रह सकता!"

"लेकिन उसके सेनापति रह सकते हैं। वो प्रांतपाल नियुक्त कर सकता है।"

"सिकंदर अपने सैनिक अभियान पर निकला था तो उसकी सेना कितनी बड़ी थी?"

"मेरे स्रोतों के अनुसार मैसीडोनिया छोड़ते समय उसके पास बयालीस हज़ार सेना थी।"

"क्या तुम्हारे स्रोतों ने तुम्हें बताया कि अब उसके पास कितनी सेना है?"

"लगभग उतनी ही।"

"विचित्र। यदि वो अपनी कुछ सेना फ़ारस, सीरिया, मिस्र, एसीरिया, बेबीलोनिया, बैक्ट्रिया और अन्य विजित क्षेत्रों में छोड़ता, तो अब उसके सैनिकों की संख्या कम होनी चाहिए थी। इससे क्या पता चलता है?"

"कि वो विजित क्षेत्रों पर नियंत्रण बनाए रखने के लिए बड़े सैन्यदल नहीं छोड़ रहा है?"

"और कि वो उन विजित क्षेत्रों में अपने हितों की देखरेख के लिए स्थानीय सहयोगियों पर निर्भर करता है।"

"तो हम बैठे आंभी और सिकंदर की संयुक्त सेनाओं के हाथों पोरस को हारने दें, आचार्य? मैं तो अपने देश के लिए मर जाना पसंद करूंगा।"

"मूर्ख लोग देश के लिए मरते हैं। बुद्धिमान दूसरों को उनके देश के लिए मरवाते हैं। याद रखो, जो योजना बनाकर भाग निकले,

वो एक दिन और लड़ने के लिए जीता है। ये कायरता नहीं है, ये शतरंज है—और बाज़ी मेरे हाथ में है! सिकंदर का अभियान पोरस और आंभी दोनों को कमज़ोर कर देगा। उन्हें कमज़ोर करने के बाद वो अपने किसी सेनापति—शायद सेल्यूकस—को अपना प्रांतपाल नियुक्त करेगा और आगे बढ़ जाएगा। वही होगा हमारा क्षण। चंद्रगुप्त का क्षण! भारत का क्षण!"

"और हम पोरस को हारने से बचाने के लिए कुछ न करें?"

"लड़ाइयां लड़ी जाने से पहले ही जीती और हार ली जाती हैं। पोरस पहले ही हार चुका है।"

"और तब तक हम क्या करें?" मेहिर ने अपने गुरु को ध्यान से देखते हुए पूछा।

"हम अपनी सेनाएं बनाएंगे और प्रतीक्षा करेंगे—धैर्यपूर्वक।"

"और इंद्रदत्त?"

"आज उससे झूठ बोलकर मैं वो पुल पहले ही जला चुका हूं।"

अध्याय आठ

वर्तमान समय

कारिंदा बोल रहा था। "कानपुर के सब-जुडीशियल डिस्ट्रिक्ट मजिस्ट्रेट की अदालत आरंभ हो रही है। माननीय जज एस०सी० पांडेय पीठासीन होंगे। व्यवस्था और ख़ामोशी का आदेश दिया जाता है। ईश्वर माननीय न्यायालय की रक्षा करे!"

माननीय सब-जुडीशियल डिस्ट्रिक्ट मजिस्ट्रेट एस०सी० पांडेय ने अपने सामने खड़े वकील को देखा। "आपका मुवक्किल कहां है?" जज ने पूछा। वकील ने इधर-उधर देखा जैसे वो अपने मुवक्किल को अदालत की डेस्कों के नीचे देखने की उम्मीद कर रहा हो। मजिस्ट्रेट ने आह भरी। वो यहां अदालत में नहीं होना चाहता था। वो शहर के बाहरी क्षेत्र में होटल के कमरे में हमीद के सुंदर शरीर के आनंद में डूबे होने को पसंद करता। उसके बारे में सोचते ही जज के होंठों पर एक मंद सी मुस्कान पसर गई।

"सर, मैं नहीं जानता। उन्होंने कहा था कि वो निश्चित समय से दस मिनट पहले ही यहां पहुंच जाएंगे," परेशान वकील ने मि पांडे के

कामुक दिवास्वप्न को तोड़ते हुए कहा। "ऐसी बात है, तो मैं उनकी गिरफ़्तारी के आदेश जारी कर रहा हूं। कारिंदे, गिरफ़्तारी का वारंट जारी करो और सुनिश्चित करो कि मि इकराम शेख़ को मेरे सामने जल्दी से जल्दी पेश किया जाए।"

Ω

"कमीने की इतनी हिम्मत हो गई कि मेरी गिरफ़्तारी का वारंट जारी कर दिया," इकराम ने ग़ुस्से से कहा।

"इकराम—इकराम—शांत हो जाओ! क्या हुआ?" गंगासागर ने हालात के बारे में पूर्ण अज्ञानता दर्शाते हुए कहा।

"जैसा कि आप जानते हैं, पुलिस कमिश्नर को राज्य के गृहमंत्री ने निकाल बाहर किया था। उसके जाते ही मैं वीआईपी नहीं रहा। उन्होंने मेरे और मेरे कारोबार के बारे में छानबीन शुरू कर दी है, हालांकि मैं इस साले शहर का मेयर हूं।"

"लेकिन इसमें समस्या क्या है? तुम बहुत सी छानबीनों से गुज़रे होगे। हर छानबीन की एक क़ीमत होती है," गंगासागर ने राय दी।

"पर इस बार मामला भिन्न है। उन्होंने अहमद—जो मेरे वसूली के काम की देखभाल करता था—को पीटा और उससे मेरे ख़िलाफ़ ढेर सारे झूठ उगलवा लिए!" स्पष्ट रूप से क्रुद्ध इकराम फड़फड़ाया।

"फिर भी—मुझे यक़ीन है कि जब मामला मजिस्ट्रेट के सामने आएगा, तो इससे निबट लिया जाएगा, है ना?" गंगासागर ने चालाकी से पूछा।

"मैंने उस हरामी के मामले में सबकुछ करके देख लिया। वो हिलने को ही तैयार नहीं है। ऐसी कोई चीज़ नहीं जिसका मैंने कमीने को प्रस्ताव नहीं दिया लेकिन वो मुझे छोड़ने को ही राज़ी नहीं है। मैं उसकी ठुकाई भी नहीं करवा सकता क्योंकि मेरे सारे आदमियों पर दुश्मनी पे उतरी पुलिस नज़र रखे हुए है!" इकराम ने इस अन्याय पर शोक जताते हुए कहा।

"देखो, इकराम, तुम मेरे सबसे क़रीबी दोस्त हो। और दोस्त होने के नाते, मेरी राय है कि तुम शांत रहो। मेयर—और मुख्यमंत्री के दावेदार—होने की वजह से हर कोई तुमसे बैर रखता है," 'हर कोई' में अपना हवाला दिए बिना गंगासागर ने कहा।

"पर राज्य के चुनाव नज़दीक हैं," इकराम बोला। "मैं पार्टी का प्रतिनिधित्व नहीं करूंगा तो कौन करेगा? हमने एबीएनएस को मज़बूत बनाने के लिए इतनी मेहनत की है। बात मेरी निजी शान की नहीं है—ख़ुदा न करे—बात है आपके और एबीएनएस के प्रति फ़र्ज़शनासी की," इकराम ने दलील दी।

"मैं तुम्हें कभी नहीं खोना चाहूंगा, इकराम," गंगासागर ने कहा, "लेकिन मेरे लिए तुम्हारी दोस्ती इतनी अहम है कि मैं तुम्हें स्थायी रूप से खो देने का जोखिम नहीं लेना चाहता। मेरे विचार से तुम्हें मुख्यमंत्री पद की दावेदारी से पीछे हट जाना चाहिए और किसी और को समर्थन देना चाहिए।"

"आपकी क्या राय है?"

"मैं किसी को जानता हूं जो मजिस्ट्रेट से वो काम करा सकता है जो हम उससे कराना चाहते हैं। लेकिन तुम्हें शांत पड़े रहना होगा ताकि सरकारी मशीनरी तुम्हारे ख़िलाफ़ काम करना बंद कर दे। चांदनी लौट आई है। क्यों न तुम उसे अपना राजनीतिक उत्तराधिकारी बना दो? वो एक ग़रीब बेसहारा लड़की है—वो फिर भी तुम्हारे नियंत्रण में रहेगी," गंगासागर ने राय दी।

Ω

"उसने नहीं लड़ने का फ़ैसला कर लिया है," गंगासागर ने अग्रवालजी से कहा। "इकराम ने अपनी मुंहबोली बेटी का समर्थन करने का फ़ैसला कर लिया है।"

"वो कैसे मान गया?" अग्रवालजी ने पूछा।

"आदमी की गोलियां जकड़ लो, तो उसका दिल और दिमाग़ ख़ुद ही आपके हाथ में आ जाते हैं," गंगासागर ने हंसते हुए कहा और हमीद को लाने के लिए उसने मन ही मन अपने सेक्रेटरी मेनन

को धन्यवाद दिया।

♎

"चांदनी, मैं तुम्हें कुछ बहुत अच्छे छात्रों से मिलाना चाहूंगा। ये लखनऊ विश्वविद्यालय से उपेंद्र कश्यप है; ये इलाहाबाद विश्वविद्यालय से बृजमोहन राय है; ये अलीगढ़ मुस्लिम विश्वविद्यालय से इक़बाल आज़मी है; बनारस हिंदू विश्वविद्यालय से गिरीश बाजपेयी— "

चांदनी ने उत्तर प्रदेश के विभिन्न विश्वविद्यालयों के लड़कों को देखा। वो छात्रों जैसे नहीं लगते थे। उनमें से ज़्यादातर तीस-चालीस साल तक के लगते थे। पहला लड़का, लखनऊ विश्वविद्यालय का उपेंद्र कश्यप आगे बढ़ा और उसने हाथ जोड़कर चांदनी का अभिवादन किया। "मैं जानता हूं आप क्या सोच रही हैं, चांदनीजी। हम छात्र होने के लिए बहुत बूढ़े लगते हैं! लेकिन गंगासागरजी के संरक्षण में हम सबने अपना पूरा जीवन डिग्रियां प्राप्त करने में लगा दिया है।"

"तो आप किस क्षेत्र में अध्ययन कर रहे हैं?" चांदनी ने जिज्ञासावश पूछा।

"ओह, मैं विश्वविद्यालय में पंद्रह साल पहले गया था। पहले दर्शनशास्त्र में बीए की डिग्री ली और फिर मैंने डबल डिग्री लेने का फ़ैसला किया, अंग्रेज़ी में बीए (ऑनर्स)। स्नातक स्तर पर दो बुनियादी डिग्रियां लेने के बाद, मैं मानवविज्ञान में एमए की तैयारी करने लगा। अब मैं भाषाविज्ञान में पीएचडी पूरी कर रहा हूं।"

"इतने सारे नौजवान कई-कई डिग्रियां लेने के लिए विश्वविद्यालयों में क्यों टिके रहते हैं?" चांदनी ने धीरे से गंगासागर से पूछा।

"ताकि वो विश्वविद्यालय के छात्र बने रहें," गंगासागर ने बताया।

"लेकिन वहां उनकी क्या ज़रूरत है?" चांदनी ने पूछा।

"ताकि वो चुनाव लड़ सकें," गंगासागर ने बताया।

"कौन से चुनाव?"

"छात्र संघ के चुनाव।"

"एबीएनएस को उत्तर प्रदेश के तीसों विश्वविद्यालयों के छात्र संघों से ख़ुद को जोड़ने की क्या ज़रूरत है?"

"क्योंकि अगर हमारे युवा विश्वविद्यालयों के छात्र संघों को नियंत्रित करेंगे, तो हम—एबीएनएस—युवाओं को नियंत्रित करेंगे, जो कि राज्य के शक्ति संतुलन का एक प्रमुख अंग हैं।"

"और फिर वो क्या करेंगे?"

"अच्छी मानविकी शिक्षा आईएएस—इंडियन एडमिनिस्ट्रेटिव सर्विस—या आईआरएस—इंडियन रेवेन्यू सर्विस—के लिए काफ़ी है।"

"तो वो नौकरशाही में चले जाएंगे?" चांदनी ने पूछा।

"इनमें से कुछ श्रमिक संघों के नेता बन जाएंगे, कुछ इनकम टैक्स कमिश्नर बनेंगे, कुछ रिज़र्व बैंक ऑफ़ इंडिया में सेक्रेटरी—बहुत से ऐसे काम हैं जिनमें हमें अपने लोगों की ज़रूरत है!"

कुछ क़दम दूर, राइफ़लें थामे तीस पुलिसवाले जीपों और पुलिस की वैनों के पास खड़े थे। "हमारे छात्र संघों के अध्यक्षों के आसपास इतने पुलिसवाले क्यों हैं?" चांदनी ने पूछा।

"सुरक्षा," गुरु ने जवाब दिया।

"सुरक्षा?" चांदनी उलझन में पड़ गई।

"हमारे छात्र संघों के आधे नेताओं को उन दूसरी पार्टियों के उम्मीदवारों से सुरक्षा की ज़रूरत है जो उन्हें हटाना चाहते हैं।"

"और बाक़ी आधे?"

"बाक़ी आधों को उनसे बचाए जाने की ज़रूरत है," उसने ठहाका लगाया।

Ω

"तुम्हें एक बड़ी जीत की ज़रूरत है," चांदनी अंदर आई तो गंगासागर ने कहा।

"पर मैं तो चुनाव लड़ने के बारे में कुछ भी नहीं जानती हूं," वो बोली।

"मेरा मतलब चुनावी जीत से नहीं है, बेटी। मेरा मतलब है कि तुम्हें एक तगड़ा जनसंपर्क शुरू करना चाहिए जिससे तुम्हें तुरंत शोहरत मिल जाए ताकि तुम इकराम की विरासत की सच्ची दावेदार मानी जाओ!"

"आपने ज़रूर कुछ सोचा हुआ होगा, गंगा अंकल," वो चतुरता से बोली।

गंगासागर मुस्कुराने लगा। वो जानता था उसका चुनाव सही है।

"क्या तुम जानती हो कि रुंग्टा एंड सोमानी शहर के बाहरी क्षेत्र में एक बड़ा स्टील प्लांट लगा रहे हैं?" उसने पूछा।

"हां। मैंने इस बारे में पढ़ा था। ये राज्य के लिए अच्छा रहेगा। कुल मिलाकर पच्चीस हज़ार रोज़गार पैदा होंगे। एक जापानी बहुराष्ट्रीय कंपनी के सहयोग से ये प्रोजेक्ट बनाया जा रहा है और ये भारत में अभी तक बने प्रत्येक प्लांट को पीछे छोड़कर देश का सबसे बड़ा समन्वित स्टील प्लांट होगा," चांदनी ने कहा।

"कुछ अंदाज़ा है कि उन्हें कितनी ज़मीन चाहिए होगी," गंगासागर ने पूछा।

"मैंने सुना है कि ये एक हज़ार एकड़ में फैला होगा। उत्तर प्रदेश सरकार ने इसे मुफ़्त ज़मीन देने का प्रस्ताव रखा है। देश भर की बहुत सी प्रदेश सरकारें आर एंड एस को लुभाने की होड़ में लगी हुई हैं। ये जीडीपी को तुरंत बढ़ाने वाली दवाई है," चांदनी ने पूरे हाव-भाव के साथ कहा।

"और जिस ज़मीन पर प्लांट बन रहा है उसका मालिक कौन है?"

"ज़्यादातर तो खेतिहर ज़मीन है। ग़रीब किसानों की। वो अपनी ज़मीन देने में ख़ुश हैं क्योंकि आर एंड एस ने उन्हें नौकरियां देने की गारंटी दी है।"

"अगर किसान विद्रोह कर दें? अगर वो कहें कि उनकी मामूली सी संपत्तियों को उनसे छीना जा रहा है?"

"तो प्रेस के मज़े आ जाएंगे," चांदनी ने जवाब दिया, "लेकिन अगर आर एंड एस ने हाथ खींच लिया, तो ये प्रदेश की अर्थव्यवस्था के लिए अच्छा नहीं होगा।"

"मैं चाहूंगा कि तुम कुछ किसानों से मिलो। किसी तरह उनकी प्रवक्ता बन जाओ। और फिर तुम प्रस्तावित प्लांट के गेट के बाहर बैठ जाओ और घोषणा करो कि जब तक ग़रीब बदनसीब किसानों की समस्या का हल नहीं निकलेगा, तुम अनिश्चितकालीन भूख हड़ताल—आमरण अनशन—पर रहोगी!"

"लेकिन मुझे भूख लगेगी!" वो बोली।

"त्याग की शक्ति, चांदनी। इतिहास के पाठ और महात्मा गांधी याद हैं?"

"लेकिन मैं भूखी रहने की आदी नहीं हूं। मेरी शुगर का स्तर चौबीस घंटे के अंदर गिर जाता है," कृतज्ञ भाव से इलायची वाली मीठी चाय को स्वीकार करते हुए उसने शिकायत की। चांदनी की दुनिया में इलायची वाली मीठी चाय से बेहतर पेय कोई नहीं था।

"मुझपे भरोसा रखो। तुम्हें एक दिन के अंदर जीत मिल जाएगी!"

"कैसे? हमने तो अभी तक प्रबंधन से भी बातचीत नहीं की है।"

"आह! मैं तुम्हें बताना भूल ही गया कि मैंने मि सोमानी—आर एंड एस के उपाध्यक्ष—से मुलाक़ात की थी और..."

"क्या?"

"—वो किसानों का मुआवज़ा बढ़ाने के लिए सहमत हो गए थे।"

"पक्का वादा?"

"दुर्भाग्य से, उनके पार्टनर चेयरमैन मि रुंग्टा पीछे हट गए।

उन्होंने कहा कि वो ज़्यादा पैसा नहीं दे सकते।"

"तो आपने उनसे क्या कह दिया है?"

"मैंने उनसे कहा कि अगर उत्तर प्रदेश में एबीएनएस की सरकार बनती है, तो हम आर एंड एस को बीस साल तक बिक्री कर में पूरी छूट देंगे।"

"और बिक्री कर की छूट कितनी बनेगी?" उसने चतुरता से पूछा।

"कई अरब," गंगासागर ने जवाब दिया।

"तो राज्य सरकार जो प्रस्ताव उन्हें *पहले ही* दे चुकी है उसे आपने *बढ़ाने* की बात की है?" उसने अविश्वास के साथ पूछा।

"हां। लेकिन वो उस पैसे को किसानों की ज़मीन के मुआवज़े के रूप में वापस देने पर सहमत हैं।"

"तो उन्हें एक पैसा भी ज़्यादा नहीं ख़र्च करना है लेकिन फिर भी वो ये दिखा सकते हैं कि ज़मीन के तगड़े मुआवज़े की आपकी इच्छा के आगे झुक गए हैं?"

"बिल्कुल। सब ख़ुश रहेंगे और हमें चुनाव में जीत मिल जाएगी!"

"लेकिन—लेकिन—मुझे भूख हड़ताल पर जाने की क्या ज़रूरत है? अगर हमारे पास उनकी सहमति है तो हम प्रेस में घोषणा कर सकते हैं," चांदनी बोली।

"प्यारी लड़की। प्रेस को उन समस्याओं में दिलचस्पी नहीं होती है जिनका हल पहले ही निकाला जा चुका हो! पहले उन्हें ज़बरदस्त मुश्किलों वाली नाटकीय समस्याएं चाहिए होती हैं। उन पर बात करना चाहते हैं वो। ऐसी ख़बरों को वो चाटते हैं! उन्हें एक दुर्गम समस्या देने के बाद, हम उन्हें एक चमत्कारिक हल देंगे। तुम तुरंत हीरोइन बन जाओगी!"

चांदनी भौचक्की सी अपने गंगा अंकल को देख रही थी। उसने महसूस किया कि उसे अभी बहुत कुछ सीखना है। "जाओ जमकर

खाना खाओ। कल तुम्हें खाना नहीं मिलने वाला," गंगासागर ने कहा और वो उठकर चल दी।

Ω

भूतपूर्व पुलिस कमिश्नर गंगासागर के साथ उसके बिरहाना रोड वाले छोटे से फ़्लैट में बैठा था। "मैंने आपके निर्देशों पर गृहमंत्री और रज्जो भैया के बीच झगड़ा बढ़ाने में इकराम की मदद की थी। अब मुझे निकाल बाहर किया गया है। आप मेरे ऋणी हैं," वो बोला।

"मैं सहमत हूं," गंगासागर ने कहा। "मैं इससे बड़े पद की व्यवस्था करूंगा—दिल्ली में अपने प्रभाव का प्रयोग करूंगा मैं। लेकिन उससे पहले आपको मेरे लिए कुछ और करना होगा।"

"क्या?" पुलिस कमिश्नर ने जिज्ञासा के साथ पूछा।

"चांदनी को गोली मार दो," गंगासागर ने सरल भाव से कहा।

Ω

प्रेस को वो ताज़ा युवा चेहरा तुरंत ही भा गया जो प्लांट के बाहर चिलचिलाती धूप में भूख हड़ताल पर बैठा था। 'चांदनी द चैंपियन', *टाइम्स ऑफ़ इंडिया* ने कहा; 'चांदनी ने सौदा बदल डाला', *दैनिक* ने कहा; 'चांदनी ने चांस लिया—और जीती!' *लोकभारती* चिल्लाया।

गुलबदन के कोठे के बाहर खड़े होने और पिछले मुख्यमंत्री के पतन का कारण बनने वाला रिपोर्टर सुर्ख़ियां पढ़ रहा था। उसने सैकड़ों किसानों के साथ ख़ामोश भूख हड़ताल पर बैठी सफ़ेद सूती साड़ी पहने और आभा बिखेरती सुंदर लड़की की तस्वीरें देखीं। भूतपूर्व मुख्यमंत्री की ख़बर ने उसे भी मशहूर बना दिया था। वो सोच रहा था कि प्रेस के साथ चांदनी का संबंध कितने समय चलेगा। थोड़ा सा पाउडर थोड़ा सा पेंट लड़की को वो बना देता है जो वो है ही नहीं, उसने सोचा। गंदगी कहां है? उसने क़ालीन के नीचे झांकने का फ़ैसला किया।

Ω

"तुम्हारी बेटी आश्चर्यजनक है," अपने बरामदे में ठंडे लेमनेड की चुस्कियां लेते हुए गंगासागर ने इकरामभाई से कहा।

"तकनीकी रूप से वो मेरी बेटी नहीं है। मैं उसे गोद नहीं ले सका था। मुस्लिम पर्सनल लॉ इसे स्वीकार नहीं करता है और अदालतें इसे स्वीकृति देने को अनिच्छुक थीं, जैसा कि आप जानते हैं," इकराम ने रूखेपन से कहा।

"वास्तविक चीज़ विचार होता है। उसे हर कोई तुम्हारी उत्तराधिकारी—तुम्हारी वरिस—के रूप में देखता है," गंगासागर ने कहा।

"अजीब बात है," इकराम बोला।

"क्या?" गंगासागर ने अपना गिलास अपने सामने मेज़ पर रखते हुए पूछा।

"विरासत पाए बिना वारिस बना देना," उसने ठहाका लगाया और गंगासागर भी हंसने लगा।

♎

"तो आप मुझसे क्या कराना चाहते हैं?" इकराम ने अपना गिलास ख़ाली करते हुए कहा।

"वोट इकट्ठे करने का काम मैं संभाल लूंगा लेकिन वोट गिनने का काम तुम्हें संभालना होगा," गंगासागर ने कहा।

"गिनने का काम चुनाव आयोग करता है—मैं नहीं!"

"लेकिन वोटों में हेराफेरी हुई तो? चुनावी गड़बड़ियां बहुत आम हैं, इकराम। मैं चाहूंगा इसे तुम संभालो।"

"आप चाहते हैं कि मैं एक एसयूवी लिए राज्य भर में घूमता फिरूं और मतदान केंद्रों पर क़ब्ज़ा करके पेटियों में एबीएनएस के लिए वोट ठूंसता रहूं?" पुराने तर्ज़ के बाहुबल के विचार से लज़्ज़त लेते हुए इकराम ने पूछा।

"नहीं, मैं बस ये चाहता हूं कि तुम अपने आदमियों को हर मतदान केंद्र के बाहर तैनात करो। चुनावी हेरफेर के ज़रा भी संकेत मिलने पर मुझे फ़ोन कर दो।"

"और आप सुपरमैन की तरह उड़ते हुए आएंगे और सुनिश्चित

कर देंगे कि मतदान केंद्र पर क़ब्ज़ा न हो?" इकराम ने व्यंग्यपूर्वक कहा।

"नहीं। पर हमें कम से कम पता हो जाएगा कि हमें किसी दूसरे मतदान केंद्र पर क़ब्ज़ा करके भरपाई तो नहीं करनी है!"

Ω

"पीलीभीत चुनाव क्षेत्र में विपक्ष का प्रमुख उम्मीदवार कौन है?" गंगासागर ने पूछा।

"रामप्रसाद त्रिवेदी," चांदनी ने जवाब दिया।

"इसी नाम का कोई और आदमी ढूंढ़ो। और बीसलपुर में प्रमुख प्रतिद्वंद्वी कौन है?"

"रफ़ीक़ अहमद हुसैन।"

"ये मुश्किल नहीं होना चाहिए। इसी नाम के किसी व्यक्ति को बीसलपुर से लड़ाते हैं। कुछ पता है पूरनपुर में सबसे शक्तिशाली उम्मीदवार कौन है?"

"प्रकाश यादव।"

"एक और प्रकाश यादव को ढूंढ़ो।"

"आप एबीएनएस के टिकट बिना योग्यता, बिना अनुभव, बिना मतदाता समर्थन वाले लोगों को देना चाहते हैं, सिर्फ़ इसलिए कि उनके नाम उनके सबसे शक्तिशाली विरोधियों जैसे हैं?"

"नहीं। एबीएनएस के टिकट पर नहीं। हम उन पर पैसा लगाएंगे लेकिन वो आज़ाद उम्मीदवारों के रूप में लड़ेंगे।"

"तो हम ऐसा क्यों कर रहे हैं?"

"क्योंकि फिर प्रमुख विपक्षी उम्मीदवार के वोट बंट जाएंगे। एक जैसे नामों के असमंजस के कारण उनके कुछ वास्तविक वोट हमारे द्वारा खड़े किए गए एक जैसे नाम वाले आज़ाद उम्मीदवारों को चले जाएंगे।"

"क्या ऐसा करने का कोई फ़ायदा होगा? विपक्ष के ख़िलाफ़ लड़ने के लिए सैकड़ों आज़ाद उम्मीदवारों को ढूंढ़ने का?"

"जीतने के लिए सिर्फ़ ख़ुद को मज़बूत करना ज़रूरी नहीं होता, इसके लिए दुश्मन को कमज़ोर भी करना ज़रूरी है। हमें जीतना है तो हमें हर वो चीज़ करनी होगी जिससे विपक्ष के वोट कम हों।"

"लेकिन विरोधी दल हमारे विरुद्ध भी यही नीति अपना सकते हैं," चांदनी ने तर्क दिया।

"चुनाव आयोग द्वारा चुनावों की अधिसूचना कब जारी होने की उम्मीद है?"

"इक्कीस अप्रैल को।"

"और नामांकन भरने की अंतिम तारीख़ उसके एक हफ़्ते बाद अठाईस अप्रैल होगी, है ना?"

"जी।"

"अठाईस अप्रैल को नामांकन भरने का अंतिम समय क्या है?"

"शाम साढ़े छह बजे।"

"मैं चाहूंगा कि विभिन्न चुनावी क्षेत्रों के हमारे सारे आज़ाद उम्मीदवार अपने नामांकन अठाईस अप्रैल को शाम छह बजे भरें। विपक्ष को प्रतिक्रिया करने का कोई समय ही नहीं देंगे।"

♎

फ़ोन का बिल बहुत ज़्यादा होगा और उसका संपादक बहुत नाराज़ होगा। लेकिन जब ख़बर अख़बार के मुखपृष्ठ की सुर्ख़ी बनेगी तो सब कुछ स्वीकार कर लिया जाएगा। 'चांदनी का नाजायज़ बच्चा' सनसनीख़ेज़ रहेगा। खोजी पत्रकार ने अपनी संवेदनशील नाक के लिए मन ही मन ईश्वर को धन्यवाद दिया—वो एक मील से गंदगी को सूंघ सकता था।

हर किसी का एक अतीत होता है, उसने सोचा। और युवाओं की ये प्रिय आदर्श, ये नई सनसनी चांदनी भी भिन्न नहीं थी। अपने अंदाज़े पर काम करते हुए उसने अपने एक कज़िन को फ़ोन किया

था, जो कुछ साल पहले इंग्लैंड चला गया था और वहां अध्यापक था। कज़िन ने वादा किया था कि वो ऑक्सफ़ोर्ड क्षेत्र में ख़ामोशी से छानबीन करेगा। कज़िन के एक डॉक्टर दोस्त ने नेशनल हैल्थ सर्विस में पता किया। कुछ दिन बाद उसने फ़ोन करके बताया कि ऑक्सफ़ोर्ड में चांदनी के जनरल फ़िज़ीशियन ने सेंट हिल्डाज़ की क्लासों से छुट्टी लेने के लिए उसे वाक़ई मैडिकल सर्टिफ़िकेट जारी किया था। सर्टिफ़िकेट पर दर्ज कारण था 'प्रचंड माहवारी ऐंठन'। माहवारी की ऐंठन में कभी कोई आठ हफ़्ते की छुट्टी नहीं लेता है, डॉक्टर ने तर्क दिया। जनरल फ़िज़ीशियन के साथ ख़ामोशी से बात होने के बाद चांदनी को सफ़ाई करके गर्भपात करवाने वाली महिला के पास और ग्रासमियर में मदर एंड बेबी होम ले जाया गया था।

उसने अपने सामने रखी स्टोरी के पहले ड्राफ़्ट को देखा। 'केवल उत्तर प्रदेश ही नहीं बल्कि पूरे भारत के विभिन्न भागों में मंदिरों में पूजी जा रही पवित्र देवी लक्ष्मी, सरस्वती या दुर्गा नहीं, बल्कि चांदनी नाम की एक नई सनसनी है। युवा और सुंदर राजनीतिज्ञ ने वोटरों का दिलो-दिमाग़ जीत लिया है और अब मुख्यमंत्री के प्रतिष्ठित पद की मज़बूत दावेदार दिखाई देती हैं। वो किसानों के लिए आमरण अनशन करती हैं, ईमानदारी, सत्यनिष्ठा और नैतिक आचरण के उच्च आदर्शों के उपदेश देती हैं। लेकिन इस नई नेता की पृष्ठभूमि से कितने लोग परिचित हैं? लगता है बहुत ज़्यादा नहीं। हम शायद बस इतना जानते हैं कि वो हल्की सफ़ेद साड़ी पहनती हैं और उनमें अच्छी लगती हैं। लेकिन थोड़ी सी रिसर्च से इस रिपोर्टर को वो गंद मिल गई जिसने उनकी शुद्ध और चमचमाती बर्फ़ जैसी निर्मल छवि को दाग़दार किया है। उसे जो पता चला उससे वो भौचक्का रह गया।'

बेहतरीन शुरुआत। उसने अपनी बाक़ी स्टोरी को देखा जिसे उसने अपने भरोसेमंद रैमिंग्टन इलेक्ट्रिक टाइपराइटर पर टाइप किया था और संपादक की डेस्क की ओर बढ़ गया। "मैंने जो स्टोरी अभी जमा की है उसे पढ़कर आपको लगेगा कि मेरे ख़र्च का खाता न्यायोचित है," उसने कहा और वापस अपनी डेस्क पर आकर

अपने टाइपराइटर को ग्रे रंग के प्लास्टिक के कवर से ढक दिया।

Ω

"तुम्हें इंग्लैंड जाकर तथ्यों की जांच करनी होगी," स्टोरी पढ़कर संपादक ने कहा1

"क्—क्या? इस चीथड़े के पास इतना बजट कबसे आ गया कि एक रिपोर्टर तथ्यों की जांच के लिए सात समंदर पार जा सके?" उसने पूछा। "मैं टैक्सी भी लूं तो आप नाराज़ होते हैं।"

"बजट की बात तब आई जब हमने फ़ैसला किया कि हम नहीं चाहेंगे कि उसका मुंहबोला बाप—इकरामभाई—हमारी ठुकाई करे या उसका माईबाप गंगासागर हमपे मुक़द्दमा ठोक दे।"

"गंगासागर मुझे छू भी नहीं सकता। वो जानता है कि मैंने पिछले मुख्यमंत्री की पोल खोलने में उसकी मदद की थी। अगर मेरी स्टोरी ने उस बेचारे को तबाह नहीं किया होता, तो गंगासागर अपनी पालिता को सिंहासन पर बिठाने के सपने नहीं देख रहा होता!"

"और हम नहीं चाहते कि हमें एक ऐसा चीथड़ा समझा जाए जो हर मुख्यमंत्री या उस पद के अभिलाषी के ख़िलाफ़ नैतिक युद्ध छेड़ने को आतुर हो। इसीलिए हम चाहते हैं कि तुम ख़ुद जाकर तथ्यों की जांच करो। सिर्फ़ एक कज़िन से सुनी बातों पर आधारित करने के लिए ये स्टोरी बहुत ज़्यादा ही विस्फोटक है!"

Ω

क़ाहिरा और जेनेवा होते हुए लंदन जाने वाली फ़्लाइट दो घंटे बाद नई दिल्ली से चलनी थी। उसे यात्रा के किफ़ायती ख़र्चों के साथ इकॉनोमी क्लास का टिकट दिया गया था। इस ख़र्च पर उसे चूहों भरे बिलों में रहना था। अपने सूटकेस में जांच करने के बाद वो पासपोर्ट कंट्रोल पर पहुंचा जहां ऑफ़िसर ने एक सरसरी सी निगाह डाली और उसके सफ़र के काग़ज़ात पर मुहर लगा दी। उसने पासपोर्ट वापस लिया और उसे अपने कंधे पर लटके बैग में डाल लिया। वो प्रस्थान क्षेत्र में पहुंचा और सुरक्षा से गुज़रा।

"ये क्या है, सर?" उसके बैग की ज़िप खोलने के बाद सुरक्षा

अधिकारी ने पूछा। बैग की तली में ग्रे रंग के प्लास्टिक में लिपटा और टेप से चिपका एक छोटा सा पैकेट था। "ये मेरा नहीं है," रिपोर्टर ने कहा और चकित हो गया कि वो पैकेट उसके बैग में कैसे पहुंचा। सुरक्षा अधिकारी ने, जो कि हरियाणा का एक भारी-भरकम जाट था, जवाब को नज़रअंदाज़ करते हुए एक छोटा सा चाक़ू निकाला जिससे उसने पैकेट को फाड़ दिया।

उसमें से सफ़ेद, बिल्लौरी सा पाउडर निकला। सुरक्षा अधिकारी ने उसे अपनी तर्जनी से छुआ और उसे धीरे से अपनी ज़बान पर थपथपाया। वो गंधहीन लेकिन कड़वा था। वो यक़ीनन हेरोइन थी। "आप डेन्जरस ड्रग्स एक्ट, 1930 की धाराओं से परिचित हैं जिन्हें ओपियम एक्ट, 1878 की प्रासंगिक धाराओं के साथ पढ़ा जाता है, सर?" सुरक्षा अधिकारी ने पूछा और अपने एक साथी को इशारे से कहा कि अपराधी को हथकड़ियां पहना दे।

"ये मेरा नहीं है! मैं आपको बता रहा हूं कि मुझे नहीं मालूम ये यहां कैसे पहुंचा—" उसने विरोध किया लेकिन इसका कोई फ़ायदा नहीं हुआ। मांसल जाट उसे सुरक्षा जांच काउंटर पर झुकाकर और उसकी बांहें कसकर पीछे खींचने के बाद उसकी कलाइयों में हथकड़ियां डाल चुका था। "अगर ये तुम्हारा पैकेट नहीं है, तो प्लास्टिक पर तुम्हारी उंगलियों के निशान कैसे हैं? वो चिल्लाया। अधिकारी ने उसकी गर्दन पकड़ी, उसे एक दीवार से लगाया और उससे टांगें फैलाने को कहा। उसने जल्दी से उसके पूरे शरीर को थपथपाया और चुपके से उसके चूतड़ों पर नोंच भी लिया। "बस ये देख रहा था कि क्या तुम्हारे चूतड़ जेल में होने वाले सुलूक को सहन कर सकेंगे," वो ग़ुर्राया।

जब रिपोर्टर को हवालात ले जाने के लिए एयरपोर्ट के बाहर पुलिस की जीप में लादा जा रहा था, तो वो सोच रहा था, "प्लास्टिक की जांच किए बिना साले सुरक्षा वाले को ये कैसे पता चला कि उसपे मेरी उंगलियों के निशान हैं?" फिर उसे अपने अख़बार के ऑफ़िस में अपने रैमिंग्टन इलेक्ट्रिक टाइपराइटर का ग्रे रंग का

प्लास्टिक कवर याद आ गया।

वो गंगासागर, अपने संपादक और अपने भाग्य को कोसने लगा।

♎

लेमन कलर की बढ़िया सूती साड़ी पहने अंजलि शोफ़र द्वारा चालित सिल्वर जैगुआर एक्सजेएस में आई। बॉलीवुड की इस सैक्स सिंबल ने अपने सुनहरी बाल एक सफ़ेद हर्मीज़ स्कार्फ़ से पीछे बांधे हुए थे और उसकी आंखें वर्साचे के बेहद महंगे चश्मे के पीछे छिपी हुई थीं। उसने अपना रूमाल धीरे से अपने चश्मे के नीचे थपथपाया और फ़ोटोग्राफ़रों का दल तुरंत अपने फ़्लैश बल्ब चलाकर उस हुस्न की देवी की तस्वीरें लेने लगा जो चुनाव के अपने डिज़ाइनर कपड़ों में बेहद आकर्षक लग रही थी—दयनीय, जिज्ञासु आम लोगों के नाश्ते के लिए बढ़िया सामग्री।

रैली स्थल तक जाने वाली सड़कें झंडियों और पताकाओं से सजी हुई थीं और दो देवियों—एक राजनीतिक और दूसरी फ़िल्मी—की एक झलक पाने के लिए एक लाख लोग इंतज़ार कर रहे थे। रैली के मैदान में एबीएनएस के झंडे के तीन रंग—गेरू, हरा और लाल—लहलहा रहे थे। गेरू हिंदुओं के लिए, हरा मुसलमानों के लिए, और लाल दलितों के लिए। एक कोने में एक विशाल स्टेज भी बाक़ी पूरे मैदान की तरह झंडों और फूलों से सजा हुआ था। अंजलि स्टेज तक पहुंची जहां चांदनी उसका इंतज़ार कर रही थी। दोनों ने एक-दूसरे को इस तरह गले लगाया जैसे वो बेहतरीन दोस्त हों। वास्तव में दोनों पहली बार मिल रही थीं। उनके पीछे उनके गुलाबी रंग के विशाल कटआउट थे, लगभग पंद्रह फ़ुट ऊंचे—बॉलीवुड की फ़िल्मों के स्टाइल में। चांदनी का कटआउट उसे चेहरे पर एक मासूम भाव के साथ दिखा रहा था, जिसके एक हाथ में इंसाफ़ का तराज़ू था और दूसरे में तलवार। अंजलि का कटआउट उसे स्टैच्यू ऑफ़ लिबर्टी से प्रेरित एक जलती हुई मशाल हाथ में लिए दिखा रहा था।

दोनों महिलाएं स्टेज पर खड़ी थीं और पार्टी कार्यकर्ता

गेंदे के फूलों और लाल-हरे रिबनों—पार्टी के रंगों का एक और प्रतिनिधित्व—के बड़े-बड़े छह इंच मोटे हार उनके गले में डाल रहे थे जैसे कि वो वास्तव में देवियों का प्रतिरूप हों। दोनों महिलाएं खड़ी हुई प्रशंसक भीड़ की ओर हाथ हिलाती रहीं।

"मैं आपसे वादा करती हूं कि मैं आपको, अपनी प्रिय जनता को विशुद्ध न्याय दूंगी। और अगर कभी इस हाथ को न्याय करने के लिए तलवार उठाने की ज़रूरत पड़ी, तो ये केवल एक कारण से उठेगा—इस राज्य के ग़रीबों और मज़लूमों की रक्षा के लिए!" चांदनी भावुक ढंग से माइक्रोफ़ोन में चिल्लाई और उसके शब्द रैली के पूरे मैदान में लगे स्पीकरों पर गूंजने लगे। उसके हज़ारों समर्थक उल्लसित भाव से चिल्लाए, "जब तक सूरज चांद रहेगा, चांदनी तेरा नाम रहेगा!"

"मुझे आपके प्यार ने जीत लिया है। आपके मान ने मुझे प्रतिष्ठित किया है। आपके समर्थन ने मुझे गौरवांवित किया है। आपके जोश ने मुझे उत्साह दिया है। मेरे प्रति आपके विश्वास ने मुझे प्रेरित किया है। मैं आपको निराश नहीं करूंगी—कभी नहीं!" वो तालियों की कान फाड़ू गड़गड़ाहट के बीच गरजी। पुलिस ने मंच को घेरा हुआ था जहां दोनों महिलाएं खड़ी थीं। लाठियां लिए और ख़ाकी कपड़े पहने, हेल्मेट लगाए सैकड़ों पुलिसवाले लोगों के समंदर को मंच पर चढ़ने से रोके हुए थे।

चांदनी बैठी और अंजलि बोलने के लिए खड़ी हुई। वो घबराई हुई थी। कैमरे के सामने स्क्रिप्ट की पंक्तियां बोलना एक बात थी और लाखों राजनीतिक कार्यकर्ताओं के सामने भाषण देना बिल्कुल ही अलग बात थी। वो सिर्फ़ इसलिए आई थी कि उसके ख़ास रात के दोस्त—सोमानी—ने उससे कहा था कि चांदनी के लिए उसका अनुमोदन महत्वपूर्ण था।

"ऐसे प्रदेश में जो अंधेरे, बीमारी, अशिक्षा और सामंतवाद के अंधेरे में घिरा रहा है, सिर्फ़ एक ही रोशनी है जो तेज़ी से चमकती है! मैं रोशनी को देख रही हूं! और आप?" वो चिल्लाई, और

मैदान अनुमोदन से गूंज उठा। "रोशनी तेज़ है, उत्कट है, मैंने इतनी चमकदार रोशनी कभी नहीं देखी। ये रोशनी प्रकाशित कर सकती है, ये रोशनी शुद्ध है, ये रोशनी बिना मिलावट की ऊर्जा है, ये रोशनी वो रोशनी है जो पूरे उत्तर प्रदेश में फैलेगी—चांदनी!"

भीड़ उन्मादी होकर चिल्ला-चिल्लाकर अनुमोदन कर ही रही थी कि एक गोली की आवाज़ गूंजी। गोली सुनी भी नहीं जाती अगर बंदूक़ एक खुले माइक्रोफ़ोन के आगे नहीं चली होती। चांदनी अपना दायां कंधा पकड़े ज़मीन पर गिर पड़ी। ख़ून उसकी उंगलियों के बीच से टपक रहा था और उसके हल्के सफ़ेद ब्लाउज़ और साड़ी पर एक बड़ा सा लाल धब्बा बन गया था। अंजलि ने ख़ुद को ज़मीन पर गिराया और चांदनी के सिर को अपनी गोद में रख लिया जबकि सुरक्षा अधिकारी भीड़ को उन तक पहुंचने से रोकने में लग गए। दूरदर्शन और सौ प्रेस फ़ोटोग्राफ़रों के कैमरों ने उस क्षण को बड़ी सुंदरता से अपने अंदर क़ैद कर लिया।

"*आदि शक्ति, नमोनमः; सर्वशक्ति, नमोनमः, प्रथम भगवती, नमोनमः, कुंडलिनी माताशक्ति; माताशक्ति, नमोनमः,*" दूर से ये सब देखते हुए गंगासागर बुदबुदाया।

♎

वो अस्पताल के गलियारे में उसके कमरे के बाहर खड़े थे। प्रेस के सदस्यों के परिसर में प्रवेश पर प्रतिबंध लगा दिया गया था। उन्होंने अस्पताल के बाहर एक अस्थायी कैंप बना लिया था और—आश्चर्यचकित रोगियों समेत—हर आने-जाने वाले की तस्वीरें ले रहे थे।

"वो कैसी है?" गंगासागर ने पूछा।

"ठीक है," मेनन ने कहा, "गोली ने उसके दाएं कंधे को छुआ है। बस कुछ टांके लगेंगे, थोड़ी ड्रेसिंग होगी और कुछ एंटीबॉयटिक्स दी जाएंगी—उसके बाद वो जाने के लिए तैयार होगी।"

"तुम भूतपूर्व पुलिस कमिश्नर से मिले थे?" गंगासागर ने पूछा।

"हां। वो ज़बरदस्त निशानेबाज़ है—मैंने उससे कहा कि उसके

दाईं ओर गोली लगे, बाईं ओर नहीं। उधर उसके दिल को ख़तरा था," मेनन ने बताया।

"कभी-कभी मुझे लगता है कि लड़की के पास दिल है भी कि नहीं," गंगासागर बड़बड़ाया, "वो मुझे मेरी ही याद दिलाती है। तुमने उससे ये भी कहा था कि गोली उसमें धंसे नहीं, सिर्फ़ छुए भर?"

"बिल्कुल। लेकिन उसने कहा था कि इस बारे में गारंटी नहीं दी जा सकती। हमने उससे कहा था कि गोली किसी खुले माइक्रोफ़ोन के पास चले ताकि आवाज़ सुनी जा सके। उसने अच्छा काम किया है—वो आपसे बात करने के लिए इंतज़ार कर रहा है ताकि उसे नई दिल्ली में नया पद मिल सके।"

"हां, मैंने उससे वादा किया था। वो तो कुछ नहीं जानती ना?"

"नहीं।"

"ये दृश्य दूरदर्शन पर कितनी बार दिखाया गया है?"

"लगभग पचास बार।"

"अंजलि की गोद में चांदनी के सिर के प्रेस फ़ोटो हासिल करो। उनके पोस्टर बनवाओ जिनमें नारा हो—*मैं अपने ख़ून की आख़री बूंद भी लोगों की सेवा में बहाने को तैयार हूं।* ऐसे हज़ारों पोस्टर छपवाकर उन्हें पूरे शहर में चिपकवा दो। मैं चाहता हूं कि वो मरे बिना शहीद बन जाए!"

"लेकिन डॉक्टर उसे जल्दी ही छोड़ देगा। उसे अस्पताल में रखने की ज़रूरत नहीं है—घाव बस सतह पर है," मेनन ने तर्क दिया।

"डॉक्टर को यहां बुलाओ। मैं चाहता हूं कि वो ये घोषणा करे कि उसे रात भर निरीक्षण के लिए रखा जाएगा।"

"और?"

"और कुछ नहीं। जब तक बेहद ज़रूरी न हो झूठ मत बोलो।"

"क्या डॉक्टर को ये बताना चाहिए कि वो ख़तरे से बाहर है?"

"वो ये कहे कि वो ख़तरे से बाहर है, लेकिन कल सुबह। झूठ

बोलने और सच बोलने में देर करने में बहुत बड़ा फ़र्क़ है!"

Ω

"गंगा अंकल, मेरी चिंता मत कीजिए। मैं उठकर इस अस्पताल से निकलना और वापस चुनावी रैलियों में जाना चाहती हूं," उसने विरोध जताया।

"चांदनी। तुम किसी चुनावी रैली में नहीं जा रही हो। लड़ाइयां लड़े जाने से पहले ही जीती और हारी जाती हैं। ये लड़ाई जीती जा चुकी है।"

"तो मैं मतदान के दिन तक कुछ नहीं करूं?"

"आह! तुम व्यस्त रहोगी। मैंने एक विमान का इंतज़ाम किया है जो तुम्हें यहां से तिरुमलै लेकर जाएगा। तिरुमलै से तुम गोआ जाओगी, और वहां से अजमेर। वही जहाज़ फिर तुम्हें अमृतसर लेकर जाएगा और तीन दिन में तुम यहां लौट आओगी।"

"लेकिन मुझे इन सारी जगहों पर क्यों जाना है? इनमें से तो किसी जगह पर चुनाव हो नहीं रहे हैं!" उसने बहस की।

"तिरुमलै में तुम भगवान वेंकटेश्वर को नमन करोगी और हिंदुओं को ख़ुश करोगी। गोआ में तुम बोम जीज़स में मोमबत्ती जलाओगी और ईसाइयों को ख़ुश करोगी। फिर तुम अजमेर में मुईनुद्दीन चिश्ती की दरगाह पर फूलों की चादर चढ़ाओगी और मुसलमानों को ख़ुश करोगी। आख़िर में, तुम अमृतसर में स्वर्ण मंदिर में प्रार्थना करोगी और सिखों को ख़ुश करोगी। जब तुम सबको ख़ुश कर दोगी, तो वो तुम्हें ख़ुश करेंगे—तुम्हारी पार्टी की सरकार बनवाकर।"

Ω

मुंबई के शानदार बांद्रा उपनगर में धनी और प्रसिद्ध लोगों के घर थे। बॉलीवुड की अप्सरा अंजलि का घर समंदर किनारे था जो कि एक आलीशान मकान था जिसमें एक विशाल गेट लगा था और कड़ी सुरक्षा थी। उसे सुरक्षा की वाक़ई ज़रूरत थी। किसी ख़तरे की वजह से नहीं, बल्कि एक ख़ास दोस्त—सोमानी—की वजह से जो

ज़्यादातर रातों को उससे मिलने आता था।

रैली में चांदनी के समर्थन में उसके भावुक भाषण के बाद गंगासागर उसे एक कोने में ले गया था। "आपके अंदर बड़ी विशिष्ट प्रतिभाएं हैं," उसने कहा।

"जानती हूं," वो बोली, "बहुत से लोग मुझसे कहते हैं कि दोनों दर्शनीय हैं।"

बूढ़ा गंगासागर हिल जाने वाला नहीं था। "हां, मैं समझता हूं। लेकिन मैं ख़ुद को अभिव्यक्त करने, लोगों और उनकी भावनाओं को प्रभावित करने की आपकी योग्यता की बात कर रहा था। आपने कभी राजनीति में आने का सोचा है?"

"मुझे संसद में बैठना अच्छा लगेगा, लेकिन मेरे पास चुनावों के लिए धैर्य नहीं है। अफ़सोस, मैं बॉलीवुड सैक्स सिंबल की अपनी तक़दीर से संतुष्ट हूं।"

"ज़रूरी नहीं। आपके कारण हमें जो समर्थन मिला है, उसके बाद जल्दी ही उत्तर प्रदेश में हमारी सरकार होगी। हमें आपको राज्यसभा में नामांकित करने में ख़ुशी होगी। आप संसद में बैठेंगी, और वो भी बिना चुनाव के!"

"और समस्या क्या है? आप उन गंदे बूढ़ों में से तो नहीं हैं?" वो मुस्कुराकर बोली।

"मेरी प्रिय अंजलि। मैं एक गंदा आदमी हूं—लेकिन प्रेम के क्षेत्र में नहीं। सिर्फ़ राजनीति में। और राजनीति गंदी ही होती है। साफ़ राजनीति विरोधाभास है।"

"तो अगर मुझसे आलिंगन नहीं तो और क्या चाहते हैं?" चमकती आंखों के साथ उसने पूछा।

"बस इतना कि जब कभी हमें ज़रूरत हो तो हमें आपका साथ चाहिए होगा। तब तक, आप अपने रात के दोस्त के साथ मज़े करें।"

Ω

"और अब स्पष्ट होता जा रहा है कि उत्तर प्रदेश के विधानसभा

चुनावों में अस्पष्ट जनादेश सामने आएगा और कोई एक पार्टी अपने बूते पर सरकार बनाने में सफल नहीं रहेगी," समाचार वाचक घुरघुराया। अग्रवालजी, इकरामभाई, मेनन और गंगासागर अग्रवालजी के लिविंग रूम में बैठे धीरे-धीरे आते मतदान के नतीजे देख रहे थे।

"तुमने तो कहा था कि चांदनी मुख्यमंत्री बन जाएगी," स्पष्ट रूप से चिंतित अग्रवालजी बोले। उन्होंने एबीएनएस की सहायता में लाखों ख़र्च किए थे और अब वो अपने निवेश को तबाह होते देख रहे थे।

"मैंने ये कभी नहीं कहा कि चांदनी मुख्यमंत्री बनेगी। मैंने कहा था कि सत्ता की बागडोर एबीएनएस के हाथों में होगी।"

"ऐसी चीज़ों के बारे में आप इतने ढुलमुल कैसे हो सकते हैं, गंगासागरजी?" इकराम बोला।

"मेनन, उत्तर प्रदेश विधानसभा में कितनी सीटें हैं?" गंगासागर ने पूछा।

"चार सौ तीन," मेनन ने जवाब दिया।

"और उनमें से कितनी सीटें एबीएनएस के पास हैं?"

"एक सौ साठ।"

"तो हमारे पास बहुमत में बयालीस सीटें कम हैं?"

"हां।"

"प्रदेश में और किसी पार्टी ने एबीएनएस से ज़्यादा सीटें जीती हैं?"

"नहीं। दूसरे नंबर पर निन्यानवे सीटें हैं।"

"और देश के संविधान के अनुसार राज्यपाल को उस पार्टी के लीडर को सरकार बनाने के लिए आमंत्रित करना चाहिए जिसने विधानसभा में सबसे ज़्यादा सीटें जीती हों। सही?"

"सही।"

"समस्या ये है कि अगर राज्यपाल ने एबीएनएस को अगली सरकार बनाने के लिए आमंत्रित किया तो हमें अपनी ओर पाला

बदलने के लिए कुछ विपक्षी एमएलए चाहिए होंगे।"

"तो?"

"वो मंत्रिमंडल में पद मांगेंगे। हमारे अपने सदस्य पदों से वंचित रह जाएंगे। हमारे सामने अनुशासन की समस्या खड़ी हो जाएगी।"

"तो तुम *नहीं* चाहते कि राज्यपाल हमें आमंत्रित करें?" असमंजस में पड़े अग्रवालजी ने पूछा।

"अगर हम अन्य पार्टियों के एमएलए की ओर से समर्थन पत्र नहीं दिखाएंगे, तो उन्हें सरकार बनाने के लिए दूसरी सबसे बड़ी पार्टी को आमंत्रित करना पड़ेगा।"

"हां, लेकिन अगर उन्हें आधे अंक तक पहुंचना है तो उन्हें अपने निन्यानवे विधायकों के अतिरिक्त एक सौ तीन विधायकों की ज़रूरत पड़ेगी। उन्हें सदन में बहुमत पाने के लिए हमारे एबीएनस के विधायक चाहिए होंगे।"

"फ़र्ज़ करें कि हम उन्हें अपने सारे विधायकों के समर्थन का प्रस्ताव दें?" गंगासागर ने शांत भाव से पूछा।

"क्या? आपका दिमाग़ ख़राब हो गया है क्या?" इकराम चिल्लाया।

"एबीएनएस के समर्थन के लिए मेरी शर्त होगी कि मुझे मंत्रिमंडल के सारे पद अपने विधायकों के लिए चाहिए। सारे विभाग—गृह, वित्त, राजस्व, उद्योग, मानव संसाधन—हमें मिलें। वो मुख्यमंत्री अपना बना लें।"

"और चांदनी का क्या होगा?"

"वो सरकार में उथल-पुथल होने तक इंतज़ार करेगी।"

"उथल-पुथल?"

"उनके मुख्यमंत्री के सारे निर्णय अवरुद्ध होंगे तो वो क्या करेगा? सारे विभाग तो हमारे पास होंगे।"

"लेकिन अगर उथल-पुथल के कारण राज्यपाल ने नई दिल्ली

से हस्तक्षेप करने और राष्ट्रपति शासन लागू करने को कह दिया?"

"राज्यपाल राष्ट्रपति शासन के लिए नहीं कहेंगे।"

"क्यों?"

"क्योंकि राष्ट्रपति उन्हें इसके विपरीत राय देंगे।"

"क्यों?"

"क्योंकि प्रधानमंत्री इसकी सिफ़ारिश राष्ट्रपति से करेंगे ही नहीं।"

"और तुम्हारी पहुंच सीधे भारत के प्रधानमंत्री तक है?"

"लगभग।"

Ω

साध्वी एक सादी, हल्की भगवा साड़ी पहने थी और नंगे पैर रहती थी। उसके गले में रुद्राक्ष की माला थी। वो एक सुंदर महिला थी और सिर्फ़ शारीरिक रूप से ही नहीं। बेशक वो गोरी थी, सुडौल थी और उसका मुस्कुराता चेहरा उसके कंधों तक फैले खुले बालों से घिरा हुआ था। लेकिन इस सबके अतिरिक्त, उसके चेहरे पर एक गहन आध्यात्मिक संतुष्टि का भाव था। उसकी उपस्थिति लगभग जादुई थी—जिससे शांत आत्मविश्वास और दिव्य शांति टपकती थी।

वो शीशे की एक बड़ी सी खिड़की के सामने जिसके बाहर गुलाब का बाग़ीचा दिखाई दे रहा था, एक आरामदेह सोफ़े पर बैठी थी। गर्मी का मौसम था और नई दिल्ली की झुलसा देने वाली गर्मी कमरे में एयर-कंडीशनर के गुंजन के कारण बाहर ही थी। उसके बाईं ओर भारत के प्रधानमंत्री साध्वी के सोफ़े से ज़रा नीची—साध्वी की प्रबुद्ध आत्मा के सम्मान में—एक आरामकुर्सी पर बैठे थे।

"क्या चिंता सता रही है, बच्चे?" साध्वी ने उनसे पूछा।

"मैं बहुत चिंतित हूं, माता," उन्होंने जवाब दिया।

ये विडंबनापूर्ण था। वो साठ साल के थे, और वो मुश्किल से तीस की, लेकिन वो उन्हें 'बच्चा' बोल रही थी और ख़ुद को 'माता' कहलवा रही थी। कोई उन्हें बात करते सुनता तो हंसता लेकिन

उनकी बातचीत हमेशा एकदम अकेले में होती थी। प्रधानमंत्री के सचिव को भी न तो सरकारी प्रविष्टि रजिस्टर में इसकी प्रविष्टि करने की अनुमति थी और न प्रधानमंत्री की डायरी में।

"मैं जानती हूं—समझती हूं। बच्चा परेशानी में हो तो मां ख़ुद ही समझ जाती है," वो नर्मी से बोली।

"उत्तर प्रदेश की परिस्थिति असमंजसपूर्ण है। एबीएनएस सबसे बड़ी पार्टी के रूप में सामने आई थी। राज्यपाल ने हमसे पूछा था—औपचारिक रूप से—कि क्या वो उन्हें अगली सरकार का गठन करने के लिए आमंत्रित करें। हमें लगा कि उन्हें आमंत्रित न करने के पर्याप्त कारण मौजूद हैं।"

"जैसे?"

"उनके पास स्पष्ट बहुमत नहीं था।"

"तुम्हारी पार्टी के पास भी नहीं था—तुम्हारी पार्टी के पास उनसे कम सीटें थीं!"

"लेकिन उन्होंने अपनी पार्टी से बाहर किसी से समर्थन की चिट्ठियां लेने का प्रयास भी नहीं किया। उन्होंने हमारे लिए इस काम को ज़रूरत से ज़्यादा आसान बना दिया कि हम राज्यपाल को दूसरी सबसे बड़ी पार्टी—हमारी पार्टी—को सरकार बनाने के लिए आमंत्रित करने को मना लें।"

"तो फिर दिक़्क़त क्या है? क्या तुम इस बात से ख़ुश नहीं हो कि उत्तर प्रदेश में तुम्हारी सरकार होगी?"

"किस क़ीमत पर? हमारे अपने कुल निन्यानवे विधायक थे। कामचलाऊ बहुमत के लिए बाक़ी एक सौ तीन विधायक हमें एबीएनएस से लेने पड़े। उनमें से किसी को भी पैसा नहीं चाहिए था, सिर्फ़ मंत्रीपद चाहिए थे।"

"और तुमने दे दिए?"

"हां। पर इसका अर्थ था एक विशाल मंत्रिमंडल बनाना—साठ मंत्री! पूरा मंत्रिमंडल—अलावा मुख्यमंत्री के—एबीएनएस का था। दुम कुत्ते को हिला रही है!"

"और इससे तुम्हें चिंता है?"

"हे माता, जल्द ही उत्तर प्रदेश में हमारी पार्टी में बग़ावत हो जाएगी। हमारे अपने एमएलए—जिन्हें एबीएनएस को जगह देने के लिए मंत्रिपदों से वंचित रखा गया है—बाग़ी हो रहे हैं।"

"तुम्हें लगता है कि उत्तर प्रदेश में तुम्हारी सरकार गिर जाएगी, बच्चे?"

"हां, माता।"

"और बाक़ी देश भर में इसके क्या प्रभाव होंगे?"

"अगले साल कई राज्यों में चुनाव होने हैं। उत्तर प्रदेश में समस्या होगी तो शेष भारत में इसके नकारात्मक संकेत जाएंगे। इससे लगेगा कि हमारी पार्टी पूरे नियंत्रण में नहीं है।"

"तुम्हारे क्या राजनीतिक विकल्प हैं, बच्चे?"

"मैं तो दोनों तरह मारा जाऊंगा। अगर कुछ नहीं करूंगा, तो बग़ावत होगी, सरकार गिरेगी और विपक्ष आसानी से सत्ता में आ जाएगा। अगर राष्ट्रपति से राष्ट्रपति शासन की सिफ़ारिश करूंगा तो मुझे संविधान का ग़द्दार और चोरी-छिपे जोड़तोड़ करने वाला कहा जाएगा।"

"इधर आओ, बच्चे," अचानक उसने आदेश दिया। वो उठे और उसके पास जाकर घुटनों के बल झुक गए।

उसने उनके सिर पर हाथ रखा और आंखें बंद करके गहन भाव से कुछ मंत्र पढ़े। एक मिनट बाद, उसने अपनी आंखें खोलीं और बताया, "तुम्हारा उत्तर कल तक तुम्हारे पास होगा!"

"लेकिन माता—" उन्होंने बोलना शुरू किया।

"श्शश!" उसने होंठों पर उंगली रखकर उन्हें टोक दिया। उसका स्पर्श विद्युतीय था। "क्या मैंने अतीत में तुम्हारा सही मार्गदर्शन नहीं किया है?" उसने पूछा।

उन्होंने ख़ामोशी से सिर हिला दिया।

"तो जैसा कहती हूं वैसा करो!" उसने निर्देश दिया।

अध्याय नौ

लगभग 2300 वर्ष पहले

गंधार की सीमा पर एक विशेष शिविर स्थापित किया गया था। भोजन, मदिरा, सुगंध, संगीतकारों और नृत्यांगनाओं से भरे विलासितापूर्ण तंबुओं में काफ़ी चहल-पहल थी और प्रबंधक बड़ी मुश्किल से आंभी की मांगों को पूरा कर रहे थे। वो वाक़ई जानता था कि पार्टी कैसे करते हैं। "सिकंदर किसी देवता से कम नहीं है जो उस शैतान पोरस को कुचलने में मेरी सहायता करेगा! गंधार में सिकंदर का आगमन उसके उन्नत स्थान को प्रतिबिंबित करे," आंभी ने अपने नए मंत्रियों से कहा—उसके अपने चुने हुए समर्थक जिनके उसके मृत पिता के साथ कोई संबंध नहीं रहे थे।

हज़ारों पैरों की धमक के साथ जुलूस के नगाड़ों और बिगुलों की आवाज़ कानफाड़ू थी। सिकंदर का युद्ध तंत्र भोजन की उतावली भरी तलाश में जा रही हत्यारी चींटियों की तरह आगे बढ़ रहा था। पैदल सेना के ज़मीन पर पड़ते क़दमों से होने वाला कुंठित सा कंपन निकट आने वालों के लिए एक भयानक चेतावनी लगता था। सेना

का प्रधान भाग ख़ैबर पास से होता आया था जबकि सिकंदर की सीधी कमान में एक छोटे सैन्यदल ने ज़्यादा घुमावदार उत्तरी मार्ग अपनाया और रास्ते में पीर-सार के उस क़िले पर भी क़ब्ज़ा कर लिया था जिसे जीतने में सिकंदर से पहले महान हैरेक्लीज़ असफल रहा था।

यूनानी-मैसीडोनियाई दानव के आने की आवाज़ सुनकर आंभी के शिविर पर ख़ामोशी पसर गई। संगीत थमने के साथ-साथ गंधार के संगीतकारों ने अपने ढोल-नगाड़े बजाना और नृत्यांगनाओं ने अपने पेट और कूल्हे लहराना बंद कर दिए। आगे बढ़ती मैसीडोनियाई सेना की आवाज़ कुंठित थी, जैसे किसी दैत्य की झूमती सी चाल हो जो अपने हर क़दम के साथ धरती को हिला रहा हो।

"शायद हमें धोखा दिया गया है," एक मंत्री उत्तेजित ढंग से दूसरे मंत्री से फुसफुसाया। "कहीं ऐसा तो नहीं कि हमने सम्मान में अपनी धोतियां तो गिरा दी हैं लेकिन हमारा बलात्कार ही हो जाए?" उसके साथी ने उसे चुप रहने का इशारा किया। अगर आंभी सुन लेता तो उन दोनों को उन सीख़ों पर भून डाला जाता जिन्हें मांस-प्रेमी अतिथियों के लिए मांस पकाने को प्रयोग किया जा रहा था। उसने मन ही मन कुछ गालियां दीं और अपने शासक के लिए होंठों पर एक बनावटी मुस्कान चिपका ली।

एक बहुत ऊंचा विशेष मंच बनवाया गया था। इसका प्रयोग दोनों नेताओं को गले मिलते दिखाने के लिए किया जाना था ताकि सैनिकों को उनकी मित्रता का संकेत दिया जा सके। आगे बढ़ते विशाल दल को बेहतर ढंग से देखने के लिए आंभी मंच तक जाने वाली सीढ़ियों पर चढ़ा और थोड़ा हांफने लगा। ज़्यादा मदिरापान के कारण उसकी आंखें एकदम लाल हो रही थीं, पर उसका शारीरिक गठन चुस्त और सुदृढ़ था। उसके चेहरे पर एक स्थायी ग़ुर्राहट थी जो तब और भी भयानक लगती थी जब वो मुस्कुराता या अपने दांत दिखाता था। वो हमेशा एक जैसे रंग की पगड़ी, धोती, उत्तरीय, चप्पल और आभूषण के साथ बेदाग़ कपड़ों में रहता था। अगर

उसके वस्त्र लाल रंग के होते, तो उसके आभूषणों में माणिक या गुलाबी हीरे होते; अगर कपड़े हरे होते, तो आभूषणों में पन्ने होते; अगर उसका लिबास नीला होता, तो वो नीलम पहनता; हीरे किसी भी रंग के साथ जा सकते थे। दूर देखते हुए आंभी की आंखें चुंधिया रही थीं। दूर से उसे बस एक तूफ़ान सा उठता दिखाई दे रहा था। वास्तव में ये ढोल की थाप पर सिकंदर के आगे बढ़ते जत्थों के क़दमों से उठती धूल थी।

आख़िर लंबी प्रतीक्षा के बाद, आंभी को कांसे के सुरक्षा कवच पहनी पैदल सेना दिखाई दी जिसके जवान घोड़े के बालों के पंख सहित कांसे के पिंडली कवच और गालों के कवच वाले टोप लगाए हुए थे। वो सभी कांसे और चमड़े की ढालें, लंबे भाले और छोटी तलवारें लिए हुए थे। पैदल सेना के दोनों ओर लगभग तीन हज़ार की घुड़सवार सेना थी जो दो-दो सौ के दलों में बंटी हुई थी। घोड़े बहुत बड़े और सुपोषित दिखते थे और उन पर मोटे नम्दे पड़े हुए थे। उनकी छातियों और सिरों पर कवच थे और कांसे के कवच पहने उनके सवार जिनके पास कंधों के कवच और बीयोशन टोप थे, बल्लम और छोटी घुमावदार तलवारें लिए चल रहे थे। सिकंदर की सेना दर्शनीय थी। आंभी ने थूक निगला और सोचने लगा कि कहीं उसने उससे ज़्यादा तो नहीं काट लिया जितना कि वो चबा सकता है।

एकदम अप्रत्याशित रूप से ख़ामोशी छा गई। ढोल और बिगुल बंद हो गए। सिकंदर ने अपनी पलटनों को रोका और घोड़े पर सवार होकर अकेला आंभी के शिविर तक आया। "उफ़! ये सारी चीज़ें पहले से क्यों तय नहीं होती हैं," आंभी बड़बड़ाया और मैसीडोनियाई दिव्य पुरुष से मिलने को अपने घोड़े पर सवार होने के लिए तेज़ी से सीढ़ियों से उतरा। दोनों घोड़े आख़री टुकड़े में धीमे पड़े, और दोनों ही सवार ख़ुद को बहुत उत्सुक नहीं दिखाना चाहते थे। आंभी सोच रहा था कि सिकंदर उससे क्या कहेगा। *आंभी, मेरे ख़्याल से तुम अव्वल दर्जे की रक्त चूसने वाली जोंक हो। मेरे लिए लड़ाइयां लड़ने के लिए मुझे तुम्हारी ज़रूरत नहीं है। किसी और के साथ बुरा*

काम करो!

दोनों सवारों के पीछे चार-पांच दूसरे घुड़सवार थे—अंगरक्षक, अनुवादक, लिपिक और सलाहकार। आख़िरकार जब वो एक-दूसरे के नज़दीक पहुंचे, तो पहले सिकंदर बोला। "आंभी, मेरे ख़्याल से तुम अव्वल दर्जे— "

आंभी को ठंडा-ठंडा पसीना आने लगा। क्या सिकंदर उसका अपमान करने वाला था?

"—के सिकंदर के मित्र हो। मैं भी तुम्हारी ओर दोस्ती का हाथ बढ़ाता हूं। हम दोनों मिलकर एक शक्तिशाली गठजोड़ बनाएंगे!" उसने अपने अफ़ग़ानी साथी शशिगुप्त के माध्यम से कहा जो अनुवादक की भूमिका निभा रहा था। आंभी ने शांति की सांस ली। सब कुछ योजना के अनुसार हो रहा था—उसका विजयी क्षण। धरती के महानतम योद्धा के साथ एक शानदार गठजोड़।

आंभी साक्षात विनम्रता बना हुआ था। "हम एक-दूसरे से क्यों लड़ें, हे सिकंदर? मुझे ये स्पष्ट है कि आप हमारा भोजन और पानी हमसे नहीं छीनेंगे, जीवन की वो दो अनिवार्य चीज़ें जिनके लिए बुद्धिमान लोग लड़ने को मजबूर होते हैं। जहां तक धन का प्रश्न है, तो मेरे पास मेरे उपयोग से अधिक धन है और उसे आपके साथ बांटने में मुझे प्रसन्नता होगी, हे भाग्यशाली!"

दोनों घोड़ों से उतरे और सिकंदर ने आंभी को गले लगाते हुए मज़ाक़ किया, "तुम्हें लगता है कि तुम्हारा शिष्टाचार, आकर्षण और विनयशीलता हमारे बीच लड़ाई होने को रोक सकती है? तुम्हें ग़लतफ़हमी है। मैं तुमसे लड़ूंगा, हे आंभी, ये सुनिश्चित करने के लिए कि कौन बेहतर मित्र हो सकता है और मैं वादा करता हूं कि तुम मुझे हरा नहीं सकोगे!"

Ω

झेलम में बाढ़ आई हुई थी। बरसाती हवाओं ने पंजाब के परिदृश्य पर क्रूरता के साथ आक्रमण किया था और सैनिक और उनके साज़ो-सामान भीग गए थे। पहाड़ियों पर गाढ़ी मिट्टी का एक अनंत प्रवाह

था जिसके कारण फिसले बिना कुछ क़दम भी चलना संभव नहीं था। हर ओर पानी था—नदी में, वर्षा में, मैसीडोनियाई सेना के खाने में, उनके तंबुओं में, यहां तक कि उनके चूल्हों में भी! उफ़ ये पानी!

परिस्थिति इसलिए और भी ख़राब थी कि सिकंदर रोज़ाना नदी किनारे इस ओर या उस ओर कुछ मील चलने को कहता था ताकि दूसरा पक्ष अनुमान ही लगाता रहे कि सिकंदर किस स्थान से नदी पार करेगा। सिकंदर के अंदर का विशेषज्ञ रणनीतिज्ञ जानता था कि झेलम के दाएं किनारे पर पड़ाव डाली उसकी सेना की एक-एक चाल के साथ बाएं किनारे पर पोरस की सेना चल रही थी। वो ये भी जानता था कि कैकय की विशाल सेना—पचास हज़ार पैदल, पांच हज़ार घुड़सवार, तीन हज़ार रथ और दो हज़ार से ज़्यादा हाथी—उसकी सेना से कहीं बड़ी थी।

उसे ये खेल बड़ी चालाकी से खेलना होगा। "सेल्यूकस!" उसने अपने भरोसेमंद सेनापति को आवाज़ दी।

"जी, मेरे स्वामी," सेल्यूकस ने तेज़ी से सिकंदर की ओर जाते और उस सेवक को नज़रअंदाज़ करते हुए कहा जो उसके कवच को चमका रहा था।

"क्या तुम मुझ जैसे दिख सकते हो?" सिकंदर ने पूरी गंभीरता से पूछा।

"आप जैसा कोई नहीं दिख सकता, स्वामी, आप दिव्य हैं!" सेल्यूकस ने मक्खन भरी प्रशंसा की एक मोटी सी तह लगाते हुए कहा। सिकंदर मुस्कुराया तो वो जान गया कि प्रशंसा कारगर रही थी। *चापलूसी आपको कहीं भी पहुंचा सकती है*, सेल्यूकस ने सोचा।

"नहीं, नहीं। मेरा मतलब था दूर से। फ़र्ज़ करो हम राजसी शिविर को यहीं छोड़ दें, अधिकतर पैदल सेना भी छोड़ दें, राजसी मंडप को जस का तस छोड़ दें और हर कुछ देर बाद मेरे जैसा कोई व्यक्ति राजसी कपड़ों में सामने आता रहे। क्या इससे दूसरा पक्ष संतुष्ट हो जाएगा कि हम गए नहीं हैं?" चतुर रणनीतिज्ञ ने पूछा। सेल्यूकस मुस्कुराने लगा। वो जानता था कि सिकंदर क्या सोच रहा

है। ये पुरानी चिमटा चाल थी जिसके लिए वो मशहूर था—शत्रु को दोनों ओर से आक्रमण के लिए खुला रखना।

"मुझसे बेहतर फ़िलिपोज़ होगा। उसका गठन ज़्यादा आप जैसा है, मेरे स्वामी। मुझे लगता है कि हम पोरस के जासूसों को संतुष्ट कर सकेंगे कि हम गए नहीं हैं। अधिक महत्वपूर्ण प्रश्न ये है कि उसके बाद क्या? हम झेलम को कैसे पार करेंगे और कहां से?" सेल्यूकस ने ये जानते हुए पूछा कि स्वामी को जवाब पहले से मालूम होगा।

"वो नावें याद है जो हमने सिंधु नदी पर कच्चे पुल को पार करने के लिए बनाई थीं? अगर हम उन्हें काटकर उनके टुकड़े कर लें, उन्हें ख़ामोशी से कुछ दूरी पर ले जाएं और वहां उन्हें फिर से बना लें? फिर हम उन नावों से नदी पार कर सकते हैं," सिकंदर ने कहा।

"चालीस हज़ार आदमियों और तीन हज़ार घोड़ों के लिए नावों को काटना और फिर से बनाना? ये असंभव है!" सेल्यूकस अविश्वास से फट पड़ा। उसके आदमी पहले ही शिकायत कर रहे थे कि वो भीग रहे हैं और थके हुए हैं।

"आह! तुम और मैं तीन हज़ार की पूरी घुड़सवार सेना को लेकर जाएंगे लेकिन पैदल सेना में से सिर्फ़ दस हज़ार को। बाक़ी सब यहीं फ़िलिपोज़ के साथ रहेंगे। अपनी गुप्त सेना के साथ नदी पार करने के बाद हम पोरस पर पीछे से हमला करेंगे," सिकंदर ने विजयी भाव से बताया।

"लेकिन वो पलटकर पूरी शक्ति से हम पर हमला कर सकता है," सेल्यूकस ने तर्क दिया। "हमारी संख्या बहुत कम होगी, मेरे स्वामी। उसके पास सैकड़ों हाथी हैं," उसने घबराहट से कहा।

"वही क्षण फ़िलिपोज़ के लिए नदी पार करने का होगा, मेरे मित्र!" सिकंदर ने कहा।

"दोनों ही तरह से पोरस दोनों ओर लड़ने को मजबूर होगा," सेल्यूकस ने अपने स्वामी की पूरी रणनीति को समझते हुए कहा।

♎

"हम पर आक्रमण हो रहा है," कैकय की विशाल सेना का हरावल चिल्लाया। चिल्लाकर सूचित करने की एक श्रृंखला से होता हुआ संदेश एक प्रतिध्वनि की तरह विशालकाय पोरस तक पहुंचा। उसका नाम *पुरुषोत्तम* से बना था और वो किसी भी तरह पुरुषोत्तम से कम नहीं दिखता था। साढ़े छह फ़ुट से भी लंबे राजा के चेहरे पर एक कांति थी जो राजपूत योद्धाओं जैसी उसकी उमेठी और तेल लगी मूंछों से और भी बढ़ जाती थी। वो अपना सैनिक कवच और राजचिह्न इस तरह पहनता था जैसे वो उसके राजसी व्यक्तित्व के अभिन्न भाग हों। उसकी हर गतिविधि के साथ उसकी मांसपेशियां फड़कती थीं और उसकी छाती मांसल गर्व से फूल जाती थी। उसकी गोरी त्वचा बारिश से भीगी हुई थी लेकिन प्रत्येक बूंद उसके शरीर से इस तरह चिपकी हुई थी जैसे उसे उसके शरीर से प्यार हो गया हो और वो शारीरिक संपर्क को त्यागना नहीं चाहती हो। उसके एकदम काले बाल कंधों तक लटके हुए थे और उसके मुंह को ढके माणिक से जड़े टोप से बंधे हुए थे। वो शक्तिशाली पोरस था। कश्मीर, मलयराज्य, कुलुत और सिंध के पहाड़ी राज्यों को जीतने के बाद उसे पर्वतेश्वर का उपनाम मिलना स्वाभाविक ही था।

"ऐसा कैसे हो सकता है?" पोरस ने अपने महामंत्री इंद्रदत्त से पूछा। "क्या तुम्हारे जासूसों ने ये नहीं बताया था कि सिकंदर की सेनाएं ठीक हमारी आंखों के सामने झेलम के उस ओर ही पड़ाव डाले हुए हैं?"

"हां, मेरे स्वामी। वास्तव में, अभय के जासूसों ने स्थानीय किसानों से भी बात की थी जिन्होंने उन्हें बताया था कि कल सिकंदर ने नदी का मुआयना किया था और कहा था कि नदी इतनी गहरी और चौड़ी है कि अभी उसे पार करने के बारे में सोचा भी नहीं जा सकता," इंद्रदत्त ने जवाब दिया।

"हे इंद्रदत्त, मेरे विश्वासपात्र सलाहकार। हमें उस चालाक शैतान ने धोखा दे दिया है। रथवानों और तीरंदाज़ों से कहो कि वो पलटें और सिकंदर को ऐसा पाठ पढ़ाएं जिसे वो कभी भूल न सके!"

पोरस गरजा और बारिश लगातार उस पर पड़ती रही। इंद्रदत्त ने सिर हिलाया और संदेश बुरी तरह घबराए सेनापति तक पहुंचाने के लिए चल दिया। सेनापति के रथ चिकनी मिट्टी में फिसल रहे थे और कई रथ तो बेकार हो चुके थे। तीरंदाज़ों के दो मीटर के धनुषों—दैत्याकार शस्त्र जो तीरों के बजाय भाले चला सकते थे—को टिकने के लिए पक्की ज़मीन चाहिए थी जो इस मौसम में असंभाव्य थी।

कैकय के हाथी उनकी सबसे बड़ी शक्ति थे। आक्रमण का आघात झेल रहे पश्चभाग को सहारा देने के लिए पोरस ने आदेश दिया कि हाथियों से काम लिया जाए। विशालकाय हाथी भयभीत मैसीडोनियाई बलों की ओर बढ़े, तो अचानक उन पर भयानक शिलाप्रक्षेपकों से फेंकी जाने वाली कुल्हाड़ियों और बर्छियों से आक्रमण आरंभ हो गया। जब कुल्हाड़े और भाले अपने निशानों पर पड़ने लगे, तो हाथी पगला गए और उस भगदड़ में वो कैकय के अपने ही सैन्य दलों को कुचलने लगे। परिस्थिति संभवत: इससे ख़राब नहीं हो सकती थी, लेकिन तभी ख़बर आई कि पीछे से आक्रमण तो केवल सिकंदर की एक छोटी सी टुकड़ी ने किया था और कि फ़िलिपोज़ के नेतृत्व में बाक़ी सेना सामने से हमला करने के लिए झेलम को पार कर रही है।

और फिर युद्धक्षेत्र के बीच में अपने हाथी के हौदे पर बैठे वीर पोरस को सबसे अनिष्टकारी समाचार मिला। उसके दोनों बेटे मारे गए थे, एक कैकय सेना के पश्चभाग की रक्षा करते हुए और एक अग्रभाग की रक्षा करते हुए। अब पोरस के पास हारने को कुछ नहीं था, इसलिए उसने महावत से कहा कि वो सिकंदर की ओर आक्रमण करे ताकि पोरस आक्रमणकारी के दिल में ख़ुद भाला उतार सके। सिकंदर इसी अवसर की प्रतीक्षा कर रहा था। उसने अपने सैन्यदल को आदेश दिया कि आगे बढ़कर पोरस और उसकी निजी टुकड़ी को घेर लिया जाए। उसके बाद जो तांडव हुआ वो नरसंहार से कम नहीं था। कैकय के हज़ारों सैनिक मार डाले गए और नदी किनारे बहने वाले ख़ून के झरने शक्तिशाली झेलम में जा मिले।

अपने दाएं कंधे में धंसे भाले को निकालने के बाद ख़ून बहने से कमज़ोर पड़ चुका पोरस लड़खड़ाकर अपने हाथी से गिरा और उसे तुरंत ही सिकंदर के सैनिकों ने घेरकर बंदी बना लिया। पराक्रमी और गर्वोन्मत्त योद्धा को जब सिकंदर के सामने लाया गया, जिसके एक ओर आंभी भी उपस्थित था, तो उसने अपनी गरिमा को खोया नहीं था। "मैं तुम्हारे साथ कैसा सुलूक करूं, हे पोरस," रक्तरंजित सिकंदर ने एक विजेता के घमंड के साथ कहा। आंभी धूर्ततापूर्ण ढंग से मुस्कुराया—अब मज़ा आएगा।

"मेरे साथ वैसा ही सुलूक करो, हे सिकंदर, जो एक राजा के साथ होना चाहिए!" युद्ध में हारे लेकिन हौसला नहीं हारे, घायल लेकिन पस्त नहीं, ज़ंजीरों में बंधे लेकिन फिर भी गर्वीले पोरस ने अपने विजेता के सामने खड़े होकर कहा।

राजसी उत्तर से सिकंदर के चेहरे पर मुस्कान आ गई। "अपनी ख़ातिर मैं ऐसा ही करूंगा, हे पोरस," सिकंदर ने कहा और आंभी के चेहरे से मुस्कान ग़ायब हो गई। "जो चाहो वरदान मांगो और वो तुम्हें दिया जाएगा," सिकंदर ने भव्य ढंग से कहा और पोरस ने जवाब दिया, "मैं जो कुछ चाहता हूं वो मेरे इसी निवेदन में छिपा है।"

सिकंदर बहादुरी, शौर्य और भव्यता के कार्यों से बिल्कुल ही अछूता नहीं था। वो पोरस के पास गया और उसे गले लगाकर बोला, "आज से, तुम मेरे मित्र हो, मेरे सहयोगी हो। मैं तुम्हें तुम्हारा राज्य और तुम्हारी ज़मीनें वापस करता हूं। आंभी के साथ शांति स्थापित कर लो और मेरे नाम से शासन करो!"

अश्रुपूर्ण पोरस ने अपने आत्मसंयम के अंतिम अवशेषों को जाने दिया और सिकंदर और आंभी के साथ शांति स्थापित कर ली।

Ω

चाणक्य अपनी झोपड़ी की धरती पर चंद्रगुप्त के साथ बैठा पोहे खा रहा था। "हमें क्या प्राप्त हुआ, बुद्धिमान गुरु?" हाल की घटनाओं से भौचक्के चंद्रगुप्त ने पूछा।

"वो सबकुछ जो हम चाहते थे," ब्राह्मण ने पत्ते से एक मुट्ठी

पोहे उठाते हुए कहा।

झोपड़ी के बाहर से सैनिकों के अपने सवेरे के व्यायाम में लगे होने की आवाज़ें सुनाई दे रही थीं। उनका निरीक्षण करने वाला अधिकारी पर्याप्त तेज़ नहीं दौड़ने, ऊंचा नहीं कूदने, ज़ोर से नहीं मारने और दूर तक नहीं फेंकने के लिए उन्हें स्त्रैण बोल रहा था। वो नित्य ही उनसे पहले से ज़्यादा कठोर व्यायाम करवाता था। उसे एक छोटा लेकिन अत्यंत प्रभावशाली और ज़बरदस्त शक्तिशाली बल चाहिए था—जो शक्ति, गति, लचीलेपन और चौंकाने के द्वारा काम कर सके।

बाहर व्यायाम निरीक्षक की कठोर और कभी-कभी अपवित्र भाषा को नज़रअंदाज़ करते हुए, चाणक्य ने अपनी बात शांत भाव से जारी रखी। "सिकंदर ने पोरस को हराया। पोरस ने अपने तेईस हज़ार सैनिक खोए। अब वो सिकंदर का एक जागीरदार मात्र है। हम स्वयं ये सब कभी प्राप्त नहीं कर सकते थे," चाणक्य ने तर्क दिया।

"लेकिन हमने सिकंदर को और ज़्यादा शक्तिशाली बना दिया है," अपने मुंह में मसालेदार चावल के मिश्रण को डालते हुए चंद्रगुप्त बोला।

"ठीक इसके विपरीत, प्रिय चंद्रगुप्त। पोरस से युद्ध शुरू होने से पहले ही सिकंदर के सैनिक थके-हारे थे। झेलम की विजय बहुत बड़ी क़ीमत पर मिली है। हमारे जासूस बता रहे हैं कि सिकंदर के सैनिक आगे बढ़ने से मना कर रहे हैं। दुनिया सिकंदर के आगे बढ़ने को नहीं रोक सकी लेकिन साहसी पर मूर्ख पोरस के साथ एक युद्ध ने उसे रोक दिया!" चाणक्य हंसा।

"हमने जो किया, मुझे अभी भी उस पर संदेह है। जो सही था हमें उसके लिए लड़ना चाहिए था!"

"चंद्रगुप्त, मेरे पुत्र, युद्ध कभी इसलिए नहीं होता है कि सही कौन है। ये उसके लिए होता है जो बच जाता है!"

"तो अब क्या होगा, आचार्य?"

"सिकंदर पलट जाएगा। वो जल्दी ही भारत से चला जाएगा। हो सकता है वो सेल्यूकस को अपने विजित क्षेत्रों का प्रांतपाल बनाकर छोड़ जाए। और हम तभी अपनी चाल चलेंगे," चाणक्य ने कहा।

बाहर से सैकड़ों लाठियों के एक-दूसरे से टकराने की आवाज़ों ने चाणक्य के शब्दों को बल दे दिया था। बाहर सिलंबम जारी था। प्रशिक्षक ने पूरे भारत की प्राचीन युद्धकलाओं का अध्ययन किया था और उन्हें अपने जवानों के व्यायाम में सम्मिलित किया था।

"हम भाग्यशाली हैं कि वो हमारे साथ है," लाठियों के एक-दूसरे से टकराने की आवाज़ें सुनकर चंद्रगुप्त ने कहा।

"जब तक वो मेनका की बांहों से दूर रहे, तब तक सब ठीक है," चाणक्य ने चेहरे पर एक धूर्त मुस्कान के साथ कहा।

"मैं कभी नहीं समझ सकता कि आपने आंभी के सेनापति को हमारा प्रशिक्षक बनने के लिए किस प्रकार मना लिया!" चंद्रगुप्त तेज़ी से बोला।

"उसके पास और कोई विकल्प ही नहीं था। जब तक्षशिला पर कैकय की सेनाएं आक्रमण कर रही थीं तो वो अपनी वेश्या के शयनकक्ष में आराम कर रहा था। वो ये आशा नहीं कर सकता था कि गंधारराज या आंभी उसका स्वागत करेंगे। उसकी मूर्खता के लिए वो उसके सिर को भाले से बेधकर पूरे नगर में घुमाते! मैंने तो उसे एक विकल्प दिया।"

"हा! उसके पास कोई विकल्प नहीं था!"

"सत्य। हमेशा याद रखना कि एक जादूगर आपको चुनने के लिए कई विकल्प देता है लेकिन आप हमेशा वही चुनते हैं जो वो चाहता है!"

"मैं समझा नहीं। कभी-कभी आप पहेलियों में बात करते हैं, आचार्य!" चंद्रगुप्त ने शिकायत की।

"मेनका कौन है? सेनापति की जलक्रीड़ा के लिए उसने

जलक्रीड़ा को किस प्रकार प्राप्त किया? कैसे इंद्रदत्त के जासूस अभय को इसकी भनक लगी और उसने कैकय के लिए इसका लाभ उठाने का निर्णय लिया?" चतुर अध्यापक ने शांत भाव से पूछा।

चंद्रगुप्त ने अपने गुरु के आगे झुककर उसके चरण स्पर्श कर लिए। वो जानता था कि उसके सामने परम गुरु है—बाहर सिखाए जा रहे युद्धकौशल का नहीं बल्कि अंदर सिखाई जा रही कला का।

Ω

"मेरी रक्षा करें, हे बुद्धिमान गुरु, क्योंकि मैंने पाप किया है," आंभी ने चाणक्य के सामने दंडवत करते हुए विनती की। "उठें, हे गंधार के राजा। मैं आपके द्वारा किए किसी पाप के बारे में नहीं जानता। संभवत: आपको लगता है कि मैं सर्वज्ञ और सर्वभूत हूं!" चाणक्य ने मज़ाक़ किया। युवा राजा ने उठकर स्वयं को सीधा किया। अभी भी सम्मानपूर्वक हाथ जोड़े हुए उसने कहा, "मुझे सिकंदर की ओर मित्रता का हाथ कभी नहीं बढ़ाना चाहिए था। मुझे केवल अपने लोगों की नाराज़गी ही प्राप्त हुई। पोरस की हार भी मेरे लिए जीत नहीं थी क्योंकि सिकंदर ने उसका राज्य मुझे देने के बजाय उसे अपना प्रतिनिधि बना दिया।"

"आंभी की आकांक्षाओं के लिए गंधार पर्याप्त बड़ा है?" चाणक्य ने चमकती आंखों से धूर्तता के साथ पूछा।

"हां, पर ये मुझे कचोटता है। अब पोरस और मैं सिकंदर की नज़रों में बराबर हैं। हम दोनों उसके जागीरदार जैसे हैं। मुझे अपने लोगों का रक्त बहाए बिना जो पदवी मिली है वो वही है जो पोरस को अपने हज़ारों लोगों का ख़ून बहाने के बाद मिली है। फिर भी इतिहास उसे नायक मानेगा और मुझे कायर!"असहाय से आंभी ने कहा।

चाणक्य ने अपनी सर्वश्रेष्ठ झूठी मुस्कान बिखेरी और पूछा, "और चाणक्य आपके लिए क्या कर सकता है, हे राजा?"

"मुझे आपकी बुद्धिमत्तापूर्ण सलाह चाहिए, आचार्य। मुझे आपका साथ चाहिए। मैं जानता हूं कि मेरा भूतपूर्व सेनापति आपकी मैसीडोनियाई-विरोधी सेना को प्रशिक्षण दे रहा है। मुझे इस पर

आपत्ति नहीं है। मैं जानता हूं कि आप चंद्रगुप्त को मगध का राजा बनने का प्रशिक्षण दे रहे हैं। मुझे इस पर भी कोई आपत्ति नहीं है। मुझे बस आपका मार्गदर्शन और बुद्धिमत्तापूर्ण सलाह चाहिए ताकि मैं गंधार को आर्थिक और राजनीतिक रूप से शक्तिशाली और मज़बूत बना सकूं," आंभी ने विनती की।

"और इसके लिए मुझे क्या करना होगा?" चंद्रगुप्त ने सावधानीपूर्वक पूछा।

"मैं चाहूंगा कि आप मेरे राजगुरु बन जाएं और मेरे महल के निकट रहें। मैंने राजगुरु के लिए एक भव्य सरकारी निवास बनवाया है। मैं चाहूंगा कि आप और आपके शिष्य उसमें रहने लगें। आपका सारा व्यय वहन किया जाएगा और आपकी अच्छी देखभाल होगी। अपनी प्रतापी उपस्थिति से उस घर का मान बढ़ाइए, हे आचार्य। इस प्रकार मेरा लाभ ये होगा कि मुझे जब भी आपकी बुद्धिमान सलाह की आवश्यकता होगी, तो मैं आपसे मिल सकूंगा!" आंभी ने अनुरोध किया।

"हे राजा, मैं एक ग़रीब ब्राह्मण हूं। महल और बड़े भवन मेरे किस काम के? मैं ऐसे वैभवशाली वातावरण में असहज महसूस करूंगा!" चाणक्य ने रूखेपन से कहा, ये जानते हुए कि अपनी ग़रीबी बनाए रखने ने उससे एक हाथ और एक टांग छीन ली थी। आंखों में आंसू लिए आंभी एक बार फिर से चाणक्य के सामने दंडवत हो गया और विनती करने लगा, "कृपा करके, आचार्य, मुझे राजनीतिक जंगल में अकेला न भटकने दें। कृपया मेरे मार्गदर्शक बन जाएं। जब तक आप सहमति नहीं देते मैं जाऊंगा नहीं!"

"ठीक है, हे आंभी। आप बहुत ज़िद्दी हैं। मैं स्वीकृति देता हूं, पर एक शर्त पर," चाणक्य ने कहा।

"वो क्या?" आंभी ने अपनी दंडवत अवस्था से बड़े अजीब से ढंग से सिर उठाकर पूछा। "यदि ग्रह शुभ नहीं हुए, तो आप मुझे पद त्यागने की अनुमति देंगे," ब्राह्मण ने कहा। आंभी मान गया और उसने नए राजगुरु से एक वास्तुकार के साथ अपने सरकारी निवास

पर चलने को कहा ताकि वहां चाणक्य की निजी आवश्यकताओं को पूरा किया जा सके।

♎

आंभी ने चाणक्य के लिए जो हवेली बनवाई थी उसमें रोशन और हवादार कमरे थे, ऊंची छतें थीं, और ढेर सारी जगह थी। मकान एक शानदार आंगन के चारों ओर बना था और एक छलछलाते झरने के किनारे स्थित था। इसमें जंगली फूलों और फलों के पेड़ों से भरे खुले बग़ीचे थे जिनसे दरवाज़ों और खिड़कियों में हमेशा सुगंधित हवा के झोंके बहते रहते थे।

चाणक्य चंद्रगुप्त, सिंहारण, मेहिर और शारंगराव के साथ परिसर के दौरे पर था। उसके शिष्य निराश थे। क्यों उनके गुरु दुष्ट आंभी के बड़े-बड़े दावों से बहक गए थे? क्यों उन्होंने एक ऐसे धूर्त को सहयोग देने का निर्णय ले लिया था जिसने अपनी आत्मा तक सिकंदर को बेच दी थी? वास्तुकार के मार्गदर्शन में एक से दूसरे कमरे तक जाते हुए वो ये सोचे बिना नहीं रह सके कि वो यहां क्या कर रहे हैं। जहां तक चाणक्य का प्रश्न था, तो वो हवेली के सौंदर्य पर कुछ अधिक ही मुग्ध दिखता था। वो तो लकड़ी के दरवाज़े-खिड़कियों पर हाथ फेर रहा था और फ़र्श पर लेटकर देख रहा था और मिस्त्रियों के सुंदर काम की प्रशंसा कर रहा था! दौरा पूरा होने पर उसने वास्तुकार को सहृदय धन्यवाद किया और उससे कहा कि वो अगले ही दिन अपने शिष्यों के साथ रहने के लिए आ जाएगा। वो आंभी द्वारा भेजे हुए राजकीय रथों पर सवार हुए और अपने आश्रम की ओर चल दिए।

"आचार्य, आप क्या कर रहे हैं? हम वहां नहीं रह— "चंद्रगुप्त ने बोलना आरंभ किया। चाणक्य ने एक इशारे से उसे बोलने से रोका और आग्रह किया कि वो तब तक ख़ामोशी बनाए रखे जब तक कि अकेले में बात करना सुरक्षित न हो।

अपनी साधारण झोपड़ी में पहुंचने के बाद कुरूप ब्राह्मण बोला। "सिंहारण। मैं चाहता हूं कि तुम आज रात उस घर को जला

डालो। लेकिन सावधान रहना, किसी को पता न चले कि ये काम तुमने किया है।"

"लेकिन क्यों—" सिंहारण ने बोलना आरंभ किया।

चंद्रगुप्त ने उसे टोक दिया। "आचार्य, आप जो करवाना चाहते हैं उसका आपके पास अवश्य ही कोई बहुत अच्छा कारण होगा। हम ऐसा ही करेंगे। लेकिन कृपया हमें कारण तो बताइए," वो बोला।

"प्रिय चंद्रगुप्त, मैं सर्प आंभी की चापलूसी भरी बातों में नहीं आया था। दुष्ट समझता है कि वो मुझे नष्ट कर सकता है! वास्तविकता ये है कि वो चिंतित है कि मैं राज्य में बैठा उसके भूतपूर्व सेनापति से अपने सैन्यदल को प्रशिक्षण दिलवा रहा हूं और इसके लिए मेरे पास पर्याप्त धन है!" चाणक्य फुफकारा।

"लेकिन उसका राजगुरु बनने से साफ़ इंकार क्यों न कर दें? निवास न बदलें। उस घर को जलाएं क्यों?" मेहिर ने पूछा।

"क्योंकि वहां बारूदी सुरंगें हैं। तुम्हें लगता है कि मैं वहां लेटकर मिस्त्री के काम की प्रशंसा कर रहा था? मैं वास्तव में फ़र्श की दरारों में चींटियों को पके हुए चावल ले जाते देख रहा था। तुम्हें लगा कि मैं दरवाज़े-खिड़कियों के चिकनेपन को महसूस कर रहा था, जबकि मैं उनकी लाख का अध्ययन कर रहा था!" उनके चेहरों पर असमंजस को देखकर ब्राह्मण हंसते हुए बोला।

"चाहते हो मैं सफ़ाई दूं?" आख़िर उसने पूछा। और उनके उत्तर की प्रतीक्षा किए बिना सफ़ाई देने लगा। "अगर एक निर्जन घर के फ़र्श की दरारों में चींटियां उबले चावल ले जाती दिखाई दें, तो इसका अर्थ है कि फ़र्श के नीचे पका हुआ भोजन मौजूद है। जहां भोजन होगा, वहां इंसान होंगे। मैं समझ गया कि घर के अंदर एक गुप्त तहख़ाना है जहां सैनिक मौजूद हैं। वो ख़ामोशी से हमारे आगमन की प्रतीक्षा कर रहे हैं और वो हम पर सोते में आक्रमण करेंगे। आंभी एक ही वार में हमें धरती से मिटा डालेगा!"

चंद्रगुप्त चकित रह गया। "लेकिन आप दरवाज़ों और खिड़कियों में इतनी रुचि क्यों ले रहे थे?" उसने पूछा।

उसके गुरु ने उत्तर दिया, "उन पर लाख चढ़ी हुई थी।" ये देखकर कि उसके उत्तर से बात साफ़ नहीं हुई, उसने आगे कहा। "लाख एक नन्हे से कीट का चिपचिपा स्राव होता है। ये गोलाकार मादा कीट टहनियों और छोटी शाखाओं पर अपने मल से बने गोंद के प्रकोष्ठों में जीवित रहती है। ये कीट अधिकतर कुसुम के वृक्ष में पाए जाते हैं। जीवित कीटों के साथ टहनियों को एकत्रित करने और गर्म पानी द्वारा उनके स्राव को निकालने से रंजक प्राप्त होता है। इस रंजक को लाख इसलिए कहते हैं कि आधा सेर रंजक बनाने के लिए लाखों कीटों की आवश्यकता पड़ती है। लाख को दरवाज़ों और खिड़कियों पर लगाने से उनमें चिकनापन आ जाता है—और तुम्हें लग रहा था कि मैं उसी चिकनेपन को सराह रहा हूं! पर लाख के साथ समस्या ये है कि ये अत्यंत ज्वलनशील होती है। अगर उस घर में आग लग जाए तो वो आग के गोले की तरह भस्म हो जाएगा। शायद आंभी का यही आशय था—कि पहले गुप्त तहख़ाने के सैनिकों द्वारा हमें मरवाया जाए और फिर घर में आग लगवाकर हमारी मौत का कारण एक दुर्घटना को बता दिया जाए। सिंहारण, मैं इसीलिए उस घर को आंभी के आदमियों सहित जलवा डालना चाहता हूं! आज ही रात!"

Ω

चाणक्य वापस ऋषि दंडायण के आश्रम में आया था। आचार्य ने ऋषि से अनुरोध किया था कि वो उसे आश्रम में ठहरने दें और माननीय ऋषि को किसी के आने पर बहुत प्रसन्नता थी। कुछ दिन बाद उनसे मिलने आंभी आया। "आंभी, मेरे पुत्र, मेरे लिए आरक्षित सरकारी निवास में लगी विशाल आग दिव्य संदेश है कि मुझे आपका राजगुरु नहीं बनना चाहिए। मेरे ग्रह अच्छे नहीं चल रहे और मैं नहीं चाहूंगा कि मैं अपने साथ-साथ गंधार के भविष्य को भी नष्ट कर दूं। मुझे पूरा विश्वास है कि आपको मुझसे अधिक योग्य कोई और मिल जाएगा," चाणक्य ने शांत भाव से कहा।

उसने प्रतिक्रिया का इंतज़ार किया। वो आंभी के अंदर बलबलाते

क्रोध को महसूस कर सकता था लेकिन आंभी उसे अंदर ही रखने में सफल रहा। "हे आचार्य, ये मेरी क्षति है। मैं आशा करता हूं कि आप तक्षशिला में ही रहेंगे ताकि मैं समय-समय पर आपसे सुझाव लेता रहूं," उसने कहा।

और आख़िर में मुझे मार डालो, चाणक्य ने सोचा। "अवश्य। मैं हमेशा आपकी सहायता के लिए उपलब्ध रहूंगा, हे राजा। कृपया मुझसे मिलने में कभी हिचकिचाना मत," चाणक्य ने झूठ बोला।

आंभी के जाने के बाद चंद्रगुप्त ने पूछा, "अब क्या करें, आचार्य? सिकंदर की सेनाएं पीछे हट रही हैं। क्या हम युद्ध की तैयारी करें?" चाणक्य ने एक क्षण को कुछ सोचा और फिर धूर्ततापूर्ण भाव के साथ कहा, "युद्ध करने का काम मुझ पर छोड़ दो, चंद्रगुप्त। मैं चाहूंगा कि तुम प्यार करने पर ध्यान दो!"

♎

वो हमेशा सादे लेकिन सुरुचिपूर्ण कपड़े पहनती थी—हल्के पीले क्षोमवस्त्र का बिना आस्तीनों का अंगरखा जो उसके पैरों तक जाता था, हल्के पट्टीदार सैंडल, लंबे भूरे बाल पीछे तस्मेदार जाली में बंधे हुए, और सिर पर एक कोमल सा सोने और हीरे का मुकुट। वो मुकुट और साधारण सी बालियों के अतिरिक्त कोई आभूषण नहीं पहनती थी। राजसी श्रृंगार की अनुपस्थिति उसके शास्त्रीय सौंदर्य और सरल सौष्ठव को और उभारने में ही मदद करती थी। उसकी त्वचा हल्की सी सुनहरी आभा के साथ गोरी थी और बिना आस्तीन का अंगरखा उसकी कोमल बांहों और सुडौल कंधों को उजागर करने के लिए एकदम उपयुक्त था। उसकी आंखें उज्जवल नीले सागर की तरह नीली थीं और सागर की ही तरह गहरी थीं। उसका पतला सा चेहरा, भरे-भरे होंठ, खड़ी नाक और कपोलों की उन्मुक्त हड्डियां लुभावनेपन और सरलता का उत्कृष्ट मिश्रण थीं। उसका नाम कॉर्नीलिया था और वो भारत के दूसरे सबसे शक्तिशाली व्यक्ति—सेल्यूकस—की बेटी थी।

सबसे शक्तिशाली व्यक्ति सिकंदर अपने एशियाई उपनिवेशों

को अपने भरोसेमंद सेनापति—सेल्यूकस—की देखरेख में छोड़कर घर वापसी की योजना बना रहा था। उत्तरी मैसीडोनिया में जन्मे सेल्यूकस को उसकी मां ने बताया था कि उसका वास्तविक पिता देवता अपोलो था। अपोलो ने अपने बेटे के जवान होने पर उसे देने के लिए एक लंगर राजचिह्न वाली अंगूठी दी थी। वही लंगर सेल्यूकस की जांघ पर जन्मचिह्न के रूप में भी अंकित था। "जाओ सिकंदर के साथ फ़ारसवासियों से लड़ो और तुम निकाटोर—*विजयी*—कहलाओगे!" उसे वो अंगूठी देते हुए उसने कहा था।

वो युद्ध ही में नहीं प्रेम में भी विजेता रहा था। फ़ारस को जीतने में सिकंदर की सहायता करने के बाद उसने सूसा में एक भव्य समारोह में फ़ारस के एक सामंत की अत्यंत सुंदर बेटी अपामा से शादी की थी, जहां सिकंदर ने भी फ़ारस के राजा दारियूश तृतीय की बेटी से शादी की थी। सेल्यूकस और अपामा के भावुक प्रेम-संबंध से एक नाजायज़ बेटा पैदा हुआ था। एक वर्ष बाद उनकी शादी से एक जायज़ बेटी का जन्म हुआ। कॉर्नीलिया को प्रसन्नता थी कि वो अपने मां-बाप के विवाह के बाद जन्मी थी।

कॉर्नीलिया तक्षशिला में आंभी की राजकीय अतिथि के रूप में रह रही थी। ये लड़की भारतप्रेमी थी और यूनान से अधिक गंधार में सहज महसूस करती थी। वो नित्य प्रातः काल योग सीखने के लिए ऋषि दंडायण के आश्रम जाती थी। चिंतित मैसीडोनियाई रक्षकों का एक दल साथ जाता था, जिसके सैनिक जानते थे कि अगर कुछ गड़बड़ हुई तो सेल्यूकस उनके अंडकोष कुचलवा देगा।

महान ऋषि को कठोर जीवन जीते देखकर वो चाणक्य से पूछती—जो स्वयं भी उस समय दंडायण के साथ रह रहा था—"ज्ञानी आचार्य, भारत में त्याग इतना महत्वपूर्ण क्यों है? ऋषि दंडायण यहां जंगल में रहते हैं जहां गर्मी, सर्दी या वर्षा से कोई बचाव नहीं है। फिर भी वो शांत दिखाई देते हैं, उन चीज़ों का त्याग करने के बाद भी जिन्हें हम मैसीडोनियाई महत्व देते हैं—शक्ति और धन।"

चाणक्य दिल खोलकर हंसा और उसने बेचारी उलझी हुई

कॉर्नीलिया को अपने टेढ़े दांत दिखाकर डरा दिया। हंसी धीमी पड़ने पर उसने कहा, "भगवान राम ने अपने राज्य को त्यागा और पृथ्वी पर सबसे शक्तिशाली राजा बने। बुद्ध ने संसार को त्यागा और संसार उनके चरणों में गिर पड़ा। कॉर्नीलिया, मेरी मासूस बच्ची, त्याग का अर्थ शक्ति को त्यागना नहीं है। वास्तव में, ये शक्ति प्राप्त करने का माध्यम है!"

चंद्रगुप्त तेज़ी से दंडायण की झोपड़ी की ओर जा रहा था जब उसने उसे चाणक्य से बात करते देखा। *वो किसी देवी जैसी दिखती है,* उसने सोचा। वो बहुत क्रोधित हुआ था जब उसके गुरु ने उससे कहा था कि वो चाहता है कि चंद्रगुप्त उस लड़की को रिझाए। वो क्या है, पुरुषवेश्या? उसने क्यों अपना जीवन राजा के कर्तव्यों का प्रशिक्षण लेते हुए बिताया है? अंगरखा पहनी एक मैसीडोनियाई लड़की का पीछा करने के लिए? लेकिन अब वो प्रेमासक्त था। इस राजकुमारी से सुंदर कोई नहीं हो सकता, उसने सोचा।

"आह! चंद्रगुप्त, देखता हूं कि तुम आ गए हो," चाणक्य ने आवाज़ देकर बड़ी चालाकी से चंद्रगुप्त को बातचीत का भाग बना लिया। "ये कॉर्नीलिया हैं, सम्मानीय सेल्यूकस की पुत्री। ये यहां ऋषि दंडायण से योग सीखने आई हैं। दुर्भाग्य से, इनके पाठ शक्ति के त्याग के बारे में हमारी गूढ़ बातचीत से अवरुद्ध हो जाते हैं!"

चंद्रगुप्त आत्मविश्वास के साथ उनकी ओर बढ़ा। "कॉर्नीलिया, मेरे गुरु तुम्हें शक्ति के त्याग के बारे में नहीं सिखा सकते, ये तुम्हें त्याग की शक्ति के बारे में सिखा सकते हैं!" चाणक्य ने स्वयं ही ये परिहासयुक्त वाक्य चंद्रगुप्त के लिए पहले से तैयार किया हुआ था ताकि वो पहला प्रभाव अच्छा डाल सके।

चंद्रगुप्त अपने सर्वश्रेष्ठ वस्त्रों में था जिनमें से कुछ जल्दी-जल्दी में सिंहारण से उधार लिए गए थे। एक राजसी बैंगनी धोती उसकी कमर में बंधी थी, और उसने एक नीला रेशमी उत्तरीय लापरवाही से अपने कंधों पर डाला हुआ था। गले में उसने मोतियों की एक भारी माला पहनी हुई थी। सोने की बालियां उसकी क़लमों

को उजागर कर रही थीं और उसके उदार-विनम्र चेहरे को स्पष्ट कर रही थी जो योद्धाओं जैसी मूंछों के अतिरिक्त सुचिक्कण था। लंबे काले बाल चौड़े कंधों तक लटके हुए थे; उसकी थरथराती मांसल भुजाएं सोने के बाहुबंधों से अलंकृत थीं। भले ही उसके पास कोई राज्य नहीं था लेकिन वो पूरी तरह एक राजकुमार दिख रहा था।

कॉर्नीलिया मुस्कुराई। चंद्रगुप्त ने भरपूर मुस्कान दी। चाणक्य खिलखिलाया। वो जानता था कि कहानी आरंभ हो चुकी है। प्रेम सब कुछ जीत लेता है। उसने अपने बचपन की पसंद सुवासिनी के बारे में सोचा और निर्णय किया कि समय आ चुका है।

Ω

चाणक्य टहलता हुआ ऋषि दंडायण के आश्रम के बाहर एक मैदान में अपने शिष्यों द्वारा बांस की जालियों से बनाए चबूतरे की ओर बढ़ गया। उस बाड़े तक पहुंचने पर उसे अपने पंखदार संरक्षितों की धीमी सी चहचहाने और कूजने की ध्वनि सुनाई दी। प्रशिक्षक दौड़ता हुआ आया और उसने चाणक्य का अभिवादन किया। "कबूतर अच्छे हाल में तो हैं, सिद्धार्थक?" चाणक्य ने लापरवाही से पूछा।

"एकदम, मेरे स्वामी। उन्हें खिला-पिला दिया गया है और वो बड़ी उत्सुकता से व्यायाम की प्रतीक्षा कर रहे हैं," सिद्धार्थक ने हल्के लेकिन मज़बूत धागे से बंधी एक सम्पुटिका चाणक्य से लेते हुए कहा। उसने द्वार पर लगी रस्सी के द्वारा एक बड़ा सा दड़बा खोला और उसकी पुकार के जवाब में तुरंत ही एक सुंदर सफ़ेद कपोत उड़ता हुआ आया और उसके चमड़े से मढ़े बाज़ू पर बैठ गया। ये कपोत पांच योजन प्रति मुहूर्त की गति से एक सौ ग्यारह योजन से अधिक उड़ चुका था और कई मुहूर्त तक बिना आराम किए निरंतर उड़ सकता था।

प्रमुख चीज़ थी प्रशिक्षण और सिद्धार्थक इस क्षेत्र का विशेषज्ञ था। हर चिड़िया को प्रतिदिन एक बांस के पिंजरे में दड़बे से कुछ दूर ले जाया जाता और छोड़ दिया जाता। चिड़ियां रास्ता समझने के लिए एक अंतर्निहित दिशायंत्र के रूप में पृथ्वी के चुंबकीय क्षेत्र का प्रयोग

करके घर को याद करके वापस लौट आतीं। इन चिड़ियों को एक विशेष कारण से—उन्हें जिस रास्ते ले जाया जाता, वो उसी रास्ते से घर वापस आ जातीं, चाहे जितनी भी दूरी हो—'लौटनेवाले कपोत' कहा जाता था। प्रत्येक प्रशिक्षण दौरे के साथ मार्ग में प्रशिक्षकों के एक जाल के माध्यम से दूरी बढ़ा दी जाती और लंबी दूरियां तय करने में प्रत्येक चिड़िया का अनुभव, शक्ति और योग्यता बढ़ती जाती। सिद्धार्थक के कपोतों के पंख बहुत मज़बूत थे और वो तेज़ विरोधी हवा में भी सक्षम रूप से उड़ पाते थे। उसकी प्रत्येक चिड़िया की नज़र भी बहुत पैनी थी और वो एक सामान्य मानव की तुलना में कहीं ज़्यादा दूर तक देख सकती थी। अपने विनम्र स्वभाव के बावजूद चिड़ियों में अविश्वसनीय सहनशक्ति थी और उन्हें लंबी यात्राएं करने का प्रशिक्षण दिया गया था।

सिद्धार्थक ने महारत के साथ सम्पुटिका को चिड़िया की बाईं टांग से बांधा और सीटी बजाई। पंख तेज़ी से फड़फड़ाकर चिड़िया सीधे हवा में उठती चली गई और ऊंचाई पकड़ने के बाद ख़ुद को स्थिर करने के लिए उसने हवा में कुछ चक्कर लगाए और सीधे अपनी मंज़िल—पाटलिपुत्र, जहां जीवसिद्धि प्रतीक्षा कर रहा था—की ओर बढ़ती चली गई।

अध्याय दस

वर्तमान समय

रिपोर्टर बदबूदार कोठरी में एक महीने से ज़्यादा बिता चुका था। सब-जुडीशियल मजिस्ट्रेट के सामने उसकी ज़मानत की अर्ज़ियां आतीं लेकिन हर बार सुनवाई के बिना ही ख़ारिज कर दी जातीं।

उसके बालों में जूएं भर गई थीं। उसकी त्वचा हर रात उसे काटने वाले कीड़ों की मेहरबानी से सुर्ख़ और दाग़दार हो गई थी। उसके बाएं कान पर जेल के डॉक्टर द्वारा लगाई गई पट्टी थी जिसका कारण एक चूहे द्वारा उसका कान कुतर लिया जाना था। उसका वज़न कई पाउंड कम हो चुका था और उसके गाल धंस गए थे। उसका चेहरा लंबोतरा और थका हुआ और आंखें बेजान सी दिखती थीं। जेल के घटिया खाने से होने वाले डायरिया के कारण उसके शरीर में पानी की कमी हो रही थी। कई बार उसे दाल में कॉक्रोच मिले थे। उसने शिकायत की, तो वार्डन ने मज़ाक़ किया, "श्श्श! इतनी ज़ोर से नहीं। तेरे साथियों ने सुन लिया, तो वो भी मांसाहारी भोजन मांगेंगे।"

एक काले, तैलीय बालों वाले केरलवासी का दौरा कुछ अजीब सा था। उसकी उपस्थिति मात्र ही दरवाज़े खोलती और सम्मान पैदा करती लगती थी। वो वार्डन के ऑफ़िस में एक-दूसरे के सामने बैठे थे। उनके लिए चीनी वाली चाय की व्यवस्था की गई थी। चाय वाले लड़के ने मीठी चाय के दो गिलास उनके सामने रखे और ग़ायब हो गया।

"मैं तुम्हारी सारी समस्याएं दूर भगा सकता हूं," मेनन ने कहा।

"तुम कौन हो?" क़ैदी बोला।

"ये महत्वपूर्ण नहीं है। तुम बहुत समझदार आदमी हो। तुम जानते हो तुम यहां क्यों पहुंचे—तुम कुछ ज़्यादा ही शरारती हो रहे थे!" उसने एक नटखट बच्चे को डांटते हेडमास्टर की तरह उंगली उठाते हुए डांटा।

"वो रंडी की औलाद—गंगासागर—चाहता है कि मैं पीछे हट जाऊं? उसकी उस छोटी सी पवित्र बार्बी डॉल को छोड़ दूं? लगता है वो इतनी कुंवारी नहीं है!" वो नफ़रत भरी सुर्ख़ आंखों के साथ चिल्लाया।

मेनन शांत रहा। "मेरे दोस्त, अगर तुम मेरे साथ शिष्टता से पेश आओगे, तो मैं तुम्हारे साथ ज़्यादा उदारता से पेश आऊंगा। हां, तुम्हें मीडिया से दूर रहना होगा, लेकिन अगर मैं तुम्हें इससे भी स्वादिष्ट स्टोरी दिला दूं, तो?"

"बोलते जाओ। मैं सुन रहा हूं," रिपोर्टर ने अरुचि के साथ कहा लेकिन मेनन जानता था कि वो उसकी रुचि जगा चुका है।

"क्या तुम्हें पता है कि इस देश के प्रधानमंत्री के पास एक बहुत क़रीबी सलाहकार है?"

"तुम्हारा मतलब उनकी पार्टी के महासचिव?"

"नहीं।"

"भारत के वित्तमंत्री?"

"नहीं।"

"भारत के गृहमंत्री?"

"नहीं।"

"फिर कौन?"

"वो शायद हर महीने उनके घर जाती है। उसके दौरों का ब्योरा रिकॉर्ड में नहीं रखा जाता है—न तो मुलाक़ातियों के रजिस्टर में उन्हें दर्ज किया जाता है और न ही प्रधानमंत्री की डायरी में।"

"वो उनकी रखैल है?"

"अपने दिमाग़ का इस्तेमाल करो, मेरे समझदार दोस्त। अगर उनकी कोई रखैल होती, तो क्या वो अपने सरकारी आवास पर ही उसकी ठुकाई करते?"

"फिर कौन है वो?"

"वो बस साध्वी के नाम से जानी जाती है। बज़ाहिर वो हर बड़े फ़ैसले के बारे में उससे सलाह लेते हैं।"

"और तुम मुझसे क्या करवाना चाहते हो?"

"मुझे उस पर प्रभुत्व दिलाना।"

"मेरी नाक ब्लडहाउंड जैसी है—ये कहीं भी कुछ भी सूंघ सकती है। लेकिन मैं तुम्हारी मदद क्यों करूं?"

"तुम अगले दस मिनट में आज़ाद हो सकते हो। सोचो एक लंबा स्नान, बढ़िया खाना, तगड़ी ड्रिंक और बिस्तर में गर्मागर्म औरत कैसी लगेगी?"

"इतना काफ़ी नहीं है। तुम्हें कुछ बेहतर करना होगा," रिपोर्टर ग़ुर्राया। वो सौदेबाज़ी कर रहा था लेकिन अगर एक हड्डी और उसके आगे फेंक दी जाए तो वो प्रस्ताव को चाटने को तैयार था।

"अगर मैं तुम्हारी ज़िंदगी के सबसे बड़े स्टिंग ऑपरेशन की व्यवस्था कर दूं?" मेनन ने शांत भाव से कहा।

Ω

"वो महत्वाकांक्षी है—" उसने शुरुआत की।

"मुझे उसके भविष्य में दिलचस्पी नहीं है," मेनन ने कहा।

"साध्वी लगभग हर सप्ताह उनके पास जाती है—" उसने कहा।

"मुझे उसके वर्तमान में भी दिलचस्पी नहीं है," मेनन ने कहा।

"तो साला किस चीज़ में दिलचस्पी है तुम्हें?" रिपोर्टर ने पूछा।

"उसके अतीत में।"

Ω

"हम प्रमुख सतह तक पहुंच गए हैं," रिपोर्टर ने उत्साहित होते हुए कहा।

"बताओ," मेनन ने शांत भाव से कहा।

"जब हमारे प्रधानमंत्री मुख्यमंत्री थे, तो एक महिला उनके पास आती थी। अक्सर देर रात को।"

"इसमें क्या है! अगर मैं उन औरतों को सिरे से सिरा मिलाकर लिटाता जाऊं जो व्यापारियों और राजनीतिज्ञों के साथ संबंध बनाती हैं, तो साला सारी दुनिया का दायरा बन जाएगा।"

"सिरे से सिरा मिलाकर लिटाओगे तो थक जाओगे," रिपोर्टर ने मज़ाक़ किया।

मेनन ने मज़ाक़ को नज़रअंदाज़ कर दिया। रिपोर्टर ने गला साफ़ किया और आगे बोलने लगा। "ख़ैर, तो लगता है कि वो औरत—जो बज़ाहिर बहुत सुंदर थी—उनसे मिलने आती थी, पर एक दिन अचानक वो ग़ायब हो गई। छूमंतर! ग़ायब।"

"तो?"

"वो औरत दो महीने बाद एक हिंदू शरणस्थल में दिखाई दी, गर्भ से।"

"तुम ये कैसे जानते हो?"

"अनाथालय ने मुख्यमंत्री—हमारे वर्तमान प्रधानमंत्री—की औपचारिक सिफ़ारिश पर गर्भवती महिला को रखा था।"

"और इस महिला ने बच्चा पैदा किया?"

"बिल्कुल। बेटी।"

"फिर मां और बेटी का क्या हुआ?" मेनन ने अचानक दिलचस्पी लेते हुए कहा।

"मां अपना सामान बांधकर चली गई। बेटी को शरणस्थल के बग़ल में स्थित हिंदू मठ ने पाला।"

"इसका क्या सुबूत है कि लड़की का प्रधानमंत्री से कोई संबंध है?"

"मां जाते-जाते जल्दबाज़ी में एक पोस्टकार्ड छोड़ गई थी। ये मां और बच्ची की ख़ैरियत जानने के लिए पिता की ओर से था। पुरोहित से जब मैंने कहा कि मैं एक मैडिकल कॉलेज में उसके बेटे का एडमिशन कराने की व्यवस्था कर सकता हूं, तो वो उसे मुझे दिखाने को ख़ुशी-ख़ुशी तैयार हो गया।"

मेनन ने नोट कर लिया। वादा पूरा किया जाना ज़रूरी था। "और?"

"वो प्रधानमंत्री थे। वही पिता हैं।"

Ω

"तो साध्वी उनकी नाजायज़ बेटी है?" गंगासागर ने अविश्वास से पूछा।

"वो पहले से विवाहित थे और उनके तीन बच्चे थे और साथ ही उनका एक अच्छा राजनीतिक भविष्य था—वो उसे स्वीकार नहीं कर सकते थे," मेनन ने जवाब दिया।

"लेकिन सुबूत कहां है?" गंगासागर ने पूछा।

"उस नेवले रिपोर्टर के पास एक पोस्टकार्ड है जिसमें उन्होंने उसकी और बच्ची की ख़ैरियत पूछी है।"

"लेकिन इसे स्पष्ट प्रमाण तो नहीं कहा जा सकता," गंगासागर ने कहा, और फिर थोड़ा सोचने के बाद बोला। "लेकिन ये सनसनी फैलाने के लिए काफ़ी हो सकता है। और ये बच्ची—ये आगे चलकर साध्वी बन गई?"

"हां। बाप-बेटी कभी एक-दूसरे को रिश्तेदारों की तरह

संबोधित नहीं करते हैं। बल्कि वो शायद उन्हें *बच्चा* कहती है। क्या मज़ाक़ है!"

"और वो उसे साला क्या बुलाते हैं—*मां?*"

"वास्तव में, हां।"

Ω

"अब समय आ गया है कि मैं उससे मिलूं," गंगासागर ने अख़बार रखते हुए कहा।

"आप उससे क्या कहेंगे?" मेनन ने पूछा।

"मैं उससे कहूंगा कि अगर वो चाहती है कि दिल्ली में मां का शासन हो, तो वो सुनिश्चित करे कि उत्तर प्रदेश में साला राष्ट्रपति शासन नहीं हो।"

Ω

"तुम्हारे निर्देश आ गए हैं, बच्चा," उसने उनके सिर पर हाथ रखते और आंखें बंद करके कुछ और मंत्र पढ़ना आरंभ करते हुए कहा। एक मिनट बाद उसने आंखें खोलीं और निर्देश दिया, "उत्तर प्रदेश में राष्ट्रपति शासन मत लागू करो।"

"लेकिन प्रबुद्ध मां—" प्रधानमंत्री ने बोलना शुरू किया।

"श्श्श!" उसने हथेली उनके सामने ले जाकर उन्हें रोकने का संकेत करते हुए डांटा। "क्या मेरे दिव्य संदेश कभी ग़लत गए हैं?" उसने पूछा।

"नहीं," उन्होंने शांत भाव से स्वीकार किया।

"तो मैं जैसा कहती हूं वैसा करो!" उसने निर्देश दिया।

Ω

"ठीक है। तो तुमने मामले को रोककर राष्ट्रपति शासन तो लागू होने से रोक दिया है। लेकिन अब?" अग्रवालजी ने पूछा।

"मुख्यमंत्री से कहेंगे कि वो इस्तीफ़ा दें और चांदनी को सत्ता संभालने दें," गंगासागर ने कहा।

"लेकिन उनकी पार्टी भी हमारी मुख्यमंत्री को समर्थन देने के

लिए उसी तरह मंत्री पद मांगेगी जैसे हमने उनसे मांगे थे। उनका मुख्यमंत्री किसी सौदे के बिना क्यों इस्तीफ़ा देगा?" मेनन ने पूछा।

"मैं इस विषय को बदलना चाहूंगा, मेनन। तुम्हें प्रेस के कीड़े के लिए स्टिंग ऑपरेशन की व्यवस्था करनी थी ना?" गंगासागर ने पूछा।

मेनन मुस्कुराया। "आप चाहते हैं कि मुख्यमंत्री टहलने जाएं?" उसने पूछा। "ताकि आपको उन्हें मंत्री पद न देने पड़ें?"

"मुझे लंबी टहल पसंद है—विशेषकर जब वो लोग लंबी टहल पर जाएं जिनसे मुझे चिढ़ होती है," गंगासागर ने कहा।

Ω

मुंबई का सज्जन सुवेशित, बेदाग़, शिष्ट और मृदुभाषी था। वो पीडब्ल्यूडी के चीफ़ इंजीनियर के घर पर एक काली मर्सिडीज़-बेंज़ में आया था। उसके एक हाथ में मुख्य अभियंता की पत्नी के लिए लिली के फूल थे और दूसरे में उसके बच्चों के लिए स्विस चॉकलेट का डिब्बा और ख़ुद उसके लिए एक महंगा मों ब्लां पेन था। मुलाक़ात का समय एक सप्ताह पहले मुख्य अभियंता के भतीजे के कहने पर तय किया गया था।

प्रारंभिक परिचय होने के बाद मुंबई के सज्जन ने कहा, "ये एक विशाल प्रोजेक्ट है—प्रदेश के प्रमुख राजमार्गों का सुधार और चौड़ीकरण, चार नए बाइपासों का निर्माण, और तीन नए पुल। इसका ख़र्च कौन उठा रहा है?"

मुख्य अभियंता ने जवाब दिया। "सिविल कार्य, निरीक्षण, प्रोजेक्ट प्रबंधन, अनुबंधों की देखरेख, भूमि अधिग्रहण और नक़दी निपटान पूरी तरह उत्तर प्रदेश सरकार द्वारा संभाला जाएगा, जबकि पुनःस्थापन और पुनर्वास के अन्य ख़र्च विश्व बैंक द्वारा वित्तपोषण के लिए खुले रहेंगे।"

"तो सारी लागत का वहन प्रदेश सरकार या विश्व बैंक द्वारा किया जा रहा है?"

"बिल्कुल सही," मुख्य अभियंता ने जवाब दिया।

"हमने कुछ अपना आंतरिक बजट बनाया है और हमें लगता है कि कुल लागत डेढ़ अरब के लगभग होनी चाहिए," मुंबई वाले सज्जन ने कहा।

"आह!"

"लेकिन हम इसे आवश्यकतानुसार बढ़ा या घटा सकते हैं," मुंबई के सज्जन ने सरलभाव से कहा, "इसीलिए मैं यहां आया हूं। हम सुनिश्चित करना चाहते थे कि हमारी बोली उसी तरह लगे जिस तरह आप चाहें।"

"इसके लिए आपको प्रमुख सचिव से मिलना होगा," मुख्य अभियंता ने कहा।

"हम उनसे कब मुलाक़ात रख सकते हैं?" मुंबई के सज्जन ने मुस्कुराते हुए कहा।

Ω

मुंबई का सुवेशित, बेदाग़, शिष्ट और मृदुभाषी सज्जन लखनऊ में प्रमुख सचिव के निर्माण भवन कार्यालय में अपनी काली मर्सिडीज़-बेंज़ में आया था। उसके एक हाथ में प्रमुख सचिव के लिए ट्यूलिप थे, और दूसरे हाथ में प्रमुख सचिव के कार्यकारी सहायक के लिए एक साधारण मों ब्लां पेन था। मुलाक़ात दो दिन पहले मुख्य अभियंता द्वारा तय की गई थी।

"जैसा कि आप जानते हैं, निविदा प्रक्रिया तीन प्रकार से की जा सकती है—प्रतिशत दर, आइटम दर या एकमुश्त। पहले तरीक़े में, हम लागत आंकेंगे और आप आकलन के ऊपर या नीचे एक प्रतिशत की बोली लगाएंगे। दूसरे विकल्प में, हम आपको मात्राओं की सारणी देंगे और आप प्रत्येक आइटम पर अलग-अलग भाव बता सकते हैं। तीसरी क्रियाविधि में, आप हमारे विनिर्देशों के आधार पर पूरी परियोजना के लिए एकमुश्त राशि की बोली लगाएंगे," प्रमुख सचिव ने बताया।

"आप इसे इस प्रकार कैसे घुमा सकते हैं कि ये हमें ही मिले?" मुंबई वाले सज्जन ने पूछा।

"आपकी कोई गौण या सहबद्ध कंपनियां हैं?" प्रमुख सचिव ने पूछा।

सज्जन ने सिर हिलाया। "बहुत सी।"

"तो इसे इस तरह करेंगे। पूर्वयोग्यता की बोली में आपसे आपकी पृष्ठभूमि, तकनीती विशेषज्ञता और रिकॉर्ड के बारे में पूछा जाएगा। सुनिश्चित कर लेना कि आपकी सारी गौण और सहबद्ध कंपनियां अलग-अलग बोली लगाएं।"

"इससे क्या फ़ायदा होगा?"

"इस चरण में हम अन्य बोलीदाताओं को ख़ारिज करने के लिए गुणात्मक कारण ढूंढ़ेंगे। लेकिन अगर सिर्फ़ एक ही पार्टी ख़ारिज होने से रह जाएगी तो ये बड़ा अजीब लगेगा। इसीलिए हम चाहते हैं कि आपकी कम से कम पांच या छह पूर्वयोग्यता बोलियां हों।"

"तो व्यावसायिक बोली तक हम अकेले बोलीदाता रह जाएंगे?"

"हां।"

"और इसके लिए कितनी लागत लगेगी?"

"इसके लिए आपको मुख्यमंत्री से मिलना होगा," प्रमुख सचिव ने कहा।

"उनसे कब मिला जा सकता है?" मुंबई वाला सज्जन मुस्कुराया।

Ω

मुंबई का सुवेशित सज्जन उत्तर प्रदेश के मुख्यमंत्री के सरकारी आवास 5, कालीदास मार्ग पर अपनी काली मर्सिडीज़-बेंज़ में आया था। उसके एक हाथ में मुख्यमंत्री के लिए ऑर्किड थे और दूसरे में मुख्यमंत्री के निजी सहायक के लिए एक दस तोला—एक सौ सोलह ग्राम की सोने की छड़। मुलाक़ात का समय प्रमुख सचिव द्वारा कुछ

घंटे पहले तय कराया गया था।

"मुझे बताया गया है कि आप पहले ही विस्तार से मुख्य सचिव से बात कर चुके हैं," मुख्यमंत्री ने हाथ मिलाते हुए कहा।

"जी। यहां मैं बस आपका आशीर्वाद लेने आया हूं।"

"मेरा आशीर्वाद बहुत महंगा है।"

"कितना महंगा?"

"पंद्रह प्रतिशत।"

"एक आशीर्वाद रद्द करके बाक़ी दो मुझे दे दीजिए।"

"दस प्रतिशत?"

"हां।"

"सामान्य हालात में मैं ऐसा नहीं करता। लेकिन आप मेरे लिए ऑर्किड लेकर आए हैं," मुख्यमंत्री ने खड़े होकर मुस्कुराते मुंबई के सज्जन के साथ सौदा पक्का करते हुए कहा।

Ω

मुंबई का सुवेशित अपनी काली मर्सिडीज़-बेंज़ में पंडित गंगासागर मिश्र के बिरहाना रोड वाले घर पर आया था। उसके एक हाथ में फ़िल्म का रोल था और दूसरे में एक छोटा सा पॉकेट रिकॉर्डिंग यंत्र जिसके अंदर टेप अभी भी मौजूद था। मेनन मुस्कुराते हुए अपने रिपोर्टर मित्र को अंदर पंडित गंगासागर मिश्र से मिलवाने ले गया।

"इस समाचार के साथ तुम नेवले से बाज़ बन जाओगे," गंगासागर के लिविंग रूम की ओर बढ़ते हुए मेनन ने पत्रकार से कहा।

"मैं नेवला ही बना रहना पसंद करूंगा," रिपोर्टर ने कहा।

"क्यों?" मेनन ने पूछा।

"बाज़ उड़ ज़रूर सकते हैं, लेकिन नेवले जेट के इंजन में नहीं फंसते हैं!"

Ω

कानपुर की धूल भरी बिरहाना रोड की एक गली में, एक बिल्डिंग में

जिसने कभी बेहतर दिन भी देखे थे, द्वितीय तल पर पंडित गंगासागर मिश्र के फ़्लैट तक जाने वाला चरमराता ज़ीना सैकड़ों क़दमों के वज़न के नीचे कराह रहा था। सुबह के ग्यारह बजे थे और पंडितजी के घर पर चांदनी गुप्ता आई हुई थी। उसके साथ विपक्ष के वो एमएलए थे जो दल बदलने को तैयार थे।

स्टिंग ऑपरेशन ने मुख्यमंत्री को दोबारा सोचने पर मजबूर कर दिया था कि उन्हें कुर्सी से चिपके रहना चाहिए या नहीं। उन्होंने समझदारी से काम लिया और इस्तीफ़ा दे दिया। "आप ख़ुश हैं कि वो चले गए?" थके हुए मेनन ने पूछा।

"प्रिय मेनन, कुछ लोग जहां भी जाते हैं ख़ुशी देते हैं। कुछ लोग जब भी जाते हैं ख़ुशी देते हैं।"

"प्रणाम, गंगा अंकल," राजनिर्माता के सामने सम्मानभाव से हाथ जोड़ते हुए चांदनी ने कहा। "ईश्वर तुम पर कृपा करे, बेटा," उनके पास कुर्सी पर चांदनी के बैठते-बैठते वृद्ध ने कहा। वो एक क्षण को रुके और उसके सिर पर हाथ रखकर वो मन ही मन कुछ पढ़ने लगे। "*आदि शक्ति, नमोनमः; सर्वशक्ति, नमोनमः, प्रथम भगवती, नमोनमः, कुंडलिनी माताशक्ति; माताशक्ति, नमोनमः।*"

"तुम सरकार बनाने के लिए दावा करने को राज्यपाल के पास जाने को तैयार हो?" उन्होंने आंखें खोलकर पूछा।

उसने मुस्कुराते हुए सिर हिलाया। "मुख्यमंत्री के विधायक बाहर हैं। वो बिना मंत्री पद के हमारा समर्थन करने को तैयार हैं—उनके पास और कोई चारा भी नहीं था," वो हंसी।

"मुख्यमंत्री के रूप में तुम्हारा पहला काम—" वो शुरू हुए।

"जी?"

"विश्व बैंक का अनुबंध अग्रवालजी की पसंद के व्यक्ति को देना, लेकिन ध्यान रखना कि वहां कोई खुले माइक न हों! उन्होंने इस चुनाव में पैसा लगाने की ख़ातिर अपने बचे-खुचे बाल भी नोच डाले हैं। उन्हें शांत करने के लिए कुछ देना ज़रूरी है।"

Ω

उत्तर प्रदेश के मुख्यमंत्री का कार्यालय लखनऊ में लाल बहादुर शास्त्री भवन के पांचवें तल पर था। स्वागत क्षेत्र बहुत बड़ा था—बड़ी संख्या में प्रतीक्षारत मुलाक़ातियों के लिए। सचिव लोग स्वागत क्षेत्र में बैठे थे और उन्हें सिर्फ़ भीड़ को संभालने का काम सौंपा गया था।

अंदर का कार्यालय स्वागत कक्ष से छोटा था लेकिन कहीं अधिक भव्य था। कमरा लकड़ी के पैनलों का था, जिन पर महोगनी की बहुत बड़ी डेस्क हावी थी और इस मेज़ के पीछे पुराने लाल चमड़े की एक रिवॉल्विंग कुर्सी थी—प्रदेश की सबसे शक्तिशाली कुर्सी। कुर्सी के पीछे दीवार पर महात्मा गांधी की बड़ी सी तस्वीर थी। मुलाक़ातियों की कुर्सियां, जिनका रंग भी लाल ही था, नीची और छोटी थीं और मुलाक़ातियों को तुरंत ही कम दर्जे का महसूस करा देती थीं। डेस्क के दाईं ओर एक बड़ी सी खिड़की थी जिसके नीचे एक कैबिनेट थी जिसे चमकाकर शीशे की तरह कर दिया गया था। चांदनी जब अपने नए ऑफ़िस में आई तो उसने उस कैबिनेट के ऊपर गुलदाऊदी का फूलदान रखा देखा।

"गुड मॉर्निंग, मैडम," उसके सहायक ने कहा, जो कि भली सी सूरत का नौजवान था। "मैं आपका प्रमुख निजी सचिव हूं—आपका कार्यकारी सहायक। मेरा नाम शंकर है।"

"गुलाबी गुलदाऊदी की व्यवस्था तुमने की है, शंकर?" चांदनी ने पूछा।

"जी," नौजवान ने थोड़ा शर्मिंदा होते हुए कहा, "उम्मीद है आपको पसंद आए होंगे।"

"तुम्हें कैसे पता था कि गुलाबी गुलदाऊदी मेरे मनपसंद हैं?" चांदनी ने पूछा।

"मैडम, मैं आपका सचिव हूं—आपकी पसंद को जानना मेरा काम है," वो बोला। "क्या हम आपकी डायरी देखें?"

Ω

मुलाक़ातियों, फ़ोन कॉल्स, चिट्ठियों, मीटिंगों और फ़ाइलों का तांता लगा हुआ था। शाम के पांच बज चुके थे और चांदनी अपनी डेस्क से उठ तक नहीं पाई थी, लंच के लिए भी नहीं।

"बिल्डर्स फ़ेडरेशन के प्रतिनिधिमंडल को अंदर भेजो," उसने इंटरकॉम पर शंकर को निर्देश दिया। एक मिनट बाद वो एक ट्रे लिए अंदर आया। "कहां हैं वो?" उसने अपने सामने रखी फ़ाइल से नज़र उठाए बिना कहा। उसके सचिव ने चिंतित भाव के साथ ट्रे उसके सामने रखी और बोला, "मैडम, आज आप बहुत काम कर चुकी हैं। मैंने उनसे बाद में मिलने को कह दिया है। मेरे ख़्याल से आपको ब्रेक ले लेना चाहिए।" चांदनी ने सिर उठाकर उसे देखा और महसूस किया कि वो ठीक कह रहा है—वो भूखी थी। उसने ट्रे में अपनी मनपसंद मीठी इलायची वाली चाय और नीबू के रस वाली चटपटी मूंगफलियां देखीं तो वो मुस्कुराने लगी।

♎

"तुमने उसका विश्वास जीतना शुरू कर दिया है?" गंगासागर ने पूछा।

"आपकी दी हुई पृष्ठभूमि की जानकारी के साथ, ये काफ़ी आसान रहा," शंकर ने स्वीकार किया। "वो लगभग हर चीज़ के लिए मुझ पर निर्भर करती हैं।"

"बढ़िया। उसकी गतिविधियों के बारे में मुझे सूचित करते रहना। इस पुरुष प्रधान समाज में वो एक अकेली लड़की है। मैं किसी वास्तविक या काल्पनिक पुरुष मित्र के बारे में विद्वेषपूर्ण अफ़वाहों का ख़तरा मोल नहीं ले सकता," गंगासागर ग़ुर्राया।

♎

"गड़बड़ के आसार अभी से नज़र आने लगे हैं," मेनन ने कहा।

"क्या? अभी उसे मुख्यमंत्री बने कुछ हफ़्ते ही हुए हैं," गंगासागर बोला।

"पार्टी में बग़ावत हो रही है। हमारे प्रिय राम शंकर द्विवेदी इस प्रयास का नेतृत्व कर रहे हैं। कुछ गुप्त मुलाक़ातें और बैठकें हुई हैं।"

"इकरामभाई से कहना मुझसे मिले। इस परिस्थिति में उसके क़िस्म की मदद चाहिए होगी," गंगासागर ने कहा।

Ω

एक-एक इंच जगह को पूरे-पूरे परिवारों ने घेरा हुआ था। एक गाय रेलवे प्लेटफ़ॉर्म के बीचोबीच उदासीन भाव से बैठी जुगाली कर रही थी, जबकि पत्नी, तीन बच्चों जिनमें से एक नवजात था, सास और मुगर्.ियों के साथ एक आदमी फ़र्श पर अपने सामान के लिए जगह बनाने का प्रयास कर रहा था। पटरियों पर पड़े ढेर सारे कचरे से आकर्षित होकर मक्खियां और मच्छर भिनभिना रहे थे। समृद्ध चाय वाले के नौकर छोटे-छोटे लड़के गर्म, मीठी और दूध वाली चाय बेचते हुए *चाय गरम चाय* चिल्लाते इधर-उधर दौड़ रहे थे। सस्ते प्लास्टिक के खिलौने, अख़बार, फल, समोसे, टूथब्रश, जड़ी-बूटियों की औषधियां और यहां तक कि बच्चों के कपड़े भी बेचते हुए अन्य फेरीवाले बहुप्रतीक्षित ट्रेन के आने का इंतज़ार करते यात्रियों को तंग कर रहे थे। आख़िरकार, शोर मचाता और हांफता लोहे का दानव आया, तो एक हलचल सी मच गई और हर कोई ट्रेन पर चढ़ने के संघर्ष में जुट गया।

लेकिन इकरामभाई का आदमी ट्रेन पर सवार होने का इंतज़ार नहीं कर रहा था। वो एक बहुत ख़ास महिला के आने का इंतज़ार कर रहा था जिसे वहां से दरबार क्लब ले जाया जाना था।

Ω

लखनऊ रेलवे स्टेशन के सामने दरबार क्लब में तापमान लगभग दस डिग्री कम था। हवा में चमेली के ताज़ा फूलों की महक भरी हुई थी। आंतरिक सज्जा गहरे रंग की लकड़ी और गहरी लाल मख़मल की थी। कमरे के बीच में डांस फ़्लोर था जिस पर महंगे लहंगे पहने कोई पंद्रह लड़कियां लोकप्रिय बॉलीवुड गानों पर थिरक रही थीं। परिधि पर अय्याश क़िस्म के आदमी बैठे व्हिस्की पी रहे थे। कामासक्त लोग पसंद आ गई लड़कियों पर कुरकुरे नोटों की बारिश कर रहे थे। कैश को पास खड़े वेटरों द्वारा फ़र्श से साफ़ कर लिया जाता था।

पचास प्रतिशत संस्था के, पचास प्रतिशत पसंद की गई लड़की के।

क्लब के अंदर मौजूद आदमियों की वासनापूर्ण नज़रों को नज़रअंदाज़ करती हुई ईशा अपनी ही दुनिया में खोई हुई थी और ख़ुद को संगीत में डुबोए हुई थी। उसे अलंकृत करती चमचमाती चूड़ियां, चेनें, बुंदे और नथनी आभूषणों के प्रति उसके शौक़ को दर्शा रही थीं। उसका मेकअप पेशेवर ढंग से किया गया था लेकिन ज़रूरत से ज़्यादा नहीं था। वो सिर्फ़ इक्कीस साल की थी और सैक्स अपील उससे टपकी पड़ रही थी। वो पिछले तीन घंटे से डांस कर रही थी लेकिन थकी नहीं थी। थकान को चरस के सिगरेट ने दूर भगा दिया था। ट्रेन का सफ़र लंबा रहा था लेकिन थकान और उबाऊपन को दूर करने के लिए ड्रग्स उपलब्ध थे। शुक्र है कि उसे यहां एक ही काम के लिए आना था। ये शहर बकवास था!

जहां वो डांस कर रही थी उसके नज़दीक ही बैठा एक आदमी उस पर नोटों की बरसात कर चुका था और उसे आंख मारकर ये संकेत भी दे चुका था कि वो आमने-सामने के खेल के लिए पैसा देने को भी तैयार है। वो उसे देखकर मुस्कुराई और उसे आंकने की कोशिश की। वो काफ़ी पैसे वाला लगता था। उसने बार की ओर देखा जहां खड़ा इकराम का आदमी कोक पी रहा था। उसने ईशा को देखकर सिर हिलाया। शिकार ने चारा ले लिया था।

जब वो ऊपर के एक गंदे कमरे की ओर जा रहे थे, तो राम शंकर द्विवेदी ने उसे हड्डी के लिए जीभ लटकाए कुत्ते की तरह वासनापूर्ण ढंग से देखा। ईशा उसे वो हड्डी देने वाली थी जो उसे चाहिए थी, हालांकि उसकी पैंट के अंदर उभार से लगता था कि ख़ुद उसके पास भी एक हड्डी है।

छोटा सा कमरा बारह गुणा बारह का और बिना खिड़की का था। प्रमुख दीवार के बीच में एक डबल बेड था। एक फूलदार चादर बिछी हुई थी जिस पर कुछ दाग़-धब्बे ऐसे थे जो चादर के डिज़ाइन का भाग नहीं लगते थे। एक कोने में एक इकलौती कुर्सी पड़ी थी जिसके सामने एक आईना था—जो इस घटिया से कमरे के लिए

एक विलक्षण चीज़ थी। शुक्र था कि खिड़की के बजाय वहां लगा एयर-कंडीशनर काम कर रहा था और कमरा ठंडा था।

"तो क्या मैं तुम्हें बताऊं कि मेन्यू में क्या है?" ईशा ने बेड के किनारे बैठते और अपने पास की जगह को थपथपाते हुए पूछा। उसके साज़ो-सामान के नशे में चूर द्विवेदी ने ख़ामोशी से सिर हिलाया।

"बीबीबीजे, बीडीएसएम, बेयरबैक, जीएफ़ई, डीटी, एचजे—"

"मैं कुछ नहीं समझा—" उसने बोलना शुरू किया।

"शश। तुम्हें समझने की ज़रूरत नहीं है। मैं तुम्हें सब कुछ दिखाऊंगी," वो उसके कपड़े उतारने में मदद करती हुई बोली।

इकराम के आदमी द्वारा नियुक्त फ़ोटोग्राफ़र बेडरूम की दीवार पर लगे दोरुख़ी शीशे के दूसरी ओर खड़ा था। उसने कैमरे को मैनुअल मोड पर और शटर को तीस सैकंड पर सैट किया हुआ था। फ़ोटोगाफ़र की उंगली एक तिपाई पर टिके कैमरे पर मज़बूती से रखी हुई थी। राम शंकर द्विवेदी ईशा के विस्तृत मेन्यू से आइटम चुनता रहा और शटर क्लिक करता और आगे बढ़ता रहा।

Ω

"हमने अग्रवालजी के जिस उम्मीदवार को सड़क का ठेका दिया है—" चांदनी ने बोलना शुरू किया।

"हां?"

"उनका उम्मीदवार तो रुंग्टा एंड सोमानी का संघ साबित हुआ, जिनसे हमने किसानों की ज़मीन के बारे में बात की थी।"

"सोमानी ने ही बॉलीवुड की छमिया—अंजलि—को तुम्हारे चुनाव अभियान के लिए भेजकर हमारा समर्थन किया था," गंगासागर ने याद दिलाया।

"बिल्कुल सही," चांदनी ने स्वीकार किया, "पर अब हमारे सामने एक समस्या है।"

"क्या?"

"आर एंड एस में अब विवाद है। विश्व बैंक की परियोजना एक निजी कंपनी को आवंटित की गई थी जो सीनियर पार्टनर रुंग्टा की है।"

"तो?"

"अब जूनियर पार्टनर—सोमानी—दावा कर रहा है कि परियोजना मूल कंपनी के नाम में आवंटित होनी चाहिए थी जिसमें उसका बराबर का शेयर है।"

"इससे हमें क्या मतलब? मुझे विश्वास है तुमने पारदर्शिता और निष्पक्षता के सारे *ज़ाहिरी* नियमों का पालन करते हुए ही निविदा निकाली होगी, सही?" उसके कुटिल गुरु ने पूछा।

"बिल्कुल। लेकिन अब सोमानी अदालत जाने की धमकी दे रहा है। अगर ऐसा हुआ, तो नतीजतन रुंग्टा पर होने वाला आक्रमण राज्य सरकार को परेशानी में डाल देगा।"

"हम उनमें से किसी को भी नाराज़ नहीं कर सकते। सोमानी को समझाने के लिए उसके साथ एक मीटिंग तय करते हैं।"

"आपको मीटिंग तय करने की ज़रूरत नहीं है।"

"क्यों?"

"वो हमसे मिलने के लिए बाहर इंतज़ार कर रहा है।"

♎

"मुझसे वो चीज़ छीनी गई है जो न्यायोचित रूप से दोनों साझेदारों में आधी-आधी बंटनी चाहिए थी। आपने ऐसी नाइंसाफ़ी कैसे हो जाने दी?" सोमानी ने अंदर आते हुए सारी औपचारिकताओं को ताक़ पर रखते हुए कहा।

"आपसे मिलकर अच्छा लगा," गंगासागर ने व्यंग्यात्मक ढंग से कहा।

"मैडम, मैं आपसे विनती करता हूं। इस ग़लती को ठीक कर दें तो मैं इस मुद्दे को अदालत में नहीं घसीटूंगा," सोमानी ने चांदनी

से विनती की।

"हम साझेदारों के बीच के झगड़े में कैसे पड़ सकते हैं?" चांदनी ने पूछा।

"आपके पास और कोई विकल्प नहीं है। अगर ये विवाद कोर्ट में गया, तो ठेका देने के बारे में सारा घिनौना ब्योरा जनता तक पहुंच जाएगा," सोमानी ने कहा।

"आप उत्तर प्रदेश सरकार और इसकी मुख्यमंत्री को धमकी दे रहे हैं?" चांदनी ने ग़ुस्से से पूछा।

"नहीं, मैडम, लेकिन अगर आपने कुछ नहीं किया तो मेरे पास मामले को जनता के बीच उठाने के अलावा कोई विकल्प नहीं बचेगा," सोमानी ने कहा।

"तो फिर प्रदेश सरकार के भरपूर हमले के लिए तैयार रहना! जहां खाते हो वहां हगना नहीं चाहिए, मि सोमानी!" चांदनी ने ऊंची आवाज़ में कहा।

"बस, बस, हमें एक-दूसरे से बहस नहीं करनी चाहिए। हम सब भले लोग हैं जो एक मित्रतापूर्ण हल निकालने के लिए जमा हुए हैं, सही?" गंगासागर ने चांदनी को शांत रहने का इशारा करते हुए पूछा। "विषय को बदलते हुए, मैं पूछना चाहूंगा कि मैजेस्टिक म्युनीशन्स पीएलसी में आपका निजी स्टेक है ना, मि सोमानी?"

"आ—आपको कैसे पता?" एक बिज़नेस हाउस के उस वारिस ने भौचक्का होकर पूछा।

"सब कुछ जानना मेरा काम है," गंगासागर ने कहा। "जहां तक मैं समझता हूं, मैजेस्टिक म्युनीशन्स पीएलसी—वो कंपनी जो लंदन स्टॉक एक्सचेंज पर उद्धृत की जाती है—के शेयर्स की एक बड़ी मात्रा का अधिग्रहण एक दुबई स्थित निवेश बैंक ने किया था जिसमें—जहां तक मेरे स्रोतों ने बताया है—आपका एक बड़ा स्टेक है।"

"आपकी बात सैद्धांतिक रूप से सही है, पर उससे क्या

हुआ?" घबराए बिज़नेसमैन ने पूछा।

"परिकल्पनात्मक रूप से बात करें, तो आपकी क्या प्रतिक्रिया होगी अगर मैं आपको बताऊं कि इस परिकल्पनात्मक निवेश बैंक में, जिसके पास एक परिकल्पनात्मक शस्त्र कंपनी के परिकल्पनात्मक शेयर हैं, आपके परिकल्पनात्मक स्टेक का मूल्य छह गुणा बढ़ सकता है?"

"कैसे?"

"क्या हम अब भी परिकल्पनात्मक रूप से बात कर रहे हैं?" गंगासागर ने ताना कसा। "जहां तक मैं जानता हूं, मैजेस्टिक म्युनीशन्स को सेमी-ऑटोमेटिक राइफ़लों का एक बहुत बड़ा ऑर्डर दिया जाने वाला है लेकिन फ़ाइल प्रधानमंत्री कार्यालय में फंसी पड़ी है। अगर ये प्रस्ताव पास हो गया, तो मैजेस्टिक में आपके हिस्से का मूल्य लगभग छह गुणा बढ़ जाएगा।"

"लेकिन हम सारी कोशिशें कर चुके हैं—" सोमानी कहने लगा।

"उसे मुझपे छोड़ दीजिए। बस इस छह गुणा मुनाफ़े के लिए आपको छह चीज़ें करनी होंगी।"

"और वो छह चीज़ें क्या हैं?"

"पहली चीज़ ये कि आपको दो प्रतिशत शेयर एक धर्मार्थ न्यास को आवंटित करने होंगे। ये न्यास एक साधारण साध्वी का है—जो बड़ी प्यारी महिला है।" *जिसे राष्ट्रपति शासन लागू होने से रोकने के लिए मुझे इनाम देना है।*

"ठीक है। और क्या?"

"दूसरी। सौदा होते ही मैजेस्टिक के अपने शेयर बेचकर अपना मुनाफ़ा कमा लेना। मैं इसकी गारंटी नहीं दे सकता कि भविष्य में क्या होगा।"

"ठीक है। और?"

"तीसरी। एक बहुत ग़रीब परिवार का एक लड़का है। वो एक

हिंदू आश्रम के पुरोहित का बेटा है। आप उसे उनमें से किसी एक मैडिकल कॉलेज में प्रवेश दिलाएंगे जिनके आप न्यासियों में से हैं।" *ऋण हमेशा पूरी तरह चुकाना चाहिए।*

"आसान काम है। चौथी?"

"नई दिल्ली में अपने दोस्त—रक्षा मंत्री जो मैजेस्टिक म्युनीशन्स के आपके सौदे के लिए समर्थन जुटा रहे हैं—को भविष्य में किसी काम के लिए मेरा सहयोगी बना दीजिए।"

"मैं उनसे बात करूंगा। पांचवीं?"

"मैजेस्टिक म्युनीशन्स का एशियाई सैनिक मामलों के अमेरिकी विचार गुट स्ट्रैटेजिक एशिया रिसर्च डिफ़ेंस—एसएआरडी—में स्टेक है। मुझे शायद अपनी कुछ बात उन तक पहुंचवाने की ज़रूरत पड़े।"

"ठीक है। और आख़री?"

"अपने पार्टनर रुंग्टा के विरुद्ध मामला वापस ले लें ताकि हम साली सरकार चलाने के मामले से निबट सकें! और अब मैं परिकल्पनात्मक बात नहीं कर रहा हूं!"

Ω

"सोमानी से निबटने के लिए धन्यवाद," चांदनी ने कहा।

"स्वागत है। मुझे ख़ुशी है कि तुम मेरी सलाह मानकर उस पर चिल्ला पड़ीं," गंगासागर ने कहा।

"आपने मुझसे इतना सख़्त होने को क्यों कहा था?"

"अगर एक बुरा पुलिसवाला न हो, तो अच्छा पुलिसवाला अपना काम कैसे कराएगा?" गंगासागर ने पूछा।

Ω

मुख्यमंत्री लखनऊ से लगभग सौ किलोमीटर दूर एक छोटे से गांव नटपुरवा में एक प्राइमरी स्कूल का उद्घाटन करने जा रही थीं। उन्हें लखनऊ से एक बजे निकल जाना था लेकिन देर तक चली बैठकों की वजह से दो घंटे की देरी हो चुकी थी। शंकर ने दौरा रद्द करने का सुझाव दिया था लेकिन चांदनी वहां जाने को दृढ़ थी हालांकि

प्रदेश सरकार का हेलीकॉप्टर ख़राब था। व्यापारियों और नौकरशाहों से मुलाक़ातें अहम थीं लेकिन इतनी अहम नहीं जितना कि साधारण ग्रामीणों और बच्चों से मुलाक़ातें जिनके लिए एक स्कूल बहुत बड़ी बात था।

जाड़े आ चुके थे और सूर्यास्त जल्दी हो गया था। वो अपनी ख़ास क्रीम रंग की साड़ी और कंधों पर एक शानदार भूरी पश्मीना शॉल लपेटे अपनी सरकारी एंबैसडर कार की पिछली सीट पर बैठी थी। शंकर उसके पास बैठा पिछली फ़ाइलों को निबटवाने में उसकी मदद कर रहा था। उनकी कार के आगे दो मोटरबाइकों पर सवार पाइलट पुलिसवाले थे और पीछे मुख्यमंत्री के अंगरक्षकों को ला रही पुलिस जीप थी। लखनऊ और नटपुरवा के बीच की सड़क गड्ढों भरी थी और वो धीरे-धीरे ही आगे बढ़ पा रहे थे।

शाम ढलने के समय, ये क़ाफ़िला भैंसों के एक झुंड को गुज़रने देने के लिए ज़रा सा रुक गया। झूमती हुई भैंस चांदनी के पुलिस द्वारा नियुक्त ड्राइवर के बार-बार हॉर्न बजाने को नज़रअंदाज़ करते हुए धीरे-धीरे बढ़ रही थीं। झुंड बहुत बड़ा था और मुख्यमंत्री की कार में सवार लोगों ने अचानक ख़ुद को सैकड़ों भैंसों से घिरा पाया। पांच मिनट बाद जब जानवर आगे बढ़ चुके थे, तो न तो पुलिस जीप ही दिखाई दे रही थी और न मोटरसाइकिल सवार पुलिसवाले।

जानवरों द्वारा उठाई गई धूल बैठी, तो तीन घुड़सवार दिखाई दिए और कुछ ही क्षणों में मुख्यमंत्री की कार घेर ली गई। एक घुड़सवार अपने घोड़े को ड्राइवर की खिड़की के पास लेकर गया, उसने अपनी .303 बोर की राइफ़ल का रुख़ उसकी ओर किया और गिलास के पार से ही गोली मारकर उसे मार डाला जिससे शीशे की किरचें बिखर गईं। "ये रज्जो भैया है," शंकर चांदनी से फुसफुसाया। "अगर हम भागे नहीं, तो ये हमें मार डालेगा।" चांदनी को डर के मारे जैसे लक़वा ही मार गया था। उसका फीका रंग बर्फ़ की तरह सफ़ेद पड़ गया और उसने शंकर की बात पर सिर हिलाया। एक और घुड़सवार ने अपनी राइफ़ल के कुंदे से शंकर की ओर की खिड़की

का शीशा तोड़ डाला और अब वो उस पर बंदूक़ ताने हुए था।

"वो सूअर का बच्चा गंगासागर समझता था कि वो मेरे साथ राजनीति खेल सकता है? अपनी प्यारी लड़की को गद्दी पर बिठाकर पीछे से शासन कर सकता है? उसने मेरी ले ली, अब मैं उसकी प्यारी लड़की की लूंगा और मस्ती करूंगा। लड़की, सामूहिक मस्ती के लिए तैयार है ना?" रज्जो भैया हंसा और उसके साथ उसके आदमी हंसे—धूर्त और भयानक ठहाके।

चांदनी और शंकर दोनों बैठे रहे। उनकी खिड़कियों के टूटे टुकड़े सीटों और फ़र्श पर बिखरे पड़े थे। दोनों ओर से उन पर दो .303 बोर की बंदूक़ें तनी हुई थीं। रज्जो के आदमी उन्हें कार से निकालने की किसी जल्दी में नहीं थे। उनके पीछे आ रहे अंगरक्षकों, आगे चल रहे बाइकसवारों और ड्राइवर का काम तमाम करने के बाद वो जानते थे कि चांदनी और शंकर आसान शिकार हैं।

"तीन की गिनती पर," शंकर चांदनी को इशारे से उसके पास पड़ा ख़ंजर के आकार का शीशे का टुकड़ा उठाने का संकेत करते हुए फुसफुसाया। वो पहले ही एक शीशे का टुकड़ा पकड़े हुए था और ख़ून उसकी हथेली से बहकर सीट पर टपक रहा था। "एक—दो—तीन" वो फुसफुसाया और चांदनी और शंकर दोनों ने एक साथ अचानक अपने हाथ बाहर निकाले और कार के दोनों ओर खड़े घोड़ों को शीशे घोंप दिए।

घोड़े पगला गए और चीख़ते और हिनहिनाते हुए बिदककर पीछे हट गए। "मादरचोद!" रज्जो भैया ग़ुस्से से चिल्लाया और वो और उसके साथी अपने घोड़ों को नियंत्रित करने में लग गए। राइफ़ल की नालें कुछ देर को कार के अंदर से निकल गईं। "अब!" शंकर फुफकारा और उसने कार का दरवाज़ा खोलकर चांदनी को बाहर घसीटा। वो जानता था कि बिदके घोड़ों ने उन्हें एक मिनट से भी कम का समय दिया है।

लड़खड़ाकर बाहर निकलते-निकलते, शंकर ने अपने पास वाले घोड़े को एक बार फिर शीशे से घोंपा और घोड़ा बिल्कुल ही

पागल हो गया। फिर उसने नीचे गिर पड़ी बंदूक़ उठाई, बदमाश की खोपड़ी का निशाना लिया और गोली चला दी। उसे पता नहीं था कि वो क्या कर रहा है लेकिन उसका मस्तिष्क और शरीर जैसे स्वचालित हो रहा था। जब घुड़सवार का, जिसकी एक टांग रकाब में फंसी रह गई थी, बेजान शरीर ज़मीन पर गिरा तब उसे अहसास हुआ कि उसने एक आदमी को मार डाला है। पगलाया घोड़ा तेज़ी से दौड़ता हुआ लाश को घसीटता धूल भरे क्षितिज की ओर ले गया।

हाथों और घुटनों के बल गिरते हुए शंकर ने चांदनी को अपने साथ नीचे खींचा और वो कार के नीचे रेंग गए। उसने मन ही मन भारत सरकार को धन्यवाद दिया जिसने सरकारी कामकाज के लिए अधिकारियों और मंत्रियों द्वारा एंबैसडर कार के प्रयोग पर ही बल दिया हुआ था। 1956 के मॉरिस ऑक्सफ़ोर्ड तृतीय के आधार पर, इतने बरसों में एंबैसडर में कम ही बदलाव आया था और ये अब भी यात्री कारों में सबसे ज़्यादा ग्राउंड क्लीयरेंस वाली कार थी जिसके कारण इसके नीचे चले जाना आसान था। "साले मर्दों की तरह बाहर आकर क्यों नहीं लड़ता, चूतिए?" रज्जो भैया चिल्लाया।

"उसी वीरता के साथ जिसके साथ तूने हमें बंदूक़ की नोक पर रोका था?" शंकर ने ताना कसा। वो घोड़े के खुरों को देख रहा था और वो जानता था कि उसे रज्जो भैया के घोड़े से उतरने से पहले ही कुछ करना होगा। उसने चांदनी को अपने नज़दीक खींचा और उसका हाथ दबाया, उसे आश्वस्त करने के लिए कि वो इस मुसीबत से ज़िंदा बाहर निकलेंगे। उसने अपनी बंदूक़ पिछले बाएं दरवाज़े के नीचे वाले ख़ाली स्थान की ओर तानी और जल्दी से चांदनी से कहा कि वो कुछ गोलियां चलाए लेकिन ध्यान रखे कि गोली टायरों पर न लगे। उसका उद्देश्य रज्जो और उसके बचे हुए साथी का ध्यान भटकाना था जबकि वो ख़ुद अगले दाएं—ड्राइवर की सीट वाले—दरवाज़े की ओर रेंग गया।

चांदनी के फ़ायर दोनों घुड़सवारों को कार के पिछले बाएं भाग की ओर ले आए थे और उसी क्षण, शंकर ने दरवाज़ा खोला, तेज़ी से

ड्राइवर की लाश को बाहर खींचा और पुलिसवाले के आईओएफ़बी मार्क वन रिवॉल्वर को उसके होल्स्टर से खींच निकाला। खड़े होकर उसने रज्जो भैया—जिसका ध्यान अभी भी पिछले बाएं भाग से चली गोलियों की ओर था—का निशाना साधा और गोली चला दी। रज्जो भैया के हाथ से राइफ़ल छूटी और उसने अपने दिल पर हाथ रख लिया जिससे ख़ून फूट पड़ा था। जब दूसरी गोली उसकी दोनों आंखों के बीच लगी तो उसके चेहरे पर एक स्तब्धता का भाव था।

तीसरे घुड़सवार ने देखा कि उसका बॉस मर चुका है, तो उसने अपने घोड़े को कार से दूर वाली दिशा में घुमाया और दूर पहाड़ियों की ओर भगा ले गया। शंकर एक बार फिर से कार के नीचे रेंगा और उसने चांदनी को संभाला जो अभी तक मशीनी ढंग से बंदूक़ को चलाने का प्रयास कर रही थी हालांकि उसमें गोलियां ख़त्म हो चुकी थीं। बंदूक़ को जकड़े हुए वो कांप रही थी। शंकर ने हाथ बढ़ाकर उसके हाथ को छुड़ाया जो ट्रिगर से शिकंजे की तरह लिपट गया था। फिर उसने अपना दूसरा हाथ उसकी ओर बढ़ाया और उसे कार के नीचे से निकाल लिया। अपनी बांह उसके कंधे पर रखकर उसने उसे सामने की यात्री सीट पर बिठाया, दौड़कर दूसरी ओर गया, ड्राइवर की सीट पर बैठा, फिर उसने इंजन चालू किया, गियर को न्यूट्रल से निकाला और एक्सीलरेटर पर पैर रख दिया। जब तक वो नटपुरवा के बाहर सरकारी सर्किट हाउस नहीं पहुंच गए, उसने एक्सीलरेटर से पांव नहीं हटाया।

Ω

जब वो सर्किट हाउस—ज़िला कलेक्टर द्वारा बनवाया गया दो बेडरूम का बंग्ला—पहुंचे, तो रात के दस बजे से ऊपर हो चुके थे। चौकीदार—एक विनम्र, बिना दांत वाला वृद्ध आदमी—ने मुख्यमंत्री की नंबरप्लेट वाली कार देखी तो वो दौड़ता हुआ बाहर आया। उसने शंकर को कार से निकलते और उसके कपड़ों को ख़ून और मिट्टी में सना हुआ देखा, तो वो चिंतित स्वर में बोला, “क्या हुआ?”
“मुख्यमंत्री पर हमला हुआ था। इन्हें अंदर ले चलने में मेरी मदद

करो—ये सदमे में हैं," शंकर ने बताया।

दोनों ने चांदनी को कार से निकालने में मदद की और उसकी बांहों को अपने कंधों पर रखकर वो उसे सर्किट हाउस की सीढ़ियों से ऊपर एक कमरे में ले गए। सरकारी निवास के स्तर से सर्किट हाउस बड़ी अच्छी हालत में था। शंकर ने चांदनी को एक बेड पर ढह जाने दिया और फिर उसने चौकीदार की ओर मुड़ते हुए कहा, "प्लीज़ हमारे लिए चाय बना दो। और तुम्हारे पास कोई नींद की दवाई है? और मुझे फ़ोन का इस्तेमाल तो करना ही होगा।"

चिंतित चौकीदार ने सिर हिलाया और चाय और नींद की दवाई लेने चला गया लेकिन जाते-जाते उसकी आवाज़ आई, "फ़ोन लाइन आज सवेरे से डेड है, सर। इकलौता दूसरा फ़ोन पांच मील दूर है!"

शंकर ने चांदनी को दो तकिए लगाकर टिकाया, बेड पर उसके पास बैठा, और चौकीदार द्वारा लाए गर्म, मीठे पेय के कुछ घूंट पीने को मजबूर करने लगा। फिर उसने उसे नींद की दवाई दी। "इस हालत में मैं आपको लखनऊ ले जाने को लेकर सहज नहीं हूं," उसने उससे विनम्रता से कहा। "मैं पुलिस सुरक्षा के साथ ही आपको ले जाना चाहूंगा। अगर आपको भूख लगी हो, तो मैं गांव जाकर कुछ खाने को ले आऊंगा।"

चांदनी ने इंकार में सिर हिला दिया। "मुझे भूख नहीं है। सुबह चलेंगे—तब तक लखनऊ में कंट्रोल रूम को अंदाज़ा हो जाएगा कि उन्हें यहां एक टीम भेजनी चाहिए।"

"ठीक है। मैं चौकीदार से कहूंगा कि जागता रहे और सामने के पोर्च के पास बैठे। मैं बग़ल के कमरे में हूं—" कहते-कहते वो उठने लगा।

"शंकर," चांदनी ने उसका हाथ पकड़े और उसकी आंखों में सीधे देखते हुए कहा, "मुझे छोड़कर मत जाओ। प्लीज़ रुक जाओ।" ये एक बेहद अर्थपूर्ण सरल सा अनुरोध था और शंकर को लगा कि उसे उस बेहद हसीन और कमज़ोर लड़की से प्यार हो गया है।

♎

"तुम्हें उसपे नज़र रखनी थी, साला उसके साथ सोना नहीं था!" गंगासागर दहाड़ा। मुख्यमंत्री के क़ाफ़िले पर हमला ख़बरों में छाया हुआ था और उन्हें सुबह को पहरे में लखनऊ ले आया गया था। शंकर नहाकर और जल्दी से कुछ खाकर गंगासागर से मिलने चला गया था। बूढ़े से कुछ भी छिपाने का कोई फ़ायदा नहीं था—उसे पता चल ही जाना था।

शंकर का दिमाग़ घूम रहा था। वो बुरे हाल में था। "मैंने ऐसा कभी नहीं चाहा था। ये सब कुछ अचानक हो गया। उन्हें मेरी ज़रूरत थी और— "

"—और तुमने उसके साथ बेड में जिम्नास्टिक कर ली?" गंगासागर चिल्लाया।

"ऐसा नहीं था। ये बहुत घनिष्ठ, भावनात्मक, अचानक— " शंकर बोला।

"प्लीज़! मुझे तफ़्सील मत बताओ!" गंगासागर ने हाथ पीछे बांधे अपने लिविंग रूम में इधर से उधर टहलते हुए कहा।

"मैं—मैं—मुझे लगता है कि मुझे उनसे—प्यार हो गया है," शंकर हकलाया। "मैं नहीं जानता कि मैं वो कर सकता हूं या नहीं जो आप मुझसे चाहते हैं। मैं उस औरत—औ—औरत पर कैसे नज़र रखूंगा और उसकी रिपोर्ट कैसे दूंगा जिससे मुझे प्यार हो गया है?"

गंगासागर मुस्कुराया। ये एक विनम्र, आश्वस्तिपूर्ण मुस्कुराहट थी। वो उस कुर्सी के पास गया जिस पर शंकर बैठा हुआ था और उसने नौजवान के कंधे पर स्नेहपूर्ण ढंग से हाथ रखते हुए कहा, "तुम बहादुर और ईमानदार हो, शंकर। मुझे सच बताने के लिए मुझे तुमपे गर्व है।"

शंकर ने चैन की सांस ली। "मेरी राय है कि तुम घर जाओ और थोड़ा आराम करो। एक-दो दिन बाद बात करेंगे कि तुम्हें इस काम से कैसे निकालें।"

शंकर गंगासागर के पैरों में गिरकर उन्हें छूने लगा। "आपने जो

कुछ मेरे लिए किया है—सचिव पद दिलाने समेत—मैं उसके लिए आपका आभारी हूं। आप मेरे गुरु हैं, सर और मैं आपका आभारी हूं।"

"शांत हो जाओ, शंकर। प्यार इतनी भी बुरी चीज़ नहीं है," गंगासागर हंसा। "प्यार नहीं होता, तो न तुम पैदा हुए होते न मैं!"

♎

शंकर जल्दी जाग गया। उसने शेव किया, नहाया और कपड़े पहने। उसका छोटा सा फ़्लैट जिसमें वो अकेला रहता था, कॉफ़ी से महक रहा था। कॉफ़ी उसका रोज़ का नियम था, जिसके लिए ताज़ा बीन्स को पीसा जाता और उसे दम में लाया जाता। ताज़ा-ताज़ा दम हुई कॉफ़ी को नज़रअंदाज़ करते हुए, उसने अपना ब्रीफ़केस लिया, दौड़ता हुआ सीढ़ियों से उतरा और बस स्टॉप की ओर बढ़ गया। पिछली रात चांदनी से फ़ोन पर हुई बातचीत के बारे में सोचकर उसके क़दमों में एक नया जोश आ गया।

"समझ में नहीं आता तुम्हें कैसे धन्यवाद कहूं," चांदनी ने कहा था।

"श्श! आप जानती हैं कि किसी धन्यवाद की ज़रूरत नहीं है," उसने डांटा।

"जानती हूं। सुनो, हमारे बीच जो हुआ—"

"हां?"

"समझ में नहीं आता कैसे कहूं। अगर ये तुम्हारे लिए बेमानी था, तो मैं समझ सकती हूं—"

"क्या बात कर रही हैं आप? बेमानी? मैं—"

"मुझे ख़ुशी है कि इसके तुम्हारे लिए कुछ मायने थे। मैं तुम्हें बताना चाहती हूं कि मेरे लिए इसके अब भी बहुत मायने हैं।"

"मुझे लगता है कि मुझे आपसे प्यार होने लगा है," वो बोला।

"फिर तो हम एक ही कश्ती में सवार हैं," वो सरल भाव से बोली।

शंकर बस स्टॉप पहुंच चुका था जो सड़क के पार था। सड़क पार करने से पहले उसने पहले दाईं और फिर बाईं ओर देखा। बिना किसी चेतावनी के एक टाटा ट्रक आया, जिसका ड्राइवर शायद नियंत्रण खो चुका था। पच्चीस टन का विशाल राक्षस शंकर से टकराया और उसने उसकी हड्डियों का सुरमा बना दिया। ट्रक ड्राइवर ने आगे बढ़ते हुए रियरव्यू मिरर में शंकर का क्षत-विक्षत शरीर देखा जो रक्त और मांस का ढेर बना पड़ा था।

अध्याय ग्यारह

लगभग 2300 वर्ष पहले

"मैं आपसे प्रेम करती हूं," मगध के महामंत्री राक्षस के गले और कंधों को मसलते हुए चाणक्य की बचपन की पसंद सुवासिनी ने कहा।

सुवासिनी ही वो आदर्श चिंगारी है जो मगध में आग लगा सकती है, चाणक्य ने निर्णय लिया था। पहली बात तो ये कि वो मादक थी। दूसरे ये कि वो चालें खेलना पसंद करती थी। मगध के राजनीतिक परिदृश्य में, शारीरिक वासना प्रमुख पात्रों—व्यसनी राजा धनानंद और उसके कामुक महामंत्री राक्षस—के लिए मुख्य उत्प्रेरक थी।

सुवासिनी की त्वचा में एक कजरारापन था, जो उसे रहस्यपूर्ण और आकर्षक बनाता था। उसे परंपरागत रूप से सुंदर नहीं कहा जा सकता था लेकिन उसके अंदर कुछ ऐसा था जो किसी भी वयस्क पुरुष की उर्वर कल्पना में तीव्र इच्छा के बीज बो सकता था। उसमें सारी उपयुक्त जगहों पर घुमाव थे, और इसके साथ उसकी गेहुंआ

रंगत, भरे-भरे होंठ, गहरी आंखें और घने काले बाल उसे चटपटा, तीखा और मादक बना देते थे।

"मैं आपसे प्रेम करती हूं," सुवासिनी ने राक्षस से कहा, "लेकिन महाराज ने मुझे बड़ी दुविधा में डाल दिया है, प्रिय। वो चाहते हैं कि मैं उनकी रानी बन जाऊं।"

राक्षस के शरीर में खिंचाव सा आया और सुवासिनी ने उसके गले की मांसपेशियों में तनाव महसूस किया। "तुम भी यही चाहती हो?" उसने सावधानीपूर्वक पूछा।

सुवासिनी ने उसके गले में बांहें डाल दीं और आगे को झुककर उसके कान में फुसफुसाई, "आप जानते हैं जब आप और मैं शय्या में होते हैं तो क्या होता है। आपको वास्तव में लगता है कि वो मुझे संतुष्ट कर सकेंगे?"

"लेकिन एक बार उनकी दृष्टि किसी औरत पे टिक जाए, तो वो उसे हर क़ीमत पर प्राप्त कर लेते हैं। उनसे कोई बहस नहीं कर सकता—वो साले राजा हैं! हम इससे कैसे निबटेंगे?" राक्षस ने पूछा जिसका चेहरा सुवासिनी की उसके कानों में कानाफूसी से तमतमा रहा था।

"मैं उनसे स्पष्ट बात करूंगी। अगर इसके लिए मेरा सिर कटता है, तो ऐसा ही सही।"

"मेरी चिंता ये है कि उन्हें तुम्हारा *सिर* नहीं चाहिए," राक्षस ने कहा।

Ω

"मैं आपसे प्रेम करती हूं," सुवासिनी ने धनानंद के बालों में उंगलियां फिराते हुए कहा जबकि वो उसकी गोद में सिर रखे हुए था, "लेकिन आपके महामंत्री ने मुझे बड़ी दुविधा में डाल दिया है, प्रियतम। वो चाहते हैं कि मैं उनकी पत्नी बन जाऊं।" उसने राजा की कनपटियों में थरथराहट महसूस की।

"राक्षस तुम्हें ऐसा क्या दे सकता है जो मैं—मगध का सम्राट—

तुम्हें नहीं दे सकता?" वो गरजा। सुवासिनी ने अपनी उंगलियां नीचे उसकी छाती पर ले जाकर उसके चूचुकों के चारों ओर घुमाईं, अपना चेहरा नीचे उसके चेहरे के पास लेकर गई और फुसफुसाई, "आप जानते हैं कि मुझे ये सब, जो हमारे बीच है, कितना अच्छा लगता है। आप ये भी जानते हैं कि मुझे आपकी शक्ति या धन से कोई मतलब नहीं है। मैं तो बस *आपसे* प्रेम करती हूं, स्वामी।"

"मुझे तुम्हारे बारे में जो बात पसंद है, सुवासिनी, वो ये है कि तुम सवेरे एक देखभाल करने वाली मां हो सकती हो, दोपहर को अनुराग करने वाली बहन हो सकती हो, और रात को रंडी हो सकती हो!" वो अपरिष्कृत ढंग से बड़बड़ाया। वो अंदर से कांप गई और उसने अपनी आंखें बंद कर लीं। विष्णुगुप्त ने उससे ये भयंकर त्रिकोण बनाने को क्यों कहा था?

"मैं उनसे स्पष्ट बात करूंगी। अगर इससे उनका दिल टूटता है, तो ऐसा ही सही," सुवासिनी ने कहा।

"दिल नहीं टूटेगा बल्कि बहुत नीचे कुछ टूटेगा," धनानंद हंसा।

Ω

आधी रात से पहले का मुहूर्त था और महल इस समय एकदम ख़ामोश था। सभाकक्ष के अंदर धनानंद अपने महामंत्री राक्षस के साथ बैठक कर रहा था। खंभों पर शिकंजों में लगी कई मशालें जल रही थीं और कक्ष नाचती हुई छायाओं से भरा हुआ था।

"जाकर सिकंदर से मेरे दूत के रूप में मिलो, राक्षस। उसके फ़ारस जाने से पहले उससे मिल लो और उससे कहो कि धनानंद उसके मित्र बनना चाहेंगे और कि मगध एक सम्मानित अतिथि के रूप में उनका स्वागत करना चाहेगा," धनानंद ने कहा।

"महाराज, गंधार की यात्रा लंबी है। आपको विश्वास है इसका कोई लाभ होगा? मेरे जाने पर प्रशासन चलाने में कौन आपकी सहायता करेगा?" राक्षस ने पूछा।

"मुझे तुम्हारी कमी खलेगी, मेरे मित्र। लेकिन मैं ये संवेदनशील

अभियान किसी और पर नहीं छोड़ सकता। हम ऐसा नहीं होने दे सकते कि सिकंदर आंभी और पोरस का तो मित्र बने, लेकिन धनानंद का नहीं। अगर वो सब मेरे विरुद्ध एकजुट हो गए तो?" धनानंद ने पूछा।

"मुझे साथ ले जाने के लिए एक सशस्त्र दल चाहिए होगा—हमारे अधिकतर पड़ोसी राज्यों में उपद्रव फैला हुआ है," राक्षस ने अनुरोध किया। "साथ ही, अगर मुझे आपका सदभावना दूत बनकर जाना है, तो मुझे बहुमूल्य उपहार ले जाने होंगे।"

"निश्चित रूप से। कृपया इसकी व्यवस्था करो, राक्षस। मुझे विश्वास है कि तुम अपने उद्यम में सफल रहोगे। और अपने प्रियजनों की चिंता मत करना। धनानंद उन्हें अपने निकट रखेगा ताकि उन्हें किसी चीज़ की कमी न हो," धनानंद ने कहा।

मुझे विश्वास है तू ऐसा ही करेगा, धूर्त, राजा के सामने झुकते हुए राक्षस ने मन ही मन सोचा।

Ω

शहर के एक जीर्ण से मंदिर में रमणीय सुवासिनी एक अन्य आदमी से चोरी-छिपे मिल रही थी। उसका नाम जीवसिद्धि था, जो कात्यायनजी का एक सहयोगी था और जिसने चाणक्य को एक चीते के आक्रमण से बचाया था। अब वो पाटलिपुत्र में चाणक्य का विश्वासपात्र प्रतिनिधि भी था।

वीरान मंदिर कई पीढ़ियों से उजाड़ पड़ा था, विशाल स्तंभ ढहकर मलबे के ढेर के रूप में बिखरे पड़े थे। बरसों की लूटपाट और उपेक्षा के कारण कोई भी क़ीमती चीज़ या तो चोरी हो चुकी थी या नष्ट हो गई थी। पूर्णमासी की रात को, खंडहर ठंडी सी चांदनी में नहा जाते थे और मंदिर के टूटे-फूटे और ऊबड़-खाबड़ अवशेष किसी चंद्रदृश्य जैसे दिखते थे। जीवसिद्धि द्वारा लाई गई मशाल की वास्तव में कोई आवश्यकता नहीं थी। अनिष्ट मंदिर के कई पीढ़ियों से प्रयोग में न होने का कारण एक रुष्ट ऋषि का श्राप था जिसे स्थानीय पुरोहितों ने मंदिर परिसर में सोने नहीं दिया था।

"आपके पास मेरे लिए कुछ है?" जीवसिद्धि ने पूछा। सुवासिनी ने सिर हिलाते हुए उसे दो रेशमी थैलियां दीं। एक में धनानंद के राजचिह्न वाली एक अंगूठी थी। और दूसरी में एक और अंगूठी थी जो राक्षस को उसके पिता ने दी थी और उस पर उसका पारिवारिक चिह्न अंकित था।

"मैं आशा करती हूं कि विष्णुगुप्त नर्क में सड़ेगा," उसने क्रुद्ध भाव से जीवसिद्धि से कहा। "उसने अपनी राजनीतिक महत्वाकांक्षाओं के लिए मुझे रंडी बनाकर रख दिया है।"

"हम जो कुछ करते हैं उसके पीछे एक बड़ा उद्देश्य छिपा होता है, सुवासिनीजी," जीवसिद्धि ने कहा। "आचार्य चाणक्य ने मुझसे कहा कि मैं ये संदेश आपको पढ़कर सुनाऊं और फिर भोजपत्र को नष्ट कर दूं।"

"क्या? विष्णु का संदेश? तुमने पहले क्यों नहीं बताया? बताओ इसमें क्या लिखा है," सुवासिनी ने आग्रह किया। जीवसिद्धि ने अपने कमरबंद से एक छोटा सा भोजपत्र निकाला, उसे खोला और पढ़ने लगा।

"मेरी प्रिय सुवासिनी। ये कोई रहस्य नहीं कि मैंने हमेशा तुमसे प्रेम किया है। किंतु मैं व्यावहारिक रहा और मैंने ये बात मस्तिष्क में रखी कि तुम हमेशा मेरी पहुंच से दूर थीं। तुम मेरा एकमात्र और सच्चा प्रेम रही हो, पर—भारत की एकता और सुरक्षा को पाने के लिए—सत्ता-राजनीति की अपनी वर्तमान दुनिया में मैं जानता हूं कि मेरे जीवन में किसी औरत का कोई स्थान नहीं है। मैंने तब तक के लिए ब्रह्मचर्य की प्रतिज्ञा ली है जब तक कि मैं एक शक्तिशाली भारत के निर्माण के अपने सपने को पूरा न कर लूं। कौन जाने, उस समय तक मैं इतना बूढ़ा हो जाऊं कि मेरी प्रतिज्ञा के समाप्त होने का कोई अर्थ ही न रहे! तुमने मेरे लिए जो किया है मैं उसके लिए आभारी हूं—तुमसे ऐसा करने के लिए कहना एक कठिन निर्णय था। मैं चाहूंगा तुम याद रखो कि तुमने ये एक महान कारण के लिए किया है और मैं वादा करता हूं कि मैं भूलूंगा नहीं। चाणक्य तुम्हें

धन्यवाद कहता है और विष्णुगुप्त तुमसे प्रेम करता है। ईश्वर तुमपे कृपा करे।"

ये शब्द सुनकर उसकी आंखें भीग आईं लेकिन इससे पहले कि वो जीवसिद्धि से कह पाती कि वो उसे वो पत्र फिर से ज़ोर से पढ़कर सुनाए, जीवसिद्धि ने भोजपत्र को मशाल के मुख पर लगा दिया और तब तक लगाए रहा जब तक कि वो पूरी तरह जल नहीं गया। "शुभरात्रि, सुवासिनीजी," जीवसिद्धि ने कहा और मशाल लिए, अपने पीछे धुएं की एक लकीर छोड़ता हुआ, रात के अंधेरे में तेज़ी से चल दिया। सुवासिनी कांप गई। उसकी हार्दिक इच्छा थी कि चाणक्य सफल हो। उसे विजय दिलाने के लिए वो शिव से प्रार्थना करने लगी। "*ॐ त्रयंब्कम् यजमाहे, सुगंधिम् पुश्टिवर्धनम्; उर्वारुकमिव बंधनान्, मृत्योर्मुक्षीय मा मृतात,*" उसने मंत्रोच्चार किया। ये ऋग्वेद का एक प्राचीन मंत्र था और इसका अर्थ था "*समस्त संसार के पालनहार, तीन नेत्रों वाले शिव की हम आराधना करते हैं, विश्व में सुरभि फैलाने वाले भगवान शिव मोक्ष से नहीं मृत्यु से हमें मुक्ति दिलाएं!*" मगध में भविष्य में होने वाली घटनाओं के दौरान सुवासिनी ने ये मंत्र अपने प्रिय विष्णुगुप्त के लिए हज़ारों बार दोहराया।

Ω

धनानंद के सामने खड़ा जासूस घबराया हुआ था। उसने ख़ुद को इस दोहरी चाल में कैसे फंस जाने दिया था? उसने चिंतित भाव से अपने उत्तरीय को ठीक किया और प्रतीक्षा करने लगा कि धनानंद उस संदेश को पढ़ ले जो राक्षस के शिविर से निकलकर कैकय जा रहे एक संदेशवाहक के पास से पकड़ा गया था। धनानंद के चेहरे पर तीव्र क्रोध का भाव था। उसके होंठ भोजपत्र में लिखे शब्दों को पढ़ रहे थे, ये विश्वास करने के लिए कि वो वास्तविक हैं।

"हे महान राजा पोरस। मगध का महामंत्री पोरस को प्रणाम भेजता है। मैं आपके प्रदेश की ओर आ रहा हूं। मैं मगध सरकार के एक वरिष्ठ अधिकारी के रूप में नहीं बल्कि अपनी निजी हैसियत से आ रहा हूं। मैंने आपकी वीरता, बुद्धिमत्ता और सम्मान की अद्‌भुत

कहानियां सुनी हैं। यदि आप उचित समझें, तो मैं आपके साथ परस्पर सहयोग पर बात करना चाहूंगा जो हम दोनों के लिए लाभकारी होगा। इससे मेरा मान बढ़ेगा जबकि आपकी सीमाओं को काफ़ी विस्तार मिलेगा। लेकिन ये महत्वपूर्ण है कि ये वार्तालाप गुप्त रहे। मुझे आपकी ओर से भेंट के लिए निमंत्रण की प्रतीक्षा रहेगी। आपका तुच्छ सेवक, राक्षस।"

"ये कैसे कहा जा सकता है कि ये पत्र वास्तविक है?" धनानंद ने इस आशा के साथ पूछा कि शायद ये धोखाधड़ी हो।

"इसकी वास्तविकता पर संदेह की कोई गुंजाइश नहीं है, मेरे स्वामी," जासूस ने कहा। उसने राक्षस की अंगूठी दिखाई, "कैकय के राजा के सामने प्रमाण के लिए ये भोजपत्र में बंद थी।"

"वो विश्वासघाती धूर्त!" धनानंद चिल्लाया। "उस दुष्ट को पकड़कर यहां लाया जाए और उस पर अभियोग चलाया जाए। उसने मेरे विश्वास और मित्रता के साथ विश्वासघात किया है। मैंने उसे राज्य का सबसे शक्तिशाली अधिकारी बनाया और उसने इसका ये बदला दिया है। कृतघ्न अधम! उसे लाने के लिए सेना भी भेजनी पड़े, तो भेजो!" उसने आदेश दिया।

Ω

"मेरी प्रिय सुवासिनी। मैं राक्षस को मगध से निकालने के अपने प्रयासों में सफल हो गया हूं। उसके जाने के बाद हमारे मिलन में कोई बाधा नहीं रह गई है। मेरी इच्छा तुम्हारा चुंबन और आलिंगन करने की हो रही है। भय मत करो। राक्षस अपने दौरे से लौटेगा नहीं। मेरे आदमियों को आदेश हैं कि उसके मगध लौटने से पहले उसे मार डाला जाए। तुम किस बात की प्रतीक्षा कर रही हो? शीघ्र आ जाओ। प्रेम में तुम्हारा सेवक, धनानंद।"

संदेश स्पष्ट था। राक्षस ने धनानंद के राजचिह्न वाली अंगूठी को देखा, जो लिपटे हुए भोजपत्र में मिला था। वो इसे पहचानता था! भ्रष्ट हरामज़ादा उसे मरवाना चाहता था ताकि सुवासिनी उसे मिल जाए। उसने उसे राज्य की सर्वश्रेष्ठ छोकरियां दिलवाई थीं

लेकिन लंपट दुष्ट उसी रूपसी को चाहता था जिसे राक्षस चाहता था—उसकी सुवासिनी को।

बहुत हुआ! उसने अपना पूरा जीवन धनानंद के लिए दलाली करते व्यतीत किया था लेकिन प्रशंसा मिलने के बजाय उसका एक कुत्ते की तरह पीछा किया जा रहा था। उसने सोचा कि वो किस तरह उससे प्रतिशोध ले सकता है और फिर एक उत्कृष्ट विचार उसके मस्तिष्क में कौंधा—चाणक्य!

Ω

"तुम मूर्ख हो! गर्म खीर खाते समय हमेशा बाहरी किनारे से खाना आरंभ करो जो ठंडा होता है, न कि बीच से जो एकदम गर्म होता है," मां ने अपने छोटे से बेटे की जली हुई उंगलियों को संभालते हुए डांटा। दंडायण के आश्रम के बाहर बैठा चाणक्य दंडायण की परिचारिका को अपने बेटे को डांटते देख रहा था।

दंडायण का आश्रम प्रकृति की देन का उत्कृष्ट उदाहरण था। घने पेड़ों से घिरा आश्रम एक चमचमाते झरने के किनारे स्थित था और हवा में एक ऐसा जादुई पुट था जिसका वर्णन करना मुश्किल था—निर्मल हवा, चीड़ और गंधसफ़ेदा की सुगंध और पवित्र अग्नि का पावन धुआं। चाणक्य के पाश्र्व में चंद्रगुप्त बैठा था और वो भी नित्य जीवन के इस छोटे से नाटक को देखकर अभिभूत था। उसने पलटकर देखा, तो चाणक्य उसे देखकर मुस्कुरा रहा था। "क्या बात है, आचार्य?" चंद्रगुप्त ने पूछा। चाणक्य की मुस्कान का अर्थ हमेशा ये होता था कि वो कुछ योजना बना रहा है। इससे चंद्रगुप्त असहज हो जाता था।

"मैंने सारी रणनीति ही ग़लत बनाई है," अंतत: चाणक्य बोला। "ये अशिक्षित और अनपढ़ महिला मुझसे अधिक समझदार है। इसने वो सटीक सैनिक रणनीति परिभाषित की है जो मैं, बुद्धिमान और विद्वान चाणक्य, नहीं सोच सका।" चंद्रगुप्त असमंजस में पड़ गया लेकिन मौन रहा। सामान्यत: उसके गुरु बिना पूछे ही स्पष्टीकरण दे देते थे।

"आज तक मेरा ध्यान मगध पर और मगध में तुम्हें, चंद्रगुप्त को, सम्राट के रूप में सिंहासनारूढ़ करने पर रहा, लेकिन अब मुझे लगता है कि मैं ग़लत था। मगध तो खीर के बीच का भाग है। पहले हमें उसके आसपास के छोटे-छोटे राज्यों में घुसपैठ करनी होगी। फिर मगध कहीं ज़्यादा आसानी से प्राप्त हो जाएगा," चाणक्य ने कहा। "वो दो बड़े राज्य जो मगध को चुनौती दे सकते थे, वो कैकय और गंधार थे। उन दोनों को हमारी बांटो और शासन करो की नीति द्वारा क्षीण किया जा चुका है। और मगध के अंदर, सुवासिनी धनानंद और राक्षस के बीच खाई बनाने में सफल रही है। मैं उम्मीद कर रहा हूं कि अगले कुछ दिन के अंदर राक्षस यहां हमारे पास होगा। कौन सोच सकता था कि चालाक राक्षस एक दिन हमारा सहयोगी होगा? राजनीति विचित्र लोगों को सहयोगी बना देती है!" चाणक्य हंसा।

"किंतु आचार्य, मगध तो अब भी उत्तर भारत का सबसे शक्तिशाली राज्य है। दो लाख से अधिक पैदल सेना, अस्सी हज़ार घुड़सवार, आठ हज़ार रथ और छह हज़ार हाथियों से युक्त मगध पर अधिकार करना कठिन होगा। सिकंदर के आदमी भी गंगा को पार करने से डरते थे!" चंद्रगुप्त ने कहा।

"समझदार नेतृत्व वाले दस सैनिक बिना नेता के सौ सैनिकों को हरा सकते हैं," चाणक्य ने कहा। "युद्ध भ्रामक वस्तु है। प्रत्यक्ष बल किसी भी समस्या का बहुत क्षीण उपाय है। इसीलिए इसका प्रयोग छोटे बच्चे करते हैं!"

उनके विचार-विमर्श में नगाड़ों की आवाज़ और आगे बढ़ते सैनिकों की धमक से अचानक बाधा पड़ गई। "सिंहारण!" चाणक्य ने कहा। "देखो तो कौन है। जल्दी!" सिंहारण के निकट आने पर वो जल्दी से फुसफुसाया।

"ये तो स्वयं शक्तिशाली सिकंदर है," सिंहारण ने पहरे वाले पेड़ से उतरते हुए कहा। "वो ऋषि दंडायण के प्रति सम्मान प्रकट करने आया है।" सिकंदर अपने प्रिय घोड़े ब्यूकेफ़ेलस पर सवार था। ये घोड़ा एक थेसेलियाई घोड़ापालक ने सिकंदर के पिता राजा

फ़िलिप द्वितीय को तीन हज़ार टेलेंट में दिया था, लेकिन इस बेक़ाबू घोड़े को फ़िलिप के तीन हज़ार घोड़ा-प्रशिक्षकों में से कोई भी क़ाबू नहीं कर सका जो हर उस घुड़सवार को पटक देता था जो उस पर सवारी का प्रयास करता था। सिकंदर अकेला था जो इसमें सफल हुआ। तब से ये घोड़ा उसने अपने पास रखा था। ब्यूकेफ़ेलस ने सिकंदर के ज़्यादातर सेनापतियों से ज़्यादा देश और युद्ध देखे थे।

सिकंदर का क़ाफ़िला जब आश्रम पहुंचा तो सिकंदर घोड़े से उतर गया, और उसे दंडायण और उनके योग कर रहे शिष्यों के पास ले जाया गया। योग का एक विशेष व्यायाम ज़मीन पर पैर मारना था। देवताओं जैसे सिकंदर के आगमन से बेख़बर ये शिष्य अपने इस व्यायाम में लगे रहे। दूर बैठा चाणक्य हंसने लगा। मज़ा आएगा।

Ω

सिकंदर एक छोटा सिसिलियाई शैली का ट्यूनिक पहने था और उसकी क्षोमवस्त्र की बुनी हुई छातीपट्टिका पर एक भारी गुलकारी वाली चमड़े की बेल्ट लिपटी हुई थी। उसने बड़े से सफ़ेद पंख वाला एक अत्यधिक चमचमाता हुआ टोप और अपने सुडौल गले में उससे मेल खाती रत्नजड़ित माला पहन रखी थी। उसकी मज़बूत धातु की बनी लेकिन लचीली तलवार, जो उसे एक साइप्रियाई सम्राट ने भेंट की थी, उसके पहलू में लापरवाही से लटक रही थी। शशिगुप्त के अनुवाद के माध्यम से, जो एक अफ़ग़ानी क़बायली मुखिया और अब मैसीडोनियाई सेना का एक महत्वपूर्ण अधिकारी था, सिकंदर ने दंडायण से पूछा कि ज़मीन पर पैर मारने का क्या महत्व है। दंडायण का उत्तर सुस्पष्ट था। "हे महान राजाओं के राजा, एक मनुष्य पृथ्वी के बस उतने ही भाग पर अधिकार कर सकता है जितने पर उसका पैर पड़ता है। हम सभी की तरह आप भी नश्वर हैं, फिर भी अधिक से अधिक भूमि पर अधिकार करने की इच्छा करते हैं। जल्द ही आप मर जाएंगे और उस अवस्था में आप बस उतनी ही भूमि के स्वामी होंगे जितनी आपके दफ़्न के लिए चाहिए होगी।"

सिकंदर पीला पड़ गया। ऋषि के दुस्साहस पर उसके आदमियों

की सांस थम सी गई और वो किसी भी अनहोनी के लिए तैयार हो गए। लेकिन एक क्षण बाद सिकंदर ने ख़ुद को संभाला और इन शब्दों को झटक दिया। वो बुद्धिमान और नग्न दंडायण के आगे झुका जो अब कमलासन में बैठे थे। "कृपया मेरे साथ चलें, ज्ञानी ऋषि। मेरे निजी सलाहकार बन जाएं। मैं आपको सोने से ढक दूंगा और आपको कभी किसी चीज़ की कमी नहीं होगी," उसने विनती की। सिकंदर प्रबुद्ध गुरुओं के महत्व को पहचानता था। उसकी मां ओलंपिया ने अपने एक कड़े संबंधी लियोनिडाज़ को उसके शिक्षक के रूप में नियुक्त किया था और उसके पिता फ़िलिप ने युवा राजकुमार को यूनानी दार्शनिक अरस्तू के संरक्षण में सौंप दिया था। सिकंदर ने हमेशा कहा था कि उसके मां-बाप ने उसे जीवन दिया था लेकिन लियोनिडाज़ और अरस्तू ने उसे जीना सिखाया था।

"सिकंदर, अगर आप ईश्वर के पुत्र हैं, तो फिर मैं भी ईश्वर का पुत्र हूं। मुझे आपसे कुछ नहीं चाहिए, क्योंकि जो मेरे पास है वो पर्याप्त है।मुझे ऐसी किसी चीज़ की इच्छा नहीं है जो आप मुझे दे सकते हैं; मुझे ऐसी किसी देन से वंचित रह जाने का डर नहीं जो शायद आपको मिली हो। मेरे जीवन में भारत, अपने मौसमी फलों के साथ, पर्याप्त है। और अपने मरने पर मैं अपने दरिद्र शरीर—अपने तुच्छ आवास—से छुटकारा प्राप्त कर लूंगा!" ऋषि ने उत्तर दिया। सिकंदर को आख़िरकार अपना तुल्य मिल गया था।

वो दंडायण के सामने हाथ जोड़े-जोड़े उठ खड़ा हुआ। "फिर भी मुझे आपके आशीर्वाद की आवश्यकता होगी, महर्षि। मुझे आपका आशीर्वाद चाहिए कि मैं युद्ध में विजयी बनूं," सिकंदर ने कहा।

"मेरे पुत्र, मेरा आशीर्वाद आपके साथ है। ईश्वर करे तुम्हें उस युद्ध में विजय मिले जो तुम्हारे भीतर चल रहा है!" ऋषि ने ये जानते हुए कहा कि सिकंदर ने वास्तव में इस आशीर्वाद की मांग नहीं की थी।

भीतर चल रहे युद्ध ने सिकंदर के सैनिकों के मनोबल को बुरी तरह प्रभावित किया हुआ था। सिकंदर के आदमी फ़ारस को पाठ

पढ़ाने के लिए मैसीडोनिया से निकले थे। उन्होंने फ़ारस को न केवल हराया था बल्कि अपने अधीन भी कर लिया था। उन्होंने ख़ामोशी से सिकंदर के एक फ़ारस शहंशाह के रूप में परिवर्तन को स्वीकार कर लिया था और उसकी झक और सनक को सहा था। वो भारत तक बढ़ आए थे और उन्होंने गंधार और कैकय पर विजय प्राप्त की थी, लेकिन अब उनका राजा चाहता था कि वो सुदूर मगध में युद्ध करें, जो कभी भी अकीमनिड साम्राज्य का भाग नहीं था और तेज़ गर्मी में, असहनीय बारिशों में आगे बढ़ें। विद्रोह उतना ही अवश्यंभावी था जितना कि सिकंदर का भारत से पीठ फेर लेना।

Ω

"चाणक्य, मेरे मित्र, तुम्हें फिर से देखकर कितना अच्छा लग रहा है," राक्षस ने अपनी तबाही को गले लगाते हुए झूठ बोला।

"राक्षस, आपकी मौजूदगी भर से मुझे आत्मविश्वास और प्रसन्नता प्राप्त होती है," जवाब में ब्राह्मण ने झूठ बोला।

"धनानंद ने शिष्टता की सारी सीमाएं लांघ दी हैं," राक्षस ने शिकायत की।

और तुम इतने शिष्ट व्यक्ति हो कि ये तुम्हारी अंतरात्मा के विरुद्ध है, चाणक्य ने मन ही मन कटाक्ष किया। "धनानंद का दरबार आप जैसे सम्मानीय लोगों के लिए नहीं है—जो लोग एक सम्मानजनक और आनंदमय जीवन बिताना चाहते हैं," चाणक्य ने मक्खन लगाते हुए ज़ोर से कहा।

"समस्या ये है कि जीवन में अधिकांश आनंदमय चीज़ें अवैध, अनैतिक या मोटा करने वाली होती हैं," राक्षस ने ख़ुद को प्रस्तुत की गई चटाई पर बैठते हुए कहा।

"आज का पाठ ये है, प्रिय राक्षस कि दो बुराइयों के बीच आप उस बुराई को चुनें जिसे आपने आज़माया नहीं है। मैं वही बुराई हूं," चाणक्य ने मुस्कुराते हुए सुझाव दिया। "अब देखते हैं कि मैं आपके लिए क्या कर सकता हूं, और फिर हिसाब लगाएंगे कि आप मेरे लिए क्या कर सकते हैं।

"तुम हमेशा गुरु रहोगे!" राक्षस हंसा।

"और हमेशा सही रहूंगा," चाणक्य ने गंभीरतापूर्वक कहा। "धनानंद को आपके प्रेम की पात्र का लोभ हो गया है," वो बोला।

"तुम्हारी भी, जहां तक मैं समझता हूं," राक्षस सावधानीपूर्वक बोला।

"मैं आपका प्रतिस्पद्र्धी नहीं हूं, राक्षस। मुझे देखिए। क्या मैं, एक काला, बदसूरत, चेचक के दाग़ों, टेढ़े दांतों वाला, भोंडा ब्राह्मण आपसे—बेदाग़, शिष्ट, और सभ्य महामंत्री से—मुक़ाबला कर सकता हूं? मैं आपको वचन देता हूं कि सुवासिनी मेरी पसंद नहीं है। वो आपकी है, बशर्ते कि धनानंद रास्ते से हट जाए।"

"लेकिन ऐसा कैसे होगा? वो दृढ़ता से सिंहासनारूढ़ है। उसकी कमान में भारत का सबसे बड़ा सैन्यबल है—ऐसा भयानक बल कि सिकंदर वापस जाने को मजबूर है।"

"युद्ध युद्धक्षेत्र में ही लड़े जाएं आवश्यक नहीं है, मेरे मित्र। मेरा हमेशा से विश्वास रहा है कि युद्ध सैनिकों और अनावश्यक रक्तपात के बिना ही लड़े जाने बेहतर होते हैं," चाणक्य ने नर्मी से कहा।

"क्या तुम्हारे पास सारे युद्ध समाप्त करने का कोई योजना है, आचार्य?" राक्षस ने पूछा।

"हे राक्षस, हर वस्तु अंत में ठीक ही होती है। अगर सही न हो, तो अंत ही नहीं होता है," चाणक्य ने अपने नए सहयोगी की आंखों में देखते हुए सरल भाव से कहा।

Ω

पाटलिपुत्र के पूर्वी भाग में शिव गली का वो घर एक साधारण सा ढांचा था। पड़ोसी इसे एक भूतपूर्व गणिका द्वारा संचालित नृत्य विद्यालय के रूप में जानते थे। साधारण सा एक तल का घर एक ढके हुए प्रांगण के चारों ओर बना हुआ था जिसका प्रयोग वहां रहने वाली लड़कियां अपनी कला के अभ्यास के लिए करती थीं।

विद्यालय की प्राचार्या पचास वर्ष से ऊपर की एक सुरुचिपूर्ण महिला थी। कहा जाता था कि वो कभी धनानंद की प्रमुख गणिका रही थी और कि एक समृद्ध संरक्षक ने उसे उसकी राजकीय सेवा से मुक्ति दिलाने के लिए चौबीस हज़ार पण से अधिक व्यय किए थे।

छात्राएं साधारण पृष्ठभूमियों की लड़कियां थीं जिन्हें स्वयं की और अपने परिवारों की देखभाल के लिए कोई काम चाहिए था। वो सामान्यत: छह से आठ वर्ष की आयु में संस्था में प्रवेश लेती थीं और उन्हें चित्रकला, कविता, संगीत, नृत्य, गायन, पाककला और नाटक जैसी विभिन्न कलाएं सिखाई जाती थीं। उनके प्रशिक्षण और जीवन स्तर के व्यय में कोई कसर नहीं छोड़ी जाती थी। उन्हें सर्वश्रेष्ठ आवास, वस्त्र, भोजन और सुविधाएं दी जाती थीं। प्राचार्या और उनकी अध्यापिकाएं उदार और सहानुभूतिपूर्ण थीं।

पर एक स्वर्णिम नियम कभी नहीं तोड़ा जा सकता था। उन सबको हर सुबह एक विशेष रूप से बनाए गए दूध का एक गिलास पीना होता था। दूध भिन्न रंगों, बनावट और स्वाद का होता था। प्रत्येक घोल किसी विशेष लड़की के लिए विशेष रूप से मिश्रित किया जाता था और प्राचार्या ख़ुद एक विस्तृत ब्योरा रखती थीं कि किसने कितना और क्या पिया। अगर लड़कियां एक बार विद्यालय के द्वार में प्रवेश कर लेने के बाद इस एक कठोर नियम पर प्रश्न न उठाएं तो वो एक लाड़ भरा और सुविधाजनक जीवन जी सकती थीं।

छह से आठ वर्ष की लड़कियां जो यौवनारंभ के कोई चिह्न नहीं दिखाती थीं, उन्हें हल्के नीले दूध का एक कुडुब हर रोज़ दिया जाता था। जब वो आठ से दस वर्ष की आयु को पहुंचतीं और उनके वक्ष की कलियां उभरने लगतीं, तो उन्हें रोज़ाना केसर-नारंगी रंग के दो कुडुब दिए जाते। दस से बारह की आयु में, जब उनके जघनकेश उभरने लगते, तब मिश्रण की ख़ुराक पिस्तई-हरे घोल के तीन पात्र प्रतिदिन शाम तक पहुंच जाती। बारह से चौदह की अवधि में, जब उनकी बग़लों के बाल निकलने लगते और उनके कूल्हे कमर की तुलना में फैलने लगते, उनकी प्रतिदिन की ख़ुराक दूध के गुलाबी

शर्बत का एक प्रस्थ हो जाती। चौदह से सोलह की अवस्था के बीच जब उनका डिंबोत्सर्जन और मासिक धर्म आरंभ होता, तब उन्हें बादामी भूरे रंग के दूध का एक अधक दिया जाता।

संस्था का बारीकी से शोध करने पर एक इससे भी रुचिकर तथ्य पता लग सकता था: सारी लड़कियां, बिना अपवाद के, बैसाख के सातवें दिन मंगलवार की जन्मी हुई होतीं। उनकी जन्मकुंडली दुर्भाग्यपूर्ण रूप से शक्तिशाली होती थी जो ये सुनिश्चित करती थी कि उनके साथ संभोग करने वाला पुरुष मर जाएगा। उन्हें विषकन्याओं के नाम से जाना जाता था।

संस्था को मिलने वाले अनुदान की छानबीन से एक और भी दिलचस्प तथ्य पता लग सकता था। सारा पैसा मयूर न्यास नाम की संस्था द्वारा दिया जाता था, जिसके संस्थापक चाणक्य और सेनापति मौर्य थे। जो ये देखते हुए एक उपयुक्त नाम था कि मौर्य का नाम मोर पर पड़ा था।

Ω

"हमें मलयराज्य पर नियंत्रण करना होगा," चाणक्य ने कहा। "और सिंहारण के रूप में हमारे पास एकदम उपयुक्त उम्मीदवार है, जिसके पिता—विधिसम्मत शासक—को उनके भाई ने मार डाला था ताकि वो पोरस का सहयोगी बन सके। अगर सिंहारण सत्ता में हो, तो हमें अपने सैनिकों के लिए आवश्यक जगह मिल सकती है।"

"हमारे साथ बहुत लोग हैं, आचार्य। हम आक्रमण कर देते हैं," चंद्रगुप्त ने प्रत्याशित सुझाव दिया।

"ये मूर्खता होगी। जब शत्रु ग़लती करने की प्रक्रिया में हो, तो उसे कभी मत छेड़ो," रहस्यमय ब्राह्मण ने सलाह दी।

"और मलयराज्य क्या ग़लती कर रहा है?" उलझ गए चंद्रगुप्त ने पूछा।

"कर नहीं रहा है। करने वाला है।"

"करने वाला है? आचार्य, सदैव की भांति आप पहेलियां बुझा

रहे हैं।"

"मलयराज्य ख़ुद को हमें सौंपने वाला है," चाणक्य ने कहा और चंद्रगुप्त भौचक्का रह गया।

Ω

निपुणक की कुटिया भयानक थी। एक तो ये कि ये एक निर्जन श्मशान भूमि के किनारे बनी हुई थी। दूसरे ये कि ये भुतहा बरगद के पेड़ों से घिरी हुई थी जिन पर काले जादू के अनेक प्रतीक लटके हुए थे—खोपड़ियां, मृत पशु, मदिरा के मिट्टी के पात्र, सिंदूरी रक्त में रंगे चाक़ू, और निपुणक के काले संसार पर शासन करने वाली अनगिनत गूढ़ नकारात्मक शक्तियों के अन्य चढ़ावे। गुह्य औषधि, चिकित्साशास्त्र, तंत्रज्ञान, ज्योतिष और मनोविज्ञान का सनकी साधक निपुणक काले वस्त्र और शिशुओं की खोपड़ियों से बनी माला पहनता था। उसके अनुष्ठान मानव बलि और तांत्रिक संभोग पर आधारित माने जाते थे।

चाणक्य जादू के उपस्करों से प्रभावित नहीं हुआ। निपुणक मध्य रात में आनुष्ठानिक अग्नि में मदिरा पलटते हुए किसी मृत शरीर पर नृत्य भी करना चाहता, तो चाणक्य को इसकी लेशमात्र भी चिंता नहीं होती। हर किसी का अपना काम होता है, उसका तर्क था। चाणक्य का विश्वास तो मूर्खों की शक्ति और समूह मनोविज्ञान की मूढ़ता में था।

"विनम्र मत बनो, निपुणक। तुम इतने महान नहीं हो। विनम्रता राजाओं के लिए छोड़ दो!" चाणक्य ने उसे सलाह दी।

निपुणक हंसा। ये एक भयानक, कुटिल हंसी थी जो अंधकारमय जंगल में प्रतिध्वनि सी करती प्रतीत हुई। "लगता है तुम्हारे इस उर्वर मस्तिष्क में कोई भ्रष्ट योजना आकार ले रही है," निपुणक खिखियाया। "क्या मुझे किसी कुंआरी की बलि चढ़ाने का अवसर प्राप्त होगा?"

"कोई कुंआरा नहीं होता, निपुणक। जीवन सबको खोल डालता है," चाणक्य ने चंचलतापूर्वक कहा। निपुणक फिर से हंसने लगा।

पिशाची विज्ञान के विचित्र साधक द्वारा हास्य-विनोद के प्रति आनंद की अभिव्यक्ति इस बार और भी भयंकर और विचित्र थी। चाणक्य के अंदर मानव मस्तिष्क की गहराइयों को नापने की विलक्षण क्षमता थी। ये उसकी सबसे बड़ी योग्यता थी।

"ये मेरा शिष्य सिंहारण है," चाणक्य ने अपने साथी की ओर इशारा करते हुए कहा। "ये मलयराज्य के सिंहासन का अधिकारपूर्ण उत्तराधिकारी है। मलयराज्य इसे वापस दिलाने में मुझे तुम्हारी सहायता की आवश्यकता है।"

"मैं एक साधारण तांत्रिक हूं, आचार्य। मैं एक पवित्र अनुष्ठान कर सकता हूं ताकि ये सिंहासनारूढ़ हो सकें," निपुणक ने सहायतापूर्ण सुझाव दिया।

"मुझे उन विकृत तांडवों की आवश्यकता नहीं है जिनका आयोजन तुम समय-समय पर किसी मूर्ख के व्यय पर करते रहते हो," चाणक्य ने टिप्पणी की। "मुझे मनोविज्ञान, नाटक और नाट्यशास्त्र की तुम्हारी योग्यताएं चाहिए। तुम्हारे सामान्य अशुभ मंत्र नहीं," उसने पागल विज्ञानी के सामने स्वर्ण पणों की एक थैली रखते हुए कहा।

निपुणक मुस्कुराया। इस बार ख़ामोशी से। "वास्तव में तुम्हारे मस्तिष्क में है क्या, आचार्य?" उसने सोने की थैली को चुस्त, अभ्यस्त ढंग से समेटते हुए पूछा।

"सिंहारण तुम्हारे साथ मलयराज्य के बारे में कुछ रहस्य बांटना चाहेगा। इसकी बात ध्यानपूर्वक सुनो और ये जो कुछ बताए, उसे याद कर लो," विदग्ध ब्राह्मण ने निर्देश दिया।

"और फिर?" निपुणक ने पूछा।

"आह! फिर तुम मलयराज्य जाओगे, अपनी अदभुत शक्तियों को काम में लाओगे, और कुछ उत्कृष्ट भविष्यवाणियां करोगे!"

Ω

मलयराज्य के राजा के दरबार में मौत का सा सन्नाटा पसरा हुआ

था। सारी आंखें काले वस्त्र और गले में मानव-मुंडों की माला पहने उस विचित्र तांत्रिक पर टिकी हुई थीं। उसके दाएं हाथ में एक दंड था और उसके भी ऊपरी भाग में एक मानव-मुंड बंधा हुआ था। उसके दूसरे हाथ में रक्त जैसे रंग का एक मिट्टी का पात्र था जो संभवत: रक्त से भरा हुआ था।

"हे राजा, सर्वज्ञानी निपुणक के शब्दों को सुन!" मलयराज्य के बारे में सिंहारण द्वारा दी गई जानकारी को अपने मस्तिष्क में दोहराता हुआ पागल कपटी चिल्लाया। "तेरे महल में एक कक्ष है—एक बदबूदार और अप्रयुक्त कक्ष जिसमें अधिकतर ताला लगा रहता है। उस कमरे की धरती में एक ब्राह्मण की लाश दबी है जिसकी यहां हत्या की गई थी। उसे खुदवाकर राज्य की सीमाओं से बाहर दफ़्न करवा। उस ब्राह्मण की आत्मा तेरे वंश को अभिशप्त कर रही है और तेरी प्रगति के मार्ग में अवरोध बनी हुई है!"

सिंहारण जानता था कि उसकी चाची का महल के एक ब्राह्मण पहरेदार के साथ बड़ा गर्मागरम अवैध संबंध था। भीषण संभोग के दौरान पकड़े जाने पर पहरेदार को सिंहारण के क्रुद्ध चचेरे भाई द्वारा मार डाला गया था जिसने अपनी मां के राजसी संभोग को देखा था। उसके बाद बेटे ने और कोई जगह न होने के कारण लाश को एक अप्रयुक्त भंडारगृह में गाड़ दिया था। इस काम में उसने सिंहारण की सहानुभूति और नैतिक क्रोध का लाभ उठाकर उसकी मदद ली थी। इस रहस्य के दो भागीदार—सिंहारण की चाची और उसका क्रुद्ध बेटा—कुछ वर्ष बाद मलयराज्य पर पोरस के आक्रमण में मारे गए और गड़ी हुई लाश का रहस्य अपने साथ अपनी चिताओं में ले गए।

राजा और उसके दरबारी अपने सामने खड़े उन्मत्त आदमी के साहस से दंग रह गए। राजा ने किसी तरह स्वयं को शांत रखते हुए पूछा, "शक्तिशाली गुरु, आप हमें बता सकते हैं कि इस ब्राह्मण का शरीर कहां है? महल का परिसर सौ एकड़ से अधिक में फैला हुआ है और दिव्य सहायता के बिना लाश को ढूंढ़ पाना असंभव होगा।"

अधपगले निपुणक ने आंखें बंद कीं और बड़बड़ाना आरंभ

कर दिया—इतनी ज़ोर से कि दरबार में उपस्थित अधिकतर लोग सुन सकें—"मैं विरोचना के पुत्र बाली के सामने दंडवत होता हूं। मैं सौ मायावी मंत्रों के स्वामी शंबर से प्रार्थना करता हूं। मैं निकुंभ, नरक, कुंभ, और शक्तिशाली पशु तंतुकच्छ को नमन करता हूं। हे चांडाली, कुंभी, तुंबा, कटुक, सारंग, मैं तुमसे प्रार्थना करता हूं, मुझे उन अस्थियों की दिशा दिखाओ!" उसने अचानक अपनी आंखें पूरी और उन्मत्त भाव से खोलीं और चिल्लाया, "मिल गया! मेरे साथ आओ!"

वो पागलों की तरह उस कक्ष की ओर भागने लगा जिसकी स्थिति सिंहारण उसे विस्तारपूर्वक बता चुका था। दूसरे तल पर पश्चिमी ओर के गलियारे के सातवें दरवाज़े पर पहुंचकर वो रुक गया। उसने फिर से आंखें बंद कीं और उसने अधिकतम संभव अतिप्राकृत ऊर्जा का आह्वान किया और कहा, "मैं ब्राह्मण के भूत की नकारात्मक ऊर्जा को ठीक यहां महसूस कर रहा हूं। मैं ग़लत नहीं हूं! निपुणक कभी ग़लत नहीं होता! चांडाली की शक्ति से, इस कक्ष को खोदो और मलयराज्य की चिंताओं को दूर कर दो।"

फावड़ों से खुदे फ़र्श से अस्थियां निकलीं, तो तांत्रिक की अलौकिक शक्तियों से प्रभावित राजा निपुणक के पास जाकर उसके आगे झुक गया। निपुणक ने राजा के माथे पर भभूत लगाकर उसे आशीर्वाद दिया। राजा ने अपनी स्फटिक की माला उतारी और तांत्रिक को दे दी, जिसने उसे लिया और खोदी गई क़ब्र में फेंक दिया। "बहुमूल्य रत्न मेरे किस काम के, हे राजा? मैं चाहता, तो सारे संसार की समृद्धि मेरी हो सकती थी लेकिन भौतिक समृद्धि न तो मेरे पास है और न ही मुझे इसकी इच्छा है," अदूषणीय दिखने के चाणक्य के निर्देश का उसने पूरी तरह लेकिन हिचकिचाते हुए पालन करते हुए कहा। विदग्ध गुरु के निस्वार्थ व्यवहार से दर्शकों में एक स्तब्ध, सम्मानपूर्ण निस्तब्धता फैल गई।

एक दिन बाद, राजा बीमार पड़ गया। ठंड और ऐंठन के साथ तेज़ ज्वर से वो क्षीण हो गया और दरबार में आने योग्य भी नहीं रहा। बुख़ार ने उसे भ्रमपूर्ण भी बना दिया और इस अस्थायी पागलपन

की अवस्था में वो अपने आसपास हर किसी को गंदी-गंदी गालियां देने लगा। निपुणक जानता था कि वो भभूत काम कर गई थी जो उसने राजा के माथे पर लगाई थी। उसमें धतूरे के बीजों का चूर्ण मिश्रित था, जो मतिभ्रम पैदा करने का एक जाना-माना गुरुमंत्र था। चिंतित रानी ने निपुणक को वापस महल बुलवाया। "कृपया राजा की अचानक हुई अप्रत्याशित अवस्था का कोई निदान ढूंढ़ें," उसने विनती की।

"चिंता न करें, रानी। राजा को एक गिलास दूध इस विशेष घोल के साथ पिलाएं जो मैंने तैयार किया है। मेरा वादा है कि ये सवेरे तक एकदम स्वस्थ होंगे," धूर्त कपटी ने उसे विश्वास दिलाया। उस औषधि में चित्रक की जड़ों का चूर्ण और काली मिर्च मिली हुई थी, जिसे चाणक्य ने पहले ही बना लिया था।

अगले दिन राजा के उल्लेखनीय रूप से स्वस्थ हो जाने ने निपुणक को दिव्य स्थान दिला दिया। ये दो दिन के भीतर गुरु की दूसरी असाधारण उपलब्धि थी। लेकिन अभी उत्सव मनाने का समय नहीं था। मलयराज्य के सिंहासन के दावेदार सिंहारण की सहायता से चंद्रगुप्त नाम के एक छोकरे के नेतृत्व में सशस्त्र हत्यारों ने नगर को घेर लिया था और दुर्गीकृत राजधानी अधिकृत रूप से घेराव में थी। घेराव पूरे कृष्ण पक्ष के दौरान जारी रहा और नगर में आवश्यक वस्तुओं की कमी होने लगी। शीघ्रतापूर्ण बुलाई गई एक सभा में सिंहारण और चंद्रगुप्त के बलों पर सामने से आक्रमण करने के निर्णय के बारे में सोच-विचार चल ही रहा था कि तभी निपुणक ने एक और शानदार प्रवेश किया।

"राजा! मेरे पास तेरे लिए एक महत्वपूर्ण संदेश है," धूर्त ने अपनी बात इस ज्ञान के साथ आरंभ की कि सरल भाव मंत्रिपरिषद उसके प्रत्येक शब्द पर विश्वास करने को तैयार है। "महल के मंदिर में कुबेर की एक मूर्ति है। तेरे राजपुरोहितों द्वारा की जाने वाली पूजा त्रुटिपूर्ण है और इसी कारण से तुझ पर विनाश का संकट छा गया है। त्रुटि को दूर कर और तू शत्रु की सेना को पीछे हटते देखेगा!"

उसके आदेशानुसार और अनेक मंत्रों और अनुष्ठानों के साथ कुबेर की मिट्टी की मूर्ति को हटवाया गया और राजसी झील में घुलने के लिए डाल दिया गया जबकि महिमामंडित निपुणक द्वारा निर्धारित श्लोकों और स्तोत्रों का उच्चारण जारी रहा। उसी क्षण, चाणक्य ने सिंहारण और चंद्रगुप्त को आदेश दिया कि वो अपने सैनिकों को पीछे हटा लें और क़िलेबंद राजधानी से कुछ दूर एक गुप्त स्थान पर छिप जाएं। जैसे ही इस चमत्कारिक वापसी का समाचार फैला, उत्सव शुरू हो गए और सामंत और सामान्य लोग सभी ने सड़कों को भर दिया। जब संगीत, मदिरा और स्त्रियां छा गईं और उत्सव अपने चरम को पहुंचा, तभी चाणक्य के सैनिकों ने वापस आकर असंशयी नगर पर आक्रमण कर दिया। ये एक रक्तहीन तख़्तापलट था—ये आकस्मिक, नाटकीय और सरल था, उस ब्राह्मण के अनुरूप जिसने इसकी रचना की थी।

Ω

मलयराज के रूप में सिंहारण का राज्याभिषेक भव्य था। "अपने शब्द हमेशा कोमल और मृदु रखना, हे सिंहारण। पता नहीं कब तुम्हें उन्हें वापस लेना पड़ जाए," नए शासक को आशीर्वाद देते हुए उसके गुरु ने समझाया।

सिंहारण ने अपने गुरु को नमन किया और बोला, "आचार्य, मेरे चाचा और उनके परिवार के साथ जो हुआ, उसे लेकर मुझे अपराधबोध होता है। राज्य पर अधिकार होने के बाद मैंने तो उन्हें आपके आदेशानुसार राज्य से निर्वासित किया था। मुझे ये सोचकर दुख हो रहा है कि उन्हें और उनके परिवार को दस्युओं ने मार डाला। मुझे डर है कि कहीं उनकी मौत मेरे शेष जीवन भर मुझे सताती न रहे।"

"हर व्यक्ति संसार को बेहतर रूप में छोड़कर जाता है, कुछ लोग बस संसार छोड़ने भर से ही। तुम्हारे चाचा भी उन्हीं में से एक थे!" विजेता चाणक्य ने पिछले दिन की घटनाओं पर प्रसन्न होते हुए कहा जब नगरवासी उसके आगे अवनत हो गए थे।

"मैं सिंहारण पर सिंहासन के दावेदारों को ख़त्म करने के कुत्सित काम का बोझ नहीं डालना चाहता," उसने मेहिर से कहा था। "मैं सिंहारण से कहूंगा कि वो अपने चाचा को राज्यनिकाला दे दे। हमारा प्रयास ये होगा, मेहिर कि भूतपूर्व राजा राज्य की सीमाओं से पूर्णतया सुरक्षित निकल जाए।"

"पर क्या उसे जाने देना समझदारी है? वो पोरस का सहयोगी है और वो सेना खड़ी करने के इरादे से कैकय भाग जाएगा। पोरस को उसका साथ देने में प्रसन्नता ही होगी। क्योंकि सिंहारण के सिंहासनारोहण का अर्थ है कि मलयराज्य अब कैकय का ताबेदार नहीं रहा," मेहिर ने कहा था।

"तुमने बिल्कुल ठीक कहा, मेहिर। और इसीलिए मैं उसे मरवाना चाहता हूं—पर अधिकृत रूप से नहीं। मलयराज्य की आबादी को अपने नए राजा सिंहारण से स्नेह होना चाहिए। वो उन्हें दयालु, न्यायप्रिय, सत्यवादी और उदार लगना चाहिए। ये महत्वपूर्ण है कि सिंहारण का चाचा अपने परिवार और सहयोगियों के साथ सुरक्षित और बेरोकटोक जाता देखा जाए।"

"और फिर?" मेहर ने पूछा, उत्तर जानते हुए लेकिन ये न जानते हुए कि ये उत्तर अनकहा ही रहेगा।

अध्याय बारह

वर्तमान समय

लखनऊ में होटल क्लार्क्स का सुइट ठंडा और अंधियारा था। दोपहर की तेज़ धूप से बचने के लिए पर्दे थोड़े से खींच दिए गए थे और एयरकंडीशनिंग को न्यूनतम संभव तापमान पर सैट कर दिया गया था। अंदर दो आदमी बैठे हुए थे—पंडित गंगासागर मिश्र और राम शंकर द्विवेदी। द्विवेदी घबराया हुआ था। वो कभी अपने चश्मे को ठीक करता तो कभी बाल संभालने लगता। वो किसी भी अन्य भारतीय नेता जैसे लिबास में था—सफ़ेद खादी का कुर्ता और पाजामा—लेकिन उसके गांधीवादी लिबास को सुशोभित कर रहे एक्सेसरीज़ इतने सादा नहीं थे। उसके चश्मे का फ्रेम गूची का था, जेब में लगा ठोस चांदी का पेन मों ब्लां का था, सोने की पीली घड़ी रोलेक्स की थी और उसके पैरों में आरामदेह बैली लोफ़र थे।

पार्टी प्रधान ने उसे इस लग्ज़री सुइट में मुलाक़ात के लिए क्यों बुलाया था, उसने ख़ुद से पूछा। ठंडे कमरे के बावजूद उसकी पीठ पर पसीने की एक धार बही और उसकी रीढ़ पर दौड़ती चली

गई। इसकी वजह से उसे कपकपी आ गई। ये अच्छी बात नहीं थी। राजनीति के मामले में पंडित गंगासागर मिश्र एक शांतचित्त हत्यारे हैं, द्विवेदी ने सोचा। वो क्या जानते हैं? क्या उसे एबीएनएस के प्रधान द्वारा फटकारे जाने के लिए बुलाया गया है?

गंगासागर ने उसे कुछ देर ख़ामोशी से घूरा जो उसे एक युग सा लगा। कुछ बोल भी, यार, द्विवेदी ने मन ही मन सोचा। द्विवेदी नहीं जानता था कि गंगासागर अपने कुर्ते के अंदर एक ऊनी बनियान पहने हुए था और कमरे की शून्य से कम डिग्री की ठंड में बड़े आराम से बैठा हुआ था। *इसे कांपने दो,* गंगासागर ने सोचा। *अगर इसे ठंड लगेगी, तो इसे पेशाब आएगा और फिर ये और भी नर्वस होगा।*

"सुना है आप आजकल बड़े मिलनसार हो रहे हैं, द्विवेदीजी," आख़िरकार गंगासागर बोला। "मैं जिस किसी से मिलता हूं वो यही कहता है कि वो आपके घर जा चुका है।"

"मेरा दुर्भाग्य है कि आपके पास मेरा मेहमान बनने का समय नहीं है, पंडितजी। मैं आपको डिनर पर बुलाना चाहूंगा," द्विवेदी ने घबराहट के साथ कहा।

"मुझे दूसरी तरह बोलना चाहिए। एबीएनएस के चौबीस एमएलए आपके घर अक्सर आते देखे गए हैं—और प्लीज़ ये मत कहना कि वो बस व्हिस्की और समोसे के लिए आए थे!"

द्विवेदी थोड़ा और कुलबुलाया। उसने एक गहरी सांस ली और बोला, "मैं एक वफ़ादार पार्टी कार्यकर्ता हूं, पंडितजी। कुछ नाराज़ तत्व विद्रोह करना चाहते थे। मुझे लगा कि उन्हें ऐसा न करने को समझाना मेरा परम कर्तव्य है।"

"मुझे आप पर गर्व है, द्विवेदीजी। मुझे अहसास होना चाहिए था कि ये फ़ोटो जाली हैं," गंगासागर सामने पड़ी शीशे की कॉफ़ी टेबल पर 4 गुणा 6 इंच के चमकदार फ़ोटोज़ का एक बंडल डालते हुए कहा। द्विवेदी ने तस्वीरों में ख़ुद को ईशा के साथ *कामसूत्र* से प्रेरित कई आसनों में देखा, तो उसके चेहरे का रंग उड़ गया। वो कुछ बड़बड़ाया, पर उसके मुंह से शब्द नहीं निकले।

"शांत हो जाइए, द्विवेदीजी। घबराइए मत। वो बता रही थी कि आप बिस्तर में काफ़ी अच्छे थे," गंगासागर निर्णयात्मक वार करने से पहले पागलों की तरह हंसा। "मेरे पास उनचास नेगेटिव हैं—सरकार की बची हुई अवधि के हर महीने के लिए एक। अगर उनचासवें महीने तक चांदनी मुख्यमंत्री बनी रही, तो सारे नेगेटिव आपको लौटा दिए जाएंगे, पक्का?"

द्विवेदी ने इस तरह सिर हिलाया, जैसे उसके शरीर से जान निचुड़ चुकी हो। पंडित गंगासागर मिश्र अपनी कुर्सी से उठा। "और हां, एक विनती और। प्लीज़ याद रखें कि अब ये सुनिश्चित करना आपके ही हित में होगा कि ये सरकार चलती रहे। विरोध के स्वर जागें, तो उनके बारे में मुझे सूचित करना आपकी निजी ज़िम्मेदारी होगी, समझ गए?" उठकर होटल के सुइट से निकलते और जाते-जाते एयरकंडीशनरों को बंद करते हुए उसने पूछा।

"*आदि शक्ति, नमोनमः; सर्वशक्ति, नमोनमः, प्रथम भगवती, नमोनमः, कुंडलिनी माताशक्ति; माताशक्ति, नमोनमः,*" उसने मन ही मन कहा।

♎

चांदनी टूट गई थी। शंकर हवा के ताज़े झोंके जैसा था, ज्योफ्री के बाद उसकी इकलौती पसंद। बांध तोड़ने को बेताब आंसुओं को रोकने की कोशिश करते हुए उसने ख़ुद को आईने में देखा। वो रोएगी नहीं। शायद प्यार करना या किया जाना उसकी तक़दीर में ही नहीं था। उसने एक टिश्यू अपनी गहरी नीली आंखों के नीचे थपथपाया, उसे विमान के टॉयलेट में बहाया और गंगासागर के पास बैठने को बाहर निकल आई।

लखनऊ से दिल्ली तक की उड़ान छोटी लेकिन असुविधाजनक थी। एक सहायक पॉवर सप्लाई यूनिट में ख़राबी की वजह से टेकऑफ़ में ही एक घंटे की देरी हो गई और जब उसकी मरम्मत पूरी हुई, तब ख़राब मौसम के कारण एयर ट्रैफ़िक कंट्रोल ने उड़ने की अनुमति नहीं दी। गंगासागर ने नई दिल्ली में नागरिक परिवहन मंत्री

को फ़ोन करके कहा कि वो लखनऊ एयर ट्रैफ़िक कंट्रोल से कहें कि उड़ान की अनुमति दे दी जाए। विमान के अन्य यात्री नहीं जानते थे कि वो राजनीतिक उदारता के प्राप्तकर्ता हैं—गंगासागर मौजूद नहीं होता तो शायद विमान का टेकऑफ़ अवरुद्ध हो जाता। चांदनी, इकराम, गंगासागर और मेनन विमान की अगली पंक्ति में बैठे हुए थे। आमतौर पर रूखी सी दिखने वाली एयरहोस्टेस अचानक ज़िंदादिल दिखने लगी थी और अपने वीआईपी अतिथियों की देखभाल की पूरी कोशिश में लग गई थी। हालांकि दूसरी पंक्ति तक पहुंचते ही उसकी उदासीनता वापस लौट आई थी।

"हम दिल्ली में क्या हासिल करने की उम्मीद कर रहे हैं?" इकराम ने पूछा।

"तुम्हें उस समय की हमारी बातचीत याद है जब तुम मेयर बने ही थे?" गंगासागर ने पूछा।

"कौन सी? बहुत सी बातें हुई थीं," इकराम ने मज़ाक़ किया।

"वो जब मैंने तुमसे कहा था कि हमें अच्छे काम करने चाहिए क्योंकि हम अगला चुनाव जीतना चाहते हैं। कि वास्तविक शक्ति राज्य स्तर पर होती है, न कि स्थानीय प्रशासन के स्तर पर।"

"हां। मुझे याद है।"

"तो मैं तुम्हें बताना चाहता हूं कि मैं ग़लत था।"

"क्या मतलब? हमारे पास उत्तर प्रदेश की सत्ता की बागडोर है। हमारी अपनी प्यारी चांदनी मुख्यमंत्री है। मैं, इकराम शेख़, कानपुर का मेयर हूं।"

"हां। लेकिन असली ताक़त नई दिल्ली में, केंद्र में हैं और कुछ साल बाद हम वहीं होंगे। ये उसी की तैयारी का सप्ताह है।"

"लेकिन ये बात तो हम लखनऊ में भी कर सकते थे। हम ये बातें करने दिल्ली क्यों जा रहे हैं?" चांदनी ने पूछा।

"मेजर जसपाल सिंह बेदी से मिलने," गंगासागर ने जवाब दिया।

"ये कौन हैं?" इकराम ने पूछा।

"ये वो आदमी है जो सुनिश्चित करेगा कि हम उत्तर प्रदेश में लोकसभा की पिच्यासी में से पैंसठ सीटें जीतें।"

♎

शिष्ट और सजीला सिख छह फ़ुट से भी लंबा था। वो गहरा नीला सूट पहने था और उसकी गहरी लाल पगड़ी उसके जेबी रूमाल और टाई के साथ मैच कर रही थी। उसकी कलफ़दार सफ़ेद सूती इजिप्शन शर्ट के डबल कफ़ उपयुक्त रूप से उसके सूट की आस्तीनों से इंच भर बाहर निकले हुए थे और उनके ठोस चांदी के कफ़लिंकों पर भारतीय सशस्त्र बल के चिह्न अंकित थे। उसकी खिचड़ी दाढ़ी, मूंछें और भौंहें बारीकी से बनी हुई थीं और एक भी बाल इधर-उधर नहीं दिख रहा था।

मेजर जसपाल सिंह बेदी पंजाब के एक मध्यवर्गीय परिवार में जन्मा था और अपने बचपन और जवानी में उच्छृंखल और बेलगाम रहा था। वो एक ऐसे गैंग का लीडर था जिसने मिठाई की लोकप्रिय दुकानों से निकल रहे सीधे-सादे ग्राहकों की मिठाई चुराने की कला में महारत हासिल कर ली थी। जसपाल के साथी आपस में लड़कर हंगामा खड़ा करते थे। अपने शॉपिंग बैग ला रहे बेचारे ग्राहक हस्तक्षेप करने और झगड़े को सुलझाने की कोशिश करते और इस बीच जसपाल बड़े शिष्ट ढंग से उनके बैग पकड़ लेने का प्रस्ताव करता। पांच मिनट बाद ग्राहक सुलह कराने में तो सफल हो जाते लेकिन जब वो पलटकर देखते तो जसपाल उनके बैगों के साथ ग़ायब हो चुका होता।

आख़िरकार जसपाल के चिंतित पिता ने भारतीय सेना में लेफ़्टिनेंट-

कर्नल अपने एक कज़िन से कहा कि वो जसपाल को सेना में एक दस साल का शॉर्ट सर्विस कमीशन करने को मना लें। जसपाल ने इंकार कर दिया—उसे मिठाइयां चुराने में बहुत आनंद मिल रहा था। अफ़सर ने उसे अपने गायों के बाड़े में बुलाया और उसकी

जमकर धुनाई की। उसे कोई विकल्प नहीं दिया गया। अगली ही सुबह जसपाल पचास सप्ताह के लिए चेन्नई में ऑफ़िसर्स ट्रेनिंग एकेडमी के लिए चल दिया। उसके पिता को उम्मीद थी कि सेना उस धृष्ट नौजवान को अनुशासन सिखा देगी और उसे एक मक़सद प्रदान करेगी।

ऐसा ही हुआ। सेना के जीवन का अनुशासन जसपाल को रास आ गया। सेना के साथ उसके कार्यकाल ने उसे विश्लेषणात्मक सोच, योजना कौशल और टीम के साथ काम करने की योग्यता दी। वो तेज़ी से तरक़्क़ी करता हुआ लेफ़्टिनेंट से कैप्टन और फिर मेजर बन गया। दस वर्ष का कमीशन पूरा होने के बाद, उसे दस वर्ष की जनगणना के संयोजन में ग्रामीण आबादी का सर्वेक्षण करने के लिए भारत सरकार द्वारा एक छोटी सी मार्केट रिसर्च एजेंसी के साथ जोड़ दिया गया। जसपाल ने अगले दस साल पूरे भारत में जनसंख्या विवेचन का काम किया, जो कि एक बहुत बड़ा काम था और जिसे उसके अंदर के अनुशासित सैनिक ने सुव्यवस्थित ढंग से किया। कंट्री हेड-रूरल रिसर्च के पद पर पहुंचने के बाद उसने कंपनी को छोड़ दिया और अपनी कंसल्टैंसी खोल ली, जो दो परस्पर सहजीवी क्षेत्रों को जोड़ने वाली थी—मतदान और राजनीति।

"लोकसभा भारतीय संसद का प्रत्यक्ष रूप से निर्वाचित निचला सदन है। सत्तर करोड़ से अधिक मतदाता—अमेरिका और यूरोप के कुल मतदाओं से बड़ी संख्या—पांच सौ बावन सदस्यों को सीधे चुनते हैं," गेजर बेदी ने अपनी बात आरंभ की। "आज आपके साथ यहां मेरी मौजूदगी का कारण ये है कि आपका राज्य—उत्तर प्रदेश—लोकसभा में पिच्यासी सदस्य भेजता है। ये एक विशाल संख्या है। क्यों? क्योंकि अगर ये संख्या किसी एक दल द्वारा नियंत्रित हो—भले ही वो एक क्षेत्रीय दल हो—तो वो दल केंद्रीय सरकार के गठन में महत्वपूर्ण भूमिका निभाएगा।"

"लेकिन ये सपना असंभाव्य है, मेजर बेदी। उत्तर प्रदेश एक समजातीय पिंड नहीं है। इसमें ऐसे लोग हैं जो धर्म, जाति, लिंग और

आर्थिक स्तर के आधार पर मतदान करते हैं। एक साइज़ सबको फ़िट नहीं आता है!" मेनन ने कहा।

"आपकी बात सही है, मि मेनन। और इसीलिए उत्तर प्रदेश में कभी कोई फ़ॉर्मूला काम नहीं करेगा। एक फ़ॉर्मूला यही है कि कोई एक फ़ॉर्मूला न हो। कुछ सीटें जाति के आधार पर लड़ी जाएंगी—दलित बनाम ब्राह्मण या यादव बनाम बनिया; कुछ सीटें धार्मिक बंटवारे के आधार पर लड़ी जाएंगी—हिंदू बनाम मुस्लिम। कुछ अन्य सीटें आर्थिक आधार पर लड़ी जाएंगी—ग़रीब बनाम अमीर। यही एबीएनएस की जीत है," गला तर करने के लिए पानी का एक घूंट लेते हुए मेजर ने बताया।

"कैसे?" एक मीठा बिस्कुट चाय में डुबोकर खाते हुए इकराम ने पूछा।

"उत्तर प्रदेश की सारी अन्य पार्टियों का कोई न कोई विशेष जनाधार है। पर एबीएनएस का कोई नहीं है," जसपाल ने आत्मविश्वास के साथ जवाब दिया।

"तो हम गए काम से?" इकराम ने चाय को ज़ोर से सुड़कते हुए पूछा।

"इसके विपरीत। आपकी शक्ति कोई विशेष जनाधार *नहीं* होने में है। एक कसौटी जिसे एक क्षेत्र में शक्ति समझा जाता है, वही किसी दूसरे क्षेत्र में कमज़ोरी हो सकती है। मसलन, अगर एबीएनस को दलितों की पार्टी माना जाता, तो इससे दलित क्षेत्रों में पार्टी को मदद मिलती लेकिन ब्राह्मण-बहुल क्षेत्रों में यही कमज़ोरी बन जाती," मेजर बेदी ने समझाया।

"तो आप चाहते हैं कि हम हिंदू *और* मुस्लिम, ब्राह्मण *और* दलित, यादव *और* ठाकुर, ज़मींदार *और* किसान, अमीर *और* ग़रीब, पुरुष *और* महिला, बूढ़े *और* जवान, सबके साथ जुड़ें... क्या इस तरह हम बिना किसी एक ख़ास स्वाद वाली खिचड़ी बनकर नहीं रह जाएंगे?" चांदनी ने पूछा।

"दूसरी पार्टियों के पास पहले ही ऐसे उम्मीदवार हैं जो बरसों

से इन मतदाता-वर्गों का प्रतिनिधित्व करते रहे हैं। आपके पास साफ़ तख़्ती का लाभ है। आप हर चुनाव क्षेत्र की ज़रूरत के हिसाब से अपने उम्मीदवार चुन सकते हैं," मेजर बेदी ने कहा, "और यहीं मेरा काम शुरू होता है।"

"आप क्या करेंगे?" चांदनी ने पूछा।

"कर चुका हूं," बेदी ने उसे दुरुस्त किया। "मुझे गंगासागरजी ने एक साल पहले उत्तर प्रदेश की सभी पिच्यासी सीटों के लिए आदर्श व्यक्तित्व निश्चित करने का काम सौंपा था। मैं आपको अपने जांच-परिणाम बताने वाला हूं।"

Ω

"आपके यहां पिच्यासी चुनाव क्षेत्र हैं—खीरी, धौरहरा, बिजनौर, अमरोहा, मुरादाबाद, रामपुर, संभल, बदायूं—"

वो क्रम से अपनी सूची में सारे नाम गिनाता गया। हर नाम के साथ वो उसकी आबादी, साक्षरता दर, उम्र, लिंग व जातियों का प्रतिशत, धर्म व संप्रदाय, और आबादी का मूल व्यवसाय भी गिनाता गया। आंकड़े मेजर बेदी के मुंह से धाराप्रवाह निकल रहे थे। वो कंप्यूटर का मानव रूप लगता था।

आख़री चुनाव क्षेत्र पर पहुंचने पर वो बोला, "उत्तर प्रदेश में अभी भी चुनावी मुक़ाबला सामाजिक प्रभुत्व क़ायम करने के मूल प्रश्न पर आधारित है। मैंने सभी पिच्यासी चुनाव क्षेत्रों का इसी मापदंड के अनुसार विश्लेषण किया है।"

"सामाजिक प्रभुत्व? आपका मतलब जाति?" इकराम ने पूछा।

"सिर्फ़ जाति नहीं। सामाजिक प्रभुत्व जाति, लिंग, धर्म, आयु *और* वित्तीय शक्ति से प्रभावित होता है। याद रखें कि एक भी ऐसा चुनावी क्षेत्र नहीं है जहां कोई एक प्रमुख गुट चुनाव जीत सके! मसलन, पश्चिमी उत्तर प्रदेश में—मेरठ में—जाटों की बड़ी आबादी है जिसके कारण इसे अक्सर जाटभूमि कहा जाता है। मेरठ में कितने जाट हैं? दस प्रतिशत! क्या आप दस प्रतिशत के साथ चुनाव जीत सकते हैं?" बेदी ने पूछा।

"तो, मसलन, मेरठ को कैसे जीता जा सकता है?" गंगासागर ने पूछा।

"जाति समीकरणों के परे देखें, गंगासागरजी," बेदी ने सुझाव दिया। "मेरठ में पांच लाख की आबादी है। शहर में बासठ प्रतिशत हिंदू हैं, पैंतीस प्रतिशत मुसलमान, तीन प्रतिशत सिख, आधा प्रतिशत ईसाई और आधा प्रतिशत जैन; तिरेपन प्रतिशत पुरुष हैं और औसत साक्षरता दर बहत्तर प्रतिशत है जो उत्तर प्रदेश के हिसाब से काफ़ी अधिक है।"

"तो हमारा आदर्श उम्मीदवार एक हिंदू पुरुष होना चाहिए?" चांदनी ने पूछा।

"इसके विपरीत। हिंदू किसी एक को मत नहीं देते हैं। उनके मत जाति और अन्य आधारों पर बंट जाते हैं। इसके बजाय अगर जाटों और मुसलमानों का गठबंधन बनाया जाए तो, सैद्धांतिक रूप से, आपको पैंतालीस प्रतिशत वोट मिल सकते हैं," बेदी ने जवाब दिया।

"लेकिन जाट और मुसलमान एक ही उम्मीदवार को वोट क्यों देंगे?" चांदनी ने पूछा।

"अच्छा सवाल है। आपका मानना है कि ये दोनों गुट ऐतिहासिक रूप से एक दूसरे के विरोधी रहे हैं और इसलिए आपका अंदाज़ा सही है कि दोनों गुटों को पसंद आने वाला उम्मीदवार मिलने की संभावना बहुत ही कम है। लेकिन मैं छाछार संप्रदाय से संभावित उम्मीदवार की पहचान करने में सफल रहा हूं," मेजर बेदी ने गर्व से कहा।

"छाछार ही क्यों?" असमंजस में पड़ गए मेनन ने पूछा।

"छाछार जाटों की एक जनजाति है जो बहुत साल पहले मुसलमान हो गए थे। उनके वंशज मुस्लिम जाट हैं। ये क्षेत्र जीतने के लिए मुस्लिम जाट आपका उपयुक्त उम्मीदवार होगा," सजीले सरदार ने घोषणा की।

"उसके जीतने की उम्मीदों को और क्या चीज़ बढ़ा सकती है?" गंगासागर ने शांत भाव से पूछा।

"मेरठ एक महत्वपूर्ण औद्योगिक शहर है। वहां ग्यारह चीनी मिलें हैं और सत्तर प्रतिशत से ज़्यादा आबादी गन्ने की पैदावार से जुड़ी है। अगर हमारा छाछार उम्मीदवार गन्ना किसान हो, तो अपनी आर्थिक अवस्था के कारण वो और भी ज़्यादा स्वीकार्य होगा—अन्य जातियों और समुदायों के लिए भी।"

"लेकिन आपने कहा कि ये सब करके हमें पैंतालीस प्रतिशत वोट मिलेंगे। पचपन प्रतिशत फिर भी बचेंगे!" मेनन ने कहा।

"वो पचपन प्रतिशत तभी ख़तरनाक होंगे जबकि उन्हें विपक्ष के किसी एक उम्मीदवार के हाथों में जाने दिया जाए। इसके लिए मैं अपनी रणनीति के अगले भाग पर आता हूं," बेदी ने अपने पन्ने पलटते हुए कहा।

"वो क्या?" गंगासागर ने पूछा।

"रणनीति का दूसरा भाग है कि बाक़ी पचपन प्रतिशत वोट बंट जाएं।"

"और ये आप किस तरह करेंगे?" इकराम ने पूछा।

"आसान है। वर्तमान सांसद की योग्यता को देखें और उसी योग्यता का एक अतिरिक्त आज़ाद उम्मीदवार खड़ा कर दें। इस उम्मीदवार का काम बस विपक्ष का खेल बिगाड़ना और उनके वोट बांटना होगा।"

"तो हमें एक मुस्लिम जाट गन्ना किसान ढूंढ़ना है? फिर हमें एक खेलबिगाड़ ढूंढ़ना होगा जिसकी योग्यता मेरठ चुनाव क्षेत्र के वर्तमान एमपी से मेल खाती हो?" इकराम बोला।

"इनमें से पहला मैं आपके लिए पहले ही ढूंढ़ चुका हूं। उसका नाम है दौला हसन भट्टी। वो एक तिरेपन वर्षीय मुस्लिम जाट है—उसका परिवार तीन पीढ़ी पहले मेरठ में बसा था—और उसके पास पांच एकड़ का गन्ने का खेत और एक क्रशर है। वो स्वाभाविक

विकल्प है," बेदी ने बताया।

"लेकिन—लेकिन क्या हम इसी तरह लोगों से हमारे टिकट पर लड़ने के लिए भीख मांगेंगे? हमारे पास पहले ही ऐसे पार्टी कार्यकर्ता हैं जो लोकसभा के टिकटों के लिए लाइन लगाए हुए हैं, तो क्यों न उनमें से ही किसी को चुनकर काम को आसान बना लिया जाए?" इकराम ने पूछा।

"आप चुनाव जीतना चाहते हैं या नहीं? एक निम्नस्तरीय भंडार से चुनने की ग़लती कभी मत करना। हर चुनाव क्षेत्र के हिसाब से उपयुक्त उम्मीदवार चुनें। तो, अब मैं बाक़ी चौरासी क्षेत्रों के आदर्श उम्मीदवारों के बारे में बताऊं?" बेदी ने पूछा और गंगासागर ख़ामोशी से बैठा मुस्कुराता रहा।

♎

"उत्तर प्रदेश के व्यापारी हड़ताल पर जा रहे हैं," चांदनी ने कहा।

"क्यों?" गंगासागर ने पूछा।

"उनका कहना है कि उत्तर प्रदेश में बिक्री कर की दर बहुत ज़्यादा है। वो इसे कम कराना चाहते हैं।"

"किसी को टैक्स में छूट सिर्फ़ इसलिए नहीं दी जा सकती कि उसे छूट चाहिए! तुम किसी शराबी को इसलिए व्हिस्की देती हो कि उसे व्हिस्की चाहिए?"

"मैं मानती हूं। लेकिन मैं करूं क्या? हड़ताल से सारी आर्थिक गतिविधि बंद पड़ जाएगी। आवश्यक चीज़ों के दाम आसमान को छूने लगेंगे। हमारे क्षेत्रों के लोग नाराज़ होंगे।"

"बिक्री कर पांच प्रतिशत बढ़ा दो!"

"हम ऐसा नहीं कर सकते! वो पहले ही झगड़ालू मूड में हैं—"

"वो हड़ताल जैसा आख़री क़दम तो उठा ही चुके हैं ना? इससे ज़्यादा क्या कर सकते हैं वो?"

"और हम उनसे हड़ताल कैसे तुड़वाएंगे?"

"हड़ताल बंद करने के एवज़ में तुम उन्हें तीन प्रतिशत की छूट

दे देना। फिर भी तुम्हें दो प्रतिशत का फ़ायदा होगा," पंडित हंसा।

Ω

"राज्य परिवहन निगम के ड्राइवर अभी भी शराब के नशे में तेज़ गाड़ी चला रहे हैं—ये एक पखवाड़े में चौथी सड़क दुर्घटना है," अख़बार की रिपोर्ट गंगासागर को दिखाते हुए चांदनी ने कहा।

"अपराधी पाए जाने पर ड्राइवरों को बर्ख़ास्त क्यों न कर दिया जाए?" गंगासागर ने पूछा।

"पहले उन पर अभियोग चलाना होगा। अदालती मामले बरसों चलते हैं।"

"इस समस्या से निबटने का एक बहुत अच्छा उपाय है।"

"वो क्या?"

"ड्राइवरों की तन्ख़ाह सीधे उनकी पत्नियों को दो। वो शराब के लिए कभी पैसा नहीं देंगी! परिवहन आयुक्त से कहो कि वो सुनिश्चित करे कि भुगतान पत्नियों को किया जाए। शराब पीकर गाड़ी चलाने के मामले आधे रह जाएंगे!"

Ω

"लोन डिफ़ॉल्ट के मामले हमारे क्षेत्रीय बैंकों को परेशान कर रहे हैं," राज्य के लेखानियंत्रक द्वारा तैयार किया गया वित्तीय ब्योरा बढ़ाते हुए चांदनी बोली।

"डिफ़ॉल्टर कौन हैं?"

"किसान, कारोबारी, व्यापारी, घरों के मालिक और वो लोग। जो अपने क्रेडिट कार्ड पे ढेर सारा क़र्ज़ चढ़ा लेते हैं। अगर हमने ये पैसा वापस नहीं लिया, तो एक दिन उत्तर प्रदेश के बैंक ढह सकते हैं।"

"किसानों को छोड़ दो। कम बारिश की वजह से इस साल फ़सलें अच्छी नहीं हुई हैं। उन्हें भुगतान के लिए ज़्यादा समय दो और ब्याज माफ़ कर दो।"

"और दूसरे?"

"उन्हें भुगतान करने में कोई दिक़्क़त नहीं होनी चाहिए। वो बस हमारे राज्य स्वामित्व वाले बैंकों की ऋण वापसी के ढुलमुल रवैये का फ़ायदा उठा रहे हैं।"

"लेकिन हम बस अदालती कार्रवाई ही कर सकते हैं। ये महंगा और समय खाने वाला काम है। नतीजे निकलने में बरसों लग सकते हैं।"

"अपने ऋण वापस कराने के लिए सचला देवी से कहो।"

"किससे?"

"सचला देवी। वो लखनऊ की एक मशहूर हिजड़ा है। मैं उससे कहूंगा कि वो तुम्हारी मदद करे।"

"मैं किसी हिजड़े से क्यों मदद लूंगी?"

"क्योंकि उसके पास भटकते हिजड़ों के दल हैं जो दिनभर कुछ भी रचनात्मक नहीं करते हैं, अलावा घरों और दुकानों के बाहर खड़े रहने और ज़ोर-ज़ोर से तालियां बजाने और चिल्लाने के।"

"वो सिर्फ़ ख़ुशी के अवसरों पर ऐसा करते हैं—शादी-ब्याह, जन्म, उद्घाटन। हिजड़ों को नेग देना सौभाग्यसूचक माना जाता है।"

"लेकिन लोग हिजड़ों को पैसा सौभाग्य लाने के लिए नहीं, बल्कि उन्हें भगाने के लिए देते हैं।"

"तो?"

"सचला देवी डिफ़ॉल्टरों के घरों और ऑफ़िसों के बाहर हिजड़ों को खड़ा करने की व्यवस्था कर देगी। वो ज़ोर-ज़ोर से तालियां बजाएंगी और उनके दोस्तों और पड़ोसियों के सामने उन्हें शर्मिंदा करेंगी। वो उकताकर भुगतान कर देंगे। सचला देवी से कहना कि उसे और उसकी टीम को उनके द्वारा उगाहे गए ऋण में से दस प्रतिशत मिलेगा!"

♎

मंत्रिमंडल की मीटिंग बहुत लंबी थी, चाय गुनगुनी थी, स्नैक्स बेस्वाद थे। लेकिन एजेंडा धमाकेदार था। साउथ ब्लॉक, रायसीना हिल पर

पीएमओ—प्रधानमंत्री कार्यालय—के अंदर स्थित मंत्रिमंडल कक्ष एक सजावटी कमरा था जिसमें कटे हुए फूल रोज़ाना बदले जाते थे और जासूस कुत्तों को हर कुछ घंटों पर विस्फोटकों की जांच के लिए कोनों में ले जाया जाता था। पीएमओ में बैठने के स्थानों की योजना बहुत सरल थी; छह संयुक्त सचिव भूतल पर बैठते थे जबकि प्रधानमंत्री और उनके प्रमुख साथी पहले तल पर। पीएमओ की एकमात्र उल्लेखनीय विशेषता लगभग हर कमरे में एक पेपर-श्रेडर की मौजूदगी थी। प्रधानमंत्री गोपनीयता का बहुत ध्यान रखते थे और ये ठीक भी था। वो इस लंबी मीटिंग में इसीलिए बैठे थे कि कोई मूर्ख श्रेडर का प्रयोग करना भूल गया था।

अवांछित अनुच्छेद बार-बार पढ़ा गया। "संविधान के अनुच्छेद 15 और 16 प्रत्येक भारतीय नागरिक को देश के क़ानून के समक्ष स्वतंत्रता और समानता प्रदान करते हैं। जब 1950 में संविधान की रचना हुई और इसे लागू किया गया तो भारतीय समाज द्वारा पीछे छोड़ दिए गए लोगों के लिए आरक्षण इसका भाग था। स्वयं संविधान-निर्माताओं का मानना था कि ये एक अस्थायी उपाय है और ये दस वर्ष चलेगा। लेकिन आज कई दशक बाद भी आरक्षण जारी है। क्या इससे ये पता नहीं चलता कि अनुसाचित जातियों, अनुसूचित जनजातियों और पिछड़े वर्गों को मुख्यधारा में लाने की दिशा में भारत ने बहुत कम प्रगति की है? क्या अब इस नीति पर नज़र डालने और ये फ़ैसला करने का समय नहीं आ गया है कि क्या ये वास्तव में कारगर रहा है?"

प्रधानमंत्री का कभी ये मंतव्य नहीं था कि आरक्षण नीति की समीक्षा की जाए। ये ऐसा पाउडर का पीपा था जिसमें विस्फोट होने पर ये किसी की भी ओर फैल सकता था। अगर आरक्षण समाप्त करने के पक्ष में फ़ैसला किया जाता, तो सड़कें प्रदर्शनकारियों से भर जातीं—उन लोगों से जो आरक्षण नीति के लाभार्थी थे। अगर कोई ये विचार प्रकट करता कि आरक्षण जारी रहना चाहिए, तब भी सड़कें प्रदर्शनकारियों से भर जातीं—उन लोगों से जिनके साथ इस नीति ने

भेदभाव किया था। इसमें किसी ओर से जीत की स्थिति नहीं थी। प्रधानमंत्री की नीति इस मामले में कोई नीति *नहीं* होने की थी।

ये कुत्सित दस्तावेज़ उनके नीति सलाहकारों ने तैयार किया था जिन्हें लगता था कि विपक्ष प्रधानमंत्री को इस मुद्दे पर लोकसभा में वक्तव्य देने को मजबूर कर सकता है। वो तैयार रहना चाहते थे। लेकिन बाद में उन्होंने श्रेडर का प्रयोग क्यों नहीं किया था? अवांछित अनुच्छेद साउथ ब्लॉक से नॉर्थ ब्लॉक और फिर वहां से *हिंदुस्तान टाइम्स* के संपादकीय कार्यालय में पहुंच गया था। अगली सुबह देश के नाश्ते के लिए प्रधानमंत्री को तल लिया गया।

"प्रेस इस मामले में हमारे विचार मांग रही है," कैबिनेट सचिव ने कहा।

"मांगेंगे ही। मैं उन्हें नए अस्पतालों की आधारशिलाएं रखने की स्टोरीज़ भेजता हूं—वो ध्यान नहीं देते। मैं उन्हें नई शिक्षा सुधार नीति पर सामग्री भेजता हूं—वो ध्यान नहीं देते। मैं उन्हें अपने उन विदेशी प्रतिनिधिमंडलों की तस्वीरें भेजता हूं जो शांति और स्थायित्व के नए युग का सूत्रपात कर रहे हैं—वो ध्यान नहीं देते। लेकिन उन्हें उस राक्षसी ज्ञापन का एक पैराग्राफ़ मिल जाता है जिसे वास्तव में कभी लिखा ही नहीं जाना चाहिए था, और वो ख़ून के प्यासे गिद्धों की तरह टूट पड़ते हैं!" प्रधानमंत्री ने पलटकर जवाब दिया।

"अ... अहं..." वित्त मंत्री ने बोलना शुरू किया।

"हां, क्या बात है? कहिए जो कहना है, गला ही मत साफ़ करते रहिए," चिढ़े हुए प्रधानमंत्री ने कहा।

"अ... अह! हां। मुझे लगता है कि इस क्षति को सीमित करने का एकमात्र तरीक़ा ये है कि उन्हें इससे भी बड़ा मुद्दा दे दिया जाए—कोई ऐसा मुद्दा जो इस पर हावी हो जाए," सफ़ेद बालों वाले वित्त मंत्री ने कहा।

"और वो मुद्दा क्या होगा?" प्रधानमंत्री ने पूछा।

"शायद पाकिस्तान के साथ लड़ाई?" विदेश मंत्री बीच में

बोले।

"आप चाहते हैं कि एक अख़बार की ख़बर को दबाने के लिए मैं पाकिस्तान के साथ लड़ाई की घोषणा कर दूं? क्या सबका दिमाग़ ख़राब हो गया है?" प्रधानमंत्री चिल्लाए।

एक लंबी ख़ामोशी के बाद गृहमंत्री बोले। "हमें युद्ध की घोषणा करने की ज़रूरत नहीं है। बस ये प्रभाव दिया जाए कि भारत-पाकिस्तान सीमा पर कुछ झड़पें हुई हैं। प्रेस इसी में लग जाएगा।"

"ताली दोनों हाथों से बजती है," प्रधानमंत्री ने कहा। "आप लोगों को ऐसा क्यों लगता है कि पाकिस्तान इसमें साथ देगा?"

"पाकिस्तान ज़रूर साथ देगा। उनकी अपनी आंतरिक राजनीति बुरे हाल में है। ये उनके लिए सुकून की बात होगी कि वो उस काम में लग जाएं जो वो सबसे अच्छा करते हैं, युद्ध का उन्माद फैलाना और सीधे-सादे मूर्खों—आम पाकिस्तानी नागरिकों—को उसे परोसना," विदेश मंत्री ने कहा।

"क्या उसी प्रकार की बेहूदगी अपने नागरिकों को परोसने के लिए हमारी प्रेस हमें लानत-मलामत नहीं करेगी?" प्रधानमंत्री ने पूछा।

"कभी-कभी एक छोटी सी ग़लती ढेर सारी सफ़ाई देने से बचा लेती है, सर," कैबिनेट सचिव ने कहा। वित्तमंत्री, गृहमंत्री और विदेशमंत्री ने समझदारी भरे ढंग से सिर हिलाए। रक्षामंत्री की ख़ामोशी स्वयं में स्पष्ट थी।

"अगर युद्ध जैसी स्थिति बनी रहे, तो लोगों की सहानुभूति वर्तमान सरकार के साथ बनी रहेगी। हमेशा ऐसा ही होता है। जो लोग सरकार की पतलून उतारने को तैयार में रहते हैं, वही अचानक देशभक्त बन जाते हैं!" अग्रवालजी ने अपने गार्डन में लंच के दौरान गंगासागर से कहा। चांदनी और इकराम को ही लंच में और बुलाया गया था।

"वो बस अपने चूतड़ बचा रहे हैं! और कुछ नहीं," इकराम ने

अपने मुंह में गोभी परांठा भरते हुए कहा।

"हर समझदार आदमी अपने चूतड़ बचाता है। और ज़्यादा समझदार आदमी अपनी पैंट पहने रहता है," गंगासागर ने कहा।

"हां?"

"प्रधानमंत्री कार्यालय से हमने आरक्षण मामले का जो रिसाव कराया वो कारगर रहा। युद्ध का उन्माद खड़ा करके प्रधानमंत्री हमारी चाल में आ गए हैं। अब प्रत्येक रक्षा सौदा की समीक्षा होगी—ख़ासकर मैजेस्टिक म्युनीशन्स की।"

"क्यों?"

"क्योंकि मैजेस्टिक म्युनीशंस को राइफ़लों का एक बहुत बड़ा अनुबंध दिया गया था और सोमानी को हमारे दिए निर्देशानुसार अब दो प्रतिशत कंपनी साध्वी की है। और साध्वी प्रधानमंत्री की अवैध बेटी है। अनौचित्य का मामला, नहीं?" गंगासागर ने अपनी नमकीन लस्सी के गिलास को साफ़ करते हुए कहा।

"लेकिन इस तरह तो हम सोमानी को नुक़सान पहुंचाएंगे। मैजेस्टिक में वो भी भागीदार है," चांदनी ने तर्क दिया। "वो अपने नुक़सान की भरपाई की मांग करेगा।"

"मैंने उससे कहा था कि सौदा होते ही वो मैजेस्टिक के शेयर बेच दे। मेरा ख़्याल है कि उसके शेयर तीन दिन पहले बिक चुके हैं," अग्रवालजी के घर पर मिले बढ़िया भोजन की प्रशंसा में आई एक छोटी सी डकार को दबाते हुए पंडित ने कहा।

"तो इस मामले को कैसे संभालें?" इकराम ने खीर का स्वाद लेते हुए पूछा।

"अपने नेवले रिपोर्टर को फिर से बुलाया जाए और उससे कहा जाए कि प्रधानमंत्री की गद्दी को हिला दे। वैसे भी, वो साध्वी वाले मामले को उछालने के लिए बस हमारे इशारे के इंतज़ार में बैठा है, सही?"

"सही।"

"लेकिन उसके अवैध बेटी होने के बारे में कोई बात न हो," गंगासागर ने कहा।

"अरे गंगा, मुझे नहीं पता था उसके लिए तुम्हारे दिल में एक नर्म कोना भी है," अग्रवालजी ने मज़ाक़ में कहा।

"ऐसा नहीं है। मेरा मानना है कि ये जानकारी पैसे की तरह है। इसे नासमझी से ख़र्च करने के बजाय बैंक बैलेंस की तरह संभालकर रखना चाहिए," गंगासागर ने कहा। "चांदनी, मुझे लगता है कि लोकसभा के चुनाव हमारी उम्मीद से जल्दी हो सकते हैं!" गंगासागर हंसा। हंसी से उसके गले में ख़राश आई और वो खांसने लगा। उसने थोड़ा पानी निगला और अनियंत्रित रूप से दोबारा हंसने लगा। अग्रवालजी, चांदनी और इकराम उसे हैरत से देखने लगे। पंडित को इस तरह अनियंत्रित देखना अजीब सा लग रहा था।

"हंसने वाली बात क्या है?" इकराम ने पूछा।

"प्रधानमंत्री। मैं बिना पैंट के उनकी कल्पना कर रहा हूं!"

Ω

"सुना है वो रोज़ाना आपसे मिलती हैं! आप क्या कहेंगे, सर।"

"कोई टिप्पणी नहीं।"

"लोगों का कहना है कि आपने मैजेस्टिक को रक्षा अनुबंध इसलिए दिए कि वो उसमें शेयरधारक हैं। क्या ये सच है?"

"कोई टिप्पणी नहीं।"

"क्या ये सच है कि उनके पास दिव्य शक्तियां हैं और कि उन्हीं के प्रयोग से उन्होंने आपको प्रधानमंत्री बनाया?"

"कोई टिप्पणी नहीं।"

"क्या अकेले में आप दोनों मिलकर काला जादू करते हैं?"

"कोई टिप्पणी नहीं।"

"क्या वो फ़ैसलों को प्रभावित करने के लिए मंत्रिमंडल की बैठकों में शामिल होती हैं?"

"कोई टिप्पणी नहीं।"

"क्या वो आपकी प्रेमिका हैं?"

"कोई टिप्पणी नहीं।"

प्रधानमंत्री ने इंतज़ार करती कार में बैठकर एक गहरी सांस ली। ये दिन अच्छा नहीं जा रहा था।

♎

"प्रधानमंत्री के पास इस्तीफ़ा देने के अलावा कोई चारा नहीं होगा। वित्त मंत्री, गृहमंत्री और विदेश मंत्री के बीच उच्चतम पद के लिए संघर्ष होगा," गंगासागर ने कहा।

"और कौन जीतेगा?" चांदनी ने पूछा।

"कोई नहीं। जब बकरी के लिए शेर लड़ते हैं, तो आमतौर पर लकड़बग्घा जीतता है।"

"और लकड़बग्घा कौन है?"

"विदेश मंत्री।"

"लेकिन वो तो मूर्ख हैं!" चांदनी बोली।

"मुझे परवाह नहीं। मैं तो बस इतना चाहता हूं कि वो उत्तर प्रदेश में अपनी पार्टी के उम्मीदवारों की सूची को अंतिम रूप दे दे।"

"और आप उस सूची में किसे चाहते हैं?"

"उनके सारे वर्तमान एमपी।"

"क्यों?"

"नेता डाइपर की तरह होते हैं—उन्हें बार-बार बदला जाना ज़रूरी होता है। सत्ता-विरोधी लहर उनके ख़िलाफ़ बड़ा सुंदर काम करेगी।"

♎

"क्या एबीएनएस को दिल्ली में सत्तारूढ़ पार्टी के साथ मतदान-पूर्व गठबंधन नहीं कर लेना चाहिए?" चांदनी ने पूछा।

"क़तई नहीं!" गंगासागर ने कहा।

"क्यों? क्या रक्षा मंत्री ऐसा नहीं चाहते?"

"बिल्कुल चाहते हैं। लेकिन हम बाद में निर्णय लेंगे।"

"क्यों? क्या हमने फ़ैसला नहीं किया है कि हम किस पक्ष में हैं?"

"बिल्कुल कर लिया है।"

"तो हम किस पक्ष में हैं?"

"जीतने वाले पक्ष में, मेरी लड़की, जीतने वाले पक्ष में।"

♎

"उसे एक जीत मिलनी चाहिए, ऐसी जीत जो उसे आकर्षण का केंद्र बना सके," गंगासागर ने कहा।

"आपका मतलब रक्षा मंत्री को? वो तो कह रहे हैं कि उन्हें प्रधानमंत्री बनने की कोई महत्वाकांक्षा नहीं है," चांदनी ने कहा।

"इसका मतलब ये कहना नहीं है कि उनके शुभचिंतक चाहेंगे तो वो अपना नाम आगे नहीं बढ़ाया जाने देंगे।"

"नई दिल्ली में प्रधानमंत्री, वित्त मंत्री, विदेश मंत्री, गृहमंत्री और रक्षा मंत्री—सभी एक ही सत्तारूढ़ पार्टी के सदस्य हैं। हमें इससे क्या फ़र्क़ पड़ता है कि आख़िर में कौन जीतता है?"

"एक महत्वपूर्ण कारण है, चांदनी।"

"वो क्या?"

"हमारे युवा उद्योगपति सोमानी का रक्षा मंत्री के साथ अच्छा समीकरण है। मैजेस्टिक म्युनीशन्स याद है? हमारे आदमी को पद मिलना हमारे हित में होगा।"

"तो आपको लगता है कि आप रक्षा मंत्री को प्रधानमंत्री पद दिला सकते हैं?"

"हां, लेकिन उन्हें उच्च पद के लिए गंभीर दावेदार नहीं समझा जाता है। अगर उन्हें एक विकल्प बनना है तो उन्हें कुछ नाटकीय करना चाहिए, कुछ ऐसा जिससे उन्हें तुरंत विश्वसनीयता और पहचान मिल सके।"

"जैसे?"

"हम उनसे एक जंग जीतने को कह सकते हैं।"

"कहां?"

"एनजे9842।"

"कभी इसके बारे में सुना नहीं।"

"इसीलिए तो ये एकदम उपयुक्त जगह है।"

Ω

एनजे9842 वो बिंदु था जहां से भारत और पाकिस्तान के बीच सीमा विवाद दुनिया के सबसे ऊंचे मैदाने-जंग तक पहुंच गया था। दोनों देशों के सैनिक समुद्र के स्तर से बीस हज़ार फ़ुट ऊपर और शून्य तापमान से नीचे एक-दूसरे के सामने तैनात थे। सियाचिन ग्लेशियर—जो उस काराकोरम पहाड़ी श्रृंखला में स्थित था जहां दुनिया की कुछ सबसे ऊंची चोटियां मौजूद थीं—दुनिया के सबसे कठिन इलाक़ों में से एक था। तापमान शून्य से चालीस डिग्री कम तक होता था और अगर किसी की खुली त्वचा धातु से छू जाए, तो तुरंत इस तरह चिपक जाती थी जैसे गोंद ने चिपका ली हो। हिमनद पर वार्षिक दस मीटर बर्फ़ गिरती थी और बर्फ़ीले तूफ़ानों की गति डेढ़ सौ मील तक पहुंच जाती थी।

लेह से आने वाले विशेष एएन-32ए विमान से उतरे रक्षा मंत्री कपड़ों की पांच तहों के बावजूद भी कांप रहे थे। सेना का एक आधुनिक हल्का हैलीकॉप्टर उन्हें भारतीय सेना द्वारा बनाए गए दुनिया के सबसे ऊंचे हैलीपैड पॉइंट सोनम ले जाने के लिए इंतज़ार कर रहा था। चॉपर का पाइलट ख़ामोश रहा। वो मंत्री को ये कहकर डराना नहीं चाहता था कि पॉइंट सोनम पर चॉपर को लैंड कराना एक भयानक अनुभव होता है।

जब धड़धड़ाते धातुई दानव ने बर्फ़ की सूई जैसी सूक्ष्म सी चोटी की ओर उतरना शुरू किया, तो रोटर ब्लेड कम ऑक्सीजन वाली हवा से न्यूनतम दाब लेने के लिए भी संघर्ष कर रहे थे। मंत्री को बिना आवश्यकता के रस्सी की सीढ़ी से उतारने का फ़ैसला मूर्खतापूर्ण है, पाइलट ने सोचा। लेकिन सेना भवन की नौकरशाही की बौद्धिक

शक्ति से बहस करने वाला वो कौन होता था!

उसने पलटकर पीछे देखा। उसने घबराए और सर्दी से दोहरे हो रहे मंत्री को दांट किटकिटाते देखा। पाइलट नहीं जानता था कि रस्सी की सीढ़ी से उतरने को तैयार हो रहे रक्षा मंत्री मन ही मन अपने मित्र—सोमानी—को बुरा-भला कह रहे हैं। मंत्री नहीं जानते थे कि ये विचार सोमानी का नहीं गंगासागर का था।

Ω

"कोई युद्ध नहीं जीता जाना है," चांदनी बोली।

"नज़दीक से देखो तो हमेशा एक युद्ध होता है," गंगासागर ने कहा।

"और आप युद्ध को कहां तलाश रहे हैं?

"अख़बारों में," गंगासागर ने कहा।

"मतलब?"

"जो जंग जीती जानी है वो काग़ज़ पर है—शब्दों की जंग। सैनिकों की जंग नहीं! हमें इतनी भयानक कोई चीज़ नहीं चाहिए।"

"मैं अब भी नहीं समझी।"

"हम ख़बर फैलाएंगे कि सियाचिन में तैनात भारतीय और पाकिस्तानी सैनिकों ने आपस में फ़ायरिंग की है।"

"की है उन्होंने?"

"*शायद* की हो," गंगासागर ने जवाब दिया। "हम यक़ीन से नहीं कह सकते कि उन्होंने फ़ायरिंग नहीं की है। सियाचिन में बेवजह की फ़ायरिंग रोज़मर्रा की बात है।"

"आप इस सिद्धांत के सहारे कह सकते हैं कि कोई भी चीज़ संभव है!"

"बिल्कुल। शायद उन्होंने फ़ायरिंग *की हो*। शायद *नहीं की हो*। कौन कह सकता है सच क्या है?"

"और फिर?"

"हम सोमानी से कहेंगे कि वो रक्षा मंत्री से सियाचिन में

भारतीय सैनिकों से मिलकर आने को कहे। रक्षा मंत्री का चॉपर से रस्सी की सीढ़ी द्वारा उतरना बढ़िया प्रचार होगा। भारत की संप्रभुता और एकता का वास्तविक रक्षक! सुपरमैन और स्पाइडरमैन का एक रूप!"

"और फिर?"

"एक और रिसाव कि रक्षा मंत्री द्वारा सैनिकों से मिलने जाने और नतीजतन उनका हौसला बढ़ाने के उनके निजी प्रयासों के कारण ही परिस्थिति तेज़ी से नियंत्रण में आ सकी।"

"अख़बार इस झांसे में नहीं आएंगे—वो इसे पब्लिसिटी स्टंट ही समझेंगे।"

"अगर एक अमेरिकी रक्षा विचार दल की गुप्त रिपोर्ट का रिसाव ऐसा कहे तो वो ज़रूर यक़ीन करेंगे।"

"आप किसी अमेरिकी रक्षा विचार दल से अपनी बात कैसे कहलवाएंगे?"

"मैजेस्टिक म्युनीशन्स का स्ट्रैटेजिक एशिया रिसर्च डिफ़ेंस—एसएआरडी—में स्टेक है। सोमानी ने मुझसे जब भी मैं चाहूं एसएआरडी की रिपोर्ट का वादा किया है।"

"और रिपोर्ट सच होगी?"

"*हो सकती* है। कौन कह सकता है कि पाकिस्तानी सैनिक *पीछे नहीं* हटे!"

"लेकिन उन्होंने *हमला* तो नहीं किया!"

"वाक़ई? मुझे नहीं पता। *हो सकता है* किया हो।"

"तो ये सब एक बड़ा झूठ है?"

"*हो सकता है।* लेकिन, *नहीं* भी हो सकता है!"

♎

"तो रक्षा मंत्री के पक्ष में प्रधानमंत्री पद मोड़ने के बदले में सोमानी क्या चाहता है?" चांदनी ने पूछा।

"कुछ नहीं। वो अपने दोस्त को साउथ ब्लॉक में पहुंचाकर

फ़ायदा हासिल कर चुका है। अपने वरिष्ठ पार्टनर रुंग्टा को सबक़ सिखाने के लिए अब वो अपनी नई प्राप्त स्थिति का इस्तेमाल करेगा," गंगासागर ने जवाब दिया।

"और हमें इसमें कोई एतराज़ नहीं?"

"राजनीति में कोई स्थाई दोस्त या दुश्मन नहीं होते।"

"गंगा अंकल, आप ज़रूर मरने के बाद नर्क में जाएंगे!"

"मैं उसके लिए पूरी तरह तैयार हूं, मेरी बच्ची। मुझे अपने रचयिता से मिलकर बहुत ख़ुशी होगी। सौभाग्य से, मेरे रचयिता को अभी मुझसे मिलने की कोई जल्दी नहीं है!"

Ω

चांदनी लाल बहादुर शास्त्री भवन में अपने विशाल ऑफ़िस की डेस्क पर बैठी हुई थी। गंगासागर उसके सुइट के अनौपचारिक कोने में सोफ़े पर बैठा था। वो समाचार देख रहे थे। एंकर कह रहा था:

"बुधवार को भारत के राष्ट्रपति ने लोकसभा को तुरंत प्रभाव से भंग कर दिया जिससे नए सदन के गठन का मार्ग प्रशस्त हो गया है जिसकी इस महीने के अंत तक आशा की जा रही है। राष्ट्रपति ने भूतपूर्व रक्षा और नए प्रधानमंत्री की सिफ़ारिश पर ये क़दम उठाया है। केंद्रीय मंत्रिमंडल की बैठक के तुरंत बाद प्रधानमंत्री अपनी मंत्रिपरिषद का त्यागपत्र सौंपने के लिए निजी रूप से राष्ट्रपति भवन गए। राष्ट्रपति ने उनसे कहा कि नई मंत्रिपरिषद बनने तक वो पद पर बने रहें। राष्ट्रपति और प्रधानमंत्री की मुलाक़ात तीस मिनट—"

गंगासागर ने एंकर के वाक्य को बीच में ही काटते हुए टीवी बंद कर दिया। "हरामज़ादा जल्दी चुनाव ये सोचकर कराना चाहता है कि सियाचिन में नई-नई मिली शोहरत से उसे मदद मिलेगी," गंगासागर ने कहा।

"हम चुनावों के लिए तैयार हैं," चांदनी बोली। "इससे फ़र्क़ नहीं पड़ता कि तारीख़ छह महीने पहले ही आ गई है। हमने पिछले दो साल सिर्फ़ इसी की तैयारी में बिताए हैं।"

"फिर भी ये ज़रूरी है कि शुरुआती जनमत सर्वेक्षण हमें उत्तर प्रदेश में आगे दिखाएं," गंगासागर ने कहा।

"लेकिन हम जनमत को तो नियंत्रित नहीं कर सकते," चांदनी ने कहा।

"जनमत जैसी कोई चीज़ नहीं होती। सिर्फ़ प्रकाशित मत होते हैं और हमें सुनिश्चित करना होगा कि वो हमारे पक्ष में हों।"

"ये कैसे सुनिश्चित कर सकते हैं हम?" चांदनी ने पूछा। "जनमत तो अख़बार और पत्रिकाएं करती हैं। हम उनके मालिक तो नहीं हैं!"

"अपनी निजी एजेंसी से जनमत कराओ। वो अख़बार जिनमें सामग्री की कमी रहती है उन नतीजों को छापने में बहुत ख़ुश होंगे बशर्ते कि वो ये दावा कर सकें कि ये अध्ययन ख़ुद उन्होंने कराए हैं।"

"फिर भी, हम नतीजों पर तो नियंत्रण नहीं कर सकते।"

"जादूगर के चौथे पत्ते का प्रयोग करो।"

"हैं? ये क्या होता है?"

"जब जादूगर पत्ते फेंटता है और आपसे एक पत्ता चुनने को कहता है, तो वो पहले से जानता है कि आप कौन सा पत्ता चुनेंगे—और आप वास्तव में वही पत्ता चुनते हैं। जनमत सर्वेक्षण भी ऐसे ही होते हैं। आप उनका ढांचा इस तरह बनाएं कि जवाब देने वाला वही जवाब दे जो आप चाहते हैं।"

"लेकिन चौथा पत्ता क्या है?"

"सर्वेक्षण चार सवालों पर आधारित हो जो ख़ासतौर से सवाल पूछे जाने वाले व्यक्ति के अनुसार तैयार किए गए हों। पहले तीन सवाल कभी मत छापो—सिर्फ़ चौथे सवाल का नतीजा छापो। वही जवाब प्रासंगिक होता है!"

♎

महिला सर्वेक्षक ने किराना स्टोर से निकल रही ख़रीदार को रोका।

"प्रश्न एक: एक महिला के रूप में, क्या आपको लगता है कि पुरुषों ने हमारे लिंग का शोषण किया है और हमारे साथ भेदभाव किया है?"

"हां।"

"प्रश्न दो: क्या आपको लगता है कि पुरुषों ने शक्ति को अपने ही हाथों में रखकर महिलाओं का नुक़सान किया है?"

"हां।"

"प्रश्न तीन: क्या आपको लगता है कि अब समय आ गया है कि सत्ता एक शक्तिशाली महिला के हाथों में हो, न केवल प्रदेश में, बल्कि केंद्र में भी?"

"हां।"

"प्रश्न चार: क्या मैं इसका अर्थ ये समझूं कि महिलाओं को ज़्यादा प्रतिनिधित्व देने की चांदनी गुप्ता की कोशिशों का आप समर्थन करेंगी?"

"हां।"

Ω

ब्राह्मण साक्षात्कारकर्ता एक ब्राह्मण अध्यापक से पूछ रहा था:

"प्रश्न एक: एक ब्राह्मण के रूप में, क्या आपको लगता है कि राजनेताओं ने उच्च जातियों की अनदेखी की है?"

"हां।"

"प्रश्न दो: क्या आपको लगता है कि शिक्षा व रोज़गार में आरक्षण के कारण ब्राह्मण धनप्रद अवसरों से वंचित हो रहे हैं?"

"हां।"

"प्रश्न तीन: क्या आपको लगता है कि अब समय आ गया है कि कोई ब्राह्मणों के अधिकारों के लिए आवाज़ उठाए?"

"हां।"

"प्रश्न चार: क्या मैं इसका अर्थ ये समझूं कि ब्राह्मणों की आवाज़ को अधिक ज़ोरदार ढंग से उठाने के चांदनी गुप्ता के प्रयासों

का आप समर्थन करेंगे?"

"हां।"

♎

दलित सर्वेक्षणकर्ता एजेंट झोपड़पट्टी में था। उसने अपने दलित सब्जेक्ट से पूछा:

"प्रश्न एक: एक दलित के रूप में, क्या आपको लगता है कि बरसों के भेदभाव और अस्पृश्यता के कारण दलित आज भी पूरी तरह सुरक्षित नहीं हैं?"

"हां।"

"प्रश्न दो: क्या आपको लगता है कि अनुसूचित जातियों व जनजातियों के लिए शिक्षा और रोज़गार में आरक्षण को बढ़ाए जाने की आवश्यकता है?"

"हां।"

"प्रश्न तीन: क्या आपको लगता है कि अब समय आ गया है कि दलितों के अधिक प्रतिनिधित्व के लिए कोई आवाज़ उठाए?"

"हां।"

"प्रश्न चार: क्या मैं इसका मतलब ये समझूं कि आप दलित प्रगति को ज़्यादा प्रोत्साहन देने की चांदनी गुप्ता की कोशिशों का समर्थन करेंगे?"

"हां।"

♎

युवा सर्वेक्षण अधिकारी यूनिवर्सिटी छात्र से बात कर रहा था।

"प्रश्न एक: एक युवा के रूप में, क्या आपको लगता है कि हमारे देश के युवाओं को राष्ट्र के भविष्य में पर्याप्त आवाज़ देने से वंचित रखा गया है?"

"हां।"

"प्रश्न दो: क्या आपको लगता है कि बूढ़े राजनीतिज्ञों द्वारा ज़बरदस्त घाटे ने आपकी पीढ़ी की सुरक्षा को गिरवी रखा हुआ है?"

"हां।"

"प्रश्न तीन: क्या आपको लगता है कि अब समय आ गया है कि सत्ता अगली पीढ़ी के हाथों में हो?"

"हां।"

"प्रश्न चार: क्या मैं इसका अर्थ ये समझूं कि इस देश के युवाओं को सत्ता दिलाने के चांदनी गुप्ता के प्रयासों का आप समर्थन करेंगे?"

"हां।"

Ω

मुस्लिम साक्षात्कारकर्ता मस्जिद के बाहर था। जुमे की नमाज़ अभी पूरी हुई थी।

"प्रश्न एक: एक मुसलमान होने के नाते, क्या आप फ़िक्रमंद हैं कि एक हिंदू-बहुल देश में आप अल्पसंख्यक हैं?"

"हां।"

"प्रश्न दो: क्या आपको लगता है कि सरकारों ने लगातार मुस्लिम तरक़्क़ी को नज़रअंदाज़ किया है?"

"हां।"

"प्रश्न तीन: क्या आपको लगता है कि अब समय आ गया है कि मुसलमान किसी ऐसे शख़्स को चुनें जो उनके लिए बोल सके?"

"हां।"

"प्रश्न चार: तो मैं इसका मतलब ये समझूं कि मुस्लिम मुद्दों को उठाने के लिए चांदनी गुप्ता की कोशिशों में आप उनका साथ देंगे?"

"हां।"

Ω

शाम के समाचार देखते हुए चांदनी मुस्कुरा रही थी। "इस सप्ताह *ऑब्ज़र्वर* ने लोकसभा चुनावों से पहले उत्तर प्रदेश के मतदाताओं के आम मूड के बारे में सीएफ़सी से कराए गए सर्वेक्षण के निष्कर्ष

प्रकाशित किए। सर्वेक्षण में पाया गया कि अधिकतर लोग नई दिल्ली में सरकारी उदासीनता से असंतुष्ट हैं और मानते हैं कि केंद्र में चांदनी गुप्ता द्वारा भूमिका निभाने के प्रयासों का समर्थन किया जाना चाहिए। ये पहला अवसर है जब हर जाति, समुदाय, लिंग और उम्र के लोगों से समान प्रतिक्रियाएं प्राप्त हुई हैं। 'मतदाताओं के एक भारी बहुमत का मानना है कि चांदनी गुप्ता के नेतृत्व में एबीएनएस केंद्र में भूमिका निभाकर बेहतर नतीजे दे सकती है,' कल सर्वेक्षण के नतीजे जारी करते हुए सीएफ़सी प्रवक्ता ने कहा।"

♎

"सीएफ़सी किस क़िस्म की एजेंसी है?" चांदनी ने अपने सेक्रेटरी से पूछा।

"मुझे बिल्कुल अंदाज़ा नहीं। मैं मेनन से पता करूं?"

"हां। उसे पता होगा। इस प्रयास की अगुआई गंगासागरजी ने की थी," चांदनी ने कहा।

कुछ मिनट बाद सेक्रेटरी मुस्कुराता हुआ चांदनी के ऑफ़िस में आया।

"मैंने सीएफ़सी के पूरे नाम का पता लगा लिया है। मेनन जानता था।"

"क्या नाम है?"

"कंज्योरर्स फ़ोर्थ कार्ड।"

♎

"पार्टी की भारी जीत की भविष्यवाणी करने के लिए मुझे तुम जैसे ज्योतिषी चाहिए," गंगासागर ने आश्चर्यचकित आदमी से कहा। उसे एक फ़ुटपाथ से उठाया गया था जहां बैठकर वो ग़रीब मूर्खों को विश्वास दिलाता था कि अविश्वसनीय समृद्धि, अविश्वसनीय सौभाग्य, यश और वैभव बस आने ही वाला है।

"मैं मशहूर नहीं हूं, सर। कोई मेरा विश्वास नहीं करेगा," ज्योतिषी बोला।

"वो मुझपे छोड़ दो। मैंने आज लखनऊ के एक प्रमुख अख़बार के साथ तुम्हारे इंटरव्यू की व्यवस्था की है। तुम्हें भविष्यवाणी करनी है कि उत्तर प्रदेश में मंत्रिमंडल में फेरबदल होने वाला है।"

"लेकिन मैं ये नहीं जानता!"

"अब जान गए हो। मैं आज मुख्यमंत्री से बात करूंगा और वो सुनिश्चित करेंगी कि कल एक छोटा सा फेरबदल हो जाए। तुम लोगों के विपरीत, मैं बहुत पहले से भविष्यवाणी करने से बचता हूं। घटना के सुनिश्चित हो जाने के बाद भविष्यवाणी करना कहीं बेहतर रहता है। फेरबदल होने के बाद तुम एक इंटरव्यू और दोगे।"

"और मैं क्या कहूंगा?" भौचक्के आदमी ने पूछा।

"तुम इस साल ज़बरदस्त फ़सल की भविष्यवाणी करोगे।"

"पर मैं ये नहीं जानता!"

"अब जान गए हो। मेरे पास कृषि मंत्रालय की एक गोपनीय रिपोर्ट है। रिपोर्ट तुम्हारे इंटरव्यू के अगले दिन सार्वजनिक की जाएगी। और तब तुम अपना तीसरा इंटरव्यू दोगे।"

"और तब मैं क्या कहूंगा?" प्रत्याशित रूप से उसने पूछा।

"तुम इलाहाबाद में अप्रत्याशित बारिश की भविष्यवाणी करोगे।"

"लेकिन मैं तो ये नहीं जानता!"

"जानते हो। मैंने व्यवस्था कर दी है कि एक छोटा विमान गंगा के ऊपर सिल्वर आयोडाइड से बादल रोप दे। तुम्हारी भविष्यवाणी के अगले दिन अप्रत्याशित बारिश होगी। तब तक प्रेस और जनता तुम्हारी कही हर बात का विश्वास करने लगेंगे। और फिर तुम अपना चौथा इंटरव्यू दोगे।"

"और चौथे इंटरव्यू में मैं क्या कहूंगा?"

"तुम एबीएनएस और चांदनी के लिए भारी जीत की भविष्यवाणी करोगे।"

"लेकिन मैं ये भी नहीं जानता!"

"मैं भी नहीं जानता, लेकिन उम्मीद करता हूं कि तुम्हारी भविष्यवाणी सच साबित हो।"

Ω

गंगा और यमुना के संगम पर बसा इलाहाबाद तनावपूर्ण था। पुराने शहर में, कुछ मस्ती मार रहे हिंदू युवाओं ने मुसलमानों पर शराब फेंक दी थी। ग़ुस्से में कुछ नासमझ मुस्लिम लड़कों ने गौमांस के टुकड़े गंगा किनारे सीढ़ियों पर छोड़ दिए। चिंगारी भड़की और इलाहाबाद में हिंसा फैल गई।

उत्तर प्रदेश की मुख्यमंत्री—चांदनी गुप्ता—ने नए पुलिस प्रमुख को बुलाया हुआ था। चांदनी जानना चाहती थी कि दंगे रोकने के लिए पुलिस क्या क़दम उठा रही है। गंगासागर एक मुलाक़ाती कुर्सी पर बैठा था जबकि दूसरी पर पुलिस प्रमुख बैठा था।

"स्थिति नियंत्रण में है, मैडम," पुलिस प्रमुख ने कहा। "दंगा गियर पहने दंगा पुलिस की तीन बटालियनों ने शहर में मार्च किया और अनियंत्रित भीड़ को छितराने के लिए आंसूगैस का प्रयोग किया। उन पर ईंट-पत्थरों से हमला किया गया लेकिन उन्होंने शहर के प्रमुख भागों में नियंत्रण कर लिया है। ज़्यादातर इलाक़ा नियंत्रण में है, अलावा पुराने शहर के जहां अभी व्यवस्था स्थापित करने में कुछ दिन लग सकते हैं।"

"मौतें या हताहत?" चांदनी ने पूछा।

"मौत कोई नहीं हुई, पर कुछ लोग हताहत हैं। अगर एक गुमनाम जानकारी के कारण हमने समय रहते पुराने शहर में बटालियनें न भेजी होतीं, तो ये संख्या अधिक हो सकती थी।"

"डर," बातचीत का रुख़ अचानक बदलते हुए गंगासागर ने कहा।

"जी, सर?" प्रमुख ने पूछा।

"डर! हम आज ही व्यवस्था स्थापित करना चाहेंगे—कल या परसों नहीं। डर पैदा कीजिए। क़ानून का डर," गंगासागर ने

बलपूर्वक कहा।

"लेकिन सर, कर्फ़्यू की घोषणा कर दी गई है और हम प्रतिबंध हटाने के लिए आपके आदेशों का इंतज़ार कर रहे हैं। हम कठोर उपायों के बिना भी नतीजे प्राप्त कर सकते हैं।"

"जैसा मैं कहता हूं कीजिए। मैं चाहता हूं कि कल मुख्यमंत्री इलाहाबाद में एक सार्वजनिक सभा को संबोधित करें।"

"लेकिन सर—"

"मेरे ख़्याल से नए पुलिस प्रमुख ने प्रशंसनीय काम किया है, मुख्यमंत्री," गंगासागर ने सरल भाव से कहा, "लेकिन कभी-कभी ऐसे हालात में लाठियों और आंसूगैस से ज़्यादा भावनात्मक अपील की ज़रूरत होती है।"

"सर, इस समय इलाहाबाद का दौरा करना ठीक नहीं रहेगा। इलाहाबाद अभी ऐसा बारूद का ढेर है जिसमें कभी भी विस्फोट हो सकता है," प्रमुख जल्दी से बोला।

"मुख्यमंत्री की सुरक्षा के लिए वहां आप हैं ना? या हमें कोई नया आदमी ढूंढ़ना होगा जो मुख्यमंत्री के अपने प्रिय नागरिकों से मिलते समय उनकी सुरक्षा प्रभावी ढंग से सुनिश्चित कर सके?" गंगासागर ने लगभग फुसफुसाहट में कहा।

"हम इनकी रक्षा करेंगे, सर," पुलिस प्रमुख ने कहा, वो समझ गया था कि फ़ैसला लिया जा चुका है।

Ω

"प्रयाग के प्रिय लोगों—वो महान नगर जहां संसार के निर्माण के बाद ब्रह्म ने बलि दी थी। अकबर द्वारा अपने नए महान मज़हब दीन-ए-इलाही के नाम पर रखे गए नाम वाले शहर इलाहाबाद के सौभाग्यशाली लोगो। बौद्ध धर्म के सबसे महान केंद्र कौशांबी के महान पुरुष व महिलाओं। आज यहां आपके बीच होना मेरा सौभाग्य है," उसने बड़ी चालाकी से शहर के हिंदू, मुस्लिम और बौद्ध तत्वों को संबोधित करते हुए कहा। "आज मैं आपके सामने एक हिंदू

जैविक पिता और एक मुसलमान मुंहबोले पिता की बेटी के जीते-जागते उदाहरण के रूप में खड़ी हूं। मैं इस सरज़मीन के दो महान धर्मों का प्रतिनिधित्व करती हूं और मैं आपके सामने ईमानदारी से प्रतिज्ञा करती हूं कि इससे पहले कि कोई इस महान राष्ट्र को धार्मिक आधार पर बांटे, मैं मर जाना पसंद करूंगी!" चांदनी गरजी।

रैली का आयोजन एबीएनएस के इलाहाबाद ज़िला समिति के प्रमुख ने किया था। मंच पर इकराम, गंगासागर, इलाहाबाद से लोकसभा का प्रत्याशी और कई अन्य पदाधिकारी बैठे थे। एक लोकल बैंड आत्मा को छूने वाले और देशभक्ति के फ़िल्मी गाने बजा रहा था जबकि स्थानीय पार्टी कार्यकर्ता एक-एक करके मंच पर आ रहे थे और मंच पर बैठे बड़े लोगों के गले में मालाएं डाल रहे थे। दसियों हज़ार समर्थक तेज़ गर्मी और दंगों के भय का सामना करके आए थे और खुले मैदान में बैठकर अपने प्रिय प्रतिनिधियों को वादे करते सुन रहे थे—वो वादे जिनके तोड़ दिए जाने की पूरी संभावना थी।

मैदान के दूसरी ओर, ठीक उस मंच के सामने की ओर जिस पर नेता बैठे हुए थे, प्रमुख विपक्षी नेताओं के पुतले लगाए गए थे। पर लोग ये नहीं जानते थे कि हर पुतला पटाख़ों से बना हुआ था। स्वागत की रस्में पूरी होने के बाद चांदनी खड़ी हुई और मंच के बीच की ओर बढ़ी। एक सहायक उसके लिए एक सजावटी तीर-कमान लेकर आया जिसे उसने इस तरह संभाला जैसे वो मैदान के पार बने पुतलों का निशाना साध रही हो। जैसे ही उसने निशाना लिया, वैसे ही आतिशबाज़ी शुरू हो गई और पुतलों में विस्फोट हो गया। भीड़ पगला गई और चिल्ला-चिल्लाकर चांदनी की जय-जयकार करने लगी जबकि चांदनी चिल्लाई, "हम अपनी ऊर्जा उन लोगों को नष्ट करने की ओर लगाएंगे जो हमें बांटना चाहते हैं। हम शांति और भाईचारे के एक नए युग का सूत्रपात करेंगे। हम अतीत और वर्तमान की लड़ाई से बचेंगे—ये लड़ाई हमारे भविष्य को नष्ट कर देगी!"

गंगासागर आशावादिता से दमक रहा था। उसने इकराम को

देखकर आंख मारी। रम के एक पव्वे और एक पाउंड गौमांस से कितना कुछ किया जा सकता है। और लोग समझते हैं कि चुनाव महंगे होते हैं! उसने एक गहरी सांस ली और धीरे-धीरे पढ़ना शुरू कर दिया, "*आदि शक्ति, नमोनमः; सर्वशक्ति, नमोनमः, प्रथम भगवती, नमोनमः, कुंडलिनी माताशक्ति; माताशक्ति, नमोनमः।*"

अध्याय तेरह

लगभग 2300 वर्ष पहले

"अब जबकि सिंहारण मलयराज्य के सिंहासन पर है, तो हमें एक ऐसा राज्य मिल गया है जहां हम अपने सैनिकों को टिका सकते हैं," चाणक्य ने कहा।

"हां," चंद्रगुप्त ने उदास भाव से कहा, "पिछले वर्ष पिप्पलिवन में मेरे पिता की मृत्यु के बाद अब हमें आंभी के भूतपूर्व सेनापति की देखरेख में अपनी सेनाओं को सुगठित करना चाहिए।"

चाणक्य पिता को खो चुके पुत्र के दुख को समझ सकता था। चाणक्य कम से कम अपने पिता का अंतिम संस्कार तो कर सका था। चंद्रगुप्त इतना भी नहीं कर सका था। लेकिन चाणक्य जानता था कि उनके पास शोक मनाने का भी अवसर नहीं था। "चंद्रगुप्त, हम पोरस को अपने सहयोगी के रूप में नहीं खो सकते। धनानंद से लड़ने के लिए तुम्हें उसकी आवश्यकता होगी," उसने कहा।

"लेकिन पोरस हमसे क्रुद्ध है। हमने मलयराज्य छीन लिया है, जो उसके अधीन राज्यों के तंत्र का भाग था। वो हमारे साथ किसी

सामरिक सहयोग पर क्यों बात करेगा?" चंद्रगुप्त ने अविश्वासपूर्वक पूछा।

"क्योंकि वो कुलीनतंत्रीय, क्रुद्ध, घमंडी और अहंकारी है। ये वो गुण हैं जिनके कारण व्यक्ति को फुसलाना आसान होता है," चंद्रगुप्त के आचार्य ने लापरवाही से जवाब दिया।

"तो हम उसकी चापलूसी करके उसे सहयोगी बनाएंगे?" चंद्रगुप्त ने पूछा। "अगर आदमी एक महिला से कहे कि वो सुंदर है, तो वो उसके अन्य झूठ नज़रअंदाज़ कर देती है! हमें बस पोरस के साथ एक सुंदर औरत जैसा व्यवहार करना है," चाणक्य हंसा।

"और अगर वो हमारे जाल में नहीं फंसा?" चंद्रगुप्त ने चाणक्य को कुरेदा।

"तो हम सत्ता, ख्याति और प्रतिष्ठा की उसकी महत्वाकांक्षा—भारत का सबसे शक्तिशाली शासक होने की उसकी तीव्र इच्छा—को प्रोत्साहित करेंगे।"

"और हम ऐसा कैसे करेंगे? उसे घूस देने के लिए हमारे पास कोई ठोस चीज़ तो है नहीं," चंद्रगुप्त ने गंभीर भाव से कहा।

"सरल है। मैं मगध का सिंहासन तुम्हें देने के बजाय उसे देने का प्रस्ताव रखूंगा," चाणक्य ने धूर्तता से कहा।

चंद्रगुप्त अपने गुरु के आगे झुका और धीर भाव से बोला, "आप जिस क्षमता में चाहेंगे, मैं आपकी सेवा करूंगा। लेकिन मैं अहंकारी और तुच्छ पोरस के अधीन काम करने को तैयार नहीं हूं!"

चाणक्य इस सैद्धांतिक व्यथा के प्रदर्शन पर ज़ोर से हंस पड़ा। "मैंने केवल ये कहा कि मैं उसके सामने प्रस्ताव रखूंगा। मैंने ये नहीं कहा कि मैं सिंहासन उसे दे दूंगा। मेरे शब्दों के चयन पर अधिक ध्यान दिया करो, चंद्रगुप्त। ये पोरस के साथ ऐसा समझौता होगा जिसे मैं जान-बूझकर तोड़ूंगा!" उसने कहा।

पूर्णतया भ्रमित चंद्रगुप्त हिचकिचाते हुए बोला, "क्या ये बेहतर नहीं होगा कि हम उसके साथ ईमानदारी बरतें और उससे कहें कि

मगध पर आधिपत्य के लिए हमें उसकी सहायता चाहिए? और हम सिंहासन के बजाय कुछ प्रांतों का प्रस्ताव दें।"

"वो तुम्हें नौसिखिये के रूप में देखता है, हे चंद्रगुप्त। वो तुम्हें एक सहयोगी के रूप में महत्व नहीं देगा। बेहतर ये होगा कि उसके साथ समझौता किया जाए और उसे मगध पर शासन करने के हवाई क़िले बनाने दिए जाएं। एक बार हमारा उद्देश्य पूरा हो जाएगा, तो पोरस हमारे लिए बेकार हो जाएगा।"

"और आप अपने विश्वासघात के लिए उसे क्या सफ़ाई देंगे?"

"याद रखो अक्सर अनुमति पाने से आसान क्षमा पाना होता है!" चाणक्य ने अपने कुरूप चेहरे पर एक चौड़ी मुस्कान के साथ कहा। "मैं अपने अच्छे मित्र इंद्रदत्त से कहूंगा कि वो मेरी ओर से मध्यस्थता करे और पोरस को समझाए कि चाणक्य के साथ सहयोग करना उसके हित में होगा।"

"क्या चाणक्य के साथ सहयोग का अर्थ चंद्रगुप्त के साथ सहयोग नहीं होगा?" भ्रमित राजकुमार ने पूछा।

"आह। हमें ये बदलना होगा। तुम और मैं लड़ेंगे और अलग हो जाएंगे," चाणक्य ने जवाब दिया।

"मैं आपसे कभी नहीं लड़ सकता, आचार्य। आपकी इच्छा मेरे लिए आदेश है। अगर आप मुझसे जान देने को भी कहेंगे, तो मैं दे दूंगा। मैं कभी आपकी इच्छाओं के विरुद्ध जाने की कल्पना भी कैसे कर सकता हूं?"

"शांत हो जाओ, चंद्रगुप्त। मैं भ्रम की शक्ति की बात कर रहा हूं। हम ऐसा भ्रम पैदा करेंगे जैसे तुम और मैं अलग हो गए हैं—वैचारिक मतभेद। इस प्रकार मैं पोरस को विश्वास दिला सकूंगा कि मैं वाक़ई उसे मगध के सिंहासन पर बिठाना चाहता हूं!"

"और ऐसा समय आने तक मैं क्या करूं?" चंद्रगुप्त ने असहजता से पूछा।

"एक विद्रोह खड़ा करो!" चाणक्य ने ज़मीन पर हाथ मारकर

धूल उड़ाते हुए कहा।

Ω

"विद्रोह खड़ा करूं? कहां?" विवश चंद्रगुप्त ने पूछा।

"मैसीडोनियाई प्रांतों में—उनमें जहां सिकंदर के क्षत्रपों का सीधा शासन है।"

"कौन से प्रांत?"

"सबमें। जैसा कि तुम जानते हो, अधिकांश उत्तर भारत मगध, कैकय या गंधार का भाग है। लेकिन उन छोटे राज्यों का क्या जो इन तीन बड़े गुटों के भाग नहीं हैं? सिकंदर का क्षत्रप फ़िलिपोज़, जो भारत में सिकंदर के चुने हुए उत्तराधिकारी सेल्यूकस के अधीन है, उन सब पर सीधा शासन करता है। अगर फ़िलिपोज़ मर जाए, तो ये प्रांत बिना हमारे किसी प्रयास के सीधे हमारी झोली में आ गिरेंगे।"

"आचार्य, क्या आपका तात्पर्य वही है जो मैं समझ रहा हूं?" थके हुए और हतप्रभ चंद्रगुप्त ने पूछा। अपने गुरु के साथ रणनीति बनाने के ये सत्र उसकी ऊर्जा को चूस डालते थे।

"नहीं, नहीं, प्रिय चंद्रगुप्त। हम फ़िलिपोज़ को मारेंगे नहीं। हम बस उसके सबसे पक्के शत्रुओं की पहचान करेंगे और उसकी हत्या करने के लिए उन्हें न्यायोचित कारण दिखाएंगे!"

"और सबसे बड़ा शत्रु कौन है?" चंद्रगुप्त ने ये जानते हुए भी पूछा कि ये प्रश्न अनावश्यक है।

"उसका सबसे बड़ा मित्र और सहयोगी।"

"आंभी?"

"नहीं।"

"फिर कौन?"

"शशिगुप्त।"

"कौन?"

"मगध में पूर्वी भारत का बहुत बड़ा भाग आता है। इसके पश्चिम में कैकय है। और भी पश्चिम में बढ़ने पर आप गंधार पहुंच

जाते हैं। पर गंधार के परे, एकदम उत्तरपूर्व में, सिंधु के पार, कौन रहता है?" चाणक्य ने पूछा।

"अश्वक—काबुल नदी क्षेत्र के क़बायली घुड़सवार।"

"सही। वो शक्तिशाली और भयंकर योद्धा हैं। उनकी मूल शक्ति बहुत कम भोजन, पानी या बिना आराम के लंबी लड़ाइयां लड़ने में नहीं बल्कि क्षेत्र के सर्वश्रेष्ठ अश्वों का प्रजनन करने, उन्हें पालने और प्रशिक्षित करने में है। उनका अगुआ शशिगुप्त है। तुम्हें वो दिन याद है जब सिकंदर ऋषि दंडायण के आश्रम में आया था? शशिगुप्त उसके साथ था—जो उसके लिए ऋषि के शब्दों का अनुवाद कर रहा था।"

"आप चाहते हैं कि मैं उसका समर्थन मांगूं?" चंद्रगुप्त ने मासूमियत से पूछा।

"नहीं, मेरे वीर योद्धा, नहीं! अश्वक भाड़े के हत्यारे हैं। धन के बदले में वो अपने राजनीतिक विचारों का विचार किए बिना किसी को भी हज़ारों घुड़सवार सैनिक दे देते हैं। वो फ़ारस के लिए लड़े थे और बाद में मैसीडोनियाइयों के लिए भी लड़े। वो स्थायी रूप से किसी के सहयोगी नहीं हैं। घोड़ों को प्रशिक्षण देना और युद्ध लड़ना बस उनका व्यवसाय है, न इससे ज़्यादा न कम।"

"अभी वो किसके लिए लड़ रहे हैं?"

"मैसीडोनियाइयों के लिए। पर बहुत समय नहीं हुआ जब वो फ़ारस के साथ थे। फिर उन्हें दल बदलने में कोई हिचकिचाहट क्यों होगी?" चाणक्य ने पूछा।

"लेकिन शशिगुप्त क्यों विद्रोह करेगा? जहां तक मैं समझता हूं, वो पोरस के विरुद्ध सिकंदर की झेलम विजय में भी साथ था। युद्ध समाप्त होने के बाद, जब पोरस को सिकंदर के सामने लाने में आंभी नाकाम रहा था, तो ऐसा करने में शशिगुप्त ने सफलता प्राप्त की थी।"

"लेकिन शशिगुप्त किसके आदेश पर सिकंदर के विरुद्ध लड़ा

था?" चाणक्य ने पूछा।

चंद्रगुप्त स्तब्ध रह गया। चाणक्य मुस्कुराया और आगे बोला। "अश्वक भयंकर योद्धा हैं लेकिन वो अपने आदेश महिलाओं से लेते हैं! उनकी प्रमुख हमेशा एक रानी होती है। वर्तमान रानी कलपिणी नाम की एक अदभुत सुंदरी है। उसे ज़रा भी ख़तरा हो, तो हज़ारों क्रुद्ध अश्वक पलक झपकते मरने को तैयार हो जाएंगे!"

"आप चाहते हैं कि मैं उनकी रानी का अपहरण कर लूं?" चंद्रगुप्त ने किसी हद तक एक सकारात्मक उत्तर की अपेक्षा करते हुए पूछा। वो जानता था कि उसका चालाक गुरु उसे मगध के सिंहासन पर बिठाने के उद्देश्य की पूर्ति के लिए कुछ भी कर सकता था।

"इससे भी अधिक! मैं चाहता हूं तुम कुछ ऐसी व्यवस्था करो कि उसका मैसीडोनियाई क्षत्रप फ़िलिपोज़ के साथ संबंध बन जाए। अश्वक ख़ून को इस विचार से ज़्यादा कोई चीज़ नहीं खौला सकती कि उनकी रानी एक मैसीडोनियाई पुरुष के साथ संसर्ग कर रही है!"'

"और मैं कैसे इसकी व्यवस्था करूंगा? उन दोनों का अपहरण करके और एक ही शिविर में रखकर?" क्रोधित चंद्रगुप्त ने पूछा।

"एक शब्द का उत्तर सुनना चाहोगे?"

"ये अच्छा रहेगा।"

"कॉर्नीलिया।"

Ω

कॉर्नीलिया और चंद्रगुप्त बौर पर आए अशोक, भव्य, चंपक और नागर के पेड़ों के वृक्षीय उपवन के एक कोने में एक विशाल सिम्सापा पेड़ की फैली हुई शाखाओं के नीचे बिछी एक कोमल सूती चादर पर लेटे हुए थे। ज़मीन पर शाखाओं से गिरे ढेर सारे सुगंधित फूल बिखरे हुए थे। चंद्रगुप्त और कॉर्नीलिया पास-पास लेटे हुए थे। कॉर्नीलिया के साथ हर समय रहने वाले अंगरक्षकों को चंद्रगुप्त के आदमियों ने शहद द्वारा मीठा किया गया ठंडा दूध दिया था। ताज़गी

भरे हल्के पेय में अतिरिक्त सनसनी के लिए पिसी हुई भांग भी मिलाई गई थी। कुछ ही मिनटों में, वो एक बरगद के नीचे ढेर होकर ख़र्राटे भरने लगे थे।

"मैं तुम्हारी आराधना करता हूं," चंद्रगुप्त उसके सुनहरी बालों में खोए-खोए भाव से उंगलियां फिराता हुआ उसके कान में फुसफुसाया।

वो मुस्कुराई। "झूठे! तुम मेरे साथ होने की आराधना करते हो ताकि तुम अपने नटखट खेल खेल सको," उसने डांटा।

चंद्रगुप्त ने एक क्षण इस पर सोचा, शरारती भाव से मुस्कुराया और बोला, "उसकी भी!" और कॉर्नीलिया ने बनावटी दंड देते हुए उसके गाल पर चपत लगाई।

"प्रिय, मैं तुम्हारे बिना एक क्षण भी रहना सहन नहीं कर सकती," उसे और नज़दीक करते हुए कॉर्नीलिया ने कहा। "मुझे चिंता सता रही है कि मेरे पिता को हमारे बारे में पता चल जाएगा और वो मुझे बेबीलोनिया वापस बुला लेंगे। मैं तुम्हारे बिना कैसे रहूंगी?"

"सेल्यूकस बहुत दूर हैं, प्रिय। इस बात की संभावना बहुत कम है कि उन्हें अपनी उस लाड़ली बेटी के विलासी जीवन के बारे में पता चल सकेगा जिसने भारत में रहने का निर्णय किया था," चंद्रगुप्त ने दिलासा दिया।

"मैं तुमसे विवाह करना चाहती हूं, चंद्रगुप्त। मैंने तुमसे अधिक प्रेम किसी पुरुष से नहीं किया। क्यों हमें हर बार एक-दूसरे से मिलने के लिए ये गोपनीयता बरतनी पड़ती है?"

"तुम्हारे पिता के सामने तुम्हारा हाथ मुझे सौंपने के अतिरिक्त कोई विकल्प नहीं रहे—मैं इसे सुनिश्चित करूंगा। लेकिन इसके लिए मुझे मगध का राजा बनना होगा। तुम एक राजनीतिक समझौते का भाग होगी—जिसकी मुझे तीव्र इच्छा है, मेरी प्रिय कॉर्नीलिया।"

"और ऐसा कैसे होगा? तुम्हारे सहपाठी सिंहारण को एक

साधारण राज्य के सिंहासन पर बिठाने के अलावा तुमने और तुम्हारे आचार्य ने कौन सी बड़ी उपलब्धि प्राप्त की है? सम्राट बनने में तुम्हें कई युग लग जाएंगे और तब तक तो शायद तुम कुछ करने योग्य भी नहीं बचो!" कॉर्नीलिया ने छेड़ा।

"प्रिय। चलो यहीं और अभी विवाह कर लेते हैं!" अचानक गंभीर हो गए चंद्रगुप्त ने उसे चकित करते हुए कहा।

"कैसे? बिना अग्नि के? बिना पंडित के? बिना अतिथियों के?" उलझन में पड़ गई कॉर्नीलिया ने पूछा।

"हमारे प्राचीन हिंदू ग्रंथों में आठ प्रकार के विवाह हैं। उनमें से एक—जिसे शास्त्रियों द्वारा वैध माना गया है—गंधर्व विवाह है। ये एक सरल गुप्त समारोह होता है जिसमें पुरुष और महिला के अतिरिक्त कोई तीसरा उपस्थित नहीं होता है। हम बस एक-दूसरे को मालाएं पहनाते हैं, प्रतिज्ञा लेते हैं, चुंबन करते हैं, और बस। हो गया!"

"लेकिन मैं तुम्हारे साथ रह नहीं सकती। मेरे पिता हम दोनों का वध कर देंगे। अगर मुझे उनकी इच्छाओं के विरुद्ध जाते देखा गया तो वो बहुत क्रुद्ध होंगे," कॉर्नीलिया ने तर्क दिया।

"मैं मानता हूं। हमारा विवाह गुप्त रहना चाहिए। तुम्हें तब तक अपना जीवन स्वतंत्र बिताना चाहिए जब तक कि हम अधिकृत रूप से विवाहित न हो जाएं। कम से कम हमें ये संतोष रहेगा कि हम दोनों मंगेतर हैं," चंद्रगुप्त ने आंखों में एक चमक के साथ कहा। उसने शीघ्रता से अपने कंधे पर पड़ा रेशमी उत्तरीय उतारा और उसमें से दो पतली सी पट्टियां फाड़ लीं। फिर उसने घास पर पड़े फूलों को उठाकर उन्हें उन पट्टियों में छोटी-छोटी गांठों में बांधना शुरू कर दिया। कॉर्नीलिया ने दूसरी माला बनानी शुरू कर दी। कुछ ही मिनटों में, वो भौंडी लेकिन प्रेम से प्रेरित मालाएं लिए एक-दूसरे के गले में डालने की प्रतीक्षा कर रहे थे।

दोनों एक-दूसरे के सामने खड़े हुए। चंद्रगुप्त ने अपनी माला बड़ी कोमलता से कॉर्नीलिया के गले में डाली और उसके चेहरे को

संभालते हुए कहा, "मेरी प्रियतमा, मेरी जान। मैं वचन देता हूं कि मैं जीवन भर तुम्हारी आराधना करूंगा। मैं अपनी जान से बढ़कर तुम्हारी रक्षा करूंगा और हमेशा तुम्हारा सम्मान और दुलार करूंगा। आज के बाद तुम, ईश्वर की नज़रों में, मेरी पत्नी हो।" उस क्षण की गहनता पर आंखों में आंसू लिए कॉर्नीलिया ने चंद्रगुप्त के गले में माला डाली और फुसफुसाई, "मेरे पति, मेरे जीवन, मेरे प्रेम। तुमसे विवाह करने से ज़्यादा मुझे कभी किसी चीज़ ने प्रसन्नता नहीं दी। मैं वचन देती हूं कि मैं सदा तुम्हारे प्रति निष्ठावान रहूंगी और हमेशा तुम्हारा सम्मान और आज्ञापालन करूंगी। तुम मेरा एकमात्र सच्चा प्रेम हो और हमेशा रहोगे।"

चंद्रगुप्त ने उसे अपनी ओर खींचा, उसे अपनी बांहों में लिया और उसे गहन भाव से चूमा। वो नहीं जानता था कि अपने आचार्य का आज्ञापालन उसे इतना आनंद देगा। वो नहीं जानता था कि किस क्षण आचार्य के निर्देश समाप्त हो गए और कॉर्नीलिया के प्रति उसका प्यार आरंभ हो गया था।

Ω

जब पति और पत्नी सिम्पासा के पेड़ के नीचे आलिंगनबद्ध थे, तो कॉर्नीलिया ने पूछा, "अब जबकि हम गुप्त रूप से विवाह कर चुके हैं, तो इसे अधिकृत बनाने के लिए क्या करना होगा?"

"चंद्रगुप्त और सेल्यूकस के बीच एक राजनीतिक समझौता," उसके पति ने उत्तर दिया।

"मेरे पिता तुम्हारे साथ ऐसा समझौता क्यों करेंगे?"

"अगर वो भारत में अपने प्रांतों पर अपनी पकड़ कमज़ोर होते देखेंगे। नियंत्रण प्राप्त करते जा रहे राजा का शत्रु बनने से बेहतर मित्र बनना है।"

"और अपने भारतीय क्षेत्रों पर मेरे पिता का नियंत्रण क्यों कमज़ोर होगा?"

"आंभी के भय, पोरस के लोभ और शशिगुप्त के क्रोध के कारण।"

"आंभी का भय?"

"आंभी शशिगुप्त और पोरस के बीच फंसा है। वो एक और युद्ध से डरेगा।"

"और पोरस का लोभ?"

"उसके अतृप्य अहंकार को बढ़ाए जाने की आवश्यकता है। मगध के सिंहासन के लिए उसकी भूख उसके पतन का कारण बनेगी।"

"और शशिगुप्त का क्रोध।"

"अपने विश्वासघात पर।"

"किसके द्वारा विश्वासघात?"

"तुम्हारे पिता द्वारा नियुक्त मैसीडोनियाई प्रांतपाल फ़िलिपोज़ द्वारा।"

"लेकिन फ़िलिपोज़ ने तो उसके साथ विश्वासघात नहीं किया है।"

"करेगा।"

"क्यों?"

"अगर फ़िलिपोज़ को अश्वक रानी कलपिणी से प्रेम हो जाए, तो शशिगुप्त के नेतृत्व में अश्वक विद्रोह कर देंगे। वो इसे परम विश्वासघात मानेंगे।"

"लेकिन मेरे प्रिय चंद्रगुप्त, किसी को किसी से प्यार कैसे कराया जा सकता है? प्यार तो हो जाता है। इसे थोपा नहीं जा सकता।"

"लेकिन दो लोगों की मुलाक़ात करवा के इसका आरंभ कराया जा सकता है। मैंने सुना है कि फ़िलिपोज़ की आंख चंचल है। उनकी मुलाक़ात कराओ और बाक़ी नियति पर छोड़ दो!"

"तुम मुझे इस दुष्ट योजना में डालना चाहते हो?"

"हाह! तुमने ठीक कहा। मैं तुम्हारा इस्तेमाल कर रहा हूं। लेकिन मैं चाहता हूं कि तुम उनके मिलने में मदद करो, कॉर्नीलिया।

तुम समाज में हर किसी को जानती हो। फ़िलिपोज़ के पास जाओ और कलपिणी को एक मित्र के रूप में ले जाओ। सुना है कि वो सुंदर है," चंद्रगुप्त ने कहा।

"मेरा विचार है कि हमने अभी सौगंध ली है कि हम एक-दूसरे के प्रति समर्पित रहेंगे," अपने पति द्वारा एक अन्य स्त्री को सुंदर बताए जाने पर थोड़ा सा चिढ़ते हुए उसने विनोद किया।

"इसीलिए बेहतर होगा कि तुम उसे किसी और से जोड़ दो ताकि वो मेरे लिए अनुपलब्ध हो जाए," चंद्रगुप्त ने कहा।

Ω

"तुरंत निकल जाओ! मुझे अपना जीवन तुम्हें प्रशिक्षित करने में कभी नहीं बिताना चाहिए था—तुम एक अकृतज्ञ दुष्ट हो!" चौड़ी सी मुस्कान लिए चाणक्य चंद्रगुप्त पर चिल्लाया।

"आपने मुझे अच्छा प्रशिक्षण दिया है, हे गुरु। वास्तव में, अब मेरा प्रशिक्षण बस एक काम के लिए प्रयोग में आएगा—आपका पतन लाने के लिए!" नहीं हंसने का पूरा प्रयास करते हुए जवाब में चंद्रगुप्त चिल्लाया।

"तुम्हारी हिम्मत कैसे हुई मुझसे इस तरह बात करने की? मैं तुम्हारा गुरु हूं। मुझे क्रुद्ध होने का पूरा अधिकार है। सिंहारण तुम्हारे भाई की तरह रहा है और तुमने मलयराज्य के सिंहासन पर उसके अधिकार को चुनौती देने का साहस किया?" चाणक्य ने चंद्रगुप्त को पलटकर उत्तर देते हुए संकेत दिया कि वो उसके सामने पूर्वनियोजित कथानक पर टिका रहे।

"आपने मुझे वचन दिया था कि राजा मैं बनूंगा। इसके बजाय आप पोरस और सिंहारण के बीच समझौता करवाने में लगे हैं। आपको शर्म आनी चाहिए, आचार्य! मैं सोच भी नहीं सकता था कि आप इतना गिर जाएंगे। क्या आपके गिरने की कोई सीमा नहीं है? आप अपने ही शिष्य के साथ छल करके सिंहासन घमंडी पोरस को दे देंगे? लानत है आप पर, मेरे स्वामी। धिक्कार है आपको!" अपने गुरु द्वारा तैयार किए गए संवाद पर चलने का प्रयास करते हुए

चंद्रगुप्त दहाड़ा।

"तुम तुरंत यहां से चले जाओ। यहां तुम्हारा कोई स्थान नहीं है। मगध का सम्राट बनने के सपने भूल जाओ। तुम अयोग्य, अज्ञानी, असभ्य और अकृतज्ञ हो। निकल जाओ!" चंद्रगुप्त को कमरे से निकल जाने का संकेत करते हुए चाणक्य चीख़ा।

लोग देखते रह गए और चंद्रगुप्त तेज़ी से अपने गुरु के कमरे से निकल गया। अपने सैनिक नेता को पैर पटकते जाता और सामरिक नेता को एक कोने में रूठा देखकर लोग सोचने लगे कि एक आशाजनक भागीदारी का अंत हो गया।

कुछ ही मिनटों में, चाणक्य के शिविर से एक नवयुवक पोरस के गुप्तचर प्रमुख अभय से मिलने के लिए चल पड़ा। ये चौंकाने वाला समाचार था। इतनी बड़ी ख़बर सुनाने के लिए उसे अच्छा पैसा मिलेगा। लेकिन वो ये नहीं समझ पाया था कि आचार्य ने चंद्रगुप्त को अपने साथ अपने सारे किराए के सैनिकों के जत्थे को क्यों ले जाने दिया था।

Ω

"हे महान राजा, चाणक्य आपसे सहायता मांगने आया है," तेजस्वी और शिष्ट पोरस द्वारा प्रस्तुत किए गए आसन को ग्रहण करते हुए कुरूप ब्राह्मण ने कहा। इंद्रदत्त चाणक्य के पास बैठ गया।

"आचार्य, मैंने आपकी तीखी बुद्धिमत्ता, आपके विस्तृत ज्ञान, निष्कर्षों की भविष्यवाणी करने के आपके अदभुत कौशल और आपके असीम निश्चय की अदभुत कहानियां सुनी हैं। लेकिन क्या आप यहां केवल इसलिए नहीं आए हैं कि आपका चंद्रगुप्त के साथ मतभेद हो गया है?" इतनी महत्वपूर्ण जानकारी होने के कारण ख़ुद को महत समझते हुए पोरस ने पूछा।

चाणक्य अपने चेहरे पर श्रेष्ठतम निराशापूर्ण भाव लाया और बोला, "आपसे कुछ छिपा नहीं रह सकता, हे शक्तिशाली पोरस। आपके आंख और कान हर जगह मौजूद हैं। हां, ये सत्य है कि मेरा चंद्रगुप्त के साथ कुछ मतभेद हो गया है। लेकिन मैं यहां चंद्रगुप्त

के साथ मतभेदों के कारण नहीं आया हूं; बल्कि मेरा उससे मतभेद इसीलिए हुआ कि मैं आपसे मिलना चाहता था।"

पोरस ने गंभीर भाव से सिर हिलाया। उसे विश्वास था कि चाणक्य उसे सच बता रहा है। अभय ने बताया था कि आचार्य और उनके मुख्य शिष्य के बीच विवाद का कारण यही था कि आचार्य चंद्रगुप्त के बजाय उसे—महान पोरस को—मगध के सिंहासन पर बिठाना चाहते थे।

"मैं आप पर क्यों विश्वास करूं, आचार्य? आपके कुचक्र के कारण मेरे सहयोगी मलयराज को उनके भतीजे द्वारा सिंहासनच्युत होना पड़ा," एक विस्फोटक उत्तर पाने की आशा में पोरस ने कोंचा।

"हां, अजेय राजा। मैंने सिंहारण के लिए वो वापस लिया जो अधिकृत रूप से उसका था। मेरे स्थान पर आप होते, तो आप भी यही करते। किंतु आपके इस प्रश्न के उत्तर के लिए कि आप मुझ पर क्यों विश्वास करें, कृपया बाहर प्रतीक्षा कर रहे आगंतुक को भीतर बुलवाएं," चाणक्य ने कहा।

इंद्रदत्त ने अर्दली से कहा कि वो आचार्य के अतिथि को अंदर लाए। कुछ ही क्षणों में अर्दली रेशमी वस्त्र, बहुमूल्य रत्न और राजसी गौरव के अन्य सभी श्रृंगारों से सुसज्जित एक नवयुवक को लेकर अंदर आया। ये मलयराज्य का नया अभिषिक्त राजा था—सिंहारण। वो पोरस के निकट गया, उसके आगे नमन किया और बोला, "हे भव्य सम्राट, मेरा आपसे कोई वैर नहीं है। मलयराज्य आपका निरंतर सहयोगी था और रहेगा। मेरा विवाद मेरे चाचा के साथ था जिन्होंने छल-कपट द्वारा सिंहासन हथिया लिया था। उस विषय का समाधान हो चुका है। कृपया मुझे आशीर्वाद दें, महान राजा।"

पोरस उदासीन और तटस्थ भाव बनाने का पूरा प्रयास कर रहा था, लेकिन चाणक्य जानता था कि वो राजा के अहंकार को तुष्ट करने में सफल रहा है। अगर पोरस मोर होता, तो उसके पंख पूरी तरह फूल चुके होते! बिना दिखावे वाले शासकों की तुलना में अहंकारी और दंभी शासकों को संभालना कहीं अधिक सरल था।

"उठें, सिंहारण। आएं और मेरे निकट बैठें," इस सबसे पूरी तरह प्रभावित पोरस ने कहा।

"आपके मन में क्या है, आचार्य?" सिंहारण के बैठने के बाद पोरस ने पूछा।

"दो लाख पैदल सेना, अस्सी हज़ार घुड़सवार सेना, आठ हज़ार रथ और छह हज़ार हाथियों के साथ मगध अभी भी संसार की सबसे बड़ी सैन्य शक्ति है। महान पोरस और उनके सहयोगियों—सिंहारण सहित—की संयुक्त शक्ति भी मगध को झुकाने के लिए अपर्याप्त होगी। अगर तेजस्वी पर्वतेश्वर को मगध के सिंहासन पर अधिकार करना है, तो हमें आपकी शक्ति और मेरी चतुरता की आवश्यकता होगी," चाणक्य ने कहा।

"मुझे चतुरता की कोई आवश्यकता नहीं है," अहंकारी पोरस ने टोका।

"सिकंदर के सामने आपकी शक्ति किस काम आई?" चाणक्य ने सौम्य भाव से याद दिलाया। "मेरी सलाह मान लें, पर्वतों के महान विजेता, तो आप निश्चित रूप से मगध के सम्राट बन जाएंगे।"

"और चंद्रगुप्त?"

"मुझे ऐसे शिष्यों की आवश्यकता नहीं है जो अपने गुरुओं का सम्मान नहीं करते हैं। वो जो कुछ भी जानता है मैंने उसे सिखाया है और वो इस प्रकार मेरा आभार व्यक्त कर रहा है? नर्क में जले वो!"

"ठीक है, आचार्य, मैं आपके उद्देश्यों के प्रति प्रतिबद्धता प्रकट करता हूं। हम या तो मगध को जीतेंगे या फिर इस प्रयास में स्वर्ग प्राप्त करेंगे!" पोरस ने भव्य भाव से घोषणा की।

"हर कोई स्वर्ग जाना चाहता है, किंतु मरना कोई नहीं चाहता," चाणक्य ने सरल भाव से कहा।

Ω

"नर्क में जले वो!" समाचार की पुष्टि होते ही शशिगुप्त चिल्लाया। वो स्वात घाटी के मध्य में पीरसर में अपने क़िले के महाकक्ष में

बैठा था। उसने क़िला जीतने में सिकंदर की सहायता की थी और मैसीडोनियाई दुष्टों ने उसे ये बदला दिया था? समाचार आया था कि उनकी रानी कलपिणी ने भारत में सिकंदर के क्षत्रप फ़िलिपोज़ के साथ रहने का निर्णय किया था। कुछ सप्ताह पूर्व उसे जासूसों द्वारा उनके उत्कट प्रेम-प्रसंग की सूचना दी गई थी लेकिन उसने इसे कलपिणी की यौन अतृप्ति का एक दौर समझा था। लेकिन फ़िलिपोज़ के साथ उसका रहना एक बिल्कुल ही भिन्न बात थी।

उसने चांदी की मेज़ के उस ओर अपने नए मित्र और साथी चंद्रगुप्त को देखा और उन दोनों ने अपने पात्रों से मैरेय के घूंट लिए। शक्तिशाली पेय ने शशिगुप्त की वाणी को प्रभावित करना आरंभ कर दिया था और उसके शब्द लड़खड़ाने लगे थे।

"अ—आ—आपको पता है, च—चंद्रगुप्त, कि आ—आपका और मेरा नाम वास्तव में एक ही है? श्श—शशि का अ—अ—अ—अर्थ होता है च—च—चांद, और ययय—यही—अर्थ च—चंद्र का होता है। हम भ—भ—भाई हैं!" शशिगुप्त ने मदिरापात्र चांदी की मेज़ पर इतनी ज़ोर से पटकते हुए कहा कि मदिरा मेज़ पर छलक पड़ी। चंद्रगुप्त, जिसने बस कुछ चुस्कियां ही ली थीं, पूरी तरह सचेत था। विद्रोह की आग भड़काने का ये सुनहरा अवसर था।

पीरसर का भव्य पुराना क़िला समृद्ध लेकिन विषादग्रस्त था। वो एक भयानक जाड़े की ऋतु थी जब सिकंदर ने पीरसर पर क़ब्ज़ा करने का निर्णय किया था। मैसीडोनिया में अपने बचपन में सिकंदर ने अपने महान पूर्वज हैरेक्लीज़ के बारे में सुना था कि वो पीरसर के क़िले तक पहुंच तो गया था लेकिन क़िले पर क़ब्ज़ा नहीं कर पाया था। सिकंदर ने निश्चय किया था कि वो हैरेक्लीज़ को पीछे छोड़कर ऐतिहासिक किवदंती बन जाएगा। इसके अतिरिक्त पीरसर को अधीन करने से उसके आपूर्ति स्त्रोतों को ख़तरा ख़त्म हो जाएगा जो हिंदूकुश होते हुए बल्ख़ तक फैले हुए थे। पीरसर का क़िला पंजाब के अटक क्षेत्र के उत्तर में ऊपरी सिंधु के एक मोड़ में संकरे दर्रों के ऊपर एक पर्वत-स्कंध पर स्थित था। पहाड़ पर एक समतल चोटी थी जिसकी

सिंचाई प्राकृतिक झरनों से होती थी और ये निश्चित रूप से पर्याप्त फ़सलें उगाने लायक़ विस्तृत था। पीरसर को भूखा रखकर अधीन नहीं किया जा सकता था।

शशिगुप्त के समर्थन के बिना सिकंदर इस पर कभी क़ब्ज़ा नहीं कर पाता। उसके सुझाव पर, सिकंदर ने एक निकटवर्ती पर्वत-स्कंध को मज़बूत किया था। इसे आधार बनाकर, सिकंदर ने अपने आदमियों से क़िले के उत्तरी भाग के साथ लगी घाटी पर पुल बनाने को कहा—जो कि क़िले का सबसे कमज़ोर पक्ष था, जैसा कि शशिगुप्त ने बताया था। तीन दिन के घमासान युद्ध के बाद, जिसमें क़िले के अंदर से सैनिकों द्वारा मैसीडोनियाई सेना पर विशाल पत्थर फेंकना भी शामिल था, सिकंदर और शशिगुप्त अंततः अंतिम चट्टान तक पहुंचने में सफल रहे जबकि शेष मैसीडोनियाई सेना ने भगोड़ों का क़त्लेआम शुरू कर दिया। सिकंदर ने एथेना और नाइकी के नाम के विजय स्तूप खड़े किए और पोरस से युद्ध के लिए आगे बढ़ गया।

पीरसर उसकी सफलता के लिए महत्वपूर्ण रहा था क्योंकि इसने उसकी अजेयता की साख स्थापित कर दी थी। आगे बढ़कर भारत में उसकी अन्य विजयों में अक्सर उसके अमरत्व और दृढ़ता की ये साख उसके आगे-आगे चलती थी।

शशिगुप्त हकलाया "मैंने ये स्—स्—साला क़िला और श—श—शेष भारत मैसीडोनियाइयों को थ—थाल में सजाकर दिया और वो क—क—कमीने अश्वकों की रानी को च—च—चोदकर मुझे ब—बदला दे रहे हैं?" अश्वकों की रानी एक जीवित देवी थी जिससे भयंकर क़बायली लड़ाके प्रेरणा और मार्गदर्शन लेते थे। शशिगुप्त उनका सेनानायक था, लेकिन उनकी शक्ति की स्रोत कलपिणी थी।

बुद्धिमान लोग वो सब कुछ सोचते हैं जो वो कहते हैं, मूर्ख लोग वो सब कुछ कह देते हैं जो वो सोचते हैं। चंद्रगुप्त को चाणक्य के शब्द अपने कानों में गूंजते महसूस हुए। चंद्रगुप्त ने अपने शब्दों को सावधानीपूर्वक परखा और थोड़े सोच-विचार के बाद बोला।

"शशिगुप्त, आप मेरे मित्र हैं। मेरे पास एक योजना है, यदि आपको इसमें रुचि हो।"

Ω

काबुल नदी के किनारे खुरदुरे पहाड़ों में रहने वाले भयंकर, स्वतंत्र, शक्तिशाली और लोचदार अफ़ग़ानों को उनका नाम वहां रहने वाले उनके पूर्वजों—अश्वकों—से मिला था। वो भारतीय-आर्य थे जो घोड़ों—जिन्हें संस्कृत में *अश्व* कहा जाता है—के प्रजनन और प्रशिक्षण के विशेषज्ञ थे। युद्ध में उनकी शक्ति और घुड़सवारी के उनके कौशल की मांग—फ़ारस, यूनान और भारत—हर ओर थी। शशिगुप्त उनका नायक था। आरंभ में फ़ारस के मोर्चे पर दारियूश के साथ लड़ने के बाद पक्ष बदलकर उसने भारत में सिकंदर के अभियान का पथ ही बदल डाला था।

शशिगुप्त एक खुरदुरे रूप से सुंदर आदमी था। लंबे क़द, मांसल शरीर और मृदंग जैसे कसे हुए पेट वाले शशिगुप्त की त्वचा बेहद गोरी और आंखें हरी थीं। उसके लंबे बादामी सुनहरी बाल रेशमी धागों में लिपटे हुए थे और वो उसके सिर के सामने के भाग में एक शंख जैसी जूड़ी में बंधे हुए थे। उसकी घनी दाढ़ी और योद्धाओं जैसी मूंछें उसे एक सैनिक का रूप देती थीं। माणिकों से सुसज्जित उसकी ऊंची पगड़ी गहरे नीले रंग की थी और उसकी जूड़ी को ढके हुए थी। उसके ढीले-ढाले ऊनी लिबास का रंग भी उसी से मेल खाता था। उसके गले में मोतियों की मालाएं थीं। वो कमर पर एक गहरे लाल रंग की पेटी पहने था जिसमें हीरे के हत्थे वाली तलवार उड़सी हुई थी। वो वाक़ई पुरुष सौंदर्य का जीता-जागता उदाहरण था।

उसका पुरुषत्व उसके पूर्वजों की भेंट थी जिन्होंने अश्वमेध यज्ञ नाम के एक विशेष अनुष्ठान की स्थापना की थी। राजा द्वारा एक शक्तिशाली घोड़े की पूजा की जाती और फिर उसे विभिन्न क्षेत्रों में सरपट दौड़ने के लिए स्वतंत्र छोड़ दिया जाता जबकि राजा की सेना नज़दीक रहकर उसका पीछा करती रहती। जिन क्षेत्रों में वो घोड़ा जाता, उनके प्रमुखों को या तो घोड़े के आगे झुकना होता या उससे

लड़ना होता। हार जाने पर, उन्हें उसका आधिपत्य स्वीकार करना होता।

जब सिकंदर ने पहली बार शशिगुप्त और उसके जुझारू योद्धाओं को झुकाने का प्रयास किया, तो उसे अहसास हुआ कि आख़िरकार उसे अपना जोड़ मिल गया है। अपनी मां को लिखी एक चिट्ठी में सिकंदर ने लिखा, "मैं एक शेर जैसे वीर लोगों के इलाक़े में हूं, जहां एक-एक इंच ज़मीन फ़ौलादी दीवार की तरह मेरे सैनिकों का सामना कर रही है। आप संसार में एक ही सिकंदर लाई हैं, लेकिन इस क्षेत्र के एक-एक आदमी को सिकंदर कहा जा सकता है।" सिकंदर ने इसी को समझदारी माना था कि वो शशिगुप्त और उसके अदम्य साथियों से लड़ने के बजाय उन्हें अपना बना ले। उसका निर्णय ग़लत नहीं सिद्ध हुआ था। शशिगुप्त ने न केवल पीरसर जीतने में उसकी सहायता की, बल्कि एक मूल्य के बदले उसे हज़ारों घुड़सवार भी दिए।

"आपके हज़ारों घुड़सवार फ़िलिपोज़ के मातहत काम कर रहे हैं। उनसे विद्रोह करवा दीजिए। उनसे कहिए कि वो ऐसे स्वामी की सेवा न करें जो उनकी देवी को अपवित्र कर रहा है," चंद्रगुप्त ने सुझाव दिया। ये विचार चाणक्य का था, लेकिन चंद्रगुप्त इसे अपने विचार के रूप में प्रस्तुत करके ख़ुश था।

"लेकिन फ़िलिपोज़ अनुशासन स्थापित करने के लिए प्राणदंड का आदेश दे सकता है," शशिगुप्त ने प्रत्युत्तर दिया।

"यही तो हम चाहते हैं," चंद्रगुप्त ने अपने नए मित्र को मुस्कुराकर देखते हुए कहा।

Ω

फ़िलिपोज़ का क़िलेबंद सैनिक शिविर इस पहर शांत था। उठे हुए विशाल आयताकार अहाते के चारों गेट रात के लिए बंद थे। तीन मीटर चौड़ी और दो मीटर गहरी खाई द्वारा रक्षित शिविर की परिधि तीखे लकड़ी के खूंटों से बनी एक बहुत ऊंची मोर्चाबंदी थी। बाड़ के चारों ओर अनेक जगहों पर संतरी खड़े हुए थे जबकि उनके

अधिकारी घूम-घूमकर जांच कर रहे थे कि कहीं संतरी ऊंघ तो नहीं रहे हैं।

दो छोटी दीवारों में से एक के बीच में मुख्य द्वार से शिविर की अठारह मीटर चौड़ी मुख्य सड़क निकलती थी, जो शिविर को दो लंबे आयताकार भागों में विभाजित करती थी। इस मार्ग के नब्बे डिग्री पर पंद्रह मीटर चौड़ी एक गौण सड़क थी जो शिविर को चार भागों में बांट देती थी। शिविर के बीच में इन दो रास्तों के कटाव पर सबसे बड़ा तंबू था—सेनानायक फ़िलिपोज़ का। फ़िलिपोज़ के तंबू के निकट उसके निकटतम मातहतों के तंबू थे। उनके परे भर्ती सैनिकों की क़तार दर क़तार बैरकें थीं, दो सौ बीस जवान प्रति एकड़।

फ़िलिपोज़ के तंबू का द्वार प्रवेश पल्लों के दोनों ओर ज़मीन में धंसी दो विशाल मशालों से जगमगा रहा था। बलूत के बांसों पर लोहे के नुकीले शिरों वाले भाले लिए दो भावहीन यवन संतरी मुस्तैदी से तंबू पर पहरा दे रहे थे। उनके चेहरों पर अंदर से आने वाली आवाज़ों की कोई प्रतिक्रिया नहीं हो रही थी जहां फ़िलिपोज़ अपनी नई जीत, अश्वक रानी कलपिणी के साथ प्रचंड संभोग में व्यस्त था।

वफ़ादार मैसीडोनियाई पहरेदारों को दूर कहीं से एक हल्की धमधम की सी आवाज़ आ रही थी जो हर कुछ मिनट पर बढ़ जाती थी। हालांकि उन्हें दूर से आ रहे इस शोर के प्रति जिज्ञासा हो रही थी, लेकिन उनका प्रशिक्षण उन्हें अपने नियुक्त स्थान से हिलने की अनुमति नहीं दे रहा था। हर कुछ मिनट पर उनका ध्यान तंबू के अंदर से आ रही आहों और शिविर के अदृश्य क्षितिजों से आ रही धमधमाहट के बीच बंट जाता था।

फ़िलिपोज़ के पहरेदार, जो एकमात्र पश्चिमी द्वार पर तैनात थे, तब तक ये नहीं समझ सके कि उनके स्वामी के तंबू में आग लग गई है जब तक कि ज्वाला ने उनके गले के बालों को नहीं झुलसा दिया। वो अंदर से आने वाली चौंकी हुई चीख़ों की ओर ध्यान देने को मुड़े लेकिन तभी पीठों में लगी तीरों की बौछार के कारण पीछे को गिर

पड़े। नग्न और भयभीत फ़िलिपोज़ और उसके पीछे उतनी ही नग्न कलपिणी बाहर को भागी, तो वहां जमा हो चुके अश्वक घुड़सवारों ने मैसीडोनियाई क्षत्रप को घेरकर पकड़ा, उसके हाथ पीछे बांधे और उसकी आंखों पर पट्टी बांध दी। इसी बीच, कुछ अन्य घुड़सवारों ने कलपिणी की लाज को छिपाने के लिए उस पर एक कंबल डाला और उसे एक घुड़सवार की बांहों में उछाल दिया जो तुरंत ही शिविर के निकास द्वार की ओर सरपट दौड़ गया।

"रंडी की घिनौनी संतान!" सैनिक फ़िलिपोज़ पर क्रोध से चिल्लाए। "तुझे लगता था कि तू हमारी रानी को रगड़कर और हमारे साथियों को प्राणदंड देकर बच जाएगा? तू इसके लिए मरेगा!" फ़िलिपोज़ उतावलेपन से उन रस्सियों से हाथ छुड़ाने का प्रयास करने लगा जो उसके हाथों को काट रही थीं। उसने समझाने की कोशिश की कि कलपिणी के साथ उसका संबंध पारस्परिक प्रेम का था, पर भयंकर अश्वक योद्धा बलात्कार और संभोग के बीच सूक्ष्म भेद पर भाषण सुनने को तैयार नहीं थे। फ़िलिपोज़ पर शशिगुप्त के भयानक सैनिकों के आक्रमण का समाचार मैसीडोनियाई सैनिकों में जंगल की आग की तरह फैल गया। वो अपने सेनानायक की रक्षा के लिए आगे बढ़े मगर क्रुद्ध क़बायलियों का मुक़ाबला नहीं कर सके। एक मैसीडोनियाई सेनाध्यक्ष फ़िलिपोज़ के चारों ओर अश्वकों के घेरे को तोड़ने में सफल हो गया। वो फ़िलिपोज़ को मुक्त कराने के लिए आगे बढ़ा, उसने अपनी बांहों से सेनानायक को घेरा और फ़िलिपोज़ के हाथों में बंधी रस्सियों को उसने अंधाधुंध काटना आरंभ कर दिया। इससे पहले कि वो फ़िलिपोज़ को मुक्त करा पाता, उसने क्षत्रप के चेहरे पर ख़ून थूक दिया क्योंकि पीछे से आए एक भाले ने क्रूरतापूर्वक उसके फेफड़ों को बेध डाला था।

शिविर घोड़ों की टापों की आवाज़ों से गूंज रहा था जबकि अश्वक घुड़सवार मुख्य सड़क से होते हुए तंबुओं पर घास के जलते गुच्छे फेंक रहे थे। कई आवास जल चुके थे और घबराए मैसीडोनियाई सैनिक भागकर बाहर निकलते तो उन्हें नृशंस रूप से

काट डाला जाता।

कुछ गज़ दूर, एक छोटी सी पहाड़ी पर खड़ा घुड़सवारों का एक जत्था मैसीडोनियाई शिविर की लपटों को देख रहा था और काटे जा रहे आदमियों की चीख़ें सुन रहा था। एक मांसल सुरमई कंबोजी अश्व पर सवार शशिगुप्त ने एक श्वेत और मांसल सौंदर्य से भरपूर उच्चैश्रवा अश्व पर सवार चंद्रगुप्त को देखा। "मुझे विश्वास नहीं है कि हमने सही काम किया है, चंद्रगुप्त," शशिगुप्त ने विचारपूर्ण भाव से दाढ़ी सहलाते हुए कहा। "ये हथियार उठाने की अश्वक परंपरा नहीं है।ये सम्मानरहित रक्तपात है।"

"मेरे प्रिय मित्र शशिगुप्त, आपका सम्मान तब कहां था जब आप दारियूश के लिए लड़े थे? आपका सम्मान तब कहां था जब आपने स्वयं को सिकंदर के हाथों बेच दिया था? सत्य का सामना करें—अश्वक शौर्य सम्मान से अधिक व्यावसायिक हित के लिए रहा है। अब जो कुछ हो रहा है, वो शायद सबसे सम्मानजनक कार्य है जो आपने कभी किया है—अपनी तलवार एक विदेशी आक्रमणकारी के विरुद्ध उठाना और अपनी रानी के सम्मान की रक्षा करना," चंद्रगुप्त ने वो सब याद करते हुए कहा जो मन में ऐसे किसी अंतिम क्षण के बदलाव की तैयारी के लिए चाणक्य ने उसे बताया था।

चंद्रगुप्त ने अपने विशेषज्ञ तीरंदाज़ को संकेत दिया जिसका धातुई तीर पिछले कुछ मिनटों से निरंतर फ़िलिपोज़ की ओर तना हुआ था। चंद्रगुप्त की ओर से संकेत मिलते ही,उसने अपनी कसी हुई सन की प्रत्यंचा को खींचा जो उसके विशाल बहुपरतीय बांस के धनुष को आकार में रखती थी, सुनिश्चित किया कि निशाना क्षण भर को स्थिर हो और अपने पंखदार अस्त्र को छोड़ दिया।वो चंद्रगुप्त, अनगिनत पेड़ों, शिविर की परिधि, मैसीडोनियाई सैनिकों और अश्वक घुड़सवारों के पास से तेज़ी से गुज़रता हुआ अपने लक्ष्य से जा मिला। तीखी नोक ने अपने शिकार की त्वचा को फाड़ा और रक्त उबाल दिया। और भी रक्तपिपासु तीर और भी अंदर धंसता हुआ

धड़कते दिल या फुदकते फेफड़े में जा टिका। छाती में लगे तीर का घाव उसके फेफड़ों को फाड़ने में सफल रहा और उसने उन्हें उन्हीं के रक्तरस की बाढ़ में डुबो दिया। चूंकि उसका दिल धड़कता रहा, इसलिए ख़ून उसकी श्वासनलिकाओं के रास्ते उसके मुंह और नाक से उबलने लगा। उसकी आंखें पलटीं और वो ये इच्छा करते हुए पीछे को गिरा कि उसका जीवन शीघ्र ही समाप्त हो जाए—और ऐसा ही हुआ। फ़िलिपोज़ मर चुका था।

अध्याय चौदह

वर्तमान समय

मेनन सवेरे का अख़बार इकरामभाई को पढ़कर सुना रहा था। मेजर बेदी छह महीने के निरंतर चुनाव प्रचार के बाद शांत दिख रहा था और गंगासागर के लिविंग रूम में बैठा चाय पी रहा था।

"लोकसभा में कामचलाऊ बहुमत के साथ, विजयी गठबंधन के अध्यक्ष मंगलवार शाम चार बजे भारत के राष्ट्रपति से भेंट करके नई सरकार के गठन के लिए अपना दावा पेश करेंगे। गठबंधन के सहयोगियों द्वारा एक बैठक में ये फ़ैसला एकमत से लिया गया। अध्यक्ष का नाम सत्तारूढ़ दल द्वारा प्रस्तावित किया गया और सत्तारूढ़ दल के सबसे बड़े सहयोगी साझेदारों में से एक, एबीएनएस, के अध्यक्ष पंडित गंगासागर मिश्र द्वारा इसका अनुमोदन किया गया।"

"हाह! *सबसे बड़ा,* न कि सबसे बड़े में से *एक!*" इकराम बोला और मेजर बेदी मुस्कुराने लगा। कोई फ़ॉर्मूला न होने का उसका फ़ॉर्मूला कारगर रहा था। उसने मेनन से अख़बार लिया और

आगे पढ़ने लगा। "सबसे अधिक दो सौ सीटें जीतने वाले सत्तारूढ़ दल के बाद एबीएनएस गठबंधन का सबसे बड़ा घटक दल है, जिसके पास उत्तर प्रदेश से पैंसठ एमपी हैं। गठबंधन को कई छोटी पार्टियों से समर्थन की चिट्ठियां मिली हैं और अब उसके पास लगभग तीन सौ सांसदों का समर्थन है जो लोकसभा में आम बहुमत के दो सौ बहत्तर के आंकड़े से कहीं अधिक है। गठबंधन के अध्यक्ष द्वारा राष्ट्रपति को एक चिट्ठी सौंपी जाएगी जिसमें संसद में सत्तारूढ़ दल के प्रतिनिधिमंडल के नेता के रूप में प्रधानमंत्री—भूतपूर्व रक्षा मंत्री—के पुन: चुनाव के बारे में तफ़्सील दर्ज होगी। ये भी आशा है कि वो अपनी पार्टी को गठबंधन के सहयोगियों द्वारा मिली समर्थन की चिट्ठियां भी प्रस्तुत करेंगे। संभावना है कि राष्ट्रपति अगली सरकार बनाने के लिए गठबंधन को निमंत्रण देंगे। माना जा रहा है कि शपथ ग्रहण समारोह शुक्रवार को राष्ट्रपति भवन में होगा।"

"ये अच्छा है कि इस सरकार को समर्थन दे रहे सांसदों की तादाद तीन सौ है," इकराम ने कहा।

"क्यों? क्योंकि इस तरह वो आधे से अठाईस ज़्यादा हो गए हैं?" मेनन ने पूछा।

"नहीं, क्योंकि इस तरह एबीएनएस द्वारा समर्थन वापस ले लिए जाने पर वो आधे से सैंतीस कम रह जाएंगे!" इकराम ने मज़े से पान चबाते हुए कहा, जबकि बेदी हंसने लगा।

Ω

वो पहली पंक्ति में—सोमानी के विजयी प्रधानमंत्री के नज़दीक—बैठा हुआ राष्ट्रपति भवन में आकार लेते दृश्य को देख रहा था। राष्ट्रपति उसे पद की शपथ दिला रहे थे। वो कह रही थी, "मैं, चांदनी गुप्ता, ईश्वर को साक्षी मानकर शपथ लेती हूं कि मैं विधि द्वारा स्थापित भारत के संविधान के प्रति सच्ची आस्था और निष्ठा वहन करूंगी, कि मैं भारत की संप्रभुता एवं अखंडता को बनाए रखूंगी, कि ईमानदारी और धर्मपूर्वक मैं कैबिनेट मंत्री के रूप में अपने कर्तव्यों का निर्वहन करूंगी और कि किसी डर या पक्षपात

के, स्नेह या द्वेष के बिना संविधान और विधि के अनुरूप सभी लोगों के साथ न्याय करूंगी।"

प्रदेश से उसके केंद्रीय राजनीति में चले जाने से उत्तर प्रदेश में एक शून्य पैदा हो गया था। अग्रवालजी ने पूछा था, "हम मुख्यमंत्री किसे बनाएंगे? मुझे विश्वास है कि इकराम को अभी भी उम्मीद होगी कि तुम उसे ये पद दोगे।"

गंगासागर ने उत्तर दिया था, "इकराम जानता है कि मैं एबीएनएस के लिए गृह विभाग लेने का सोच रहा हूं—विशेषकर उसके लिए। मैंने उससे कहा है कि वो कुछ समय शांत रहे। वो उत्तर प्रदेश के मुख्यमंत्री के लिए एबीएनएस से किसी और के नाम को स्वीकार कर लेगा।"

"तो हम प्रदेश सरकार की शेष अवधि के लिए किसे मुख्यमंत्री नियुक्त करेंगे?" अग्रवालजी ने पूछा।

"राम शंकर द्विवेदी को," गंगासागर ने जवाब दिया।

"पर ये तो एकदम अनर्गल होगा! उसी भ्रष्ट कपटी ने चांदनी के विरुद्ध पार्टी में विद्रोह कराया था। उस पर भरोसा नहीं किया जा सकता!"

"इसके विपरीत, अग्रवालजी। मैं उस पर पूरा भरोसा करता हूं।"

"क्यों?"

"क्योंकि मेरे पास अभी भी उसे लौटाने के लिए बीस तस्वीरें हैं," गंगासागर हंसा।

♎

"गंगासागरजी, क्या सोच रहे हैं?" भूतपूर्व रक्षा मंत्री—वर्तमान प्रधानमंत्री—धीरे से फुसफुसाया। गंगासागर ने महसूस किया कि उसका दिमाग़ थोड़ा भटक गया था। "मैं सोच रहा हूं कि क्या रुंग्टा छिपा हुआ है। मैं हमारे परस्पर मित्र सोमानी को दर्शकों में देख रहा हूं। आपने समारोह के लिए रुंग्टा को आमंत्रित नहीं किया?" उसने

प्रधानमंत्री से पूछा।

"किया तो था, लेकिन शायद वो व्यस्त होगा।"

"किस चीज़ में?"

"रस्सी की सीढ़ी से उतारने के लिए किसी और मंत्री की तलाश में। अगर सोमानी मुझसे ऐसा करा सकता है, तो रुंग्टा भी किसी को ढूंढ़ सकता है," प्रधानमंत्री ने उस वृद्ध की ओर देखते हुए कहा जो सियाचिन में चॉपर की सीढ़ी से उसके उतरने का कारण रहा था। गंगासागर ज़ोर से हंसा। सारे लोग पलटकर देखने लगे। उसने परवाह नहीं की। वो थोड़ा और हंसा।

Ω

"कमीना चार प्रमुख मंत्री पद—वित्त, विदेश, रक्षा और गृह—छोड़ने को तैयार नहीं है। वो कहता है कि सत्तारूढ़ गठबंधन का वरिष्ठ साथी प्रधानमंत्री पद के साथ हमेशा ये चारों पद अपने पास रखता है। क्या वो नहीं जानता कि अगर एबीएनएस का समर्थन नहीं होता तो वो सत्ता में नहीं होता? ये है सोमानी के आदमी को प्रधानमंत्री बनाने का नतीजा!" कुर्सी से उठकर कमरे में टहलते हुए गंगासागर ने शिकायत की।

"आप क्या चाहते हैं?" इकराम ने पूछा।

"मैं चाहता हूं कि चांदनी विदेश मंत्री बने। वैश्विक अनुभव उसे राष्ट्रीय और अंतरराष्ट्रीय दोनों पहचानें देगा," गंगासागर ने कहा।

"ऐसा आप सिर्फ़ एक तरह कर सकते हैं। विदेश मंत्रालय में कोई संकट पैदा कर दीजिए। ऐसा संकट कि विदेश मंत्री इस्तीफ़ा देने को मजबूर हो जाए," इकराम ने सुझाया।

"ये संभव नहीं लगता। विदेश मंत्री पुराना खिलाड़ी है—और बहुत सावधान है। वो ये देखे बिना खांसता तक नहीं है कि कहीं कोई सुन तो नहीं रहा। और फिर, वो पक्का ईमानदार है। ईमानदारी बड़ा भयानक गुण है—ईमानदार लोगों से काम लेना बड़ा मुश्किल होता

है," गुस्से में बौखलाए गंगासागर ने कहा। वो फिर से बैठ गया और कुर्सी के हत्थों पर उंगलियों से ताल देने लगा।

"एक तरीक़ा और है," वो एक क्षण बाद बोला। "कभी-कभी गोल मारने के लिए गेंद को गोलपोस्ट से दूर फेंकना पड़ता है। अगर वित्त मंत्री अचानक इस्तीफ़ा दे दे तो वर्तमान विदेश मंत्री एकमात्र व्यक्ति है जो सही मायनों में वित्त विभाग को संभाल सकेगा।"

"और वित्त मंत्री क्यों इस्तीफ़ा देगा?" इकराम ने पूछा।

"आह! विदेश मंत्री के उलट वो बहुत ईमानदार नहीं है। लगता है कि जहां हमारे मित्र सोमानी ने प्रधानमंत्री पद के लिए भूतपूर्व रक्षा मंत्री के प्रयास का समर्थन किया था, वहीं रुंग्टा ने वित्त मंत्री का साथ दिया था। वर्तमान प्रधानमंत्री वित्त मंत्री से चिढ़ता है और उसे मंत्रिमंडल से हटाने में उसे ख़ुशी होगी। हमें तो बस उसे इसका अवसर देना है। इकराम, अपने बेहतरीन लड़कों को काम पर लगा दो—समझदारी से। वित्त मंत्री के साथ गड़बड़ करने में बहुत ख़तरा है। उसे पता चल गया तो वो हमें मगरमच्छों को खिला देगा!"

♎

शेष मंत्री पदों की नियुक्ति भी रस्साकशी से कम नहीं थी। गंगासागर ने एबीएनएस के लिए दस पदों की मांग की थी। उसने चांदनी के लिए विदेश मंत्री पद चाहा था लेकिन फिर अगली व्यवस्था होने तक वो उसे बिना विभाग की मंत्री बनाने पर राज़ी हो गया था। इस बीच, उसने वाणिज्य, दूरसंचार, पेट्रोलियम और कृषि के लिए कैबिनेट पद मांगे थे जबकि अन्य पांच एबीएनएस सांसदों के लिए जिनके नाम सामने लाए जा रहे थे उनके लिए वो राज्यमंत्री पद के लिए भी तैयार था।

मेनन ने उससे कहा था, "आप अपने मंत्रियों की आधी संख्या को राज्यमंत्री बनाने पर क्यों सहमत हैं? आपको दस कैबिनेट पदों के लिए बल देना चाहिए।"

"मैं महत्वपूर्ण पदों के लिए बातचीत करना पसंद करूंगा। पांच पर राज़ी होकर अब मैं इस स्थिति में हूं कि अपने लोगों को

अन्य शक्तिशाली पद दिलाने के लिए बात कर सकूं—यानी सिर्फ़ कैबिनेट में ही नहीं," गंगासागर ने कहा।

"जैसे?"

"इंटेलीजेंस ब्यूरो का निदेशक पद; रिज़र्व बैंक ऑफ़ इंडिया का गवर्नर पद; और सेंट्रल बोर्ड ऑफ़ डाइरेक्ट टैक्सेज़ में चेयरमैन का पद। हमारे बहुत से भूतपूर्व छात्र नेता अब नौकरशाही में काफ़ी वरिष्ठ हैं—इलाहाबाद विश्वविद्यालय का बृजमोहन राय, अलीगढ़ मुस्लिम विश्वविद्यालय का इक़बाल आज़मी, बनारस हिंदू विश्वविद्यालय का गिरीश बाजपेयी... लेकिन इससे भी महत्वपूर्ण ये कि मैं चांदनी के लिए विदेश मंत्रालय का दरवाज़ा खुला छोड़ना चाहता हूं।"

"और आप विशेष रूप से वाणिज्य, दूरसंचार, पेट्रोलियम और कृषि के ही कैबिनेट पद पाने के इच्छुक क्यों हैं?"

"क्योंकि हमारे कैबिनेट मंत्री अगले दो सप्ताह अपने विभागों में किए गए सारे सौदों को सूंघने में लगाएंगे ताकि मुझे वित्त मंत्री के विरुद्ध इस्तेमाल करने के लिए हथियार मिल सकें!"

Ω

गंगासागर और चांदनी वाणिज्य विभाग के मुख्यालय उद्योग भवन में थे। अब एबीएनएस का एक आदमी कैबिनेट मंत्री के रूप में इस विभाग का प्रमुख था।

"प्राइवेट कंपनियों को बहुत कम दामों पर स्पेशल इकोनॉमिक ज़ोन के लिए ज़मीन उपलब्ध करवाई गई," वाणिज्य मंत्री ने कहा।

"तो क्या हुआ?" गंगासागर ने पूछा, "ये तो सरकारी नीति के अनुसार था ना?"

"हां। मात्रात्मक रूप से, पर गुणात्मक रूप से नहीं।"

"मैं समझी नहीं," चांदनी ने कहा।

"अधिग्रहण की गई और बिल्डरों को दी गई ज़मीन की मात्रा नीति के अनुसार थी।"

"लेकिन?" जिज्ञासा भरे गंगासागर ने पूछा।

"सेज़ नीति इसलिए लाई गई थी कि शुष्क बंजर भूमि का विकास हो सके। माना जा रहा था कि परिवहन से जुड़ाव, बिजली के संयंत्र, वाटर सप्लाई व्यवस्था, और इसके साथ संकेंद्रित औद्योगिक व व्यापारिक केंद्रों की स्थापना ज़मीन की क़ीमतें बढ़ा देगी। इसके बजाय, वाणिज्य मंत्रालय ने बिना वास्तविक दाम पर ध्यान दिए श्रेष्ठ भूमि दे दी। हज़ारों एकड़ ज़मीन एक ही कंपनी को दे दी गई," वाणिज्य मंत्री ने ख़ुलासा किया।

Ω

गंगासागर और चांदनी दूरसंचार विभाग के मुख्यालय संचार भवन में थे। "दूरसंचार लाइसेंस, दस साल पहले के मानकों के हिसाब से भी, मनमाने ढंग से कम मूल्यों पर दिए गए," दूरसंचार मंत्री ने बताया, जो कि एबीएनएस का एक पुराना साथी था।

"तो क्या हुआ? तर्क दिया जा सकता है कि मूल्य के बारे में एक व्यक्ति का दृष्टिकोण दूसरे व्यक्ति के दृष्टिकोण से भिन्न हो सकता है," गंगासागर ने तर्क दिया।

"लेकिन बाद में, लाइसेंस पाने वाली कंपनियों ने अपने स्टेक ज़बरदस्त मुनाफ़े पर बाहरी निवेशकों को बेच दिए," दूरसंचार मंत्री ने बताया।

"क्या ये संभव नहीं कि उन्होंने एक अंतरिम बिज़नेस बनाकर शेयरधारक का मूल्य बढ़ा दिया हो?" चांदनी ने सुझाव दिया।

"चौबीस घंटे के अंदर?" दूरसंचार मंत्री ने प्रश्नसूचक भाव से पूछा।

Ω

गंगासागर और चांदनी पेट्रोलियम व प्राकृतिक गैस विभाग के मुख्यालय शास्त्री भवन में थे। "तेल के अन्वेषण के अधिकार क़ानून द्वारा निर्धारित मूल्य पर एक ही कंपनी को दिए गए," पेट्रोलियम मंत्री ने कहा, जो कि बिजनौर संसदीय क्षेत्र से एबीएनएस का विजेता था।

"इसमें क्या दोष है?" गंगासागर ने पूछा।

"खोज के अधिकार 24 जुलाई को दिए गए।"

"तो?"

"एक आंतरिक ज्ञापन दिखाता है कि अन्वेषण घाटी को सरकारी तेल निगम द्वारा पहले ही खोदा जा चुका था।"

"फिर?"

"वो 23 जुलाई को वहां तेल की खोज कर चुके थे।"

♎

गंगासागर और चांदनी कृषि विभाग के मुख्यालय कृषि भवन में थे। मंत्री था दौला हसन भट्टी, मेरठ से मेजर बेदी का मुस्लिम-जाट प्रयोग। वो अपना चुनाव दो लाख से ज़्यादा वोटों से जीता था।

"पिछली सरकार के दौरान चारे और खाद की बड़ी मात्राओं की ख़रीद की गई," कृषि मंत्री ने इस भय से धीरे से कहा कि कहीं उसका सचिव न सुन ले।

"इसमें तो कोई ख़ास बात नहीं है," चांदनी ने कहा। "हर वो सरकार जो वोटों से चिपकी रहना चाहती है, किसानों को ख़ुश रखने के लिए चारे और खाद पर सब्सिडी देगी ही।"

"लेकिन क्या हमने अमेरिका और पश्चिमी यूरोप के मवेशियों के चारे पर भी सब्सिडी दे दी?" कृषि मंत्री ने पूछा।

"क्या मतलब?" गंगासागर ने पूछा।

"अगर मैं सरकार द्वारा सब्सिडी दिए गए कुल मवेशियों की संख्या गिनूं, तो ये भारत, अमेरिका और पश्चिमी यूरोप के कुल मवेशियों की आबादी के बराबर आती है! उन्होंने उन किसानों और मवेशियों को भी सब्सिडी दे दी जिनका अस्तित्व ही नहीं है!" कृषि मंत्री ने ख़ुलासा किया।

♎

"क्या इनमें से कोई भी सौदा वित्त मंत्री की सहभागिता के बिना हो सकता था?" चांदनी ने पूछा। इकराम और अग्रवालजी ने इंकार में

सिर हिलाए। ये नामुमकिन होता। चांदनी और गंगासागर ख़ामोशी से इन रहस्योद्घाटनों पर सोचते रहे। आख़िरकार चांदनी ने गंगासागर से पूछा, "इस जानकारी के साथ आपका क्या करने का इरादा है? ये सब प्रेस को बताकर सरकार गिराएंगे?"

"इसके विपरीत। जब हम ख़ुद ही इस सरकार में हैं तो इसे गिराने का क्या फ़ायदा? और वो भी इतनी जल्दी? जानकारी तभी कारगर होती है जब सार्वजनिक न हो। मैं इसकी रक्षा करूंगा और इसके द्वारा सौदेबाज़ी करूंगा," चालाक पंडित ने कहा।

"तो आप प्रधानमंत्री से बात करेंगे और चारों घोटालों के लिए वित्त मंत्री का त्यागपत्र मांगेंगे?" चांदनी ने पूछा।

"नहीं। मैं चारों घोटालों के लिए वित्त मंत्री का त्यागपत्र नहीं मांगूंगा," गंगासागर ने कोमलता से कहा।

"क्यों?" चांदनी ने ये सोचते हुए चकित भाव से पूछा कि अगर उन्हें इसका इस्तेमाल ही नहीं करना था तो उन्होंने एक पखवाड़ा गंद जमा करने में क्यों बिताया।

"मैं वित्त मंत्री का इस्तीफ़ा एक घोटाले की बुनियाद पर मांगूंगा, चार घोटालों की बुनियाद पर नहीं! बाक़ी की जानकारी मैं उचित समय पर इस्तेमाल करूंगा। जब फ़ुल हाउस ही काफ़ी हो, तो मैं स्ट्रेट हाउस का इस्तेमाल क्यों करूं?"

Ω

"बाहरी मामलों की मंत्री का कार्यभार संभालने पर बधाई हो, चांदनी जी। मैं जानता हूं कि आप मेहनत करेंगी और और भी तरक़्क़ी करेंगी," जब चांदनी कमरे में सबसे हाथ मिला रही थी तो एक शुभचिंतक ने कहा।

गंगासागर नज़दीक ही खड़ा था। वो अपने वफ़ादार संरक्षक अग्रवालजी की ओर पलटा जो भरवां आलू खा रहे थे। "कितनी अजीब बात है ना?" उसने अग्रवालजी से कहा।

"इस ग़रीब लड़की को भारत के बाहरी मामलों का मंत्री बनाने

का तुम्हारा सपना पूरा होने में अजीब क्या है?" अग्रवालजी ने पूछा।

"यही तो अजीब है, मेरे दोस्त। वो शिक्षा ग्रहण करने एक *बाहरी* देश जाती है, वहां उसका *मामला* हो जाता है, उसे गर्भ ठहरता है, और मैं उसे इनाम में *बाहरी मामलों* का मंत्री बना देता हूं!"

Ω

"क्या माननीया विदेश मंत्री जानती हैं कि भारत के झंडा क़ानून की धारा 2.2 उपधारा (xi) का उल्लंघन करते हुए पोलैंड के भारतीय दूतावास में हमारा राष्ट्र-ध्वज सूर्यास्त के बाद भी प्रदर्शित किया गया? क्या माननीया मंत्री सदन को विश्वास दिलाएंगी कि वो सुधारात्मक कार्रवाई करेंगी?"

"श्रीमान अध्यक्ष महोदय, मैं सदन को विश्वास दिला सकती हूं कि मैं निश्चित रूप से कार्रवाई करूंगी।"

"श्रीमान अध्यक्ष महोदय, क्या माननीया विदेश मंत्री स्वीकार करेंगी कि हमने जेनेवा में हालिया विदेश सचिव स्तर की बातचीत में पाकिस्तान को प्रमुखता प्राप्त करने दी? क्या मंत्रीजी ने वहां की गई ग़लतियों से कुछ सीखा?"

"श्रीमान अध्यक्ष महोदय, मैं ससम्मान कहना चाहूंगी कि मैं और भी ग़लतियां करने को इच्छुक हूं अगर माननीय सांसद उनसे सीखने को तैयार हों।"

"माननीय अध्यक्ष की अनुमति से, क्या माननीया विदेश मंत्री जानती हैं कि उनके मंत्रालय के साउथ ब्लॉक दफ़्तर में शराब पेश की गई जबकि वो एक ड्राई डे था?"

"श्रीमान अध्यक्षजी, मेरा निजी विचार है कि शराब किसी भी चीज़ का जवाब नहीं है। ये इंसान को सवाल ही भुला देता है। वैसे, माननीय सांसद का सवाल क्या था?"

"श्रीमान अध्यक्षजी। ऐसा लगता है कि विदेश मंत्रालय अंतरराष्ट्रीय कूटनीति की बारूदी सुरंग के बीच अपना रास्ता बना रहा है। दुर्भाग्यवश, माननीया मंत्री के पास अनुभव की कमी है और

वो अंधेरे में किसी बच्चे की तरह लड़खड़ा रही हैं।"

"श्रीमान अध्यक्षजी, मेरा मानना है कि अंधेरे में बच्चों से दुर्घटनाएं होती हैं और अंधेरे में दुर्घटनाओं से बच्चे होते हैं। मेरे ख़्याल से हम सब इसी तरह यहां पहुंचे हैं!"

सारी लोकसभा में ठहाके गूंजने लगे और चांदनी बैठ गई। ये स्पष्ट था कि ये नई लड़की ऐसी नहीं थी जिससे पंगा लिया जा सके। ज्योफ्री हेमिंग्फ़ोर्ड ने कोशिश की थी और मुंह की खाई थी।

सेंट्रल बोर्ड ऑफ़ डाइरेक्ट टैक्सेज़—सीबीडीटी—के चेयरमैन ने वित्त मंत्री के त्यागपत्र से पहले उन्हें दो फ़ाइलें भेजीं। ये मुद्दे गर्मागरम थे और वो चाहता था कि इन पर मंत्री ख़ुद दस्तख़त करें।

पहली फ़ाइल आर एंड एस से संबंधित थी और मंत्री और रुंग्टा के बीच क़रीबी संबंध होने के नाते, सीबीडीटी के चेयरमैन ने सीधे वित्त मंत्री से अनुमति मांगी थी।

माननीय वित्त मंत्री। आर एंड एस की गतिविधियों की जांच से वित्तीय अनियमितता के कई उदाहरण सामने आए हैं। व्यय पक्ष के कई आइटम महंगे प्रतीत होते हैं, विशेष रूप से इस उद्देश्य से कि उनकी कर योग्य आय को कम किया जा सके। साथ ही, ऐसा प्रतीत होता है कि मुनाफ़ा छिपाने के उद्देश्य से निजी साझेदारियां खड़ी की गईं। आय पक्ष के कई आइटम स्थगित कर दिए गए, बज़ाहिर इस उद्देश्य से कि कर अधिकारियों को राजस्व से वंचित रखा जाए। कुछ सौदे—विशेषकर संपत्तियों के क्रय-विक्रय से संबंधित—संदेहास्पद मूल्यांकनों पर किए गए, जिससे कर-देयता और भी कम हो, कम से कम काग़ज़ पर।

ज्ञापन दोहरे स्पेस में था और अगले पृष्ठ पर जारी था।

इन परिस्थितियों में, मैं आपका परामर्श चाहूंगा कि इन मामलों से कैसे निपटा जाए। धन्यवाद। चेयरमैन, सेंट्रल बोर्ड ऑफ़ डाइरेक्ट

टैक्सेज़।

दूसरी फ़ाइल आम आदमी के लिए कुल कर दर से संबंधित थी—एक राजनीतिक निर्णय—और यहां भी, सीबीडीटी के चेयरमैन ने फ़ैसला किया था कि मंत्री की अनुमति लेना ही समझदारी होगी।

माननीय वित्त मंत्री। पिछले वित्त वर्ष के लिए जमा किए गए आयकर रिटर्न दर्शाते हैं कि निम्नतम आय वाले लोगों पर आयकर का बोझ सबसे अधिक रहा। पिछले वर्ष की आर्थिक मंदी के कारण कई करदाता दिवालिये या कंगाल हो चुके हैं। विशेषकर वो वेतनभोगी वर्ग जिसे गृहऋण जैसे भुगतान भी करने होते हैं। आयकर आयुक्तों के साथ आंतरिक विचार-विमर्शों में महसूस किया गया है कि साधारण वेतनभोगियों के साथ इस वर्ष उदार रवैया अपनाया जाए।

पहले की तरह, ये ज्ञापन भी दोहरे स्पेस में था और अगले पृष्ठ तक जारी था।

इन परिस्थितियों में, मैं आपका परामर्श चाहूंगा कि इस मामले से कैसे निपटा जाए। धन्यवाद। चेयरमैन, सेंट्रल बोर्ड ऑफ़ डाइरेक्ट टैक्सेज़।

फ़ाइलें एक घंटे बाद नॉर्थ ब्लॉक पहुंचीं। वित्त मंत्री ने अपनी मोटी खादी की शर्ट की जेब से चौदह कैरट सोने का वाटरमैन निकाला और पहले ज्ञापन के नीचे कुछ टिप्पणी लिखी। वो जानते थे कि वो अधिकृत रूप से आर एंड एस को नहीं बचा सकते। उनके लिए निष्पक्ष दिखना ज़रूरी था, कम से कम काग़ज़ पर। ज्ञापन के नीचे उनकी टिप्पणी थी:

मेरा सुझाव है कि इनकी पूरी तरह जांच हो और सरकार को देय करों को प्राप्त करने के लिए आप जो भी कार्य उचित समझते

हों करें। सादर। वित्त मंत्री।

दूसरा ज्ञापन अपेक्षाकृत आसान था। उन्होंने इस मुद्दे पर प्रधानमंत्री से बात की थी और ऐसा लगता था कि उन्हें वेतनभोगियों को कुछ रिआयतें और कर में छूट देनी पड़ेगी। दूसरे ज्ञापन के नीचे उनकी टिप्पणी थी:

उनके साथ व्यवहार में हमें सहानुभूतिपूर्ण और विनम्र होना चाहिए। उनके समर्थन के बिना, कोई भी सरकार सत्ता में बने रहने की आशा नहीं कर सकती। मेरा सुझाव है कि पर्याप्त लचीनापन दिखाया जाए। सादर। वित्त मंत्री।

Ω

कुछ घंटों बाद, दोनों ज्ञापन गंगासागर के हाथों में थे, जहां वो उसके कृपापात्र, सीबीडीटी चेयरमैन, द्वारा पहुंचा दिए गए थे। उसने सावधानीपूर्वक पहले ज्ञापन के दोनों पन्नों के स्टेपल को अलग किया और फिर यही प्रक्रिया उसने दूसरे ज्ञापन के साथ अपनाई।

फिर उसने आर एंड एस वाले ज्ञापन के पहले पन्ने को उस ज्ञापन के दूसरे पृष्ठ से जोड़ा जिसमें साधारण वेतनभोगियों के लिए राहत की मांग की गई थी और दोनों पृष्ठों को एक साथ स्टेपल कर दिया। फिर उसने अपनी कारस्तानी पर संतुष्ट भाव से एक नज़र डाली।

माननीय वित्त मंत्री। आर एंड एस की गतिविधियों की जांच से वित्तीय अनियमितता के कई उदाहरण सामने आए हैं। व्यय पक्ष के कई आइटम महंगे प्रतीत होते हैं, विशेष रूप से इस उद्द्देश्य से कि उनकी कर योग्य आय को कम किया जा सके। साथ ही, ऐसा प्रतीत होता है कि मुनाफ़ा छिपाने के उद्द्देश्य से निजी साझेदारियां खड़ी की गईं। आय पक्ष के कई आइटम स्थगित कर दिए गए, बज़ाहिर इस उद्द्देश्य से कि कर अधिकारियों को राजस्व से वंचित रखा जाए। कुछ सौदे—विशेषकर संपत्तियों के क्रय-विक्रय से संबंधित—

संदेहास्पद मूल्यांकनों पर किए गए, जिससे कर-देयता और भी कम हो, कम से कम काग़ज़ पर। इन परिस्थितियों में, मैं आपका परामर्श चाहूंगा कि इन मामलों से कैसे निपटा जाए। धन्यवाद। चेयरमैन, सेंट्रल बोर्ड ऑफ़ डाइरेक्ट टैक्सेज़।

ज्ञापन के अंत में वित्त मंत्री के हाथ से लिखी टिप्पणी थी।

उनके साथ व्यवहार में हमें सहानुभूतिपूर्ण और विनम्र होना चाहिए। उनके समर्थन के बिना, कोई भी सरकार सत्ता में बने रहने की आशा नहीं कर सकती। मेरा सुझाव है कि पर्याप्त लचीनापन दिखाया जाए। सादर। वित्त मंत्री।

Ω

गंगासागर ने ज्ञापन अग्रवालजी को दिखाया। वो भौचक्के रह गए। "इससे क्या करना चाहते हो तुम?" उन्होंने पूछा।

"कुछ नहीं," गंगासागर ने जवाब दिया, "उसे तबाह करने के लिए मेरे पास काफ़ी गोला-बारूद है।"

"तो फिर तुमने अपने आदमी—सीबीडीटी चेयरमैन—से इतना लंबा-चौड़ा काम क्यों करवाया?" अग्रवालजी ने पूछा।

"क्या बीमा लेने के बाद जल्दी ही आग लगने की उम्मीद करनी चाहिए?" गंगासागर ने पूछा।

Ω

"चीनी राजदूत आपसे मिलना चाहते हैं, मैडम," विदेश सचिव ने कहा।

"लेकिन उन्होंने हाल ही में पाकिस्तानी रुख़ के समर्थन में बयान दिया है। उन्होंने कहा है कि कश्मीर में नियंत्रण रेखा को पार करने वाले उग्रवादी ग़ैर-राज्यीय आज़ाद लोग हैं। हम जानते हैं कि पाकिस्तानी ख़ुफ़िया तंत्र इसमें शामिल है और फिर भी चीनी इसे नज़रअंदाज़ कर रहे हैं। मैं उनसे क्यों मिलूं?" चांदनी ने ग़ुस्से से पूछा।

"हम चीन के साथ टकराव मोल नहीं ले सकते, मैडम। हमारा हमेशा से मानना रहा है कि 1962 में हम पर आक्रमण के बाद से चीन ने हमारा पंद्रह हज़ार वर्गमील क्षेत्र ग़ैरक़ानूनी ढंग से दबा रखा है। साथ ही, बीजिंग का दावा है कि हमारे उत्तर-पूर्व में अरुणाचल प्रदेश उनका इलाक़ा है। दोनों देशों के बीच राजनयिक संबंध महत्वपूर्ण हैं।"

"मैं राजदूत से मिलूंगी, लेकिन अपनी शर्तों पर... अपना दौरा पूरा होने के बाद," चांदनी ने कहा।

"दौरा? मुझे नहीं पता था कि अगले दो दिन तक आपका कोई दौरा होना था।"

"नहीं होना था, लेकिन अब होना है। प्लीज़ मुझे गग्गल ले जाने के लिए विमान की व्यवस्था कीजिए।"

"गग्गल?"

"धर्मशाला के नज़दीक का एयरपोर्ट। हिमाचल प्रदेश में।"

"धर्मशाला? आप दलाई लामा से मिलने तो नहीं जा रहीं? चीनी राजदूत बहुत नाराज़ होंगे।"

"हां। और जब वो अच्छी तरह से नाराज़ हो जाएंगे, तब मैं उनसे मिलूंगी।"

Ω

मशहूर लोदी गार्डन लटियंस की दिल्ली के केंद्र में लोदी रोड पर स्थित था। मुग़ल सम्राटों हुमायूं और सफ़दरजंग के मक़बरे इसके पूर्वी और पश्चिमी छोर पर थे। रिसर्च एंड एनेलिसिस विंग—रॉ—का मुख्यालय वहीं स्थित था जो कि एक एजेंसी नहीं बल्कि प्रधानमंत्री कार्यालय का एक भाग था। इसके कारण ये संसद के बजट आवंटन से बाहर था हालांकि कहा जाता था कि इसके बारह हज़ार एजेंट हैं। रॉ प्रमुख सीधे प्रधानमंत्री को रिपोर्ट करता था।

ये प्रमुख—जो सेक्रेटरी (रिसर्च) की सामान्य पदवी से जाने जाते थे, सवेरे-सवेरे अपनी शोफ़र वाली सफ़ेद एंबैसडर से साउथ

ब्लॉक के गेट से अंदर आए थे। उन्हें किसी मामले में प्रधानमंत्री और विदेश मंत्री को रिपोर्ट देनी थी। ये मामला चांदनी के दिमाग़ की उपज था।

"हमने कुछ प्रगति की?" जैसे ही रॉ प्रमुख प्रधानमंत्री की डेस्क के सामने कुर्सी पर बैठे, चांदनी ने पूछ लिया।

"मुझे ये बताते हुए ख़ुशी है कि मख़दूम को गिरफ़्तार कर लिया गया है," रॉ प्रमुख ने चांदनी से कहा।

"गिरफ़्तार? किसके द्वारा?" प्रधानमंत्री ने पूछा। "मेरा तो ख़्याल था कि मख़दूम पाकिस्तान में काम कर रहा हमारा एजेंट है," प्रधानमंत्री ने कहा।

"ये सच है, सर," प्रमुख ने बताया, "लेकिन चांदनीजी का सुझाव था कि मख़दूम को तैयार किया जाए, जानकारी दी जाए और पीपुल्स रिपब्लिक ऑफ़ चाइना के शिजियांग उइग़ुर ऑटोनॉमस रीजन भेज दिया जाए।"

"और आपको ख़ुशी है कि वो गिरफ़्तार हो गया है?" प्रधानमंत्री ने पूछा। रॉ प्रमुख चांदनी को देखकर मुस्कुराया। फिर उन्होंने प्रधानमंत्री की ओर देखा और शांत भाव से कहा, "वो नहीं जानता था कि उसे गिरफ़्तार कर लिया जाएगा। उसे वहां उइग़ुरों से संबंध स्थापित करने भेजा गया था, लेकिन हमने चीनियों को सूचित करने की व्यवस्था कर ली थी।"

"और इस गिरफ़्तारी से क्या हासिल हुआ?" असमंजस में पड़ गए प्रधानमंत्री ने ये सोचते हुए पूछा कि क्या उन्हें चांदनी को रॉ के साथ किसी काम के लिए सीधे समन्वय की अनुमति देनी चाहिए थी या नहीं।

"जैसा कि आप जानते हैं मख़दूम पाकिस्तानी है और कराची में हमारे लिए बहुत महत्वपूर्ण है। वो एक उग्रवादी उपदेशक के रूप में रहता है और कश्मीर में काम करने वाले जिहादियों को प्रशिक्षण देता है," रॉ प्रमुख ने कहा।

"हम उन एजेंटों को पैसा देते हैं जो कश्मीर में घुसपैठ करके मौत और तबाही फैलाने वाले दुष्टों को प्रशिक्षण देते हैं?" अनजान प्रधानमंत्री ने पूछा।

रॉ अधिकारी बोला। "इजाज़त हो, प्रधानमंत्री, तो मैं आपके संदेह दूर करना चाहूंगा। हम जानते हैं कि पाकिस्तान बरसों से भारत और पाकिस्तान के बीच छिदरी सीमा को पार करने के लिए आतंकवादियों को पैसा और प्रशिक्षण देता रहा है। ये प्रशिक्षित हत्यारे कश्मीर में आते हैं और आतंकी हरकतों को बढ़ावा देते हैं। मख़दूम—और उस जैसे अन्य—इन जिहादी गुटों में हमारे रॉ के जासूस हैं। हम जानते हैं कि पाकिस्तान इन जिहादियों को भेजता ही रहेगा। उनके संगठनों में हमारे जासूसों का होना कारगर रहता है।"

"लेकिन शिजियांग से इसका क्या संबंध?" प्रधानमंत्री ने पूछा।

"शिजियांग उइग़ुर ऑटोनॉमस रीजन को पीपुल्स रिपब्लिक ऑफ़ चाइना चीन का अभिन्न अंग मानता है। उइग़ुर स्थानीय मुस्लिम आबादी है जो चीन से अलग होने की लड़ाई लड़ रही है। वो आज़ादी की मांग कर रहे हैं," चांदनी ने बताया।

"और एक सामरिक सहयोगी को शिजियांग भेजकर और उसे गिरफ़्तार करवा के हमें क्या हासिल हुआ है?" प्रधानमंत्री ने पूछा।

"बहुत कुछ। चीन पिछले वर्षों में पाकिस्तान के भारत विरोधी रवैये का समर्थन करता रहा है। चीन पाकिस्तान को भारत के दुश्मन के रूप में देखता है, और 'दुश्मन का दुश्मन दोस्त होता है'। पाकिस्तान का चीनी समर्थन कश्मीर विवाद में भी सामने आ गया है और चीन ने अक्सर पाकिस्तान के इस दावे का समर्थन किया है कि कश्मीर विवाद एक घरेलू स्वतंत्रता संघर्ष है और इसे पाकिस्तानी से वित्तीय सहायता या प्रोत्साहन नहीं मिलता है," चांदनी ने कहा।

"लेकिन ये संकीर्ण दृष्टिकोण बदल सकता है अगर चीन को पता चले कि पाकिस्तान अन्य इस्लामी आंदोलनों का भी समर्थन कर रहा है—विशेषकर शिजियांग में," बातचीत में वापस आने को आतुर रॉ प्रमुख ने कहा।

"तो हमने मख़दूम को गिरफ़्तार क्यों कराया?" प्रधानमंत्री ने पूछा।

"ये देखते हुए कि वो एक गहरा अंडरकवर रॉ एजेंट है, उसे एक जिहादी समझा जाता है। उसका बड़ा समृद्ध विवरण है और वो निजी रूप से पाकिस्तानी ख़ुफ़िया तंत्र से तगड़ी मदद हासिल करता रहा है। हमने उसे इसलिए शिजियांग भेजा था कि वो अन्य इस्लामी उग्रवादियों से संपर्क करे और उनकी मदद करे," रॉ प्रमुख ने समझाया। "वो ये नहीं जानता था कि वो गिरफ़्तार हो जाएगा। अब जबकि वो गिरफ़्तार हो चुका है, तो चीनी राज्य सुरक्षा मंत्रालय उससे पूछताछ करेगा और पाकिस्तानी तंत्र से उसके संबंध चीनियों के सामने उजागर हो जाएंगे। अब चीनी पाकिस्तानी उद्देश्य के उतने समर्थक नहीं रहेंगे।"

"लेकिन अगर मख़दूम मारा गया?" प्रधानमंत्री ने पूछा।

"तो हम कश्मीर के लिए ये क़ीमत चुकाएंगे," सेक्रेटरी (रिसर्च) ने बताया।

"मुझे उम्मीद है कि अगले हफ़्ते चीनी राजदूत के साथ मेरी मुलाक़ात और उससे अगले हफ़्ते मेरा चीन दौरा बहुत गर्मजोशी भरा होगा। ज़ाहिर है, दोनों देशों के सामने समान मुद्दे हैं!" चांदनी ने ख़ुश होते हुए कहा।

Ω

तियानान्मेन स्क्वेयर के पश्चिमी भाग से लगा ग्रेट हॉल ऑफ़ पीपुल अठारह लाख वर्गफ़ुट में फैला हुआ था। बीजिंग का राजनीतिक केंद्र ग्रेट हॉल कई ऐतिहासिक बैठकों का गवाह रहा था, जिनमें से एक मशहूर बैठक में अमेरिकी राष्ट्रपति रिचर्ड निक्सन भी शामिल रहे थे। बिल्डिंग के उत्तरी भाग में स्टेट बैंकेट हॉल था जिसमें सात हज़ार मेहमान आ सकते थे।

भारत की माननीया विदेश मंत्री चांदनी गुप्ता चीन के तीन दिवसीय सरकारी दौरे पर रविवार सुबह को बीजिंग पहुंची थीं। ये चांदनी का पहला चीन दौरा था और वहां आवास के दौरान

उसे चीनी प्रधानमंत्री और उच्च विधिनिर्माताओं से मिलना था—और साथ ही अपने समकक्ष के साथ बातचीत करनी थी। चांदनी को प्राकृतिक आपदाओं से निबटने के लिए स्थापित एक संयुक्त चीन-भारत मैडिकल टीम के एक समारोह में भी सम्मिलित होना था। फिर उसे बीजिंग में आधारित एक सरकारी विचार-विमर्श समूह, चाइनीज़ एकेडमी ऑफ़ सोशल साइंसेज़, में भाषण देना था। *शिन्हुआ न्यूज़* से बातचीत में चांदनी ने कहा कि वो चीन "दोनों देशों और हमारी भावी पीढ़ियों के लिए शोभायमान संबंधों को आकार देने और पारस्परिक हित के सभी मुद्दों पर उन्मुक्त बातचीत करने के लिए खुले दिमाग़ से आई थी।"

उसके दौरे की आख़री रात चीनी विदेश मंत्री ने उसके सम्मान में एक भोज का आयोजन किया। भोज में चीन के पार्टी और राज्य नेता भी सम्मिलित थे। चीन और भारत के राष्ट्रीय ध्वज हॉल में लगाए गए थे और भोज की शुरुआत मिलिट्री बैंड द्वारा दोनों देशों के राष्ट्रगान बजाने से हुई। चीनी मंत्री ने अपनी कुर्सी से उठकर चांदनी और उसके सरकारी प्रतिनिधिमंडल का स्वागत किया। बाद में उन्होंने कहा, "बेशक चीन और भारत के बीच कुछ मतभेद रहे हैं, लेकिन भारतीय विदेश मंत्री की समझदारी और बुद्धिमत्ता के कारण हमारे दो महान राष्ट्रों के बीच पारस्परिक हित के मुद्दों पर बेहतर समझ पैदा हुई है।"

चांदनी विनीत भाव से मुस्कुराई। चीनी मंत्री को लगा कि वो उनकी बातों से ख़ुश हो रही है। लेकिन वो वास्तव में मख़दूम और उसकी एकदम सही समय पर गिरफ़्तारी के बारे में सोचकर मुस्कुरा रही थी। चांदनी ने अपने मेज़बान के नाम जाम उठाकर अपनी प्रशंसा का जवाब दिया। उनके सम्मान में उसने प्रसिद्ध अंग्रेज़ी कवि जॉन ड्राइडेन की दो पंक्तियां उद्धृत कीं, '*ए मैन सो वेरियस ही सीम्ड टु बी, नॉट वन बट ऑल मैनकाइंड्स एपिटोम।*' (वो व्यक्ति विविध गुणों का संग्रह लगता था, वो एक इंसान नहीं बल्कि सारी इंसानियत का प्रतीक था।) मंत्री ने उसके उदार शब्दों के लिए उसे धन्यवाद

दिया। वो शायद इतना उदार नहीं होता अगर उसने चांदनी द्वारा उद्धृत ड्राइडेन की शेष कविता पढ़ी होती।

शेष कविता थी, *ए मैन सो वेरियस ही सीम्ड टु बी, नॉट वन बट ऑल मैनकाइंड्स एपिटोम; स्टिफ़ इन ओपीनियन्स, ऑल्वेज़ इन द रॉन्ग; वाज़ एवरीथिंग बाइ स्टार्ट्स एंड नथिंग लॉन्ग; बट इन द कोर्स ऑफ़ रिवॉल्विंग मून, वाज़ केमिस्ट, फ़िडलर, स्टेट्समैन एंड बफ़ून!'* (वो व्यक्ति विविध गुणों का संग्रह लगता था, वो एक इंसान नहीं बल्कि सारी इंसानियत का प्रतीक था; विचारों में अड़ियल, हमेशा ग़लत; बड़ी-बड़ी शुरुआतें करता, दूर तक कभी नहीं जाता; एक ही चांद के अंदर, वो दवासाज़, जालसाज़, राजनयिक और लंगूर सब कुछ बन जाता!)

Ω

"विपक्ष के नेता व्यवस्था के प्रश्न पर?" अध्यक्ष ने पूछा।

"हां, श्रीमान अध्यक्ष, सर। प्रासंगिकता। मेरा प्रश्न भारत-चीन शांति के बारे में विदेश मंत्री के लिए था। माननीय प्रधानमंत्री द्वारा उत्तर प्रासंगिक नहीं है—" विपक्ष के नेता ने बात शुरू की।

"विपक्ष के नेता अपनी सीट पर बैठें। प्रधानमंत्री ने अभी अपना भाषण आरंभ किया है और वो निश्चित रूप से प्रासंगिक हैं," अध्यक्ष ने उनकी बात काट दी।

"व्यवस्था के प्रश्न पर, श्रीमान अध्यक्ष। विपक्ष नेता द्वारा उठाया गया सवाल ग़लत ढंग से प्रस्तुत किया गया है—" चांदनी ने तर्क दिया।

"विदेश मंत्री मुद्दे पर बहस कर रही हैं। क्या माननीया मंत्री के पास व्यवस्था का प्रश्न है?" अध्यक्ष ने पूछा।

"मेरा व्यवस्था का प्रश्न ये है कि विपक्षी नेता व्यवस्था का अव्यवस्थित प्रश्न उठा रहे हैं," चांदनी ने कहा और विपक्ष की बेंचें भी मज़ाक़ में उसके साथ शामिल हो गईं।

"मंत्री कृपया अपनी सीट पर बैठेंगी," अध्यक्ष ने आनंद लेते

हुए कहा। लड़की स्टार बन चुकी थी।

Ω

"ये लड़की स्टार बन चुकी है," *लोकसभा टेलीविज़न* देखते हुए उनकी पत्नी ने कहा। "आपको ध्यान रखना होगा, वर्ना ये कहीं आपसे ज़्यादा लोकप्रिय न हो जाए। चीन में इसकी राजनयिक विजय ने इसकी लोकप्रियता बहुत बढ़ा दी है!" हाथ में पकड़े झागदार एंटेसिड के गिलास से चुस्की लेते हुए प्रधानमंत्री ने सिर हिलाया। लोकसभा के सत्र हमेशा उनका पेट ख़राब कर देते थे और उनके पेट के नासूर उभर आते थे। उनकी पत्नी की बात सही थी, हमेशा की तरह। उत्तर प्रदेश चुनावों में गंगासागर की चौंकाने वाली जीत और चीन में चांदनी की उतनी ही चौंकाने वाली जीत ने उन्हें एक ताक़तवर गठजोड़ बना दिया था। उन्हें अपने पत्ते सावधानीपूर्वक खेलने होंगे।

Ω

"सर, लगता है हमारे सामने एक समस्या आ खड़ी हुई है," मेनन ने असहज भाव से कहा।

"क्या बात है, मेनन?" सवेरे के अख़बारों से सिर उठाते हुए गंगासागर ने पूछा।

"हमीद—वेटर—जिसने हमें मजिस्ट्रेट तक पहुंचाया था। वो और पैसा मांग रहा है।"

"लेकिन हमने तो मजिस्ट्रेट द्वारा इकराम के ख़िलाफ़ गिरफ़्तारी का वारंट जारी कराने के लिए उसे पैसा दे दिया था ना?"

"हां। लेकिन वो और पैसा मांग रहा था।"

"जब इकराम ने मुख्यमंत्री के पद की दौड़ से हटने का फ़ैसला कर लिया था, तो वारंट हटवाने के लिए भी हमने उसे पैसा दिया था ना?"

"हां। लेकिन मजिस्ट्रेट उससे ऊब गया है और उसने अपने लिए एक और सुंदर लड़का ढूंढ़ लिया है। लगता है, हमीद आर्थिक

संकट में है।"

"दरअसल वो पैसा मांग किस काम के लिए रहा है?"

"ख़ामोश रहने के लिए।"

♎

इकराम ने लखनऊ की सबसे बड़ी मस्जिद, जामा मस्जिद, में अभी जुमे की नमाज़ पढ़ी ही थी। यहां इकराम की हैसियत एक हीरो जैसी थी। उसने छोटे-छोटे कामों—नौकरी के लिए सिफ़ारिश, स्कूल में दाख़िले, जायदाद के झगड़े के निपटारे, बेटी के दहेज के लिए पैसा देने—में सैकड़ों लोगों की मदद की थी। जामा मस्जिद में जुमे के नमाज़ियों में इकराम किसी रॉबिन हुड से कम नहीं था।

नमाज़ पूरी होने के बाद इकराम लखनऊ के मध्य में स्थित पीले बलुआ पत्थर की पंद्रह में से एक मेहराबदार गुंबद के नीचे से निकलकर पचास हज़ार वर्गफ़ुट क्षेत्रफल वाले विशाल सहन में आ गया। उसे तुरंत ही प्रशंसकों के एक झुंड ने घेर लिया। उसने देखा कि एक काला नौजवान उसे घूर रहा है। वास्तव में उसे यक़ीन था कि वो लड़का उसका पीछा करता हुआ मस्जिद में आया है। ज़्यादा सलाम-दुआ के चक्कर में न पड़ने वाले इकराम ने उसे इशारा किया, "लड़के! तुम्हें मुझसे मिलना है? बोलो!" नौजवान ने अपने आसपास इस तरह देखा जैसे ख़ौफ़ज़दा चूहा बिल्ली के सामने हो। इकराम ने अपने परिचितों से कहा कि वो थोड़ी देर उन्हें अकेला छोड़ दें।

"सर, मैंने आपके बारे में बहुत क़ाबिले-तारीफ़ बातें सुनी हैं। एक इंसाफ़पसंद और रहमदिल आदमी की आपकी शोहरत की वजह से ही मैं आपसे मिलने की हिम्मत जुटा पाया। मेरे पास कुछ ऐसी जानकारी है जो आपके काम आ सकती है," नवयुवक ने कहा।

"जानकारी? किस क़िस्म की जानकारी?" इकराम ने पूछा।

"सर, प्लीज़ वादा कीजिए कि मैं जब आपको बताऊंगा तो आप मुझे मारेंगे नहीं—"

"अरे, मैं क्यों तुम जैसे प्यारे लड़के को मारने लगा," इकराम ने व्यंग्यात्मक ढंग से पूछा।

"सर, मुझे पैसे की ज़रूरत थी और इस चक्कर में मैं आपको नुक़सान पहुंचा बैठा। मैं अल्लाह की क़सम खाता हूं कि मेरा इरादा ऐसा नहीं—"

वो फूट-फूटकर रोने लगा।

"बेटे। क्यों न तुम मुझे पूरी बात बता दो? तुम्हारा नाम क्या है और तुम क्या काम करते हो?" इकराम ने लड़के के कंधे पर हाथ रखते हुए कहा।

"मेरा नाम हमीद है और मैं कानपुर में गोल्डन गेट बार में वेटर था..."

"और मुझसे तुम्हारा क्या ताल्लुक़ है?"

"मैं उस मजिस्ट्रेट का समलिंगी प्रेमी था जिसने आपके ख़िलाफ़ गिरफ़्तारी का वारंट जारी किया था।"

"अच्छा। समझा," इकराम ने अपनी ठोड़ी खुजाते हुए कहा।

"गंगासागरजी के सेक्रेटरी मेनन ने मुझसे कहा था कि मैं आपके ख़िलाफ़ वारंट जारी करवाऊं और बाद में रद्द करवा दूं—मैंने वैसा ही किया जैसा उन्होंने कहा था।"

"लेकिन अगर तुम इतने ही असरदार हो, तो ऐसी बदहाली में क्यों हो? लगता है तुम्हारे दिन ख़राब चल रहे हैं।"

"मैंने अपनी वेटर की नौकरी छोड़ दी—मुक़द्दमे हल करवाना ज़्यादा फ़ायदेमंद था। लेकिन फिर पांडे—मजिस्ट्रेट—मुझसे ऊब गया और उसने मुझे छोड़ दिया।"

"और तुम मुझसे क्या चाहते हो?" इकराम ने पूछा।

"मैंने सुना है कि आपने हाल ही में अपनी जुमे की मंडली के एक सदस्य राशिद को आर एंड एस एविएशन में नौकरी दिलवाई है। क्या आप मेरी भी सिफ़ारिश कर सकते हैं?"

"मैं क्यों करूंगा ऐसा? तुमने मुझे मुख्यमंत्री के ओहदे से दूर

रखने के लिए उस ब्राह्मण लोमड़ी की मदद की थी!"

"लेकिन सर, मैं सारे ख़ास नेताओं—चांदनीजी समेत—के नज़दीक रहूंगा क्योंकि आर एंड एस एविएशन ही सरकारी विभागों को जहाज़ और हैलीकॉप्टर देता है। मैं आपकी आंख और कान बन सकता हूं। जैसा कि आप जानते हैं, राजनीति में इकलौती अहम करेंसी जानकारी होती है," हमीद ने विनती की।

इकराम हमीद की बात पर ग़ौर करता हुआ ठोड़ी खुजाने लगा। आख़िरकार वो बोला, "जाकर राशिद से मिलो। उससे कहना तुम्हें मैंने भेजा है।"

♎

गहरी ग्रे वर्दी पहने स्ट्युअर्ड रेस्तरां की ओर जा रहा था। सरकारी चार्टर्ड विमानों का फ़्लाइट अटेंडेंट होना बड़ी नाशुक्री का काम था—आदमी ठीक से काम करे तो गुमनाम रहे और न करे तो अपमानजनक व्यवहार का सामना करे। इससे भी बढ़कर परेशानी की बात ये थी कि वो ऐसी विमानन कंपनी से जुड़ा हुआ था जो विदेश मंत्री के चॉपर और विमानों का काम देखती थी। मंत्रालय महत्वपूर्ण लोगों—विदेशी और देशी दोनों—के लिए कई विमान चलाता था। बड़े लोग अपने क़ीमती समय का एक क्षण भी ख़राब नहीं होने दे सकते थे और उन्हें लाखों डॉलर के जहाज़ों में उनके बिगड़ैल बच्चों की बर्थडे पार्टियों में ले जाना होता था। ये बनावटी अहम लोग उसे कभी धन्यवाद तक नहीं कहते थे—वो बस एक बेनाम, नाचीज़ और नज़रअंदाज़ छोकरा था जिसका काम विमान के अंदर से उनके प्रयुक्त टिश्यू और कैंडी के रैपर समेटना होता था। लेकिन फिर भी ये एक सब-मजिस्ट्रेट का समलिंगी प्रेमी होने से अच्छा था।

इकरामभाई की बदौलत हमीद अब अपनी मां की नज़रों में उठ सकता था। उन्हें ख़ुश करना बहुत मुश्किल था। वो उसके नीचे ओहदे और कम वेतन के लिए हमेशा उसे अपमानित करती रहती थीं और उसकी तुलना अपने परिवार के उन सदस्यों से करती थीं जो ज़्यादा

सफल और ज़्यादा उद्यमी रहे थे। वो बहुत सहन कर चुका था। अब उसे ज़िंदगी में आगे बढ़ना था और आर एंड एस एविएशन—विदेश मंत्रालय की सेवा में लगी निजी एयर चार्टर कंपनी—के रूप में उसे अपने लिए सही समय पर सही अवसर मिल गया था।

"तुम्हें फिर से देखकर अच्छा लगा, दोस्त," बैठते और चाय का ऑर्डर देते हुए उस भले आदमी—राशिद—ने कहा जिसने शुरू में उसका इंटरव्यू लिया था और इकरामभाई के निर्देश पर उसकी नियुक्ति की थी। "तुम्हारी पुष्टि की चिट्ठी तैयार है और इंतज़ार कर रही है," चाय की चुस्की लेते हुए उसने कहा। "इससे पहले कि हम आगे बढ़ें, बस मुझे तुमसे एक काम कराना है।"

Ω

विदेश मंत्री को आगरा पहुंचने के कुछ ही घंटों के अंदर रूसी व्यापारियों के एक प्रतिनिधिमंडल के साथ ताजमहल के पास एक होटल में गोष्ठी के लिए पहुंचना था, और उनका बैल 400 ट्विन रेंजर हैलीकॉप्टर तैयार था, और उनका इंतज़ार कर रहा था। टेक ऑफ़ से पहले की जांचें पूरी हो चुकी थीं और पाइलट को एयर ट्रैफ़िक कंट्रोल से पांच मिनट में टेक ऑफ़ करने की अनुमति मिल चुकी थी। छत पर लाल बत्ती वाली उनकी एंबैसडर कार के आने से कुछ मिनट पहले चमकती रौशनियों और बजते भोंपुओं वाली पुलिस कारों के एक समूह ने आकर चॉपर को चारों ओर से घेर लिया। पुलिसवाले कूदकर अपनी गाड़ियों से उतरे और उन्होंने पास ही खड़े हमीद को हिरासत में ले लिया। भौचक्का पाइलट चॉपर छोड़कर ये देखने के लिए नीचे उतर आया कि ये शोर किसलिए था।

एक पुलिसवाले ने पाइलट का ध्यान फ़िलर कैप की ओर आकर्षित कराया। पाइलट ने आगे बढ़कर कैप को ठीक से बंद करने के लिए उसे खोला लेकिन इस हंगामे का कारण फिर भी नहीं समझ सका। लेकिन कैप पूरी खुल जाने के बाद उसने फ़िलर नैक में कंकरियां और रेत देखीं। ये ऐसा मलबा था जो घातक सिद्ध हो सकता था। ये चॉपर को टेक ऑफ़ तो करने देता लेकिन बाद में

गियरबॉक्स में घुस जाता और पावर काट देता, जिससे मशीन और उसकी मंत्री सवारी दोनों ही नीचे आ रहते। रौशनियां अभी भी चमक रही थीं, भोंपू अभी भी बज रहे थे, और पुलिसवालों ने हमीद को हथकड़ियां पहनाकर एक जीप में डाला और तेज़ी से चल दिए। पाइलट ने ये ध्यान नहीं दिया कि पुलिस की कारों की नंबर प्लेटें सरकारी शृंखला की नहीं थी और उनकी राइफ़लें पुलिस द्वारा जारी स्टैंडर्ड राइफ़लें नहीं थीं।

हमीद की नियुक्ति करने वाला आदमी—राशिद—एक सुरक्षित दूरी से ये सारा घटनाक्रम दूरबीन से देख रहा था। अब जाने का समय हो चुका था।

Ω

"हमीद अकेला इस विध्वंस की योजना नहीं बना सकता था। उसे किसी और ने सिखाया और प्रभावित किया होगा। हमें इसकी तह तक पहुंचना चाहिए," अग्रवालजी चिंतित स्वर में बोले।

"कोई चांदनी के साथ पंगा मोल लेकर बच नहीं सकता, मेनन!" गंगासागर अपने सेक्रेटरी की ओर मुड़कर फुफकारा। "अगर कोई समझता है कि उसके पास मुझसे पंगा लेने लायक़ गोलियां हैं, तो मुझे उसकी गोलियां चाहिए!"

"ऐसा लगता है कि हमीद को इस पद पर इकराम की सिफ़ारिश पर रखा गया था," अग्रवालजी ने कहा।

"वो पुलिसवालों के भेष में इंटेलीजेंस ब्यूरो के आदमी थे जिन्हें हमीद को पकड़ने के लिए भेजा गया था। अब हमीद को बोलना होगा—वो बता सकता है कि चांदनीजी को कौन रास्ते से हटाना चाहता है। क्या मैं इंटेलीजेंस ब्यूरो के निदेशक से कहूं कि वो उसकी ज़बान खुलवाएं?" मेनन ने पूछा।

"नहीं। मैंने निदेशक से कहा है कि वो हमीद को सचला देवी को दे दें—बाक़ी काम वो कर लेगी," गंगासागर ने कहा।

"सचला देवी? लेकिन वो तो हिजड़ा है। वो क्या करेगी?" अग्रवालजी ने पूछा।

"मुझे उसकी गोलियां चाहिए। मेरे लिए ये काम वो करेगी।"

Ω

ख़ुद को चारों तरफ़ से घेरे हिजड़ों से भयभीत हमीद ने कनखियों से अपने आसपास देखा। उसे दूध और अफ़ीम के हल्के से मिश्रण का एक पेय पीने को मजबूर किया गया था, जो बस इतना था कि वो थोड़ा सुस्त पड़ जाए लेकिन उसका डर कम न हो। वो एक सख़्त सतह वाले बेड पर चारों हाथ-पैर फैलाए नंगा पड़ा था, और उसके हाथ-पैर पायों से बंधे हुए थे। उसके अंडकोष में एक रस्सी कसकर बांधी गई थी ताकि उसके जननांग तक रक्त का बहाव न पहुंच सके। हर कुछ घंटों पर हिजड़ों का प्रमुख रस्सी को और कस देता जिससे वो बेहोश हो जाता। वो उसे होश में लाने के लिए उसके चेहरे पर पानी फेंकते और वो फिर से अपने गुप्तांगों में वही तेज़ झुलसा देने वाला दर्द महसूस करने लगता।

उसे घेरे हुए हिजड़े बाहुचार माता—दुर्गा की अवतार—की वंदना कर रहे थे। वो उसे दबाए हुए थे जबकि उनकी अगुआ सचला देवी ने एक धारदार, चमचमाता नश्तर निकाला जिसके किनारे ऊपर जल रही रौशनी में चमक रहे थे। नश्तर को अपने चुल्लू बने हाथों और सामने को फैली बांहों में इस तरह लिए, जैसे वो उसे किसी उच्च शक्ति को भेंट चढ़ाना चाहती हो, वो आंखें बंद किए कुछ पढ़ रही थी। फिर उसने अपनी आंखें खोलीं और उससे कहा, "लगता है कि तू पूरा मर्द नहीं है। मुझे तेरा अंडकोष तुझसे ज़्यादा हक़दार किसी व्यक्ति को देने का काम सौंपा गया है!"

हमीद के मुंह से दिल दहला देने वाली चीख़ निकल पड़ी। आंसू उसके चेहरे पर ढलकने लगे और वो विनती करने लगा, "प्लीज़, तुम जो चाहोगे मैं बता दूंगा! मेरे पास जितना पैसा है सब ले लो! लेकिन मुझे चोट मत पहुंचाओ! प्लीज़! रहम करो!"

"ख़ामोश, बच्चे, ख़ामोश," सचला देवी ने उसके पास जाकर अपने रूमाल से उसके चेहरे से आंसू पोंछते हुए कहा। "ये तुम्हारी ज़िंदगी का सबसे ख़ुशी भरा दिन होगा। अपने बाक़ी जीवन भर

बाहुचार माता की सेवा करने का मौक़ा हर किसी को नहीं मिलता है। तुम भाग्यशाली हो। रोना बंद करो, भाग्यशाली।"

"तुम मेरे साथ ऐसा क्यों कर रही हो?" हमीद चीख़ा। "मैं तो बस अपने लिए एक बेहतर ज़िंदगी चाहता था। मैं कभी चॉपर में तोड़फोड़ नहीं करता। मैं एक अच्छा, भला और ईमानदार आदमी हूं—"

"तुम आदमी नहीं हो! तुम कभी आदमी नहीं होगे! मेरा आशीर्वाद चाहते हो, तो तुम मुझे सच बताओगे। वो दुष्ट कौन है जिसने तुम्हें ये घटिया काम करने के लिए मनाया? ख़ुद देवी के अवतार की हत्या करने की कोशिश के लिए!"

"मैं तुम्हें सब कुछ बता दूंगा! प्लीज़ मुझे बधिया मत करो! प्लीज़! या ख़ुदा, प्लीज़! जिस आदमी ने मुझे इस काम पे लगाया था वो ख़ुद को राशिद कहता है—वो आर एंड एस एविएशन के लिए काम करता है। मैंने इकरामभाई तक को सब कुछ बता रखा था। मैंने तुम्हें सब कुछ बता दिया है, प्लीज़ मुझे छोड़ दो!"

"मुझे ख़ुशी है कि तुमने मुझे सच बता दिया, भाग्यशाली। ये अहम है कि तुम ये सफ़र साफ़ दिल के साथ करो," सचला देवी ने नश्तर के एक ही वार में उसके जननांग को काटते हुए कहा। हमीद चिल्ला भी नहीं सका क्योंकि तेज़, सुलगते दर्द की वजह से वो बेहोश हो गया था। वो तभी जागा जब उन्होंने उस जगह जहां कभी उसका जननांग होता था एक लकड़ी का खूंटा धंसाया और घाव को दाग़ने के लिए गर्म तेल डाला।

अध्याय पंद्रह

लगभग 2300 वर्ष पहले

बाबेल में नबूख़दनस्सर द्वितीय का महल ऐश्वर्य का जीवंत उदाहरण था। राजा ने देवदार की लकड़ी, कांसे, सोने, चांदी और बहुमूल्य रत्नों द्वारा सजावट में कोई कमी नहीं छोड़ी थी। एक भूमिगत गलियारा फ़िरात नदी द्वारा विभाजित शहर के दोनों भागों को जोड़ता था। महल से कुछ ही दूरी पर राजा द्वारा अपनी बीमार रानी अमीतिस के लिए बनवाए गए बाबेल के महकदार झूलते उपवन थे। नबूख़दनस्सर सबसे बड़ा निर्माता था। शहर के परिदृश्य में जगह-जगह पर बाबेल के विभिन्न देवताओं के सम्मान में भव्य मंदिर बिखरे दिखाई देते थे। फ़िरात के आर-पार एक अनूठा सेतु निर्मित था, जो डामर में लिपटे ईंट के खंडों पर खड़ा हुआ था जिन्हें इस प्रकार बनाया गया था कि वो नदी के प्रतिरोध और खलबली को कम कर सकें। तीन परत की दीवार के रक्षा तंत्र के कारण शहर लगभग अभेद्य था।

ग्यारह जून की तिथि थी और नबूख़दनस्सर के महल के अंदर बीमार और मृतप्राय विश्वविजेता पड़ा हुआ था। तैंतीस साल से

एक महीने कम के सिकंदर ने एक रात अपने प्रिय मित्र लारिसा के मीडियस द्वारा आयोजित एक भोज में अत्यधिक मदिरापान किया था। रात बीतते-बीतते, सिकंदर मलेरिया के ज्वर से बुरी तरह कांपने लगा था। सिकंदर का राजसी पात्रवाहक आयोलाज़ उसके पास झुका एंटीपेटर—सिकंदर की यूरोपीय सेनाओं का सर्वोच्च सेनानायक—द्वारा ज्वर के उपचार के लिए विशेष रूप से भेजे गए औषधीय जल से उसे चुस्कियां दिला रहा था। पर दिव्य पुरुष बस ये नहीं जानता था कि उसके औषधीय जल में हेलिबो और बच्छनाग—एक घातक मिश्रण—भी मिश्रित था जो एंटीपेटर के बेटे द्वारा एक ख़च्चर के खुर में गुप्त रूप से भेजा गया था, उपचार के लिए नहीं बल्कि सिकंदर को मार डालने के लिए।

सिकंदर की बीमारी की ख़बर फैली, तो सैनिकों में खलबली मच गई। अंततः, सेनपतियों के पास इसके अतिरिक्त कोई विकल्प नहीं बचा कि वो अंतिम विदाई के लिए सैनिकों को सिकंदर से मिलने की अनुमति दे दें। उन्हें एक-एक करके उसके शयनकक्ष में आने की अनुमति दी गई। सिकंदर, जो अब एक शब्द भी बोलने योग्य नहीं था, बस अपने कमज़ोर हाथों से उन्हें संकेत करता रहा। एक दिन बाद, वो अमर राजा मर गया।

Ω

"सिकंदर बाबेल में मर गया!" पैदल सेना चिल्लाई।

"और फ़िलिपोज़ भारत में मार डाला गया!" घुड़सवार सेना चिल्लाई।

"यही आक्रमण करने का समय है!" चंद्रगुप्त ने कहा।

"हम प्रतीक्षा किस बात की कर रहे हैं?" शशिगुप्त ने पूछा।

चंद्रगुप्त और शशिगुप्त की संयुक्त सेनाएं गरजती हुई अपने अस्थायी शिविर से निकलीं और ज़मीन को दहलाते हज़ारों घोड़ों की टापों ने धूल का एक तूफ़ान खड़ा कर दिया। अश्वों के खुरों का शोर एक भयानक, अशुभ आवाज़ थी, जैसे मौत की मशीन का लुढ़काव।

अगले कुछ दिनों में उन्होंने मैसीडोनियाई प्रशासन वाले सारे

प्रांतों को रौंद डाला। ये अपेक्षाकृत सरल रहा, क्योंकि मैसीडोनियाई बलों की कमान का ढांचा फ़िलिपोज़ की हत्या के बाद पूरी तरह चरमरा गया था। सिकंदर की मौत ने भी लाभ पहुंचाया था क्योंकि इसके नतीजे में मैसीडोनियाई पदक्रम के उच्चतम पायदानों पर सत्ता के लिए संघर्ष आरंभ हो गया था और स्वयं सेल्यूकस की स्थिति भी अब ख़तरे में पड़ गई थी।

"एक अकेले सिकंदर की मौत को मैसीडोनियाइयों में एक त्रासदी के रूप में देखा जा रहा है, लेकिन उसकी साम्राज्यवादी महत्वाकांक्षाओं के नतीजे में हुई हज़ारों मौतें बस एक आंकड़ा समझी जा रही हैं," चंद्रगुप्त ने क्रुद्ध भाव से शशिगुप्त से कहा। ये सोचकर उसका ख़ून खौल रहा था।

Ω

मगध से निकास के बाद राक्षस नए माहौल में बड़े आराम से बस गया लगता था। तक्षशिला में अपने नए आवास में वो आंगन में एक सुनहरी कुर्सी पर बैठा था, और उसकी मोतिया रंग की पगड़ी हीरों से झिलमिला रही थी। दो अत्यंत सुंदर दासियों के हाथों में सोने के दस्तों वाले याक की पूंछ के मोरछल हिल रहे थे। छत्रधार के हाथ में मौजूद एक सुनहरी छाता धूप से उसकी रक्षा कर रहा था, जबकि उसका एक और सेवक उसकी नीलम-माणिक जड़ित तलवार को संभाले हुए था। वो नंगे पैर बैठा था और उसके सूअर की खाल और चांदी की पादुकाएं एक ओर पड़ी थी। एक और गणिका उसे ठंडा रखने के लिए ताड़ के पत्तों, उशीर की घास और मोर के पंखों से बना पंखा झल रही थी। उसकी सारी सेविकाएं पारदर्शी लंबे अंतरीय पहने थीं जिनके ढीले कायाबंधों की गांठ बीच में बंधी हुई थीं और उनका झीना कपड़ा कल्पना के लिए बहुत कुछ नहीं छोड़ रहा था।

चाणक्य बिना किसी घोषणा के पहुंचा, तो राक्षस जल्दी से अपनी कुर्सी से खड़ा हो गया और उन सारी आकर्षक लड़कियों को उसने भगा दिया जो उसके भव्य व्यक्तित्व की रक्षा में लगी थीं। "देख रहा हूं कि आप बड़े मज़े में रह रहे हैं, राक्षस," मगध

के अनुपम भूतपूर्व महामंत्री के चारों और ऐश्वर्य को देखकर दांत निकालते हुए चाणक्य ने टिप्पणी की। "मैं ये भी देख रहा हूं कि धनानंद द्वारा सिकंदर के लिए भेजी गई भेंटों का अच्छा प्रयोग हो रहा है," चाणक्य ने एकदम रेशमी आवाज़ में कहा। राक्षस शर्मा गया। वो जानता था कि इस कुरूप हरामज़ादे की नज़रों से कुछ नहीं बच सकता था।

"इंसान को पेट तो भरना ही होता है," राक्षस ने विनम्र भाव से कहा। "मुझे विश्वास है आपको ये देखकर प्रसन्नता हो रही होगी कि मैं धनानंद के धन में सेंध लगा रहा हूं।"

"और मगध के दुर्भाग्यशाली नागरिकों के धन में भी," राक्षस को अंतिम शब्द बोलने का अवसर न देते हुए चाणक्य ने कहा। "जो भी हो, मेरे प्रिय मित्र राक्षस, मैं यहां उस निर्धनता पर बात करने नहीं आया जो आपको घेरे हुए है। मैं एक अत्यंत महत्वपूर्ण विषय पर बात करने आया हूं—धनानंद के पतन में आपका योगदान!"

"मैं आपके साथ हूं, आचार्य। उस दुष्ट ने मुझसे वो एकमात्र महिला छीन ली जिससे मैं सच्चा प्यार करता था," उसने कहा और उस कन्या को तलवार लाने का संकेत किया जिसके पास उसकी तलवार थी। उसने भारी-भरकम तलवार को उसके दस्ते से पकड़कर उठाया और नाटकीय ढंग से घोषणा की, "मैं अंत तक लड़ूंगा! हम में से एक—धनानंद या मैं—ही जीवित बचेगा!"

चाणक्य खिलखिलाया। "अरे नहीं, मेरे प्रिय राक्षस। मैं आपसे तलवार से लड़ने जैसा साधारण काम नहीं लेना चाहता। आपके कोमल हाथों और बहुमूल्य प्राणों को जोखिम में नहीं डाला जा सकता।"

"क्या आप मेरे शौर्य पर प्रश्न उठा रहे हैं, आचार्य?" राक्षस ने घृणापूर्ण स्वर में पूछा।

"मेरे मित्र, वो शौर्य क्या है जिसकी हम बात कर रहे हैं? शौर्य का अर्थ वो एकमात्र व्यक्ति होना है जो जानता है कि आप भयभीत हैं! छाह! आपका महत्व आपके शौर्य में नहीं बल्कि आपके

षडयंत्रकारी मस्तिष्क में है। मुझे आपका मस्तिष्क चाहिए, तौर-तरीक़ों के बारे में आपका ज्ञान। बल्कि इससे भी बढ़कर—लोगों के बारे में आपका ज्ञान!"

"मैं आपकी सेवार में तत्पर हूं, आचार्य। धनानंद से लड़ने के लिए मैं हर प्रकार से आपकी सहायता के लिए तैयार हूं," राक्षस ने बड़बोलेपन से कहां, "नहीं, नहीं, नहीं, राक्षस, मुझे धनानंद से लड़ने में आपकी सहायता नहीं चाहिए। मुझे आपकी सहायता बिना लड़े जीतने में चाहिए। और इसका हल एक ऐसे व्यक्ति के पास है जिसे आप बहुत निकट से जानते हैं। उसका नाम भद्रशाल है।"

♎

यम मार्ग और रंगोपजीवी वीथि के कोने पर स्थित मदिरालय मगध के सर्वश्रेष्ठ पानागारों में से एक था। अन्य पानागारों के विपरीत जहां मदिरापान के लिए एक समान क्षेत्र होता था, यहां पृथक कक्ष थे जिन्हें गंभीर मद्यप आरक्षित करा सकते थे। हर कक्ष में आरामदेह गद्दे, रोमन ढंग से कोहनियां टिकाने के लिए गोल तकिए, नीची चौकियां, वायुसंचार के लिए विशाल खिड़कियां, ताज़े पुष्प और सुगंधित जल था। चावल, आटे, फलियों, अंगूर, मुलैठी, गुड़, आम, शहद, बेल, काली मिर्च और अन्य मसालों से तैयार की गई मदिराओं की एक लंबी सूची से ग्राहकों की सेवा करने के लिए अत्यंत सुंदर गणिकाएं थीं।

मदिरालय की बग़ल में ही एक उतना ही लाभकारी उद्यम और था—एक द्यूतशाला। ये पांसे के खेल के अतिरिक्त लगभग हर संभव घटना पर सट्टे के लिए भी प्रसिद्ध था। एक अनुभवी द्यूत गुरु—एक भीमकाय व्यक्तित्व वाला आदमी—द्यूतशाला की देखरेख करता था और ये सुनिश्चित करता था कि ग्राहक उसके नियमों का पालन करें और कि सिर्फ़ बिना छेड़छाड़ किए पांसे ही प्रयोग में लाए जाएं। वो कोई भी गड़बड़ी नहीं चाहता था। उसका अनुज्ञापत्र द्यूत व सट्टा विभाग के नियंत्रक के यहां समीक्षा के लिए गया हुआ था और वो कोई गड़बड़ी सहन नहीं कर सकता था। जीत की कुल राशि का

पांच प्रतिशत कर के रूप में मगध के राजकीय कोष में जाता था और प्रशासन को दूर रखने के लिए इसके अतिरिक्त पैसा जाता था।

मेज़ संख्या छह का खिलाड़ी द्यूत गुरु का मनपसंद खिलाड़ी था। वो पिछले कई घंटे पांसा फेंकने और जमकर हारने में बिता चुका था, जैसा कि लगभग हमेशा ही होता था। उसका उधार सीमा से अधिक हो चुका था लेकिन द्यूत गुरु उससे ये कहने का साहस नहीं जुटा पा रहा था कि अब और ऋण नहीं दिया जा सकता।

अब रात का वो समय होने लगा था जब ये ग्राहक उठता था और मदिरालय चला जाता था जहां उसका आरक्षित कक्ष, और पसंद के पेय व सेविकाएं उसकी प्रतीक्षा में होती थीं। वो कोई साधारण नागरिक नहीं था। इतना तो उसकी पोशाक, आभूषणों और तौर-तरीक़ों से ही स्पष्ट था। लेकिन एक आम व्यक्ति को बस इतना स्पष्ट नहीं था कि राक्षस के जाने के बाद वो मगध का सबसे शक्तिशाली व्यक्ति था। वो मगध की सेना का सेनापति था और उसका नाम भद्रशाल था।

"इसे मेरे खाते में लिख लेना," भद्रशाल ने लापरवाही से द्यूत गुरु से कहा और खुले आंगन से होता हुआ अपनी प्याऊ की ओर बढ़ गया।

सामान्यत: अपने लिए आरक्षित कमरे में किसी और को देखकर भद्रशाल बहुत क्रोधित हुआ। "गणिका, मेरे कमरे में कोई अजनबी क्यों बैठा है?" बुरी तरह चिढ़े हुए भद्रशाल ने घबराई हुई सेविका से कहा। "मैंने उन्हें रोकने का प्रयास किया था, स्वामी, पर उन्होंने कहा कि वो आपको जानते हैं और कि वो आपके अतिथि हैं," उसने जवाब दिया, जिसे सुनकर भद्रशाल और भी अधिक क्रोध में आकर कमरे में घुसता चला गया।

"अधिकृत दिवालियों के लिए सुरक्षित कारागार की कोठरी में रहने से श्रेष्ठ होगा कि आप अपना कक्ष मेरे साथ बांट लें," भद्रशाल के प्रवेश करने पर जीवसिद्धि—मगध में चाणक्य के कर्मी—ने शांत भाव से कहा।

"निकल जाओ इससे पहले कि मैं तुम्हें बाहर फिंकवा दूं," क्रोध से लाल चेहरे वाला भद्रशाल गरजा। "न तो मैं तुम्हें जानता हूं न जानना चाहता हूं।"

"शांत हो जाइए, भद्रशालजी," जीवसिद्धि ने कहा, "आपके पुराने मित्र राक्षस ने मुझसे आपकी समस्याओं का समाधान करने को कहा है। वो आपको लेकर चिंतित हैं और उन्होंने मुझसे आपकी सहायता करने को कहा है।"

"लेकिन राक्षस तो तक्षशिला में है। वो तुम्हें कुछ कैसे बता सकता था?" भद्रशाल फड़फड़ाया।

"बस यूं समझ लीजिए कि हमारे बीच एक वायवीय संबंध है," जीवसिद्धि ने उसी सवेरे चाणक्य और राक्षस के पास से आई कबूतर डाक के संदर्भ में कहा।

"और राक्षस क्यों मेरी सहायता करना चाहता है? मैं उस दुष्ट को अच्छी तरह जानता हूं। वो कभी कोई ऐसा काम नहीं करता है जो उसके हित में न हो," भद्रशाल ने कपटपूर्ण ढंग से कहा।

"वो चाहते हैं कि आप उनके मित्र और सहयोगी बने रहें। धनानंद के दरबार में वापस स्थान बनाने के लिए उन्हें मित्रों की आवश्यकता हो सकती है," जीवसिद्धि ने भद्रशाल को जानकारी दी।

"और तुम कौन हो?" भद्रशाल ने संदेहपूर्वक पूछा। जीवसिद्धि ने अपना मदिरापात्र मेज़ पर रखा, टांगें उद्देश्यपूर्वक गद्दे पर फैलाईं और लापरवाही से कहा, "मैं आपकी आर्थिक समस्याओं का हल हूं।"

"कैसे? अगर तुम सब कुछ जानते हो, जैसा कि तुम दावा कर रहे हो, तो तुमसे ये भी छिपा नहीं होगा कि मेरे द्यूत के ऋण कितने अधिक हैं।"

"हूं। हां। आपकी वित्तीय अवस्था संकटपूर्ण है। आपके निजी वित्तीय विवरण के आधार पर कोई भी समझदार व्यक्ति आपको ऋण नहीं देगा," जीवसिद्धि ने उपहासपूर्ण ढंग से कहा।

"पर स्पष्ट है कि तुम्हारे पास ऐसा समाधान है जो मेरी सारी आर्थिक चिंताएं दूर कर देगा," भद्रशाल का व्यंग्यपूर्ण उत्तर मिला।

"आप कैसे कह सकते हैं?" जीवसिद्धि ने चतुरतापूर्ण ढंग से कहा। "पर वास्तव में मेरे पास एक योजना है। मैं कंबोज का अश्व व्यापारी हूं और मेरे पास पाटलिपुत्र के द्वारों के बाहर कुछ सौ घोड़े हैं। जैसा कि स्वयं एक घुड़सवार सैनिक होने के नाते आप जानते हैं, सर्वश्रेष्ठ घोड़े सिंधु पार अश्वक क्षेत्र के होते हैं।"

"व्यापारिक जानकारी के लिए धन्यवाद," भद्रशाल ने व्यंग्य के साथ कहा, लेकिन अब ये स्पष्ट था कि वो जीवसिद्धि की बात पर ध्यान दे रहा था।

"आपका स्वागत है," जीवसिद्धि ने व्यंग्य को नज़रअंदाज़ करते हुए कहा। "मसला ये है कि अभी मेरे पास जो अश्व हैं वो निचली नस्ल के हैं, उस अच्छी नस्ल के नहीं जो मगध में मेरे ग्राहकों को चाहिए।"

"तुम साली इस व्यर्थ व्यापारिक बातचीत से क्यों मेरा समय नष्ट कर रहे हो? मैं साला कोई अश्व-पालक नहीं हूं!" भद्रशाल तड़क उठा।

"जानता हूं। अगर होते, तो आप धनी होते, दिवालिया नहीं!" जीवसिद्धि ने सपाट भाव से कहा। "मैं जो योजना आपके सामने रखना चाहता हूं वो हम दोनों को अत्यधिक धनी बना देगा। आपके सारे ऋण समाप्त हो जाएंगे और फिर भी सात पीढ़ियों के लिए धन बच रहेगा!"

"बोलते जाओ। मैं सुन रहा हूं," भद्रशाल ने कहा।

अब जीवसिद्ध समझ चुका था कि उसकी बात सुनी जा रही है। "आपकी घुड़सवार सेना में हज़ारों श्रेष्ठ नस्ल के घोड़े हैं। मेरा सुझाव है कि हम उन्हें बेच दें," जीवसिद्धि ने कहा।

"तुम पागल हो क्या?" इस सुझाव की मूर्खता पर फिर से क्रुद्ध होकर भद्रशाल चीख़ा। "मैं राज्य की संपत्ति को नहीं बेच सकता,

नीच व्यक्ति। लेखानियंत्रक हर महीने मुझसे हिसाब लेता है। और वो कमीना सैनिक अस्तबलों में एक-एक अश्व को स्वयं गिनता है। साला धनी होने के लिए यही साली योजना है तुम्हारी? निकल जा यहां से, मंदबुद्धि!"

"शांत रहें, मेरे प्रिय मित्र। मुझे बताएं कि अश्वों की संख्या गिनते समय क्या वो अश्वों की नस्ल की भी जांच करते हैं?" जीवसिद्धि ने सरलभाव से पूछा।

भद्रशाल के चेहरे पर पहली बार मुस्कान आई। "तुम चाहते हो मैं उन्हें बदल दूं?" दिमाग़ की बत्ती जलने पर उसने पूछा।

"मैं आपको साधारण नस्ल के सैकड़ों अश्व दे सकता हूं। आप उन्हें सेना के अच्छी नस्ल के अश्वों से बदल सकते हैं। मैं अपने संपर्कों के माध्यम से अच्छी नस्ल के अश्वों को बेच दूंगा और उससे अर्जित लाभ से हम अपनी जेबें भर सकते हैं," जीवसिद्धि ने पूरी बात समझा दी।

"हमारे बीच लाभ का बटवारा कैसे होगा?" भद्रशाल ने पूछा।

"सत्तर-तीस। अधिकांश काम मुझे करना होगा," जीवसिद्धि ने कहा। चाणक्य ने उसे समझाया था कि जमकर सौदेबाज़ी करे, वर्ना भद्रशाल षडयंत्र की गंध को सूंघ लेगा।

"भाड़ में जाओ! बिना मेरे अश्वों के तुम्हारा व्यापार नहीं चलने वाला। मुझे पचास प्रतिशत चाहिए, इससे कम नहीं!" इस अवैध व्यापार से होने वाले लाभ को मन ही मन गिनते हुए भद्रशाल ने तर्क दिया।

"साठ-चालीस," जीवसिद्धि ने सौदेबाज़ी की। "इससे ज़्यादा पर ये सौदा मेरे लिए व्यवहार्य नहीं होगा। स्वीकार करें या ठुकरा दें।"

"स्वीकार किया," भद्रशाल ने मृदुता से कहा।

"बदलने के लिए कितने अश्व भेजूं आपके पास?" जीवसिद्धि ने पूछा।

"तुम्हारे पास कितने उपलब्ध हैं?" भद्रशाल ने अपने नए व्यापारिक साझेदार को मुस्कुराकर देखते हुए पूछा।

♎

"पोरस ही वो शक्ति है जो मगध को प्राप्त करने में हमारी सहायता करेगा। समस्या ये है कि उसके बाद वो हमारे लिए बोझ बन जाएगा," चाणक्य ने सिंहारण को बताया, जबकि वो कैकय के महल में अपने निजी कक्ष में बैठे हुए थे। "वो ऐसी औषधि है जो एक रोग का तो उपचार कर देती है पर दूसरा रोग उत्पन्न कर देती है!"

सिंहारण बोला। "आचार्य, संदेशवाहक अच्छा समाचार लाए हैं। सिकंदर की मृत्यु और फ़िलिपोज़ की हत्या से चंद्रगुप्त और शशिगुप्त को प्रोत्साहन मिला है। अश्वक पर अधिकार के बाद उन्हें क्षुद्रक और सैंधव घुड़सवारों का साथ मिल गया। उन्होंने सिंध को लगभग पूरी तरह रौंद डाला है। इसी के साथ, एलोर, सैंधववन, महा ऊर्ध, ब्रह्मस्थल और पटाला की सेनाओं ने मैसीडोनियाइयों के विरुद्ध विद्रोह कर दिया है और चंद्रगुप्त का प्रभुत्व स्वीकार करने को तैयार हैं। आपके निर्देशानुसार, चंद्रगुप्त को अब सिंफपुर का शासक बना दिया गया था और अब उसकी कमान में दस हज़ार जाटों—सबसे शक्तिशाली और भयंकर योद्धा—की सेना है। ये सेना शशिगुप्त की सेना, मलयराज्य की मेरी सेना, और हमारे प्रशिक्षित योद्धाओं के अतिरिक्त है। क्या हमें फिर भी पोरस की आवश्यकता है?"

"आवश्यकता है, सिंहारण। पोरस के पास तीन हज़ार हाथी, पांच हज़ार रथ, दस हज़ार घोड़े और पचास हज़ार पैदल सेना और इसके अतिरिक्त सत्तर हज़ार मैसीडोनियाई, शक, किरात, कंबोज, परसिका, बाह्लीक और अश्वकण सैनिक हैं। उसे नज़रअंदाज़ नहीं किया जा सकता। मगध के पास संसार की सबसे शक्तिशाली सेना है, ऐसी सेना जिससे लड़ने में शक्तिशाली सिकंदर भी हिचकिचा गया था। पोरस के बिना सफलता असंभव होगी," चाणक्य ने विचारपूर्ण भाव से कहा।

"पर मगध पर विजय प्राप्त होने के बाद पोरस को उस पर

अधिकार करने से कैसे रोका जा सकेगा?" सिंहारण ने चाणक्य की ही चिंता भरा प्रश्न किया। "वो क्यों लड़कर भी विजित संपत्ति को लेना नहीं चाहेगा?"

"पोरस से निबटने का बस एक ही तरीक़ा है। कि हम मगध के सम्राट के पद के लिए एक और शक्तिशाली उम्मीदवार खड़ा कर दें। फिर चंद्रगुप्त समझौता उम्मीदवार बन जाएगा," चाणक्य ने चालाकी से कहा।

"लेकिन वो उम्मीदवार कौन होगा?" सिंहारण ने पूछा।

"पिछले साठ वर्षों से कलिंगराज्य मगध की अधीनता में रहा है। महानंदिन ने उन पर विजय प्राप्त करके अपने अधीन कर लिया था और तभी से वो हर साल युद्ध प्रत्यर्पण के रूप में लाखों स्वर्ण पण देते रहे हैं। राजा और उसके लोगों को मगध को सबक़ सिखाने का अवसर पाकर प्रसन्नता होगी," चाणक्य ने मृदुभाव से सुझाव दिया।

"तो आप कलिंग के राजा के आगे ये चारा डालेंगे कि आप उसे मगध का सम्राट बना देंगे?" सिंहारण ने पूछा।

"नहीं। बड़े झूठ बोलने की क्या आवश्यकता है जब छोटे झूठ उतने ही प्रभावशाली हों? मैं उससे कहूंगा कि अगर धनानंद को सिंहासनच्युत कर दिया जाए तो कलिंग पिछले साठ साल के अन्यायपूर्ण समझौते से मुक्त हो जाएगा. न इससे अधिक, न कम। उसके बाद मैं लोभ और महत्वाकांक्षा को अपने राजसी मार्ग पर चलने के लिए छोड़ दूंगा!"

Ω

"एक समस्या है," जीवसिद्धि ने कहा।

"अब क्या हुआ?" भद्रशाल ने प्रसन्न का पात्र ख़ाली करते और मुंह साफ़ करके चिढ़ते हुए पूछा।

दो सौ से अधिक अश्व गुप्त रूप से बदले जा चुके थे। जीवसिद्धि उसे आधी या बिना नस्ल के अश्व भेजता; इन्हें रात में मगध की सेना के श्रेष्ठ नस्ल के अश्वों से बदल दिया जाता। अगले

दिन, जीवसिद्धि ख़ामोशी से श्रेष्ठ नस्ल वाले अश्वों को बेचने की व्यवस्था कर देता। इस व्यवस्था ने भद्रशाल को फिर से धनी बना दिया था और वो मगध की द्यूतशालाओं और मदिरालयों का फिर से मनपसंद ग्राहक बन गया था।

"लगता है कि मैंने जो अश्व आपको बदलने को दिए थे उनमें से लगभग आधे अश्वों की पीठ पर एक छोटा सा गोदना है। इस पर मेरा ध्यान नहीं गया क्योंकि अश्वों पर हमेशा वस्त्र ढका होता था," जीवसिद्धि ने बताया।

"कैसा गोदना?" भद्रशाल ने घबराते हुए पूछा।

"चंद्रगुप्त मौर्य का राजसी चिह्न—यद्यपि वो बहुत छोटा सा है," जीवसिद्धि ने कहा।

"योनिभोगी! मैं इसके लिए तेरे अंडकोष कटवा डालूंगा," भद्रशाल फुफकारा। "जानता है अगर ये रहस्य खुल गया कि चंद्रगुप्त मौर्य से संबंधित अश्व मगध की अश्वसेना में हैं तो मेरा क्या होगा?"

"आपको प्राणदंड दे दिया जाएगा?" जीवसिद्धि ने सरलभाव से पूछा।

"अगर मैं गया, तो तुझे अपने साथ लेकर जाऊंगा!" भद्रशाल गरजा।

"मैं आपकी स्थिति समझता हूं, भद्रशालजी। वास्तव में समझता हूं। मैं आपको वचन देता हूं कि ये जानकारी हमारे बीच गुप्त रहेगी। आपकी स्थिति को संकट में डालने वाला कोई कार्य नहीं किया जाएगा," जीवसिद्धि ने प्रेमपूर्वक विश्वास दिलाया, "बशर्ते कि कभी-कभी मेरे कुछ छोटे-मोटे काम कर दिए जाएं।"

Ω

उसका पेट तक कड़वा हो गया था! राक्षस को भाग निकलने दिया गया था और वो वेश्यापुत्र चाणक्य और चंद्रगुप्त उसे—अदम्य धनानंद को—जड़ से उखाड़ने के लिए सारे भारत में क्रांति उत्पन्न करते हुए दनदनाते घूम रहे थे।

अदम्य धनानंद अपने सिंहासन पर बैठा बेचैनी से करवटें बदल रहा था। महल का रसोइया घटिया भोजन दे रहा था, जिससे उसे अपच और अधोवायु की समस्या हो गई थी। उसे—शक्तिशाली धनानंद को—घटिया भोजन देने के लिए उसे उस तुच्छ रसोइए को प्राणदंड देना पड़ेगा। भव्य सभागार के अंदर उसके मंत्रियों की परिषद—चापलूसों की मंडली—बैठी थी। *मेरे आसपास ऐसे लोग रहें जो भयभीत हों,* धनानंद ने सोचा। इससे क्रांतियों और विद्रोहों में बहुत कमी रहती थी। वो उन दिनों के बारे में सोचकर हंसने लगा जब शकतार जैसा प्रधानमंत्री था जो अपने राजा को बार-बार सुधारना अपना कर्तव्य समझता था। और फिर वो राक्षस—वो प्यारा कुटना। आह! भले ही वो तक्षशिला भाग गया हो, लेकिन उस दुष्ट की याद तो आती ही थी। उसने हमेशा ये सुनिश्चित किया था कि धनानंद की रातें वर्जित उपभोगों से भरी रहें, और हर रात पिछली रात से अधिक शानदार हो। सुवासिनी को प्राप्त करना व्यर्थ रहा था। वो उन महिलाओं में से थी जो केवल तभी तक आकर्षक लगती हैं जब तक कि वो किसी और की हों। *विचित्र बात है कि नारी को जैसे ही प्राप्त कर लो उसका आकर्षण कम हो जाता है,* धनानंद ने सोचा। एक धृष्ट मक्खी उसके सिर के आसपास भिनभिनाई, और मोरछल झल रही कन्याओं में से एक ने उसे उड़ा दिया।

"क्या मगध पर्याप्त रूप से सुरक्षित है?" धनानंद ने पूछा।

सम्माननीय कात्यायन खड़े हुए। "मेरे स्वामी, प्रश्न ये नहीं है कि मगध सुरक्षित है या नहीं। अधिक महत्वपूर्ण प्रश्न ये है कि हमारे शत्रुओं को लगता है या नहीं कि मगध सुरक्षित है।"

धनानंद खिखियाया। उसे क्यों इन निष्ठुर बुद्धिजीवियों को सहन करना पड़ता है? "कात्यायनजी, मैंने ये प्रश्न हमारे सैन्यबलों के अध्यक्ष भद्रशाल से किया था। मेरे विचार से इस प्रश्न का वही बेहतर उत्तर दे सकते हैं।" कात्यायन बैठ गए और भद्रशाल ने सावधानीपूर्वक अपने आसपास देखा। उसे परिषद की सभाओं से घृणा थी। उसे लगता था जैसे परिषद के अन्य सभी सदस्य उसे आंक

रहे हों। विशेषकर कात्यायन उसे देर तक घूरते रहते थे, जैसे कि वो निरीक्षण में रखा गया कोई जैविक नमूना हो।

"मेरे स्वामी, हमारी सेना पूरी तरह सतर्क है। परंतु मेरा सुझाव है कि हमारे अधिकांश सैनिक यहीं रहें, पाटलिपुत्र के दुर्गबंद नगर में। अगर, और कभी शत्रु आक्रमण करे, तो हम उसे फुसलाकर यहीं ले आएं और फिर उन्हें काट डालें। हमारी भारी संख्या के कारण ये हमारे लिए सरल रहेगा।"

"और इंद्रप्रस्थ और अन्य सीमावर्ती नगरों को असुरक्षित छोड़ दें?" धनानंद ने अविश्वासपूर्वक पूछा। भद्रशाल ने भयपूर्वक थूक निगला। उसने क्यों स्वयं को द्यूत और मदिरा में डाल दिया था जिनके कारण वो नीच जीवसिद्धि उसे निर्देश देने लगा था कि वो इन सभाओं में क्या कहे?

"भद्रशालजी के सुझाव में दम है," कात्यायन ने ठीक उस समय कहा जब भद्रशाल के माथे से पसीना धीरे-धीरे बहकर नीचे फ़र्श पर गिरने लगा था। कात्यायन जानते थे कि भद्रशाल के शब्द वास्तव में चाणक्य के शब्द थे। भद्रशाल आश्चर्य से देखता रह गया कि कात्यायन ने किस तरह इस मुद्दे को संभाल लिया था। "महाराज, राजसी कोष पाटलिपुत्र के दुर्ग में स्थित है। इंद्रप्रस्थ और अन्य सीमावर्ती नगरों की सुरक्षा करने का क्या लाभ है जबकि राज्य का धन यहां है? इसके अतिरिक्त, हम पर कई ओर से आक्रमण होने की आशंका है, पश्चिम से पोरस, दक्षिण से कलिंग और उत्तर से नेपाल नरेश के आक्रमण की संभावना है। हम सेना को कितने मोर्चों पर बांटेंगे? मुझे लगता है कि भद्रशाल ने एक निपुण रणनीति बनाई है। शत्रु को आत्मतुष्टि में डाला जाए। उसे मगध में प्रवेश करने दिया जाए। और जैसे ही वो पाटलिपुत्र पहुंचे, उस पर धावा बोल दिया जाए!"

धनानंद ने कात्यायन को देखा। फिर उसने अपनी नज़रें भारमुक्त भद्रशाल की ओर घुमाईं। और फिर ज़ोर से हंस पड़ा। "मैं मूर्खों को प्रसन्नतापूर्वक सहन करता हूं, लेकिन बुद्धिजीवियों से मैं और

भी अधिक लाड़ करता हूं। कभी कोई ऐसा न कहे कि शक्तिशाली धनानंद इतना घमंडी था कि अपने सलाहकारों के सुझाव नहीं मानता था। जैसा तुम लोग कहो—हम शत्रु की यहीं प्रतीक्षा करेंगे!"

Ω

"आंभी जानता है कि पोरस मगध पर आक्रमण करने वाला है," मेहिर ने कहा, "और वो इसे पोरस के राज्य कैकय पर आक्रमण करने के अवसर के रूप में देख रहा है, क्योंकि उस समय पोरस का ध्यान बंटा हुआ होगा। इसे कैसे रोका जाए?"

"इसका उत्तर है आंभी को व्यस्त रखना। उसके पास इतना समय ही न हो कि वो अपनी सीमाओं से परे कुछ भी देख सके," चाणक्य ने सुझाव दिया।

"कैसे?"

"आंतरिक झगड़ा पैदा कर दो। उसे विधि-व्यवस्था बनाए रखने में व्यस्त रखो।"

"ऐसा कहना करने से आसान है। उसकी प्रजा प्रसन्न है। वो क्यों विद्रोह करेगी?"

"उन्हें अप्रसन्न करो। सोचो, मेहिर। आंभी के गंधार राज्य में सबसे शक्तिशाली समुदाय कौन सा है?

"ब्राह्मण।"

"और उनकी शक्ति का स्रोत क्या है?"

"दिव्य अनुमोदन। ये वेदों में लिखा है। साधारण मनुष्यों की ओर से देवताओं से संवाद के लिए उनकी आवश्यकता पड़ती है।"

"और ब्राह्मणों की प्रधानता को हर कोई स्वीकार करता है?"

"नहीं। बौद्ध मानते हैं कि ब्राह्मण की अनुष्ठान और प्रार्थनाएं दिखावा हैं।"

"तो, यदि ऐसा प्रतीत हो कि आंभी बौद्ध धर्म को प्रोत्साहन दे रहा है तो क्या होगा?"

"ब्राह्मण विद्रोह कर देंगे!"

"क्या फिर भी राज्य में प्रसन्न और संतुष्ट लोग रह जाएंगे, प्रिय मेहिर?"

मेहिर हारकर मुस्कुराने लगा। "लेकिन मैं आंभी द्वारा राज्य में बौद्ध धर्म को प्रोत्साहन कैसे दिलवाऊं?"

"उत्तर तक्षशिला विश्वविद्यालय में है। अभी ये मुझ जैसे ब्राह्मणों की जागीर है। यदि विश्वविद्यालय के एक भाग को उच्च शिक्षा के बौद्ध केंद्र के रूप में परिवर्तित कर दिया जाए, तो ब्राह्मण समुदाय स्वयं को ख़तरे में महसूस करेगा।"

"लेकिन आंभी एक बौद्ध उद्देश्य के लिए कभी अपना धन ख़र्च नहीं करेगा," मेहिर ने फिर से बहस की।

"मैं मानता हूं। इस विचार को इस तरह तैयार करना होगा कि आंभी को बिना समय या धन व्यय किए इस परियोजना को आरंभ करने का श्रेय मिले।"

"लेकिन आचार्य, यदि हम किसी और से इसमें पूंजी लगवाएं, तो भी क्या धार्मिक मतभेद पैदा करना बुद्धिमानी है?"

"मेरा धर्म मुझसे कहता है कि मुझे भारत को चंद्रगुप्त के अंतर्गत एकीकृत करना है। यदि मुझे एकता पैदा करने के लिए धार्मिक मतभेद पैदा करने की आवश्यकता पड़े, तो ऐसा ही सही। उद्देश्य साधनों का औचित्य बताता है।"

"लेकिन क्या ये आपकी अंतरात्मा के विरुद्ध नहीं जाता?" मेहिर ने पूछा।

"मेहिर, एक स्पष्ट अंतरात्मा सामान्यत: बुरी स्मृति की पहचान है। वैसे भी, राजनीति की दुनिया में स्पष्ट अंतरात्मा जैसी विलासिता के साथ नहीं रहा जा सकता!"

"आचार्य, आप स्वयं एक ब्राह्मण हैं, फिर भी आप एक ऐसी रणनीति का सुझाव दे रहे हैं जिसके नतीजे जाति के लिए भयानक हो सकते हैं?"

"एकमात्र जाति जिससे मेरा संबंध है, वो है भारत की जाति।

मेरी एकमात्र भक्ति एकीकृत भारत की धारणा के प्रति है।"

"तो आप किस पक्ष में हैं?"

"विजयी पक्ष में," चाणक्य ने उत्तर दिया।

"पर हम चंद्रगुप्त और शशिगुप्त से आंभी पर आक्रमण ही क्यों नहीं करवा देते?" भ्रांत मेहिर ने पूछा।

"हमारे चीनी पड़ोसियों के पास प्राणदंड देने की एक विधि है जो वो सबसे भयानक अपराध करने वालों के विरुद्ध प्रयोग करते हैं। उस विधि का नाम है *सहस्त्र चीरों द्वारा मृत्यु*। दंडित व्यक्ति को शरीर के विभिन्न भागों पर बहुत धीरे-धीरे चीरे लगाकर मारा जाता है। ये एक भयानक मौत होती है जिसमें अभियुक्त का रक्त बहाकर उसे मारा जाता है। मेरी योजना आंभी का रक्त बहाकर उसे मारने की है।"

"क्यों?" मेहिर ने पूछा।

"क्योंकि उस पर खुला आक्रमण करने का विकल्प नहीं है। हमें अधिकृत रूप से यही स्थिति बनाए रखनी है कि हम मित्र हैं यद्यपि हम मित्र नहीं हैं। हम उसके पीछे खड़े रहें तब भी उसे सहज महसूस होना चाहिए।"

"क्यों, आचार्य?"

"क्योंकि किसी को पीछे से छुरा तभी घोंपा जा सकता है जबकि आप उसके पीछे खड़े हों, मेहिर। इसलिए!"

Ω

तक्षशिला के बहिर्गत वनों में स्थित मठ *बुद्धम् शरणम् गच्छामि, धर्मम् शरणम् गच्छामि, संघम् शरणम् गच्छामि* के मंत्रोच्चारण के अतिरिक्त एकदम शांत था। छप्परदार झोपड़ियां सादी और छीदी थीं। इन छोटे-छोटे आवासों के आसपास की भूमि साफ़-सुथरी थी। संघ—मठ—सादगी, स्वच्छता और शांति का जीवंत उदाहरण था। सौ भिक्षु और भिक्षुणियां एक पंक्ति में चल रहे थे; उनके मुंडे हुए सिर तेज़ धूप के कारण पसीने से चमक रहे थे; भिक्षु और भिक्षुणियां एक-दूसरे से पृथक थे। वो अंतरवसक, उत्तरसंग, संघति और कुशलक पहने हुए

थे, जो चीथड़ों और रंगे हुए लाल रंग के कपड़ों से सिले हुए थे। उनके पैरों में बंधी पुरानी-धुरानी लकड़ी की पादुकाएं उनकी पोशाक को पूरा करती थीं। संपत्ति के नाम पर उनके पास बहुत कम सामान था—एक भिक्षापात्र, उस्तरा, दंतखुदनी, सिलाई की सूई और छड़ी। चलते-चलते वो अपना मंत्र *बुद्धम् शरणम् गच्छामि, धर्मम् शरणम् गच्छामि, संघम् शरणम् गच्छामि* पढ़ते जा रहे थे।

निचली जातियों के प्रति अपनी निरंतर बढ़ती असहिष्णुता, ब्राह्मणों और क्षत्रियों के लिए अनुचित विशेषाधिकारों, अनमनीय रूप से परिभाषित अनुष्ठानों, और संस्कृत ग्रंथों पर बल के कारण हिंदुत्व में उन लोगों का दम घुटने लगा था जो वर्णक्रम में सबसे नीचे सोपान पर थे। ये गौतम बुद्ध के नए दर्शन में, उस दर्शन में जो सार्वभौमिक समानता की शिक्षा देता था, में सर्वप्रथम धर्मांतरित हुए थे।

उन्हें देख रहा पेड़ के ऊपर बैठा व्यक्ति छोटी आस्तीन का अंगरखा, ऊपरी गांठ की पगड़ी, ठोड़ी बंधन और कर्णाभूषण पहने हुए था। उसकी पेटी के दाईं ओर एक हंसिया लटक रहा था और बाईं ओर एक कुल्हाड़ी खोंसी हुई थी। उसके बाएं कंधे पर एक भारी उत्तरीय लिपटा हुआ था। सोने की बालियों और तांबे व अर्धमूल्यवान रत्नों के बाज़ूबंदों के अलावा उसने कोई आभूषण नहीं पहना था। उसके माथे पर तीसरी आंख कहा जाने वाला सिंदूर का तिलक था—उसका मंगल चिह्न। वो एक क्षत्रिय की तरह युद्ध की पोशाक में था पर वो वास्तव में एक ब्राह्मण दस्यु था। उसके साथ लगभग पचास डाकू और थे जो मठ को घेरे हुए उस पर बारीकी से नज़र रखे हुए थे। दस्यु प्रमुख क्रुद्ध था। ये दुष्ट—बौद्ध—हिंदू अछूतों को समाविष्ट और धर्मांतरित करते थे, सामान्य लोगों से ईश्वर की आराधना के ब्राह्मण अनुष्ठानों का त्याग करने को कहते थे, और पवित्र संस्कृत के बजाय प्राकृत में अपने ग्रंथ लिखने की भी धृष्टता कर बैठे थे। उनकी हिम्मत कैसे हुई कि वो पाखंडपूर्ण समानता वाले किसी धर्म में हिंदुओं का धर्मांतरण करें! अब तो उन्हें पवित्र

तक्षशिला विश्वविद्यालय में भी अधिकार दिए जा रहे थे। उन्हें पाठ सिखाया जाना आवश्यक था ताकि वो टांगों के बीच दुम दबाकर भाग जाएं। कुत्तों की तरह भाग जाएं! ये भी अच्छा था कि गोरी त्वचा वाला फ़ारसवासी मेहिर लुटेरों के अभियान और उससे संबंधित व्यय को उठाने के लिए तैयार हो गया था।

उसने अपने से नीचे वाली शाखा पर दुबके अपने सहायक को सिर हिलाकर ख़ामोशी से संकेत दिया। नरसंहार आरंभ हुआ तो आसमान में अंधेरा छाने लगा और शिकारी पक्षी चक्कर लगाने लगे।

Ω

आंभी का क्रोध से बुरा हाल था। उनकी हिम्मत कैसे हुई! अगर हर कोई इसी तरह न्याय करने लगा, तो विधि के शासन का क्या होगा? ये ब्राह्मण लुटेरे समझते हैं कि ये बौद्ध भिक्षुओं की हत्या करेंगे और बच निकलेंगे? अब वो अपने राजा का निर्दयी पक्ष देखेंगे!

उसके आदेश पर उस भयंकर नरसंहार के लिए उत्तरदायी दुष्टों को उसके सैनिकों ने गिरफ़्तार कर लिया। ये दंड का नहीं बल्कि प्रतिशोध का मामला था। उन हत्यारों ने रक्तपिपासा बुझाने के लिए सौ निर्दोष बौद्धों को मार डाला था। वो अपराधियों को दंड न देने को किस प्रकार न्यायसंगत ठहरा सकता था?

"उन्हें एकदम नग्न करके बुद्धि मार्ग पर खड़ा करो, और सब लोग मानव के साथ की जा सकने वाली हीनतम क्रूरता को देखें। धधकती लाल कील उनकी जीभों में ठोंकी जाए, उनके दाएं हाथ उबलते तेल में डुबोए जाएं, बाईं आंख में गर्म मोम डाला जाए और उनके बाएं पैर के अंगूठे को काट डाला जाए। उन्हें इस प्रकार क्षत-विक्षत करने के बाद, उनके चेहरों को काला किया जाए और उन्हें गधों पर बिठाकर पूर्णतया अपमानित करते हुए सड़कों पर घुमाया जाए! मरने वाले बौद्ध भिक्षुओं के विपरीत वो जीवित रहेंगे—परंतु उनके जीवन जीवंत नर्क होंगे!" हताश आंभी ने आदेश दिया। वो नहीं जानता था कि वो एक ज्वालामुखी पर बैठा है।

Ω

"चंद्रगुप्त से कहना कि राज्य के ब्राह्मणों को रिझाने के लिए मुझे उसकी आवश्यकता है। उसे ब्राह्मण समुदाय के सबसे बड़े उद्धारक के रूप में देखा जाए," चंद्रगुप्त के पास सिद्धार्थक के कबूतरों को भेजते हुए चाणक्य ने निर्देश दिया।

"हे बुद्धिमान स्वामी, क्या ये न्यायपूर्ण नहीं है कि निर्दोषों के हत्यारे ब्राह्मण दस्युओं को आंभी द्वारा दंड दिया जाए?" सिद्धार्थक ने निष्कपट भाव से पूछा।

"हिमस्खलन का प्रत्येक कण स्वयं को निर्दोष कहता है, सिद्धार्थक। मैं किस हिमकण को दंड दूं?" चाणक्य ने आंखें सिकोड़ते हुए पूछा। "ये वो समय है जब चंद्रगुप्त को धर्मरक्षक के रूप में दिखाई देना चाहिए।"

उतावलेपन से पंख फड़फड़ा रहे शुद्ध श्वेत कबूतर के साथ बांधे गए संदेश में चंद्रगुप्त को निर्देश दिया गया था कि वो किस प्रकार ब्राह्मण जीवनशैली के उपकारी, रक्षक, उद्धारक और पालक का प्रभामंडल प्राप्त कर सकता है। चंद्रगुप्त से कहा गया था कि वो सहस्त्र ब्राह्मणों द्वारा एक विशाल यज्ञ करवाए जिसमें वैदिक रीति से विशाल अग्निकुंड में घी, दूध, अनाजों, शहद और सोम का हव्य दिया जाए। उसके बाद राजा को ग्रंथों पर चर्चा करने के लिए एक विराट ब्राह्मण सभा का आयोजन करना था। बिना किसी अपवाद के प्रत्येक प्रतिभागी को एक प्रवेश पुरस्कार प्राप्त करना था। इसके बाद सहस्त्र ब्राह्मणों के लिए भोज की व्यवस्था की जानी थी। कार्यक्रम के अंत में प्रत्येक ब्राह्मण को और भी उपहार—स्वर्ण मुद्राएं, वस्त्र, अनाज, और एक गाय—दिए जाने थे।

"अनुष्ठान कराने के बजाय, क्या चंद्रगुप्त को आंभी पर आक्रमण करके उसे सदा के लिए मिटा नहीं देना चाहिए?" सिद्धार्थक ने पूछा।

"नहीं। मैं ये काम उसके स्थान पर शशिगुप्त से करवाऊंगा," चाणक्य ने उत्तर दिया।

"लेकिन आचार्य, क्या ये संभव नहीं है कि शशिगुप्त गंधार

पर आधिपत्य जमाना चाहे? जो भी हो, वो भी चंद्रगुप्त जितना ही शक्तिशाली है। अब चंद्रगुप्त सिंफपुर का शासक और सिंहारण के माध्यम से मलयराज्य, क्षूद्रक, सैंधव, एलोर, ब्रह्मस्थल, पटाला और महा ऊर्ध पर नियंत्रण रखता है, परंतु अब शशिगुप्त का नियंत्रण अश्वक और सिंध—दो अत्यंत विशाल और सामरिक दृष्टिकोण से महत्वपूर्ण राज्यों—पर है," सिद्धार्थक ने कहा।

"वो निश्चित रूप से गंधार पर अधिकार करने का प्रयास करेगा। और मैं यही चाहता हूं। मैं चाहता हूं कि जब वो इस प्रयास में लगा हो, तब चंद्रगुप्त ब्राह्मणों और उनके देवताओं की आराधना कर रहा हो!" चाणक्य ने कहा।

"क्यों?" भौचक्के सिद्धार्थक ने पूछा।

"पहली चिड़िया को कीड़ा मिलता है पर दूसरे चूहे को पनीर मिलता है," चाणक्य ने गूढ़ भाव से कहा।

♎

"आपको पता है कि गंधार में आंभी ने एक हज़ार ब्राह्मणों को अपंग बना दिया और मार डाला है?" स्थानीय नाई ने पूछा। उसके ग्राहक—सुनार—ने उसकी ओर देखा। नाई सुनार की मूंछें कतरने में व्यस्त था। उसने मूंछों की काट-छांट होने तक धैर्यपूर्वक प्रतीक्षा की और फिर बोला।

"मैंने केवल इतना ही नहीं सुना है, मैंने तो ये भी सुना है कि ब्राह्मणों के सम्मान का प्रतिशोध लेने के लिए अश्वक और सिंध का महान राजा शशिगुप्त गंधार पर आक्रमण करेगा," सुनार ने कहा।

"हाह!" प्रतीक्षा कर रहा ग्राहक बोला। उसे न तो नाई जानता था और न ही सुनार। वो इस क्षेत्र में अजनबी लगता था।

"आप कौन हैं और इस निजी वार्तालाप में आप क्या योगदान देना चाहते हैं, श्रीमान?" नाई ने पूछा। अजनबी ने अभी खाए खट्टे-मीठे सेब की प्रशंसास्वरूप एक छोटी सी डकार ली।

"मैं सिंध का रहने वाला दर्ज़ी तुन्नवय हूं। मैं उससे परिचित

हूं जिसे आप शशिगुप्त कह रहे हैं, पर क्या आप जानते हैं कि वो गोमांस खाता है?"

"वो पवित्र गाय का मांस खाता है?" हतप्रभ सुनार ने पूछा। "ऐसा व्यक्ति ब्राह्मणों का उपकारी कैसे हो सकता है?"

Ω

"आंभी ने तक्षशिला के निकट एक विश्वविद्यालय बनवाने के लिए बौद्धों को स्वर्ण मुद्राएं दी हैं। क्या उसने कभी ये भी सोचा कि वो ब्राह्मण विद्यालयों की प्रगति के लिए भी अपने कोष में से कुछ व्यय करे?" स्थानीय विद्यालय के अध्यापक ने लस्सी पीते हुए अपने आयुर्वेदिक वैद्य मित्र से पूछा।

उसके सफ़ेद होते बालों वाले वैद्य मित्र ने अपनी लस्सी से एक चुस्की लेते हुए उत्तर दिया। "मैंने केवल इतना ही नहीं सुना, बल्कि ये भी सुना है कि अश्वकों का प्रमुख शशिगुप्त गंधार को रौंद डालने और ब्राह्मणों के सम्मान को पुनरुथापित करने की योजना बना रहा है," वैद्य ने कहा।

"हाह!" उनके निकट मेज़ पर बैठा ग्राहक ज़ोर से बोला। उसे न तो अध्यापक जानता था और न ही वैद्य। वो इस क्षेत्र में अजनबी लगता था।

"आप कौन हैं? आपको कुछ कहना है, मेरे मित्र?" अध्यापक ने पूछा। अजनबी ने अभी खाए मसालेदार चावल की प्रशंसास्वरूप एक छोटी सी डकार ली।

"मैं चारण हूं, सिंध का एक यात्री भाट, और यहां मनोरंजन करने के लिए आया हूं। मैं उस व्यक्ति से परिचित हूं जिसे आप महान शशिगुप्त कह रहे हैं, पर क्या आप जानते हैं कि शशिगुप्त की पत्नी शूद्र है?"

"वो एक नीच जाति की महिला के साथ संभोग करता है?" वैद्य ने हतप्रभ फुसफुसाहट में पूछा। "ऐसा व्यक्ति ब्राह्मणों का पालक कैसे हो सकता है?"

Ω

"आंभी ने पहले स्वयं को मैसीडोनियाइयों के हाथों बेचा और अब बौद्धों के हाथों! क्या उसमें लज्जा नहीं बची है?" अपने असामी, एक लेखपाल, की हथेली पढ़ते हुए ज्योतिषी ने तिरस्कारपूर्वक पूछा।

उसके नवयुवक असामी ने, जो ज्योतिषी से अपने लिए सफलता और समृद्धि की भविष्यवाणी की आशा कर रहा था, वृद्ध ज्योतिषी की सनक को स्वीकार करते हुए, वार्तालाप को अपने जीवन से भटक जाने दिया।

"मैंने केवल यही नहीं सुना है कि आंभी ब्राह्मणों की शक्ति का प्रभाव समाप्त करने के लिए बौद्ध धर्म का प्रोत्साहन दे रहा है, बल्कि ये भी कि शशिगुप्त ने शक्ति के संतुलन को पुनरुत्थापित करने के लिए उसे चेतावनी भी भेजी है," लेखपाल ने अभी भी सनकी हस्तरेखाविद के हाथों में रखी अपनी हथेली की ओर देखते हुए कहा।

"हाह!" दोपहर के सूरज से अस्थायी आराम देने वाले पीपल के नीचे अधउनींदे व्यक्ति ने कहा। उसे न तो ज्योतिषी जानता था और न ही लेखपाल। वो इस क्षेत्र के लिए अजनबी लगता था।

"तुम कहां के निवासी हो, मित्र? क्या तुम कुछ ऐसा जानते हो जो हम नहीं जानते?" लेखपाल ने उसे देखते हुए कहा। ऊंघते व्यक्ति ने उस सुपारी के प्रशंसास्वरूप डकार ली जिसने अभी उसकी पाचनक्रिया को सहायता दी थी।

"मैं अश्वमाधक हूं, और सिंध से अपने उत्कृष्ट घोड़े यहां बेचने आया एक अश्व-प्रशिक्षक हूं। मैं उस व्यक्ति से परिचित हूं जिसे तुम महान शशिगुप्त कहते हो, लेकिन क्या तुम जानते हो कि शशिगुप्त ने एक रथमार्ग बनाने के लिए एक कुबेर मंदिर को ढहा दिया था?"

"वो स्वेच्छा से मंदिर ढहाता है?" भौचक्के ज्योतिषी ने कहा। "ऐसा व्यक्ति ब्राह्मणों का रक्षक किस प्रकार हो सकता है?"

Ω

"औषधि की तरह राजनीति में भी, कभी-कभी शब्द ही सर्वश्रेष्ठ उपचार होते हैं। प्रचार की शक्ति को कभी कम नहीं आंकना चाहिए,"

चाणक्य ने अपने प्यादे को रानी से दो ख़ाने आगे बढ़ाते हुए कहा। मेहिर के लिए ये चाल चाणक्य की रानी को कमज़ोर स्थिति में कर रही थी। वो मुस्कुराया और उसने जवाबी चाल चली। बिना प्रयास के, चाणक्य ने अपने हाथी को तीन ख़ाने तिरछा बढ़ा दिया। मेहिर की अगली चाल के बाद, उसने रानी को दो ख़ाने तिरछा आगे बढ़ाकर उसे प्यादे के सामने कर दिया। कक्ष में तीसरा आदमी नीरस भाव से खेल को देख रहा था और चालों के बीच ऊंघने लगता था।

चाणक्य हंसने लगा। इससे कोई अंतर नहीं पड़ता था कि मेहिर की अगली चाल क्या होगी। चाणक्य अपनी रानी को ठीक विरोधी के प्यादे तक ले जाता, उसे बंदी बनाता और उसके राजा को मात दे देता। राजा रानी को बंदी नहीं बना सकता था क्योंकि उसके बीच में हाथी होता। वो रानी से दूर भी नहीं जा सकता था क्योंकि वो अपनी ही गोटों से घिरा होता। मेहिर अपनी परिस्थिति की व्यर्थता को देखकर निराशा से कराहा। आचार्य के साथ शतरंज खेलने में कोई आनंद नहीं था। हर बार ऐसा लगता था जैसे वो मेहिर के मस्तिष्क में जा घुसते हों और उसकी अगली चाल को पहले ही समझ लेते हों।

"मेहिर, मेरे प्रिय लड़के, इस खेल में प्रमुख गोटों को जाने देना कठिन होता है, लेकिन कभी-कभी विजय प्राप्त करने के लिए सामरिक गोटों का त्याग करना ही पड़ता है। अगर विरोधी कठिन परिस्थिति में हो, तो चारा हटाना पड़ता है ताकि वो आगे बढ़ सके। बस ये ध्यान रहे कि जो त्याग आप कर रहे हैं उससे आपको वो प्राप्त हो जाए जो आप चाहते हैं!" खेल समाप्त होते-होते चाणक्य ने सुझाव दिया। चाणक्य और मेहिर के बीच बाज़ी का दर्शक शारंगराव था—काले ब्राह्मण का उत्कृष्ट छात्र और जासूस। उसने बातचीत को ध्यानपूर्वक सुना और डकार ली—अभी पची बुद्धिमत्ता के प्रशंसास्वरूप।

मेहिर कुपित हो उठा जबकि चाणक्य ने घाव में मिर्च लगाई। "हारने के लिए कोई अंक नहीं मिलते हैं!" चाणक्य हंसा।

"तो हम यहीं बैठें शतरंज खेलते रहें और शशिगुप्त गंधार को

रौंदता रहे?" फिर से हार जाने पर चिढ़े हुए मेहिर ने पूछा।

"मेहिर, वो भले ही गंधार पर आधिपत्य जमाने में सफल हो जाए, लेकिन वो ब्राह्मण छापामार दल उसकी नाक में दम कर देंगे जिन्हें हमने भरपूर वित्तीय सहायता दी है। ये सहस्त्र चीरों द्वारा मृत्यु होगी। छापामार युद्ध प्रणाली अपरंपरागत सशस्त्र संघर्ष की मितव्ययी विधि है। घात और छापों जैसी विचल रणनीति के द्वारा हमारे योद्धाओं का छोटा सा दल अपने कहीं अधिक शक्तिशाली शत्रु को अप्रतिकार्य क्षति पहुंचा सकता है। गंधार पर शशिगुप्त का आक्रमण उसके संसाधनों को शुष्क कर डालेगा, अश्वक और सिंध में उसके शासन में अस्थिरता लाएगा, और उसे गंधार के नागरिकों के सबसे शक्तिशाली गुट—ब्राह्मण—का कट्टर शत्रु बना देगा। यही वो क्षण होगा जब चंद्रगुप्त बड़ी सहजता से मक्खन में गर्म चाकू उतार देगा। मेरी योजना चंद्रगुप्त के लिए केवल गंधार को जीतना नहीं है। मैं उसे अश्वक और सिंध—शशिगुप्त के अपने प्रांत—भी जिताऊंगा। शशिगुप्त पहला चूहा होगा... जाल उसे मार डालेगा। चंद्रगुप्त दूसरा चूहा होगा। पहली चिड़िया को कीड़ा मिलता है पर दूसरे चूहे को पनीर मिलता है!"

♎

"ऐसा क्यों है कि तुम संभोग कर रहे हो जबकि मेरी हालत ख़राब हो रही है?" भद्रशाल ने पूछा। जीवसिद्धि ने उसे खुद को उस गणिका से पृथक करते हुए देखा जो उसकी बांहों में लेटी थी। गणिका ने हंसते हुए उसे और खिलवाड़ के लिए अपनी ओर खींचने का प्रयास किया लेकिन जीवसिद्धि ने उसे फटकार दिया। वो उठी और मुंह बिसूरती हुई कमरे से चली गई, जबकि भद्रशाल बैठ गया। जीवसिद्धि ने अपनी पगड़ी और वस्त्र ठीक किए और फिर मदिरापात्र को उठाते हुए उसकी सारी प्रसन्न चढ़ा गया। उसने अपनी मूंछ पोंछी और मज़ाक़ करते हुए कहा, "ये प्रसन्न इस बात का प्रमाण है कि ईश्वर हमसे प्रेम करता है और चाहता है कि हम प्रसन्न रहें! आप इतने उदास क्यों हैं?"

भद्रशाल मौन था। जीवसिद्धि ने कुरेदा, "क्या आपने मंत्रिपरिषद को मना लिया कि हमारी सेनाएं पाटलिपुत्र पहुंचने तक बिना किसी प्रतिरोध के मगध में प्रवेश कर जाएं?"

भद्रशाल ने सिर हिलाया। "उन्हें किसी प्रतिरोध का सामना नहीं करना होगा। लेकिन पाटलिपुत्र पहुंचने पर भयानक युद्ध के लिए तैयार रहना।" भद्रशाल ने एक और घूंट लिया और मदिरा से अपने बोध को क्षीण होने दिया।

"आपको ऐसा क्यों लगता है कि हम पाटलिपुत्र के लिए लड़ेंगे?" जीवसिद्धि ने सरलभाव से पूछा।

Ω

"सुनें, सुनें, सुनें। गंधार, अश्वक, सिंध, सिंफपुर के सम्राट और मलयराज्य, क्षूद्रक, सैंधव, एलोर, ब्रह्मस्थल, पटाला और महा ऊर्ध के अधिपति महाराज चंद्रगुप्त मौर्य का दरबार आरंभ हो चुका है। आएं और अपनी बात कहें!" उदघोषक चिल्लाया और चंद्रगुप्त ने सभागार में प्रवेश किया। इस सूची में बस मगध को सम्मिलित किया जाना शेष था। चंद्रगुप्त को अपना बचपन याद आ गया जब उसके मित्र अपने काल्पनिक संसार के लड़कपन के नाटक में बिल्कुल यही शब्द बोलते थे। वो ये सोचकर उदास हो गया कि उसके पिता, सेनापति, अपने पुत्र के राजतिलक को नहीं देख पाएंगे।

आंभी मर चुका था और उसे युद्धक्षेत्र में शशिगुप्त ने मारा था। शशिगुप्त मर चुका था और उसे उसके पीछे लगाए एक ब्राह्मण छापामार दल ने मारा था। चाणक्य एक पत्थर से दो चिड़ियां मारने में सफल रहा था। चंद्रगुप्त ने तो बस गंधार में आकर उस पर अधिकार कर लिया था। स्थानीय जनसंख्या ने खुली बांहों से उसका स्वागत किया था। अब चंद्रगुप्त कलिंग के राजा से अधिक, पोरस के बराबर, लेकिन धनानंद से कुछ कम शक्तिशाली था। ये शीघ्र ही बदल जाने वाला था।

सिंहासन पर पहुंचने से पहले, वो अपने दाईं ओर थोड़ा ठहरा जहां चाणक्य खड़ा हुआ था। उसने झुककर अपने गुरु के चरण

सम्मानपूर्वक स्पर्श किए। चाणक्य ने उसे आशीर्वाद दिया, "सदैव इसी प्रकार गुणोत्कृष्ट, विजयी और प्रतापी रहो!" चंद्रगुप्त उठा और एक रिक्त आसन की ओर गया जहां साधारण सी पादुकाएं रखी हुई थी। वो उसके पिता की पादुकाएं थीं। वो आसन के आगे झुका और आत्मा-संसार से आशीर्वाद प्राप्त करने के बाद वो अपनी माता के पास पहुंचा। वो उनके चरण छूने के लिए झुका तो सरल और कमज़ोर सी महिला की आंखों में आंसू आ गए। उन्होंने उसके सिर पर हाथ रखा और कहा, "ईश्वर करे तुम्हारा संसार सुंदर, तुम्हारे कार्य कर्तव्यनिष्ठ, तुम्हारा स्वभाव कृपालु और तुम्हारा राज्य प्रचुर रहे, मेरे पुत्र।"

चंद्रगुप्त रेशम मार्ग द्वारा चीन से आयातित चीनी रेशम चीनांशुक के राजसी वस्त्र पहने हुए था। उसकी अंतरीय धोती हल्की सुनहरी, उसका उत्तरीय सिंदूरी लाल और उसका कायाबंध मोतिया सफ़ेद था। उसके गले में नाशपाती के आकार का एक हीरा था जो मध्य में लगभग पिचहत्तर कैरट का था। उसकी भुजाओं पर लगभग छह कैरट के बेदाग़ नीले हीरों से जड़ित बाज़ूबंध थे। दोनों कलाइयों के बंधन चालीस कैरट के हृदयाकार बर्मा माणिकों से जड़ित थे। उसके सिर पर एक सुनहरी पगड़ी थी जो एक सौ पचास कैरट के शुद्ध पन्नों से अलंकृत थे। वो सिर से पैर तक संसार का सम्राट दिखाई दे रहा था।

चाणक्य सिंहासन के निकट गया और उस पर विराजमान चंद्रगुप्त से बोला, "क्या आप सत्यनिष्ठापूर्वक वचन देते हैं और सौगंध लेते हैं कि आप गंधार, अश्वक, सिंध, सिंफपुर, मलयराज्य, क्षुद्रक, सैंधव, एलोर, ब्रह्मस्थल, पटाला और महा ऊर्ध और इनसे संबद्ध अधिराज्यों के लोगों पर वेदों के माध्यम से हमारे पूर्वजों द्वारा हम तक पहुंचाए गए शासन के नियमों के अनुसार शासन करेंगे?"

चंद्रगुप्त ने प्रार्थनास्वरूप हाथ जोड़े, आंखें बंद कीं और कहा, "मैं सत्यनिष्ठापूर्वक ऐसा करने का वचन देता हूं।"

चाणक्य ने पूछा, "क्या आप सुनिश्चित करेंगे कि आपके सभी

निर्णयों में विधि, न्याय और करुणा का बोलबाला रहेगा?"

"मैं सुनिश्चित करूंगा," चंद्रगुप्त ने उत्तर दिया।

"क्या आप, अपनी पूरी शक्ति से, ईश्वर के विधान, अपने क्षत्रिय रक्त के सम्मान, ब्राह्मणों की रक्षा, दलितों की सुरक्षा को बनाए रखेंगे, और क्या आप अपने मंत्रियों और अधिकारियों को सौंपे गए कार्यों के लिए विधि द्वारा उन्हें दिए गए सारे विशेषाधिकारों को परिरक्षित करेंगे?" चाणक्य ने पूछा।

चंद्रगुप्त ने गंभीर भाव से उत्तर दिया, "मैं ये सब करने का वचन देता हूं।" फिर अपना दायां हाथ वेदों के एक ढेर पर रखते हुए कहा, "मैंने जिन चीज़ों का वचन दिया है उन्हें करूंगा, ईश्वर मेरी सहायता करे," और विशाल सभागार जय-जयकार से गूंज उठा।

अध्याय सोलह

वर्तमान समय

"मैं समझ नहीं पा रहा हूं कि ये सब चल क्या रहा है। आर एंड एस एविएशन रुंग्टा एंड सोमानी साम्राज्य का भाग है। वो चांदनी को क्यों रास्ते से हटाना चाहेंगे? वो तो हमारे ही पक्षधर हैं!" मेनन ने कहा।

"स्पष्ट के आगे देखो, मेनन। हर चीज़ वैसी नहीं होती जैसी दिखती है," गंगासागर ने मेनन को अगले मुलाक़ाती को अंदर भेजने का इशारा करते हुए कहा।

नया कलफ़दार धोती और कुर्ता पहने अग्रवालजी अंदर आए। उन्होंने दोनों को देखकर सिर हिलाया और गंगासागर के सामने बैठ गए। "चांदनी ठीक तो है?" उन्होंने पूछा।

गंगासागर ने गंभीर भाव से सिर हिलाया। "वो एक योद्धा है। वो ख़ौफ़ज़दा नहीं है। उसके जीवन के लिए जितना डर उसे है, उससे ज़्यादा मुझे है!"

"मैं किस तरह सहायता कर सकता हूं?" अग्रवालजी ने पूछा।

"आर एंड एस साझेदारों के बीच विवाद," गंगासागर ने बोलना आरंभ किया। "हमें थोड़े बेहतर ढंग से समझना होगा कि माजरा क्या है। मैं इस सारे मामले में इकराम की भूमिका को भी समझना चाहता हूं—बिना उसके ज्ञान में आए।"

"पर ये स्पष्ट है, सर। हमीद को पैसा चाहिए था। जब उसे पैसा हमसे नहीं मिला, तो उसने जाकर इकरामभाई को बता दिया कि हमने मजिस्ट्रेट के साथ क्या व्यवस्था की थी। इकराम ने बदले में उसके ज़रिए चांदनीजी को मरवाने की कोशिश कर डाली," मेनन ने कहा।

"मुझे विश्वास नहीं, मेनन। हमें इकराम के बारे में जल्दबाज़ी में कोई फ़ैसला नहीं करना चाहिए। आख़िर उसने चांदनी को गोद लिया था। लेकिन मुझे कोई और बात असमंजस में डाल रही है," गंगासागर ने सिर खुजाते हुए कहा।

"क्या?" मेनन ने पूछा।

"रुंग्टा एंड सोमानी हमारे राजनीतिक आशीर्वाद से एक वैश्विक स्टील प्लांट लगाने के लिए उत्तर प्रदेश आए थे। एक पार्टनर किसानों को अधिक मुआवज़ा देने को सहमत हो गया था जबकि दूसरा सहमत नहीं था और वो बिक्री कर में छूट पाने के लिए मुझे मनाने में सफल हो गया।"

"तो?" अग्रवालजी ने पूछा।

"ऐसा ही तब हुआ जब आपने रुंग्टा को विश्व-बैंक द्वारा सहायता प्राप्त रोडवेज़ का प्रोजेक्ट लेने के लिए नामित किया। छोटे पार्टनर—सोमानी—ने आकर शिकायत की कि रुंग्टा ने धोखेबाज़ी से उसके शेयर छीन लिए। इस प्रक्रिया में वो हमसे हथियारों के एक सौदे के लिए मंज़ूरी लेने में सफल रहा। अब इस बारे में सोचकर मुझे इस सारे मामले में गड़बड़ी दिखाई दे रही है!" गंगासागर ने उंगलियां चटकाते हुए कहा।

गंगासागर रुका। उसने एक क्षण को अग्रवालजी की ओर देखा और आगे बोला। "एक साझेदार—सोमानी—प्रधानमंत्री के पद के

लिए रक्षा मंत्री के प्रयास का समर्थन कर रहा था। दूसरा—रुंग्टा—वित्त मंत्री का समर्थन कर रहा था। दोनों जानते थे कि नतीजा चाहे जो भी हो, उनके आदमियों में से किसी एक को उच्चतम पद मिलेगा ही मिलेगा।"

"मैं समझ नहीं पा रहा कि तुम किस बात की शिकायत कर रहे हो, गंगासागर! दोनों साझेदारों के परस्पर विरोध की ही वजह से ये सरकार—चांदनी और एबीएनएस के नौ अन्य मंत्रियों सहित—सत्ता में आई। तुम इसे लेकर ख़ुद को क्यों उलझन में डाल रहे हो?"

"अगर गू जैसा दिखे, गू जैसी गंध आए, और गू जैसा महसूस हो, तो ये शायद गू ही होगा! हमें मूर्ख बनाया गया है—मैं जानता हूं," गंगासागर ने कुर्सी से उठते हुए कहा।

Ω

"आर एंड एस के साथ आपके कारोबारी संबंध रहे हैं ना?" गंगासागर ने लंच के दौरान पूछा। वो शांत हो गया था।

"हां। याद है तुमने मुझे जो रोडवेज़ का प्रोजेक्ट दिया था, वो मैंने रुंग्टा को दिला दिया था?" अग्रवालजी ने अपनी प्लेट में बचे हुए चावल और दाल का निवाला मुंह में डालते और स्वाद लेते हुए कहा।

"मैं चाहता हूं कि आप अपने किसी वित्तीय शिकारी को उनके पीछे लगा दें," ताज़े दही का प्याला अग्रवालजी की ओर बढ़ाते हुए गंगासागर ने कहा।

"तुम क्या कराना चाहते हो?" अग्रवालजी ने पूछा।

"मैं चाहता हूं कि आर एंड एस की कंपनियों के ख़रीदे गए एक-एक शेयर का विश्लेषण किया जाए। किसने ख़रीदा? किसने बेचा? कब? और मैं उसे उनके सार्वजनिक विवरण से जोड़कर देखना चाहता हूं!" अपने चम्मच को अनुशासनात्मक ढंग से हिलाते हुए गंगासागर ग़ुर्राया।

"तुम क्या मिलने की उम्मीद कर रहे हो, गंगा?" अग्रवालजी

ने पूछा।

"मैं उम्मीद नहीं करता हूं। मैं तलाश में तभी निकलता हूं जब मैं जानता हूं कि मुझे क्या मिलेगा।"

"वो क्या है?"

"एक ऐसा पैटर्न जो दर्शाता है कि इन दोनों साझेदारों में मिलीभगत है—और ये सरकार से ज़्यादा से ज़्यादा बिज़नेस बटोरने के लिए अपने आपसी मतभेद दिखाते रहे हैं। सबसे महत्वपूर्ण ये कि ये अपनी कंपनी के स्टॉक ख़रीदने के समय अपने झगड़े सामने लाते हैं और बेचने के समय झगड़ों को ठंडा होता दिखाते हैं। ये हमें और जनता को गायों की तरह दूह रहे हैं!"

"लेकिन आर एंड एस चांदनी को मारने के लिए इकराम का साथ क्यों देंगे?" अग्रवालजी ने अपने नैपकिन से मुंह पोंछते हुए कहा।

"शायद इसलिए कि आर एंड एस एबीएनएस द्वारा नई दिल्ली में सरकार को दिए जा रहे *समर्थन* से तो ख़ुश हैं लेकिन ये नहीं चाहते कि एबीएनएस नई दिल्ली में सरकार का *नेतृत्व* करे। प्रधानमंत्री पद के लिए चांदनी को अब एकमात्र शक्तिशाली दावेदार के रूप में देखा जा रहा है, और इससे इकराम को भी नुक़सान होगा," गंगासागर ने कहा।

"वो ये भी जानते हैं कि चांदनी के सौदे के साथ गंगासागर भी रहेगा, जो कि एक भयानक संभावना है," अग्रवालजी ने मज़ाक़ किया।

Ω

"अग्रवालजी के चार्टर्ड एकाउंटेंट ने अपना होमवर्क कर लिया है। जब साझेदारों ने विश्व बैंक के प्रोजेक्ट के बारे में अदालत जाने के बारे में सार्वजनिक बयान दिया था तो आर एंड एस इंफ्रास्ट्रक्चर के शेयरों का मूल्य एक ही दिन में 1,178 से गिरकर 900 रुपए हो गया था। उसी दिन दोनों साझेदारों ने परिचित निवेश कंपनियों के माध्यम से बड़ी संख्या में शेयर ख़रीदे। एक सप्ताह बाद उन्होंने घोषणा

की कि उन्होंने अदालत के बाहर समझौता कर लिया है और शेयर 1,250 रुपए पर बेच दिए!" मेनन ने अग्रवालजी की टीम द्वारा दिए गए विश्लेषण के पोथों को पलटते हुए कहा।

"अगर वो समझते हैं कि वो चांदनी और एबीएनएस के रास्ते में आ सकते हैं, तो उन्हें जल्द ही पता चल जाएगा कि पंडित गंगासागर मिश्र के साथ पंगा लेना महंगा पड़ेगा। आर एंड एस में कितने कर्मचारी काम करते हैं?" गंगासागर ने पूछा।

"लगभग एक लाख, जहां तक मुझे याद है," मेनन ने जवाब दिया।

"और उनमें से कितने कर्मचारी एबीएनएस से जुड़े श्रमिक संघों के सदस्य हैं?" पंडित ने पूछा।

"मैंने पता लगा लिया है, सर। हमारा लखनऊ विश्वविद्यालय छात्र संघ का अध्यक्ष—उपेंद्र कश्यप—हमारे व्यापार संघ एबीएनकेयू का प्रमुख बन गया था। उसका कहना है कि आर एंड एस के लगभग बीस हज़ार कर्मचारी एबीएनकेयू के कार्डधारी सदस्य हैं।"

"और आर एंड एस के बाक़ी अस्सी हज़ार कर्मचारी?"

"कश्यप के अनुसार, वो दो संघों में बराबरी से बंटे हुए हैं। एबीएनकेयू सबसे छोटा गुट है—केवल बीस प्रतिशत। अन्य दोनों संघ लगभग चालीस प्रतिशत हैं।"

"बाक़ी दोनों संघ कौन से हैं?"

"सीपीयूके—विक्रम सिंह त्यागी की अध्यक्षता में, और आईएनडब्ल्यूएफ़—लालजी गर्ग की अध्यक्षता में।"

"मेनन, मैं तुमसे दो चिट्ठियां लिखवाना चाहूंगा, प्लीज़।"

"जी सर?"

"प्रिय कॉमरेड। जैसा आप जानते हैं, सीपीयूके आर एंड एस के कर्मचारियों की सहायता के लिए अथक प्रयास करती रही है। पर समस्या ये है कि आपके नेता, आईएनडब्ल्यूएफ़ के अध्यक्ष लालजी गर्ग, ने आपके साथ विश्वासघात किया है। गर्ग ने, जो आपके हितों

का प्रतिनिधित्व करने का दावा करते हैं, आपके हित मि रुंग्टा को बेच दिए हैं। अब वेतन की वृद्धि को अप्राप्य उत्पादन लक्ष्यों के साथ जोड़ा जाएगा। इससे वेतन समझौते में महज़ काल्पनिक वृद्धि होगी जबकि वास्तविक मेहनताना नगण्य रहेगा। आपमें से हरेक का दोस्त और शुभचिंतक होने के नाते, मैं आप सभी से अनुरोध करूंगा कि आप आईएनडब्ल्यूएफ़ को छोड़कर सीपीयूके में शामिल हो जाएं। हम आर एंड एस के कर्मचारियों की एकमात्र सच्ची आवाज़ हैं। मुझे आशा है कि आपसे शुक्रवार की हमारी अगली सभा में मुलाक़ात होगी। शुभकामनाओं सहित। विक्रम सिंह त्यागी, अध्यक्ष, सीपीयूके।"

"और दूसरी चिट्ठी?" मेनन ने शॉर्टहैंड में लिखी चिट्ठी से सिर उठाते हुए पूछा।

"साथी कार्यकर्ता। आईएनडब्ल्यूएफ़ ने आर एंड एस के प्रबंधन के साथ बढ़े वेतन के समझौते की दिशा में पूरी तत्परता से काम किया है। पर इस प्रयास में आपके अपने संघ के अध्यक्ष विक्रम सिंह त्यागी बाधा बने रहे हैं। मि सोमानी के साथ उनके गुप्त समझौते के कारण उन्हें मिलने वाले बड़े भुगतान ने इस समझौते को लागू होने से रोका हुआ है। सीपीयूके सदस्यों के लिए समय आ गया है कि वो अपने विश्वासघाती और भ्रष्ट संघ को छोड़ें और एक ऐसे संगठन में शामिल हो जाएं जो पहले आपकी बात करता है। आईएनडब्ल्यूएफ़ में शामिल हों। मैं आशा करता हूं कि मंगलवार को हमारी साप्ताहिक सभा में आपसे मुलाक़ात होगी। भवदीय। लालजी गर्ग। अध्यक्ष, आईएनडब्ल्यूएफ़।"

"मैं ये चिट्ठियां किन्हें भेजूं?"

"एबीएनकेयू के अध्यक्ष उपेंद्र कश्यप से कहो कि वो गुप्त रूप से सीपीयूके और आईएनडब्ल्यूएफ़ दोनों के लैटरहेड छपवाए। फिर ये चिट्ठियां उसे भेजकर कहो कि वो बड़ी संख्या में इन्हें साइक्लोस्टाइल कराए। सीपीयूके की चिट्ठी आईएनडब्ल्यूएफ़ के सदस्यों को भेजी जाए और आईएनडब्ल्यूएफ़ की चिट्ठी सीपीयूके

के सदस्यों को।"

"लेकिन हम दो संघों से दो साझेदारों के मामले में हस्तक्षेप करा रहे हैं। क्या ये समझदारी होगी?" मेनन ने पूछा।

"साझेदार झगड़े का नाटक कर रहे थे, जबकि कोई झगड़ा था ही नहीं। इस नाटक का प्रयोग उन्होंने सरकारें गिराने, नई सरकारें बिठाने और ठेके प्राप्त करने में किया, और अब वो अपने कुटिल तरीक़ों का इस्तेमाल चांदनी और एबीएनएस को ढहाने के लिए करना चाहते हैं। अगर उन्हें लड़ाई चाहिए, तो ईश्वर की सौगंध, मैं वो लड़ाई उन्हें दूंगा!" गंगासागर गरजा।

"लेकिन इससे अंतर-संघ प्रतिद्वंद्विता शुरू हो सकती है! ये हिंसक रूप भी अख़्तियार कर सकती है," मेनन ने कहा।

"दो हाथी लड़ेंगे, तो घास तो कुचली ही जाएगी, मेनन।"

Ω

सुरक्षा हेल्मेट पहने और ढालें और गैस मास्क लिए दंगा नियंत्रण पुलिस ने दोनों विरोधी पक्षों के बीच की पतली रेखा को घेर रखा था। ये रेखा दोनों पक्षों के लिए बंद घोषित कर दी गई थी और इस पर बख़्तरबंद पुलिस गाड़ियां और तोपों को पानी की आपूर्ति करने वाले भंडारण टैंक तैनात कर दिए गए थे। बंदूक़ें, आंसूगैस के कनस्तर, काली मिर्च स्प्रे, लाठियां और टीज़र लिए पुलिसवाले किसी भी परिस्थिति के लिए तैयार थे। पुलिस द्वारा तय की गई हदबंदी के दोनों ओर हज़ारों संघकर्मी अपने-अपने संघों के समर्थन में खड़े लाल और काले झंडे लहरा रहे थे। दोनों पक्षों के नेता माइक्रोफ़ोन लिए अपने सदस्यों को दूसरे पक्ष और प्रबंधन—पूंजीवादी सूअर!—को नष्ट करने के लिए उकसा रहे थे। ये दृश्य आर एंड एस साम्राज्य के लगभग सभी स्थलों पर समान था—आर एंड एस स्टील, आर एंड एस एग्रो, आर एंड एस सीमेंट, आर एंड एस टैलीकॉम, आर एंड एस पेट्रोलियम, आर एंड एस इंफ्रास्ट्रक्चर, आर एंड एस टैक्सटाइल्स, आर एंड एस फ़ार्मा और आर एंड एस एविएशन।

भूतपूर्व वित्त मंत्री—उसे गंगासागर की चालबाज़ी के कारण

पदच्युत कर दिया गया था—का टीवी पर इंटरव्यू चल रहा था। वो कह रहा था, "परिस्थित काफ़ी गंभीर है। मेरे ख़्याल से ये बड़े दुर्भाग्य की बात है। आप आर एंड एस समूह को देखें, तो उनके कर्मचारी सबसे अधिक वेतन पाते हैं! कुछ बाहरी तत्व ये समस्या खड़ी कर रहे हैं। मैं कर्मचारियों के हितों की सुरक्षा का समर्थक हूं। कर्मचारियों के हितों की किसी भी तरह अनदेखी नहीं होनी चाहिए, लेकिन प्रबंधन और कर्मचारियों के बीच समस्याओं के निपटारे के लिए एक न्यायोचित प्रक्रिया है। मुझे डर है कि अगर हालात को नियंत्रित नहीं किया गया, तो ये और भी बिगड़ सकते हैं।"

"ये मूर्ख चाल में आ गया है। अब इसे और किसी भी ऐसे व्यक्ति को नष्ट करने के लिए मेरे स्ट्रेट फ़्लश को प्रयोग करने का समय आ गया है जो ये समझता हो कि वो मुझे खेल से बाहर कर सकता है," गंगासागर ने इंटरव्यू देखते हुए सोचा।

Ω

"सर, वाणिज्य मंत्रालय द्वारा स्पेशल इकोनॉमिक ज़ोन—सेज़—के लिए भूमि उसके वास्तविक मूल्य के बारे में सोचे बिना आवंटित की गई थी। हज़ारों एकड़ ज़मीन एक ही कंपनी आर एंड एस रियल्टी को दी गई थी," न्यूज़ एंकर ने कहा, "आप कोई टिप्पणी करना चाहेंगे?"

"कोई टिप्पणी नहीं," चिढ़े हुए प्रधानमंत्री ने कहा, "मैं तब रक्षा मंत्री था, आपको ये सवाल उस समय के वाणिज्य मंत्री से करना चाहिए।"

"सर, दूरसंचार लाइसेंस, दस साल पहले के मानकों के हिसाब से भी, मनमाने ढंग से कम मूल्यों पर दिए गए। बाद में, लाइसेंस पाने वाली कंपनी ने अपने स्टेक ज़बरदस्त मुनाफ़े पर बाहरी निवेशकों को बेच दिए। जिस कंपनी को लाइसेंस दिया गया वो आर एंड एस टैलीकॉम थी," एंकर ने कहा। "क्या आप इस मामले पर कुछ प्रकाश डाल सकते हैं?"

"कोई टिप्पणी नहीं," क्रुद्ध प्रधानमंत्री ने कहा, "मैं तब रक्षा

मंत्री था, आपको ये सवाल उस समय के दूरसंचार मंत्री से करना चाहिए।"

"सर, तेल अन्वेषण के अधिकार आर एंड एस पेट्रोलियम को दिए गए, हालांकि तेल की खोज पहले ही हो चुकी थी," न्यूज़ एंकर ने कहा। "क्या आप बता सकते हैं कि आपने क्यों हस्तक्षेप नहीं किया?"

"कोई टिप्पणी नहीं," हताश प्रधानमंत्री ने कहा, "मैं तब केवल रक्षा मंत्री था, आपको ये सवाल उस समय के पेट्रोलियम मंत्री से करना चाहिए।"

"सर, चारे और खाद की बड़ी मात्राओं की आर एंड एस एग्रो से ख़रीद की गई, उन किसानों और मवेशियों के लिए जिनका अस्तित्व ही नहीं था," एंकर ने कहा। "आपने ऐसे सौदों को कैसे पारित हो जाने दिया?"

"कोई टिप्पणी नहीं," असहाय प्रधानमंत्री ने कहा, "मैं तब केवल रक्षा मंत्री था, आपको उस समय के कृषि मंत्री से पूछना चाहिए।"

♎

"भूतपूर्व वित्त मंत्री ने सुनिश्चित कर दिया कि वो प्रधानमंत्री को भी अपने साथ ले डूबे। ख़बर गर्म है कि प्रधानमंत्री ने त्यागपत्र दे दिया है," अग्रवालजी ने कहा।

"अगर वो त्यागपत्र नहीं देते, तो पूरी सरकार ढह जाती—हमें अपने सांसदों का समर्थन वापस लेना पड़ता, और बहुमत एकदम ग़ायब हो जाता," गंगासागर हंसा।

"अब?" मेनन ने पूछा।

"हमने वित्त मंत्री को चित किया ताकि उनका पद विदेश मंत्री संभाल सकें, और चांदनी को विदेश मंत्रालय मिल सके। अब हमने प्रधानमंत्री को गिरा दिया है—पूरी संभावना इस बात की है कि उनकी जगह गृहमंत्री द्वारा ली जाएगी। सिर्फ़ उन्हीं के पास सभी हलक़ों का

समर्थन है," गंगासागर ने कहा।

"तो अब गृहमंत्री की जगह ख़ाली हो जाएगी?" अग्रवालजी ने पूछा।

"बिल्कुल। और एक बात बताऊं, हालात को क़ाबू में करने के लिए एक ग़ुंडे की ज़रूरत होगी," गंगासागर ने कहा।

"इकराम? तुम पागल हो क्या, गंगा? हम ये तक नहीं जानते कि चांदनी के चॉपर को उड़ाने के षडयंत्र के पीछे उसी का तो हाथ नहीं था। और तुम उसे गृहमंत्री बनाना चाहते हो?" अग्रवालजी ने कहा।

"हां। दोस्तों को हमेशा क़रीब रखना चाहिए और दुश्मनों को और भी क़रीब," गंगासागर ने कहा और ज़ोरदार ठहाका लगाया।

"हंसने की क्या बात है?" अग्रवालजी ने पूछा।

"इकराम हमेशा से कानपुर के ज़्यादातर अपराधों के लिए ज़िम्मेदार रहा है। अब उसे देशभर के अपराधों के लिए ज़िम्मेदार होने का मौक़ा मिलेगा!"

♎

"पिछले वर्ष कितने लोगों की हत्याएं हुईं?"

"32,481।"

"और, कोई, पचास साल पहले?"

"9,802।"

"पिछले वर्ष कितने लोगों का अपहरण हुआ?"

"5,261।"

"चोरियां कितनी हुईं?"

"91,666।"

"और पचास साल पहले?"

"147,379।"

"हमें और ज़्यादा हत्याएं और अपहरण चाहिए!"

"क्यों?"

"समझे नहीं? तुम्हारे चोर अब हत्या और अपहरण जैसे बड़े अपराध करने लगे हैं। और उनकी तरक़्क़ी होने से चोरियां कम हो गई हैं। मुबारक हो!" इकराम ने व्यंग्यात्मक ढंग से अपने गृह सचिव से कहा।

♎

"भारत और बंग्लादेश के बीच सीमा की लंबाई कितनी है?"

"4,096 किलोमीटर।"

"भारत और चीन की?"

"3,488 किलोमीटर।"

"भारत और पाकिस्तान की?"

"3,323 किलोमीटर।"

"भारत और नेपाल की?

"1,751 किलोमीटर।"

"भारत और म्यांमार की?"

"1,643 किलोमीटर।"

"भूटान और अफ़ग़ानिस्तान को मिलाकर, लगभग पंद्रह हज़ार किलोमीटर से ज़्यादा, सही?"

"बिल्कुल सही।"

"और इन सीमाओं से आतंकवादियों की घुसपैठ को कैसे रोका जाए?"

"कांटेदार बांड़ें और जहां कहीं संभव हो गश्त।"

"धत! पंद्रह हज़ार किलोमीटर सीमाक्षेत्र की निगरानी करना संभव ही नहीं है। जानते हो इन सीमाओं को तुम्हारी पुलिस से बेहतर कौन पहचानता है?"

"कौन?"

"तस्कर। उनके माल की तस्करी में मदद करो। वो

आतंकवादियों को पकड़ने में तुम्हारी मदद करेंगे।"

Ω

इकराम नेशनल क्राइम रिकॉर्ड्स ब्यूरो—एनसीआरबी—के दौरे पर था। उसने दसियों हाइस्पीड प्रिंटरों को ढेरों काग़ज़ छापते देखा। "ये क्या है?" उसने पूछा।

"दैनिक रिपोर्टें, अपराध के आंकड़े, राष्ट्रीय विवरण—गृह मंत्रालयों के विभिन्न स्तरों पर इनकी ज़रूरत पड़ती है। आंकड़े यहां संसाधित होते हैं और विभागों में कार्यरत सैकड़ों कर्मियों को भेजे जाते हैं," गृह सचिव ने जवाब दिया।

"एक सप्ताह के लिए रिपोर्टें बंद कर दो," इकराम ने कहा।

"क्या?" चिंतित गृह सचिव ने पूछा। "इससे काम ठप्प हो जाएगा। जानकारी के बिना वरिष्ठ अधिकारी कैसे काम करेंगे?"

"एनसीआरबी से कहो कि उन लोगों के नाम नोट करें जो इनकी मांग करने के लिए फ़ोन करें। जो लोग फ़ोन करेंगे सिर्फ़ उन्हीं को इनकी ज़रूरत होगी। अन्य लोग बस इन्हें प्राप्त करते हैं और फ़ाइलों में लगा देते हैं। सिर्फ़ उन लोगों को रिपोर्टें भेजकर जिन्हें इनकी ज़रूरत है, समय और ख़र्च बचाओ!" इकराम ने निर्देश दिया।

Ω

वो इंटेलीजेंस ब्यूरो के ऑफ़िस में थे। निदेशक गृहमंत्री को दिखा रहा था कि दुनिया की सबसे पुरानी गुप्तचर एजेंसी किस तरह काम करती है। कानपुर के मेयर और पुलिस कमिश्नर के अपने भूतपूर्व अवतारों में वो कभी दोस्त रहे थे लेकिन वर्तमान पदक्रम ने उनकी बातचीत को थोड़ा असहज बना दिया था।

"एजेंसी की स्थापना कब हुई थी?" इकराम ने पूछा।

"1909 में, भारतीय अराजकतावादी गतिविधियों पर नज़र रखने के लिए हम इंडियन पोलिटिकल इंटेलीजेंस बने थे। कर्मचारियों को स्कॉटलैंड यार्ड और एमआई5 द्वारा प्रशिक्षण दिया जाता था।"

"और फिर?"

"1947 में भारत की आज़ादी के साथ हम वर्तमान स्वरूप में आ गए।"

"जैसे-जैसे आदमी बूढ़ा होता है उसकी समझ कम होती जाती है। तुम बहुत बूढ़े हो गए हो," इकराम ने मज़ाक़ किया और फिर संस्थान को पूरी तरह बदलने के लिए अपनी योजना बताने लगा। "तुम अपनी सफलता पर किस तरह नज़र रखते हो?"

"हमारे ज़्यादातर केस गोपनीय होते हैं, इसलिए हम कभी अपनी सफलता पर बातचीत नहीं कर पाते हैं," निदेशक ने शिकायत की।

"न ही तुम अपनी असफलताओं पर बातचीत करने को मजबूर हो," इकराम ने प्रत्युत्तर किया। "जब नागरिकों को यही पता नहीं होगा कि तुम क्या कर रहे हो, तो वो ये भी नहीं जान सकते कि तुम क्या ग़लत कर रहे हो! आख़री बार कब तुम किसी आतंकवादी गतिविधि या आक्रमण की सही भविष्यवाणी कर सके थे?"

"हमारे कामों की कुछ व्यावहारिक सीमाएं हैं," निदेशक ने विरोध प्रकट किया।

"पच्चीस हज़ार कर्मचारियों और एजेंटों के होते हुए?" इकराम ने आश्चर्य प्रकट किया। वो एक क्षण को रुका और फिर उसने निदेशक को घूरा। "एक बात कहूं, तुम कानपुर से परिचत हो, है ना? क्यों न तुम रणबीर गिल से एक मुलाक़ात कर लो?"

"वो कौन है?" निदेशक ने पूछा।

"वो बार ओनर्स एसोसिएशन ऑफ़ इंडिया का अध्यक्ष है और कानपुर में एक अनैतिक संस्थान का मालिक है जिसे तुम अपने जवानी के दिनों से पहचानते होगे—उसका नाम दरबार क्लब है।"

"उससे क्यों मिलूं मैं?"

"जब लोग नशे में होते हैं तो हर चीज़ पर बातचीत होती है। अपनी जानकारी प्राप्त करने की प्रणाली में सुधार लाना चाहते हो? तो ऐसे गंभीर लोगों से मिलो जो अपना समय नाराज़ लोगों के साथ

बिताते हैं!"

☊

"वो नाराज़ है," इंटेलीजेंस ब्यूरो के निदेशक ने कहा।

"तो उसे ठंडा करो," गंगासागर ने कहा।

"अगर वो ज़्यादा तफ़्सीलों में घुसने लगा, तो हमारे सामने समस्या खड़ी हो जाएगी," निदेशक ने कहा।

"तो शायद तुम्हें किसी और हल की ज़रूरत होगी," गंगासागर ने उत्तर दिया।

☊

इकराम और इंटेलीजेंस ब्यूरो का निदेशक पुरानी दिल्ली में चांदनी चौक की संकरी गली में टहल रहे थे। निदेशक ने गृहमंत्री से नहीं आने का आग्रह किया था—इलाक़े में तनाव था और वो इकराम की सुरक्षा की गारंटी नहीं दे सकता था। लेकिन मंत्री ने आने की ज़िद की थी। पुराने शहर में हिंदू-मुस्लिम दंगा भड़क गया था। चांदनी चौक की गलियां इतनी संकरी थीं कि पुलिस की जीप उनमें से नहीं गुज़र सकती थी और इसलिए वो दोनों गाड़ी से उतरकर टहलने लगे थे। गंदी, तंग और चलने के लिए मुश्किल, संकरी गली अंधियारे और गंदे कोनों से भरी लगती थी जिनमें एक अजीब सी ख़ामोशी थी। चांदनी चौक जंग के बाद का इलाक़ा लगता था। पूरी गली में ईंटें और टूटी हुई बोतलें बिखरी हुई थीं। सारी दुकानों के शटर बंद थे और कुछेक आवारा कुत्तों के अलावा कोई दिखाई नहीं देता था।

इकराम ने दृश्य का जायज़ा लिया और मुंह बनाया। भारत धर्म से क्यों इतनी जल्दी भड़क उठता है? भारत के लोग घटिया साफ़

-सफ़ाई, दयनीय अस्पतालों, स्कूलों की कमी, गड्ढों भरी सड़कों, बिजली की कमी, गंदे पानी और महज़ गुज़र-बसर लायक़ जीवनशैली को सहन कर सकते हैं, लेकिन किसी के धर्म के बारे में बस एक शब्द कह दो तो स्थिति तुरंत विस्फोटक हो जाती है। "मेरे रहते ये आख़री हिंदू-मुस्लिम दंगा है, समझ गए?" गली में चलते हुए उसने निदेशक से कहा। "इसमें कोई समझौता नहीं होगा। दोषियों को

पता चल जाए कि हमसे पंगे लेना उन्हें महंगा पड़ेगा!"

अभी वो कुछ ही क़दम और आगे बढ़े थे कि उनके पीछे एक छनाका हुआ। उन्होंने पलटकर देखा कि उनके पीछे तेज़ाब के ढेर में टूटे हुए शीशे पड़े हैं। पास की एक इमारत के किसी ऊपरी तल से गृहमंत्री पर किसी ने तेज़ाब बम फेंका था। "इस इमारत की तलाशी के लिए अपने आदमी भेजो। मैं चाहता हूं कि अभी सारे मर्द, औरतों और बच्चों को यहां हाज़िर किया जाए!" इकराम ग़ुर्राया, और लगभग तुरंत ही उसके निर्देश पुलिसवालों तक पहुंचा दिए गए। दस मिनट के अंदर लगभग पचास लोगों को पकड़ लाया गया। "इस इमारत में कोई और भी है?" इकराम ने पूछा। "नहीं, सर, सब लोग यहीं हैं," जवाब मिला।

"औरतों और बच्चों से कहो वापस अंदर जाएं," इकराम ने आदेश दिया। क़दमों की सरसराहट के बीच घबराई हुई औरतों ने अपने बच्चों को समेटा और जल्दी-जल्दी अंदर चली गईं। अब वहां लगभग पंद्रह आदमी एक पंक्ति में खड़े थे। "अपने हाथ आगे करो, हथेलियां सामने करके," इकराम चिल्लाया और जब तक सबने आदेश का पालन किया, वो इंतज़ार करता रहा। इकराम टहलता हुआ उनकी हथेलियों को देखता और कभी-कभी झुककर उनके हाथों को सूंघता हुआ उनके पास से गुज़रा। वो क़तार के अंत तक गया और फिर इसी प्रक्रिया को दोहराते हुए वापस आया। सातवें आदमी के पास रुककर उसने फिर से सूंघा। "आगे आओ," उसने नर्मी से कहा। घबराहट से इधर-उधर घूमती आंखों वाला आदमी आगे आया।

"इधर आओ, बेटा," इकराम ने एक कांस्टेबल से कहा, "ज़रा मुझे अपनी बंदूक़ दो।" जिस आदमी को आगे आने को कहा गया था वो व्याकुल हो गया। "नहीं, रुकिए, आप ऐसा नहीं कर सकते। कुछ साबित नहीं हुआ—"

इकराम के हाथ में मौजूद बंदूक़ से चली गोली का सीधा निशाना अभियुक्त की खोपड़ी थी। वो ज़मीन पर गिरा और उसके

भेजे की लुगदी बन गई। गली में सन्नाटा छा गया। "ये तुम्हारे नए गृहमंत्री की ओर से नसीहत है। मेरे साथ कभी भी पंगा मत लेना! समझ गए? मैं हमेशा—हमेशा—गोली पहले मारूंगा और सवाल बाद में पूछूंगा। अगर तुम गोली नहीं खाना चाहते हो, तो मुझसे पंगा मत लेना!" उसने एक रूमाल से रिवॉल्वर पर से अपनी उंगलियों के निशान पोंछे, उसे कांस्टेबल को वापस किया और निदेशक से कहा, "इसे मुठभेड़ के रूप में दर्ज कर लो। ये गोलीबारी में मारा गया।"

वो पलटकर बाक़ी चौदह आदमियों से बोला। "और किसी को सिरदर्द की तेज़ गोली चाहिए?" शाम पांच बजे तक चांदनी चौक सामान्य हो चुका था। गंगासागर ने सही गृहमंत्री चुना था।

♎

"उसने पलक झपकाए बिना एक नागरिक को मार डाला," इंटेलीजेंस ब्यूरो के निदेशक ने कहा।

"यही तो इकराम है," गंगासागर ने शांत भाव से कहा।

"अगर उसने इसे आदत बना लिया, तो हम मुसीबत में पड़ जाएंगे," निदेशक ने कहा।

"मैंने इकराम को ये जानते हुए ही गृहमंत्री बनाया है कि उसे रोकने के लिए तुम उसके नज़दीक रहोगे। अपना काम करो," गंगासागर ने जवाब दिया।

♎

एक सौ सतत्तर यात्रियों और बारह के चालकदल के साथ नागपुर को जाने वाली इंडियन एयरलाइंस की फ़्लाइट ने मुंबई से दोपहर तीन बजे टेक ऑफ़ किया। तीस मिनट बाद, जबकि विमान नासिक के ऊपर था, हाथ में सेमी-ऑटोमेटिक बंदूक़ लिए एक भयानक शक्ल वाले आदमी ने कॉकपिट के दरवाज़े को लात मारकर खोला और पायलट को दूसरे यात्रियों के साथ पीछे जाकर बैठ जाने का आदेश दिया। फिर उसने भयभीत सह-पायलट को जहाज़ का नियंत्रण संभालने का आदेश दिया। उसके तीन बंदूक़धारी साथियों ने यात्रियों और चालकदल को अपने पूर्ण नियंत्रण में ले लिया था। उनके

अगुआ—एक चौंतीस वर्षीय पाकिस्तानी—ने सह-पायलट को पाक-अधिकृत कश्मीर में मुज़फ़्फ़राबाद की ओर चलने को कहा। घबराए हुए सह-पायलट ने उसे बताया कि विमान में बस भोपाल तक पहुंचने लायक़ ईंधन है जहां उन्हें ईंधन लेना ही पड़ेगा।

जहाज़ के हाइजैक होने की ख़बर कंट्रोल टावर और फिर गृह मंत्रालय पहुंची, तो इकराम तुरंत क्राइसिस मैनेजमेंट ग्रुप—वो उच्चस्तरीय अधिकारी जिन्हें ऐसी संकटपूर्ण स्थितियों से निबटने का दुभागर्यपूर्ण काम सौंपा गया था—के नई दिल्ली कंट्रोल रूम पहुंच गया। "साले टायरों पे गोली मार दो," उसने भोपाल पहुंच चुके नेशनल सिक्योरिटी गार्ड—एनएसजी—के कमांडर को आदेश दिया। विमान भोपाल हवाई अड्डे के बीच में खड़ा था और उसके टायर निशानेबाज़ों के साफ़ लक्ष्य में थे। विमान पिछले तीस मिनट से ईंधन का इंतज़ार कर रहा था लेकिन एक भी टैंकर उसके पास नहीं गया था।

हाइजैकर की पशुवृत्ति ने उसे सुझाया कि कुछ गड़बड़ है। "टेक ऑफ़ करो!" उसने सह-पायलट को निर्देश दिया। "हमें एयर ट्रैफ़िक कंट्रोल से अनुमति चाहिए होगी," घबराए हुए सह-पायलट ने विरोध जताया लेकिन उसे बस सिर से लगी बंदूक़ की अनुमति चाहिए थी। "अभी टेक ऑफ़ करो! साली किसी इजाज़त की ज़रूरत नहीं है!" हाइजैकर ग़ुर्राया।

Ω

"टायरों पे गोली चलाने में इतनी देर क्यों हो रही है? ईंधन के टैंकर को भेजो। इससे हमें थोड़ा वक़्त मिल जाएगा!" इकराम ने नई दिल्ली से फ़ोन पर एनएसजी से कहा। "सर, अगर हम तेल के टैंक को विमान के नज़दीक भेजेंगे, तो हम टायरों को फोड़ने की स्थिति में नहीं रहेंगे। ज़रा सी भी चिंगारी विमान और तेल के टैंक को एक विशाल आग के गोले में बदल डालेगी," एनएसजी कमांडर ने तर्क दिया। "तो पता करो कि साले जहाज़ में कुल कितना ईंधन है," इकराम भौंका। "इतना है कि वो मुज़फ़्फ़राबाद तक पहुंचा दे,"

जवाब मिला। एनएसजी मुंबई में जमा किए गए ईंधन के खाते का मिलान मुंबई से भोपाल तक होने वाले अंदाज़न ख़र्चे के साथ कर चुकी थी।

"पायलट से कहो कि वो टेक ऑफ़ करे और हवा में तेल को समझदारी से फेंकता रहे—ये बात पायलट से अपनी तकनीकी भाषा में कहो!" इकराम ने कहा। "उसे नई दिल्ली तक उड़ने की अनुमति दे दो। अगर उसने यहां लैंड किया, तो हम ख़ुशक़िस्मत होंगे—यहां राजधानी में हम चीज़ों को बेहतर ढंग से संभालने की स्थिति में हैं," इकराम ने कहा।

Ω

"भोपाल ग्राउंड, आईसी-617, कृपया रेडियो चेक करें," सह-पायलट चिल्लाया।

"आईसी-617, संदेश स्पष्ट प्राप्त हुआ," ग्राउंड कंट्रोल ने जवाब दिया।

"आईसी-617, गेट छह, निवेदन के अनुसार मुज़फ़्फ़राबाद के लिए आईएफ़आर अनुमति दें।"

"आईसी-617, निवेदन के अनुसार अनुमति दिल्ली की दी गई है मुज़फ़्फ़राबाद की नहीं, लैंबोर्न चार माइक प्रस्थान रनवे छब्बीस बाएं, प्रारंभिक पांच हज़ार फ़ुट, पहचान चार-चार-पांच-पांच।"

"आईसी-617, पुश एंड स्टार्ट की अनुमति दें।"

"आईसी-617, पुश एंड स्टार्ट की अनुमति दी जाती है, टैक्सी करें।"

विमान ने टैक्सी किया और टेक ऑफ़ की तैयारी की। सह-पायलट जानता था कि उसकी ज़िंदगी ट्रिगर पर रखी हाइजैकर की उंगली पर निर्भर है। "तुमने नई दिल्ली की उड़ान के लिए क्यों दर्ख़ास्त की?" हाइजैकर सह-पायलट पर चिल्लाया। "मैंने मुज़फ़्फ़राबाद के लिए ही कहा था, पर उन्होंने नई दिल्ली की ही इजाज़त दी। वो जानते हैं कि मुज़फ़्फ़राबाद तक पहुंचने लायक़ ईंधन

नहीं है," पसीने में नहाए सह-पायलट ने जवाब दिया। "मुझे इससे कोई मतलब नहीं। हम मुज़फ़्फ़राबाद जाएंगे," हाइजैकर चीख़ा।

"मुज़फ़्फ़राबाद हवाई अड्डा इस्तेमाल में नहीं है—मुझे नहीं लगता वहां रात के समय उतरने की सुविधा होगी," सह-पायलट ने कहा और विमान को टेक ऑफ़ किया और पांच हज़ार फ़ुट की ऊंचाई पर पहुंचते ही उसने बड़ी चतुराई से एक हज़ार गैलन जेट ईंधन निकाल फेंका। जहाज़ के पंखों में लगे विशेष वॉल्वों से ईंधन हवा में निकला और भोपाल की सख़्त गर्मी में भाप बन गया।

"हम नई दिल्ली में लैंड नहीं करेंगे," सह-पायलट की गर्दन में पिस्तौल के कुंदे को धंसाते हुए हाइजैकर ग़ुर्राया। "अगर तुम्हारे पास दिल्ली तक के लिए ईंधन है तो कराची के लिए भी है—कराची दिल्ली से नज़दीक है।"

♎

"पाकिस्तान से कहो कि वो लैंड करने के निवेदन को ठुकरा दें!" इकराम ने चांदनी से कहा। वो दोनों गृह सचिव के साथ कंट्रोल रूम में थे। चांदनी ने सिर हिलाया और इस्लामाबाद में अपने समकक्ष से बात करने के लिए हॉटलाइन उठाई।

"श्रीमान विदेश मंत्री, अगर आपने आईसी-617 को कराची में लैंड करने की इजाज़त दी, तो हम इसे सारी दुनिया को ये बताने का मौक़ा समझेंगे कि पाकिस्तान ने सक्रिय रूप से इस आतंकवादी गतिविधि की योजना बनाई, इसके लिए पैसा मुहैया कराया और इसे प्रोत्साहित किया। दुनिया भर में हज़ारों टीवी स्टेशन कराची एयरपोर्ट पर जहाज़ के खड़े होने की तस्वीरें दिखाएंगे," चांदनी ने फ़ोन पर कहा। "आपको फ़ैसला करना होगा कि क्या पाकिस्तान इस तरह का प्रचार पसंद करेगा!"

"हम इजाज़त न दें, तो भी मुमकिन है कि वो फिर भी लैंड कर जाएं," पाकिस्तानी मंत्री ने दुहाई दी।

"लेकिन आप अपना एयर ट्रैफ़िक कंट्रोल और लैंडिंग की रौशनियां शट डाउन कर सकते हैं! अगर आप अपनी संचार-व्यवस्था

और वायुयान-संचालन को बंद कर दें, तो आईसी-617 कराची से रुख़ मोड़ने पर मजबूर होगा," चांदनी ने कहा, और फ़ोन पटक दिया।

Ω

"उन्होंने सारी संचार-व्यवस्था बंद कर दी है," सह-पायलट ने हाइजैकर से कहा। "अब हमारे पास जितना ईंधन है उससे मैं बस कराची से नई दिल्ली तक ही जा सकूंगा। बताइए मुझे क्या करना है।"

"मुझे नीचे साली एक रनवे की पट्टी दिख रही है—ज़मीन!" हाइजैकर चिल्लाया। हतप्रभ सह-पायलट ने, जो अब पूरी तरह बस अपनी आंखों की नग्न दृष्टि पर निर्भर था, विमान को उस जगह की ओर उतारना शुरू कर दिया जो रनवे जैसी लग रही थी। लेकिन उतरते-उतरते उसे अहसास हुआ कि जो जगह रनवे जैसी दिख रही थी वो वास्तव में एक सुप्रकाशित सड़क थी। अगर वो ठीक समय से जहाज़ को वापस ऊपर नहीं उठा लेता तो एक भयानक हादसा हो जाता। "ठीक है, साला नई दिल्ली ही चलो!" हालात की नाउम्मीदी को देखते हुए हमलावर भुनभुनाया।

नई दिल्ली की ओर बढ़ने के दौरान उसी मार्ग पर ब्रिटिश एयरवेज़ का विमान उड़ा रहे एक पायलट ने उन्हें बताया कि नई दिल्ली एयरपोर्ट ट्रैफ़िक के लिए बंद कर दिया गया है। शहर पहुंचकर, उन्होंने देखा कि रनवे ट्रकों और फ़ायर इंजनों से भरा पड़ा है। थोड़ा नीचे आकर उस भीड़ के ऊपर से गुज़रते हुए, सह-पायलट ने नई दिल्ली फ़्लाइट कंट्रोल को रेडियो पर संदेश दिया कि उनके पास ईंधन ख़त्म होता जा रहा है। "उन्हें लैंड करने की अनुमति दे दो। अब तक उनका रिज़र्व ईंधन भी ख़त्म हो गया होगा," इकराम ने कहा।

सह-पायलट को चमत्कारिक रूप से एक ऑटोमेटिक लैंडिंग फ्रीक्वेंसी दे दी गई। एक मिनट के अंदर उसने फ़ायर ट्रकों, सेना की जीपों और एंबुलैंसों को हटते देखा। रात के दस बजे नई दिल्ली में

लैंड करते ही विमान को तुरंत एनएसजी के सशस्त्र सैनिकों ने घेर लिया।

"एनएसजी को वहां से हटाओ," इकराम ने गृह सचिव से कहा। "हम अपने हाथ मासूमों के ख़ून से नहीं रंग सकते।" फिर उसने बताया कि वो क्या कराना चाहता है। "ईंधन देने में देर लगाओ—ताकि समय मिल सके!" इकराम ने निर्देश दिया और गृह सचिव और एनएसजी प्रमुख से विकल्पों पर बात करने लगा।

इकराम की देर करने की रणनीति से ऊबकर हाइजैकर फिर से धमकी देने लगा कि अगर जहाज़ को फ़ौरन ईंधन नहीं दिया गया, तो वो यात्रियों और चालकदल के सदस्यों को गोली मारने लगेगा। तीस मिनट बाद उसने वरिष्ठ पायलट को विमान के खुले दरवाज़े पर सैकड़ों टीवी कैमरों के ठीक सामने फ़र्श पर झुकाया और प्राणदंड के अंदाज़ में उसके सिर में गोली मारी और उसके बेजान शरीर को विमान के नीचे पक्की ज़मीन पर गिर जाने दिया। "इससे तुम कमीनों को सबक़ मिलेगा कि हमारे साथ पंगा नहीं लो!" वो रेडियो पर चिल्लाया।

टीवी स्क्रीन पर हाइजैकर के चेहरे को देखकर, इकराम जान गया कि उसका शानदार क्षण आ पहुंचा है। "उससे कहो कि गृहमंत्री सीधे उससे बात करना चाहते हैं," इकराम ने कंट्रोल टावर ऑपरेटर से कहा।

थोड़ी सी और खड़खड़ाहट के बाद, हाइजैकर ने रेडियो उठा लिया।

"मैं जहाज़ पर आना चाहूंगा," इकराम ने उससे कहा। "तुम्हारे पास खोने को कुछ नहीं और पाने को सब कुछ होगा। अगर हमारे बीच समझौता हो गया, तो तुम्हारी जीत है। समझौता नहीं हुआ, तो तुम्हारे पास एक उच्चस्तरीय बंधक होगा—भारत का गृहमंत्री।"

"आप आ सकते हैं, लेकिन आपके साथ और कोई नहीं आए। घमंडी मंत्रियों के चोंचले न हों!" हाइजैकर ने जवाब दिया।

"पैग़ंबर ने कहा है कि जिस तरह दोनों हाथों की उंगलियां

बराबर हैं, उसी तरह सारे इंसान एक-दूसरे के बराबर हैं। जहाज़ के दरवाज़े पे मेरा इंतज़ार करो—तुम मेरी तलाशी ले सकते हो। मैं अमन के लिए आ रहा हूं—हम मुसलमान भाई हैं!" इकराम ने कहा।

जैसे ही हाइजैकर ने सहमति दी, इकराम अकेला विमान की ओर चल दिया। उसने एक इयरपीस लगाया हुआ था जिसके ज़रिए वो एनएसजी कमांडर और कंट्रोल रूम के संपर्क में था। एनएसजी के निशानेबाज़ों ने जहाज़ के दरवाज़े को अपने टेलीस्कोपों के निशाने में रखा हुआ था ताकि आतंकवादी या उसके साथी गृहमंत्री को निशाना न बना सकें।

Ω

एनएसजी के कमांडो विमान की ओर पीछे से बढ़े—अंध बिंदु से। जहाज़ के ढांचे के नीचे निकास मार्गों के रास्ते जहाज़ तक पहुंचने के लिए पांच टीमें चोरी-छिपे एल्युमीनियम की काली सीढ़ियों से चढ़ने लगीं। कंट्रोल टावर इकराम द्वारा विमान पर चढ़ने की सरकारी पद्धति के बारे में लगातार बात करके हाइजैकर के ध्यान को व्यस्त रखने के प्रयास में लगी रहीं। दस मिनट बाद जब इकराम विमान की सीढ़ियों तक पहुंचा, तो हाइजैकर उसकी तलाशी लेने के लिए दरवाज़े के नज़दीक खड़ा इंतज़ार कर रहा था।

इसी बीच एनएसजी कमांडोज़ ने आपातकालीन दरवाज़े उड़ा डाले और तेज़ी से विमान में घुसकर यात्रियों से चिल्ला-चिल्लाकर फ़र्श से लग जाने को कहने लगे। तीनों साथियों को तुरंत गोली मार दी गई। चौथा—उनका सरग़ना—विमान के दरवाज़े पर इकराम का इंतज़ार कर रहा था। वो ये देखकर हैरतज़दा रह गया कि गृहमंत्री ने अपनी जेब से एक स्नाइपर बंदूक़ निकाली और नीचे से ही उसका निशाना लेने लगे।

Ω

आपातकालीन निकास पहले ही सक्रिय किए जा चुके थे और इस डर से कि कहीं विमान में बम नहीं लगा दिया गया हो, यात्रियों और चालकदल को तुरंत बाहर निकाल लिया गया। पांच मिनट

बाद, कमांडोज़ ने रेडियो किया 'ग्रैंड स्लैम', जो कि अभियान के सफलतापूर्वक संपन्न होने का कोड था। खड़खड़ाती सूचना इकराम के इयरपीस में प्रसारित की गई, लेकिन दूसरी ओर उसे प्राप्त करने को कोई नहीं था।

कुछ क्षण बाद प्रधानमंत्री को एक रेडियो संदेश भेजा गया। चार हाइजैकर मारे गए; बंधक आज़ाद; छह घायल; एक गृहमंत्री शहीद।

♎

मेनन गंगासागर के लिविंग रूम में बैठा उसे ख़बरें पढ़कर सुना रहा था। "शुक्रवार को सारा उत्तर प्रदेश दुख में डूब गया और प्रदेश का अधिकांश भाग शहीद गृहमंत्री—इकराम शेख़—की मौत का शोक करने के लिए बंद रहा। उनके शरीर को शुक्रवार को वायुसेना के विमान द्वारा नई दिल्ली से उनके वतन कानपुर तदफ़ीन के लिए लाया गया। इससे पहले, राजधानी में हज़ारों लोगों ने उस वीर को अंतिम विदाई दी जिसने आईसी-617 के बंधकों को बचाने के लिए अपनी जान की क़ुर्बानी दे दी," मेनन ने पढ़ा। उसने प्रतिक्रिया के लिए गंगासागर को देखा, लेकिन वहां कोई प्रतिक्रिया नहीं थी।

उसने आगे पढ़ा, "इकराम शेख़ को, जो बुधवार को एक हाइजैकर की गोली से मारे गए, कानपुर के बागमारी मुस्लिम क़ब्रिस्तान में उनके मां-बाप के पास दफ़नाया गया। गृहमंत्री के जनाज़े को निरंतर बढ़ती भीड़ के बीच कानपुर की सबसे बड़ी झोपड़पट्टी में उनके घर से ग्रीन पार्क स्टेडियम ले जाया गया जहां उनकी शोकाकुल मुंहबोली बेटी—विदेश मंत्री चांदनी गुप्ता—और प्रदेश व देश के अन्य नेताओं सहित हज़ारों लोगों ने भारत के सर्वश्रेष्ठ गृहमंत्रियों में से एक को श्रद्धांजलि अर्पित की। बाद में, भारतीय सेना का एक वाहन जनाज़े को क़ब्रिस्तान लेकर पहुंचा जबकि हज़ारों लोगों ने उन्हें अंतिम विदाई दी। कई जगहों पर पुलिस शोकाकुलों की बढ़ती संख्या को नियंत्रण करने में असफल रही और लोगों ने जनाज़े के नज़दीक पहुंचने के लिए बैरिकेड तोड़ डाले।

अनेक केंद्रीय मंत्रियों के साथ आए प्रधानमंत्री ने वाहन में रखे मृत शरीर को मालाएं पहनाईं। वो इकराम की राजनीतिक उत्तराधिकारी और मुंहबोली बेटी चांदनी गुप्ता और स्वर्गीय नेता के राजनीतिक सहयोगी और गुरु, एबीएनएस प्रमुख गंगासागर मिश्र—से भी मिले। प्रधानमंत्री ने लोगों के लिए अपील जारी कि वो दिवंगत आत्मा के दुख में आत्महत्याएं न करें।"

गंगासागर खांसा। मेनन ने पढ़ना बंद करके सिर उठाकर देखा। वो देख सकता था कि गंगासागर की आंखें नम थीं। मेनन थोड़ा हिल गया, पर उसने आगे पढ़ना जारी रखा, "स्टेडियम और क़ब्रिस्तान के बीच की सड़कें शोकाकुलों से भरी पड़ी थीं, जो सड़क किनारे, छतों पर, स्टेडियम में भीड़ लगाए हुए थे और उस व्यक्ति को अलविदा कहना चाहते थे जो एक अचानक, त्रासदीपूर्ण मौत मरा था जिससे वो अभी भी उबरने की कोशिश में लगे हुए थे। जनाज़ा धीरे-धीरे स्टेडियम तक पहुंचा जहां विभिन्न राजनीतिक पार्टियों के नेताओं ने श्रद्धांजलि अर्पित की। सैकड़ों गाड़ियां उस फूलों से लदे ट्रक के पीछे चल रही थीं जिसमें राष्ट्रीय ध्वज में लिपटे शरीर को रखा गया था। अपने मुंहबोले पिता के शरीर के पास चांदनी गुप्ता खड़ी थीं जो लोगों से वाहन को आगे बढ़ने देने की अपील कर रही थीं। कुछ लोग राष्ट्रीय ध्वज हाथों में लिए ट्रक की ओर दौड़ रहे थे ताकि जनाज़े को नज़दीक से देख सकें और चांदनी गुप्ता को सांत्वना दे सकें। शेष उत्तर प्रदेश में सन्नाटा पसर गया और सामान्य जीवन अचानक थम सा गया। स्कूल, कॉलेज, ऑफ़िस, दुकानें और व्यापारिक प्रतिष्ठान नेता के सम्मान में बंद रहे। सवेरे की सामान्य गहमागहमी नदारद रही और सरकार ने दो दिन की छुट्टी की घोषणा कर दी। प्रदेश सरकार ने सात दिन के शोक का ऐलान किया और टीवी ऑपरेटरों ने सारे मनोरंजन चैनल बंद कर दिए।"

मेनन लेख के अंत तक पहुंच गया था। गंगासागर ने उसकी आंखों में देखा और कहा, "मुझे क्रूर होना होगा, दयालु होने के लिए। इस प्रकार बुरे का आरंभ होता है और बदतर पीछे छूटता है।"

मेनन ने कभी शेक्सपीयर को नहीं पढ़ा था वर्ना वो जान जाता कि उसके आक़ा ने अभी *हेमलेट* का उद्धरण पढ़ा था। "इंटेलीजेंस ब्यूरो के निदेशक को फ़ोन करो। मुझे उससे बात करनी है," गंगासागर ने अपने बेडरूम की ओर बढ़ते हुए कहा।

वो धीरे-धीरे बड़बड़ा रहा था, "*आदि शक्ति, नमोनमः; सर्वशक्ति, नमोनमः, प्रथम भगवती, नमोनमः, कुंडलिनी माताशक्ति; माताशक्ति, नमोनमः।*"

Ω

"मैं बोल नहीं सकती, क्योंकि मेरे मुंह से निकलने वाला हर शब्द मुझे पीड़ा देता है। मैं सो नहीं सकती, क्योंकि मुझे बार-बार उन्हें खो देने के बुरे सपने सताते हैं। मैं सोच नहीं सकती, क्योंकि यादें मुझे त्रस्त कर देती हैं। मैं खा नहीं सकती, क्योंकि मुझे भूख नहीं लगती है। मैं रो नहीं सकती, क्योंकि ऐसा लगता है जैसे मेरे पास आंसू ही नहीं बचे हैं। मैं देख नहीं सकती, क्योंकि मेरी आंखों में बस एक ही छवि जमकर रह गई है—मेरे मुंहबोले पिता की। मैं शोक नहीं कर सकती, क्योंकि वो मेरे हृदय में जीवित हैं," एकत्रित शोकाकुलों के सामने भाषण देते हुए चांदनी ने कहा।

"आज मैं आपके सामने खड़ी हूं और आपसे प्रार्थना करती हूं कि उस महान आत्मा—वो व्यक्ति जिसे अपना पिता कहने में मुझे गर्व महसूस होता है—द्वारा दी गई क़ुर्बानी को याद करें। वो भले ही अब हमारे साथ न हों, लेकिन उनकी राजनीतिक व सामाजिक विरासत हमेशा हमारे साथ रहेगी। मैं अपना शेष जीवन उन कामों के प्रति समर्पित करती हूं जो वो सबसे अच्छे ढंग से किया करते थे—आंसू पोछना, ख़ाली पेटों को भरना और लोगों के होंठों पर मुस्कान लाना," चांदनी ने इस बात का उल्लेख नहीं किया कि इकराम गोलियां चलाने से नहीं हिचकने वाला एक माफ़िया डॉन भी था।

"हमारे देश के महान धर्मों ने आपस में मिलकर अनेकता में इस अदभुत एकता का निर्माण किया जिसे हम भारत कहते हैं। मैं जन्म से हिंदू हूं लेकिन एक मुसलमान मुंहबोले पिता की बेटी हूं।

मुझे ईश्वर इससे बेहतर उपहार नहीं दे सकता था—ये उसका मुझे ये बताने का तरीक़ा था कि मैं किसी एक गुट से संबंधित नहीं—मैं भारत की बेटी हूं और मैं आप सबकी हूं!" उसने कहा, और आंसू उसके कलात्मक चेहरे पर ढलकने लगे।

"मौत अत्यंत सुंदर है—ये एक महान वर्धक है," मेनन के साथ पिछली पंक्ति में बैठा गंगासागर फुसफुसाया। "इकराम ने मरकर चांदनी के लिए वो कर दिखाया जो वो जीवित रहकर नहीं कर सकता था।"

♎

हमीदा—जिसे पहले हमीद के नाम से जाना जाता था—दुकान के बाहर खड़ी ज़बान चटका रही थी। "तुम नहीं चाहते हम दुकान को दुआएं दें?" वो अपनी नक़ली चोटी को शर्मीले ढंग से लहराती हुई बोली। दुकानदार उसे और सचला देवी के गैंग की उसकी दूसरी साथियों को देखने से कतरा रहा था। अपने भड़कीले मेकअप और साड़ियों में लिपटे अपने मांसल जिस्मों की वजह से वो बड़ी भयानक लग रही थीं। ये देखकर कि उसकी ढकी-छिपी धमकी का वांछित असर नहीं हुआ, बाक़ी हिजड़ों ने तालियां बजाना और चिल्लाना शुरू करके इतना हंगामा खड़ा कर दिया कि ग्राहक दुकान में आने से बचने लगें। दुकानदार ने जल्दी से अपना रवैया बदला और, एक क़ीमत पर, उनसे दुआएं लीं। हमीदा ने मन ही मन अपने नसीब को कोसा और उस दिन के बारे में सोचने लगी—जब वो हमीद थी—जब इकराम से मिलने के लिए वो मस्जिद गई थी। "लड़के! तुम्हें मुझसे मिलना है? बोलो!" इकराम ने इशारा करते हुए कहा था। उस पहली मुलाक़ात के कुछ हफ़्ते बाद हमीद इकराम से दोबारा मस्जिद में मिला था।

"मैं आर एंड एस एविएशन में राशिद से मिला था, उसने मुझे नौकरी दिला दी। लेकिन वो मुझसे एक काम कराना चाहता है... मुझे डर लग रहा है," हमीद ने कहा।

"डर क्यों लग रहा है?" इकराम ने थोड़ा चिढ़ते हुए पूछा।

"वो मुझसे एक हैलीकॉप्टर के ईंधन की टंकी में कंकर भरवाना चाहता है। ये आपकी मुंहबोली बेटी चांदनीजी के चॉपर में तोड़-फोड़ की कार्रवाई के लिए है। प्लीज़ सर, मदद कीजिए!"

"घबराओ मत, बेटे। जो राशिद कहता है करो। बाक़ी मैं संभाल लूंगा।"

"लेकिन—लेकिन—मैं किसी मुसीबत में नहीं पड़ना चाहता..."

हमीद के जाने के बाद, इकराम ने फ़ोन उठाया और इंटेलीजेंस ब्यूरो के निदेशक से बात की।

"उससे चांदनी के चॉपर में तोड़-फोड़ के लिए कहा गया है," इकराम बोला।

"तो इस राशिद को फ़ौरन गिरफ़्तार कर लेते हैं," निदेशक ने सुझाव दिया।

"शायद ये उसका असली नाम न हो। इसके अलावा, उसके कुछ साथी भी हो सकते हैं," इकराम ने कहा। "नहीं। हमीद को राशिद के निर्देशों पे अमल करने दो। उसे गिरफ़्तार करने के लिए अपने आदमियों को तैयार रखो और इसका दिखावा भी करो। मैं हमीद को पुलिस की नहीं बल्कि तुम्हारी हिरासत में चाहता हूं। राशिद पे नज़र रखो ताकि हम सिर्फ़ उसे नहीं बल्कि उसके पूरे नेटवर्क को पकड़ सकें।"

♎

"साला तुमने हमीद को सचला देवी के हाथों में जाने कैसे दिया?" इकराम इंटेलीजेंस ब्यूरो के निदेशक पर चिल्लाया।

"तो मैं क्या करता? गंगासागर को इंकार कर देता?" निदेशक ने पूछा।

"तुम उसे भागने दे सकते थे!" इकराम दहाड़ा।

"गंगासागर मेरे पीछे पड़ जाता और हमीद के बजाय मेरी गोलियां जातीं!" हताश निदेशक बोला।

"तुम गंगासागर को सच बता सकते थे—कि हमीद मासूम है

और कि हम दरअसल राशिद को धर दबोचना चाहते हैं।"

"इसका मतलब उसे ये भी बताना होता कि राशिद को और हमीद को भी आर एंड एस एविएशन में नौकरियां आपने दिलवाई थीं।"

♎

"इकराम को हाइजैकर पर निशाना साधने की कोई ज़रूरत नहीं थी। अगर वो ये काम एनएसजी पर छोड़ देते, तो शायद अभी ज़िंदा होते," इंटेलीजेंस ब्यूरो के निदेशक ने कहा।

"जानता हूं, जानता हूं," गंगासागर बोला। "लेकिन उसने टीवी पे हाइजैकर का चेहरा देख लिया था। वो जान गया था कि हाइजैकर राशिद है। इस बात ने उसका ख़ून खौला दिया होगा कि राशिद ने ही चांदनी को मारने की कोशिश की थी और इसलिए उसने ख़ुद ही उसे मार डालने का फ़ैसला किया होगा।"

"इकराम को बचाने की कोशिश में एनएसजी को मजबूरन राशिद पर गोलीबारी करनी पड़ी," निदेशक ने कहा।

"इकराम ऐसा ही था—पहले गोली चलाओ, बाद में सवाल पूछो। इकराम भले ही एक ग़ुस्सैल बदमाश हो, लेकिन वो दिल का हीरा था। बेशक वो गोली चलाने में जल्दबाज़ी करता था, लेकिन सिर्फ़ तभी जबकि उसे यक़ीन हो कि इससे इंसाफ़ होगा। और हां, जब हमीद ने उसे बताया होगा कि उसे मुख्यमंत्री पद से वंचित रखने के लिए मैंने चाल चली थी, तो उसे ग़ुस्सा ज़रूर आया होगा, लेकिन वो अपना बदला चांदनी से कभी नहीं लेता," गंगासागर ने कहा।

"आप कबसे नर्म पड़ने लगे, सर?" निदेशक ने पूछा।

"उस समय से जब तुम्हें ग़लत ढंग से पुलिस कमिश्नर के ओहदे से हटाया गया था, और मुझे तुम्हारे लिए दुख हुआ था और मैंने तुम्हें इंटेलीजेंस ब्यूरो में पद दिलाने की व्यवस्था की थी। तुम भी इकराम के दोस्त हुआ करते थे!"

"अफ़सोस, मेरे काम में कोई स्थायी दोस्त नहीं होते—सिर्फ़

स्थायी हित होते हैं।"

Ω

लाल क़िला—पुरानी दिल्ली का सबसे बड़ा स्मारक—सिर्फ़ वो स्थल नहीं था जहां से भारत के प्रधानमंत्री स्वतंत्रता दिवस पर अपने देशवासियों को संबोधित करते हैं। ये कोठरियों और सुरंगों की एक भूलभुलैया भी था। मुग़ल दौर में, क़िले के अंदर तीन हज़ार से ज़्यादा लोग रहते थे। इसके गर्भ की गहराई में दस कड़े पहरे में रहने वाली कोठरियां थीं। ये भारत की इंटेलीजेंस ब्यूरो की पूछताछ कोठरियां थीं।

इन्हीं में से एक कोठरी में राशिद एक अस्पताल के बेड पर पड़ा था जिसे परिष्कृत मैडिकल यंत्रों के साथ ख़ासतौर से यहां लाया गया था। ये जानने वाले एकमात्र लोग कि राशिद जीवित बच गया था, इंटेलीजेंस ब्यूरो का निदेशक और गंगासागर थे।

"आपको इस आदमी को मुझे सौंपना होगा!"

निर्देश आदेशात्मक रूप से दिया गया था। निदेशक ने अपनी रिवॉल्विंग कुर्सी पर पलटकर देखा कि हस्तक्षेप करने का साहस करने वाला गुस्ताख़ कौन है। वो ये देखकर दंग रह गया कि वो रॉ प्रमुख थे।

"आपको इसे रिहा करना होगा," सेक्रेटरी (रिसर्च) ने सरल भाव से कहा।

"मैं वजह जान सकता हूं?" इंटेलीजेंस ब्यूरो के निदेशक ने पूछा।

"ये रॉ का एजेंट है। इतनी वजह काफ़ी है?"

Ω

"तुम दुष्ट लोग करना क्या चाहते हो? राशिद विदेश मंत्री के हैलीकॉप्टर में तोड़-फोड़ करने में शामिल था। फिर इसने एक विमान को हाइजैक किया जिसमें एक सौ सतत्तर यात्री सवार थे। एक रॉ एजेंट क्यों भारतीय मंत्रियों के ख़िलाफ़ षड्यंत्र रचेगा और

नागरिक विमानों को हाइजैक करेगा?" इंटेलीजेंस ब्यूरो के निदेशक ने पूछा।

"राशिद नक़ली नाम है। इसका असली नाम मख़दूम है। ये पाकिस्तानी डबल एजेंट है। हमने एक चीनी ऑपरेशन में इसका प्रयोग किया था। बदक़िस्मती से, ऑपरेशन के आख़री भाग में इसे—एमएसएस—चीनी राज्य सुरक्षा के मंत्रालय द्वारा गिरफ़्तार होना था और हमने योजना के इस भाग के बारे में इसे पहले से नहीं बताया," रॉ अधिकारी ने बताया।

"लेकिन इस योजना का उद्देश्य क्या था?"

"उस सफल ऑपरेशन की वजह से चीनियों और पाकिस्तानियों के बीच दरार आ गई और हमारी विदेश मंत्री चीन में मज़बूत पोज़ीशन के साथ बातचीत कर सकीं।"

"अगर इसे एमएसएस ने गिरफ़्तार कर लिया था, तो ये भारत कैसे पहुंच गया था?" निदेशक ने पूछा।

"इसके उइग़ुर सहयोगियों ने शिजियांग की उस जेल पर हमला किया जहां इसे रखा गया था और ये भाग निकलने में सफल हो गया। ये नेपाली तस्करों की मदद से भारत में दाख़िल हुआ और लखनऊ पहुंच गया जहां इसने इंसानियत के नाम पर इकरामभाई से मदद मांगी। इकरामभाई ने एक मुसलमान भाई के प्रति कर्तव्य की भावना से इसकी मदद कर दी लेकिन वो इसकी पृष्ठभूमि के बारे में नहीं जानते थे।"

इकराम को ग़ुस्सा आने का कारण यही था कि जब उसने देखा कि वही मुसलमान भाई जिसकी उसने मदद की थी उसी ने न सिर्फ़ चांदनी के हैलीकॉप्टर में तोड़-फोड़ करने की कोशिश की बल्कि एक नागरिक जहाज़ को भी हाइजैक किया, निदेशक ने सोचा।

Ω

तेईंसवे तल पर कार्यकारी बोर्डरूम से शहर का ख़ूबसूरत नज़ारा दिखाई देता था। मेपलवुड की चमचमाती कॉन्फ्रेंस टेबल के इर्द-गिर्द लैदर की शानदार रिवॉल्विंग कुर्सियां थीं। संस्थापकों की विशाल

तस्वीरें दीवार पर लगी थीं। कमरे में क्यूबन सिगारों की नशीली महक बसी हुई थी। दोनों साझेदार, मि रुंग्टा और मि सोमानी, मेज़ के दोनों सिरों पर बैठे कैमोमील की गर्म चाय पी रहे थे।

"हमने गंगासागर पे जो चाल चली थी वो उल्टी पड़ गई है," रुंग्टा ने खोए-खोए भाव से अपनी चाय को हिलाते हुए कहा। "तुम्हारे आदमी—भूतपूर्व रक्षा मंत्री—को अपमानजनक ढंग से उसके प्रधानमंत्री पद से हटा दिया गया है। मेरे आदमी—वित्त मंत्री—को विश्वविद्यालयों में भाषण देकर काम चलाना पड़ रहा है!"

"सारे सौदे बिखरे जा रहे हैं—दूरसंचार, तेल, चारा, भूमि। सरकार इनमें से किसी को भी आगे बढ़ाने से डर रही है," सोमानी ने कहा। "यहां तक कि हमारे शेयरों की बिक्री और ख़रीद, जो हम अपने झगड़ों और सुलह के साथ करते थे, पर भी रेगुलेटर की कड़ी नज़र है। श्रमिक संघ के विवाद ने सारे व्यापार को लगभग एक हफ़्ते तक ठप्प रखा!"

बलूत की लकड़ी के मज़बूत दरवाज़े पर दस्तक हल्की सी थी। "आइए," रुंग्टा ने कहा। सुरुचिपूर्ण कपड़े पहने एक सेक्रेटरी अंदर आई। "विघ्न डालने के लिए क्षमा चाहूंगी, सर, लेकिन आपसे मिलने कोई आए हैं। उनके पास एपॉइंटमेंट नहीं है लेकिन वो कहते हैं कि अगर मैं आपको उनका नाम बताऊंगी, तो आप उनसे ज़रूर मिलना चाहेंगे।"

"कौन है?"

"वो कहते हैं कि उनका नाम पंडित गंगासागर मिश्र है।"

♎

"आप दोनों महाशय देख चुके हैं कि मैं क्या कर सकता हूं। हालांकि अभी बाज़ी मेरे पक्ष में है, लेकिन मैं संधि करने के लिए तैयार हूं," गंगासागर ने घोषणा की। रुंग्टा और सोमानी ने ये सोचते हुए एक-दूसरे को देखा कि दरअसल गड्ढा कहां है।

"कोई गड्ढा नहीं है," गंगासागर ने उनके दिमाग़ों को पढ़ते हुए कहा। "मैं इतना व्यावहारिक आदमी हूं कि प्रभावशाली बिज़नेसमेन

के साथ दोस्ती की अहमियत को नज़रअंदाज़ नहीं कर सकता।"

"और ऐसी दोस्ती से हमें क्या फ़ायदा होगा?" रुंग्टा ने पूछा।

"सबसे पहले, मैं एक जाने-माने आतंकवादी—राशिद—को अपनी एविएशन कंपनी में शरण देने के लिए आप दोनों को मुक़द्दमे से बचा लूंगा। उसी राशिद ने माननीया विदेश मंत्री के हैलीकॉप्टर में तोड़-फोड़ की कोशिश की। फिर उसने एक विमान को हाइजैक किया जिसमें माननीय गृहमंत्री की जान चली गई!" गंगासागर गरजा।

दोनों पार्टनर बुरी तरह हिल गए थे और दोनों ही ख़ामोश रहे। "लेकिन मैं यहां आपको कोई सबक़ देने नहीं आया हूं," इतिहास के अध्यापक ने नर्मी अख़्तियार कर ली। "मैं यहां दोस्ती करने आया हूं," उसने मज़ाक़ किया।

"ईश्वर मुझे मेरे दोस्तों से बचा, दुश्मनों से मैं ख़ुद को बचा सकता हूं," रुंग्टा धीरे से बड़बड़ाया और गंगासागर ने अपने प्रस्ताव को रखना शुरू किया।

"एबीएनएस अगले आम चुनावों के बाद नई दिल्ली में सत्तारूढ़ पार्टी होने की उम्मीद कर रही है। इसमें सफलता प्राप्त करने के लिए हमें पैसे की ज़रूरत है। ढेर सारे पैसे की," गंगासागर ने कहा।

"आपके पास पहले ही अग्रवालजी हैं," सोमानी ने कहा। "वो तो एबीएनएस के बहुत बड़े उपकारी रहे हैं।"

"यही मेरी समस्या है," गंगासागर ने कहा। "अग्रवालजी हमारे उपकारी हैं, लेकिन हमारे उपकारी को उपकार चाहिए।"

"किस तरह?" रुंग्टा ने पूछा।

"आपके चार सौदे घपले में पड़े हैं। चारों प्रस्तावों का भाग्य एबीएनएस के मंत्रियों के हाथों में है। अगर हम दोस्त हैं, तो मैं अपने मंत्रियों से दोस्ताना होने के लिए कहूंगा," पंडित ने प्रस्ताव रखा।

"कैसे?" रुंग्टा ने पूछा।

"वाणिज्य मंत्रालय को पता चलेगा कि आर एंड एस रियल्टी को आवंटित हज़ारों एकड़ में से कुछ सौ एकड़ का मूल्य कम था।

बाक़ी ज़मीन आपके पास रहेगी। दूरसंचार मंत्री को पता चलेगा कि टैलीकॉम लाइसेंस कम स्तर पर दिए गए थे और वो शुल्क दोगुना कर देंगे। आर एंड एस टैलीकॉम के फिर भी ऐश होंगे, क्योंकि उन्होंने बाज़ार मूल्य का दसवां भाग ही दिया था। तेल मंत्रालय कहेगा कि तेल की खोज के अधिकार आर एंड एस पेट्रोलियम को इसलिए दिए गए थे कि कोई भी अन्य निजी कंपनी पर्यावरण बीमा की विशाल आकस्मिक देनदारी का ख़तरा मोल नहीं लेना चाहती थी। और कृषि मंत्री को पता लगेगा कि गणना में थोड़ी त्रुटि हो गई थी और वो इस नतीजे पर पहुंचेगा कि आर एंड एस एग्रो को चारे और खाद के दिए गए ऑर्डर वास्तव में सही थे। देखा, दोस्ती में मैं कितना कुछ करने को तैयार हूं?" गंगासागर ने कहा।

"और आपने जो यूनियन का विवाद खड़ा किया था?" रुंग्टा ने पूछा। "आपने माचिस लगाई थी। अब आग को बुझाया कैसे जाए?"

"घबराइए मत। हमारी यूनियन—एबीएनकेयू—ने पिछले कुछ महीने आपकी दोनों प्रमुख विरोधी यूनियनों के सदस्यों को आकर्षित करने में बिताए हैं। अब एबीएनकेयू में लगभग पचास प्रतिशत सदस्य हैं। हम एक नया वेतन व उत्पादकता अनुबंध तुरंत साइन करने को तैयार हैं।"

"और इसमें हमारा कितना ख़र्च होगा?" सोमानी ने रूखे ढंग से पूछा।

"अग्रवालजी की कंपनी चारों दोबारा से शुरू किए गए सौदों से होने वाले मुनाफ़े के दस प्रतिशत की हक़दार होगी," गंगासागर ने कहा।

"और आप उनपे क्यों इतने मेहरबान हैं?" सोमानी ने पूछा।

"चावल की खीर आजकल बहुत महंगी पड़ रही है," गंगासागर ने गूढ़ भाव से कहा।

अध्याय सत्रह

लगभग 2300 वर्ष पहले

तक्षशिला में महल के क्षेत्र से मिले जंगलों में बनी उस सामान्य और सादी सी झोपड़ी में प्रकाश कम था। चंद्रगुप्त की इच्छा के बिल्कुल विरुद्ध चाणक्य ने निर्णय किया था कि वो महल में नहीं बल्कि अविलासी वातावरण में ही रहेगा। चाणक्य ज़मीन पर अपनी चौकी पर बैठा था, जिस पर उसके सामने दो दीप रखे थे—एक जलता हुआ और एक बिना जला।

उसके सामने ज़मीन पर ही बैठा यूनानी सामंत छोटे क़द, घुंघराले बालों और मुंडे चेहरे वाला था। वो एक सजावटी डिज़ाइन वाला काइटन—हल्के क्षौमवस्त्र का ट्यूनिक, जिसमें एक कंधा खुला रहता था—पहने था। उसने कोई आभूषण नहीं पहने हुए थे; केवल उसकी पेटी में कुछ अर्धमूल्यवान रत्न जड़ित थे। उसका नाम मैगस्थनीज़ था और वो सेल्यूकस द्वारा चंद्रगुप्त के दरबार में भेजा गया नया राजदूत था। "कृपया मेरे साथ स्पष्ट बात करें," चाणक्य ने निवेदन किया। "आज मेरे साथ आपकी भेंट निजी है या सरकारी?"

मैगस्थनीज़ मुस्कुराया। उसे इस मुंहफट ब्राह्मण के बारे में पहले ही चेतावनी दे दी गई थी जिसकी कूटनीति ने चंद्रगुप्त को सिंहासन पर बिठाया था। "मैं तक्षशिला में महाराज चंद्रगुप्त के दरबार में अपने स्वामी सेल्यूकस का अधिकृत प्रतिनिधि हूं, किंतु आज यहां मैं आपसे निजी रूप से मिलने को उपस्थित हुआ हूं, श्रीमान। आपकी योग्यताओं, शब्दों और कर्मों की ख्याति दूर-दूर तक फैल गई है और मैं इस ब्राह्मण से आज स्वयं मिलना चाहता था जिसे एक उपदेवता के पात्र के रूप में देखा जाने लगा है!"

"आह! तब तो आप एक क्षण प्रतीक्षा करें," चाणक्य ने कहा और उसने बड़ी कुशलता से एक दीये को बुझाकर दूसरा दीया जला दिया।

मैगस्थनीज़ उलझन में पड़ गया। एक दीये को बुझाकर उसी जैसे दूसरे दीये को जलाने का क्या उद्देश्य हो सकता है? उसने हिचकिचाते हुए पूछा, "श्रीमान, आपने ऐसा क्यों किया? दोनों दीये एक जैसा ही प्रकाश देते हैं।"

"निस्संदेह ये एक जैसे हैं, मेरे मित्र, किंतु पहले दीये में मुझे सरकारी कोष से प्रदत्त तेल है जबकि दूसरे दीये में मेरा अपना ख़रीदा हुआ तेल है। चूंकि आपका दौरा सरकारी नहीं है, इसलिए मैं सरकारी संसाधन का उपभोग क्यों करूं?" चाणक्य ने कहा। हतप्रभ मैगस्थनीज़ चंद्रगुप्त की अभी तक की सफलता का रहस्य जान गया।

"मेरे स्वामी सेल्यूकस ने मुझसे कहा था कि मैं अनौपचारिक रूप से आपको बता दूं कि वो सम्राट चंद्रगुप्त के साथ परस्पर लाभकारी राजनयिक संबंध रखने की आशा करते हैं, किंतु फ़िरजिया से सिंधु तक मैसीडोनियाई नियंत्रण के बारे में वो कोई समझौता नहीं करेंगे," राजदूत ने कहा।

"मुझे लग रहा था कि ये निजी दौरा है—आप व्यर्थ ही मुझे मेरे निजी खाते से व्यय करने को मजबूर कर रहे हैं," चाणक्य ने विनोद किया। "हमें युद्ध की बात नहीं करनी चाहिए, श्रीमान, हमें प्रेम, विवाह और प्रसन्नता की बात करनी चाहिए।"

भौचक्का राजदूत सोच ही रहा था कि इस नई रणनीति से कैसे निपटा जाए कि चाणक्य फिर से बोला। "हमारे राजा चंद्रगुप्त आपके शक्तिशाली स्वामी सेल्यूकस की कुलीन सुंदर पुत्री सुश्री कॉर्नीलिया से विवाह कर चुके हैं। उनका गुप्त विवाह—गंधर्व विवाह—कुछ महीने पहले हो चुका है। मैगस्थनीज़, मुझे और आपको एक-दूसरे का संबंधी माना जा सकता है!"

"प—पर गु—गुप्त विवाह क्या होता है? ऐसा कैसे हुआ?" मैगस्थनीज़ घबराहट के साथ बोला।

चाणक्य हंसने लगा। "एक सामान्य विवाह में दूल्हा दुल्हन से विवाह के *बाद* ही संभोग कर पाता है, जबकि गंधर्व विवाह में *विवाह करने के लिए* उससे संभोग करता है!" उसने भद्दे ढंग से कहा। मैगस्थीनज़ असहजता से स्थान बदलने लगा—उसमें अपनी टांगों के बीच खुजाने की तीव्र इच्छा जाग गई थी लेकिन इस शक्तिशाली दार्शनिक की उपस्थिति उसे इतना खुला शारीरिक काम करने से रोक रही थी।

"पर सेल्यूकस ने तो इस विवाह की अनुमति नहीं दी है," मैगस्थनीज़ बोला।

"लगता है कि कॉर्नीलिया को अनुमति की आवश्यकता नहीं है। हमारे राजा उन पर अत्यधिक मुग्ध हैं। ऐसा प्रतीत होता है कि सुश्री कॉर्नीलिया में एक पूर्ण महिला के चारों पक्ष—माता, बहन, बेटी और वेश्या—मौजूद हैं। क्या मैंने आपको बताया कि चार हमारे लिए भाग्यशाली अंक है?" चाणक्य ने कहा।

मैगस्थनीज़ की बोलती बंद थी। इससे पहले कि वो संभल पाता, चाणक्य फिर से बोला, "तो, राजदूत, आपका दौरा वास्तव में निजी ही रहा। क्या अब वधू के दहेज की बात करें?" मैगस्थनीज़, जिसकी टांगों के बीच अब पहले से भी ज़्यादा तेज़ खुजली होने लगी थी, हकलाया, "द—द—दहेज?"

"हां। सेल्यूकस जैसे शासक की बेटी के साथ आने वाले दहेज से उसकी शक्ति और प्रतिष्ठा प्रतिबिंबित होनी चाहिए। मेरा सुझाव

है कि सेल्यूकस हमारे योग्य शासक को अराकोज़िया, जेदरोज़िया, पारोपामेज़ और आरिया दे दें। क्या मैंने आपको बताया कि चार हमारे यहां भारत में एक भाग्यशाली अंक है?" चाणक्य ने कहा।

"बस इतना ही?" मैगस्थनीज़ ने डरते-डरते पूछा।

"नहीं। आपके स्वामी सेल्यूकस को अभी भी सिकंदर के सिंहासन के अन्य दावेदारों को हराना शेष है। उन्हें अभी भी एंटीगोनस और दिमीत्रियस को हराना है, जो दोनों ही सिकंदर के इलाक़ों के दावेदार हैं। हमारे सम्राट आपके शत्रुओं को आतंकित करने और आपकी विजय में योगदान के लिए आपको पांच सौ एक हाथी देना चाहेंगे! पांच सौ एक की संख्या और भी भाग्यशाली है!"

"और इन हाथियों के बदले में किसी चीज़ की आशा की जाएगी?" मैगस्थनीज़ ने चिंतित भाव से कहा।

"अपने पुराने सहयोगी पोरस से कहना कि वो मगध पर आक्रमण कर सकते हैं, रात भर उसका आनंद ले सकते हैं, लेकिन अगली सुबह उन्हें मगध को छोड़ना होगा। मगध के साथ उनका संबंध एक रात का होगा, न कि लंबा चलने वाला संबंध!" चाणक्य ने आंखों में एक शैतानी चमक के साथ कहा।

Ω

बहुत देर हो चुकी थी। पोरस को धोखा दिया गया था और वो क्रुद्ध था। उसके गुप्तचर प्रमुख अभय ने उसे तक्षशिला में चंद्रगुप्त के सिंहासनारोहण के बारे में सूचित किया था। वो बूढ़ा दुष्ट चाणक्य पद की शपथ दिलाने के लिए वहीं मौजूद था। निश्चित रूप से गुरु और शिष्य के बीच कोई झगड़ा नहीं था। लेकिन अब इस बारे में कुछ भी करने के लिए बहुत देर हो चुकी थी। उसकी सेना पहले ही चल चुकी थी और इतने बड़े युद्ध तंत्र को अचानक नहीं रोका जा सकता था। धनानंद जान चुका था कि वो उससे लड़ने के लिए आ रहा है। अगर पोरस वापस भी जाता, तो धनानंद को उस पर आक्रमण करने से क्या चीज़ रोक लेती? नहीं, अब ये स्पष्ट था। उसे योजना के अनुसार आगे ही बढ़ना होगा। *पर मैं अपनी विजय के उपहारों*

को चाणक्य या उसकी उस कठपुतली, चंद्रगुप्त, के साथ किसी भी क़ीमत पर नहीं बांटूंगा, पोरस ने सोचा। मगध मेरा होगा, सिर्फ़ मेरा।

मगध की सीमा से कुछ योजन की दूरी पर एक मैदान में खड़ा उसका विलासितापूर्ण तंबू तूफ़ानी समुद्र से घिरा एक शांति का द्वीप था। एक लाख आदमियों, चालीस हज़ार घोड़ों, चार हज़ार रथवानों और तीन हज़ार युद्ध हाथियों की आवाज़ों का शोर कान फाड़ डालने वाला था। उसका तंबू, अगर उसे तंबू कहा जा सकता था, लकड़ी का बना हुआ था। हर बार नई जगह पड़ाव डालने पर इसे नए सिरे से खड़ा किया जाता था। लकड़ी की दीवारें शोर को आत्मसात करने के लिए मोटे कपड़े से ढकी थीं। राजा के तंबू के अंदर एक चार पायों वाला पलंग और सजावटी मेज़ और कुर्सी थी। रेशमी ग़लीचे और उत्कृष्ट सन की चादरें उस कक्ष को एक कोमलता का भाव प्रदान करती थीं जो युद्ध के यंत्रों—उसका कवच, टोप, तलवारें, छुरे और भाले—से भरा हुआ था।

अभय उसके सामने खड़ा हुआ था। वो बार-बार अपना भार एक पैर से दूसरे पर डाल रहा था। वृद्ध राजा ने पिछले एक घंटे से उसे इसी तरह खड़ा रखा था। उसकी पादुकाओं की कीलें और सूइयां अब उसे परेशान करने लगी थीं। "चंद्रगुप्त ने सेल्यूकस की पुत्री कॉर्नीलिया से विवाह कर लिया है। सेल्यूकस ने चंद्रगुप्त को दहेज में अराकोज़िया, जेदरोज़िया, पारोपामेज़ और आरिया दे दिए हैं। चंद्रगुप्त के दरबार में सेल्यूकस के राजदूत मैगस्थनीज़ ने चाणक्य को आश्वस्त किया है कि मगध के सिंहासन पर पोरस की दावेदारी नहीं होगी," अभय ने सूचना दी और महामंत्री इंद्रदत्त अपने सामने बिछे मगध के नक़्शे को देखने लगा।

"मैगस्थनीज़ स्वयं को समझता क्या है?" पोरस गरजा। "वो मेरी ओर से वचन नहीं दे सकता। मैं अब मैसीडोनियाइयों का सेवक नहीं हूं! मगध मेरा है! उसे जीतना और उसे कैकय के साथ एकीकृत करना मेरा दिव्य कर्तव्य है। मुझे कोई नहीं रोक सकता—ईश्वर भी नहीं!"

अभय ने फिर भार बदला। उसने अपनी नज़रें अपने पैरों पर जमाई हुई थीं। पोरस को संवेदनशील समाचार देने में वो कभी भी सहज नहीं महसूस करता था। वो बहुत आसानी से खीझ उठता था। "कुल मिलाकर देखा जाए, महाराज, तो हमें अब बातों से अधिक काम करना है," इंद्रदत्त ने बुद्धिमानी से सुझाव दिया। "मैगस्थनीज़ और उसका स्वामी जानते हैं कि उनके पास हमसे सौदा करने की कोई शक्ति नहीं है। हमें चाहिए कि मगध पर आक्रमण करें और इसे सौदेबाज़ी के लिए प्रयोग करें।"

"हे बुद्धिमान महामंत्री, अभी और भी बुरा समाचार है। कलिंगराज ने, जो अपने ऊपर से मगध के प्रभुत्व का बोझ उतारना चाहता है, पचास हज़ार सैनिकों के साथ आक्रमण करने का प्रण लिया है। वो पूर्व से आक्रमण करेगा जबकि हम पश्चिम से बढ़ेंगे। वो भी सिंहासन का दावेदार हो सकता है," अभय ने शांत भाव से कहा।

"वो नीच जिसने पिछले साठ सालों से मगध की दासता को विनम्रता से स्वीकार किया हुआ था, अब सोचता है कि वो संसार के सबसे शक्तिशाली राज्य के सिंहासन पर बैठ सकता है?" पोरस ने अहंकारभाव से पूछा। इंद्रदत्त ख़ामोश रहा यद्यपि वो अपने दंभी राजा को याद दिलाना चाहता था कि उसने भी कुछ ही समय पहले तक मैसीडोनियाइयों का दास होना स्वीकार किया हुआ था।

"महाराज, हमें सेल्यूकस या कलिंग की चिंता नहीं करनी चाहिए। वास्तव में पाटलिपुत्र के हमारे मार्ग की बाधाएं ये नहीं हैं," इंद्रदत्त ने सलाह दी।

"तो फिर कौन है?" क्रुद्ध पोरस ने पूछा।

"चाणक्य," इंद्रदत्त ने उत्तर दिया।

Ω

पाटलिपुत्र की परिचारक गली के एक धूल भरे पुराने भंडारगृह में, उन कई आदमियों की ओर कोई ध्यान नहीं दे रहा था जो एक विचित्र सा मिश्रण कूटने में लगे थे। प्रत्येक आदमी पत्थर के बड़े-बड़े मूसल और ओखल के साथ एक अजीब सा लेप बना रहा

था। उनके आसपास विभिन्न मात्राओं में इस मिश्रण के अवयव थे, जिनमें से कुछ आयातित थे। इन अवयवों में गुलदाऊदी, घोरबच, रालगुलाब, गोंद, सागबिनाज, खदिर का रस, परितारिका, इलायची, सौंफ़, बालछड़, भूनीम की जड़, गुलाब की शुष्क पत्तियां, अफ़ीम की बालें, अजवायन, बबूल, अशकनियान, माचनी, लंबी मिर्च, बाल्सम, अंडी, लोबान, हिपोसिस्टिस का रस, हरड़, बहेड़ा, तेज़पात, गोल असलिया, सालरस, बिरोजा, गाजर के बीज, ओपोबाल्सम, रेवतचीनी की जड़, केसर, अदरक, दालचीनी, सिरका और मधु शामिल थे। इन आदमियों का निरीक्षण जीवसिद्धि कर रहा था, जो बार-बार कपोत संदेशवाहक द्वारा चाणक्य के भेजे टिप्पणों को देख रहा था।

पास के ही एक कक्ष में मोटे सूती मुखौटे पहने आदमियों का एक और गुट बैठा था। वे इससे भी ज़्यादा घातक घोल तैयार कर रहे थे। वो हरताल को भून रहे थे, जो कि मगध की पूर्वी सीमाओं पर पाया जाने वाला एक नारंगी-पीला खनिज था। इसे भूनने से फेनाश्मभस्म—सफ़ेद संखिया—नाम का एक यौगिक प्राप्त होता था। "मूर्ख!" जीवसिद्धि एक आदमी पर चिल्लाया जो नंगे हाथों से ओखल को झाड़ रहा था। "तुरंत अपने हाथ धोओ! और फिर दूसरे कक्ष से *मिथरिदातय* का घोल मलो!"

मैं इन मूर्खों के साथ क्यों फंसा हुआ हूं जो इतना भी नहीं जानते कि ये कर क्या रहे हैं, उसने सोचा। वो थोड़ा रुककर सोचने लगा। फिर वो मुस्कुराने लगा। उसे अहसास हुआ कि वो सिर्फ़ इसीलिए ये काम कर रहे हैं क्योंकि वो जानते नहीं हैं। सदैव एक कठोर जानने-की-आवश्यकता के आधार पर काम करना ही अच्छा होता है। और इन अंधबुद्धियों को कुछ भी जानने की आवश्यकता नहीं थी।

Ω

चरमराती बैलगाड़ी इंद्रप्रस्थ से पाटलिपुत्र तक जाने वाले नए रथ मार्ग पर आगे बढ़ रही थी। गाड़ी पुरानी थी और कभी अच्छी हालत में रही होगी, लेकिन बैल आश्चर्यजनक रूप से सुपोषित और शक्तिशाली

लग रहे थे। उनके शरीर के झूमने के साथ-साथ उनके गले में लटकी छोटी-छोटी घंटियां बजती जा रही थीं। बैलगाड़ी में तीन आदमी बैठे थे। उनमें से एक बूढ़ा, काला और चेचक के चिह्नों भरे चेहरे वाला था। वो पूर्णतया नग्न था—उसके गुप्तांगों को ढकने के लिए एक लंगोट तक नहीं था। उसके लंबे बाल, और दाढ़ी-मूंछें उलझी हुई थीं। उसके शरीर और चेहरे पर चंदन का लेप और चिता की राख मली हुई थी। उसके हुलिए से लगता था कि वो अघोरपंथी है—योगियों का वो पंथ जो उग्र और झक्की होते थे और शिव की पूजा करते थे, और जिनके नाम का अर्थ था 'अ-भयभीत' क्योंकि वो मृत्यु से नहीं डरते थे। अघोरपंथियों का विश्वास था कि संसार में प्रत्येक चीज़ दिव्य पदार्थ से बनी है और इसलिए कुछ भी अशुद्ध नहीं हो सकता। सकल ब्रह्मांड ईश्वर की तरह पवित्र और त्रुटिहीन है। अघोरपंथी अपने ध्यान और तप के लिए श्मशानों में बैठते थे, जहां वो दिवंगत आत्माओं के लिए प्रार्थना करते और मृतकों का मांस खाते थे। वो मृतभक्षक थे।

अन्य दो आदमी स्पष्टतया उसके चेले थे। एक आगे बैठा बैलों को चला रहा था, जबकि दूसरा अपने गुरु के सामने बैठा था। दोनों शिष्य मुर्दों की राख से सने, एक ही धूसर-सफ़ेद रंग के, छोटे-छोटे लंगोट पहने थे। अघोरपंथियों से झगड़ा मोल लेना ठीक नहीं था। वो स्वयं शिव का मानव प्रतीक थे। वो श्मशानों में इसीलिए रहते थे कि शिव इसी स्थान पर रहा करते थे। अघोरपंथी नग्न घूमते थे क्योंकि उनकी नग्नता साधारण मनुष्यों के मायावी संसार के प्रति उनकी अनासक्ति को प्रतिबिंबित करती थी। उनकी उन्मत्तता में एक व्यवस्था थी। अपने प्रचंड तप के माध्यम से वो आसक्ति, अहंकार, ईर्ष्या, और घृणा की मानवीय भावनाओं से ऊपर उठकर सच्चे योगी बन जाते थे।

उनकी गाड़ी को रास्ते में किसी भी सीमावर्ती जांच चौकी पर नहीं रोका गया। चौकीदार डरते थे कि कहीं वो उन्हें श्राप न दे दें, या इससे भी बढ़कर, कहीं उन्हें जीवित ही न खा जाएं। अपने निकट

से गुज़रने वालों की आंखों में भय के भाव देखकर वो तीनों मन ही मन हंस पड़ते थे। चाणक्य, चंद्रगुप्त और शारंगराव काफ़ी शीघ्रता से पाटलिपुत्र पहुंच गए।

♎

महल के मैदान में, धनानंद उस पवित्र अग्नि में मक्खन, मधु, दुग्ध, अनाज और सोम की नदियां बहाने में व्यस्त था जिसकी देखरेख राज्य के एक सौ दस ब्राह्मण कर रहे थे। ये ईश्वर से उत्कट प्रार्थना थी कि वो उसे उन दुष्टों पर विजय प्रदान करे जो उसके सिंहासन को हड़पना चाहते थे। सारी विधियां पूरी होने के बाद ब्राह्मणों को राजसी भोजनकक्ष में ले जाया जाएगा जहां दस वरिष्ठ ब्राह्मणों को शुद्ध स्वर्ण-पात्रों में भोजन कराया जाएगा। उन सौ कनिष्ठ ब्राह्मणों को भी भोजन कराया जाएगा जो पीछे खड़े वेद-ऋचाओं का उच्चारण करते रहे थे, लेकिन ठोस चांदी के पात्रों में। ब्राह्मणों को प्रसन्न करना ईश्वर को प्रसन्न करने के समतुल्य था और धनानंद ने पवित्र अनुष्ठान में उपस्थित रहने के लिए स्वयं को प्रसन्न करने के अपने सामान्य कार्यक्रम से थोड़ा समय निकाल लिया था।

अनुष्ठान पूरा होने पर ब्राह्मणों को भोजनकक्ष में ले जाया गया जहां वो सोने की तीन थालियों के सामने तीन अघोरपंथियों को देखकर दंग रह गए। "ये अनर्गल है! हम यहां इन घृणास्पद व्यक्तियों के साथ कैसे बैठ सकते हैं जो लाशों के बीच रहते हैं और सड़ा हुआ मांस खाते हैं?" उनमें से प्रमुख ब्राह्मण ने पूछा। धनानंद भी भड़क गया था। उसके पहरेदारों ने इन अशोभनीय मनीषियों को परिसर में घुसने ही कैसे दिया था?

"इन्होंने कहा था कि ये मुझे श्राप दे देंगे और कि मेरी अंतड़ियां मेरे पेट से बाहर उबल पड़ेंगी जिन्हें ये आनंद लेकर खाएंगे!" बुरी तरह घबराए एक पहरेदार ने धनानंद से कहा। उसके सैन्य अधिकारी ने, जो कि तेल से सुचिक्कण मूंछों वाला एक सुंदर नवयुवक था, घबराए स्वर में कहा, "महाराज, इन्होंने कहा था कि मेरे अंग गिर जाएंगे और स्वत: ही आपकी पवित्र अग्नि में चले जाएंगे। इन्होंने

कहा कि मेरी हड्डियों पर लटका मांस इनके पहले ग्रास से पहले ही भुन जाएगा!"

"राजन, हम भले ही अघोरपंथी हों किंतु यहां आपकी विजय के लिए दिव्य सहायता सुनिश्चित करने आए हैं। हमारी शक्तियां इस कक्ष में उपस्थित एक सौ दस ब्राह्मणों से कहीं अधिक हैं। हमारा अपमान करके आपने शिव के क्रोध को न्योता दिया है। शिव का रक्त आपके कुंओं को विषाक्त कर देगा और आपके नागरिक प्यास से मर जाएंगे जबकि शत्रु नगर के द्वारों पर भेड़ियों की तरह रक्त का प्यासा खड़ा होगा। अब आपको या आपके राज्य को कोई नहीं बचा सकता—बलि की एक हज़ार अग्नियां भी!" नग्न चाणक्य चिल्लाया और तीनों साधु हाथों में थालियां लिए खड़े हो गए। उन्होंने आवेश में अपनी थालियां ज़मीन पर फेंकीं और तेज़ी से भोजनकक्ष से बाहर निकल गए। किसी भी पहरेदार ने उन्हें जाने से नहीं रोका। धनानंद भी भय के मारे स्तब्ध खड़ा रह गया। कई पल बाद ही पहरेदारों ने उसके पैरों के पास मूत्र का ढेर देखा।

"अगर सांप विषैला न हो, तो उसके पास स्वयं को विषैला दिखाने का और भी कारण है," परिसर से निकलते-निकलते चाणक्य ने धीरे से चंद्रगुप्त और शारंगराव से कहा।

♎

"जल्दी करो! सारे कुंओं में सूर्यास्त से पहले फेनाश्मभस्म डलवा दो। मुझे क्यों ऐसे अयोग्य मूर्खों को सहन करना पड़ रहा है?" जीवसिद्धि उन लोगों के गिरोह का निरीक्षण करते हुए बड़बड़ाया जो पाटलिपुत्र के कुंओं, कुंडों, तालाबों और जलाशयों को विषाक्त करने में व्यस्त थे।

"मगध पर अधिकार करने के लिए हम निर्दोषों की हत्या क्यों करें?" चंद्रगुप्त ने चाणक्य से पूछा था।

उसके गुरु ने उत्तर दिया था, "सवेरे सबसे पहले पानी पीने वाले पशु होंगे। इसीलिए विषाक्तीकरण रात को करना आवश्यक है—मानव जानें बहुत कम जाएंगी। अघोरपंथियों के अभिशाप का

समाचार फैल ही चुका है। बहुत समय नहीं लगेगा जब जनता हर वो बात करने लगेगी जो हम कहेंगे।"

"और तब क्या होगा जब परिषद हमें बुलाकर हमसे श्राप वापस ले लेने की विनती करेगी?" शारंगराव ने पूछा।

"सरल है। हम उनसे कहेंगे कि इसके सुधार के लिए धनानंद को एक महान त्याग करना होगा। उसे अपना महल छोड़कर जंगलों में—

निर्वासन में—रहने के लिए जाना होगा। इसी बीच, जीवसिद्धि अपने आदमियों से उस जल में जिसमें हमने एक रात पहले विष मिलवाया था हमारे द्वारा निर्मित विषहर औषधि—मिथरिदातय—मिश्रित करवा देगा। चमत्कार होते हैं!" चाणक्य हंसा।

"पर हम नगर पर नियंत्रण कैसे स्थापित करेंगे?" चंद्रगुप्त ने पूछा। उसके गुरु की जटिल योजनाएं उसे हमेशा उलझन में डाल देती थीं। वो तो आमने-सामने के युद्ध को पसंद करता था जिसमें उसके करने के लिए कुछ हो।

"धनानंद के सेनानायक—भद्रशाल—को जीवसिद्धि ने पूरी तरह ख़रीद लिया है। जैसे ही धनानंद नगर के द्वार से निकलेगा, भद्रशाल पूरे मगध की सेना का नेतृत्व तुम्हें सौंप देगा, चंद्रगुप्त, बशर्ते कि उसे पूर्वनिर्धारित उत्कोच दे दिया जाए।"

"लेकिन फिर भी पोरस और कलिंगराज पूर्वी और पश्चिमी सीमाओं पर युद्ध के लिए तैयार खड़े होंगे," चंद्रगुप्त ने प्रत्युत्तर दिया।

"उन्हें हमसे युद्ध करने की आवश्यकता नहीं होगी। हम खुली बांहों से उनका स्वागत करेंगे," चाणक्य ने कहा।

"तो हमने उन्मादी नग्न नरभक्षियों के भेष में इधर से उधर भटकने की ये कष्टदायक यात्रा केवल इसलिए की है कि हम नगर के द्वार खोल सकें और शत्रु को चाबियां दे सकें?" चंद्रगुप्त ने इस विचार से चिढ़कर कहा कि दंभी पोरस का पाटलिपुत्र में स्वागत

करना पड़ेगा।

चाणक्य हंसने लगा। फिर गंभीर होते हुए, उसने कहा, "चंद्रगुप्त, शायद तुम मेरे द्वारा सिखाई गई सबसे पहली बातों में से एक भूल चुके हो। अपने मित्रों को निकट रखो और अपने शत्रुओं को और भी निकट रखो।"

♎

जब धनानंद अपने महल और राज्य का त्याग करके अपनी दुर्भाग्यशाली पत्नियों और सेवकों—जो त्याग करने के लिए किसी तरह तैयार नहीं लगते थे—के साथ चला, तो भद्रशाल एक ओर खड़ा रथों, घोड़ों और हाथियों के जुलूस को देखता रहा। भद्रशाल भारमुक्त था—उसके ऋण अदा किए जा चुके थे और अब वो अत्यंत समृद्ध व्यक्ति था।

जीवसिद्धि को चाणक्य ने ये सुनिश्चित करने का निर्देश दे दिया था कि जब राजा का सार्थवाह निकले, तो सुवासिनी कहीं भी उसके आसपास न हो। एक अंतिम सौदेबाज़ी के लिए उसकी अभी भी आवश्यकता पड़ने वाली थी—या उसने स्वयं को ये समझा रखा था। अपने स्वाभिमान के कारण वो उसके प्रति अपने जीवन भर के आकर्षण को स्वीकार नहीं करना चाहता था।

"मैं चाहता हूं उसे मार डाला जाए," धनानंद को रथ में जाते देखकर चाणक्य ने शारंगराव से कहा। सम्राट एक ही दिन में दस वर्ष बूढ़ा हो चुका दिखता था। उसके चेहरे को हमेशा सजाने वाली क्रूर मुस्कान लुप्त हो चुकी थी। उसकी दंभपूर्ण अकड़ जा चुकी थी। और मगध का राज्य भी जा चुका था।

"अगर हमने उसे मरवा दिया, तो सारे नगरजन समझेंगे कि इसके पीछे हम हैं—और उनका सोचना सही होगा," शारंगराव ने तर्क दिया।

"हमारी ज़्यादा बड़ी समस्या भद्रशाल है। संभवत: उसे लगता है कि वो अभी भी सेना प्रमुख के पद का अधिकारी है। वो राक्षस के संपर्क में रहा है जो हमारे कबूतर पत्राचार का प्रयोग करता रहा है,"

जीवसिद्धि फुसफुसाया।

"क्या उसने औपचारिक रूप से अपनी तलवार हमें समर्पित कर दी है," चाणक्य ने पूछा।

"नहीं," जीवसिद्धि ने उत्तर दिया।

"ये काम तुरंत करो। मुझे उसकी तलवार चाहिए। मेरी एक योजना है," चाणक्य ने कहा जबकि मगध की जनता धनानंद के निष्कासन का जश्न मना रही थी। जैसे ही सार्थवाह पाटलिपुत्र के द्वार से निकला, चाणक्य ने पोरस और कलिंग के शासक को संदेश भेजे जाने का आदेश दिया कि वो क़िलेबंद नगर में प्रवेश कर सकते हैं और एक भव्य स्वागत की आशा कर सकते हैं।

"आप उन्हें मेरी इच्छा के विरुद्ध अंदर आने दे रहे हैं," चंद्रगुप्त ने चाणक्य को सुझाव दिया। उसका गुरु मुस्कुराया। "मेरी समस्या ये है," आचार्य ने कहा, "कि तुम्हारे पास एक शक्तिशाली इच्छाशक्ति है लेकिन मेरे पास एक कमज़ोर 'नहीं' है!"

Ω

कैकय और कलिंग की सेनाएं पाटलिपुत्र में ढलकती चली आईं। सम्मानित अतिथियों के स्वागत के लिए चाणक्य महल के प्रवेश पर खड़ा था। जैसे ही उनके रथ अंदर आए, उनके स्वागत में सौ नगाड़े वालों ने अपने नगाड़ों का कानफाड़ू शोर आरंभ कर दिया।

कलिंगराज पोरस जैसा लंबा तो नहीं था लेकिन उतना ही शक्तिशाली अवश्य दिखाई देता था। वो ज्योतिष की दृष्टि से अपने लिए शुभ लहसुनिया जड़ित कांस्य का टोप पहने हुए था। उसके वक्ष पर चर्म अस्तर वाला वस्त्र था जिस पर लौह-कवच था। एक लंबी मूठ वाला चौड़ा खड्ग उसकी पेटी से लटक रहा था। वो अपने रथ से निकला तो चाणक्य ने उसका अभिवादन किया। "पाटलिपुत्र में स्वागत है, हे महान राजा," उसने स्पष्ट स्वर में कहा और फिर थोड़ा धीमे से बोला, "मुझे पूरी आशा है कि ये राज्य आपके उदार शासन से गौरवान्वित होगा।"

पोरस ने इस अवसर के लिए भव्य पोशाक पहनी थी, उसकी

हल्की पीली पगड़ी पर पन्ने और नीलम से बना हरा-नीला मोरपंख लगा हुआ था। उसका विशाल शरीर तीन घोड़ों वाले रथ से बाहर आया, तो चाणक्य ने पूरी विनम्रता से हाथ जोड़कर उसका स्वागत किया। "पाटलिपुत्र में स्वागत है, हे महान सम्राट," उसने ऊंचे स्वर में अहंकारी शासक की चापलूसी करते हुए कहा। फिर वो फुसफुसाया, "मुझे आशा है कि मगध आपके शासन में समृद्धि प्राप्त करेगा।" पोरस मुस्कुराया। *मैंने इस दुष्ट को इसका सही स्थान बता दिया है*, उसने सोचा।

जब दोनों शासक अपने विलासितापूर्ण निवासों में पहुंच गए, तो ये चालाक व्यक्ति स्वयं उनसे मिलने पहुंचा। "मैं चंद्रगुप्त से पहले ही कह चुका हूं कि वो मगध की दावेदारी से पीछे हट जाए," चाणक्य ने उन दोनों से कहा। "किंतु राज्य को नेतृत्वहीन नहीं छोड़ा जा सकता। यदि चंद्रगुप्त शासन नहीं कर सकता, तो इसका नेतृत्व आप दोनों में से ही किसी एक को करना होगा। आप दोनों की सेनाओं के लड़ने से अच्छा ये होगा कि दोनों महान शासकों के बीच द्वंद्व हो जाए," उसने सुझाव दिया। वो जानता था कि ये सुझाव दोनों के दंभ को आकर्षित करेगा।

Ω

पोरस ने हाथ बढ़ाकर अपनी तलवार निकाली। उसने उसे प्यार से पकड़ा, जैसे तलवार का दस्ता उसके हाथ का ही भाग हो। उसने अपने फ़ौलाद को तैयार किया, और धातु के साथ धातु के संघर्ष के लिए तैयार हो गया।

कलिंग ने अपने फलके को अपने बाएं हाथ में पकड़ा। वामहस्त होना वास्तव में लाभकारी होता है, उसने सोचा। उसके अधिकतर विरोधी उससे लड़ते समय ठीक से अनुमान नहीं लगा पाते थे। वो वामहस्तों से लड़ने के अभ्यस्त नहीं होते थे जबकि वो दाएं हाथ वालों के साथ लड़ने में अत्यंत सहज था।

वो रणकला की शास्त्रीय मुद्राओं में एक-दूसरे के आसपास मंडरा रहे थे। ऐसा करते हुए वो एक-दूसरे की आंखों में घूरते थे।

एक झपकी निर्णय कर देती कि कौन हावी होगा। जैसे ही दोनों योद्धा एक-दूसरे से भिड़े, उनके फलकों से चिंगारियां उठने लगीं।

अचानक शोर में ठहराव आ गया क्योंकि अब वो एक-दूसरे की गर्दन तक तलवार ले जाने के प्रयास में गुथे हुए खड़े थे। ये स्थिर मुद्रा कुछ समय तक जारी रही और फिर कलिंग की आंख झपकी। पोरस ने अपने शस्त्र को आगे धंसाया, लेकिन कलिंग ने आक्रमण से बचने के लिए तीन सौ साठ डिग्री पर तेज़ी से घूमते हुए बड़ी विशेषज्ञता के साथ वापसी कर ली। पोरस ने रक्त तो निकाला लेकिन प्राण नहीं निकाल सका।

दोनों विरोधी अपने आक्रमणों में तेज़ी लाने के प्रयास में अपनी पूरी जान लगाने लगे। दोनों जानते थे कि द्वंद्व का अंत एक की मौत के साथ होगा लेकिन दोनों ये भी जानते थे कि उन्हें एक नतीजा चाहिए—और वो भी शीघ्र।

कलिंग लड़खड़ाया और वो उस क्षण में जान गया था कि ये उसके जीवन का अंत है। पर वो फिर भी उछलकर आक्रमण करने के लिए आगे बढ़ा, जबकि पोरस शांतिपूर्वक एक ओर हटा और अपनी तलवार के एक ही वार से उसने कलिंग की गर्दन के एक ओर एक गहरा घाव कर डाला। घाव से रक्त फूट पड़ा, कलिंग ज़मीन पर गिरा और उसकी तलवार झनझना उठी। एक अत्यंत शौर्यपूर्ण क्षण में पोरस ने अपनी तलवार ज़मीन पर फेंकी और अपने विरोधी के पास झुक गया। कलिंग का रक्त बहता और जीवन निकलता रहा, और पोरस ने कहा, "विदा, हे वीर राजा। पोरस को गर्व है कि वो आपसे लड़ा।"

एक गया, एक और जाना है, चाणक्य ने सोचा।

Ω

पाटलिपुत्र के पूर्वी भाग में शिव वीथि में भूतपूर्व गणिका के संचालन और मयूर न्यास के अनुदान से चलने वाली साधारण सी नृत्य संस्था में एक और छात्रा उपाधिप्राप्त होने वाली थी। विशाखा निस्संदेह उनकी सर्वश्रेष्ठ छात्राओं में से रही थी। उसका अत्यंत मोहक रेतघड़ी

सा शरीर, मोती और हाथीदांत जैसी रंगत, चमचमाती पन्ने जैसी आंखें, भरे-भरे माणिक होंठ, कोमल आकर्षक नाक और झरनों की तरह लहराते सुनहरी बाल पुरुषों को उसकी ओर ऐसे आकर्षित करते थे जैसे मधु पर मक्खियां। किंतु ये मधु विषाक्त था।

वैदिक ज्योतिष बारह राशिचक्रों में रहने वाले सत्ताईस नक्षत्रों पर आधारित था। प्रत्येक नक्षत्र में तेरह अंश और बीस पल का वृत्तचाप था और सत्ताईस से गुणा किए जाने पर ये वैदिक ज्योतिषियों को तीन सौ साठ अंश का पूरा वृत्त प्रदान करता था। बच्चे के जन्म के समय बारह में से किसी एक राशिचक्र में चंद्रमा की स्थिति को बच्चे की राशि के रूप में जाना जाता था, लेकिन राशि से भी अधिक महत्वपूर्ण उस व्यक्ति के नक्षत्र के भीतर चंद्रमा की स्थिति होती थी। मगध के प्राचीन ऋषियों की गणना थी कि चंद्रमा की कुछ विशेष स्थितियों के समय जन्म कुछ स्त्रियों को उनके साथियों की दीर्घायु के लिए अत्यंत अशुभ बना देता था। बैसाख के सातवें चंद्र दिवस को मंगलवार को जन्मी लड़कियों की जन्मकुंडलियां दुर्भाग्यपूर्ण रूप से शक्तिशाली होती थीं जो इस बात को निश्चित कर देती थीं कि उनके साथ संभोग करने वाला कोई भी पुरुष मर जाएगा। ये विषकन्याएं कहलाती थीं।

उपाधिप्राप्ति के सप्ताह में, विशाखा और विद्यालय की अन्य लड़कियों को सिद्ध करना होता था कि वो वास्तव में विष के प्रभाव से मुक्त हैं। सप्ताह के प्रत्येक दिन ये लड़कियां पंक्तिबद्ध होतीं जबकि हाथ में एक बड़ी सी ढकी हुई टोकरी लिए उनकी प्राचार्या उनमें से प्रत्येक का हाथ उस टोकरी में डलवाती। प्रत्येक टोकरी में पहले से अधिक विषैला सांप होता और विशाखा उन कुछ लड़कियों में से थी जिन्होंने पूरा सप्ताह डसे जाने पर किसी भी प्रतिक्रिया के बिना बिताया था। वो उतनी ही घातक थी जितने कि वो सांप जिन्होंने उसे डसा था। प्राचार्या जान गई थीं कि विशाखा ही वो लड़की है जिसे वो चाणक्य को सौंपेंगी। विद्यालय के संस्थापक को उससे कम कोई चीज़ नहीं दी जा सकती थी।

अध्याय अठारह

वर्तमान समय

हैरी रिचड्र्सन ने एक गहरी सांस ली। इतिहास यक़ीनन इतिहास का सबसे नीरस विषय था। उसे हेनरी अष्टम और नई-नई पत्नियों के उसके शौक़ में भी दिलचस्पी नहीं होती थी। उसने अपने नक़ली कॉलर और सफ़ेद टाई को ठीक किया और फिर से अपनी किताब को पढ़ने लगा। उसकी गर्दन में खुजली हो रही थी। वो कभी स्कूल की यूनिफ़ॉर्म—काला टेलकोट, वेस्टकोट और पिनस्ट्राइप्ड ट्राउज़र्स—का आदी नहीं हो सका था। ईटन उसके लिए एक मुसीबत था।

गोडॉल्फ़िन हाउस में अपने निजी कमरे में उसने कुर्सी पर अपने कूल्हों को असहजता से खिसकाया। पिछले दिन डिवीज़न के लिए देरी से पहुंचने पर हेडमास्टर से खाई पांच छड़ियों की वजह से उसके कूल्हे अभी भी दुख रहे थे। उसका पेट शिकायत कर रहा था। बेकिंटन—विशाल केंद्रीय डाइनिंग हॉल परिसर—में नाश्ता, दोपहर का खाना और रात का खाना बड़ा ही बेस्वाद होता था। एकमात्र भोजन जो उसे अच्छे लगते थे वो थे मध्य सवेरे का चैंबर्स का स्नैक

और मध्य सांय की लड़कों की चाय, लेकिन आज उस काम की वजह से जो उसे पूरा करना था, वो ये दोनों ही चूक गया था। उसकी बड़ी इच्छा हो रही थी कि वो घर पर होता।

हैरी एक सुंदर लड़का था। उसकी ज़र्द त्वचा में एक सुनहरी चमक थी और उसके काले बाल घने और चमकदार थे। सातवीं कक्षा के इस लड़के का क़द अभी से पांच फ़ुट चार इंच हो चुका था और उसके नाक-नक़्श बड़े कोमल से थे। उसका चेहरा मासूमियत की तस्वीर था—कोमल होंठ, तराशी हुई नाक और पन्ने जैसी हरी आंखें।

उसने अपनी मां जोज़ेफ़ीन से कई बार पूछा था कि उसे ईटन जाने की क्या ज़रूरत थी जबकि वो रमणीक ग्रासमियर में उनके पास रह सकता था और नज़दीक के किसी भी स्कूल में पढ़ सकता था। उसे लंबी छुट्टी के लिए सिर्फ़ छमाही पर और कम छुट्टी के लिए दो बार—मिकेलमस और लेंट के दौरान—जाने को मिलता था। मम कहती थीं कि उसके पिता की मौत के बाद उन्होंने उसे अकेले पाला था। दोनों के अच्छा जीवन बिताने और ईटन की बेतहाशा फ़ीस भरने का बस यही एक तरीक़ा था कि जोज़ेफ़ीन लगातार काम करती रहे। *एक पेंटर का काम कितना मुश्किल हो सकता है,* हैरी सोचता था। ज़्यादातर कलाकार इसलिए पेंटिंग बनाते थे ताकि पेंटिंग बेचकर खा-पी सकें और संभोग कर सकें। और वो तो शायद कभी अपनी पेंटिंग बेचती भी नहीं थीं—घर पेंटिंगों से भरा पड़ा था। जोज़ेफ़ीन ने हैरी को ये नहीं बताया था कि उसका संरक्षक भारत का एक वृद्ध व्यक्ति था—जिसकी उदारता के कारण जोज़ेफ़ीन एक कलाकार जैसा जीवन व्यतीत कर पाती थी—पंडित गंगासागर मिश्र। जब से जोज़ेफ़ीन और उसके पिता ने चांदनी की देखभाल की थी, तब से जोज़ेफ़ीन की देखभाल करने को गंगासागर ने अपना कर्तव्य समझा था।

ईटन में हर वो खेल होता था जिसके बारे में कोई सोच सकता था—फ़ुटबॉल, रग्बी, हॉकी, क्रिकेट, बास्केटबॉल, नौकायन,

एथलेटिक्स, तलवारबाज़ी, मार्शल आर्ट्र्स—फ़हरिस्त का कोई अंत नहीं था। खेल में कम रुचि रखने वालों के लिए उनके आधुनिकतम संगीत विभाग में—जिसमें एक अविश्वसनीय संगीत टैक्नॉलोजी सुइट और रिकॉर्डिंग स्टूडियो शामिल था—डिजेरिडू समेत हर संगीत यंत्र मौजूद था। स्कूल में दो थिएटर थे और थिएटर के शौक़ीन बच्चे स्कूल के नाटकों, हाउस के नाटकों और यहां तक कि कथानक लेखन में भी भाग ले सकते थे। इसके अलावा ईटन में पेंटिंग, ड्रॉइंग, मूर्तिकला, सेरेमिक्स, प्रिंटमेकिंग, वाद-विवाद और भाषणकला भी सिखाई जाती थी।

लेकिन हैरी की एकमात्र रुचि उसका वॉयलिन थी। पिछले वर्ष संगीत के लिए दी गई आठ छात्रवृत्तियों में से एक उसे मिली थी और इसे पाना सहनशीलता का इम्तेहान था। संगति छात्रवृत्ति परीक्षा जनवरी के अंत में हुई थी और प्रतियोगियों को दो विषम धुनें अपने प्रमुख साज़ पर और एक अपने दूसरे साज़ पर बजानी थीं, लिखे हुए संगीत को बजाना था, श्रवण परीक्षण देने थे और अपनी कक्षा के अनुसार सप्तक बजाने थे। हैरी बहुत अच्छे अंकों से उत्तीर्ण हुआ था—वो ईटन में दाख़िले से पहले ही वॉयलिन पर ग्रेड एट था। ऐसा लगता था जैसे वो पैदा ही तारों के चौरागे के स्वरों के बीच हुआ था।

Ω

जोज़ेफ़ीन ने एक ग्रामोफ़ोन ख़रीदा जिसे उसने चांदनी के कमरे में लगा दिया था। उसने चांदनी के लिए देर तक बजने वाले रिकॉर्डों—बाख, बीथोवेन, ब्राम्ज़, चाइकॉव्स्की, और पैगानीनी के वॉयलिन कंसर्टोज़—की व्यवस्था की। चांदनी खिड़की पर बैठी शांत पगडंडियों और ऊंची-नीची चोटियों से घिरे निर्मल ग्रासमियर को देखती रहती। जब चांदनी वॉयलिन की धुनों में डूबी होती तो जोज़ेफ़ीन अक्सर बाज़ार चली जाती थी। कभी-कभी वापसी पर वो चांदनी की नम आंखें और चेहरे पर सूख चुके आंसुओं के निशान देखती। वॉयलिन की आवाज़ उसे ज्योफ़्री की बहुत याद दिलाती थी। जोज़ेफ़ीन उसे ख़ुश करने की कोशिश में हर कुछ दिन बाद खिड़की

में चांदनी के मनपसंद गुलाबी गुलदाऊदी के फूल रख देती।

वहां पहुंचने के आठ हफ़्ते बाद चांदनी जन्म देने को तैयार थी। उसे अंदाज़ा नहीं था कि ये नथुने से एक बोलिंग बॉल निकालने जैसा होगा। जोज़ेफ़ीन ने उसका हाथ पकड़ा जबकि मेट्रन ने उसके गर्भाशयमुख के फैलने की जांच की। ख़ून और भ्रूण द्रव रिस रहा था और नर्स ने उसे पुश करने के लिए कहा। चांदनी ने पुश किया और जैसे ही उसे महसूस हुआ कि चिपचिपे पदार्थ में एक शरीर उसके अंदर से निकला वैसे ही वो बेहोश हो गई।

चांदनी जागी, तो उसने महसूस किया कि उसकी सफ़ाई करके उसे वापस उस कमरे में पहुंचा दिया गया है जहां झील के हसीन नज़ारे को ढके हुए फूलों के डिज़ाइन वाले पर्दे पड़े हुए थे। जोज़ेफ़ीन उसके नज़दीक बैठी उसके बालों में उंगलियां फिरा रही थी। चांदनी ने एक नज़र जोज़ेफ़ीन को देखा और समझ गई।

"मुझे अफ़सोस है, हनी," जोज़ेफ़ीन फुसफुसाई, "डॉक्टर ने कहा है कि तुम और बच्चे पैदा कर सकती हो, लेकिन ये मृत था।"

♎

"भाबुआ स्टेट कोऑपरेटिव बैंक," गंगासागर ने कहा।

"ये क्या है?" अग्रवालजी ने पूछा।

"मैं चाहता हूं कि हमारा नियुक्त रिज़र्व बैंक ऑफ़ इंडिया का गवर्नर इस बैंक की छानबीन करे।"

"क्यों?"

गंगासागर ने एक शेयर ट्रांसफ़र फ़ॉर्म दिखाया। उसके पास ऐसे कई फ़ॉर्म थे। "ये लेनदेन देख रहे हैं? शिव फ़ाइनेंस प्रा०लि० ने शेयरों की ये खेप विष्णु इंवेस्टमेंट्स प्रा०लि० को बेची है।"

"कंपनी के शेयर बेचना कब से अपराध बन गया? वैसे भी, बिहार के एक छोटे से सहकारिता बैंक से इसका क्या ताल्लुक़?"

"थोड़ा सा गहराई में जाकर देखें, मेरे मित्र। विष्णु इंवेस्टमेंट्स प्रा०लि० ने यही खेप ब्रह्म सिक्योरिटीज़ प्रा०लि० को बेच दी।"

"मैं अब भी नहीं समझा, गंगा। शेयर का कारोबार ख़रीदने और बेचने का ही खेल होता है। इन कंपनियों ने ग़लत क्या किया है? और भाबुआ स्टेट कोऑपरेटिव बैंक से इसका क्या संबंध है?"

"आप अब भी नहीं समझे? हिंदुओं की पवित्र त्रिमूर्ति—ब्रह्म-विष्णु-शिव?"

"माफ़ करना। मैं तुम्हारा मतलब नहीं समझा।"

"ब्रह्म—रचयिता, विष्णु—संरक्षक, शिव—विनाशक। एक ही सत्व के तीन पक्ष। आपको नहीं लगता कि तीनों कंपनियां एक ही मालिक की हैं?"

"फिर भी, इसमें समस्या क्या है?"

"समस्या ये है। शिव ने एक सोमवार को शेयरों की ये खेप विष्णु को 140 रुपए प्रति शेयर पर बाज़ार मूल्य पर बेची। अगले दिन—मंगलवार को—विष्णु ने ये शेयर ब्रह्म को बाज़ार मूल्य से कुछ ऊपर 150 रुपए प्रति शेयर की दर पर बेचे। बुधवार को, ब्रह्म ने शेयर वापस शिव को 160 रुपए पर बेच दिए!"

"तो?"

"शिव को बीस रुपए प्रति शेयर का नुक़्सान हुआ जबकि विष्णु और ब्रह्म को दस-दस रुपए का मुनाफ़ा हुआ। अगर ये तीनों कंपनियां एक ही व्यक्ति की हैं, तो ये शून्य राशि का खेल है!"

"लेकिन ऐसा करने की ज़रूरत क्या है? इसमें कोई मुनाफ़ा तो है नहीं।"

"क्योंकि अगर आप ये खेल उन्हीं शेयर्स और पर्याप्त पैसे के साथ खेलते हैं, तो अंत में आप बाज़ार मूल्य बढ़ा देंगे। इन तीन कंपनियों द्वारा लेनदेन किए गए शेयर का बीजक तीन दिन में चौदह प्रतिशत बढ़ गया! तीन दिन में!"

"और इस लेनदेन के लिए पैसा कहां से आया?"

"भाबुआ स्टेट कोऑपरेटिव बैंक से।"

"लेकिन बैंकों को तो एक नक़द आरक्षित अनुपात बनाकर

रखना पड़ता है। ऐसा हो ही नहीं सकता कि बिहार के ग्रामीण क्षेत्र का एक छोटा सा बैंक शेयर बाज़ार के सट्टे के लिए इतनी बड़ी-बड़ी राशियों का ऋण दे और नियामक को पता भी न चले," अग्रवालजी ने बहस की।

"इसका सरल सा हल है। बैंकों को अपनी नक़दी के बैलेंस की रिपोर्ट प्रत्येक पखवाड़े पर रिज़र्व बैंक ऑफ़ इंडिया को देनी होती है। बीच में तेरह दिन होते हैं जिनमें कोई रिपोर्ट नहीं देनी होती। इन तेरह दिनों में व्यापार किया जाता है और चौदहवें दिन हिसाब कर लिया जाता है। नियामक को कभी पता ही नहीं चलता है।"

"तो शेयर व्यापारियों के पीछे क्यों न पड़ा जाए? सट्टा तो वही लगा रहे हैं।"

"क्योंकि ब्रह्म, विष्णु और शिव का मालिक एक बहुत महत्वपूर्ण आदमी है।"

"कौन?"

"बिहार का मुख्यमंत्री।"

"और तुम भाबुआ स्टेट कोऑपरेटिव बैंक के पीछे पड़कर क्या हासिल करना चाहते हो?"

"म्युज़िकल चेयर्स के खेल में हर बार संगीत थमने पर क्या होता है?"

"एक कुर्सी कम हो जाती है?"

"बिल्कुल। बैंक के लेनदेन पर उनके रिपोर्ट करने वाले पखवाड़े पर रोक लगा दी जाए। वो निधियों में असंतुलन की सफ़ाई नहीं दे सकेंगे। इसीलिए मुझे रिज़र्व बैंक ऑफ़ इंडिया में अपना आदमी चाहिए था।"

"और तुम्हें क्या मिलेगा?"

"बिहार का घबराया हुआ मुख्यमंत्री।"

Ω

चांदनी आख़री मील पैदल चलकर गांव पहुंची। बिहार के पूर्वी

चंपारण ज़िले का जितौरा मूसाहार टोला बिना सड़कों, बिजली, पीने के पानी, स्कूलों और अस्पतालों वाला गांव था। ऐसा लगता था जैसे सभ्यता ने जितौरा से बचकर ही निकल जाने का फ़ैसला किया हुआ था।

वो एक दलित घर में रात बिताने वाली थी, अगर उस झोपड़ी को घर कहा जा सकता था। मच्छरों, चूहों और सांपों से परेशान उस झोपड़ी में मौसम से किसी तरह की शरण नहीं थी। झोपड़ी के बाहर मिट्टी पर एक चटाई बिछाकर, उसने अन्य दलितों के साथ एक अनौपचारिक खुली बैठक की और फिर उनके साथ एक किफ़ायती खाना—रोटी, प्याज़ और नमक—खाया। ये वो लोग थे जिन्हें किसी समय में ब्राह्मण अछूत कहते थे। अस्पृश्यता भले ही आधी सदी पहले प्रतिबंधित कर दी गई हो, लेकिन ये कलंक अभी शेष था। उन ग़रीब मज़दूरों की कहानियां सुनकर उसकी आंखों में आंसू आ गए जिन्हें एक वक़्त का भोजन कमाने के लिए अपने बच्चों को बंधुआ मज़दूरों के रूप में बेचना पड़ रहा था।

वापस दिल्ली आने पर, दो दिन बाद वो अपने सरकारी निवास 19, तीन मूर्ति लेन में गंगासागर से मिली। "आपने मुझे वहां क्यों भेजा था? वहां के हालात पूरी तरह निराशाजनक हैं! उस गांव के दो सौ बच्चों में से कुल तीन बच्चे स्कूल जाते हैं! सबसे नज़दीकी स्कूल छह मील दूर है! अस्पताल तो भूल ही जाइए, वहां बुनियादी दवाइयां देने के लिए एक दवाख़ाना तक नहीं है। स्वच्छता नाम की तो चीज़ ही नहीं है—टायफ़ॉइड और हैज़ा ग्रामीणों के सबसे बड़े मुलाक़ाती हैं और जब-तब उनसे मिलने जा पहुंचते हैं। क्या ये आपको चिंतित नहीं करता?" उसने पूछा।

"चिंता रॉकिंग चेयर जैसी चीज़ है; ये आपको हिलाती तो रहती है, लेकिन कहीं लेकर नहीं जाती है," गंगासागर ने उस लाउंजर पर आगे-पीछे झूलते हुए कहा जिस पर वो बैठा हुआ था। "मैंने अग्रवालजी से एक निजी न्यास स्थापित करने को कहा है। आर एंड एस के पैसे को पूरी तरह राजनीतिक उद्देश्यों के लिए प्रयोग नहीं

किया जाएगा। ये बिहार के दलित गांवों की पहचान करेगा—सबसे ग़रीब गांवों की—और कुछ साधारण मुद्दों पर ध्यान देगा।"

"कौन से मुद्दे?"

"एक प्राथमिक स्कूल, पीने का साफ़ पानी, एक बुनियादी स्वास्थ्य-रक्षा केंद्र और दैनिक पोषण की गारंटी।"

"और इनसे किन गांवों को फ़ायदा होगा?"

"बिहार के रोहतास और भाबुआ ज़िलों के गांव।"

"क्या रोहतास और भाबुआ को चुनने के पीछे ये कारण है कि ये ज़िले बिहार के दलित मुख्यमंत्री के चुनावी गढ़ हैं?" चांदनी ने चालाकी से पूछा।

Ω

"बिहार के मुख्यमंत्री आपसे मिलना चाहते हैं," मेनन ने कहा।

"आह!" गंगासागर ने मुस्कुराते हुए कहा।

"आपको बिहार में क्यों इतनी दिलचस्पी है?" चांदनी ने पूछा, "हमारा गढ़ तो उत्तर प्रदेश है।"

"प्यारी लड़की, बिहार लोकसभा में चौवन सांसद भेजता है। पिछले आम चुनावों में बिहार के मुख्यमंत्री का सत्तारूढ़ पार्टी के साथ सीटों को लेकर समझौता था। पचास प्रतिशत सीटें उनकी पार्टी ने लड़ी थीं और बाक़ी पचास प्रतिशत सत्तारूढ़ पार्टी ने। अब वो अगले चुनाव में *सारी* सीटों पर लड़ना चाहते हैं।"

"तो उन्हें हमारी क्या ज़रूरत है?"

"क्योंकि अगर हमारे बीच समझौता हो जाता है, तो हम केवल उत्तर प्रदेश की सीटें लड़ेंगे—बिहार की नहीं, और वो सिर्फ़ बिहार की सीटें लड़ेंगे—उत्तर प्रदेश की नहीं। ये हम दोनों के लिए फ़ायदेमंद रहेगा।"

"लेकिन आपने तो मुझे बिहार में उनके गढ़ में भेजा था!"

"वर्ना मैं उन्हें फंसाता कैसे ?"

"फिर आपने अग्रवालजी के ज़रिए उनके बैंक को नियामकों

के साथ मुसीबत में डाल दिया।"

"बैंक को फंसाना मुख्यमंत्री को फंसाने का सबसे अच्छा तरीक़ा था। और बज़ाहिर ऐसा लगता है कि मेरी योजना कामयाब रही है!"

"लेकिन अकेला बिहार हमें सदन में बहुमत नहीं दिला सकता। भले ही उत्तर प्रदेश की सारी पिच्यासी सीटें एबीएनएस को और बिहार की सारी चौवन सीटें उन्हें मिल जाएं, तो भी ये कुल एक सौ उन्तालीस होती हैं। ये फिर भी उस आंकड़े की आधी हैं जो हमें अपने बूते पर सरकार बनाने के लिए चाहिए।"

"बाक़ी काम बिहार के मुख्यमंत्री करेंगे।"

"कैसे?"

"क्या तुम नहीं जानतीं कि वो विपक्षी नेता के घनिष्ठ दोस्त हैं?"

♎

"अमेरिका ने पाकिस्तान को दो अरब डॉलर का सैन्य हार्डवेयर सप्लाई करने का फ़ैसला किया है," रॉ चीफ़ ने बताया। "ये ख़बर अभी सार्वजनिक नहीं हुई है लेकिन अगले महीने व्हाइट हाउस इसकी घोषणा कर सकता है।"

"वो ख़तरनाक खेल खेल रहे हैं," चांदनी ने कहा। "वो जानते हैं कि पाकिस्तानी सेना अपने वास्तविक दुश्मन, इस्लामी उग्रवाद, से लड़ने के बजाय भारत से लड़ने में मसरूफ़ हैं।"

"क्या हम अमेरिका को समझा नहीं सकते कि पाकिस्तान को हथियार सप्लाई करना उनके अपने ही हित में नहीं है?" इंटेलीजेंस ब्यूरो के निदेशक ने पूछा।

"सारी कोशिशें की जा चुकी हैं। कोई राजनयिक तरीक़ा ऐसा नहीं है जिसका सहारा नहीं लिया गया हो। हमारे गुटबाज़ अमेरिकी राष्ट्रपति की नई पसंद तक से मिल चुके हैं। वो काफ़ी आकर्षक है—हालांकि थोड़ी गोल-मटोल है," चांदनी ने मुस्कुराते हुए कहा।

"मेरे पास एक आइडिया है," निदेशक ने कहा।

"क्या?" चांदनी ने पूछा।

"गैस," निदेशक ने कहा।

"मुझे सुनकर अफ़सोस हुआ। मैं आपके लिए गैस की दवाई मंगवा दूं?" चांदनी ने पूछा।

"गैस नहीं। गैस सेंट्रिफ़्यूज," शर्माए निदेशक ने कहा।

"आप दोनों क्या बात कर रहे हैं?" रॉ प्रमुख ने नाराज़गी से कहा। वो हवा के बारे में इस महान बातचीत से अलग-थलग छूटा महसूस कर रहा था।

"गैस सेंट्रिफ़्यूजों के जिन डिज़ाइनों के प्रयोग से पाकिस्तानी अपने परमाणु रिएक्टरों में परमाणु सामग्री तैयार करते हैं वो यूरोनिको नाम की जर्मनी की एक कंपनी से चुराए गए थे," निदेशक ने बताया।

"तो क्या हुआ? पाकिस्तान का अधिकांश परमाणु कार्यक्रम चोरी की टैक्नॉलोजी पर ही आधारित है," चांदनी ने कहा।

"हां, पर यूरोनिको के डिज़ाइन एक रूसी डिज़ाइन पर आधारित थे। अगर आप उनसे कहें तो रूसी बड़ी ख़ुशी से उस डिज़ाइन को हमारे साथ बांट सकते हैं," निदेशक ने कहा।

"जो टैक्नॉलोजी पहले ही हमारे पास मौजूद है उसके लिए मैं एक पुराना डिज़ाइन क्यों लेना चाहूंगी?" चांदनी ने अविश्वास से पूछा।

"क्योंकि मेरे विभाग में एक आदमी है जो पुराने डिज़ाइनों को बनाने में माहिर है—वो पुरातत्व संस्थान में काम करता था," निदेशक ने कहा।

"और उससे हमें क्या मदद मिलेगी?" रॉ प्रमुख झट से बोला।

"हम उसकी ड्रॉइंग गुप्त रूप से उत्तरी कोरिया और लीबिया को बिकवा सकते हैं," निदेशक ने कहा।

"ये नहीं हो सकता! हमने परमाणु प्रसार कभी नहीं किया," चांदनी बोली।

"यहीं मेरे आदमी का काम शुरू होगा," निदेशक ने कहा। अब वो ख़ुद को मिल रहे महत्व का आनंद लेने लगा था। भूतपूर्व पुलिस कमिश्नर अब अपने असली रंग में था। "वो एक-दो ऐसी त्रुटियां पैदा कर देगा जिससे टैक्नॉलोजी बेकार हो जाएगी। वो उसे इतना प्रामाणिक बना देगा कि उसका मूल स्थान सुनिश्चित हो सके।"

"लेकिन हमें अमेरिकियों के साथ अपनी बातचीत में क्या मदद मिलेगी?" चांदनी ने पूछा।

"आह! डिज़ाइनों से लगेगा कि वो पाकिस्तान में दोबारा बनाए गए यूरोनिको के डिज़ाइन है। मेरा ख़्याल है कि इससे जो हंगामा खड़ा होगा, उसके बाद आप अमेरिका को समझा सकेंगी कि वो अपना सैन्य सामान परमाणु प्रसारकों को न दें।"

Ω

"मेरा ख़्याल है कि आर एंड एस से कमीशन के रूप में मिलने वाले पैसे का बड़ा भाग उसी तरह ख़र्च हो रहा होगा जिस तरह हमने बात की थी?" गंगासागर ने पूछा।

अग्रवालजी ने सिर हिलाया। "बिहार में न्यास के काम के लिए जा रहे थोड़े से अंश के अलावा सारा पैसा सेंटियोसिस के शेयर ख़रीदने में लग रहा है। अब हमारे पास लगभग पांच प्रतिशत कंपनी है।"

"बढ़िया," गंगासागर ने कहा।

"लेकिन हम सेंटियोसिस क्यों ख़रीद रहे हैं?" अग्रवालजी ने पूछा। "उससे बेहतर कई सॉफ़्टवेयर कंपनियां हैं जिनमें हम निवेश कर सकते हैं। जिनसे हमें अपने निवेश पर दोगुना मुनाफ़ा मिल सकता है!"

"मुझे इस नाम की खनक पसंद है," गंगासागर ने अपने पुराने बॉस को आंख मारते हुए कहा।

Ω

"विपक्षी नेता व्यवस्था के प्रश्न पर?" अध्यक्ष ने पूछा।

"जी, श्रीमान अध्यक्षजी। मेरा सवाल इस सरकार द्वारा हालिया हाइजैकिंग के मामले में कार्रवाई—"

"विपक्षी नेता अपनी सीट पर बैठें। प्रधानमंत्री ने अभी इस घटना का ब्योरा देना आरंभ किया है। ये सदन उन्हें सुनेगा—"

"व्यवस्था के प्रश्न पर, श्रीमान अध्यक्ष। प्रधानमंत्री कंट्रोल रूम में उपस्थित तक नहीं थे। विदेश मंत्री उपस्थित थीं। हम उनकी बात सुनना चाहेंगे," विपक्षी नेता ने बहस की।

प्रधानमंत्री बैठ गए, और चांदनी ने उठकर बोलना शुरू किया। "माननीय विदेश मंत्री सदन को संबोधित कर सकती हैं," अध्यक्ष ने कहा।

आगंतुकों की गैलरी में बैठा गंगासागर मुस्कुराया। विपक्ष नेता चांदनी को स्टार बना रहा था।

"*आदि शक्ति, नमोनमः; सर्वशक्ति, नमोनमः, प्रथम भगवती, नमोनमः, कुंडलिनी माताशक्ति; माताशक्ति, नमोनमः,*" गंगासागर ने मन ही मन जप किया।

Ω

"तुम्हें इस्तीफ़ा दे देना चाहिए। दरअसल, मंत्रिपरिषद में एबीएनएस के पूरे दल को इस्तीफ़ा दे देना चाहिए।"

"लेकिन हमें सरकार के भाग के रूप में देखा जाता है," चांदनी ने तर्क दिया। "हम इसे गिराने वालों के रूप में नहीं देखे जा सकते!"

"बिना किसी बहुत अच्छे कारण के बिल्कुल नहीं," गंगासागर ने कहा। उसने बहुत सावधानीपूर्वक—अग्रवालजी द्वारा भेंट की गई—अपनी चांदी की डिब्बी खोली, उसमें से एक पान निकाला और उसे कुछ सोचते हुए अपने मुंह में डाल लिया। उसने पीक को अपने मुंह में घुलने दिया जबकि उसका दिमाग़ विचारों के बीच घूमता रहा—विचारों का भोजन। वो चांदनी के साथ उसकी सरकारी कार की पिछली सीट पर बैठा साउथ ब्लॉक की उस बिल्डिंग की

ओर जा रहा था जिसमें विदेश मंत्रालय स्थित था।

"और वो अच्छा कारण?" चांदनी ने पूछा।

"इस सरकार को गिराने और नए चुनाव कराने का ये एकदम सही अवसर है," गंगासागर ने कहा। "आज सुबह मैं अपने मित्र, इंटेलीजेंस ब्यूरो के निदेशक, से मिला था। उसने कहा कि राशिद को प्रधानमंत्री के आदेश से पूछताछ से रिहा कराया गया था।"

"उस आदमी को रिहा किया गया? वो तो मुझे मारने की योजना बना रहा था!"

"ये बात सच है," गंगासागर ने कहा, "लेकिन ये भी उतना ही सच है कि राशिद दरअसल रॉ का एजेंट मख़दूम है, और तुम—मेरी प्रिय—उसे चीनियों द्वारा गिरफ़्तार कराने की ज़िम्मेदार थीं। ऐसे में किसी को क्रोधित होने का इल्ज़ाम नहीं दिया जा सकता।" चांदनी के चेहरे की ग़ुर्राहट देखकर उसने दांत निपोरे।

फिर उसने आगे कहा। "लेकिन प्रधानमंत्री किसी भी सूरत में ये नहीं बता सकते कि राशिद रॉ का एजेंट है। ये हमारे लिए अवसर है कि हम देश के लिए मरने वाले एबीएनएस के हीरो इकराम का महिमामंडन करें। ये हमारे लिए इस बात का भी अवसर है कि हम कायर प्रधानमंत्री को राक्षस के रूप में पेश करें—जिन्होंने उस षड्यंत्र के सरग़ना राशिद को छोड़ दिया। और आख़िर तुमने—इकराम की विरासत की शानदार उत्तराधिकारी ने—नाराज़गी में एबीएनएस के अपने सारे साथियों सहित इस्तीफ़ा दे दिया!"

"हम ये साबित कैसे करेंगे?"

"आइबी निदेशक सार्वजनिक रूप से सब बताने को तैयार है। वो घोषणा करेगा कि उसने राशिद को हिरासत में ले लिया था और उसे प्रधानमंत्री के कहने पर उसे छोड़ना पड़ा।"

"अगर हम इस्तीफ़ा देंगे, तो ये सरकार गिर जाएगी। आपको इस बात का अहसास है?"

"ये सरकार अपने कई घोटालों के कारण अपने वित्त मंत्री

और प्रधानमंत्री को त्यागपत्र देते देख चुकी है। बिहार के मुख्यमंत्री के साथ हमारा समझौता हो चुका है। विपक्षी नेता हमारे संकेत की प्रतीक्षा में है। अब हमें और इंतज़ार नहीं करना चाहिए।"

"विपक्ष का नेता किस संकेत की प्रतीक्षा में है?"

"एक क्षैतिज रेखा से कटा 'आर' अक्षर।"

"मतलब?"

"रुपए का चिह्न।"

♎

"ये बड़ा मुश्किल समय है। विपक्ष अपने चाक़ुओं पर धार रख रहा है। बेशक मैं आपके साथ हूं। पूरी एबीएनएस आपके साथ है। आप हमारे समर्थन के प्रति आश्वस्त रहें," गंगासागर ने प्रधानमंत्री से कहा।

"तो फिर मैं क्यों जल्दी ही मंत्रिपरिषद से आपके मंत्रियों द्वारा इस्तीफ़े देने की बात सुन रहा हूं, गंगासागरजी?" प्रधानमंत्री ने पूछा।

"अफ़वाहें तेज़ी से फैलती हैं लेकिन सच की तरह क़ायम नहीं रहतीं। आप ऐसी कहानियों पर ध्यान मत दीजिए।"

"मुझे ख़ुशी है कि हमने ये बातचीत की। तो, आप मुझसे किस बारे में मिलना चाहते थे?"

"हमारे पास इतनी सारी अनिश्चितताओं के होते, मुझे लगता है कि हमें थोड़ी दिव्य सहायता की आवश्यकता है।"

"आपका क्या सुझाव है, गंगासागरजी? मैं नहीं जानता था कि ईश्वर की सहायता के लिए आप प्रार्थनाओं में विश्वास रखते हैं।"

"कभी-कभी झुकने से हम अच्छी तरह खड़े रह पाते हैं," गंगासागर ने मज़ाक़ किया। "वैसे भी, मैं आज मुंबई दौरे पर जाने का इरादा कर रहा हूं। जैसा कि आप जानते हैं, आजकल गणेशोत्सव मनाया जा रहा है और मैं लालबाग़ के राजा के आगे माथा टेकना चाहता हूं।"

प्रधानमंत्री ने सिर हिलाया। उन्होंने लालबाग़ के राजा के बारे

में सुना तो था लेकिन उन्हें कभी वहां जाने का अवसर नहीं मिला था। हर साल महोत्सव के दौरान गणेश की एक विशाल बारह फ़ुट की मूर्ति मुंबई के कपड़ा मिल क्षेत्र लालबाग़ के बीचोबीच स्थापित की जाती है और फिर अगले ग्यारह दिनों तक रोज़ाना वहां लगभग दस लाख भक्त आते हैं।

"सुना जा रहा है कि इस साल देवता के चढ़ावे में दस करोड़ रुपए से ज़्यादा का संग्रह होने वाला है," प्रधानमंत्री ने कहा।

"बिल्कुल। मैं अपने साथ ये कुछ हज़ार रुपए लाया हूं, और इससे पहले कि मैं इस भेंट को आपकी ओर से लालबाग़ के राजा के पास लेकर जाऊं और हमारी सफलता जारी रहने की प्रार्थना करूं, मैं चाहूंगा कि आप इन्हें अपने हाथों में पकड़ें," गंगासागर ने हज़ार रुपए के कुरकुरे नोट प्रधानमंत्री को देते हुए कहा।

"धन्यवाद, गंगासागरजी, मेरी सरकार का इतना अच्छा मित्र होने के लिए। इंसान के काम निराशा की ओर जाते हैं लेकिन ईश्वर के काम आशा की ओर जाते हैं," प्रधानमंत्री ने पैसा गंगासागर को वापस देते हुए कहा।

♎

लोकसभा के घोड़े की नाल के आकार के कक्ष में अध्यक्ष की कुर्सी दोनों पक्षों के बीच में स्थित थी। कक्ष के गह्वर में, ठीक उनकी कुर्सी के नीचे, सदन की मेज़ थी जहां महासचिव, सचिवालय के अधिकारी और कार्रवाई के लेखक बैठते थे। अध्यक्ष के दाईं ओर सरकारी बेंचें थीं और बाईं ओर विपक्ष के सदस्य बैठते थे। प्रधानमंत्री सरकारी बेंचों में आगे अपनी रिवायती सीट पर बैठे थे। बाईं ओर वीआईपी बॉक्स था जिसमें गंगासागर बैठा था। सरकारी बेंचों की ही पहली पंक्ति में चांदनी भी बैठी थी। चकोतरे जैसी हरी साड़ी पहनी चांदनी की पोशाक—उसकी हरी आंखों समेत—संसार के सबसे बड़े लोकतंत्र के कक्ष के हरे चमड़े से मेल खा रही थीं।

कक्ष में अध्यक्ष के सामने की ओर केंद्रीय विधान परिषद के प्रथम अध्यक्ष विट्ठलभाई पटेल का चित्र लगा हुआ था जिन्होंने

स्वस्थ संसदीय परंपराओं की वकालत की थी। चित्र में चेहरे पर ऐसे कोई भाव नहीं थे कि उन्हें उस दिन सारी संसदीय परंपराओं के टूटने का अनुमान हो।

"बिजली मंत्री सदन को संबोधित कर सकते हैं," अध्यक्ष ने कहा।

"आदरणीय अध्यक्ष, श्रीमान, मैं सेंट्रल इलेक्ट्रिसिटी रेग्युलेटरी कमीशन की स्थापना और उससे संबंधित मामलों के लिए एक अध्यादेश लाने की अनुमति चाहूंगा," बिजली मंत्री ने कहा।

"अनुमति है," अध्यक्ष ने मशीनी ढंग से कहा।

"श्रीमान, मैंने नियम 72 के अंतर्गत इस अध्यादेश को लाए जाने के विरुद्ध नोटिस दिया है," विपक्षी नेता ने अपनी सीट से उठते हुए कहा।

"हां, हां। माननीय विपक्षी नेता सदन को संबोधित कर सकते हैं," अध्यक्ष ने कहा।

"श्रीमान, मेरे हाथों में दस लाख से ज़्यादा रुपए हैं। ये पैसा इस अध्यादेश को संसद में लाए जाने के पक्ष में अपना वोट देने के लिए हमारे एक माननीय सदस्य को प्रधानमंत्री द्वारा रिश्वत के रूप में दिया गया था। मैं इस पर तुरंत कथन की मांग करता—"

प्रधानमंत्री का चेहरा फ़क़ पड़ गया और कार्रवाई ने हंगामे का रूप ले लिया। शोर कान फाड़ देने वाला था, विपक्ष के सदस्य 'शर्म करो!' चिल्ला रहे थे, और सरकारी बेंचों वाले सदस्य 'झूठ!' का शोर मचा रहे थे। विपक्ष नेता अभी भी हाथों में नोटों के बंडल लिए उसी शोर में चिल्ला रहा था, "ये नोट स्वयं प्रधानमंत्री द्वारा दिए गए थे। देश की जांच एजेंसियां पता लगा सकती हैं कि इन पर उनकी उंगलियों के निशान हैं या नहीं!"

हंगामे में सुने जाने की कोशिश में अध्यक्ष चिल्लाए, "मैं सारे सदस्यों से निवेदन करता हूं कि कृपया अपनी सीटों पर बैठ जाएं। इस सदन द्वारा अपनी गरिमा और मर्यादा बनाए न रखने का कोई

कारण नहीं है।"

"गरिमा बनाए रखना संभव नहीं है जबकि स्वयं प्रधानमंत्री भ्रष्टाचार में लिप्त हैं—ये सरकार सड़ी हुई है और सदन को इसमें विश्वास नहीं रहा है!" ये आवाज़ विपक्ष की बेंचों से नहीं आई थी। ये चांदनी की आवाज़ थी। "एबीएनएस के आठों सदस्यों ने इसी क्षण अपने त्यागपत्र सौंप दिए हैं। प्रशासन ने मेरे हैलीकॉप्टर में तोड़-फोड़ करने के ज़िम्मेदार प्रमुख अपराधी और बाद में आई-617 को हाइजैक करने वाले मुख्य आरोपी को आज़ाद कर दिया है! क्या हम स्वर्गीय इकराम शेख़ की स्मृति का सम्मान इसी तरह करेंगे जिन्होंने राष्ट्र के लिए अपनी जान की क़ुर्बानी दी?"

विपक्षी सदस्य सदन के बीचोबीच आ गए और अध्यक्ष के पास कार्रवाई को स्थगित करने के अलावा कोई विकल्प नहीं बचा। आगंतुकों की गैलरी में गंगासागर घटनाक्रम को देखकर हंस रहा था। चांदनी एक दिन पूर्व अपना त्यागपत्र प्रधानमंत्री को सौंपने की योजना बना रही थी। गंगासागर ने उसे ऐसा न करने की सलाह दी थी।

"लेकिन आपने तो हमें इस्तीफ़ा देने की सलाह दी थी। अब क्यों न हम अपने पत्र पकड़ा दें?" चांदनी ने पूछा था।

"क्योंकि जब तुम ऐसा करो, उस समय मुझे वहां सीधा प्रसारण कर रहे टीवी कैमरे चाहिए," उसने कहा था।

♎

"सेंटियोसिस के साथ हमारा कैसा चल रहा है?" गंगासागर ने पूछा।

"अब हम पच्चीस प्रतिशत कंपनी के मालिक हैं।"

"बढ़िया," गंगासागर ने कहा।

"मैं अब भी नहीं समझ पा रहा हूं कि हम सेंटियोसिस को क्यों ख़रीद रहे हैं," अग्रवालजी ने कहा। "कंपनी पिछले तीन साल से नुक़सान दिखा रही है। आर एंड एस से मिल रहे कमीशन बहुत बड़े हैं और हम फिर भी अच्छे पैसे को ख़राब सौदों में फेंक रहे हैं। क्यों?"

"मुझे उनकी वार्षिक रिपोर्ट का कवर डिज़ाइन पसंद है," गंगासागर ने ज़िंदादिली से कहा।

♎

"क्या तुमने चांदनी को राज़ी किया कि वो रूसियों से गैस सेंट्रिफ़्यूज के डिज़ाइन ले ले?" गंगासागर ने पूछा। आईबी निदेशक ने सिर हिलाकर हामी भरी।

"और उन्हें यूरोनिको के डिज़ाइन जैसा बनाने के लिए उनमें बदलाव किए गए, जैसा कि मैंने कहा था?"

"हां—सुंदरता से और सुरुचि से।"

"तुमने रॉ चीफ़ को वो डिज़ाइन उत्तरी कोरिया को बेचने के लिए मनाया?" पंडित ने पूछा।

"वो तो उसे ख़रीदने के लिए उतावले हो गए," निदेशक ने कहा। "उन्हें लगता है कि उन्हें ये डिज़ाइन पाकिस्तानी काला बाज़ार से मिले हैं।"

"और पैसा?"

"लिकटेंस्टाइन बैंक में उस खाता नंबर में ट्रांसफ़र कर दिया गया जो आपने मुझे दिया था।"

"बहुत ख़ूब। तुमने पुलिस कमिश्नर से तुम्हें डाइरेक्टर इंटेलीजेंस ब्यूरो बनाने के लिए मेरा ऋण चुकता कर दिया।"

♎

शिमला में साधवी के घर का पिछवाड़ा शांत था। साध्वी—दिव्य मां—एक तेज़ भड़कती अग्नि के सामने बैठी थी। उसके सामने तीन प्रधानमंत्री बैठे थे। पहले उसके पिता थे—पिछले प्रधानमंत्री जिन्हें साध्वी के साथ रिश्तों के बारे में गंगासागर द्वारा प्रेस में ख़बरें फैला दिए जाने के कारण इस्तीफ़ा देना पड़ा था। दूसरे वो थे जो गंगासागर की सलाह पर हैलीकॉप्टर से रस्सी की सीढ़ी से उतरे थे—भूतपूर्व रक्षा मंत्री। उन्होंने प्रधानमंत्री पद हड़प लिया था लेकिन फिर उनकी सरकार भी दूरसंचार, चारे, सेज़ और पेट्रोलियम घोटालों के कारण

गिर गई थी। तीसरे थे वर्तमान प्रधानमंत्री—वो गृहमंत्री जिनका विभाग इकराम को सौंप दिया गया था—जिनकी सरकार वोट के लिए पैसा कांड के कारण गिरी थी और जो अब अगले चुनावों तक बस कार्यवाहक प्रधानमंत्री थे।

तीनों आदमियों के आगे काले कपड़े से ढकी एक बकरे की लाश पड़ी थी, जिसके ऊपर आटे से बना हुआ एक छोटा सा पुतला रखा था। इसके आसपास नीबू, कीलों, पीले चावल और मुगर्.ो की हड्डियों जैसी विभिन्न चीज़ें रखी थीं। साध्वी आग को पोस रही थी। 'ओमलिंगलिंगलिंगलिंग किलिकिलि...' जपते हुए उसने आग में सरसों के दाने और कुछ गुप्त सामग्री फेंकी, जिससे आग में विचित्र से रंग, चटचटाने की आवाज़ें और अजीब सी गंध वाला धुआं उठ रहा था।

उसने अपने पिता को देखकर सिर हिलाया। उन्होंने पुरानी शैली के क़लम को बकरे के ख़ून से भरे एक प्याले में डुबोया और सावधानीपूर्वक एक काग़ज़ के पुर्ज़े पर 'गंगासागर' लिखा। फिर उन्होंने हाथ बढ़ाकर वो पुर्ज़ा साध्वी को थमा दिया। उसने उसे पिघले मक्खन के एक बर्तन में डुबोया और फिर उसे आग में फेंक दिया। उसमें से लपटें उठने लगीं।

फिर उसने आटे के पुतले पर पानी छिड़का, उसे मोर के पंख से साफ़ किया और धीमे से उसकी गर्दन में एक धागा बांध दिया। उसने भूतपूर्व रक्षा मंत्री को धागे का एक सिरा पकड़ने को कहा जबकि दूसरा सिरा उसने ख़ुद पकड़ा। धागे को दोनों ने खींचा, धागा पुतले की गर्दन में फांसी के फंदे की तरह कसा और सिर अलग होकर आग में गिर पड़ा।

फिर उसने वोट के लिए पैसे के मारे प्रधानमंत्री की ओर इशारा किया। साध्वी के '*ओमलिंगलिंगलिंगलिंग किलिकिलि...*' के हर जप के साथ प्रधानमंत्री अपने पास पड़े ढेर से एक कील उठाते और उसे आटे के पुतले के बिना सिर के धड़ में धंसा देते। साध्वी हंसी और तीनों आदमी संतुष्टि से मुस्कुराने लगे। काला जादू पूरा हो चुका

था। उस षड्यंत्रकारी गंगासागर को सबक़ सीखना ही होगा।

Ω

मीटिंग साध्वी की कुटिया के एकांत में हुई थी। रिपोर्टर को विश्वास नहीं हो रहा था कि वो उस व्यक्ति के साथ बैठा है जिसकी साख को नष्ट करने में उसने योगदान दिया था। साध्वी-कलंकित भूतपूर्व प्रधानमंत्री ने उसे चाय का कप पेश किया और फिर अपनी आरामकुर्सी में बैठ गया। "मैंने तुमसे यहां आने का निवेदन इसलिए किया कि मैं तुम्हें बताना चाहता था कि मुझे तुमसे कोई शिकायत नहीं है। तुम तो अपना काम कर रहे थे। भारत में लोकतंत्र को फलना-फूलना है तो प्रेस को आज़ाद और निडर रहना होगा," अनुभवी नेता ने कहा। रिपोर्टर ने कंधे उचकाए लेकिन ख़ामोश रहा।

"मैंने सुना है कि साध्वी—दिव्य मां—के मेरी नाजायज़ बेटी होने की सनसनीख़ेज़ ख़बर के बारे में तुम्हें जानकारी दिए जाने से पहले तुम एक और ख़बर पर काम कर रहे थे। चांदनी के बारे में," भूतपूर्व नेता ने रिपोर्टर को मुस्कुराकर देखते हुए कहा।

"अगर कर रहा था तो?" उदासीन नज़र आने की पूरी कोशिश करते हुए रिपोर्टर ने कहा, हालांकि उसके कान खड़े हो गए थे।

"अगर मैं तुम्हें ये बताऊं कि गंगासागर ने लेक डिस्ट्रिक्ट के ग्रासमियर में एक मां और उसके बेटे की शिक्षा और जीवनयापन के लिए गुअर्ज़नी—चैनल आइलैंड्स—में एक ट्रस्ट फ़ंड की स्थापना की थी?"

"तो? वो बुढ़ऊ कोई ब्रह्मचारी नहीं है। उसने किसी औरत को चोदा तो बहुत बड़ी बात हो गई—आपने भी तो यही किया था!" रिपोर्टर ने भूतपूर्व प्रधानमंत्री से आंख मारते हुए कहा।

"तुम कहानी को समझे नहीं, मेरे दोस्त। मां या बच्चे से गंगासागर का कोई संबंध नहीं है। वो बच्चा चांदनी का है—प्रधानमंत्री पद के लिए भारत के लोगों की लोकप्रिय उम्मीदवार का!"

"और आपको ये जानकारी कैसे मिली?" रिपोर्टर ने पूछा, अच्छी तरह ये जानते हुए भी कि अगर यही सवाल उससे कोई और

पूछता तो वो कह देता कि उसे अपने स्रोतों के बारे में बताने की आज़ादी नहीं है।

"ये जानकारी मेरे लिए भूतपूर्व वित्त मंत्री ने गुअर्ज़नी फ़ाइनेंशियल सर्विसेज़ कमीशन के निदेशक से जुटाई है। उनका ख़ास अहसान," झुर्रीदार और भुलाए जा चुके प्रधानमंत्री ने बताया।

"मेरे स्रोतों का कहना है कि चांदनी को एक बच्चा हुआ था लेकिन वो मृत था," रिपोर्टर ने सावधानीपूर्वक अपने शब्द चुनते हुए कहा। "पहले उन्होंने गर्भपात कराना चाहा था, लेकिन फिर मन बदल दिया था।"

"तुम्हारे स्रोत ग़लत हैं," नेता मुस्कुराया।

"मुझे तथ्यों की जांच ख़ुद करनी होगी।"

"इसीलिए मैंने टिकट और विदेशी मुद्रा की व्यवस्था कर दी है। तुम कितनी जल्दी जाना चाहोगे?"

Ω

"हमीदा नाम का एक हिजड़ा है जो लखनऊ में टुंडे कबाब के नज़दीक रहता है। मुझे उससे मिलना है," कार्यवाहक प्रधानमंत्री ने कहा। संसद के हंगामे के कारण भारत में एक और आम चुनाव होने वाला था और देश में राष्ट्रपति शासन लागू हो चुका था। उनकी सरकार बिल्कुल लंगड़ी थी।

"मुझे नहीं पता था कि फ़र्स्ट लेडी को बच्चा हुआ है, मैं तुरंत—" उनके निजी सचिव ने कहा।

"ये साला फ़र्स्ट लेडी का मामला नहीं है," प्रधानमंत्री ने ज़रा देर से ये महसूस करते हुए कहा कि उन्होंने अपनी पत्नी के लिए एक उपाधि रच दी है। "मुझे किसी नवजात के लिए आशीर्वाद नहीं चाहिए। मुझे इस ख़ास हिजड़े से मिलना है। बस—जल्दी करो।"

Ω

हमीदा से इस अवसर के लिए अच्छे कपड़े पहनने को कहा गया था। उसे एक हिजड़े के रूप में प्रधानमंत्री के बंगले में नहीं ले जाया जा

सकता था। सुरक्षा गार्ड क्या सोचते? प्रधानमंत्री के निजी सचिव ने उसके बाल कटवाने और एक बिज़नेस सूट का इंतज़ाम किया था। "क्या मैं इन कपड़ों को अपने पास रख सकूंगी?" हमीदा ने पूछा।

निजी सचिव ने इक़रार में सिर हिलाया था। वैसे भी उसके द्वारा पहने जाने के बाद उन कपड़ों को कोई नहीं लेना चाहता। गेट पर सुरक्षाकर्मियों ने हमीदा को एक विज़िटर कार्ड दिया। वो लैमिनेटेड था और गले में डालने की नीली डोरी में बंधा हुआ था। निजी सचिव ने कार्ड उसे दिया। "अगले साठ मिनट के लिए ये साउथ ब्लॉक, नॉर्थ ब्लॉक और राष्ट्रपति भवन के अधिकांश भागों के लिए वैध है। वापसी के समय इसे गार्ड को दे देना," उसने कहा, और हमीदा ने बारकोड वाले पास को गले में लटका लिया।

उन्होंने ऑफ़िस में प्रवेश किया, तो प्रधानमंत्री ने हमीदा को देखा और धूर्तता से पूछा, "तुम क्या करोगे अगर मैं कहूं कि तुम्हारे पास गंगासागर से बदला लेने का मौक़ा है?"

"मैं अपने जागते समय का एक-एक क्षण ये सोचने में बिताती हूं कि उसे कैसे मार डालूं। मैं सपनों में भी ख़ुद को उसकी हत्या करते देखती हूं। उसने सिर्फ़ मेरी गोलियां नहीं कटवाईं, उसने मेरी पूरी ज़िंदगी को बधिया कर दिया है!" हमीदा फट पड़ी।

"एक तरीक़ा है जिससे तुम उसे तबाह कर सकती हो, बेटी। चांदनी से कहो कि हाइजैक मुठभेड़ के दौरान गंगासागर ने ही इकराम को मरवाने का इंतज़ाम करवाया था।"

"लेकिन ये सच नहीं है। इकरामभाई को राशिद ने मारा था।"

"लेकिन वो तुम्हारी बात का विश्वास करेगी। तुमने चांदनी को बचाने की कोशिश में अपने पारिवारिक आभूषण खोए थे!"

हमीदा के साथ मुलाक़ात बीस मिनट से कम चली। वापसी में हमीदा लड़खड़ाई और बेचारे शर्माए हुए निजी सचिव पर इस तरह गिरी कि उसकी बांहें उसके गले में पड़ गईं। "लगता है हम एक-दूसरे के लिए ही बने हैं," वो वासनामय ढंग से उसके कान में फुसफुसाई। वो कांपकर रह गया।

हमीदा ने जाते-जाते अपना विज़िटर पास प्रयुक्त पासों वाले ख़ाने में डाल दिया। अब उसे इसकी ज़रूरत नहीं थी। इसके बजाय अब उसके पास निजी सचिव का पास था। सचला देवी के प्रशिक्षण के अपने फ़ायदे थे।

♎

भूतपूर्व वित्त मंत्री एक आरामदेह आरामकुर्सी पर बैठे थे, और रुंग्टा और सोमानी उनके दोनों ओर बैठे थे। "अपने सौदे वापस पाने के लिए आपने मेरी बलि चढ़ा दी। मैं समझ सकता हूं। बिज़नेस में सब जायज़ है। लेकिन आप अपने मुनाफ़े का दस प्रतिशत अग्रवालजी को देने पर क्यों राज़ी हो गए? इस तरह तो आप उन्हें वित्तीय रूप से मज़बूत कर रहे हैं," उन्होंने कहा।

"मैं मानता हूं कि हमने ज़्यादा पैसा दे दिया," रुंग्टा ने कहा, "लेकिन अब हम फंस चुके हैं। हम इससे निकल नहीं सकते।"

"एक तरीक़ा है," नेता ने नर्मी से कहा। "गंगासागर और चांदनी के बीच फूट डाल दें। अब चांदनी एक राष्ट्रीय नेता है। वो बड़ी आसानी से अगली प्रधानमंत्री हो सकती है। उसके दिल में गंगासागर के प्रति नफ़रत पैदा कर दें तो वो गंगासागर द्वारा की गई किसी भी व्यवस्था को ख़ुशी-ख़ुशी रद्द कर देगी।"

"लेकिन हम फूट डालेंगे कैसे?" सोमानी ने पूछा।

"अगर अफ़वाहें सच हैं, तो चांदनी का शंकर नाम के अपने सचिव के साथ चक्कर था। गंगासागर इतना नाराज़ हुआ कि उसने उसे एक दुर्घटना में मरवा दिया।"

"इसे सही कैसे साबित किया जाएगा?" सोमानी ने पूछा।

"जब दिल का मामला सामना आएगा, तो सही साबित करने का काम आपका नहीं होगा। इसे ग़लत साबित करना गंगासागर का काम होगा, मेरे मित्रो।"

♎

कार्यवाहक प्रधानमंत्री ने अपने निजी सचिव को अंदर बुलाया। "ये

चुनाव भिन्न होने वाला है," उन्होंने अपनी आइस्ड टी की चुस्की लेते हुए कहा।

"वो कैसे, सर?" उनके सम्मानपूर्ण निजी सचिव ने पूछा, जो बहुत साल से उनका राज़दार रहा था।

"अब इकराम नहीं है। ये कौन सुनिश्चित करेगा कि उत्तर प्रदेश में कोई गड़बड़ी न हो? इकराम के ग़ुंडे सारे मतदान केंद्रों पर नज़र रखते थे और सुनिश्चित करते थे कि मतदान केंद्रों पर क़ब्ज़ा न हो। गंगासागर ने एक अहम साथी खो दिया है।"

"तो ये हमारे लिए अवसर है?" निजी सचिव ने अपने बॉस को मुस्कुराकर देखते हुए पूछा।

Ω

"अब हम कितने सेंटियोसिस के मालिक हैं?" गंगासागर ने पूछा।

"इक्यावन प्रतिशत," अग्रवालजी ने सिर झटकते हुए कहा। ये उनके जीवन के सबसे ख़राब निवेशों में से एक रहा था।

"बहुत ख़ूब," गंगासागर ने कहा, "अब हम प्रबंधन को अपने हिसाब से चला सकते हैं।"

"मैं तुम्हें ज़्यादातर समझने में नाकाम रहता हूं, गंगा। तुम पक्के ज़िद्दी हो। क्या तुम मुझे बताओगे कि ये कंपनी तुम्हारे लिए क्यों इतनी अहम है?"

"मैंने सुना है कि उनका सीईओ सिर्फ़ चौबीस साल का है। मुझे युवाओं का साथ देना अच्छा लगता है," गंगासागर ने हंसते हुए कहा।

Ω

गंगासागर पिछले दिन के उपेक्षित अख़बारों को पढ़ने में लगा था। वो जिस अख़बार को पढ़ रहा था उसे उसने मोड़ा और ज़मीन पर अलग हटाए अन्य अख़बारों के ढेर में डाल दिया। गंगासागर, चांदनी, अग्रवालजी, मेनन और मेजर बेदी कानपुर में गंगासागर के छोटे से फ़्लैट में रणनीति पर चर्चा कर रहे थे।

"आपने इस घूरे के ढेर से निकलने का सोचा?" नई दिल्ली में सरकार में शामिल होने के बाद चांदनी ने उससे पूछा था। "आप देश के सबसे शक्तिशाली लोगों में से एक हैं और फिर भी ग़रीबी भरी ज़िंदगी को तरजीह देते हैं।"

"त्याग के जीवन के बारे में मेरे पाठ को कभी मत भूलना, प्यारी लड़की," उसने जवाब दिया था।

"ये तो चुनाव की रणनीति के लिए मेजर बेदी के साथ हमारी मीटिंग है ना? हमने अभी तक आने वाले लोकसभा चुनावों के लिए अपने उम्मीदवार तय नहीं किए हैं और आप अभी अख़बार ही पढ़ रहे हैं," चांदनी ने चिढ़ते हुए कहा।

"चुनावी रणनीति पर फ़ैसला करने के लिए तुम चार लोग हो। मैं इस पर ध्यान रखूंगा कि देश में क्या चल रहा है," गंगासागर ने जवाब दिया।

"लेकिन आप *इकोनॉमिक टाइम्स* और *फ़ाइनेंशियल एक्सप्रेस* तो कभी नहीं पढ़ते थे। आपने राजनीतिक मामलों के बजाय वित्तीय मामलों में क्यों दिलचस्पी लेना शुरू कर दिया है?" चांदनी ने पूछा।

"ये साला सब एक है! राजनीतिक सत्ता देश के आर्थिक स्त्रोतों को नियंत्रित करने की उम्मीद करती है। आर्थिक शक्ति राजनीतिज्ञों को नियंत्रित करने की उम्मीद करती है," उसने हंसमुख भाव से कहा। फिर वो दोबारा कंपनियों की रिपोर्टें देखने में लग गया, ख़ासकर सेंटियोसिस की।

"तो, अगर आप लोग ध्यान दे सकें, उत्तर प्रदेश की पिच्यासी सीटों पर हमारे उम्मीदवार पुराने और नए चेहरों का मिश्रण होंगे—" मेजर बेदी ने अपनी बात शुरू की।

गंगासागर ने अपने मसले हुए *फ़ाइनेंशियल एक्सप्रेस* से नज़रें उठाईं और पूछा, "पिछले चुनाव में हमारे वोटों का प्रतिशत क्या था?"

"तीस प्रतिशत," मेजर बेदी ने जवाब दिया।

"और फिर भी हमने छिहत्तर प्रतिशत सीटें जीती थीं। इससे क्या पता चलता है?" गंगासागर ने पूछा।

"कि हम इसलिए नहीं जीते कि हमें बहुत ज़्यादा वोट मिले बल्कि इसलिए जीते कि बाक़ी के वोट अच्छी तरह आपस में बंट गए थे," बेदी ने अपनी पगड़ी को ठीक करते हुए और गंगासागर के बेतरतीब घर में सहज महसूस करने की कोशिश करते हुए कहा।

"ऐसे मज़बूत उम्मीदवारों की पहचान करने की फ़िक्र मत करो जो हमारा वोट प्रतिशत बढ़ा सकते हैं। वोट प्रतिशत बेमानी है। इसके बजाय, बाक़ी सबके वोट प्रतिशत में विभाजन और दरारें डालो," गंगासागर ने विजयी भाव से कहा।

"और आपके हिसाब से हम ऐसा किस तरह करें?" चांदनी ने पूछा।

"मैं इसपे काम कर रहा हूं," अपने सामने पड़े अख़बार में सेंटियोसिस के खाते को देखते हुए गंगासागर ने खोए-खोए भाव से कहा।

♎

"इस बार इकरामभाई नहीं हैं। अगर विपक्ष ने मतदान केंद्रों पर क़ब्ज़ा किया तो उनसे निबटने वाला कोई नहीं होगा," बाक़ी सब लोगों के जाने के बाद मेनन ने गंगासागर से कहा।

"जानते हो एक आम से सैंडविच को क्या चीज़ स्वादिष्ट बनाती है?" इकराम की अनुपस्थिति पर टिप्पणी को नज़रअंदाज़ करते हुए गंगासागर ने पूछा।

"क्या?" मेनन ने पूछा।

"साइड में रखे चिप्स," गंगासागर ने कहा।

♎

"ईवीएम!" गंगासागर ने ज़ोर से कहा।

"क्या कहा, सर?" मेनन ने पूछा।

"इलेक्ट्रॉनिक वोटिंग मशीनें। इस चुनाव में इलेक्ट्रॉनिक वोटिंग

मशीनों का प्रयोग किया जाएगा। अब काग़ज़ी वोट बंद।"

"ओह, हां। वो कह रहे हैं कि ये ज़्यादा सक्षम और सटीक है," मेनन बोला।

"जानते हो ईवीएम के केंद्र में क्या है, मेनन?"

"क्या?"

"चिप्स," गंगासागर ने कहा। "ईवीएम एक सैंडविच की तरह है। चिप्स के बिना ये किसी काम की नहीं।"

Ω

"आपको पता था कि ये एक पेचीदा गणित है जो ईवीएम के अंदर डाले इन चिप्स को शक्ति देती है?" गंगासागर ने पूछा।

अग्रवालजी अपने कप से प्लेट में चाय डालते-डालते रुक गए। "नहीं, मुझे नहीं पता था," उन्होंने कहा। "कोई ख़ास कारण कि मुझे ये पता होना चाहिए था?"

"ईवीएम विभिन्न कंपनियों द्वारा बनाई जाती हैं लेकिन वो सभी एक ही केंद्रीय चिप का इस्तेमाल करती हैं। इसी चिप में वो सॉफ़्टवेयर होता है जिसके द्वारा मशीन वोट को दर्ज करती है और नतीजों का मिलान करती है।"

"ओह, समझा," अग्रवालजी ने तेज़ आवाज़ से प्लेट से चाय सुड़कते हुए कहा।

"आपने कभी लैटिन सीखी?" गंगासागर ने अचानक पूछा।

"नहीं। मैंने अंग्रेज़ी, हिंदी और संस्कृत सीखी है। लेकिन लैटिन नहीं।"

"इसीलिए।"

"क्या?"

"इसीलिए आप नहीं जानते कि अंग्रेज़ी शब्द *वोट* का लैटिन अनुवाद *सेंटियो* होता है। अब आप उस चिप बनाने वाली कंपनी के मालिक हैं—सेंटियोसिस।"

Ω

"लेकिन—लेकिन—ये धोखाधड़ी है, गंगा। हमें ज़्यादा वोट देने के लिए हम इन मशीनों में गड़बड़ी नहीं कर सकते," अग्रवालजी फड़फड़ाए। ऐसा लगता था कि गंगासागर के मंसूबों का कोई अंत ही नहीं था।

"मैं सहमत हूं। अगर हमें ज़्यादा वोट देने के लिए मशीनों में गड़बड़ी की जाए, तो ये धोखाधड़ी होगी। लेकिन अगर दूसरों को ज़्यादा वोट देने के लिए उनमें गड़बड़ी की जाए?" उसने मासूमियत से पूछा।

"तुम पागल हो क्या?" अग्रवालजी ने पूछा। "तुम मशीनों में गड़बड़ी करना चाहते हो ताकि वो दूसरों को ज़्यादा वोट दे सकें?"

"सिर्फ़ उन्हें जिन्हें वोटों की ज़रूरत है," गंगासागर ने कहा।

♎

"तुम आख़िर बोल क्या रहे हो, गंगा?" क्रुद्ध अग्रवालजी ने पूछा।

"फ़र्ज़ कर लेते हैं कि एबीएनएस का एक उम्मीदवार एक चुनाव क्षेत्र से लड़ रहा है। अब मान लें कि हमारे उम्मीदवार का वोट प्रतिशत इक्यावन है, तो ये स्पष्ट है कि वो विजेता है। सही?"

"सही।"

"लेकिन अगर उसके पास पचास प्रतिशत वोट हैं—इक्यावन नहीं? तो क्या चीज़ सुनिश्चित करेगी कि वो जीतेगा या हारेगा?"

"कि बाक़ी पचास प्रतिशत किस तरह विभाजित हुआ है?"

"सही। अगर बाक़ी पचास प्रतिशत एक ही उम्मीदवार को मिले, तो बराबरी रहेगी। लेकिन अगर ये दो या दो से ज़्यादा उम्मीदवारों में बंटे, तो हमारा उम्मीदवार जीत जाएगा। तो, अगर हमारे उम्मीदवार को चालीस प्रतिशत ही वोट मिलें, तो क्या होगा?"

"उसकी जीत या हार इस पर निर्भर करेगी कि बाक़ी साठ प्रतिशत किस तरह बंटा है।"

"सही। बाक़ी साठ प्रतिशत एक ही उम्मीदवार के पास हो सकता है। ऐसे में हमारा उम्मीदवार हार जाएगा। अगर साठ प्रतिशत

दो उम्मीदवारों में पचास-दस बंटे, तो भी हमारा उम्मीदवार हारेगा, लेकिन अगर तीस-तीस बंटे, तो हमारा उम्मीदवार जीत जाएगा।"

"तो तुम्हारी क्या योजना है?"

"गणित क्रमिक रूप से निश्चित करेगी कि हमारे उम्मीदवार का वोट प्रतिशत क्या है। ये हमारे खाते में फ़र्ज़ी वोट नहीं डालेगी बल्कि बस अवशिष्ट वोटों का पुनर्वितरण करेगी। मैंने हमेशा से कहा है कि जीतने का अर्थ सिर्फ़ अपनी शक्ति को बढ़ाना नहीं बल्कि दुश्मन की शक्ति को कम करना है। और मैं आपको बता दूं, कि हम अपने दुश्मनों से घिरे हुए हैं—ऐसे लोग जो कोई भी नीच हरकत करने में हिचकिचाएंगे नहीं!"

Ω

हैरी रिचड्र्सन बेहद ख़ुश था। ईटन कॉलेज कंसर्ट हॉल की सारी सीटें भरी हुई थीं। ये उसका पहला एकल शो था और ईटन कॉलेज सिंफ़नी ऑर्केस्ट्रा ने उसके साथ संगत की थी। कंसर्ट का आयोजन तब किया गया था जब वॉयलिन विशेषज्ञ इतज़ाक पर्लमैन ने अपने ईटन दौरे के दौरान हैरी को वॉयलिन बजाते सुना था। फिर उन्होंने अपने विचार स्कूल को लिखे थे। "शुरुआत हैरी रिचर्डसन से करते हैं। वो एक असाधारण वॉयलिनिस्ट है जिसकी शानदार तकनीक उसके संगीतमय मस्तिष्क से जुड़ी हुई है जो छोटी से छोटी बारीकी को भी नज़रअंदाज़ नहीं करता है। ऐसा लगता है जैसे हैरी ने वो जवाब भी प्राप्त कर लिए हैं जिनके अन्यों को सवाल तक नहीं पता..."

आज का शो *पार्टीटा नं० 2 इन डी माइनर से शैकोन इन डी माइनर* था, जो कि प्रयोगात्मक संगीत में बाख की सबसे प्रसिद्ध कृति थी। *शैकोन* को बाख के दौर में एकल वॉयलिन सूची का शिखर माना जाता था क्योंकि इसमें वॉयलिन-वादन के सारे पक्ष आ जाते थे। हैरी ने इतिहास की सबसे कठिन कृतियों में से एक को चुना था और उसे त्रुटिहीन ढंग से बजाकर दिखाया था। वो अपनी मां—जोज़ेफ़ीन—को सामने की पंक्ति में, बाक़ी दर्शकों के साथ, पूरे जोश के साथ सराहना करते देख सकता था। वो खड़े होकर उसका

अभिनंदन कर रही थीं। उसे अपने प्यारे बेटे पर नाज़ था।

पर्लमैन के अनुमोदन की वजह से दर्शकों में प्रेस के सदस्य भी मौजूद थे। सिर्फ़ ब्रिटेन से ही नहीं। विलक्षण बच्चे के फ़ोटो खींचे गए और कैमरों के फ़्लैश से हॉल जगमगा उठा। हैरी एक भारतीय रिपोर्टर को भी फ़ोटो खींचते देख सकता था।

Ω

"आपने ज्योफ़्री को मार डाला!" वो चीख़ी।

"चांदनी, मेरी बात सुनो—" गंगासागर बोला।

"शंकर की हत्या भी आपने करवाई!" वो चिल्लाई।

"इनके कारण थे—" वो बोला।

"और इकरामभाई। उन्हें भी आपने ही मरवाया था?"

"ईश्वर साक्षी है, मैं उस बदमाश को बहुत चाहता था। मैं तुम्हारे सारे आरोप स्वीकार करने को तैयार हूं लेकिन ये नहीं!" गंगासागर गरजा।

"गंगा अंकल। मैं हमेशा से जानती थी कि आप निर्दयी आदमी हैं—कि अपने मक़सद पूरे करने के लिए आप कुछ भी कर सकते हैं—लेकिन मैंने ये कभी नहीं सोचा था कि आपके पास दिल है ही नहीं। आज मेरा विचार बदल गया है," वो अपनी साड़ी के पल्लू से आंसुओं को थपथपाते हुए बोली।

"चुनाव के नतीजे आ चुके हैं। ये निश्चित है कि तुम अगली प्रधानमंत्री बनोगी! चांदनी, ये फ़ोकस खोने का समय नहीं है। हमें अभी भी बहुत कुछ करना बाक़ी है।"

"अब कोई *हम* नहीं बचा—सिर्फ़ *आप* और *मैं*। और मुझे लगता है कि हम दोनों को अपने अलग-अलग रास्ते जाना चाहिए। अगर मैंने आपको छोड़ दिया तो मुझे कार्यवाहक प्रधानमंत्री का समर्थन मिल जाएगा जो वैसे भी आपसे नफ़रत करते हैं। बिहार और उत्तर प्रदेश के सांसदों के अलावा उनके पास उतने ही सांसद हैं जितने मुझे चाहिए।"

"लेकिन वो तुम्हें सिर्फ़ इसलिए खड़ा करेगा कि फिर से गिरा सके, चांदनी। शैतान के साथ समझौता मत करो," गंगासागर ने कहा।

"क्यों न करूं?" वो चिल्लाई। "आपके साथ भी तो किया था ना?"

माइक्रोफ़ोन ध्वनि तरंगों को प्राप्त करके पतली सी झिल्ली में कंपन पैदा कर रही थी, जो एक विद्युतीय संकेत उत्पन्न कर रहा था। उसके बाद विद्युतीय संकेत कई घर दूर एक ट्रांसमीटर पर प्राप्त किए जा रहे थे। एक एयरकंडीशन्ड कमरे में कार्यवाहक प्रधानमंत्री बैठे थे। वो बातचीत को सुनकर हंस रहे थे।

चांदनी तेज़ी से गंगासागर के फ़्लैट से निकल गई और गंगासागर चिल्लाता रह गया, "चांदनी, वापस आ जाओ। ये मैंने तुम्हारे लिए किया था—" लेकिन वो अपना वाक्य पूरा नहीं कर सका। खांसी के तेज़ दौरे ने उसके शब्दों को बाधित कर दिया। वो खांसी को तब तक नज़रअंदाज़ करता रहा जब तक कि उसने रूमाल पर ख़ून के लाल धब्बे नहीं देख लिए।

अध्याय उन्नीस

लगभग 2300 वर्ष पहले

दस्यु एक विशाल पथरीले छज्जे पर खड़े थे और धनानंद के दल को जंगल में आगे बढ़ते देख रहे थे। बीभत्सक नाम के उनके अगुआ के बारे में कहा जाता था कि वो एक हज़ार से अधिक लोगों की हत्याएं कर चुका है। उसके गंदे बाल तारों जैसे और उलझे हुए थे। उसकी दाढ़ी साफ़ थी लेकिन मूंछें उसके गालों पर घूमी हुई थीं। वो एक धब्बेदार सफ़ेद धोती और मोटे चमड़े की पादुकाएं पहने था और एक कंबल को उसने उत्तरीय की तरह कंधे पर लपेट रखा था। उसकी त्वचा काली और अकड़ी हुई थी—जिसका कारण बरसों से ठीक से नहीं नहाना था—और उसके दांतों को छाली ने दाग़दार कर दिया था।

उसने ढेर सारा बलग़म थूका और अपने शिकार की ओर नज़र दौड़ाई। अधिक मदिरापान से सुर्ख़ उसकी आंखों का रंग उसके माथे पर लगे गहरे लाल रंग के तिलक से मेल खा रहा था। लेकिन ये तिलक सिंदूर के वर्णक से बनाया गया नहीं था। ये उसके आख़री

शिकार के ख़ून से बनी छाप थी। उसने अपने हाथ में एक कटार पकड़ी हुई थी, जो उसका शुभंकर थी लेकिन जो उन हज़ार गलों के लिए शुभ नहीं रही थी जिन्हें इसने काट डाला था। उसके दूसरे हाथ में वो तलवार थी जो एक रात पहले उसे भेंट की गई थी। ये अच्छा रहा था, बीभत्सक ने सोचा। हर शिकार से न केवल लूट का माल मिलता था बल्कि देवी काली के लिए बलि भी। उसने नदी तट पर देवी के लिए एक मंदिर बनाया था और वो सुनिश्चित करता था कि प्रत्येक दिन वो वहां एक नए शिकार का रक्त चढ़ाए। उस स्थान से सब बचा करते थे जहां उसका मंदिर बना था। वो स्थान काली घाट कहलाता था।

"हम तब धावा बोलेंगे जब ये रात के लिए पड़ाव डालेंगे," बीभत्सक ने कहा। "इस दल में बहुत लोग हैं, विशेषकर रक्षक। इन पर पूरी तरह अनजाने में ही आक्रमण करना ठीक रहेगा। ये बड़ा आनंदकारी रहेगा!" उसके आदमी—जिनकी संख्या लगभग दो दर्जन थी—हंसने लगे। उनका प्रमुख अपने आदमियों की देखभाल करना जानता था। वो धनी होने वाले थे।

बीभत्सक पहले ही धनी था। शारंगराव के साथ देर रात की भेंट में तय हो चुका था कि लूट का माल उसे चाहे जितना भी मिले, उसका अपना भुगतान अलग से किया जाएगा। फिर शारंगराव ने उसे भद्रशाल की तलवार देकर कहा था कि धनानंद को उसी तलवार से मारा जाए और ये सुनिश्चित किया जाए कि तलवार अपराध स्थल पर ही छूट जाए।

Ω

"किंतु आचार्य, क्या ये बुद्धिमानी नहीं होगी कि मगध के सम्राट के रूप में महाराज पोरस का राज्याभिषेक तुरंत करा दिया जाए?" इंद्रदत्त ने पूछा।

"तेईस अंश धनु के आसपास शुक्र-भंवर संयोजन महाराज के जन्म वरुण पर कसकर लिपटा हुआ है, और महाराज के जन्म बुध में शनि-अरुण विरोध उपस्थित है। इसलिए इस राज्याभिषेक के प्रसंग

को महामहिम के महत्वपूर्ण बुध-शनि-वरुण-भंवर चक्र के आसपास परिक्रमा करनी चाहिए," मोटे राजपुरोहित ने कहा, जबकि वो लोग धनानंद के विशाल आनंद कक्ष में बैठे हुए थे। चाणक्य ने अपनी हंसी रोकी। ज्योतिष बड़ा अदभुत विज्ञान था। इसके माध्यम से आप बिना कुछ कहे वो सब कुछ कह सकते थे जो आप कहना चाहते थे।

"इसका क्या अर्थ हुआ?" हतप्रभ पोरस ने पूछा।

"इसका अर्थ ये है, हे शक्तिशाली राजा, कि अपने राज्याभिषेक की शुभ घड़ी के लिए आपको दो दिन और दो रात और प्रतीक्षा करनी होगी," चाणक्य बीच में बोला।

"पर तब तक मैं क्या करूं?" पोरस ने पूछा।

"मेरा विचार है कि महाराज को व्यस्त रखने के लिए मेरे पास एकदम सही हल है," चाणक्य ने सुझाव दिया और विशाखा ने एक सिंहनी की तरह रमणीय ढंग से प्रवेश किया।

"सिंह तैयार है ना?" चाणक्य ने पूछा। जीवसिद्धि ने सिर हिलाया। "बढ़िया। चंद्रगुप्त के जंगल पहुंचने तक अपने गुप्तचरों द्वारा उसे पिंजरे में ही बंद रखवाना। जैसे ही चंद्रगुप्त सामने दिखाई दे, उसका पिंजरा खोल देना, समझ गए ना?" चाणक्य ने जीवसिद्धि को थैली देते हुए निर्देश दिया। "ध्यान रहे कि सिंह के पानी में इसे मिश्रित कर दिया जाए। इससे वो निद्रालु और ढीला-ढाला हो जाएगा," उसने कहा।

मार्जार-प्रजाति का सबसे बड़ा सदस्य और सारे जीवित मांसभक्षकों में सबसे शक्तिशाली पशु मगध के राजाओं का सर्वप्रधान खेल था। शिकार की सबसे अधिक प्रचलित तकनीक हांका थी जिसमें नगाड़े बजाकर जानवर को हांककर घेरते हुए प्रतीक्षा कर रहे शिकारी की ओर लाया जाता था जहां उसके लिए जीवित भैंसों का चारा खूंटे से बंधा होता। चंद्रगुप्त ज़मीन से बीस फ़ुट ऊपर एक छिपे हुए मचान पर बैठा था। उसके चेहरे पर एक घिनौना, चर्बी भरा, बदबूदार तरल पदार्थ मला हुआ था जिसे एक शिकार की गई शेरनी

के मूत्रपथ से निकाला गया था। उसके सहायक दूसरे मचानों पर दुबके बैठे थे और शक्तिशाली सिंह के आने की प्रतीक्षा कर रहे थे। जंगल में पूर्ण सन्नाटा था, और एकमात्र ध्वनि थमी हुई सांस की थी।

चंद्रगुप्त के साथी सैकड़ों हांके और चारे वालों को उन तिकड़मों की कोई ख़बर नहीं थी जो जीवसिद्धि द्वारा चोरी-छिपे भिड़ाई जा रही थीं। जीवसिद्धि ने अपने सहायक को सिर हिलाकर संकेत दिया और उस व्यक्ति ने रस्सी खींच ली जिसने पिंजरे का द्वार खोला और भव्य पशु को ख़ामोशी से लक्षित क्षेत्र में छोड़ दिया। उनींदे पशु ने पिंजरे से बाहर निकलकर कुछ सूंघा। सिंहों की सुनने की शक्ति अत्यंत तीव्र और देखने की शक्ति बहुत पैनी होती थी किंतु वो सटीक ढंग से सूंघ नहीं सकते थे। लेकिन ये गंध भिन्न थी और कोई मूर्ख सिंह ही इसे चूक सकता था। इसमें ऐसे रासायनिक पदार्थ थे जो कामवासना को जागृत करते थे।

जैसे ही सिंह धीरे-धीरे चलता हुआ चंद्रगुप्त के मचान के नीचे तंग स्थान पर आया, वैसे ही महान राजा ऊपर से अपना भाला फेंकने के बजाय नीचे कूद गया और शेर के ठीक सामने आ गया। नींद की औषधि पी चुका जानवर बड़ी मुश्किल से अपनी आंखें खोले हुए था। वो बस इतना जानता था कि उसे गंध के स्रोत—प्रेम के रासायनिक पदार्थ—को ढूंढ़ना है।

शीघ्र ही पशु ने महसूस किया कि वो गंध उसके सामने मौजूद मनभावन शिकारी के गाल से उठ रही है। चंद्रगुप्त झुक गया लेकिन उसने किसी भी दुर्भाग्यपूर्ण परिस्थिति से बचने के लिए अपना भाला तैयार रखा, जबकि विशाल पशु ने अपने जबड़े खोले, जीभ बाहर निकाली, चंद्रगुप्त के गाल पर लगे उस अत्यंत बदबूदार चिपचिपे पदार्थ को चाटा और बेहोश हो गया।

"ये एक दिव्य संकेत है!" एक शिकारी सहायक फुसफुसाया। "ये चमत्कार है! चंद्रगुप्त के पास दिव्य सहायता है। यदि ये अलौकिक घटना नहीं है, तो क्या है?"

"मैं सहमत हूं," दूसरा बोला। "ऐसी घटना लाखों में एक बार

होती है। ये ईश्वर का आशीर्वाद है। ये आकाशीय संदेश है जो मगध के लोगों को बता रहा है कि उनका सच्चा राजा आ चुका है और उनके बीच है। और वो राजा महान चंद्रगुप्त ही है!"

Ω

पाटलिपुत्र के आनंद महल के उस कक्ष में रेशमी पलंगपोश पर अपना चेहरा विशाखा की छाती में धंसाए पोरस मरा पड़ा था, जबकि बाहर शाही बाग़ में मोर अभी भी नाच रहे थे।

धनानंद का निर्जीव शरीर जंगल में पड़ा था जबकि भद्रशाल की रक्तरंजित तलवार उसके निकट पड़ी हुई थी। बीभत्सक धनानंद का कुछ रक्त नदी के तट पर काली घाट में देवी को चढ़ाने के लिए ले गया था।

जंगल में सोया हुआ सिंह आराम से ख़र्राटे भर रहा था।

Ω

चाणक्य, चंद्रगुप्त, शारंगराव और कात्यायन राजकीय सभा कक्ष में बैठे अपनी अगली चाल के बारे में विचार-विमर्श कर रहे थे। मगध का एक न्यायाधीश उनके सामने खड़ा निर्देशों की प्रतीक्षा कर रहा था। "भद्रशाल को तुरंत बंदी बना लिया जाए और फांसी पर लटका दिया जाए," चाणक्य ने न्यायाधीश को निर्देश दिया और न्यायाधीश अपने नए स्वामी के आज्ञापालन और उसे प्रसन्न करने के लिए तुरंत वहां से चला गया।

"भद्रशाल ने हमारी सहायता की थी, आचार्य, हमें उसके प्रति उदार होना चाहिए। हम जानते हैं कि धनानंद के वध के पीछे वो नहीं था," शारंगराव ने कहा।

"वो हमारी नहीं, अपनी सहायता कर रहा था, शारंगराव," क्रुद्ध ब्राह्मण ने प्रज्वलित नेत्रों के साथ कहा। "वो किसी भी शासक के लिए एक बोझ होगा, चाहे वो धनानंद हो या चंद्रगुप्त! राजधर्म दया का नहीं, शक्ति का खेल है।"

"राक्षस नाराज़ होगा। भद्रशाल उसका सहयोगी था," कात्यायन ने कहा।

"इससे क्या अंतर पड़ता है, कात्यायनजी? अब जबकि राक्षस जानता है कि धनानंद रास्ते से हट चुका है, तो वो दौड़ता हुआ मगध आएगा," चाणक्य ने कहा।

"लेकिन सुना है कि राक्षस का कहना है कि वो तक्षशिला में आराम से है और मगध वापस आने की उसकी कोई इच्छा नहीं है," शारंगराव बोला।

"मुझे वो दुष्ट राक्षस यहीं वापस चाहिए। उप महामंत्री के रूप में उसकी उपस्थिति भर चंद्रगुप्त के शासन को वैधता प्रदान करेगी," चाणक्य ने कहा।

"उप महामंत्री?" चंद्रगुप्त ने पूछा। "वो तो धनानंद के शासन काल में महामंत्री था ना?"

"हां। लेकिन तुम्हारे नए महामंत्री कात्यायनजी होंगे—एक ऐसे व्यक्ति जो राजा के सामने अपने विचार प्रकट करने से डरते नहीं हैं!"

वृद्ध कात्यायन मुस्कुराए और खड़े हुए, चंद्रगुप्त के पास गए और अपने नए स्वामी के आगे झुक गए। फिर चाणक्य की ओर पलटते हुए उन्होंने कहा, "किंतु आचार्य, आप राक्षस को वापसी के लिए मजबूर नहीं कर सकते। वो तक्षशिला में अत्यंत विलासितापूर्ण जीवन व्यतीत करता प्रतीत होता है।"

"मुझे विश्वास है कि मेहिर—जिसे मैंने तक्षशिला में विशेष रूप से इसी कारण से छोड़ दिया था—ने अब तक इस समस्या का समाधान कर लिया होगा," चाणक्य ने गूढ़ भाव से कहा।

"और मेहिर को आपके क्या निर्देश थे?" चंद्रगुप्त ने पूछा।

"कि वो राक्षस से कहे कि मैंने सुवासिनी को बंधक बना लिया है और उसे तब तक बंधक के ही रूप में रखा जाएगा जब तक कि वो लौट नहीं आता! फ़र्श पर थोड़ा सा गुड़ का घोल डालें और फिर देखें कैसे चींटियां उस पर आती हैं! सुवासिनी मेरा घोल है और राक्षस मेरी चींटी!" चाणक्य दहाड़ा।

"आचार्य! यदि मैं स्पष्ट बोलूं, तो ये खुली बेईमानी है," चंद्रगुप्त ने टिप्पणी की।

"पुत्र, कभी भी पूरी तरह ईमानदार नहीं होना चाहिए। तुम अभी तो जंगल में शिकार से लौटे हो। क्या तुमने नहीं देखा कि हमेशा सीधे पेड़ ही काटे जाते हैं, टेढ़े कभी नहीं!" चाणक्य ने कहा।

"तो मैं ऐसे सिंहासन पर बैठूं जो छल से जीता गया हो?"

"तुम राजा हो, नहीं क्या? तुम शिखर पर पहुंच चुके हो। तुम्हारे पास शक्ति और वैभव है—हे राजा, इसका प्रयोग बुद्धिमानी से करो!" चाणक्य बोला।

चंद्रगुप्त अभी भी असहज दिख रहा था।

चाणक्य फिर से बोला। "चिड़ियां फलहीन वृक्षों पर नहीं बैठतीं, वेश्याओं के मन में ग़रीब पुरुषों के प्रति प्रेम नहीं होता और नागरिक शक्तिहीन राजा की आज्ञा नहीं मानते! हे राजा, अपना कर्तव्य निभाओ!" उसने आदेश दिया और धनानंद के दरबार में बहुत वर्ष पूर्व अपनी शिखा को खोलने के बाद आज पहली बार उसने अपनी शिखा को बांधा।

Ω

सुवासिनी ने कमरे में इधर-उधर देखा। कमरा खिड़कीरहित लेकिन आरामदेह था—साफ़, हवादार और सारे सामान से सुसज्जित। उसने दरवाज़ा खोलने का प्रयास किया लेकिन दरवाज़ा बाहर से बंद था। वो बुरी तरह दरवाज़े को पीटने लगी कि शायद कोई सुन ले। पर कोई फ़ायदा नहीं हुआ। लगता था कि बाहर कोई नहीं है। अपने बंदी होने को स्वीकार करके वो पलंग पर बैठ गई और धीरे-धीरे सुबकने लगी। ये कैसा अभागा जीवन है? राक्षस द्वारा उपयोग, धनानंद द्वारा उपभोग और चाणक्य द्वारा दुरुपयोग?

वहां बैठकर अपने दयनीय जीवन पर सोच-विचार करते हुए उसे पैरों की आहट सुनाई दी। फिर उसने दरवाज़े के कुंडे उठने की आवाज़ सुनी। दो रक्षक अंदर आए और दरवाज़े के दोनों ओर तैनात हो गए। और फिर अपनी कमर पर हाथ बांधे चाणक्य अंदर आया।

सुवासिनी पलंग से उठी और उसकी ओर दौड़ी; उसके गालों पर आंसू ढलके थे और बाल चेहरे पर बिखरे हुए थे। "विष्णु! तुम्हें देखकर मुझे चैन मिल गया। तुम मुझे मुक्त कराने आए हो ना? मैं हमेशा से जानती थी कि तुम ही मेरे उद्धारक बनोगे!" वो विलाप करती हुई उसके आगे घुटनों के बल गिर पड़ी।

"उठो, सुवासिनी," चाणक्य ने उसे कंधों से पकड़कर उठाते हुए कहा। "मैं क्षमा चाहता हूं कि मैंने तुम्हें इस कक्ष में बंद रखा, किंतु मैं जानता था कि अगर तुम दिखाई दीं तो तुम्हारे पास धनानंद के साथ निर्वासन में जाने के अतिरिक्त कोई विकल्प नहीं रहेगा," उसने सफ़ाई दी।

"मैं समझती हूं, विष्णु," वो विनम्रता से बोली। उसने चाणक्य को गले से लगाया, और अपना चेहरा उसके वक्ष से लगा दिया। उसने नज़रें उठाकर चाणक्य को देखा तो उसका दिल तेज़ी से धड़क रहा था, जबकि वो मूकभाव से उसके प्रेम की याचना कर रही थी और मन ही मन उसके लिए उस विजय की प्रार्थना कर रही थी जो वो पहले ही प्राप्त कर चुका था। *ॐ त्रयंब्कम् यजमाहे, सुगंधिम् पुश्टिवर्धनम्; उर्वारुकमिव बंधनान्, मृत्योर्मुक्षीय मा मृतात।*

"अब मैं इस बंद स्थान से निकल सकती हूं? मैं फिर से स्वतंत्र होना चाहती हूं," उसे कसकर अपने आलिंगन में लेते हुए वो बड़बड़ाई।

"मुझे दुख है, सुवासिनी, यद्यपि मैं तुमसे प्रेम करता हूं, लेकिन मैं वो नहीं कर सकता जो तुम मुझसे चाहती हो। मगध के हित में यही होगा कि मैं तुम्हें यहीं रखूं," चाणक्य ने अपने स्वर में भावनाओं को नियंत्रित करते हुए उसे ये समाचार दिया।

"क्या? धनानंद मर चुका है और तुम फिर भी मुझे बंद ही रखना चाहते हो? तुम्हें क्या हो गया है, मेरे प्रिय विष्णु? क्या अब तुम्हारे वक्ष में एक सामान्य मानव हृदय नहीं धड़कता है? तुम उस एकमात्र स्त्री के साथ ऐसा कैसे कर सकते हो जिससे तुमने कभी प्रेम किया है?" स्वयं को उसके आलिंगन से अलग करते हुए उसने

क्रोधित भाव से पूछा।

"निस्संदेह मैं तुमसे प्रेम करता था, मेरी प्रिय सुवासिनी, किंतु मैं भारत से कहीं अधिक प्रेम करता हूं। मैं हर संभव प्रकार से इसकी रक्षा करने के लिए कर्तव्यबद्ध हूं। अभी मुझे राक्षस की चिंता है। राक्षस को तुमसे अधिक कोई वस्तु प्रिय नहीं है, सुवासिनी। तुम मेरी विकट परिस्थिति को समझ सकती हो?" चाणक्य ने पूछा।

"तुम जिस स्त्री से प्रेम करते हो, उसे बंदी बनाकर रखोगे क्योंकि वो तुम्हारी शतरंज की बिसात में एक प्यादा है?" वो चिल्लाई। "हे क्रोध के देवता और मृत्यु के अवतार! मैं तुझे कई सहस्त्र वर्षों के लिए नर्क को सौंपती हूं—ताकि तू राजनीति के नाम पर की गई हत्याओं और दुष्कर्मों के लिए यातनाएं सहे! तेरा नाम आगे ले जाने के लिए कोई वंश नहीं होगा और वो ज्ञान जिसकी तुझे इतनी लगन है, वो किसी के काम नहीं आएगा। तू और तेरा अभिशप्त दर्शन, दोनों लुप्त हो जाएं!" उसने चाणक्य को शाप दिया और पलंग पर गिरकर रोने लगी।

"मैं तुम्हारे शाप में विश्वास नहीं करता हूं, सुवासिनी। ऐसे लोग वास्तव में मौजूद हैं—जादूगर और वैद्य—जो मंत्रों द्वारा दूसरों को मार सकते हैं, अदृश्य हो सकते हैं या स्वयं को मानवभेड़ियों में बदल सकते हैं। काले जादू के ऐसे तंत्र और मंत्र भी हैं जो अंधता, क्षय, विक्षिप्तता या मृत्यु तक के कारण बन सकते हैं। लेकिन शाप हार्दिक होना चाहिए न कि बनावटी। तुम अभी भी मुझसे प्रेम करती हो और तुग कभी नहीं चाहोगी कि तुम्हारा शाप सच हो," चाणक्य ने उदासी से कहा।

"मैं तुमसे प्रेम करती हूं, विष्णु, किंतु मैं तुम्हारे अंदर के चाणक्य से घृणा करती हूं!" वो रोते हुए बोली। "और जहां तक मंत्रों और शापों के प्रभाव का प्रश्न है, तो मैं तुम्हें बता दूं कि तुम वो सत्ता कभी नहीं प्राप्त कर पाते जिसका तुम्हें इतना लोभ है, अगर मैंने तुम्हारी विजय के लिए प्रत्येक दिन शिव से प्रार्थना नहीं की होती!"

"मेरे पास तुम्हें बंदी बनाए रखने के अतिरिक्त कोई विकल्प

नहीं है, सुवासिनी," चाणक्य ने कहा। "ईश्वर मेरा साक्षी है, संसार में कोई ऐसा नहीं जिससे मैंने तुमसे अधिक प्रेम किया हो!"

"यदि मेरा कारावास रहेगा, तो मेरा शाप भी रहेगा। परंतु, चूंकि मैं तुमसे प्रेम करती हूं, इसलिए मैं तुम्हें इससे मुक्ति का एक उपाय बताती हूं। अब से कई सहस्त्र वर्ष बाद, यदि कोई व्यक्ति एक मंत्र पर ध्यान लगाएगा, तो वो फिर से चाणक्य के ज्ञान का प्रयोग कर सकेगा, लेकिन केवल तभी जबकि वो इसका प्रयोग किसी स्त्री को आगे बढ़ाने के लिए करेगा!" उसने स्वयं को बंदी बनाने वाले की ओर आरोपपूर्ण उंगली उठाते हुए कहा।

"कौन सा मंत्र?" चाणक्य ने कहा।

"*आदि शक्ति, नमोनमः; सर्वशक्ति, नमोनमः, प्रथम भगवती, नमोनमः, कुंडलिनी माताशक्ति; माताशक्ति, नमोनमः,*" सुवासिनी ने कहा। "यदि इस मंत्र का उच्चारण चार हज़ार दिन से अधिक तक प्रत्येक दिन चार सौ बार किया जाए, तो वक्ता को एक और नेता—जो कि एक स्त्री होनी चाहिए—को खड़ा करने के लिए चाणक्य की शक्तियां प्राप्त हो जाएंगी। नए युग में, शक्ति शिव को पीछे छोड़ देगी!"

चाणक्य ने उसे गंभीरतापूर्वक देखा। जैसी तुम्हारी इच्छा, मेरी एकमात्र प्रेम। अब मेरा कर्तव्य अन्य लोगों, अन्य युगों के प्रति भी हो गया है, इसलिए मैं एक अंतिम बार तुम्हें छोड़कर जा रहा हूं। मेरी बुद्धि और अनुभव मेरे जीवनकाल में न धुंधलाएं। इतिहास, वो चंचल कला, आने वाले शासकों के लाभ और उनके राष्ट्रों की अधिक समृद्धि के लिए शायद मेरे विचारों को दर्ज न करे। इसलिए मुझे उनको लिख लेना चाहिए।

वो पीछे छायाओं में धंसता चलता गया और धीरे से कक्ष से निकल गया। "मुझे सारा कुछ लिख डालना चाहिए," सुवासिनी ने कान लगाकर उसे जाते-जाते फुसफुसाते सुना। "मेरा *अर्थशास्त्र*—मेरी अपनी खोज—समृद्धि का विज्ञान।"

चाणक्य अपनी सादी सी झोपड़ी में बैठा और उस मंत्र का जप करने लगा। *मौलिक शक्ति, मैं तुझे नमन करता हूं; सर्वविद्यमान शक्ति, मैं तुझे नमन करता हूं; जिसके माध्यम से ईश्वर सृष्टि रचता है, मैं तुझे नमन करता हूं; कुंडलिनी की सर्जनात्मक शक्ति, मैं तुझे नमन करता हूं।*

चाणक्य जप करता रहा—आंखें प्रार्थना में बंद किए—इस ज्ञान के साथ कि वो चंद्रगुप्त के अंतर्गत भारत को एकीकृत करने की अपनी महत्वाकांक्षा को पूरा कर चुका है। लेकिन इसे पूरा करने के लिए उसने प्रेम करने के अपने इकलौते अवसर का त्याग कर दिया था।

Ω

आगे चलकर सुवासिनी अड़तीस वर्ष की परिपक्व आयु तक जीवित रहने के बाद यौन अतिसक्रियता और प्रेमविहीनता से मरी। यद्यपि चंद्रगुप्त का उप महामंत्री—राक्षस—तैयार और इच्छुक था।

अध्याय बीस

वर्तमान समय

इस समय ऑल इंडिया इंस्टीट्यूट ऑफ़ मैडिकल साइंसेज़ के गलियारे सूने पड़े हुए थे। डॉक्टर ने गंगासागर से निवेदन किया था कि वो उससे मिलने ठीक आधी रात से पहले आए ताकि वो किसी को पता चले बिना टैस्ट कर सके। अब वो—गंगासागर और मेनन—उसके ऑफ़िस में जज या जूरी के अंतिम आदेश की प्रतीक्षा कर रहे अभियुक्तों की मानिंद बैठे हुए थे।

"आपको फेफड़ों का कैंसर है, गंगासागरजी," डॉक्टर ने सहानुभूतिपूर्वक कहा।

"पर मैं धूम्रपान तो नहीं करता हूं," गंगासागर ने शिकायत की, लगभग इस उम्मीद के साथ कि उसकी मनुहार की शक्तियां डॉक्टर को ये स्वीकार करने पर मजबूर कर देंगी कि उसे ये भयंकर रोग नहीं है।

"ये रोग सिर्फ़ धूम्रपान करने वालों को ही नहीं होता है। आप

एक बेहद प्रदूषित माहौल में रहते हैं। ऑटोरिक्शों का काला धुआं भी उतना ही घातक हो सकता है। कितनी ही चीज़ें हैं जो इसका कारण बन सकती हैं—धूम्रपान, निष्क्रिय धूम्रपान, वायु प्रदूषण, एस्बेस्टस—"

"अभी तक मुझमें ऐसे कोई लक्षण नहीं थे," अपनी ज़िंदगी की रक्षा करते हुए गंगासागर ने कहा।

"लगभग पच्चीस प्रतिशत रोगियों को तभी पता चलता है जब बहुत देर हो चुकी होती है," डॉक्टर ने विनम्रता से बताया।

"मैं जीवित रहूंगा?" अचानक अपनी नश्वरता को याद करते हुए गंगासागर ने पूछा।

डॉक्टर ने धीरे से सिर झटका। "चमत्कार तो होते हैं, गंगासागरजी। बदक़िस्मती से, हम कैंसर के पूरे शरीर में फैलने तक लक्षणों को नहीं पकड़ पाए। इस स्टेज में, न तो सर्जरी से ही बहुत मदद मिलेगी और न ही कीमोथेरेपी से।"

"मेरे पास कितना समय बचा है?" वृद्ध पंडित ने पूछा।

डॉक्टर ने कंधे उचकाए। "इन चीज़ों की भविष्यवाणी करना मुश्किल है। मेरे अंदाज़े से एक महीना—ज़्यादा से ज़्यादा।"

"उसे प्रधानमंत्री बनाने के लिए इतना काफ़ी है," गंगासागर ने घोषणा की और डॉक्टर चकित रह गया। "आपको ये जानकारी पूरी तरह गोपनीय रखनी है, डॉक्टर। अब मैं चलता हूं। मुझे बहुत काम करने हैं।"

"पर गंगासागरजी, हमें आपको दाख़िल करना होगा। हमें आपका—"

"सुनिए, डॉक्टर। मर जाना कोई बड़ी बात नहीं होती—कोई भी ऐसा कर सकता है। जब मैं अपने अनिच्छुक निर्माता से मिलने के नज़दीक होऊंगा तो मेनन मुझे ले आएगा!" उसने कहा और तेज़ी से डॉक्टर के ऑफ़िस से निकल गया।

मेनन जल्दी-जल्दी उसके पीछे गया और उसने देखा कि

उसका स्वामी धीरे-धीरे बड़बड़ा रहा है, "*आदि शक्ति, नमोनमः; सर्वशक्ति, नमोनमः, प्रथम भगवती, नमोनमः, कुंडलिनी माताशक्ति; माताशक्ति, नमोनमः।*"

Ω

"वो प्रधानमंत्री बनने वाली है और हम उसकी नाजायज़ संतान को बेनक़ाब करने वाले हैं," सोमानी ने गंगासागर से कहा। "अख़बारों को ये बहुत अच्छा लगेगा।"

"मैं ऐसा कोई काम करने से पहले बहुत अच्छी तरह सोचता," गंगासागर ने एक और खांसी के दौरे से बचने के लिए धीरे से बोलते हुए कहा।

"आपके पास हमारे ख़िलाफ़ कुछ नहीं है, गंगासागर। वैसे भी, आप क्यों परेशान हैं? वो तो आपको हमेशा के लिए छोड़ गई है," रुंग्टा ने कहा।

"जब हज़ारों लोग एक पत्थर की मूर्ति की पूजा करते हैं, तो वो अपनी शक्तियां उसे सौंप देते हैं। इससे कोई फ़र्क़ नहीं पड़ता कि मूर्ति क्या सोचती है। चांदनी वही मूर्ति है और मुझे कोई फ़र्क़ नहीं पड़ता कि वो मेरे बारे में क्या सोचती है। मेरा एकसूत्रीय एजेंडा है उसे प्रधानमंत्री बनाना।"

"आपका एजेंडा बकवास है! भारत जैसा रूढ़िवादी देश कभी स्वीकार नहीं करेगा कि एक ढीले नैतिक चरित्र की महिला प्रधानमंत्री बने," सोमानी ने कहा।

"ढीले नैतिक चरित्र वाली महिलाओं की बात चली है," गंगासागर ने कहा, "तो मैं आपको एक बहुत प्रिय मित्र से मिलवाना चाहूंगा। वो एबीएनएस के लिए शक्ति का स्तंभ रही हैं," गंगासागर बोला।

"कौन?" सोमानी ने जिज्ञासापूर्वक पूछा।

शरीर से चिपकी काली साड़ी में बेहद आकर्षक लगती बॉलीवुड की साइरन अंदर आई। कमरे में बैठे मर्दों को नज़रअंदाज़

करते हुए वो सोफ़े पर बैठ गई और फिर बड़े मादक अंदाज़ से अपना सिगरेट जलाने लगी।

"जैसा कि आप जानते हैं, हम लोग बड़े आभारी थे जब आप महानुभावों ने अंजलि से उत्तर प्रदेश के विधान सभा चुनावों में चांदनी के समर्थन में आने का अनुरोध किया था। अपनी कृतज्ञता प्रकट करने के लिए हमने अंजलि को अपने राज्य से राज्य सभा सदस्य नामित किया था। अंजलि मुझे नियमित रूप से एक विशेष रात्रि मित्र के बारे में बताती रही हैं जो लगभग हर रात उनसे मिलने मुंबई में उनके शानदार समंदर किनारे के मकान में जाता है," गंगासागर ने कहा।

सोमानी का चेहरा सुर्ख़ पड़ गया। गंगासागर बोलता रहा। "ये विशेष मित्र बज़ाहिर काफ़ी संपन्न है, लेकिन ऐसा लगता है कि उसकी पत्नी उसकी ज़रूरतें पूरी नहीं कर पाती है। मेरे मस्तिष्क में प्रश्न ये है: क्या भारत जैसे रूढ़िवादी देश—और विशेष रूप से सोमानीजी की सुंदर पत्नी—को एक प्रमुख बिज़नेसमैन की बेडरूम क्रीड़ाओं के बारे में सुनने में दिलचस्पी होगी?"

बुरी तरह नाराज़ रुंग्टा ने सोमानी को घूरकर देखा। "मैंने तुमसे कहा था कि अपनी पैंट की ज़िप बंद रखना—कि सुरक्षित खेलना कितना अहम है," वो चिल्लाया।

"मैं सहमत हूं। मेरा मतलब, इंसान को हमेशा सुरक्षा का ध्यान रखना चाहिए," गंगासागर ने सिर हिलाते हुए कहा। "लगता है कि इस दुनिया में अस्सी प्रतिशत से ज़्यादा लोग हादसों के नतीजे हैं।"

Ω

"हमने अग्रवालजी को अपने मुनाफ़े का दस प्रतिशत देने का जो सौदा किया था, वो हमें बंद करना होगा," ये महसूस करते हुए कि उसके बादबान की हवा सरक चुकी है, रूठे हुए रुंग्टा ने कहा।

"मैं सहमत हूं," गंगासागर ने कहा। "दस प्रतिशत का भुगतान बंद कर देते हैं।"

"ये—ये आपने बहुत ही समझदारी की बात की है,

गंगासागरजी," सोमानी बोला।

"और, जो दस प्रतिशत मैंने आपके लिए बचाया है, वो कृपया करके अपने कर्मचारियों को दे दिया करें। कृपया ये सुनिश्चित कर लें कि इस ज़बरदस्त बढ़ोतरी का श्रेय एबीएनकेयू को जाए, वो यूनियन जो आपके कर्मचारियों में से लगभग पिचहत्तर प्रतिशत को नियंत्रित करती है," गंगासागर ने कहा।

"लेकिन ये हास्यास्पद है! अपने मुनाफ़े में से दस प्रतिशत कर्मचारियों को कोई नहीं देता है!" शरीर की गर्मी को निकलने देने के लिए अपना कॉलर ढीला करते हुए रुंग्टा ने कहा।

"शायद आप दोनों चाहेंगे कि इसके बजाय कर्मचारियों से अंजलि मिलें। मैं इन्हें एबीएनकेयू की अगली साप्ताहिक मीटिंग में आमंत्रित कर सकता हूं।"

Ω

भूतपूर्व वित्त मंत्री को देर हो रही थी। एक व्याख्यान के लिए देर हो गई थी। उनके सचिव ने गंगासागर को विश्वास दिलाया कि वो दस मिनट में आ जाएंगे। "मैं इंतज़ार करूंगा," गंगासागर ने स्टडी में एक आरामदेह कुर्सी पर बैठते हुए कहा।

कुछ ही मिनट बाद भूतपूर्व मंत्री अंदर आए। उन्होंने सावधानीपूर्वक गंगासागर का अभिवादन किया। "मुझे इस मुलाक़ात की ख़ुशी किसलिए बख़्शी गई है, गंगासागरजी?" उन्होंने व्यंग्यात्मक ढंग से पूछा।

"मैं बस आपको सूचना देना चाहता था कि आपके मित्र अब मेरे भी मित्र हैं। मैंने रुंग्टा एंड सोमानी के साथ अपने मतभेदों को दूर कर दिया है," गंगासागर ने कहा।

"वो आपके दोस्त बन गए हैं, तो इसका ये अर्थ नहीं है कि मैं भी आपका दोस्त बन गया," भूतपूर्व मंत्री ने ग़ुस्से से कहा। "आपने मेरी साख और मेरा कैरियर तबाह कर दिया। अब मैं देखूंगा कि आपकी विशेष चेली—चांदनी गुप्ता—प्रधानमंत्री के रूप में एक दिन भी नहीं रह सके—अगर वो वहां तक पहुंची तो," भूतपूर्व केंद्रीय

मंत्री ने कहा।

"मैं अच्छी तरह समझता हूं," गंगासागर ने कहा। "प्रेस कॉन्फ्रेंस मैं बुलाऊं या आप बुलाएंगे?" उसने पूछा और उस ज्ञापन की एक प्रति उसकी ओर बढ़ा दी जो सीबीडीटी के चेयरमैन ने उसे एक बीमा पॉलिसी के रूप में दी थी।

माननीय वित्त मंत्री। आर एंड एस की गतिविधियों की जांच से वित्तीय अनियमितता के कई उदाहरण सामने आए हैं। व्यय पक्ष के कई आइटम महंगे प्रतीत होते हैं, विशेष रूप से इस उद्‌देश्य से कि उनकी कर योग्य आय को कम किया जा सके। साथ ही, ऐसा प्रतीत होता है कि मुनाफ़ा छिपाने के उद्‌देश्य से निजी साझेदारियां खड़ी की गईं। आय पक्ष के कई आइटम स्थगित कर दिए गए, बज़ाहिर इस उद्‌देश्य से कि कर अधिकारियों को राजस्व से वंचित रखा जाए। कुछ सौदे—विशेषकर संपत्तियों के क्रय-विक्रय से संबंधित—संदेहास्पद मूल्यांकनों पर किए गए, जिससे कर-देयता और भी कम हो, कम से कम काग़ज़ पर। इन परिस्थितियों में, मैं आपका परामर्श चाहूंगा कि इन मामलों से कैसे निपटा जाए। धन्यवाद। चेयरमैन, सेंट्रल बोर्ड ऑफ़ डाइरेक्ट टैक्सेज़।

ज्ञापन के अंत में वित्त मंत्री के हाथ से लिखी टिप्पणी थी।

उनके साथ व्यवहार में हमें सहानुभूतिपूर्ण और विनम्र होना चाहिए। उनके समर्थन के बिना, कोई भी सरकार सत्ता में बने रहने की आशा नहीं कर सकती। मेरा सुझाव है कि पर्याप्त लचीनापन दिखाया जाए। सादर। वित्त मंत्री।

Ω

हिंदू शरणस्थल का पुरोहित एक सम्मानित अतिथि का स्वागत करके ख़ुश था। गंगासागर ख़ुद को पेश किए गए गद्‌दे पर बैठ गया और उसने पूछा, "आपके बेटे की शिक्षा कैसी चल रही है? मैडिकल स्कूल में दाख़िले से कुछ मदद मिली?"

पुरोहित मुस्कुराने लगा। वो एकदम गंजा था, उसके चेहरे की झुर्रियां सूखे आलूबुख़ारे जैसी थीं और उसके मुंह में एक भी दांत नहीं था। उसकी दंतहीन मुस्कुराहट ने सब कुछ कह दिया था। "जी, गंगासागरजी। आपकी उदारता के कारण जल्दी ही उसका कोर्स पूरा हो जाएगा।"

"आपके पास काग़ज़ात हैं? वो जो आपने उस स्टोरी पर काम कर रहे घटिया रिपोर्टर को *नहीं* दिए थे?" गंगासागर ने पूछा।

वृद्ध पुरोहित ने पीले पड़ चुके पोस्टकार्ड और चिट्ठियों का एक बंडल गंगासागर को थमा दिया। वो ज़्यादातर प्रेम पत्र थे—एक गर्भवती मां और ग़ैरहाज़िर बाप के बीच। साक्ष्य ठोस था।

"धन्यवाद," गंगासागर ने कहा।

पुजारी बिना दांतों के हंस दिया।

♎

भूतपूर्व प्रधानमंत्री और उनकी नाजायज़ बेटी शिमला में थे। मौसम ठंडा था और चीड़ की मादक महक हवा में बसी हुई थी। गंगासागर को यहां तक सफ़र करने में थोड़ी दिक़्क़त हुई थी, लेकिन उसका ख़्याल था कि ठंडी पहाड़ी हवा उसे फ़ायदा करेगी।

मेज़बान अपने अतिथि को देखकर चकित हुए लेकिन उनका रवैया दोस्ताना रहा। नौकर सेब का गर्म पेय और पनीर पकौड़े लाया, तो गंगासागर ने काग़ज़ों का बंडल उन्हें थमा दिया। "ये आप दोनों के हैं। किसी को ये अधिकार नहीं कि वो एक परिवार के निजी मामलों में ताकाझांकी करे," उसने कहा।

भूतपूर्व प्रधानमंत्री ने उन काग़ज़ात को देखा और उनके होंठों पर एक हल्की सी मुस्कान दौड़ गई। उन्हें याद आ गया कि वो साध्वी की मां से कितना प्यार करते थे। वो एक अविश्वसनीय औरत थी—समझदार और ख़ूबसूरत—उन दोनों की बेटी की तरह।

"धन्यवाद, गंगासागरजी, लेकिन आप ये क्यों कर रहे हैं? आपने मुझ पर अपनी बढ़ोतरी मुझे सौंप दी," भूतपूर्व प्रधानमंत्री ने

कहा जबकि साध्वी शायद ध्यानमग्न थी।

"मुझे सब नहीं चाहिए। मैंने बस कुछ रख लिए हैं। मैंने उन्हें सेफ़-डिपॉज़िट में रख दिया है और मेरी वसीयत के हिसाब से चाबी आपको मिलेगी। और आपको चाबी मेरी वसीयत के प्रमाणित होने के बाद मिलेगी," गंगासागर ने कहा।

"लेकिन क्यों?" साध्वी ने आंखें खोलते हुए पूछा।

"भारत में वसीयत के प्रमाणित होने में कई वर्ष लग सकते हैं। अगर मैं कल भी मर जाऊं, तो भी चांदनी को प्रधानमंत्री के रूप में अपनी स्थिति मज़बूत करने के लिए पर्याप्त समय मिल जाएगा।"

Ω

कार्यवाहक प्रधानमंत्री के घर पर जश्न का माहौल था। चुनाव हार जाने के बावजूद उनकी पार्टी ने चांदनी के साथ गठबंधन कर लिया था। उनके सांसद प्रधानमंत्री पद के लिए चांदनी के प्रयास का समर्थन करेंगे लेकिन बदले में मंत्रिपरिषद में कुछ स्थान चाहेंगे। गंगासागर दुखी लग रहा था। कार्यवाहक प्रधानमंत्री इससे बहकावे में नहीं आए। वो जानते थे कि ये उदासी बिना ऊर्जा का ग़ुस्सा था।

"मैं जानता हूं आपने चांदनी के साथ सौदा कर लिया है," गंगासागर ने कहा, "और मैं उम्मीद करता हूं कि आप उसकी सरकार को समय से पहले गिराएंगे नहीं।"

"आप को इसकी चिंता क्यों है?" कार्यवाहक प्रधानमंत्री ने पूछा। "मैंने तो सुना है कि आप और आपकी चेली के बीच अब बातचीत तक नहीं है।"

"आह, हां। हम अक्सर लड़ते हैं लेकिन दूसरों को भटकाने के लिए," गंगासागर ने कहा, "और ये कारगर रहा है। अगर हम लड़े नहीं होते तो आप उसे कभी समर्थन नहीं देते।" गंगासागर बड़े ध्यान से कार्यवाहक प्रधानमंत्री के ग़ुस्से से लाल होते चेहरे को देखता रहा।

Ω

"अब मैं आपको और आपकी कठपुतली दोनों को दिखाऊंगा कि मैं

क्या कर सकता हूं," कार्यवाहक प्रधानमंत्री गरजे। "मेरे पास इतनी विस्फोटक सामग्री है कि आप और आपकी चेली दोनों आसमान तक उड़ जाएंगे! आपने नाजायज़ लड़के की शिक्षा और जीने के ख़र्च के लिए चैनल आइलैंड्स में एक न्यास फ़ंड की स्थापना की थी। इसे साबित करने के लिए मेरे पास पर्याप्त दस्तावेज़ी सुबूत हैं। उसके प्रधानमंत्री बनते ही मैं उनका प्रयोग करके समर्थन वापस ले लूंगा। उसे इतिहास में सबसे कम समय रहने वाली प्रधानमंत्री के रूप में याद किया जाएगा!"

"दुर्भाग्य की बात है कि आप इस तरह का व्यवहार कर रहे हैं," गंगासागर ने लगभग इस तरह कहा जैसे एक मां अपने बच्चे को डांट रही हो।

"मैं चाहता हूं वो एक ओर हट जाए। वो पद की शपथ नहीं ले सकती। इस देश को प्रधानमंत्री के रूप में उस जैसी कुलटा की ज़रूरत नहीं है!" प्रधानमंत्री चिल्लाए।

"मेरी राय है कि आप अपने फ़ैसले पर बहुत ध्यानपूर्वक फिर से विचार करें," गंगासागर ने नर्मी से कहा।

"क्यों करूं?" प्रधानमंत्री चीख़े।

"क्योंकि मेरे पास लिकटेंस्टाइन के एक खाते के काग़ज़ात हैं। उसमें संवेदनशील परमाणु तकनीक—गैस सेंट्रिफ़्यूज—के लिए उत्तरी कोरिया और लीबिया से प्राप्त भुगतान आया है। और विचित्र बात ये है कि खाते के लाभार्थी आप हैं। इसलिए मैं तो नई सरकार के पूरे कार्यकाल तक समर्थन वापस लेने के बारे में बहुत सावधान रहता।"

♎

एंबुलैंस कानपुर की धूल भरी सड़कों पर चिल्लाती हुई दौड़ी जा रही थी। पीछे, एक डॉक्टर ने गंगासागर के चेहरे पर ऑक्सीजन मास्क चढ़ाया और सोडियम क्लोराइड की आईवी लगा दी। वृद्ध पंडित सवेरे की पूजा से उठने के बाद गिर पड़ा था और मेनन ने घबराहट में एंबुलैंस के लिए फ़ोन कर दिया था। नई दिल्ली के ऑल

इंडिया इंस्टीट्यूट ऑफ़ मैडिकल साइंसेज़ के डॉक्टर का कहना था कि गंगासागर को तुरंत विमान द्वारा दिल्ली ले आया जाए लेकिन गंगासागर अड़ गया था। उसे घर पर ही रहना था—कानपुर में।

मेनन पंडित के पास बैठा हुआ था जिसे मास्क से सांस लेने में तकलीफ़ हो रही थी और वो उसका हाथ कोमलता से पकड़े हुए था। उसकी आंखों में आंसू थे। मेनन की दुनिया में गंगासागर ही सब कुछ था। अपनी ख़राब हालत के बावजूद, बूढ़े पंडित ने मेनन की चिंता को देखा और कुछ कहने की कोशिश की। "मौलिक—" वो शुरू हुआ, लेकिन सांस लेने भर के प्रयास ने उसे आगे बोलने से रोक दिया।

♎

कुछ घंटे बाद, वृद्ध अस्पताल में अपने कमरे में था और थोड़ी बेहतर हालत में था। मेनन और अग्रवालजी गंगासागर के पास बैठे थे जबकि वो अपनी प्रार्थना पढ़ने में लगा हुआ था।

"*मौलिक शक्ति, मैं तुझे नमन करता हूं; सर्वविद्यमान शक्ति, मैं तुझे नमन करता हूं; जिसके माध्यम से ईश्वर सृष्टि रचता है, मैं तुझे नमन करता हूं; कुंडलिनी की सर्जनात्मक शक्ति, मैं तुझे नमन करता हूं।*"

अगली सुबह, उसे पलंग ऊंचा करके टिका दिया गया था जबकि उसने मेनन से पूछा, "तुमने उसे तो नहीं बताया ना?"

"नहीं तो," मेनन ने झूठ बोला। उसने अस्पताल पहुंचते ही चांदनी को फ़ोन कर दिया था।

"मुझे इंटेलीजेंस ब्यूरो वाले अपने दोस्त से मिलना है," गंगासागर रुंधी हुई आवाज़ में मेनन से फुसफुसाया। वो जानता था कि डॉक्टर ने गंगासागर के मुलाक़ातियों पर पाबंदी लगा रखी थी—इस हालत में ज़रा सा भी खिंचाव ठीक नहीं था। अग्रवालजी ने विनम्रतापूर्वक गंगासागर के आदेश की याद दिलाई।

"वो गोलियों से मेरी बीमारी को नहीं मार सकता, इसलिए मुझे अपने बिल से मारने की कोशिश कर रहा है! भाड़ में गए डॉक्टर के

आदेश। आईबी निदेशक को बुलवाइए।"

Ω

हमीदा उस गंदे कमरे में आई और बिना किसी के कहे उस आदमी की डेस्क पर बैठ गई। कमरे की दीवारें नंगी ईंटों और कंक्रीट की थीं। डेस्क के ऊपर एक नंगा बल्ब अजीब भयानक से ढंग से लटका हुआ था। कमरे में एक हल्की सी बदबू पसरी हुई थी—उस आदमी के चुरूटों के बासी धुएं की महक। आदमी ने एक नज़र हमीदा को देखा और घृणापूर्वक सिर घुमा लिया।

"यहां क्यों आए हो, छक्के?"

"यक़ीनन तुमसे मुहब्बत करने तो नहीं आई हूं, जानेमन," हमीदा ने छक्कों की ख़ास छेड़छाड़ के अंदाज़ में कहा। "मैं भीख मांगने भी नहीं आई हूं। मैं यहां कुछ ख़रीदने आई हूं।"

"क्या ख़रीदना चाहते हो, छक्के?" उसने पूछा।

"बंदूक़," हमीदा ने कहा।

"माफ़ करना, मैं बिना लिंग वाले आदमियों को बंदूक़ें नहीं बेचता हूं। बंदूक़ बहुत मर्दाना चीज़ है। ये ज़नाने मर्दों के लिए नहीं होती।"

"सुन, चूहाशक्ल, मैं एक स्टिंगर .22 मैग्नम पेन गन के लिए सही क़ीमत देने को तैयार हूं। अगर तू नहीं बेचेगा, तो मैं सचला देवी से कहूंगी कि वो रोज़ाना यहां आकर तेरे सामने अपना लौड़ा लहराया करे। शायद तू यही पसंद करे!"

आदमी ग़ुर्राया। उसे ग्राहकों के रूप में दुनिया भर के अजीब प्राणी ही क्यों मिलते हैं? उसे अपना पेशा बदल लेना चाहिए, उसने सोचा और अपने बक्सों में वो बंदूक़ तलाश करने लगा जो इस छक्के को चाहिए थी।

बाहर, इंटेलीजेंस ब्यूरो के एक एजेंट ने जो देखा था उसकी रिपोर्ट उसने अपने निदेशक को दे दी।

Ω

हमीदा का अगला पड़ाव थोड़ा कम घटिया था। ये एक निषिद्ध माल के व्यापारी का स्टोर था। हमीदा अंदर आई तो स्टोर के मालिक ने एक आह भरी। "तुम्हें पैसा चाहिए, तो ये लो," उसने पचास का नोट देते हुए कहा, "लेकिन प्लीज़, यहां से चले जाओ। मेरे ग्राहक भाग जाएंगे।"

"आज तुम्हारा ख़ुशनसीब दिन है। "मैं तुम्हें पैसा देने आई हूं। मुझे एक पुराना असाही पेंटैक्स 35एमएम एसएलआर चाहिए और मैं सही क़ीमत देने को तैयार हूं।"

"तुम मेरे पास क्यों आए हो, फ़िफ़्टी-फ़िफ़्टी?" उसने हिजड़ों के लिए आम गाली का प्रयोग करते हुए कहा, "दूसरे भी डीलर हैं जो तुम्हें ये दे सकते हैं।"

"लेकिन तेरी तरह प्यार से कोई नहीं बोलता है, चूतड़शक्ल," हमीदा ने व्यंग्यपूर्वक कहा।

मालिक ने फिर से आह भरी। उसे इंसानियत की तलछट के साथ ही क्यों सौदेबाज़ी करनी पड़ती है? उसने बड़े उदास भाव से सोचा कि कोक की एक सुंघनी मिल जाती तो कितना अच्छा रहता और अपने कार्टनों में वो कैमरा ढूंढ़ने लगा जो फ़िफ़्टी-फ़िफ़्टी को चाहिए था।

बाहर, इंटेलीजेंस ब्यूरो के एक एजेंट ने जो देखा था उसकी रिपोर्ट उसने अपने निदेशक को दे दी।

Ω

हमीदा अपने कमरे में लकड़ी की छोटी सी मेज़ पर झुकी हुई थी। उसके सामने स्टिंग .22 मैग्नम पेन गन के पास इस्तेमाल किया हुआ पेंटैक्स कैमरा खुला पड़ा था। उसने कैमरे के अंदरूनी पुर्ज़े निकाले और उनकी जगह स्टिंगर को धीरे से लगा दिया। उसे सुनिश्चित करना था कि बंदूक़ कैमरे के फ़िल्म-एडवांस लीवर के रास्ते चलने के लिए ठीक से तैयार हो चुकी थी। ये शटर रिलीज़ बटन को दबाने से चलती—सामने लगे शीशे के लेंस को तोड़ती हुई।

मेज़ के एक कोने पर वो पास पड़ा हुआ था जो उसने प्रधानमंत्री

के निजी सचिव से चुराया था। उसे बस ये उम्मीद थी कि बार कोड अभी भी काम करेगा और उसे राष्ट्रपति भवन में प्रवेश मिल जाएगा। अगर आगंतुकों के पास से नॉर्थ ब्लॉक, साउथ ब्लॉक और राष्ट्रपति भवन जाया जा सकता था, तो इस बात की संभावना कम ही थी कि एक वरिष्ठ अधिकारी के पास से इन सारी जगहों पर नहीं जाया जा सकता।

एक दीवार पर एक खूंटी थी जिस पर एक कोट का हैंगर टंगा हुआ था। निजी सचिव द्वारा दिया गया सूट, शर्ट और टाई धुलवा ली गई थी और इस्तेमाल के लिए तैयार थी। *तेरे मरने से मुझे क्या फ़ायदा, गंगासागर?* हमीदा ने सोचा। *इससे मेरा बदला लेने का मौक़ा छीन लिया। अफ़सोस, अब तेरी प्रिय चांदनी को मरना पड़ेगा।*

Ω

राष्ट्रपति भवन का अशोक हॉल—जिसे एक ज्वैलरी बॉक्स के रूप में बनाया गया था—वास्तव में एक आम सा आयताकार कक्ष था, बत्तीस मीटर लंबाई और बीस मीटर चौड़ाई वाला। हॉल की सबसे बड़ी ख़ासियत ये थी कि इसकी छत पेंट की हुई थी। केंद्रीय पेंटिंग—फ़ारसी शैली में—एक शाही शिकारी अभियान को चित्रित करती थी। मूल रूप से ब्रिटिश वाइसरॉय के लिए बॉल रूम के रूप में बने अशोक हॉल में लकड़ी का डांस फ़्लोर भी था। ये विडंबना ही थी कि प्रधानमंत्री और अन्य मंत्री अपने पवित्र पद और गोपनीयता की शपथ इसी ख़ास हॉल में लेते थे। आख़िर इस पद तक पहुंचने के लिए प्रधानमंत्री में एक जानलेवा वृत्ति का होना आवश्यक था। उनका बाक़ी कार्यकाल भारतीय लोकतंत्र के महान डांस—दल-बदल, विद्रोह, और सामान्य अराजकता—से रंगीन रहता था।

हॉल खचाखच भरा हुआ था जबकि नई सरकार के निर्वाचित सदस्य, और विपक्ष के प्रमुख सदस्य इस ऐतिहासिक समारोह के लिए इकट्ठे हुए थे जो सत्ता के एक नागरिक सरकार से दूसरी नागरिक सरकार को शांतिपूर्वक हस्तांतरण का प्रतीक था। चांदनी हमेशा की तरह सुनहरे बॉर्डर वाली हल्की सफ़ेद सूती साड़ी पहने

हुई थी, और सादा एकल हीरे के बुंदों के अलावा कोई भी ज़ेवर उसके शरीर पर नहीं था। वहां एकत्रित लोगों ने तुरंत खड़े होकर उसका अभिनंदन किया। वो ऐसी विजेता थी जो जीत का माल लेने आ रही थी। चांदनी ने कृतज्ञतापूर्वक अभिनंदन को स्वीकार किया और अगली पंक्ति में बिहार के मुख्यमंत्री के साथ बैठ गई। इन दोनों का गठबंधन शक्तिशाली और अजेय साबित हुआ था। लोकसभा के चुनावों में इन दोनों ने मिलकर भारत के दो सबसे बड़े राज्यों, उत्तर प्रदेश और बिहार, में भारी बहुमत हासिल किया था। सामान्य बहुमत के लिए बाक़ी सीटें कार्यवाहक प्रधानमंत्री ने ये सोचकर दे दी थीं कि चांदनी और गंगासागर आपस में शत्रु हैं।

बिगुल बजे और राष्ट्रपति के अंगरक्षक भारत के राष्ट्रपति को अंदर लेकर आए। बैंड ने भारत का राष्ट्रगान बजाना शुरू किया और सारा भारतीय राजनीतिक नेतृत्व सम्मानपूर्वक खड़ा हो गया, ये सुनिश्चित करते हुए कि टीवी के कैमरों के लिए, जिन्हें क्लोज़-अप पसंद थे, उचित ढंग से गंभीर रहें। लगभग एक तिहाई हॉल को प्रेस के लिए पृथक कर दिया गया था। उन्हीं के बीच एक स्त्रैण नौजवान था जिसके पास एक पेंटैक्स कैमरा था जो शायद कभी फ़्लैश नहीं करता था।

Ω

गंगासागर राष्ट्रपति भवन में आकार लेते दृश्य को देख रहा था। राष्ट्रपति चांदनी को पद की शपथ दिला रहे थे। स्पष्टतया उसके सामने एक पन्ने पर शपथ का आलेख रखा था लेकिन मानो उसे उसकी ज़रूरत ही नहीं थी। लगभग ऐसा लग रहा था जैसे अपनी सारी ज़िंदगी उसने इस अवसर की तैयारी में लगा दी थी। वो चुस्त ऑक्सफ़ोर्ड उच्चारण में बोल रही थी, "मैं, चांदनी गुप्ता, ईश्वर को साक्षी मानकर शपथ लेती हूं कि मैं विधि द्वारा स्थापित भारत के संविधान के प्रति सच्ची आस्था और निष्ठा वहन करूंगी, कि मैं भारत की संप्रभुता एवं अखंडता को बनाए रखूंगी, कि ईमानदारी और धर्मपूर्वक मैं प्रधानमंत्री के रूप में अपने कर्तव्यों का निर्वहन करूंगी

और कि किसी डर या पक्षपात के, स्नेह या द्वेष के बिना संविधान और विधि के अनुरूप सभी लोगों के साथ न्याय करूंगी।"

गुरु मुस्कुराया। डर, पक्षपात, स्नेह या द्वेष के बिना! बकवास! वृद्ध अपनी प्रार्थना बुदबुदाता रहा, हालांकि उसके लिए शब्द बोल पाना बड़ा भारी हो रहा था। उसकी प्रार्थना थी "*मौलिक शक्ति, मैं तुझे नमन करता हूं; सर्वविद्यमान शक्ति, मैं तुझे नमन करता हूं; जिसके माध्यम से ईश्वर सृष्टि रचता है, मैं तुझे नमन करता हूं; कुंडलिनी की सर्जनात्मक शक्ति, मैं तुझे नमन करता हूं।*"

उसने अपनी चेली को देखा—जिसे अब भारत की अठारहवीं प्रधानमंत्री के रूप में शपथ दिलाई जा चुकी थी—टेलीविज़न कैमरों के सामने आभार में हाथ जोड़ते और फिर पीछे को लड़खड़ाते। वो लाल धब्बा जो उसके बाएं कंधे पर फैलता चला गया था—मानो स्लो मोशन में—एक स्टिंगर .22 मैग्नम से फ़ायर किया गया था। .22 का नन्हा सा ख़ोल और ध्वनि की गति से तेज़ वेग उसे रुगर 10/22 साइलेंसर के साथ प्रयोग करने के लिए एकदम उपयुक्त बना देता था।

राष्ट्रपति भवन के भव्य अशोक हॉल में भगदड़ मच गई थी क्योंकि गोलियां चल रही थीं और सैकड़ों भारतीय नेता बचने के लिए झुक रहे थे। कुछ मिनट बाद, इंटेलीजेंस ब्यूरो के निदेशक ने हमीदा के बेजान शरीर को वहां से हटवाया और डॉक्टर अशोक हॉल के लकड़ी के डांस फ़्लोर पर पड़े चांदनी के रक्तरंजित और मूर्च्छित शरीर की ओर दौड़ पड़े।

डांस आरंभ हो चुका था।

♎

टेलीविज़न पर साकार होते दृश्य को देखते हुए, पंडित गंगासागर मिश्र ने अग्रवालजी से कहा, "मैं चाहता हूं कि मैंने जो संदेश लिखा है वो गुअर्ज़नी में वकील को भेज दिया जाए। ये आपके लिए मेरा आख़री निर्देश है, मेरे मित्र।"

अग्रवालजी और मेनन उसके बिस्तर के पास खड़े रहे।

गंगासागर ने अपनी आंखें प्रार्थना में बंद कीं और उसने उन्हें दोबारा खोलने की ज़हमत नहीं की।

उपसंहार

वो हमेशा की तरह सुनहरे बॉर्डर वाली हल्की सफ़ेद साड़ी पहने हुए थी। लेकिन उसकी सामान्य पोशाक में थोड़ी सी तब्दीली थी। शरद ऋतु की ठंडक की वजह से उसने सूती के बजाय रेशमी साड़ी पहनी थी। अपनी साड़ी के ऊपर वो एक बरबैरीज़ कोट पहने थी और अपने सामान्य गर्मी के चप्पलों की जगह स्टॉकिंग्स और जिमी चू जूते पहने थी। उसके चेहरे पर उम्र का कोई चिह्न नहीं था, लेकिन उसकी आंखें कुछ और ही कहानी कह रही थीं। वो ख़ूबसूरत पन्ने जैसी हरी आंखें थीं जिन्होंने बहुत कुछ देखा था। कुछ क्षण ऐसे आते थे जब उसकी आंखें इच्छा करतीं कि वो मानव प्रवृत्ति के बुरे पक्ष को देखना बंद कर सकें और बस ज़िंदगी के हुस्न का आनंद ले सकें, हाइड पार्क की इस टहल का आनंद ले सकें।

उसके साथ एक इक्कीस वर्षीय नौजवान था। वो ऑक्सफ़ोर्ड की हरी पट्टियों वाली टाई के साथ एक नीला सेवील रो सूट पहने था। उसकी हरी आंखें उसके लिबास के साथ एकदम मेल खा रही थीं। उसके लहरदार बाल अच्छी तरह से कढ़े हुए थे, अलावा माथे पर लटक आई लटों के। वो उसके हाथ को अपने हाथ में पकड़े

चल रहा था।

पिछली रात चांदनी ने ब्रिटिश प्रधानमंत्री द्वारा अपने दौरे के सम्मान में आयोजित एक समारोह में भाग लिया था। महान सितार कलाकार राधिका शंकरन ने ब्रिटेन की सबसे विलक्षण वॉयलिन प्रतिभा रॉयल एकेडमी ऑफ़ म्युज़िक के हैरी रिचर्डसन के साथ संगत की थी, जो अब उसके साथ चल रहा था। वॉयलिन और सितार के बीच बुने नृत्य में, बीच-बीच में एक-दूसरे के नोट्स लेते और उन्हें अपने ख़ास अंदाज़ से पेश करते हुए राधिका और हैरी ने प्राचीन भारतीय रागों के धागे से एक नए तंतु की रचना की थी। ये एक चमत्कारपूर्ण प्रस्तुति रही थी और दोनों संगीतकारों का चांदनी और ब्रिटिश प्रधानमंत्री दोनों के द्वारा खड़े होकर अभिनंदन किया गया था।

"ब्रिटिश प्रधानमंत्री ने आपका हाथ पकड़कर आपको खड़े होने में क्यों मदद की थी?" हैरी ने पूछा।

"क्योंकि उनकी पत्नी उनके साथ नहीं थीं?" उसने मज़ाक़ किया। उम्र उसकी शरारत में कमी नहीं ला सकी थी। वो टहलते रहे जबकि अंगरक्षकों का एक दल एक उचित दूरी बनाए हुए उनके आगे और पीछे चलता रहा।

"वो मुझे पहले ही बता सकते थे कि मैं आपका बेटा हूं," हैरी ने कहा। "वो नहीं, तो आप।"

"सच, मुझे नहीं पता था। सिर्फ़ गंगा अंकल और जोज़ेफ़ीन जानते थे। उन्होंने ट्रस्ट के दस्तावेज़ में ये लिखवा दिया था कि तुम्हारे मां-बाप के बारे में इक्कीस साल की उम्र में तुम्हें ही बताया जाएगा—मुझे नहीं," वो बोली। "मुझे अफ़सोस है कि मैं तुम्हारे साथ नहीं रह सकी, हैरी। मुझे तो तुम्हारे अस्तित्व तक के बारे में नहीं पता था।"

"क्या आप मुझे एक राज़ ही बनाकर रखेंगी?" हैरी ने इस बात से दुखी होते हुए पूछा कि हर कोई उसे उसकी मां के राजनीतिक जीवन में एक बोझ की तरह देखता था।

"भारत की प्रधानमंत्री के रूप में ये मेरा तीसरा कार्यकाल है, हैरी," वो बोली। "मैं एक लंबी पारी खेल चुकी हूं—कुछ लोगों के हिसाब से, बहुत लंबी। गंगा अंकल कहते थे कि नेता डाइपर की तरह होते हैं, उन्हें बार-बार बदला जाना ज़रूरी होता है," वो हंसी। "मेरे लिए जो चीज़ अहम है वो ये कि मेरा एक बेटा है!"

"मुझे हमेशा एक पिता की कमी महसूस हुई। मम—जोज़ेफ़ीन—ने मुझे हमेशा ये बताया कि मेरे पिता भारतीय मूल के थे और कि वो एक हवाई हादसे में मर गए थे," हैरी ने कहा।

"मेरे ख़्याल से वो तुम्हारी इस ख़ूबसूरती की वजह से ऐसा कहती होगी जो तुम्हें तुम्हारी मां से मिली है," उसने बातचीत में हल्कापन लाने का प्रयास करते हुए कहा।

"मेरे विचार से अब मेरे पास दो मम हैं," हैरी ने मुस्कुराते हुए कहा।

"और दोनों तुम्हें बहुत प्यार करती हैं," चांदनी ने उसका हाथ दबाते हुए कहा। "और राधिका शंकरन भी, जिस तरह कल रात प्रस्तुति के दौरान वो तुम्हें निहार रही थी।" वो एक बेंच पर बैठ गए और ठंडी-ठंडी हवा उनके चेहरों पर पड़ने लगी।

हैरी ने अपनी जैकेट की अंदरूनी जेब से एक मुहरबंद लिफ़ाफ़ा निकाला और चांदनी को पकड़ा दिया। उस पर चांदनी का नाम गंगासागर के स्पष्ट लेखन में लिखा हुआ था। "ये वकीलों के पास छोड़ दिया गया था। मुझे ये आपको देने का निर्देश दिया गया था," वो बोला। चांदनी ने उसे खोला और उसमें से संदेश निकालकर उसे पढ़ने लगी।

मेरी प्रिय चांदनी,

मैं बस तुमसे माफ़ी मांगना चाहता हूं। मैं निशानेबाज़—इंटेलीजेंस ब्यूरो के निदेशक—से फिर से दाएं कंधे का निशाना लेने को नहीं कह सका। इसे इलाहाबाद में इस्तेमाल किया जा चुका था।

निदेशक ने मुझे विश्वास दिलाया था कि हमीदा का यंत्र काम नहीं करेगा लेकिन वो हमेशा के लिए उससे छुटकारा हासिल कर लेंगे। उसने मुझे ये भी यक़ीन दिलाया था कि तुम्हारा घाव छिछला होगा। अफ़सोस, राजनीतिक जीवन में इस तरह की क़ुर्बानियां देनी ही पड़ती हैं। तुम्हारे मामले में तुम्हारे दोनों कंधे और दोनों प्रेमी क़ुर्बान हो गए।

मैं प्रार्थना करता हूं कि जब तुम ये चिट्ठी पढ़ो तब भी तुम प्रधानमंत्री हो—इससे ये सिद्ध हो जाएगा कि मेरी रणनीति सफल रही। हमारा देश बलिदान और त्याग को पसंद करता है। ये बड़े प्यारे गुण हैं जो लोगों के बीच इंसान की लोकप्रियता को क़ायम रख सकते हैं। खड़े रहने के लिए कभी-कभी गिरना भी पड़ता है। दुख का विषय है कि हमारी आख़री बातचीत—हमारी बनावटी बहस—हमारे राजनीतिक विरोधियों और इलेक्ट्रॉनिक यंत्रों पर चोरी-छिपे बातें सुनने वालों के लिए थी।

वर्ना, मैं तुम्हें ये बताना चाहता कि मुझे तुमपे नाज़ है।

मुझे लग रहा है कि जब तुम ये चिट्ठी पढ़ रही हो तो हैरी तुम्हारे पास बैठा है। तुम्हारे राजनीतिक कैरियर को बचाने के लिए मुझे उसे तुमसे राज़ रखना पड़ा। जहां तक ज्योफ़्री का सवाल है—मैंने जो किया उसका मुझे कोई पछतावा नहीं था। वो बुरी ख़बर था। हां, शंकर का मामला अलग था। मुझे लगता है कि वो सचमुच तुमसे प्यार करता था, लेकिन कभी-कभी प्यार नफ़रत से ज़्यादा विनाशकारी होता है। एलिज़ाबेथ प्रथम ने इंग्लैंड पर वर्जिन क्वीन बनकर राज किया और यही मैं तुमसे चाहता था।

जोज़ेफ़ीन ने प्यारे हैरी को बताया था कि उसने उसका ये नाम इसलिए रखा कि उसके पिता का अनौपचारिक नाम हैरी था और कि वो उस रिश्ते को बनाए रखना चाहती थी। उसने उसे ये नहीं बताया कि 'हरी' हिंदी में एक रंग भी होता है और कि उसने ये नाम बच्चे की पन्ने जैसी—तुम्हारी तरह—हरी आंखों की वजह से चुना था। जैसा कि तुम देख सकती हो, उसे एक ऐसा नौजवान बनाने के लिए जिस

पर तुम नाज़ कर सको, उसकी परवरिश में किसी तरह के ख़र्च की कमी नहीं आने दी गई।

भारत की एकता और अखंडता के लिए शक्तिशाली नेताओं की ज़रूरत है और अक्सर ऐसे नेताओं को गंदे खेल खेलने पड़ते हैं। चाणक्य ने अपने चेले—चंद्रगुप्त—के लिए यही किया और मैंने अपनी चेली—चांदनी—के लिए यही किया। हां, शक्ति ने शिव को पीछे छोड़ दिया—जोकि हमारे दौर का चिह्न है। मुझे कोई खेद नहीं।

चांदनी ने चिट्ठी को तह किया और खड़ी हो गई। "हम लोग डिनर के लिए ला केप्रीस चलें?" उसने पूछा।

"मुझे बहुत अच्छा लगेगा, लेकिन आज के बजाय कल चल सकते हैं? मुझे किसी से मिलना है," हैरी ने कहा।

"किससे?"

"राधिका शंकरन से," हैरी ने थोड़ा शर्माते हुए कहा।

"लगता है मुझे अकेले ही डिनर करना पड़ेगा," चांदनी ने बनावटी निराशा से कहा।

"मैंने सुना है कि खाना बहुत बुरा होता है," हैरी बोला।

"ला केप्रीस में?" चांदनी ने पूछा।

"नंबर टैन पे। उनकी पत्नी शहर से बाहर हैं," हैरी ने कहा।

अभिस्वीकृति और संदर्भ

ऐतिहासिक कथा साहित्य के लेखक इतिहासकार नहीं होते और ऐतिहासिक जानकारियों के लिए उन्हें अन्यों पर निर्भर रहना पड़ता है। *चाणक्य मंत्र* में चाणक्य और चंद्रगुप्त से संबंधित आख्यान काल्पनिक हैं, यद्यपि इसमें वर्णित उनकी घटनाएं एवं जीवनों का मूल इतिहास या पुराणों में हो सकता है। चाणक्य और उनकी पुस्तक—अर्थशास्त्र—के बारे में अनेक पुस्तकें लिखी गई हैं। चाणक्य के अपने काल्पनिक स्वरूप के लिए मैं निम्न स्रोतों पर निर्भर रहा।

- *श्री मेन ऑफ़ डेस्टिनी*, ए०एस० पंचपकेश अय्यर, सी०कुमारास्वामी नायडू एंड संस (मद्रास), 1939
- *चाणक्य*, बी०के० चतुर्वेदी, डायमंड पब्लिकेशंस, नई दिल्ली, 2004
- *टु अपहोल्ड द वर्ल्ड—द मैसेज ऑफ़ अशोक एंड कौटिल्य फ़ॉर द 21स्ट सेंचुरी*, ब्रूस रिच, पेंगुइन बुक्स, इंग्लैंड, 2008
- *रूल द वर्ल्ड—द वे आई डिड*, प्रो० श्रीकांत प्रसून, पुस्तक महल, नई दिल्ली, 2009

- *चाणक्य—हिज़ टीचिंग्स एंड एडवाइस,* पंडित अश्विनी शर्मा, जैको पब्लिशिंग हाउस, मुंबई, 2009
- *चाणक्य—ए ग्रेट विज़नरी,* पी०के०खुराना, इंडियाना पब्लिशिंग हाउस, नई दिल्ली, 2008
- *चाणक्य नीति,* बी०के० चतुर्वेदी, डायमंड पॉकेट बुक्स प्रा०लि०, नई दिल्ली, 2009
- *बिल्डिंग एन एंपायर—चाणक्य रीविज़िटेड,* मोहन मिश्रा, रूपा एंड कं०, नई दिल्ली, 2005
- *कौटिल्य—दि अर्थशास्त्र,* एल०एन० रंगराजन, पेंगुइन बुक्स इंडिया, 1992
- *चाणक्य ऑन मैनेजमेंट,* अशोक बी० गार्दे, जैको पब्लिशिंग हाउस, मुंबई, 2008

इस पुस्तक को लिखने के दौरान मैंने पृष्ठभूमि की जानकारी के लिए अनेक इंटरनेट संसाधनों का प्रयोग किया। जिन वेबसाइट्स का मैंने सर्वाधिक प्रयोग किया, वे थीं:

- http://www.google.com/
- http://www.wikipedia.org/
- http://www.brainquote.com/
- http://www.britannica.com/
- http://www.thinkexist.com/quotes/
- http://www.statemaster.com/encyclopedia/
- http://www.anecdotage.com/

इनके अतिरिक्त, अपने बहुत से काल्पनिक पात्रों को गढ़ने के लिए मैं विभिन्न ऑनलाइन संसाधनों पर निर्भर रहा। मुख्य रूप से कुछ यूआरएल जिनसे मैंने जानकारी हासिल की, वे थे:

- http://presidentofindia.nic.in/
- http://pmindia.nic.in/

- http://godirectory.nic.in/exe.htm
- http://164.100.47.132/LssNew/our%20parliament/par14.htm
- http://www.hinduism.co.za/chanakya.htm
- http://www.livius.org/
- http://www.freeindia.org/biographies/greatpersonalities/chanakya/index/htm
- http://www.whereincity.com/articles/historical/1673.html
- http://www.rationalistinternational.net/article/2008/20080310/en_1.html
- http://www.accesstoinsight.org/lib/authors/thanissaro/bmc2/bmc2.ch01.html
- http://conservapedia.com/English_coronation_oath
- http://factoidz.com/the-aghori-hinduism-cannibalism-and-immortality/
- http://www.prabhatmishra.com/2009/03/street-food-joints-at-kanpur.html
- http://www.tsawebworld.com/story_indianHistory.html
- http://www.theequitydesk.com/forum/forum_posts.asp?TID=488
- http://www.historicflyingclothing.com/archive/php
- http://accuratedemocracy.com/d_stv.htm
- http://www.deaddog.com/?p=624
- http://www.india-seminar.com/2007/575/575_veena_talwar_oldenburg.com
- http://www.twocircles.net/book/export/html/135411
- http://women.timesonline.co.uk/tol/life_and_style/women/article6336535.ece
- http://www.ukstudentlife.com/Personal?Manners.htm
- http://www..ox.ac.uk/

- http://www.st-hildas.ox.ac.uk/
- http://www.oxford-union.org/
- http://www.ecgi.org/conferences/fese_efmc2005/ou_rules.htm
- http://business.outlookindia.com/article.aspx?262143
- http://www.timesonline.co.uk/tol/news/uk/education/article3257539.ece
- http://www.hrdc.net/sahrdc/inthenews/2004/05-Aug-04.htm
- http://www.desitwist.com/
- http://www.madinpursuit.com/Family/General/abortionist.htm
- http://www.oubc.org.uk/
- http://www.freedict.com/ondict/lat.html
- http://upcmo.up.nic.in/
- http://parliamentofindia.nic.in/lsdeb/lsdeb.htm
- http://www.crikey.com.au/2009/09/17/mr-speaker-on-a-point-of-order-question-time-has-always-been-a-farce/
- http://www.ncbi.nlm.nih.gov/pmc/articles/PMC2721615/
- http://www.timesofindia.indiatimes.com/
- http://bbc.co.uk
- http://www.cnn.com
- http://www.etoncollege.com
- http://www.gfsc.gg/
- http://www.indianexpress.com/news/rigging-possible-through-evms-exbureaucrat/484802/
- http://www.medicinenet.com/lung_cancer/article.

मैंने कई हफ़्ते लगाकर डॉ चंद्रप्रकाश द्विवेदी द्वारा निर्देशित धारावाहिक

चाणक्य की सभी सैंतालीस क़िस्तें देखीं। *चाणक्य* की कहानी को विकसित करने के लिए यह धारावाहिक एक प्रारंभ बिंदु था।

पुस्तक के एक खंड में, चाणक्य अपने शिष्यों के साथ छोटा सा सवाल-जवाब करने लगते हैं। उसमें व्यक्त किए गए कुछ विचार जोनाथिन लिन एवं एंटोनी जे के *यस मिनिस्टर* एवं *यस प्राइम मिनिस्टर* धारावाहिकों से लिए गए उद्धरणों का रूपांतरण हैं। शृंखला से रूपांतरित किए गए विशिष्ट उद्धरण निम्नलिखित हैं:

"लोग ये नहीं जानना चाहते हैं कि कल्याण निधि को वास्तव में किस तरह ख़र्च किया गया है। पुजारी से कोई नहीं पूछता है कि पूजा के बाद आनुष्ठानिक बलि का क्या होता है।"

"जब कोई कहता है 'बात धन की नहीं है, सिद्धांत की है' तो उसका मतलब है बात धन की है।"

"अगर लोग ये नहीं जानते हैं कि आप क्या कर रहे हैं, तो वे नहीं जानते कि आप क्या ग़लत कर रहे हैं।"

"सरकार सिद्धांतों के बारे में है। और सिद्धांत ये है कि सिद्धांत पर कभी न चलें।"

"राजनीतिज्ञों को घबराने की अनुमति होनी चाहिए। उन्हें गतिविधि चाहिए। ये उपलब्धि के लिए उनका विकल्प है।"

"एक अच्छा राजनीतिक भाषण वह नहीं है जिसमें आप साबित कर सकते हैं कि व्यक्ति सच कह रहा है; यह वह है जहां कोई और यह साबित नहीं कर सकता कि वह झूठ बोल रहा है।"

"अगर आप नहीं चाहते कि कैबिनेट किसी विषय पर बहुत देर तक चर्चा करे, तो इसे एजेंडा में सबसे बाद में लंच से पहले रखें।"

"ब्रिटेन को हमेशा क़ानून और न्याय के पक्ष में होना चाहिए, जब तक कि हम इसे अपनी विदेश नीति को प्रभावित करने की अनुमति न दें।"

"मंत्री अनभिज्ञ होते हैं इसलिए नहीं कि हम उन्हें सही जवाब नहीं देते, बल्कि इसलिए कि वो हमसे सही सवाल नहीं पूछते।"

उपन्यास में चाणक्य, गंगासागर एवं अन्य पात्रों को दिए गए कुछ महत्वपूर्ण उद्धरण अन्य स्रोतों से प्रेरित हैं। वो निम्नलिखित हैं:

"तथ्य किसी भी मूर्ख के पास हो सकते हैं, लेकिन राय रखना एक कला है।" **चार्ल्स मैककेब**

"तीन लोग राज़ रख सकते हैं बशर्ते कि उनमें से दो की मृत्यु हो जाए।" **बेंजमिन फ्रैंकलिन**

"मैं भाग्य में बहुत विश्वास करता हूं, और मैं देखता हूं कि मैं जितनी कड़ी मेहनत करता हूं, उतना ही मुझे भाग्य मिलता है।" **थॉमस जैफ़रसन**

"यह बहुत उचित ही कहा गया है कि एक भूखा इंसान चार स्वतंत्रताओं की अपेक्षा चार सैंडविचों में ज़्यादा दिलचस्पी लेता है।" **हेनरी कैबट लॉज, जूनियर**

"अगर हम क़ानून का सम्मान करने की इच्छा रखते हैं तो पहले हमें क़ानून को सम्मानीय बनाना होगा।" **लुइ डी० ब्रैंडेस**

"मैं इस नतीजे पर पहुंचा हूं कि राजनीति इतना गंभीर मुद्दा है कि इसे राजनीतिज्ञों के ऊपर नहीं छोड़ा जा सकता।" **चार्ल्स दे गॉल**

"ये कहा जा सकता है कि राजनीति बिना ख़ूनख़राबे का युद्ध है जबकि युद्ध ख़ूनख़राबे वाली राजनीति है।" **माओ त्से तुंग** अपनी *ऑन प्रोटेक्टेड वॉर* (मई 1938), सेलेक्टेड वर्क्स, खंड दो में।

"कृपालु शब्दों और एक बंदूक़ के साथ आप उससे कहीं ज़्यादा दूर तक जा सकते हैं जितना कि सिर्फ़ कृपालु शब्दों के साथ जा पाएंगे।" **अल कैपोन**

"अपनी प्रतिष्ठा की बजाय अपने पात्र की ज़्यादा चिंता करें, क्योंकि आपका पात्र वह है जो वास्तव में आप हैं, जबकि आपकी

प्रतिष्ठा महज़ वो है जो लोग सोचते हैं कि आप हैं।" **डेल कार्नेगी**

"ईश्वर मुझे क्षमा कर देगा। यह उसका काम है।" **हाइनरिक हाइन**

"पहले आने वाली चिड़िया को कीड़ा मिलता है, लेकिन दूसरे चूहे को चीज़ मिलता है।" **जॉन हैमन्ड**

"किसी लालच से छुटकारा पाने का एकमात्र तरीक़ा है उससे हार मान लेना। उसका प्रतिरोध करेंगे तो आपकी आत्मा उन चीज़ों की हसरत में बीमार हो जाएगी जिन्हें उसने अपने लिए वर्जित कर रखा है।" **ऑस्कर वाइल्ड**

"पोर्नोग्राफ़ी और इरोटिका में अंतर रोशनी का है।" **ग्लोरिया लियोनार्ड**

"फ़िक्र रॉकिंग चेयर के समान है, ये आपको करने के लिए कुछ देती है, लेकिन आपको कहीं ले नहीं जाती।" **डॉरोथी गैलीन**

"एक स्वतंत्र समाज वह समाज है जहां अलोकप्रिय होना सुरक्षित है।" **एडले स्टीवेंसन**

"कभी-कभी बहुमत का अर्थ बस यह होता है कि सारे मूर्ख एक तरफ़ हैं।" **क्लॉड मैकडॉनल्ड**

"विवाहित पुरुष अकेले पुरुषों से ज़्यादा लंबे समय तक जीवित रहते हैं। किंतु विवाहित पुरुष मरने के कहीं ज़्यादा इच्छुक होते हैं।" **जॉनी कार्सन**

"जीवन की एकमात्र निश्चितता है मृत्यु।" **पैट्रीशिया ब्रिग्स**

"डेट पर पुरुष सोचता है कि क्या वो सौभाग्यशाली होगा। स्त्री पहले से ये जानती है" मोनिका पाइपर का उद्धरण है।

"युद्ध का उद्देश्य अपने देश के लिए मरना नहीं, बल्कि दूसरे हरामज़ादे को उसके देश के लिए मरवाना है," जनरल जॉर्ज पैटन का मशहूर नज़रिया है।

"हरेक युद्ध लड़े जाने से पहले ही जीत या हार लिया जाता है," सुन त्सु की द *आर्ट ऑफ़ वार* का उद्धरण है।

"किसी को अंडकोषों से पकड़ लें, तो उसका दिल और दिमाग़ अपने आप पीछे आएंगे।" **चार्ल्स कोल्सन**

"मुझे लंबी सैरें पसंद हैं, ख़ासकर जब वे उन लोगों द्वारा की जाती हैं जिनसे मुझे चिढ़ होती है।" **फ्रेड एलन**

"बाज़ ऊंचा उड़ सकते हैं, लेकिन नेवले जेट इंजनों में नहीं फंसते हैं।" **जॉन बेनफ़ील्ड**

"कुछ लोग जहां भी जाते हैं ख़ुशी लाते हैं; अन्य जब भी जाते हैं।" **ऑस्कर वाइल्ड**

"जो भी चीज़ें मैं करना चाहता हूं वे सब या तो ग़ैरक़ानूनी, अनैतिक हैं, या मोटा करने वाली।" **एलेक्ज़ेंडर वॉल्कॉट**

"जब दो बुराइयों में से चुनना हो तो हमेशा उसे चुनें जिसे आपने अभी तक आज़माया नहीं है।" **मे वैस्ट**

"कभी किसी शत्रु के लिए तब अड़चन न बनें, जब वह स्वयं को नष्ट करने की प्रक्रिया में हो।" **नेपोलियन बोनापार्ट**

"विनम्र न बनें। आप इतने महान नहीं हैं।" **गोल्डा मेयर**

"थोड़ी सी ग़लती कभी-कभी ढेरों जवाब बचा देती है।" **एच०एच० मुनरो**

"राजनेता डाइपरों की तरह होते हैं; उन्हें अक्सर बदलना होता है और कारण एक ही है।" **मार्क ट्वेन**

"हमारे कोई शाश्वत मित्र नहीं हैं, और न ही हमारा कोई स्थायी शत्रु है। हमारी रुचियां अनंत और सतत हैं, और उन रुचियों का अनुगमन करना हमारा कर्तव्य है।" **हेनरी जॉन टैंपल**

"मैं अपने रचयिता से मिलने को तैयार हूं। मेरा रचयिता मुझसे मिलने की यातना के लिए तैयार है या नहीं, यह अलग बात है।" **सर विंस्टन चर्चिल**

"जनमत जैसी कोई चीज़ नहीं होती। केवल प्रकाशित राय ही होती है।" **सर विंस्टन चर्चिल**

"अनुमति मांगने की अपेक्षा क्षमा मांगना अक्सर आसान होता

है।" **ग्रेस मरे हॉपर**

"हर कोई स्वर्ग जाना चाहता है, लेकिन मरना कोई नहीं चाहता।" **पीटर टोश**

"एक अकेली मृत्यु त्रासदी होती है; लाखों मतूयु सांख्यिकी।" **जोज़ेफ़ स्टालिन**